JULIAN BIBERGER

IRISBLÜTENMORD

Bodensee Krimi

emons:

Bibliografische Information der Deutschen Nationalbibliothek
Die Deutsche Nationalbibliothek verzeichnet diese Publikation in der Deutschen Nationalbibliografie; detaillierte bibliografische Daten sind im Internet über http://dnb.d-nb.de abrufbar.

MIX
Papier aus verantwortungsvollen Quellen
FSC® C083411

Umschlagmotiv: IMAGO/imagebroker
Umschlaggestaltung: Nina Schäfer, nach einem Konzept von Leonardo Magrelli und Nina Schäfer
Umsetzung: Tobias Doetsch
Gestaltung Innenteil: DÜDE Satz und Grafik, Odenthal
Lektorat: Hilla Czinczoll
Druck und Bindung: CPI – Clausen & Bosse, Leck
Printed in Germany 2022
ISBN 978-3-7408-1240-9
Bodensee Krimi
Originalausgabe

Für Mama und Papa,
Schwester und Schwager,
Oma und Opa,
Eli.
In tiefer Liebe und Dankbarkeit.

Wer mit Ungeheuern kämpft, mag zusehn, dass er nicht dabei zum Ungeheuer wird. Und wenn du lange in einen Abgrund blickst, blickt der Abgrund auch in dich hinein.

Friedrich Nietzsche,
»Jenseits von Gut und Böse«

Die Liebe einer Mutter zu ihrem Kind ist mit nichts auf der Welt zu vergleichen. Sie kennt kein Gesetz, kein Mitleid. Sie riskiert alles und tritt erbarmungslos alles nieder, was ihr im Weg steht.

Agatha Christie,
»The Last Séance« aus
»The Hound of Death and Other Stories«

Der Hass ist die Liebe, die gescheitert ist.

Søren Aabye Kierkegaard,
»Works of Love«

Vergelt's Gott, Iris.

Ein Sturm zieht auf.
Gewaltig. Zerstörerisch.
Ein Sturm, der durch die Lande zieht.
Er wütet. Er tobt.
Ein Sturm, der durch die Gassen fegt.
Er reinigt. Er richtet.
Ein Sturm, der die lodernde Glut schürt.
Wunden. Nimmerheil.
Ein Sturm, der brandend durch die Felder streift.
Kreuzzug. Blutsühne.
Ein Sturm, der elende Unseelen birst.
Entschlossen. Ungeheuerlich.
Ein Sturm, der Rache sät.
Gierig. Tödlich.
Tilgt die unauslöschliche Schande.
Wirbelnd, peitschend, tosend.
Er verzehrt Dich innerlich.
Seelenfraß.
Du, trewe Mutter.
Alsdann, dein ganzes Sein gedenke mir.
Auf ewig. Muttertreu. Behüte.

Vergelt's Gott, Iris.
Vergeltung.

***

Iris, mein. Irisblau. Violetter Schimmer. Tödliche Heilung. Gelbe Male, von bräunlichen Adern durchzogen. Vergiftete Mütterlichkeit. Aus ihrer hängenden Brust hebt sich ein Schwert empor.

Geschmiedet in Lilaglut. Ein Schwert, sie zu richten. Tod. Verfall. Vergänglichkeit. Seelenfraß. Transzendenz. Zweigeist. Ein Körper, zwei Seelen. Weltengang. Hinfort! Ewig. Hinfort! Irisblütenmord.

Prolog

Welcher ein trewe Mutter find
der hat Schätz vber alle Welt
er seh nur datz er jhrs vergelt.

10. November 1639

Gedankenverloren stand Clara Melchin auf der Wiese der lichten Anhöhe des Lindenbuckels am Rande des Tettnanger Waldes. Gebannt richtete sie ihren Blick auf die nördlich gelegenen, verheerten Überreste der Hauptstadt zur Grafschaft Tettnang der Herren von Montfort. Der kalte Wind, der die Baumkronen im Reigen tanzen ließ und die nassen Gräser der Wiese sanft wiegte, strich durch ihr langes schneeweißes Haar. Clara fröstelte es. Der dünne Leinenstoff ihrer Schürze und das Unterkleid mochten keinen rechten Schutz gegen die aufziehende Kälte bieten. Sie schmiegte sich in ihren braunen Umhang. Auch das weiße Häubchen, das ihr Haupt zierte, schonte ihre Ohren nur mäßig vor dem anhaltenden Wind. Dennoch stimmte all das Clara nicht verdrießlich. Immerhin trug der Wind ihre Gedanken davon.

Der Martinisommer, der im November die letzten Schönwettertage mit sich zu bringen pflegt, war in diesem Jahr ausgeblieben. Stattdessen hatte sich tagsüber eine Regenfront über das Land ergossen und eine stramme Brise mit sich geführt. In der Ferne tat sich die Richtstätte am Galgenberg auf. Dort war die leibeigene Dienstmagd Anna Lohrin anno 1625 wegen Hexerei und Pakten mit dem Teufel enthauptet und verbrannt worden.

Claras Blick schweifte vom Torschloss über die lausig vernarbte Schneise der Verwüstung hinüber zum Turmstumpf der linker Hand aufragenden Burgruine. Die schwedischen Kavallerieregimente, derer drei, waren sechs Jahre zuvor im Kampf für die protestantische Sache in Tettnang eingefallen. Ganze dreiunddreißig Wochen hatten sie die Stadt belagert, waren brandschatzend, plündernd und mordend durch die Gassen gestreift. Als sie endlich abgezogen waren, blieb unsägliches Leid zurück. Die meisten Behausungen lagen in Schutt und Asche. Kaum mehr als zwölf Dutzend gräuelgeplagte Seelen waren in der einst blühenden Montfortstadt verblieben. Wen Eisen und Feuer verschont hatten, auf den hatte der von den Schweden durch die Stadttore gelotste Schwarze Tod gelauert. Flucht und Hungersnot hatten schließlich ihr Übriges getan. Im Lande kursierte die weitläufige Ansicht, es sei im gesamten Schwäbischen Kreis kein Ort übler verwüstet worden als Tettnang.

Eigenartig. Es mochte grotesk anmuten, doch einzig der elendige Anblick dieser Relikte unbarmherziger Zerstörung vermochte es, Clara ein Gefühl der Leichtigkeit und Beschwingtheit einzuhauchen. Für eine kurze Zeit entfloh sie dem leidlichen Irdischen und tauchte in die berauschenden, befreienden Weiten der Gedankenlosigkeit ein. Dabei lag die Realität, ihre triste Realität, ihr zur Wirklichkeit gewordenes Grauen, gerade einmal ein Fünftel eines Tagesmarsches entfernt. In einer zwanzig Fuß langen und zehn Fuß breiten Bauernhütte an der Schussen in Eriskirch, wo die Wände lediglich aus einer Holzpfostenkonstruktion mit Weidenastgeflecht bestanden. Den Boden bildete festgestampfter Lehm, und das Dach war aus einem Schilfgedeck gefertigt. Strohsäcke dienten als kärgliche Schlafstätte.

Als Claras Vater Jakob noch gelebt hatte, hatte sie mit ihren Eltern und ihrem kleinen Bruder Lukas ein beschauliches Bürgerhaus in Ölschwang südöstlich der Reichsstadt Ravensburg bewohnt. Als Papiermacher hatten sich ihre Eltern verdingt und eine der drei dort am Flappach angesiedelten Papiermühlen bewirtschaftet. Ja, sie waren wirklich gesegnet gewesen. Konnte die Papiermacherei, wenn auch nicht gerade an des Kaisers Tafel, doch eine ganze Familie ernähren.

Hinter ihrem Fachwerkhaus hatte Claras Mutter Anna eine kleine Gartenparzelle unterhalten. Jahr um Jahr hatte sie bei der städtischen heilkundigen Kräuterfrau ein halbes Pfund Iriszwiebeln gekauft und am Fuße einer knorrigen Haselnussstaude ein Beet mit prächtig anzusehenden Blauen Schwertlilien bestellt.

Jene Irisblüte, die dem Ritterstand von edlem Gemüt einst als die ihrige gegolten hatte. Bei Gott, sie waren gesegnet gewesen. Bis vor fünf Jahren.

Eines unheilvollen Abends hatte der Schwarze Tod auch an die Pforte ihres Lumpenkellers geklopft. Still und sanft hatten sich seine gichtigen Klauen um die Kehlen ihres Vaters und ihres Bruders gelegt und schonungslos den Lebenssaft aus ihnen gepresst.

Schon des Längeren war in der Bürgerschaft über ihre Familie gemunkelt worden: Die Anna Melchin hat einmal nach einem Streit mit einem Händler auf dem Viehmarkt die Schande in der Geige über sich ergehen lassen müssen. Und hat der liebe Herrgott nicht zweien ihrer Kinder just bei der Geburt das Leben verwehrt? Das muss eine gerechte Strafe gewesen sein. Die Anna Melchin muss sich nach dem Luzifer verzehrt haben, sich ihm mit Leib und Seele hingegeben haben ...

Und dann war da diese wunderliche Clara Melchin. Das kleine Mädchen mit den schneeweißen Haaren und den lila schimmernden Augen. In der ganzen Reichsstadt ward noch nie zuvor ein solch sonderbares Mädchen gesehen. Schon gar nicht in einer Welfenstadt, deren edle Töchter von alters her rabenschwarzes Haupthaar zierte. Manch einer hatte gar behauptet, diese sonderliche Clara sei eine weitere Strafe Gottes. Ein Satansbraten.

Und nun hatte die Anna Melchin dem Gatten und dem Sohn auch noch die Teufelsseuche auf die Leiber gehetzt. Das roch nach Satanswerk und dunkler Zauberei. Die Anna Melchin musste eine Hexe sein. Und eine Gabelreiterin musste brennen. Gemeinsam mit ihrer Höllenbrut.

Allein der Gunst des Landvogts war es zu verdanken, dass der Kelch der Flammen an ihnen vorübergezogen war. Der Landvogt mochte die Melchins gut leiden. Auf ihren Papierbögen ließ er sich aufgrund der herausragenden Qualität nur allzu gern bei der Jagd porträtieren. So hatte er über die beiden Unglückseligen lediglich ein Stadtverbot verhängt und sie zu Claras Oheim auf das Land nach Eriskirch verbannt.

Claras Blick verharrte noch immer auf dem Turmstumpf der

Burgruine der Montfortstadt. Deren Lustgarten war einst so schmuck anzusehen gewesen. Wunden waren ungleich schneller geschlagen, als sie heilen konnten. Sie spürte, wie sie der Anblick der verbrannten und verheerten Stadt fesselte.

Ein plötzlicher Anflug von Scham überkam Clara. Der liebe Herrgott versagte derlei Gedanken. Doch es war die überwältigende Ohnmacht dieser städtischen Wunden, die sie ihre eigenen vergessen ließ. Wunden, die wie nimmer verheilende Narben tief in Claras Seele klafften und ihr das Herz vom rechten Fleck entrückten. Sie drohte in der Leere zu ertrinken. Ihr Zustand glich dieser zerrütteten Burgruine. Die Liebe ihrer Mutter, dessen war sich Clara in diesem Moment bewusst wie nie zuvor, war der Strohhalm, der sie über Wasser hielt.

Dingdong! Dingdong! Dingdong! Dingdong! Dingdong!

Unversehens wurde Clara zurück in das irdische Hier und Jetzt entführt. Aus der Ferne vernahm sie die Glockenschläge der Loretokapelle. Es läutete bereits zur fünften Stunde. Die hereinbrechende Dämmerung kündigte sich an. Clara musste noch den Marsch von der Anhöhe durch den Tettnanger Wald nach Eriskirch zurücklegen. Und sie wusste, dass ihre Mutter in tiefer Sorge um sie sein würde. Sie hatte ihr strengstens untersagt, den Tettnanger Wald in der Dämmerung allein zu durchschreiten. Gottverboten.

Man munkelte, in den Wäldern des schwäbischen Umlandes hause ein gar schreckensvoller Walddämon. Ein Gehilfe des Teufels, der auch mit den hiesigen Hexen seine Bündnisse eingehe. Die Menschen nannten ihn Nachtfraul. Denn, so murmelte man hinter vorgehaltener Hand, in seine Fänge gerieten bei Einbrechen der Dämmerung vornehmlich Kinder, die in die Tiefen der Wälder verschleppt würden. Dort stellte er mit ihnen unaussprechliche Dinge an. Schlitzte ihre Bäuche auf. Weidete sich an ihren Gedärmen. Stach ihnen die Augen aus und aß sie. Er war riesenhaft und überall am Körper behaart. Ein pechschwarzes Gesicht hatte er. Nachtfarbener Wolfskopf. Flammende Iris. Lilaglut in den Bestienaugen. Schwarzes, buschiges Haupthaar und ein wuchernder Wurzelbart. Dazu rübenlange Klauen. Und seine

Brust behauste die gar entsetzlich lodernde Feuersinbrunst der Hölle. So zumindest hatte ihn des Müllers Sohn zu Langenargen beschrieben. Das einzige Kind, das den Fängen des Nachtfrauls je entkommen war. Zuletzt hatte er im Allgäu in den Wäldereien um die Reichsstädte Kempten und Wangen sein Unwesen getrieben. Jüngst aber war er vom Müllerssohn in der Herrschaft Argen am Fluss unweit von Langenargen gesichtet worden.

Clara hatte den Rückweg angetreten und bereits gut die Hälfte des Heimwegs hinter sich gebracht. Als sie den Wald betreten hatte, hatten noch die letzten Sonnenstrahlen durch das dichte Blätterdach gelinst. Die Gedanken an den schrecklichen Nachtfraul hatte sie wieder beiseitegeschoben. Nun hielt die Dämmerung Einzug und legte einen Schleier der Dunkelheit um die Baumkronen. Die im Wind flüsternden Gräser am Wegesrand waren noch feucht, und die Regentropfen perlten an den Farnen entlang zu Boden. Ganz in der Nähe musste ein Specht eifrig einen Baumstamm bearbeiten. Noch immer pfiff ein leichter Wind durch die Wipfel und ließ die tanzenden und wippenden Blätter rascheln. Der Wald stimmte mit seinen ganz eigenen Klängen ein nächtliches Lied an. Doch etwas Schreckliches lag in der Luft. Eine unheilvolle Sinfonie. Aus der Ferne vernahm Clara Wolfsgeheul.

Mit einem Mal blieb sie wie angewurzelt stehen. Sie hatte *ihn* erblickt. Zwei düsterdunkle Augen. Auf einem herabhängenden Buchenast saß direkt vor ihr ein Waldkauz und machte keinerlei Anstalten, in die nahende Nacht zu entschwinden. Eisern hielten die knopfrunden schwarzen Augen aus dem rundlichen hell und dunkel umrahmten Gesichtsschleier heraus Claras erstarrtem Blick stand.

Sie ballte ihre kalten Hände zu Fäusten. Nervös scharrte sie mit den Spitzen ihrer Holzschuhe über den Waldboden. Der Waldkauz war ein unheilvoller Bote des Todes.

Kuwitt! Kuwitt! Kuwitt!

Clara zuckte zusammen. Mit klagendem Gesang stimmte der Kauz in das Lied des Waldes ein. Beinahe war ihr, als hätte er ihr »Komm mit!« entgegengegeifert. Doch da war noch etwas anderes. Eine tiefe Stimme.

Clara hörte es am Rande des Pfades im Unterholz rascheln. Schemenhaft nahm sie hinter sich eine Gestalt wahr, die polternd den Schutz des Unterholzes verließ und sich alsdann auf dem Waldpfad aufbäumte.

Eine große Pranke ergriff Clara harsch an der rechten Schulter. Sie spürte die Gestalt näher und immer näher an sie herantreten. Sie bekam bereits den warmen, keuchenden Atem in ihrem Nacken zu spüren. Er stellte ihr die Härchen auf. Fleddrige Lippen schürzten sich eng an ihrem Ohr. Der ihnen entströmende modrige Geruch kroch ihr in die Nase und benebelte ihre Sinne. Gehechelt drangen die barschen Worte in ihre Ohrmuschel: »Komm mit!«

Eine Gänsehaut überkam Clara am ganzen Körper. Ihr sackte das Herz in den Unterrock. Und dennoch pumpte es ihr das Blut wie wild bis zum Halse. Sie war nur zu einem klaren Gedanken imstande. Wie ein Blitz schoss er durch ihren Kopf. *Der Nachtfrau!*

Langsam wandte Clara sich um. Doch sie erblickte keineswegs die Fratze eines teufelsgehörnten Walddämons. Sondern einen monströs hochgewachsenen, verderblich dreinblickenden Mann. Er trug ein weißes, schmutzbeflecktes Leinenhemd, eine braune, löchrige Hose und einen waldgrünen Umhang. Sie starrte in ein kohlegeschwärztes Gesicht. Wildes pechfinsteres Haupthaar, in dem sich Zweige und Flechten verfangen hatten. Es wucherte unter der spitzen Kapuze der Gugel hervor, die ihm Schultern und Kopf bedeckte. Ungepflegtes Brusthaar und ein verfilzter Bart. Die Stimme klang rau und ungefüge. Die Fingernägel der Pranke, die sie so grob an ihrer zarten Schulter fasste, waren lang und dreckig. Er musterte sie durchdringend. In seinen wirren Pupillen spiegelte sich im fahlen Glanz des Vollmonds ihre lila schimmernde Iris. Als würden seine Augen all das widerfahrene Leid, das in ihr noch junges, engelsgleiches Gesicht geschnitten war, gierig aufsaugen.

Der Waldkauz, der das Geschehen von seinem Ansitz aus verfolgt hatte, drehte seinen Kopf zu beiden Seiten und öffnete seinen schwefelgelben Krummschnabel. *Kuwitt! Kuwitt! Kuwitt!* Klagend verkündete er ein letztes Mal das drohende Unheil, ehe er seine weiten Schwingen ausbreitete, sich schwungvoll von seinem Ast erhob und aus den Baumkronen in die Nacht entschwand.

»Komm mit!«, knurrte der stämmige Hüne erneut. Seine fleischige Pratze ergriff Claras kalte, weiche Hand und zerrte sie abseits des Pfades in den Wald hinein.

Erst jetzt erblickte sie den Dolch, der dem Rohling an seiner linken Hüfte zwischen Gürtel und Hemd baumelte. Auf der wippenden Klinge spiegelte sich das Licht des Vollmondes. An ihr zeichnete sich eine dunkelrote Verkrustung ab. Das Blut der unzähligen Kinder, die bereits verschwunden und nimmermehr zurückgekehrt waren. Und den Dolch dürstete es offenkundig nach frischem Lebenssaft.

Clara war über sich selbst erstaunt. Über ihre ungeahnte Furchtlosigkeit. Es war nicht diese unumstößliche Gewissheit, hier und heute in diesem Wald sterben zu müssen, die ihr die Kehle zuschnürte. Es war die schonungslose Klarheit, dass sie ihre Mutter Anna nie mehr sehen würde. Niemals mehr würde sie sich von ihr behutsam und umsorgend in die gütigen Arme schließen lassen können.

Die Erkenntnis pflanzte sich in Claras Kopf und schlug quälende Wurzeln. Ihr betäubender Dunst zog durch ihr Haupt. Wie ein schwerer Kloß sackte er durch ihre Kehle und nistete sich in ihrer Brust ein. Ein kaltes, hässliches Wechselbad der Gefühle.

Mitleid, mit sich selbst. Den einzigen Menschen, der ihr noch geblieben war, ihre treu liebende Mutter, würde sie nie mehr wiedersehen.

Wut. Nicht auf den Nachtfraul. Er war ein Schmerzwandler. Sie fühlte sich von ihm gesucht. Heimgesucht. Befallen. Er nahm ihr inneres Leben. Entseelte sie. Er war ihr unauslöschlich in Fleisch und Blut übergegangen. Der Nachtfraul raubte ihre Sinne und mit ihnen ihren Schmerz. Er nahm auf verstörende Weise all das Leid von ihren kleinen Schultern.

Nein, blinde, stumpfe Wut verspürte sie diesem hochgewachsenen Unmenschen gegenüber. Dieser Widerling verschleppte sie. Und mit jedem Schritt in den Wald fühlte sie sich mehr um ihre sehnlichst geliebte Mutter beraubt.

Ihre linke Hand rutschte in ihre Schürzentasche und ertastete das Bündel mit dem Holztäfelchen und der getrockneten Irisblüte.

Sie erinnert mich an dich, mein Schatz. An den wunderhübschen Lilaschimmer in deinen Augen. Sie strahlen Güte und Weisheit aus. Diese Eigenschaften hast du von deinem Vater geerbt. In dir, meine Iris, lebt er weiter. Sieh diese Irisblüte als Zeichen, dass ich immer für dich da sein werde. All mein Tun, mein ganzes Sein als treue Mutter, sei dir angediehen.

Mit diesen bewegenden Worten hatte ihre Mutter sie bedacht, als sie ihr das Bündel mit dem Versprechen, sie ewiglich zu beschützen, geschenkt hatte.

Clara drückte das umwickelte Holztäfelchen krampfhaft an sich. Kaum nahm sie mehr wahr, wie sie von der unendlichen Schwärze des dicht stehenden Gehölzes tiefer und tiefer verschlungen wurde. Mit aller Kraft umklammerten ihre Finger das Bündel. Sie krallte sich nicht an das Leben. Nicht dessen fühlte sie sich beraubt. Ein ungleich schwerwiegenderes Verbrechen war im Gange. Man brachte sie um die Mutterliebe.

1

Ans Kreuze soll er.
Es sehen, ein letztes Mal.
Auf dass er sühne.

17. Juni 2019

Er zerrte mit der letzten Kraft, die noch in seinen erschlafften Muskeln schlummerte, an seinen Fesseln. Doch das dünne Nylonseil, das seine Arme auf dem Balken hielt, gab einfach keinen Millimeter nach. Scharf schnitt es sich in seine Handgelenke. Jedes Zerren entfaltete einen Höllenschmerz. Jedes Heben und Senken seines Brustkorbs setzte eine Leidenswelle frei. Als würde ihm ein Profipitcher der Major League aus kürzester Distanz einen Baseball mit Fullspeed in den Rippenbogen schmettern.

Er hatte bei den Besuchen seines in den Staaten in Boston studierenden Patensohnes im Fenway Park schon dem einen oder anderen Heimspiel der Red Sox beigewohnt. Aber er war nie auch nur in die leiseste Versuchung geraten, als Flitzer über die Absperrbande zu klettern und zwischen Pitcher und Batter todesmutig die menschliche Zielscheibe abzugeben. Doch exakt so musste sich ein solch wuchtiger Treffer anfühlen.

Zu weiteren halbklaren Gedanken war er nicht mehr wirklich imstande. Dafür hatte eine Artillerie an Pitchern gesorgt, die ihn mit einer ganzen Armada von Baseballs beschossen hatte. Beinahe im Sekundentakt hatte ein solcher Ball seine Haut und die darunterliegenden Muskeln in ein aufbrausendes Meer aus unsäglicher Pein verwandelt. Auf der Fläche, die einmal sein unversehrter Rücken gewesen war, loderte ein nie enden wollendes Höllenfeuer.

Er hatte zwischen den Pappeln Blut verloren. Sehr viel Blut. Seine Knie pochten und hämmerten. Nach dieser Marter war er auf allen vieren zu Kreuze gekrochen. Im buchstäblichen Sinn.

Die spitzen Steine des Naturstrandes hatten ihm die Kniescheiben zerschunden.

Nun lag er rücklings auf dem Balken und spürte, wie sein warmes Blut am Holz entlangrann. Hitzewallungen durchströmten seinen ausgelaugten Körper. Die kalten Regentropfen benetzten seine Haut und perlten an ihr hinab.

Fokussiere dich! Denk nach! Er versuchte, seine Gedanken zu sammeln und zu ordnen. Doch er war nicht mehr recht bei Sinnen. Einzig und allein eine Frage geisterte in seinem Kopf herum: *Warum?*

Er blinzelte. Das Denken zermürbte ihn. Das Einzige, woran er sich erinnerte, war der Landesteg in Langenargen. Es war ein lauer Sommerabend gewesen. Montag. Seinen Porsche Cayenne hatte er direkt vor der Uferpromenade in der Oberen Seestraße neben dem Naturkostladen geparkt. Der hatte um diese Zeit bereits geschlossen. Dann war er an der Touristeninformation entlang auf den Landesteg geschlendert.

Vor dem kleinen Eis-Kiosk am Ufer hatte eine Dame mittleren Alters die Tasten eines schwarzen Feurich-Klaviers liebkost: »Die Fischerin vom Bodensee«. Begleitet von einem Akkordeon in den Händen eines ergrauten, bärtigen Seemanns auf einem kleinen Fischerkahn in der Bucht der Anlegestelle. Ein spontanes Hafenduett.

Auf dem Flanierplätzchen, dem Noli-Platz, hatten sich die Touristen vor dem silberblechernen Foodtruck die Füße wund gestanden. Und auf dem Steg hatte es von Abendschwärmern nur so gewimmelt. Alle bestaunten sie das grandiose orangerote Farbenspiel des Sonnenuntergangs. Er selbst hatte seine Motoryacht am Landungssteg beim kleinen Hafen zu später Abendstunde aufgesucht, um sie für einen romantischen Bodenseetörn am Wochenende auf Vordermann zu bringen. Den Rest der Woche war sein Terminkalender völlig zugekleistert.

Erst die Abtreibung bei Annegret nach dem Mittag. Der Frau eines alten Bekannten den Stammhalter abzutreiben, das war vielleicht unangenehm gewesen. Erst recht nach der Eieraktion im vergangenen Jahr. Beim Fünf-Uhr-Termin am Nachmittag war es dann bei der Vakuumaspiration seit Ewigkeiten einmal wieder zu Komplikationen gekommen. Das hatte ihn länger in der Klinik gehalten. Es war sicherlich bereits neun gewesen, als er nach dem großen Reinemachen die Reling verlassen hatte.

Flugs war er noch nach Eriskirch gedüst, zum Supermarkt, dessen lange Öffnungszeit sich mit seinen arbeitswütigen »Late Sessions« in der Klinik vertrug. Zwei Flaschen Champagner Rosé hatte er gekauft. Ein edles Tröpfchen, zum Kaltstellen auf seiner Motoryacht. Schließlich sollte es beim Bodenseetörn am Wochenende zwischen ihm und seiner Mail-Bekanntschaft »LakeEssi666« knistern. Dass er heute trotz des langen Arbeitstags schon alles vorbereiten wolle, das hatte er ihr vorgestern im Liebestaumel geschrieben. Zum ersten Mal würden sie sich jenseits des Mailpostfachs begegnen. Ein vollbusiges Rasseweib. Zwischen seiner Gattin und ihm war der Ofen der Liebe lange schon erloschen.

Bei der Rückkehr zum Landesteg war ihm dann dieser dämliche Pick-up mit den geladenen Holzlatten ins Auge gefallen. Der so dreist und sperrig seinen vorherigen Parkplatz und den nebenan gleich mit zugeparkt hatte. Die Musik des Hafenduos hatte bereits ein Ende gefunden. Auch der Eis-Kiosk war längst geschlossen. Keine stracciatellaschlotzenden Touris mehr. Einen einsamen, zigarrepaffenden Obdachlosen hatte er im Vorbeilaufen auf der Sitzbank vor dem Tourismusamt im Licht der Straßenlaternen wahrgenommen. Die Terrasse des Hafenhotels war geschlossen gewesen. Der Foodtruck hatte die Schotten auch dicht gemacht. Keine flanierenden Einheimischen. Der Landesteg war wie leer gefegt gewesen. Abgesehen von dem lässig gegen die steinerne Stegmauer lehnenden Dammglonker.

Moment! War da nicht noch jemand neben der Bronzestatue gewesen? Kapuzenvermummt? In einer Fischerkutte? Oder war es der Obdachlose gewesen? Er konnte sich nicht mehr klar erinnern. Alles war so schnell gegangen.

Er hatte noch das Körbchen mit den Sektflaschen abgestellt, um die Leine an der Relingspforte zu lösen. Im nächsten Moment war ihm ein nasses Tuch auf Mund und Nase gepresst worden. Dann waren ihm auf einen Schlag all seine Sinne geschwunden.

Wieder zu sich gekommen war er am Seeufer der Malerecke. Zwischen einer Baumgruppe im Gras kniend. Bis auf die Unterhose entblößt. Die Arme an die Baumstämme gefesselt. Regen war auf seine Schultern geprasselt und in kalten Schlieren den nackten Rücken herabgeträufelt.

Eine gefühlte Ewigkeit hatte er nur die Klänge der Windböen, der an das Ufer gespülten Wellen, der rieselnden Regentropfen und der im Föhn raschelnden Blätter vernommen. Dann das Klackern der Steine unter seelenruhigen, ja fast schon lethargischen Schritten. Gespenstisch. Unheilvoll. Aus den Augenwinkeln hatte er eine Kapuzengestalt ausgemacht. Etwas war ihr am Regenmantel entlanggestreift. Etwas, das herabgehangen und im faden Schein des am Strand aufgestellten LED-Strahlers wie ein Bündel Kordeln ausgesehen hatte.

Wenige Augenblicke später waren es nicht mehr nur die Regentropfen, die auf seinen nackten Rücken eingeprasselt waren. Er hatte schreien wollen. Bei jedem Schlag. Hatte seine Schmerzen in die Weiten der Bodenseebucht brüllen wollen. Doch seine Jammerlaute waren tief in seinem Rachen in dem mit Motoröl und Benzin vollgesogenen Lappen jäh verdumpft.

Jetzt lag er in der tödlichen Falle, gebrochen, und blickte dem Schicksal entgegen. Seinem grausamen Schicksal. Festgezurrt. Mit dem letzten Jota an Kraft hatte er sich auf den langen Holzbalken gezogen und war dort rücklings liegen geblieben. Regentropfen beträufelten sein glühendes, schweißüberströmtes Gesicht. Auf seinem Knebel schmeckte er den säuerlichen Geschmack von Erbrochenem. *Warum? Warum? Warum?* Wie ein Presslufthammer wummerte die Frage durch seinen Schädel.

Zum ersten Mal vernahm er die Stimme seines Peinigers. Die Kapuzengestalt hatte sich neben ihm herabgebeugt. Keine Handbreit von seinem rechten Ohr entfernt. Er konnte den Saum des Regenmantels durch sein schweißnasses Haar streifen spüren, als die Lippen sich spitzten. »Ich werde dich nun ans Kreuz nageln.«

Scharf wie ein Messer gingen ihm diese Worte durch Mark und Bein. Sie kappten all die Rettungsseile hinaus aus seinem diffusen

Gedankenfiebersumpf. Die vom Wind getragene Stimme klang fürchterlich ruhig und gefasst. Gleichsam lag etwas Verstörendes in ihr. Eine sadistische Note.

»Komm, öffne deine Hände, damit ich sie festnageln kann.« Mit einer ruhigen Bewegung streichelte sein Peiniger über sein rechtes Handgelenk. »Presst du sie zusammen«, drang es perfide an sein Ohr, »verkrampfen deine Sehnen.«

Ihn überkam ein eiskalter Schauer. Eine nicht zu ertragende Ruhe lag in dieser Stimme. Sie passte nicht zu der manischen Grausamkeit.

»Und wenn deine Sehnen verkrampfen, wird es umso schmerzvoller.«

Entmutigt. Er war über sich selbst entsetzt. Entgegen jeglichem Überlebensinstinkt leistete er der Aufforderung Folge. Selbstaufgabe. Eigentlich müsste jede Faser seines Körpers in den Überlebensmodus schalten. Er müsste dagegen ankämpfen. Sein Wille müsste ihn antreiben, Widerstand zu leisten. Doch das tat er nicht. Der Wille war ihm zwischen den Bäumen mitsamt seinem Mageninhalt aus dem Leib geprügelt worden. Er lag benebelt da, wie im Delirium. Wohl wegen des hohen Blutverlusts.

»Na also. Du bist einsichtig. Wir wollen doch nicht, dass du unnötig leidest. Moment … möglicherweise wollen *wir* das schon! Gehen wir frisch ans Werk.«

Etwas Metallisches scharrte über die Steine. Er drehte seinen Kopf nach rechts. Was er dort sah, ließ ihn schaudern. Lange Metallnägel und ein Fäustel.

»Na, na, na. Du schaust besser weg. Leid ist ungleich besser zu ertragen, wenn man es nicht kommen sieht.«

Die Worte demütigten ihn zutiefst. Tatsächlich aber wollte er nicht sehen, wie ihm die Nägel durch den Körper getrieben wurden. Welcher gottverlassene Mensch wollte das schon? In seiner Verzweiflung presste er beide Augen fest zusammen. Sein Herz pochte zum Zerbersten. Er spürte, wie die Spitze des Nagels auf seinem Handgelenk ansetzte. Der bloße Druck des feindseligen Fremdkörpers fühlte sich qualvoll an. Der Metallstift huckelte über seinem Rasepuls auf und ab.

Stille. Lediglich ein sanftes Rauschen der vom Wind getriebenen Wellen.

Klonk!

Reflexartig versuchte er seine Finger zusammenzukrümmen. Nie geahnte Qualen spülten durch seinen Körper. Dicke Blutstropfen spritzten der Kapuzengestalt mitten ins Gesicht.

»Nicht anspannen!«, schnaubte die herrische Stimme. »Ich hatte es dir gesagt. Wer nicht hören will, muss eben fühlen.«

Klonk! Klonk! Klonk!

Bestialisch stechender Schmerz. Gleißende Hitze. Schweißausbruch. Die stumpfen Hammerschläge rückten für ihn in weite Ferne. Ihm schwanden die Sinne.

Der Nachtfraul fixierte sein Opfer mit zusammengekniffenen Augen. Die Blutstropfen auf seiner Stirn tanzten zusammen mit den träufelnden Regenperlen seine Schläfen entlang.

Er musste wieder zu sich kommen. Er sollte das Leid zu spüren bekommen. Der Nachtfraul hatte es eingesogen, das ganze Leid. Inhaliert. Zug um Zug. Und er musste es ihm einhauchen. Zug um Zug.

Vergelt's Gott, Iris. Vergeltung. Diese Stimme. Der Nachtfraul hat's geflüstert. Diese Stimme. Mutterseelenallein im Gedankenstyx. Sie dröhnte der Kapuzengestalt im Schädel umher.

Die Augenlider des Gepeinigten zuckten. Er kam wieder zu sich. Beide Handgelenke hatte der Nachtfraul ihm an den Querbalken genagelt. Schmerzverzerrte Zuckungen.

Der Nachtfraul erhob sich. Die tief ins Gesicht gezogene Kapuze verschleierte seinen dämonischen Genuss. Der Leuchtkraft des Bodenstrahlers, den er nach der Tortur zwischen den Bäumen neben dem Kreuz aufgestellt hatte, blieb er verborgen. Der schwarze Mantel der Nacht tat sein Übriges. Er war ein Seelenfresser. Ein Wiederkäuer. Er fraß das leidgeplagte Innerste und spie die Krux auf ihre Schinder. Um sie zu läutern. Und diesem Mistkerl hauchte er das Leid nicht zu knapp ein.

Er bestaunte sein bisheriges Werk wie ein Künstler die Früchte seiner Muse. Er kniete sich neben die Füße, ergriff den rechten

Knöchel und zerrte das Bein lang. »Los, leg deine Füße auf dem Balken ab!«, ermutigte er sein Opfer mit eiseskalter Stimme.

Widerstand war zwecklos. Der ausgemergelte Körper hatte längst keine Kraft mehr. Verzweifelt schleifte dieser Abschaum seine Beine über den Steinschotter auf den Holzbalken.

Ungeduldig ließ der Nachtfraul den Fäustel gegen das Holz tippeln. »Interessant«, merkte er spöttisch an. »Du positionierst deine Haxen nebeneinander. Zwei Füße, zwei Nägel. Übereinander wäre das, was da kommen mag, weitaus weniger schmerzhaft geworden.«

Der kümmerliche Wurm schickte sich an, seine Beine in kläglichem Gebaren übereinanderzulegen. Wie erbärmlich. Das würde er ihm nicht durchgehen lassen.

Grob zerrte der Nachtfraul sie ihm wieder auseinander. Er spuckte Wut und Galle. »Du hast dich entschieden, also stehe dazu!« Rabiat verdrehte er diesem Häufchen Elend das Knie. Sachte ließ er kurz darauf seine lederbehandschuhten Finger über die Ferse streichen. Dann setzte er die kalte Metallspitze auf dem Fersenbein an. Das ließ dem Wicht angst und bange werden. Recht so. Der Nachtfraul witterte sie, die Todesfurcht. Er labte sich daran.

Klonk!

Sein Opfer brüllte die letzten Quäntchen Leibeskraft in den Knebel, als sich der Nagel durch die Nervenbündel bohrte. Die Tortur kannte kein Pardon. Sie kannte keine Grenzen. Pures, nacktes Leid. Der Nachtfraul bespie ihn damit. Es quetschte ihm den Schweiß aus den geschundenen Poren. Entsetzen stand ihm ins Gesicht geschrieben. Der Nachtfraul ergötzte sich daran. Dann erschlafften die Gesichtszüge seines Opfers.

Motorengeräusch. Sein Kreislauf musste kollabiert sein. Er musste dieses Mal eine halbe Ewigkeit ohnmächtig gewesen sein. Jetzt versuchte er, den Kopf anzuheben. Aber sein Körper versagte es ihm. Panik überrollte ihn. Zum ersten Mal in dieser Nacht wurde ihm seine Lage in ihrer ganzen Abscheulichkeit bewusst. Die Endgültigkeit. Das elendigste Martyrium auf Erden.

Er zwang seinen schwindenden Verstand, einen klaren Gedanken zu fassen. *Warum?* Das ganze Universum seiner wirren Gedanken umkreiste diese eine Frage. Womit um alles in der Welt hatte er das verdient? Hatte er jemandem aus seinem Patientenkreis derart geschadet, dass man ihm so etwas Grausames antun würde? Er konnte sich beim besten Willen keiner Behandlung entsinnen, die eine solche Schreckenstat auch nur ansatzweise erklären könnte. Oder doch? Aber waren die alten Bekannten so seelisch verroht, ihm solche Grausamkeiten auf den Leib zu hetzen? Oder war jemand seinem geplanten Seitensprung auf die Schliche gekommen? Seine Gattin? Nein, so abscheulich grausam war sie nicht.

Das, was ihm hier widerfuhr, trug die scheußlichste aller Fratzen, mit der sich blanker Hass nur zu offenbaren vermochte.

Der Motorlärm wurde lauter. *Rettung!* Ein Speedboot. Ein ruheloser Wasserbegeisterter. Womöglich ein Pärchen auf der Suche nach nächtlicher Romantik an einem entlegenen Ort.

Ein Platschen. Gefolgt von watenden Schritten durch das seichte Wasser. Trügerische Hoffnung. Als sich über ihm die Silhouette der dunklen Kapuzengestalt aufbäumte, erlosch der schwächlich glimmende Funke schneller, als er aufgekeimt war.

Andächtig stiefelte sein Schinder an das Kopfende des Kreuzes. Ihm war, als würde diese satanische Bestie bewusst langsam an ihm vorbeischreiten. Ein Klacken über seinem Kopf. Ein feuchtes Seil tätschelte seine schmerzglühenden Wangen.

Die Lippen der Kapuzengestalt kamen seinem Ohr abermals so nahe, dass er den regenkalten Atem an seinem Ohrläppchen spürte. »Genieße die Aussicht … solange du noch kannst.« Das war das letzte Mal, dass die unheimliche Stimme an sein Ohr drang.

Der Nachtfraul begab sich zurück in das Speedboot und manövrierte es langsam und stetig vom Seeufer weg. Das Holzkreuz und mit ihm sein Opfer begannen, auf dem knirschenden Steinschotter des Naturstrandes ein Stückchen zum Ufer hin zu rutschen. Das Abschleppseil traf mit wippenden Bewegungen auf den geschundenen Körper. Dann stockte das Kreuz abrupt und fing an, sich allmählich in die Höhe zu richten. Mit einem forschen Poltern sackte es in die Mulde. Ein Ruck ging durch den Körper des Gepeinigten.

Der Nachtfraul leckte sich seine Lippen. Das schmerzte ja beim bloßen Zusehen. Er beugte sich über den Bug und schnappte sich die bereitgelegte Lanze. Mit dieser im Anschlag watete er zurück an Land.

Warum? Rasende Kopfschmerzen. Er verspürte Luftnot. Als laste ein nasses Tuch auf seinen Atemwegen. Sein Brustkorb ließ ihn am ausgestreckten Arm verhungern. Kein Heben. Kein Senken. Er konnte seinen Oberkörper nicht aufrichten, ohne die verdrehten Beine mit äußerster Qual zu strecken. Fieberwellen. Panikschübe. Berstender Schmerz in den genagelten Fersen. Er lag in seinen letzten Zügen. Doch kein Atemschöpfen ohne Höllengang.

Sein Opfer durchlitt einen Teufelsritt. Vergeblich mühte sich der Torfkopf ab, am Kreuz das Stehaufmännchen zu geben. Wie behämmert. Selbst im Todesringen erkannte er seine Frevel nicht. Der Feigling gierte in seiner armseligen Verblendung einzig nach Luft. Der Nachtfraul hatte diese Kanalratte zum Tanz gebeten. Er führte. Und er schwang das Tanzbein.

Der Regen tröpfelte auf die Speerspitze und glitt in gewundenen Bahnen am Schaft hinab. Ein letztes Mal Verderben und Elend speien. Der Nachtfraul setzte den Stich. Durch die rechte Brust dieses Mistkerls. Und durch das linke Schulterblatt wieder hinaus.

Tausendmal durchdacht. Abertausende Male durchträumt. Doch erst zum zweiten Mal durchlebt in seiner uferlosen Vergeltungssucht. Der Stoß ging ihm erstaunlich leicht von der Hand. Wie das Messer durch die schmierzarte Butter. Er zog den Speer heraus. Blut quoll aus der Stichwunde.

Es war eine dieser lauen Juninächte, und der Nordföhn kündigte sich bereits in vollen Zügen an. Er hatte die Regenwolken vertrieben und ließ nun die Wellen sturmartig gegen das Ufer peitschen. Im kalten Licht des Vollmonds türmten sich die Wassermassen auf. Ihr Kamm brach in tosend weißer Gischt, und sie perlten in die Tiefe. Wie schon bald seine Lebensgeister.

Die Kapuzengestalt hatte von ihm abgelassen und war hinter dem Kreuz verschwunden. Gewiss beobachtete ihn sein Peiniger von dort.

Sein Puls war am Gefrierpunkt. Er musste Unmengen an Blut verloren haben. Er rang nicht mit dem Tod. Er sehnte ihm entgegen. *Warum?* Schwer hing ihm sein Kopf vornüber. Seine grauen Haarsträhnen klebten ihm schweißnass auf der Stirn. Was hatte ihn hier überrollt? Er war nie sonderlich gläubig gewesen. Als tiefreligiöser Mensch hätte er seinen Beruf wohl nicht guten Gewissens ausüben können.

Er war dem Sterben nahe, das spürte er. Unter erheblicher Anstrengung hob er ein letztes Mal sein bleiernes Haupt an. In der Ferne spiegelte sich auf der Uferzunge das golden erleuchtete Schloss Montfort im Wasser. Der auberginefarbene Schein fraß sich hinter der fauchenden Gischt in den Nachthimmel. Vor ihm warf der Vollmond eine silbergolden schimmernde Bahn über den Bodensee. Er richtete seinen Blick auf das Schweizer Seeufer. Der Föhn brachte klare Sicht. Das leuchtende Mondrund stand hoch über den Appenzeller Alpen. Entlang des dicht besiedelten Seeufers funkelte eine Lichterkette. Dort. Da oben thronte das Geviert majestätisch auf der Hügelzunge. Im Glanz des satten Mondes konnte er es schemenhaft erahnen.

Er riss seine Augen sperrangelweit auf. Wie Schuppen fiel es ihm von den lebensmüden Lidern. *Aber natürlich!* Dort lag sie. Die Antwort auf das Warum. Er sah es. Er wusste es.

Mit dieser Erleuchtung nahm er seinen letzten Atemzug. Langsam senkten sich seine Augenlider. Erloschen war die Sicht auf das Geviert auf der Hügelzunge. Seine Gliedmaßen erschlafften, und sein Kopf kippte neuerlich vornüber. Das Leben entwich seinem Körper. Mit ihm der Schmerz. Ohnmacht. Ewig gallige Ohnmacht. Erlösende Umnachtung. Die süßbittere monochrome Melancholie der Dunkelheit.

2

Maximilian war vor Freude die Brust geschwellt. Es war wieder einmal Dienstag. Und das bedeutete vorlesungsfrei. Vor allem aber bedeutete es für ihn Zeit, um das berauschende Gefühl der Freiheit auf dem Wasser in vollen Zügen auskosten zu können. Er studierte in Weingarten Maschinenbau und war einer dieser Nesthocker, die das partygeschwängerte Highlife im Studentenwohnheim scheuten. Stattdessen genoss er lieber weiterhin Kost und Logis im Elternhaus im geruhsamen Langenargen.

Der allseits gefürchtete Prüfungszeitraum, der das Grundstudium besiegeln würde, stand vor der Tür. Dem Lernstress und den Büchertürmen auf seinem Schreibtisch im Dachgeschoss wollte er an diesem Morgen entfliehen. Den Kopf freibekommen. Das Segel in den Wind legen und die Wellen reiten. Unerschöpfliche Freiheit – seine große Leidenschaft war seit Kindesbeinen das Windsurfen.

Ein Grund mehr, das behagliche Elternhaus nicht zu verlassen. Schließlich lag das Schwäbische Meer vor der Haustür. Und der Sommer stand in den Startlöchern. Sonne, Strand, Siesta. Das Langenargener Ufer erstrahlte in der warmen Jahreszeit zur Riviera am Bodensee. Und der war ein wahres Mekka für Wassersportler. Wer brauchte da schon Hawaii oder den Lago Maggiore?

Der Wecker hatte zu einer gar unchristlichen Zeit geklingelt. Fünf Uhr. Das war sein auf studentisch getrimmter Biorhythmus so gar nicht gewohnt. Doch es würde sich lohnen. Er hatte extra am Vorabend dem lokalen Wetterbericht im Radio gelauscht. Von einem über Nacht anhaltenden Föhnwind war die Rede gewesen, und das Falschfarbenbild der Wetterapp hatte ihm Windgeschwindigkeiten bis vierzig Kilometer pro Stunde angezeigt. Ideale Voraussetzungen. Dieser blöde ominöse Bombenfund vor dem Langenargener Yachthafen konnte ihm den Wellenritt auch nicht vermiesen. Der hatte sich zum Glück als falscher Alarm herausgestellt, wie der erleichterte Sprecher der Lokalnews gerade im Radio verkündete. Möglicherweise eine Spinneraktion dieser übersprudelnden Antiabtreibungsbewegung. Das war ihm aber auch eigentlich herzlich schnuppe.

Rasch schlüpfte Maximilian in seinen grauen Kapuzenpullover und streifte sich die Trainingshose über die Beine. Nebenbei schaufelte er den notdürftig angerührten Müsli-Naturjoghurt-Mansch in sich hinein. Dann klemmte er sich sein Surfbrett unter den Arm und machte sich frohen Mutes auf den Weg zur Malerecke.

Maximilian bewohnte mit seinen Eltern eines der gestaffelten Reihenhäuser in der Eisenbahnstraße. Er lief zunächst das kurze Stück in Richtung See zum am Rande des Ortskerns gelegenen Schloss Montfort. Er mochte den prunkvollen Anblick dieses im Stil englischer Neogotik und unter maurischer Einfärbung erbauten Lustschlosses. Mit seiner streng symmetrischen Blockbauweise aus rot und ocker gebänderten Ziegellagen, dem Aussichtsturm mit den bekrönten Zinnen, dem herrschaftlichen Schmuckfries und den mächtigen orientalischen Pilastersäulen und geschwungenen Eselsrückenbögen an den Fenstern hatte es den Platz jener Burgruine eingenommen, die Annette von Droste-Hülshoff ihrerzeit als die schönste von ihren Augen je erblickte geadelt hatte.

Es dämmerte noch, und die Straßenlaternen tauchten die Promenade in fahles Licht. Auch das mochte Maximilian besonders leiden. Um diese Zeit tummelten sich noch keine Touristen auf der Uferpromenade. Mittags, spätestens aber zur Nachmittagszeit, wimmelte es zu dieser Jahreszeit dann nur so von Menschen. Zu dieser frühen Stunde konnte er die Flaniermeile schnellen Fußes durchschreiten. Und das war wichtig. Er sollte ja nicht umsonst so herrgottsfrüh aus dem Bett gefallen sein.

Maximilian wollte vor dem Nervenkitzel in den Wellen des Bodensees auf dem naturbelassenen Steinstrand der Malerecke einen besonderen Moment genießen. Das malerische Alpenpanorama. Wie sich der Altmann und der Säntis bei Sonnenaufgang allmählich am Horizont emporhoben. Ein Anblick für Götter.

Als habe der Schöpfer persönlich den Pinsel über dem gegenüberliegenden Seeufer geschwungen. Zumal der Föhnwind eine klare Sicht auf die atemberaubende Kulisse des Alpsteinmassivs versprach. Die Chancen standen gut, dass er die Malerecke noch für sich allein hatte. Die wenigsten Spaziergänger und Hundebesitzer trudelten so gottallmächtig früh ein. Nach dem skurrilen Hoax zum Bombenfund gleich zweimal nicht.

Auf dem letzten Wegstück zum Langenargener Surfrevier bog er an der kleinen Stichstraße rechts zur Malerecke ab. Die gut bestückten Bücherwägelchen, die mittlerweile über Langenargen hinaus bekannt waren und die Touristen bei schönem Wetter mit allerlei Schmökern und Antiquarien erfreuten, begrüßten ihn so früh am Morgen noch nicht. Dafür spross und blühte der fliederfarbene Blauregen an jeder Ecke. Und neben dekorativem Strandgut-Holz floss der alten Brunnenfrau unterhalb der wilden Weinreben an dem romantischen Appartementhaus der ehemaligen Rotgerberei das Wasser aus der Amphore.

Maximilian konnte schon das Rauschen der an den Ufersaum schwappenden Wellen hören. Der ungestüme Bodensee rief mit geradezu magischer Kraft nach ihm. Angesichts der grenzenlosen Weite des Bodensees und der Imposanz der Voralpen konnte er sich innerlich sammeln, bevor er aufs Wasser ging. Fast geschafft. Er brauchte nur noch die kleine Stichstraße, in der sich seeseitig die Ferienvillen und trauten Heime betuchterer Anwohner wie Perlen aneinanderreihten, hinter sich zu lassen. Er ging an einer mächtigen Trauerweide gefolgt von einer ausladenden Rosskastanie vorbei. Hinter diesem grünen Vorhang hielten sich die Prachtbauten in ersehnter Anonymität.

Nun ging er rascher. Obwohl er diesen Sport schon so lange betrieb, war er vor seinen Seegängen immer aufgeregt. Sein Bauch kribbelte. Er durchschritt die beiden Sperrpoller – die heilige Pforte zur Malerecke.

Er legte noch einen Zahn zu. Beinahe hätten seine Haxen ihn selbst vor Aufregung überholt. Doch urplötzlich versagten die Beine ihm den Dienst. Wurden eigenartig wackelig. Zittrig und wachsweich. Und auch das Surfbrett, das er fest unter den Arm gepackt hatte, schepperte von einer Sekunde auf die andere zu Boden.

Maximilian blieb wie versteinert stehen. Er versuchte zu begreifen, was seine noch ungläubigen Augen ihm dort vorgaukelten. Doch das war kein aberwitziger Streich. Das war der blanke Horror. Ihm stockte der Atem, denn ihm bot sich an diesem stürmischen Dienstagmorgen nicht das erwartete glanzvolle Panorama. Was er dort unten am Ufer ein wenig links von den beiden Bäumen erspäht hatte, das wirkte so über die Maßen deplatziert, dass er es im ersten Moment gar nicht so recht einzuordnen wusste.

Wie paralysiert näherte er sich einige Schritte. Roboterschritte, denn sein Verstand hatte ausgesetzt. Fast so, als würde das sich vor ihm auftürmende Elend dadurch greifbarer werden. *Be*greifbarer. Doch dem war nicht so. Diese Szenerie des Grauens, die gehörte hier nicht hin. Nicht an die sonst so idyllische Malerecke. Nicht an sein Surferparadies.

Es schüttelte ihn. *Das da.* Es erschütterte ihn in seinen Grundfesten. Solche Szenen kannte er bislang nur aus Filmen. Doch nicht einmal in einem hartgesottenen Schweden-Krimi zu später TV-Stunde, mochte dessen Regisseur auch allzu viel blutdürstender Freigeist ins eigene Fleisch übergegangen sein, hatte er jemals zuvor solche Szenen gesehen. Das hier, das wirkte eher wie aus einem Horrorstreifen, der in einen Kessel voll überbordendem Katholizismus geplumpst war.

Das Holzkreuz. Maximilians Augen klebten daran fest. An dessen Vorderseite musste ein lebloser Mensch hängen. Auf dem Kopfende hockte ein Kolkrabe. Sein blutverschmierter Schnabel … Maximilian wollte diesen Gedanken nicht zu Ende denken. Der pfeildurchbohrte Schwan am Fuße des Kreuzes komplettierte den schauerlichen Anblick.

Seine unbändige Lust auf einen wilden Ritt auf den Wellen des aufbrausenden Bodensees war mit einem Mal wie weggeblasen. Seine Malerecke war entweiht. Dieser grausige Fund drehte ihm den Magen um. Er hatte es gar nicht kommen sehen, da stemmte er schon beide Hände auf die Knie und entledigte sich über seinem Surfbrett der halb verdauten Müsli-Kreation. Sein taumelnder Körper folgte einem stumpfen Mechanismus. Ohne sich die Flocken seines Erbrochenen aus den Mundwinkeln gewischt zu haben, wanderte seine Hand in die Hosentasche und fischte nach dem Handy.

3

Der Blätterreigen tippte gegen die Fensterscheibe. Ein Ausläufer des Föhnsturms beutelte den Kirschbaum im Garten gehörig durch.

Ihr Handy brummte ebenfalls Sturm. Ein nicht enden wollendes Surren. Dabei befand sie sich noch im verheißungsvollen Reich des Halbschlafes. Die Nacht war kurz gewesen. Viel zu kurz. Turbulent. Schlaflos. Vollmondnächte raubten ihr zurzeit den Schlaf.

Sturmklingeln Stufe zwei. Wattig drang der nervtötende Ton an ihr unter den warmen Bettdeckenzipfel gebettetes Ohr. Das Glück war wie eine Aubergine in der Schale auf dem Kühlschrank. Hatte es nicht so oder so ähnlich geheißen? In dem Gedicht, das ihr letztens untergekommen war?

Clara fühlte sich im Moment selbst wie eine Aubergine. Eine, die ihre Zeit in der Schale auf dem Kühlschrank überzogen hatte und nun ganz schrumpelig war. Das war ja mal ein tolles Glück. Ihr Schädel brummte und hämmerte. Wie nach einer durchzechten Nacht zu ihrer besten Zeit im Venedig des Nordens. Hamburger Nächte waren damals lang gewesen. Glück fühlte sich irgendwie anders an.

Das penetrante Geplärre ihres nimmermüden Diensthandys war mittlerweile in ein schrilles Klingeln übergegangen. Stufe drei. Es hallte in ihrem Brummschädel wider wie das dröhnende Schiffshorn von einem der vielen aus dem Hamburger Hafen auslaufenden Containerkolosse.

Kraftlos griff sie nach dem zweiten Kissen und zog es über ihren Kopf. Doch Widerstand war zwecklos. Sie schnaubte und schubste das Kissen wieder von sich. Entnervt pustete sie sich eine Haarsträhne aus dem Gesicht.

Umständlich robbte Clara einmal quer über das Bett, um nach dem krakeelenden Ding auf dem Nachttisch zu greifen. Krachend fiel es zu Boden. So hievte sie sich zum Bettrand, griff erneut nach dem Teufelsknochen und nahm ab. »Clara Meißner?«, knurrte sie in ihr Smartphone.

»Clara, fünfzehn Minuten. Ich hole dich ab. Wir haben einen Mord!«

Tuten. Einfach aufgelegt. Marc, der Mann der tausendundeins Wörter. Aber immerhin blieb Clara eine Viertelstunde, bis ihr ruppiger Kollege bei ihr aufschlug. Das würde reichen, um den restlichen Fruchtsalat aus dem Schälchen zu verschlingen und sich selbst in Schale zu werfen. Aber sie war auch keine normale Frau. Nicht mehr. Nein, das war Haarspalterei. Die Axt war aber am Seelenbaum. Mehr. Schon mitten durch.

Clara erhob sich schlaftrunken aus ihrem Bett, schlurfte barfuß über die kalten Fliesen zum Kühlschrank hinüber und nahm das abgepackte Schälchen heraus, das ihr die Vermieterin tags zuvor dankenswerterweise vor die Tür gestellt hatte. Sie kramte einen Löffel aus der Spüle und pflanzte sich an den Tisch.

Clara hatte sich vor sechs Monaten in das Einzimmerappartement eingemietet. Normalerweise, das hatte ihr die Hauseigentümerin bei ihrem Einzug erklärt, blieben die Mieter, zumeist Feriengäste, nur wochenweise. Doch sie war ein sehr gern gesehener Langzeitgast. Und als Kriminalhauptkommissarin verlässlich zahlende Kundschaft.

Clara schätzte ihr kleines Appartement. Mit einem Bett, einer Küchenzeile, einer kleinen Tischecke, einem Kleiderschrank und einem Bad war es auf das Nötigste beschränkt. Alles in einem Zimmer. So herrlich unkompliziert. Es erfüllte seinen Zweck. Die massiven Holzmöbel, die terrakottafarbenen Bodenfliesen, die weißen Scheibengardinen und die rot-weiß karierte Bettwäsche verliehen dem Raum ein richtig uriges Flair. Die Lage trug ihr Übriges dazu bei.

Das Ferienappartement befand sich im Obergeschoss eines bäuerlich anmutenden Landhauses in der Fünftausend-Seelen-Gemeinde Eriskirch. Ein behagliches Erholungsnest am Bodensee, eingebettet in eine bezaubernde Uferlandschaft mit einem Schilfgürtel, einem Auwald und prächtigen Riedwiesen. Ein verträumter und durch und durch zufriedener Ort, der sich aus fünfzehn locker in die Landschaft eingestreuten Ortsteilen zusammensetzte. Manche von ihnen bestanden lediglich aus vereinzelten Wohnhäusern, Gehöften und Weilern. Die Ferienwohnung lag im Ortsteil Moos, einem zwischen weiten, üppigen Grünflächen, Wald und Obstplantagen in die Natur eingepflanzten Hort des Einklangs und der Ruhe. Hier sagten sich Fuchs und Hase gute Nacht, und Clara konnte von hier aus nicht nur den Alpenblick bewundern, sondern fußläufig auch den Bodensee und das Eriskircher Ried erreichen.

Sie genoss diese Ruhe. Eriskirch konnte nicht mit Flaneuren und Shoppingtreiben und schon gar nicht mit dem hektischen Nachtleben des Großstadtdschungels aufwarten. Damit hatte Clara in Hamburg ausreichend Bekanntschaft gemacht.

Sie hatte nach der Matura an der Polizeihochschule Villingen-Schwenningen studiert. In ihren ersten Berufsjahren hatte es sie in den Schwarzwald verschlagen, nach Lörrach. Zur Bekämpfung der Cyberkriminalität, als das Web 2.0 gerade en vogue geworden war. In die Tücken und Lücken des World Wide Webs hatte sie sich damals richtig reingefuchst. Nach einigen Dienstjahren bei der dortigen Kripo war sie dann zum Landeskriminalamt Hamburg übergesiedelt. Sie hatte nach der schwierigen Zeit mit ihrer Mutter in der Schweiz einfach Abstand gebraucht. Beinahe hätte es sie in den Stuttgarter Kessel oder nach Karlsruhe verschlagen. Doch der Bodensee und der Schwarzwald hatten als natürliche Barriere nicht ausgereicht. Es hatte der hohe Norden ganz am anderen Ende Deutschlands sein müssen.

Seit einem halben Jahr war sie nun bei der Friedrichshafener Polizeidirektion. Die ersten Wochen an der Seite von Kriminalhauptkommissar Marc Steingruber waren steinig gewesen. Und steinig war noch die blumigste Umschreibung. Eher felsig, wenn nicht gar hohe Klippen. Clara war in übergroße Fußstapfen getreten. Das hatte man sie gleich an ihrem ersten Tag im Kommissariat an allen Ecken spüren lassen. Die Stapfen eines Mammuts. Sie hatte den pensionierten Horst Haberle beerbt. Und der Horst, der hat's genau genommen. Dem Horst, dem war nichts, aber auch gar nichts entgangen. Von diesem heroischen

Geist der allzeit penibel ermittelnden Spürnase hatten ihr die neuen Kollegen bis zum Erbrechen vorgeschwärmt.

Doch bei aller Glorifizierung des Horst Haberle war Clara ihr Ruf vom Landeskriminalamt Hamburg nach Friedrichshafen vorausgeeilt. Sie hatte den vergangenen Herbst in Japan zugebracht. Und sie war als diejenige Mordkommissarin zurückgekehrt, die den Shiraito-Katana-Fall bravourös gelöst hatte.

Das LKA Hamburg hatte sich an die Fersen einer hochkarätigen Kunstschmugglerbande geheftet. Bei deren letztem Coup in der Hamburger Kunsthalle war ein Wachmann zur falschen Zeit am falschen Ort und letzten Endes mausetot gewesen. Dicke Fische also. Clara hatte die Fährte aufgenommen und die Bande bis nach Tokio verfolgt. Der dortige Auftraggeber, Tagayuki Shusaki, war ein bekennender Kunstliebhaber gewesen.

Gewesen. Sie hatte den an der Universität Tokio lehrenden Professor noch keine Woche observiert, da war er ermordet worden. Der achtundfünfzigjährige Philosoph war in der Präfektur Shizuoka an den Shiraito-Wasserfällen auf der Halbinsel Itoshima am Fuß des Mount Fuji von einer Wandergruppe tot aufgefunden worden. Statt auf das herbstlich rote Laubkleid des uralten Banryu-Ahorns waren sie auf den mystisch anmutenden Leichnam getroffen. Er hatte hinter einer Front unzähliger seidendünner Fäden des Schneeschmelzwassers des Fuji zusammengesunken auf dem Felsplateau gekniet. Ein Katana hatte seine linke Brust tief durchbohrt.

Die Tokioter Mordkommission hatte Clara wegen eines möglichen Zusammenhangs mit dem Kunstraub um ihre Unterstützung gebeten. Sie war anfänglich von einem Selbstmord ausgegangen. Die dortigen Rechtsmediziner und der Waffentechniker der Kriminalpolizei hatten ihr aber unmissverständlich zu verstehen gegeben, dass es sich um Mord handeln musste. Nie und nimmer hatte sich der kniende Professor ein solch langes Katana nahezu waagerecht in die eigene Brust rammen und dabei noch das Herz durchbohren können. Um die Rippenbögen zu durchstoßen, hätte der Schwertgriff mit beiden Händen fest umfasst und der Stoß mit Wucht ausgeführt werden müssen. Auch wäre der leblose Körper bei einem Harakiri zur Seite weggesackt. Eine Inszenierung also.

Unter diesen Gesichtspunkten hatte Clara gemeinsam mit den japanischen Ermittlern den Tatort noch mal genauestens unter die Lupe genommen und keinen Stein auf dem anderen gelassen. Und sie war es dann gewesen, die auf der am See gelegenen Landzunge ein blutverschmiertes Taschentuch mit den Initialen T.M. im Gras gefunden hatte.

Relativ zügig hatten die Ermittler den zerstreuten Doktoranden Tomoya Mikami im Visier gehabt. Ein komischer, eigenbrötlerischer Kauz. Geradezu besessen von seinem Doktorvater. Und ein ausgebildeter Kampfsportler. Er hatte an der Universität den Selbstverteidigungskurs in Jiu-Jitsu unterrichtet. Bei der Mordwaffe hatte es sich um ein Zierstück aus der Vitrine im Trainingsraum der Kampfsportstätte gehandelt. Unter der erdrückenden Beweislast war der Promotionsstudent schließlich eingeknickt und hatte den Mord gestanden. Und Clara hatte sich im Land der aufgehenden Sonne als durchwegs versierte Mordermittlerin einen Namen gemacht. Auch wenn sie gegen die Lieblingsspürnase »Detektiv Conan« nicht anstinken konnte – die Ermittlungsleistung war ähnlich spektakulär und aufsehenerregend gewesen.

Es hupte lautstark vor dem Fenster ihres Ferienappartements. Marc. Da hatte sie die Viertelstunde doch mächtig unterschätzt.

Clara ließ ihren halb verputzten Fruchtsalat stehen, warf sich eine schwarze Bluse über und begab sich an den Schrankspiegel. Socken übergestülpt und einbeinig hüpfend in die Jeanshose gezwängt. Die Morgendusche musste entfallen. Sei's drum. Sie hatte ja noch in der Nacht ausgiebig geduscht.

Ohne ihre üblichen Accessoires würden sie aber keine zehn Zebras aus dem Haus bekommen. Clara nahm sich das über dem Stuhl hängende rote Haarband mit den weißen Pünktchen, streifte es sich über den Kopf und rückte es in ihrem schulterlangen gelockten Haar zurecht. Anschließend huschte sie ins Badezimmer, nahm die beiden goldenen Kreolen von der Ablage und steckte sie sich an die Ohren.

Sie begutachtete sich im Spiegel. Mit ihren bald neununddreißig Jahren hatte sie sich gut gehalten, kaum Falten im Gesicht. Sie steuerte straff auf die vierzig zu. Midlife-Crisis? Dafür hatte sie keine Zeit. Sie hatte andere Sorgen. Zugegeben, die Haare waren schwarz gefärbt, weil sie sich als Schneeweißchen nicht mehr sehen konnte. Die prägnant spitze Nase hatte sie von ihrer Mutter. Nicht aber die Katzenaugen. Und ihre Iris waren dermaßen tiefblau, dass sie an manchen Tagen wie Kobalt funkelten. Im Sonnenschein nahmen sie gar einen sanften Violettstich an. Ihre Mutter hatte helle rehbraune Augen gehabt. Jedoch den gleichen Lilastich. Vor ihrer Erblindung. Jetzt waren ihre Pupillen und Iris weiß.

Claras Hang zu Haarband und Kreolen und ihr dunkler Teint hatten ihr bei ihren LKA-Kollegen in Hamburg den Spitznamen »Esmeralda« eingebrockt. Auch wenn die sommerliche Hauttönung künstlich war und von einer Bräunungscreme herrührte. Eigentlich hatte sie leichenblasse Haut. Ein Muggeseggele an alemannisch angehauchtem Kauderwelsch reichte im hohen Norden aber auch schon vollkommen aus, um als exotischer Sonderling abgestempelt zu werden. Wenn sie sich nicht konzentrierte, um die Dialektbabbelei im Zaum zu halten, färbte das Schweizerdeutsch ihre Zunge unmerklich ein.

Ein lang gezogener Huper. Clara schnappte sich das ebenfalls über dem Stuhl hängende Holster mit ihrer Dienstwaffe und die olivgrüne Jacke vom Kleiderhaken, schwang sich ihre Handtasche um und steuerte auf die Haustür zu, wo sie in ihre weißen Sneaker schlüpfte. Dann eilte sie durchs Treppenhaus hinunter.

Marc Steingruber warf der ihm zum Jahresbeginn an die Seite gestellten Kollegin einen vorwurfsvollen Blick zu, als sie seinen komfortablen Audi A6 in Schwarzmatt bestieg. Clara wusste inzwischen, dass er es hasste zu warten. Er saß auf heißen Kohlen. Doch die peinliche Stille wich schnell.

»Na, ist dein fahrbarer Untersatz immer noch in der Werkstatt?«, fragte er, während er in mehreren Zügen den Wagen, der nicht für schmale Schleichwege gebaut war, wendete.

Clara verdrehte die Augen. Ihr knallroter Toyota Yaris, ihre Knutschkugel, hatte den Geist aufgegeben. Vermutlich ein Marderbiss.

Sie liebte den unschuldigen dörflichen Charakter, den Eriskirch verströmte. Von so manch einem ihrer LKA-Kollegen in Hamburg war sie müde belächelt, ja fast schon verspottet worden, weil sie sich nach ihrem durchschlagenden Erfolg in Japan doch tatsächlich in die Niederungen einer normalen Mordkommission am Bodensee versetzen lassen wollte. Doch der Tapetenwechsel war bitter nötig gewesen! Ihre Mutter war erblindet und auf eigenen Wunsch hin aus dem Kloster in der Schweiz in ein betreutes Altersstift nach Langenargen übergesiedelt. Langenargen war der Ort ihrer Kindheit. Clara konnte verstehen, dass es ihre Mutter dorthin zurückzog. Und sie wollte nach dem Verlust ihrer Sehkraft für sie da sein. Aus Hamburg heraus ein Ding der Unmöglichkeit. Alles wäre aus Hamburg heraus unmöglich gewesen. Das Leben war vergänglich. Japan war wie ein Weckruf gewesen.

Marcs Wagen hatte mittlerweile das kurze Waldstück bei Moos hinter sich gelassen und war an der Kreuzung auf die Landstraße in Richtung Langenargen abgebogen. Clara blickte zu ihrem Kollegen hinüber und musterte ihn. Er nahm nicht nur die Kurven rasant wie ein Stuntman. Er hatte auch das Erscheinungsbild eines Actionstars. Der sieht aus wie Til Schweiger!, schoss es Clara unwillkürlich durch den Kopf, als sich der Wagen geschmeidig in die Kurve legte. Kein anschmachtendes Wow. Nein, mit Männern war sie definitiv durch. Eher eine Art Aha-Erlebnis.

Mit seinen fünfunddreißig Jahren fühlte Marc sich fit und stark und männlich. Auch das hatte Clara begriffen. Er war sportlich und durchtrainiert, die Sorte Mann, die nach einem kräftezehrenden Triathlon gleich noch den nächstbesten Gipfel erklomm. Und tatsächlich war Marc ein passionierter Läufer. Einer, der auch Berge hochwuselte. Der stattliche, muskulöse Körperbau konnte sich sehen lassen. Die kurzen dunkelblonden Haare und das Kinngrübchen verliehen ihm diese extreme Ähnlichkeit mit Til Schweiger. Auch der Dreitagebart.

Ja, sie hatte diese Marotte. Immerzu suchte sie in ihren Mitmenschen Ähnlichkeiten mit prominenten Persönlichkeiten. Bei sich selbst hatte sie aufgrund der Katzenaugen und der spitzen Nase eine Prise Andrea Sawatzki diagnostiziert. Obwohl sie überhaupt keine roten Haare hatte.

Auch Marc hatte nicht die für den zwischen Manta, Explosionen und diversohrigen Knuffeltieren heimischen Filmstar so typischen verkniffenen Augen. Satte, schilfgrüne, leicht mandelförmige hatte er. Er näselte auch nicht so nervtötend. Vorne trug er das Haar ein wenig länger und zur Tolle gegelt. *Rockabilly-like.* Verwegen. Und dann war da noch dieses kidneybohnenförmige Muttermal auf Marcs Stirn oberhalb der rechten Augenbraue. Dennoch brachte sein unverhohlener Hang zu schluffigen Bootcut-Jeans und Kaschmirpullovern den Rollfilm in Claras Kopf mächtig in Schwung. Marc war der Tschiller, Schweigers »Tatort«-Alter-Ego, mit der Kidneybohne.

Auch wenn sie eher der Sportmuffel war, so hatten sie und ihr Kollege doch eine Gemeinsamkeit. Beide hatten sie kein glückliches Händchen für intakte Beziehungen. Marc lebte von seiner Noch-Ehefrau Andrea getrennt. Sie war mit ihrem gemeinsamen Sohn Paul in ihrem Haus in Konstanz geblieben. Die Scheidung stand bevor, und es war nicht aus der Luft gegriffen, dass ihr das alleinige Sorgerecht für den neunjährigen Spross zufallen könnte.

Marc war schon immer Vollblutkommissar gewesen. Zu oft fristete er auch die Abendstunden in seinem Büro im Friedrichshafener Kommissariat, oder er schleppte seine Fälle gedanklich oder gleich stapelweise in Akten mit nach Hause. Für seine Familie war er dadurch ein wandelnder Geist in den eigenen vier Wänden gewesen, förmlich aufgefressen von den ihn belastenden Mordfällen. Dass er dann auch noch seine dienstfreie Zeit an den Wochenenden allein auf seinen Laufstrecken entlang des Obersees zwischen dem Konstanzer Trichter und der Bregenzer Bucht verbringen musste, hatte die ganze Sache nicht einfacher gemacht. Nun hatte er den Salat. Von seiner eigenen Frau vor die Haustür gesetzt.

Er hatte sich mit Sack und Pack in einer kleinen Dachgeschosswohnung in der Fußgängerzone der Friedrichshafener Innenstadt einquartiert. Immerhin konnte er sich jetzt den allseits gefürchteten Stop-and-go-Verkehr zwischen Friedrichshafen und Meersburg schenken. Außer dem unschlagbar kurzen Arbeitsweg konnte er diesem Schlamassel aber nur wenig abgewinnen. Seinen Sohn Paul sah er seit der Trennung nur noch selten.

Clara war es mit ihrem Thorsten nicht besser ergangen. Mit ihm hatte sie in Hamburg ein prunkvoll im Landhausstil gehaltenes Architektenhaus direkt an der Alster bewohnt. Doch bis auf den Wohnsitz hatten sie wenig bis gar nichts gemein gehabt.

Thorsten war Chefarzt in der Herzchirurgie im Universitätsklinikum Hamburg-Eppendorf. Die liebesschwachen Pumpen zweier von Grund auf verschiedener Menschen hatte er nicht flicken können. Er war über zehn Jahre älter als sie. Nicht selten hatten sie sich nach der Arbeit wegen der Abendgestaltung in den Haaren gelegen.

Clara genoss den Feierabend gern auf der Couch. Ein Glas Rotwein zur Hand und ihre Lieblingssitcoms auf dem Bildschirm. Das Programm für Unterprivilegierte, wenn man Thorsten Glauben schenkte. Er war da anders gestrickt. Seine filigranen Hände, die tagsüber die Herzen seiner Patienten höherschlagen ließen, klimperten abends gern auf den Tasten des sündhaft teuren Steinway-Flügels. Das war aber bei Weitem noch nicht der größte Reibungspunkt gewesen.

Kinder. Bei diesem leidigen Thema waren die Funken erst so richtig geflogen. Tongewaltiger Knatsch inklusive. Je mehr Thorsten seine Manneskraft hatte schwinden sehen, desto unerbittlicher und fordernder war er in dieser Angelegenheit geworden. Clara wollte auf Gedeih und Verderb keine Kinder. Nicht nur, dass sie den Raubbau am eigenen Körper nicht hatte erdulden wollen. Diesem Argument hatte Thorsten ohnehin relativ zügig den Wind aus den Segeln genommen. Leihmutterschaft. Das magische Wort. Das nötige Kleingeld hierfür hatten sie gehabt.

Doch Clara wollte nicht nur keine Kinder bekommen. Sie wollte partout keine Kinder *haben*. Und ganz besonders keine

Kinder aufziehen. Einen Cedric, der unter Genickstarre leiden würde, weil er immerzu seinen trendig lang gewachsenen Pony aus der Stirn schleudern musste? Eine Pia-Sophie, raus aus der Wiege, rein in den Influencer-Beauty-Salon? Oder einen Kevin, der die Augen seiner Brudis küsste?

Aber das kratzte lediglich an der Oberfläche. Fassade wahren. Ihr Hemmnis lag weitaus tiefer vergraben. Warme Mutterworte? Sie wäre stumm. Muttergefühle? Taub. Mutterliebe? Blind im Herzen. Nie hatte sie Mutterliebe erfahren. Nie würde sie eigene Mutterliebe aufbringen können. Nein, diesem Fass ohne Boden wollte sie sich nicht hilflos aussetzen. Nicht in einer Million Jahren. Dieser Kelch konnte getrost an ihr vorübergehen.

Und das war er. Sie hatte den Kelch zerbrochen, unverblümt Tatsachen geschaffen. Gekappte Eierstöcke. Das Öl im zu lange auf Sparflamme gehaltenen Feuer. Die Fronten waren danach hart wie Beton gewesen. Vor die Tür hatte er sie nicht setzen müssen. Sie hatte freiwillig ihre Siebensachen gepackt und war in eine biedere Einliegerwohnung in der Innenstadt gezogen. Die Scheidung hatte sie eingereicht. Mittlerweile war es nur noch der Nachname, der sie mit ihm verband. Scheiternde Beziehungen. Eine Berufskrankheit der Kommissare.

Die große Blitzerkiste am Straßenrand hatte Marc eben erst in allerletzter Sekunde registriert. Gerade noch rechtzeitig, um beherzt auf die Bremse zu tappen. Oft war es das Offensichtliche, das man übersah. Er blickte sich nach seiner schweigsamen Beifahrerin um. Der Ruckler hatte sie nicht aufgerüttelt. Sie schaute gedankenverloren aus dem Fenster.

Eigenartig. Sie hatten noch kein Sterbenswörtchen zu ihrem bevorstehenden Mordfall gewechselt. Gerade überquerten sie den Bahnübergang am Ortseingang bei Langenargen. Rechter Hand stach Marc ein besonders hübsches Backsteinhaus ins Auge. Dessen Außenfassade hatte eine überreiche Blauregenstaude mit ihren schlangenartigen blauvioletten Blüten in unbändigem Wuchs erobert.

Marc fuhr den Wagen in den kopfsteingepflasterten Ortskern

und drosselte das Tempo auf Schrittgeschwindigkeit. Schließlich wollte er den Smiley auf der Tempoanzeige nicht mit bedröppelter Lätsche sehen. Sofort sprang ihm der übergroße gelbe Wegweiser gegenüber der Kirche ins Auge. »Uferpromenade 0,1 km«, teilte er mit. Eine Zeile tiefer prangte neben der Aufschrift »Katholische Kirche« ein Pfeil, der auf das Kirchengebäude auf der gegenüberliegenden Straßenseite zeigte. Marc musste schmunzeln. Verirren konnte man sich in dieser Seelenbaumel-Oase nicht. Örtliches Navi im Wohlfühlpaket kostenlos inbegriffen. Ein Schilderdschungel, für den der gute Kolumbus auf seiner Suche nach Indien sicherlich sein letztes Edelmannhemd gegeben hätte.

Sie passierten rechter Hand das Altersstift, in das sich Claras Mutter hatte einquartieren lassen. Links folgte das Langenargener Rathaus, davor auf dem Marktplatz der Fischerbrunnen mit den wasserspeienden Fischen im Netz. Der wurde an Ostern immer so herrlich aufgeschmückt. Jetzt im Sommer wurden auf dem Brunnentrog bei Rast und Ruhe die Eiswaffeln geknuspert.

Schließlich ließen sie den Ortskern hinter sich. Auf der Oberen Seestraße erblickte Marc den knallroten Steinbau des ehemaligen Amtshauses mit seinem Staffelgiebel. Die eingemauerte Kanonenkugel war ein echter Hingucker. Diese hatten die streitlustigen Truppen Napoleons im Mai 1800 vom Bodensee aus in die Fassade des vormaligen Gebäudes gedonnert. Sein Blick verfinsterte sich. Der Mord letzte Nacht war dem Örtchen ebenfalls tief ins Mark hineingedonnert worden.

Am Ende der Straße lag die kleine Stichstraße zur Malerecke vor ihnen. Weit kamen Marc und Clara allerdings nicht, denn es wimmelte bereits von Transportern der regionalen und überregionalen Medien. Marc stellte hinter der Kolonne den Motor ab.

»Wie … ist der Fall denn gelagert?«, fragte ihn Clara endlich.

»Eine Kreuzigung.« Marc war selbst ganz baff, wie leicht er das über die Lippen brachte. Zumindest Clara schien das gehörig zuzusetzen. Sie war auf einen Schlag kreidebleich.

4

Richtig tief hatte Marc in die Trickkiste greifen müssen, um Clara endlich aus dem Wagen zu bewegen. Sie hatte beim Anblick dieses rummelartigen Auflaufes ordentlich das Muffensausen gepackt. Zwischen der zusammengewürfelten Meute aus schaulustigen Anwohnern, Touristen sowie Reportern und Kameraleuten hatten sie sich inzwischen bis zum steinernen Naturstrand der Malerecke hindurchgeschlängelt. Das rot-weiß gestreifte Absperrband trennte die asphaltierte Stichstraße vom Tatort. Und die Polizeibeamten von der sensationsheischenden Meute.

Noch vor dem Naturstrand knieten zwei Beamten des Kriminaldauerdiensts Ravensburg auf dem Asphalt in einem eigens abgesperrten Bereich an der Hainbuchenhecke auf der linken Seite der Stichstraße. Sie begutachteten und fotografierten gegenüber dem letzten villenartigen Wohnhaus vor der Malerecke eine gut zwei Meter breite Schneise, die nach Marcs Ersteinschätzung wohl ein gewaltiges Trumm von einem Fahrzeug bei einer aufwendigen Rangieraktion in die Hecke gewalzt haben könnte. Immer wieder versuchten sich hier laufunfreudige Strandgäste an teils überambitionierten Wendemanövern.

Clara und Marc ließen die beiden Kriminaltechniker erst einmal ihre Arbeit tun und zeigten dem zwischen den beiden Pollerstangen wachenden Polizisten ihre Dienstmarken vor. Hinter dem Absperrband wurden sie von einem weiteren Polizeibeamten in weißem Overall in Empfang genommen. Er händigte ihnen ihre Schutzmontur aus. So einkokoniert verschafften sie sich ein erstes Bild vom Tatort.

Die Malerecke, die der Täter für seine Zwecke missbraucht hatte, verdankte ihren Namen den von der Muse geküssten Malern, die es mit ihren Bildstaffeleien und Skizzierblöcken an diesen sonst so friedlichen Naturstrand zog, und dem malerischen Blick über das Schwäbische Meer zu den Appenzeller Voralpenbergen und dem dahinter imposant aufragenden Säntismassiv. Steingewordene Riesen und eine bildgewaltige, wunderschöne Laune der Natur. Das entartete Kunstwerk, das sich ihnen in diesem Moment am Tatort darbot, hatte mit dieser Idylle nicht im Entferntesten etwas gemein.

Marc kannte die Malerecke wie seine eigene Parkatasche. Als eingefleischter Bodenseeianer war er zwar nach seinen regelmäßigen Schwimmgängen immer wieder aus dem See zu bekommen, dieser aber nicht mehr aus ihm. Dass ihm noch keine Schwimmhäute gewachsen waren, war gerade auch alles.

Er machte sich daran, den Einsatzleiter aufzusuchen. Der war gerade händeringend damit beschäftigt, eine Gruppe Gaffer auf einem Seitenarm des am Naturstrand entlangführenden Weges hinter dem Absperrband im Zaum zu halten. Marc nahm seinen Kugelschreiber zur Hand und klappte seinen Spiralblock auf. »Wer hat die Leiche denn aufgefunden?«

Der Einsatzleiter vom Kriminaldauerdienst zeigte mit dem Finger hinüber auf das Clubheim der Windsurfer. Dort kauerte an der Hecke vor einem durch die Witterung bereits leicht heruntergekommenen Surfbrett ein junger Mann zwischen zwei Polizeibeamten. Sein eigenes Surfbrett lag am Boden. Benetzt von seinem Erbrochenen. Seine sonnengebräunte Haut, die unter dem eng anliegenden Kapuzenpullover muskelbepackten Oberarme und die wild wuchernden blonden Korkenzieherlocken machten ihn zu einem Beach Boy, wie er im Buche stand. Oder aber in der Auslegebroschüre einer australischen Surfschule. In den Wellen mochte er keine Nerven zeigen. Der Anblick des Toten hatte ihm aber sichtlich zugesetzt, so viel stand fest.

»Maximilian Widmann, zweiundzwanzig. Die Personalien haben die Kollegen bereits aufgenommen. Er ist Mitglied des Windsurfclubs und wollte heute Morgen wohl die Gunst des Sturms auskosten. Da hat ihm aber jemand gehörig ein Kreuz durch die Rechnung gemacht«, antwortete der Einsatzleiter mit staubtrockenem Sarkasmus.

»Wissen wir denn auch schon, wer da überhaupt am Kreuz hängt?«

Der Einsatzleiter strich sich grimmig durch den Schnauzbart. Die Zaungäste hatten ihn wohl bereits einige Nerven gekostet. »Ja, Dr. Klaus Hübner. Achtundfünfzig Jahre. Seines Zeichens Leiter der Abtreibungsklinik in Bregenz. Wir haben seine Geldbörse relativ hurtig dort hinten im Abfallbehälter für Grillkohlereste gefunden. Aber die Identifizierung wäre auch so keine Raketenwissenschaft gewesen. Der Klaus Hübner ist in der Region zigfach durch die Lokalpresse rauf- und runtergewandert. Hier am Bodensee war er bekannt wie ein bunter Hund. Die radikalen Abtreibungsgegner der Konstanzer ›YesLife‹-Bewegung haben ihn mordsmäßig auf dem Kieker gehabt.«

Marc ließ sich seine Unwissenheit nicht anmerken. Der Name des Abtreibungspapstes war ihm noch nie zuvor untergekommen. Geschweige denn diese lebensbejahende Bewegung. Was aber auch daran liegen mochte, dass er sich bislang nicht eingängig mit Abtreibungen beschäftigt hatte. Den Namen der Aktivistengruppe und deren Groll gegen den Toten notierte er sich jedenfalls dick und fett in seinem Notizblock.

Er warf einen Blick zu Clara hinüber. Wie auf rohen Eiern ging sie über den Steinschotter, vorbei an den mit nummerierten gelben Stelltäfelchen gekennzeichneten Spuren. Dann verharrte sie in angespannter Haltung unterhalb der Baumgruppe beim Holzkreuz und musterte die Leiche von unten bis oben. Ob sich im Shiraito-Katana-Fall die Befragungen auch von allein erledigt hatten? Hatte sie den kniffeligen Fall etwa auch durch Herumschlendern gelöst? Und starrte sie immer so unverfroren auf die Leichen? Fast war ihm, als läge beim Anblick des Verstorbenen ein überlegenes Lächeln auf Claras Lippen.

Wie abwegig. Schleunig verwarf Marc diesen abstrusen Gedanken, der ihm im zweiten Moment böswilliger erschien, als er ihn erdacht hatte. Neid machte erfinderisch. Clara hatte den Shiraito-Katana-Fall eigenhändig gelöst. Natürlich ging auch schon mehr als ein gelöster Fall auf Marcs Kappe. Darum ging es nicht. Die Mörder, die er hinter Schloss und Riegel gebracht hatte, waren aber durch akribische Ermittlungsarbeit überführt worden. Schicht um Schicht. Nervenzehrend, oft frustrierend.

Nicht selten ging es an Substanz und Nieren. Er hatte nicht diese intuitive Spürnase.

Das war kindisch. Er sollte eigentlich professionell genug sein, um sich nicht von solch albernen Gedankenspielen ablenken zu lassen. Schon gar nicht an einem Tatort. Oder fühlte er sich zum Helfershelfer degradiert? Watson in spe. Quatsch mit Soße. Die Arbeitsteilung hielt ein eingeschwungenes Ermittlerduo intakt. Nichts war schlimmer als Sand im Getriebe. Und dass Clara und er nach so wenigen Monaten der Arbeitspartnerschaft ohne jeglichen Wortwechsel oder gar eine ausgedehnte Vorabsprache die Ermittlungsarbeit aufnehmen konnten, sollte ihn eigentlich zufrieden stimmen.

Die Spurensicherer und Mitarbeiter des Erkennungsdienstes hatten die Auffindesituation der Leiche inzwischen akribisch aus allen möglichen Winkeln fotografiert. Am Fuße des Kreuzes packte gerade ein am Boden kniender Weißkittel etwas, das für Clara wie ein Zigarrenstummel aussah, vorsichtig mit einer langen Pinzette in einen Asservatenbeutel. Hinter dem Kreuz lag ein pfeildurchbohrter Schwan am Boden. Dessen lebloser Kopf war gegen den im Boden steckenden Holzbalken gekrümmt. Der Pfeil mitten durch den Wanst. Und über das weiße Gefieder verlief eine Blutspur. Dem roten Rinnsal entlang des Holzbalkens nach zu urteilen allerdings nicht ausschließlich Schwanenblut, sondern auch das des Opfers.

Clara begab sich zur Vorderseite und begutachtete den am Kreuz Hängenden. Walter Sittler. Sie konnte sich das unschickliche Grinsen einfach nicht verkneifen. Da war sie wieder, ihre Marotte. Die eitlen Kotletten, die stolze Nase und das mittellange Haar verliehen dem übel zugerichteten Toten dennoch eine entfernte Ähnlichkeit mit dem Schauspieler, der in der Sitcom »Nikola« den Chefarzt Dr. Robert Schmidt verkörperte hatte. Vielleicht war es aber auch der Beruf ihres Ex-Mannes, der diesen Gedanken in ihr aufkommen ließ. Auch er war ein eitler Pfau. Und irgendwie verband sie mit eitlen Pfauen den Chefarzt.

Clara wischte die Gedanken beiseite und musterte die Leiche. Sie hatte ansonsten mit dem Chefarzt der Sitcom wenig gemeinsam. Der war in der Serie immer klinisch rein gekleidet gewesen. Der Leichnam war bis auf die Unterhose entkleidet und von Kopf bis Fuß besudelt mit seinem eigenen Blut. Die Scheußlichkeit fesselte ihren Blick. Ihre Augen saugten die Ohnmacht des weltenlosen Entsetzens unweigerlich ein. Sie konnte sie einfach nicht von dem Toten am Kreuz lösen, sosehr sie auch wegschauen wollte.

Claras Blick blieb an der klaffenden Stichwunde auf der linken Seite der glatt rasierten Brust hängen. Dann schweifte er weiter zum Gesicht des Toten. Der Kopf hing schräg und schlaff nach unten. Die Augen waren geschlossen und die Gesichtszüge verzerrt. Erstaunlich, wie der eintretende Tod das durchlebte Leid einzufrieren imstande war.

Für einen kurzen Moment hatte Clara vergessen, nicht grundlos am ganzen Körper in Schutztüll eingemummt zu sein. »Ja sabberlodd no oins! Mei liebr Scholli! Willsch des Greids ned glei umarma?«, erinnerte sie der noch immer am Boden kniende Kriminaltechniker strengen Tonfalls umgehend daran.

»Der Abtreibungspapst.« Marc hatte sich am Ufer zu Clara gesellt und glänzte mit seinem just erworbenen Wissen. Er blickte nun ebenfalls in die Höhe, um das Gesicht des Opfers sehen zu können. »Feinde hatte er wohl zur Genüge. So viel steht fest. All denjenigen, die ein Handeln wider die Natur verabscheuten, hat er als Leiter einer Abtreibungsklinik ordentlich in den Napf gespuckt. Allen voran der YesLife-Bewegung. So ein Lebensbejaher-Netzwerk aus Konstanz. Er muss wohl ähnlich stark polarisiert haben wie die Schönheitskünstler der ästhetischen Chirurgie«, mutmaßte er.

»Da kannst du dir in Bregenz erst den Nachwuchs wegmachen lassen. Dann nach Lindau düsen und die Schwangerschaftsstreifen vom Körper zaubern lassen. Bei der Gelegenheit gleich noch das Fahrgestell runderneuern und den Po liften. Und zum krönenden Abschluss, wahlweise in Lindau oder retour in Bregenz, im Spielcasino mit einem ganz neuen Körpergefühl befreit aufs Ganze gehen. Alles auf Rot.«

Berufssarkasmus. Purer Selbstschutz von Amts wegen. Ohne schwarzen Humor ließen sich die grausamen menschlichen Abgründe, die sich an solchen Tatorten auftaten, nur schwerlich ertragen.

Marc fiel die Ösenschraube auf, die oberhalb des Kopfes des Opfers in das Holz gedreht war. In der Öse war ein metallischer Klipphaken eingehängt. An dessen Ende hing ein drei Finger breites Stückchen grünes Nylonband. So ausgefranst, als sei es durch grobe Einwirkung durchtrennt worden.

»Marc, Clara. Kommt mal her! Das solltet ihr euch genauer anschauen!« Die helle, ausdrucksstarke Stimme kam aus Richtung der Baumgruppe neben dem Vereinsheim des Windsurfclubs. Dort stand Jürgen Dettmeier. Er leitete die Kriminaltechnik im Friedrichshafener Kommissariat. Mit seinen dreiundvierzig Jahren war er drahtig, stand immerzu unter Spannung. Ein Mann der Tat. Vom gleichen Schlag wie Marc. Normalerweise unterstrich eine zum Pferdeschwanz gebundene blonde Haarpracht diese kernige Dynamik. Doch heute war sie unter der Überziehhaube des weißen Overalls verschwunden.

Marc umschiffte mit Clara im Schlepptau das Minenfeld der gesicherten Spuren hinauf zu der großzügig mit Absperrband umsäumten Baumgruppe. Zwischen den beiden Bäumen musste eine scheußliche Tortur stattgefunden haben. Das offenbarten die blutgetränkten Nylonseile, die um die Stämme gebunden waren. Auf dem grasbedeckten Boden zwischen ihnen zeichnete sich eine riesige Blutlache ab.

»Wir haben auf der Grasfläche auch Erbrochenes gefunden. Gut möglich, dass der Ermordete sich hier übergeben hat«, teilte Jürgen Dettmeier die bisherigen Erkenntnisse. Der Mageninhalt des Zeugen konnte es jedenfalls nicht sein. Den hatte Marc auf dessen Surfbrett verteilt gesehen.

Die Spezialisten der Spusi bewegten sich zwischen den beiden Pappeln ausschließlich auf ausgelegten Trittstegen fort. Vorsichtig dokumentierten sie mit ihren Fotoapparaten tief zur Erde gebeugt aus kurzem Abstand möglichst exakt Form und Größe der Blutspritzer rings um die Bäume herum. Fast hatte es etwas von graziler Naturfotografie.

Eine der Weißkittel hatte ihren Blick auf ihr Notebook geheftet und diktierte im Akkord Breite, Tiefe, Höhe und Winkelmaße der Blutspuren in ihr Diktiergerät. »Blutspritzer und vereinzelte Flussspuren an Rinde, Blättern und Grashalmen rings um die gut zehn Meter hohen Pappeln in einem Radius von einigen Metern verteilt. Blutspuren in Form eines Spritzmusters an beiden Baumstämmen erkennbar. Insbesondere auf dem Efeubewuchs des rechten. Vereinzelt Blutspritzer auf den Pappelblättern am Boden. Bereich vermutlich durch das breit gefächerte Laubwerk vor dem nächtlichen Regen geschützt.« Sie hieß Tina Nowak. Die Achtundvierzigjährige war eine ausgewiesene und international anerkannte Sachverständige auf dem Gebiet der Blutspurenmusteranalyse.

Tina Nowak entsprach dem Klischee, das viele Blutphobiker wohl von Spezialisten dieses Sachgebiets mit kafkaeskem Gruselfaktor im Kopf hatten. Jadefarben umrandete Augen, teerschwarz bemalte Lippen und eine Totenblässe. Hätte Claras Marotte angeschlagen – der weiße Overall verhinderte das –, so hätte sie für die Blutspurenspezialistin wohl am ehesten die No-Angels-Sängerin Lucy auf einem Gothic-Trip vor sich gesehen. Das rote, pumucklige Wuschelhaar kam jedenfalls in etwa hin. Auch der Nasenring war stimmig. Nur dass er der Kriminaltechnikerin mittig in der Nasenscheidewand steckte. Er verlieh Tina Nowak etwas Verruchtes. Und Clara kam insgeheim nicht umhin, sich von diesem anrüchigen Erscheinungsbild angezogen zu fühlen. Die Blutspurenspezialistin saß in der Hocke und führte einen Streifenlichtscanner über die braun-welken Blätter am Boden.

»Hochmodern. Mit diesem Schnickschnack können wir die Spuren dreidimensional aufnehmen«, erklärte ihnen Jürgen Dettmeier. Er musste bemerkt haben, dass Clara wie der Ochse vorm Berg auf die Hightech-Gerätschaft geschielt hatte.

Dettmeier zeigte auf den kleinen Bereich mit den Steinfelsen zwischen der Baumgruppe und dem Holzkreuz. »Da findet sich ebenfalls Blut. Blutige Handabdrücke und kleinere Bluttupfer. Wir vermuten, dass sich das Opfer von den Bäumen zum Kreuz geschleppt hat.«

Ein Moment betretenen Schweigens. Das musste eine Höllenqual gewesen sein.

»Bleiben Sie bitte zurück! Das ist ein Tatort und kein Abenteuerspielplatz!« Der bestimmte Tonfall des Einsatzleiters oberhalb des Naturstrandes ließ Clara aufhorchen.

Sie wandte sich um und erhaschte in der Menschenmenge hinter dem Absperrband einen so neugierig wie nervös dreinblickenden Gaffer. Hier läutete ihre Marotte wirklich alle Alarmglocken. Das war Radagast der Braune, wie er leibte und lebte. Dem schrulligen Zauberer aus der »Hobbit«-Trilogie war er wie aus dem Gesicht geschnitten. Er hatte exakt den gleichen ungepflegt wuchernden Almöhibart und die wirr-verfilzt abstehende Haarmähne. Clara konnte sich lebhaft vorstellen, wie dieses Wurzelmännchen auf den von Rhosgobel-Kaninchen gezogenen Schlitten aufstieg und die Ufer der Argen auf und ab bretterte. Einzig die Kleidung dieser dürren Person passte nicht ins Bild. Sie trug keinen braunen Zaubererumhang, sondern schmutzige, verwaschene Jeans und ein zerschlissenes, löchriges T-Shirt, bei dem selbst der Weiße Riese seine blütenweiße Flagge hissen würde. Der Erscheinung nach ein Obdachloser.

Clara erkundigte sich bei einem in der Nähe stehenden Polizisten nach dem Radagast-Verschnitt. »Sagen Sie, kennt man diesen Tippelbruder dort oben?«

Der Polizist erwiderte: »Ja, aber sicher. Das ist ›Finky‹. Also Michael Fink. Baujahr einundsechzig. Gescheiterter Jugendfußballprofi. Verletzungspech. Gelernter Schlosser. Früher Industriemeister in einer Gießerei. Ist wohl während der letzten Wirtschaftskrise hopsgegangen. Das hat sein Privatleben ganz schön aus den Angeln gehoben. Wurde von der Frau verlassen, hat zur Flasche gegriffen und wurde obdachlos. Soll auch generell ein gehörig gestörtes Verhältnis zum weiblichen Geschlecht haben. Das nur am Rande erwähnt. Ein richtiger Herumstreuner ist er geworden, der Finky. Hat in der Vergangenheit öfters in der Ausnüchterungszelle übernachtet. Daher kennen wir seinen Lebenslauf so gut.«

Clara kehrte der Baumgruppe den Rücken und steuerte schnurstracks auf den auffälligen Beobachter zu. Als der schmuddelige Typ die Kommissarin auf sich zuschreiten sah, machte er Anstalten, sich in Richtung Flussufer aus dem Staub zu machen. Das alte Männlein hatte trotz offensichtlich lädierter Hüfte einen ganz ordentlichen Zacken drauf.

»Bleiben Sie doch mal stehen! Ich möchte mit Ihnen sprechen!«

Der störrische Grantel sah wohl ein, dass es aussichtslos war, zu türmen, blieb stehen und drehte sich herum. »Ja bitte?« Seine Stimme klang heiser.

Erst jetzt aus der Nähe sah Clara die gelben Raucherzähne und die Hasenscharte, die aus dem wuchernden Bart herausstach. Einige Sekunden lang tasteten sie sich mit Blicken ab. Einen Takt zu lang. Clara durchdrang seine wassertrüben, mit Krähenfüßen unterlegten Augen. Auch wenn sein müder Blick erahnen ließ, dass er seines verkorksten Lebens überdrüssig war: Seine Regenbogenhäute, die mindestens so kräftig blau wie die ihrigen waren, strahlten eine ungebrochene Lebenskraft aus. Da war etwas. Da lag etwas in seinen Augen.

Clara durchbrach die Stille. »Finky, richtig? Weshalb sind Sie denn weggelaufen? Sie wirken so nervös.«

»I wo! Der Trubel war mir einfach zu viel. Ich brauchte Frischluft.«

Clara entging nicht, wie er die dreckigen Fingernägel seiner Daumen und Zeigefinger hektisch ineinanderhakeln ließ. »Kannten Sie das Opfer?«

Finky antwortete ohne das geringste Zögern. »Der hat es verdient!«

»Wieso das denn? Hatten Sie eine offene Rechnung mit ihm?«, hakte Clara nach.

Finkys Blick senkte sich. Fahrig zog er mit den völlig ausgelatschten, matschigen Wanderstiefeln einen Kreis in den Boden.

Dann schaute er wieder zu Clara auf. »Sollten wir das nicht alle haben? Dieser Kerl führte hier am See die Abtreibemaschinerie an. Wer Leben nimmt, hat sein eigenes verwirkt!« In Finkys Stimme schwang ein prophetischer Unterton mit.

Für eine Vorladung reichte ein so allgemein gehegter Groll nicht aus. Immerhin war es nicht von der Hand zu weisen, dass tatsächlich viele diese Haltung teilten und auch offen an den Tag legten.

»Man sagt, Sie kämen ganz schön viel herum, Finky.«

»Besser, es schmerzen am Abend die Füße vom Laufen als die Leber vom Trinken. Nicht wahr?« Finky lächelte verlegen und entblößte seine gelben Zähne.

Clara entschloss sich, es vorerst darauf beruhen zu lassen. Sie ließ den Landstreicher seines Weges ziehen.

Marc hatte sich indes weiter umgesehen und an der nur wenige Meter entfernten Feuerstelle, die ein Dutzend zu einer Pyramide aufgestellten Holzäste zierte, zwei interessante Entdeckungen gemacht. Nun war er es also, der den Tatort inspizierte. Und Clara diejenige, die die Zeugen befragte. Er hätte sich vorhin gar nicht so zu ärgern brauchen.

Der Kriminalhauptkommissar hatte zunächst an der Feuerstelle neben einem der Äste einen kleinen, metallischen, konusförmigen Anhänger entdeckt. Dessen Ende war augenscheinlich blutgetränkt. Eine nicht weniger interessante Entdeckung hatte er dann im Kohlehaufen der Feuerstelle gemacht. Dort hatte etwas gelegen, das so gar nicht zu einem gemütlichen Grillabend an der Malerecke passte. Eine vollständig erhaltene getrocknete Iris mit blaulilafarbener Blüte. Unter der Blume hatte ein handtellergroßer Zettel mit maschinengeschriebener Schrift gelegen. Darauf war ein Haiku zu lesen.

Ans Kreuze soll er.
Es sehen, ein letztes Mal.
Auf dass er sühne.

Der Regen hatte das weiße Stückchen Papier völlig aufgeweicht. Die Kollegen der Spurensicherung hatten sich eifrig ins Zeug gelegt, um die drei Beweisstücke sorgfältig einzutüten.

»›Es sehen, ein letztes Mal‹? Was sehen?«, dachte Marc laut nach. »Die Malerecke? Den Bodensee?«

»Oder das Kreuz? Das Tageslicht?«

Marc zuckte zusammen. Clara musste sich hinter ihn geschlichen haben.

Fast zwei Stunden hatten sich Clara und Marc nun am Tatort aufgehalten. Sie hatten genug gesehen und beschlossen daher, sich auf den Rückweg zu machen. Das bedeutete einen weiteren Spießrutenlauf durch die Journalistengasse. Ein Leichenfundort im freien Feld war eben wesentlich schwieriger von der Öffentlichkeit abzuschotten als ein Tatort innerhalb von vier Wänden. Die Schreckensnachricht würde sich in dieser Gegend bald herumgesprochen haben. Der Buschfunk funktionierte allgemeinhin auf dem Land unheimlich zuverlässig. Langenargen hatte, was abscheuliche Gräueltaten anbelangte, nicht gerade das, was man als Elefantenhaut bezeichnen würde. Der Mord am hiesigen Südtiroler Feinkosthändler lag schon ein ganzes Weilchen zurück. Und dass ausgerechnet der tapsige Braunbär M13 die Polizei durch einen von ihm umgeschubsten Baum – beschädigte Stromleitung und Feuer inbegriffen – zufällig zum Leichnam im Tiroler Oberland geführt hatte, machte jenes Verbrechen beinahe schon kinoreif.

Langenargen war ein friedlicher Ort. Wäre die Ortschaft eine Torte, dann eine Schwarzwälder Kirsch. Der Biskuit die heimelige Atmosphäre. Die Sahne die malerische Lage. Die sonnengeküssten Sommertage die Kirschen. Und die pure Lebenslust die Schokostreusel. Dolce Vita. Eine Schwarzwälder Kirsch, nach der sich nicht nur die große Annette von Droste-Hülshoff einst verzehrt hatte. Ein Ort, bei dessen Reizen den Touristen aus aller Herren Länder das Wasser im Munde zusammenlief. Exquisit und mit Klasse. Aber gediegen und geruhsam. Behäbiger Genuss. Nicht umsonst hatte die Ferres eine Zeit lang hier ihre Zelte aufgeschlagen gehabt. Marc konnte sich noch lebhaft an den Weihnachtsabend erinnern, an dem die Schauspielerin in einer Kutsche vor die Langenargener Kirche zum Krippenspiel chauffiert worden war.

Nun hatte ein gewaltiger Sturm das Sahnehäubchen heruntergefegt. Mitsamt den Schokostreuseln und der Schattenmorelle. Was die Grausamkeit anbelangte, konnte kein noch so perfider Mord in der Gegend dieser Schreckenstat an der Malerecke das Wasser reichen. Nicht einmal der Taximord, der vor neun Jahren schon sehr hohe Wellen geschlagen und weitläufig Angst und Schrecken verbreitet hatte. Dieses Verbrechen würde die Region noch lange in Atem halten. Marc fühlte es.

5

Clara hatte ihre knallig rote Knutschkugel aus der Autowerkstatt abholen können. Der vermutete Marderschaden an ihrem Toyota Yaris habe sich bewahrheitet. Laut dem Werkstattmeister. Das Mistvieh habe sich im Motorraum ausgetobt und das Zündkabel komplett durchgebissen. Marc hatte sie auf der Fahrt zum Kommissariat im Eriskircher Industriegebiet abgesetzt. Jetzt war sie auf ihren Fahrten wieder im Einklang mit sich. Das rote Stirnband und Marcs mattschwarzer Audi, das vertrug sich beim besten Willen nicht. Zumindest empfand Clara so.

Als sie in Friedrichshafen im Kommissariat aufschlug, vernahm sie aus dem großen Besprechungsraum bereits ein verdächtiges Stimmengewirr. Dabei hatte sie sich extra beeilt. Full House – in dem als Insel mitten im Großraumbüro angelegten Besprechungsraum saß die versammelte Mannschaft. Alle warteten sie bestimmt nur auf sie. Und ihr Vorgesetzter hasste es, Maulaffen feilzuhalten. Da war Marc noch ein Waisenknabe dagegen. Es gab so manche Gepflogenheiten, die ihrem Chef zuwider waren. Lästiges Füße-in-den-Bauch-Stehen stand auf dieser Liste ganz oben.

Claras und Marcs gemeinsamer Chef, das war Herbert Köstinger. Er war dreiundfünfzig und äußerst resolut. Eine bullige Statur, die Haare militärkurz geschoren und buschige Augenbrauen. Die abstehenden Ohren, die waren es. Sie kurbelten schon wieder Claras Phantasie an. Dieses Mal war es Karl aus der Fernsehserie »Hausmeister Krause«. Noch so eine im geheimen Bund von Claras Lieblingssitcoms. Auch die Wesenszüge ihres Vorgesetzten erinnerten sie stark an den altpreußisch daherkommenden Dackelclubvorsitzenden.

Herbert Köstinger war einer, der Autorität nicht nur großschrieb, sondern auch mit Leib und Seele verteidigte. Clara war sich ziemlich sicher, dass er, wenn man ihn denn abfragen würde, Machiavelli im Schlaf rauf und runter beten könnte. Dafür würde sie die Hand ins Feuer legen.

Herbert Köstinger schätzte es über alle Maßen, in seinem Laden Ordnung zu halten. Ärmel hoch und Brust raus. Aktenstapel vom Tisch und Beweise schlüssig auf die Kralle. Und die Mörder direkt ins Gefängnis. Nicht über Los. Aber zett, zett – ziemlich zügig. Nur ein Killer im Kittchen war ein guter Killer. So leitete er seine Mordkommission mit eiserner Hand und Disziplin. Selten mit Esprit. Immer auf Drill. Früher einmal war er selbst ein Ermittler gewesen, der sich auf der Straße einen respektablen Ruf erworben hatte. Heutzutage entsandte er stattdessen seine Truppe. Hinter vorgehaltener Hand war ihr Kommissariat auch als Kommandozentrale verschrien. Truppe bedeutete für Köstinger leider viel zu häufig ein Trupp disziplinierter Soldaten. Zuspätkommen fiel zweifelsfrei nicht unter das tugendhafte Verhalten eines Kadetten.

Clara war an der halb offenen Tür des Besprechungsraumes vorbeigeschlichen und kurzerhand zu ihrem Schreibtisch gehuscht. Sie teilte sich mit Marc am Ende des Großraums ein abgetrenntes Zweierbüro. Dort legte sie ihre Handtasche ab und stimmte sich mental auf einen ordentlichen Rüffel ein. Sie begab sich nun ohne Umwege zum Besprechungsraum, schob sich so leise wie nur irgend möglich durch die Tür und tigerte mit einem gedämpften »'tschuldigung für die Verspätung« zu dem noch freien Stuhl.

Die Kollegen und Kolleginnen saßen an einer u-förmig arrangierten Tischgruppe. An deren linkem Ende ragte Herbert Köstinger auf. Er war gerade dabei gewesen, die Truppe lautstark einzuschwören. Köstinger war ein Steher. Saß er erst einmal auf seinen vier Buchstaben, bedeutete das nichts Gutes. Er hatte seine wortgewaltige Ansprache unterbrochen und Clara mit einem missbilligenden Blick bedacht.

»Jetzt, da wir *endlich* alle durch Anwesenheit glänzen, spule ich noch mal an den Anfang.« Der Leiter der Mordkommission erhob sich, verschränkte die Hände auf dem Rücken und blickte reihum in die Gesichter der Anwesenden.

»Ich war und bin darauf bedacht, den Tisch in meinem Kommissariat so sauber wie meine Weste zu halten. Und heute hat man uns einen so verabscheuungswürdigen wie barbarischen Mord aufgetischt. Eiskalt serviert! Ich möchte, dass ihr diese widerwärtige Suppe so schnell wie möglich auslöffelt, bevor das zu einer richtig großen Sache wird! Findet dieses vermaledeite Haar in der Suppe! Und dann stutzt es, aber gewaltig!« Seine Stirnader pulsierte regelrecht. Immer wenn das der Fall war und er sich metaphernreich ergoss, stand er enorm unter Druck.

Köstinger begab sich in die Mitte des Raums und holte weiter aus. »Ich habe in Absprache mit der Staatsanwaltschaft postwendend diese Sonderkommission auf die Beine gestellt. Die Soko ›Kreuz‹. Ihr alle seid Teil davon. Unter meiner Führung.«

Clara war über diese Tatsache gar nicht so unglücklich. Auch wenn sie den Shiraito-Katana-Fall geknackt und ihre Alphastärken eindrucksvoll unter Beweis gestellt hatte. Das Letzte, was sie derzeit gebrauchen konnte, war, die Leitung einer Soko an der Backe zu haben. So würde ihr Vorgesetzter sein Ego streicheln können. Das Heft gab Herbert Köstinger ohnehin nur äußerst ungern aus der Hand. Schon gar nicht, wenn es sich um einen Mordfall eines solchen Kalibers handelte.

»Steingruber, Sie betraue ich mit der Leitung der Ermittlungen.«

Auch diesen Brocken schluckte Clara stillschweigend. Es stieß ihr weitaus weniger sauer auf als gedacht. Sie hatte mehr Dienstjahre als Hauptkommissarin auf dem Konto und ergo mehr Kerben im Holz als Marc. Jede andere Kriminalhauptkommissarin in ihrer Lage hätte sich womöglich auf den genderungerechten Schlips getreten gefühlt. Jeder andere wäre auf die Barrikaden gestiegen. Sie jedenfalls nicht. Sie spielte die zweite Geige. Dann war es halt so. Perfekt.

Unterstützung erhielten sie von den Polizeikommissaren Rolf Stallinger, Dominik Hauk und Sonja Versen. Alle drei in der Blüte ihrer Dreißiger. Aus der Kriminaltechnik waren Jürgen Dettmeier, zwei seiner Mitarbeiter aus der Spurensicherung sowie die sachverständige Expertin der Blutspurenmusteranalyse Tina Nowak einbeordert.

Komplettiert wurde die Kriminaltechnik durch Alexander Brinksmann und Diana Mendig. Der fünfzigjährige Brinksmann war hauptsächlich für die anfallenden DNA-Analysen zuständig. Diana Mendig hatte es mit ihren gerade einmal achtundzwanzig Jahren bereits zu einer ebenso kompetenten wie gefragten Waffenexpertin gebracht. Sie konnte Patronenhülsen jeder nur erdenklichen Feuerwaffe dem zugehörigen Kaliber aus dem Effeff zuordnen, war aber auch in weitaus exotischeren Mordwaffen bewandert.

Weiterhin war die einundvierzigjährige Christina Ferber aus der Rechtsmedizin Ulm als Expertin für Todesermittlungsverfahren mit von der Partie. Maik Stork hatte Köstinger aufgrund seiner Expertise in chemischen Analyseverfahren in die Soko geholt. Der promovierte Chemiker hatte mit seinen sechsunddreißig Jahren bislang mehr Zeit an der Uni als im Berufsleben verbracht. Dennoch konnte er den Spuren mit den unterschiedlichsten, recht komplex anmutenden Apparaturen Informationen entlocken, die dem Laien mit dem bloßen Auge auf immer und ewig verborgen geblieben wären.

Zur guten Seele der Sonderkommission war Thomas Fischer auserkoren worden. Er war zwar bereits zweiundvierzig, gab mit seiner übergroß nerdigen Rechteckbrille und seinem schwarzen, wuscheligen Haar aber das Erscheinungsbild eines pubertierenden Abiturienten ab. Daran waren weder die zu spät einsetzende Akne noch sein leichtes Lispeln gänzlich unschuldig. Er saß als Telefonkoordinator in der Soko und war für die Hinweisaufnahme zuständig. Der ein oder andere gewiefte Kollege würde ihm aber sicherlich das Aktenwälzen aufs Auge drücken, so viel stand fest. Um Nein zu sagen, war sein Geist zu schwach.

Herbert Köstinger war selten um Worte verlegen. Doch heute merkte man seiner Ansprache den tonnenschwer auf ihm lastenden Druck an. Er schwang in seiner Stimme mit und drang mit jedem spuckefeuchten, markigen Wort an die aufmerksam lauschenden Ohren der Anwesenden. Er war bekennender Kettenraucher. So tabakbelegt wie seine Stimme heute aber war, musste ein ganzer Ozean voll Erwartungsdruck auf ihm lasten. Normalerweise hielt er den, so gut er konnte, von seinem Team in der Mordkommission fern. Das rechnete Clara ihm hoch an.

»Mein Telefon ist heute Vormittag bereits heiß gelaufen. Der Langenargener Bürgermeister und der Friedrichshafener Oberbürgermeister haben ihre Hoffnung auf einen sofortigen Ermittlungserfolg mehr als deutlich verlautbart. Der Hörer hat gequalmt. Und ich auch! Glimmstängel um Glimmstängel! Ihr aller Job ist es, dieses Monster schleunigst aus der Dunkelheit ans Tageslicht zu zerren! Damit wir es dann im allerhintersten Loch hinter Schloss und Riegel bringen können! In eine stockdustere Zelle. Mit nur einer Aussicht – der, in Vergessenheit zu geraten! Verschwenden Sie ja nicht auch nur einen Gedanken an ein Scheitern!«

War genug Dampf im Kessel, dann neigte Herbert Köstinger durchaus auch zum schrillen Pfeifen. Ein überlauter Rumser hallte durch den Raum, als seine Faust auf den Tisch polterte. Seine ohnehin überproportionierte Halsschlagader pochte wie wild, während er ungeduldig in die Runde sah. Der Leitwolf war in Lauerstellung und wartete auf seinen Riss, der in diesem Fall aus Erstinformationen bestand, die ihm hoffentlich gleich ein beherzter Soko-Beamter liefern würde. Um seine leise Hoffnung zu nähren, dass sie in diesem grausamen Mordfall nicht völlig im Dunkeln tappten. Denn der Sand der Zeit rieselte bereits Körnchen für Körnchen.

Es war Marc, der der Stille schließlich ein Ende bereitete. Der Schock des grausigen Fundes steckte allen Beteiligten noch tief in den Knochen. Doch er war eben ein Mann der Tat. Einen Zustand der vollkommenen Regungslosigkeit fand er nicht nur als Vollblutsportler unerträglich. Er hatte im Handumdrehen den Beamer angeschmissen, sein Dienstlaptop angestöpselt und die Übersichtsbilder vom Tatort auf die Leinwand geworfen.

Köstingers Halsschlagader ebbte in ihrem hyperaktiven Hüpfen wieder ein wenig ab und drohte nun zumindest nicht mehr jeden Moment aus dem Hals herauszuspringen. »Nun gut. Was haben wir bislang? Die Fakten, aber pronto!«

Mit dem Zeigestock tippte Marc auf das erste Bild auf der Leinwand. Es zeigte den abgesperrten Bereich der Baumgruppe und dessen nähere Umgebung mit den Felssteinen. »Wie Sie unschwer erkennen können, haben wir zwischen diesen beiden Bäumen Unmengen an Blut entdeckt«, leitete Marc die Tatortanalyse ein.

»Wurde das Mordopfer bereits zwischen den Bäumen getötet?«, erkundigte sich Köstinger und tippte mit seinem Feuerzeug ungeduldig auf den Tisch.

Marc schaute vielsagend in Richtung Christina Ferber. Die Gerichtsmedizinerin hatte sich eigentlich aufgrund eines anderen Leichenfundes am Bodensee im Friedrichshafener Mordkommissariat eingefunden. Doch ehe sie sich versah, war sie von Köstinger für die Soko verpflichtet worden. In puncto freier Stunden bei Tageslicht kam das eher einer Verhaftung gleich.

Mit ihren runden, dicklichen Brillengläsern und dem dunkelbraunen, gestuften Pony, der bis knapp über die Wimpern reichte, hatte Christina Ferber etwas Eulenartiges an sich. Ihr Kleidungsstil – dunkelgrüne Ballonhose aus Jute mit einer Kombi aus kakaobrauner Faltenbluse und ockerfarbenem Strickpullunder – wirkte öko-alternativ.

»Nun, der Tote muss zwischen den Bäumen bereits viel Blut verloren haben. Den Tatortaufnahmen zufolge dürfte das rund ein Liter gewesen sein«, befand sie. »Das ist lebensbedrohlich und hat zweifelsohne zu einem Schockzustand geführt. Tödlich sollte es aber nicht gewesen sein.«

Marc umkreiste mit dem Zeigestock den Bereich der Steinfelsen. »Blutige Handabdrücke hier, hier und hier. Obendrein hatte der Tote wunde Knie. Es spricht vieles dafür, dass unser Opfer nach der Tortur zwischen den Bäumen eigenständig zu seinem Richtplatz gekrochen ist.« Marc blickte wie auch Clara in die aufgewühlten Gesichter seiner Soko-Kollegen. Köstingers wirkte eher fuchsig.

Zufriedengestellt war der Chef nicht. »Wissen wir denn wenigstens, was dort zwischen diesen beiden Bäumen vorgefallen ist?«

»Den Spuren nach zu urteilen muss das Mordopfer dort in irgendeiner Form misshandelt worden sein«, erwiderte Marc und führte den Zeigestock auf die blutrot verfärbten Seile an den Baumstämmen.

»Dafür spricht auch der am Tatort sichergestellte Metallkonus. Vermutlich eine Art Bleigewicht«, ergänzte die Waffenexpertin Diana Mendig. Sie brachte es fertig, ihre Meinung durch eine geplatzte Kaugummiblase hindurch mitzuteilen. Ein Kunststück, dem auf Köstingers Liste verhasster Gepflogenheiten ebenfalls ein Logenplatz winkte. Ihr raspelkurzes blond gefärbtes Haar rückte sie in ein rebellisches Licht, und in Claras Kopfkino schien die Sängerin Sinéad O'Connor auf.

Marc wechselte auf das nächste Bild. Es zeigte die Feuerstelle im Detail.

»Wir gehen derzeit von einer Art Schlaginstrument aus. Es würde erklären, weshalb wir das blutbefleckte Bleigewicht in wenigen Metern Entfernung zur Baumgruppe vor dieser Feuerstelle aufgefunden haben«, erklärte Diana Mendig weiter. Christina Ferber und sie tauschten einvernehmliche Blicke.

»Die Obduktion der Leiche in Verbindung mit einer kriminaltechnischen Untersuchung des Bleigewichts wird Aufschluss über die Art des Schlaginstrumentes geben«, merkte die Rechtsmedizinerin an.

Tina Nowak, die im Schneidersitz auf ihrem Stuhl saß und mit dem Zeigefinger ihr Nasenpiercing tätschelte, pflichtete ihr bei. »Die Blutspurenmusteranalyse wird hier ebenfalls sehr aufschlussreich sein.«

»Zukunftsmusik! Könnte, wird und aber. Alles nur Palaver! Fakten! Wir brauchen Ergebnisse! Wann haben wir die?«, polterte Köstinger. Der Dampfkochtopf pfiff bedrohlich. Kaugummischnalzen und Schneidersitz. Die Mendig und die Nowak hatten echt die Ruhe weg.

»In der Feuerstelle haben wir eine weitere interessante Entdeckung gemacht«, zog Marc neuerlich die Aufmerksamkeit auf sich. Er tippte den Zeigestock nun auf die Bildmitte. »Dort in der Asche war eine blaulila Irisblume abgelegt. Getrocknet und vollständig erhalten. Wir gehen davon aus, der Mörder hat sie dort ganz bewusst platziert. Diese Blume dürfte also einen symbolischen Charakter haben. Der Mörder möchte uns durch sie etwas mitteilen.«

»Und was soll uns diese Blume Ihrer Meinung nach mitteilen? Liebesgrüße aus Bestialistan? Bitte keine aus den Fingern gesaugten Vermutungen!«

»Na ja. Das gilt es noch herauszufinden …« Rasch kam Marc nun auf den vom Regen durchweichten Zettel zu sprechen, den er unter der Iris gefunden hatte.

»›Es sehen, ein letztes Mal‹?«, wiederholte Köstinger. »*Was* ein letztes Mal sehen?« Er verstand es in seiner Rage hervorragend, den wunden Punkt zu treffen.

»Nun, darauf kann ich mir noch keinen Reim machen …«, erwiderte Marc.

Minutenlang debattierte die Soko über die Bedeutung, ohne auf eine schlüssige Erklärung zu stoßen.

»Fakten, Fakten, Fakten!« Drei krachende Fausthiebe auf den Tisch. Köstinger außer Rand und Band. Das hatte beinahe schon etwas von den epischen Brustklopfern zu King Kongs besten Kinozeiten. Kesselplatzer Volldampf voraus. Hilflos blickte Marc zu Clara. Sie verstand und nahm den Ball auf.

»Ich stimme Marc zu. Es ist durchaus berechtigt, von einer gewissen symbolischen Inszenierung des Tatortes auszugehen. Denken Sie an den Schwan mit dem Pfeil durch die Brust.«

Marc war erleichtert. Seine Kollegin hatte das Tor zu einer schlüssigen Argumentation wieder aufgestoßen. Diana Mendig hatte Gott sei Dank bereits die Pfeilart kategorisieren können. Carbon. Eine dreischneidige Spitze aus gehärtetem Stahl. Und der Schaft mit Truthahnfedern befiedert. Es musste sich um das Geschoss eines Jagdbogens handeln.

Marc schaltete auf die entsprechende Übersichtsaufnahme am Ufersaum der Malerecke. »Auch hier gehen wir wie gesagt von einer tiefgründigen Symbolik aus. Herr Köstinger, selbst Sie müssen doch einsehen, dass das geradewegs nach einer Inszenierung riecht!«

Köstinger gab kein Kontra. Touché.

»Auch der Auffindeort spricht dafür. Wenn man so will, ein entartetes Kunstwerk. Die Malerecke. Die Kreuzigung. Der Bodensee. Das Alpenpanorama. Der befleckte Schwan.«

»Dieses Blut auf dem Gefieder. Ist es das Blut des Ermordeten?«, ließ sich Köstinger auf diese Sichtweise langsam ein.

»Wissen wir noch nicht. Das wird sich zeigen, wenn Herr Brinksmann die Blutprobe analysiert hat«, warf Jürgen Dettmeier ein.

Kriminaltechniker Brinksmann fuhr sich mit Daumen und Zeigefinger durch seinen ergrauten, robbenartigen Schnauzer und nickte zustimmend.

Ein betroffenes Raunen ging durch die Reihe. Gefolgt von betretenem Schweigen. Marc hatte das letzte verbleibende Bild auf der Leinwand eingeblendet. Es zeigte den Gekreuzigten. Dieser entsetzliche Anblick. Die aufgequollenen Augen. Dieses leiderfüllte Schreckensgemälde. Auch wenn die Ermittler mit allen Wassern gewaschen waren, so etwas ließ niemanden kalt. Nicht einmal den zähledrigen Chef.

Christina Ferber bat Marc, den Zeigestock auf die rechte Brusthälfte des Mordopfers zu führen, und wies auf die Einstichwunde hin. »Länge, Durchmesser, Eindringtiefe und Ausprägung des Wundrandes werden uns wichtige Hinweise auf den hier verwendeten Waffentypus geben.«

Diana Mendig schloss sich der Meinung ihrer Kollegin an.

»Die Wunde befindet sich zudem auf Höhe des Herzens. Der Stichverlauf könnte es womöglich getroffen und beschädigt haben«, gab Christina Ferber zu bedenken. »Die rechtsmedizinische Leichenschau heute und die Nachuntersuchungen werden aufklären müssen, ob die Wunde tödlich war oder gar postmortal beigefügt wurde.«

Diana Mendig hatte einen weiteren Befund zu verkünden. »Für die Kreuzigung wurden Eisennägel benutzt. Vierkantnägel, um genau zu sein. Sechs Zentimeter lang, vermutlich handgeschmiedet. Solche fanden früher häufig in Scheunen Verwendung. Beispielsweise zum Aufhängen der Pferdegeschirre.«

Clara, die sich bislang zurückgehalten hatte, lenkte die Aufmerksamkeit ihrer Kollegen nun auf das Kopfende des Kreuzes. »Dieser Karabiner mit dem Bandfetzen in der Ösenschraube ist eigenartig. Welchen Zweck soll der bitte schön erfüllt haben?«

Köstinger ging auf diese Stoßrichtung ein und fragte in die Runde: »Irgendwelche Ideen?«

»Wurde das Kreuz womöglich so an die Malerecke transportiert?«, machte sich der Telefonkoordinator Thomas Fischer bemerkbar.

»Zu laut. Zu umständlich. Halte ich für unwahrscheinlich«, entgegnete Marc. »Auf dem Steinstrand wurden außerdem keine Schleifspuren gefunden. Auch weist das Holz der Kreuzbalken keinerlei Abnutzungsspuren auf. Wahrscheinlicher ist, dass es erst am Ufer zusammengesetzt wurde.«

Erneut war es Diana Mendig, die aus dem Fundus ihres Knowhows schöpfte. »Katapulte.« Für die anderen Anwesenden war dieser knappe Gedankengang ein Buch mit sieben Siegeln. »Der Spannmechanismus bei Katapulten … Der Katapultarm wird durch ein Seil um eine Drehachse nach unten gezogen. Was, wenn hier der umgekehrte Effekt genutzt wurde? Wie bei einem Burgtor mit Zugbrücke.«

Marc begriff am schnellsten und versuchte den Gedanken zu Ende zu spinnen. »Es würde zumindest erklären, wie ein einzelner Täter ein schweres Kreuz samt Mordopfer in den Strandboden pflanzen konnte.«

Clara hakte ein. »Einzeltäter. Das ist ein guter Punkt. Wir sollten keine voreiligen Schlüsse ziehen. Wir haben bislang noch gar nicht in Betracht gezogen, dass es sich potenziell auch um eine Tätergruppe handeln könnte.«

Die Gesichtszüge von Köstinger, die sich mit den vorigen Erkenntnissen deutlich aufgehellt hatten, verhärteten sich auf einen Schlag wieder. Eine neue Blickrichtung. Eine weitere Unbekannte im Tümpel des Ungewissen. Auf weitere Denkanstöße schien Köstinger nach dem ohnehin schon nervenaufreibenden Vormittag verzichten zu wollen.

»Ich sehe, wir haben mehr Fragezeichen als Antworten. Lösen Sie sie schnellstens auf! Die Zeit läuft in diesem Fall gegen uns. Eine Bestie weilt unter uns. Das macht den Menschen Angst und mir Bluthochdruck!« Eine vielsagende Pause.

»Jeder Tag, an dem dieses Schwein frei herumläuft …«, Köstinger unterbrach und blickte in Claras Richtung, »... oder diese Schweinehunde frei herumlaufen, ist ein schlechter Tag. Wir werden nicht eher ruhen, bis dieses Verbrechen restlos aufgeklärt ist. Und sei es, dass wir jeden Stein in der Umgebung doppelt und dreifach umdrehen müssen. Also ran an die Arbeit!«

Mit diesen Worten entließ er das Team unter einem paukenschlaggleichen Händeklatschen aus dem Besprechungsraum. Die freien Wochenenden konnten sie nun jedenfalls erst einmal getrost aus ihren Kalendern streichen.

6

Es war Mittwoch. Clara und Marc hatten bereits seit den frühen Morgenstunden die Untere Seestraße abgefahren und waren auf der Suche nach Zeugen von Haus zu Haus gezogen. Zu dieser Zeit standen die Chancen noch gut, die Anwohner auch tatsächlich anzutreffen. Doch während der unzähligen Befragungen hatte sich bei den Ermittlern relativ zügig Ernüchterung eingestellt. Dabei hatten sie sich gerade entlang der kleinen Stichstraße zur Malerecke sachdienliche Hinweise erhofft. Immerhin war die enge, dicht bebaute Gasse gespickt mit Ferienhäusern und privaten Prachtbauten. Doch ganz offensichtlich standen die nächtlichen Schlafgewohnheiten der Touristen denen der Privatanwohner in nichts nach. Noch nicht einmal die Anwohner gegenüber der in die Hainbuchenhecke gewalzten Schneise hatten etwas mitbekommen. Die unmittelbare Nähe zum Bodensee sorgte offenbar für einen übergesunden Schlaf. Einziges Trostpflaster waren zwei pikante Schilderungen.

Eine Spaziergängerin hatte in letzter Zeit beim Gassigehen mit ihrem Zwergpinscher des Öfteren einen Obdachlosen mit markanter Hasenscharte auf den Spazierwegen entlang der Argen in unmittelbarer Nähe zur Malerecke herumstreifen sehen.

Noch interessanter machte diese Beobachtungen ein nicht weniger brisantes Vorkommnis. Am späten Montagnachmittag hatte ein Verkäufer im Langenargener Hafen, vom Foodtruck auf dem Noli-Platz aus, besagten Obdachlosen mit der markanten Hasenscharte auf der Bank am Landungssteg sitzen sehen. Finky.

Marc rekapitulierte. »Er hatte auf den Foodtruckverkäufer fahrig gewirkt. Als ob er auf jemanden gewartet habe und diesen Jemand unter keinen Umständen verpassen wollte.«

Der Verkäufer war es auch gewesen, der gestern den verwaisten Korb mit den Sektflaschen entdeckt und damit die Kriminalpolizei zu der Motoryacht des Mordopfers geführt hatte. Auf dem Landungssteg hatten Dettmeiers Spezis Rückstände von

Chloroform nachweisen können. Es war davon auszugehen, dass Klaus Hübner im Bereich des Anlegesteges überwältigt und betäubt worden war.

»Was ist eigentlich mit dem nahe gelegenen Gourmetrestaurant an der Malerecke oder dem Yachthafen selbst? Müssten wir dort nicht Zeugen in Hülle und Fülle antreffen?«, dachte Clara laut, als sie mit Marc auf die Bäckerei gegenüber des Altenpflegeheims zusteuerte.

»Fehlanzeige. Der Yachthafen war seit vergangenem Samstag geräumt. Jemand hatte beim Ordnungsamt einen Fliegerbombenfund gemeldet. Über einen anonymen E-Mail-Account. Onion-Routing. Nicht rückverfolgbar.«

Clara zog ihre Augenbrauen hoch. »Eigenartig. Wer meldet einen Bombenfund schon per Mail? Da greift man doch sofort zum Telefon. Es sei denn, man möchte seine Stimme nicht gehört wissen …«

»Richtig. Und der angebliche Fund hat sich letztendlich ja als Ente entpuppt. Wahrscheinlich eine Finte unseres Täters, um sich gegen Strandflanierer weitestgehend abzuschotten«, erwiderte Marc.

»Oder unserer *Täterin* … Oder unserer *Täter* …«, korrigierte Clara ihn. Sie war penibel, doch eine neutrale Sichtweise war bei der Schwere dieses Falles geboten. Ihr kam der Abstecher in die kleine Bäckerei gerade recht. Eine willkommene Ablenkung, um den Schrecken dieses Mordfalls nicht zu nah an sich heranzulassen.

Marc bestellte sich, ganz bedacht auf den Erhalt der schlanken Linie, eine Cola Zero und ein unbelegtes Vitalkornbrötchen. Das tat Claras Appetit keinen Abbruch. »Einen Pott Milchkaffee und eine Butterseele bitte.«

Mit der Butter meinte es die schräg geschminkte Bedienung mit der schrulligen Karnevalsstimme dann aber selbst für Claras Belange ein wenig zu gut. Mit einem lang gezogenen »Zum Wooohle!« reichte sie Clara das Tablett.

Am Nachbartisch saß eine sechsköpfige Familie. Nach einigen Minuten ungenierten Lauschens hatte Clara die familiäre Konstellation sondiert: die Eltern mit beiden Kindern sowie mit

Schwiegersohn und Schwiegertochter. Mutter und Tochter waren im Laufdress gekleidet und angesichts der Schweißperlen auf der Stirn wohl zur Bäckerei gejoggt.

Clara wendete ihren Blick vom Nachbartisch auf ihren Teller. Auch sie sollte mal wieder die Sportklamotten tragen und sich in freier Wildbahn auspowern. Ihr Körper würde es ihr danken. Auf der Hüfte trug sie nämlich ein Wohlstandspolster. Zu gegebenem Zeitpunkt. Nun biss sie erst einmal genussvoll in ihre dick beschmierte Butterseele.

»Die Läuferfamilie. Jehörn hier mit zu et Inventar.« Dem Ruhrdeutsch schwatzenden Herren, der ein wenig vereinsamt in der Ecke saß, musste Claras neugieriges Gelausche aufgefallen sein. Gerade eben hatte er sich mit der überfreundlichen Bedienung noch lauthals über den Gruselmord an der Malerecke unterhalten. Jetzt hatte er seine Knollnase keck herübergestreckt.

Clara rang sich zu einem aufgesetzten freundlichen Lächeln durch. Alles klar! Du gehörst hier wohl auch zu »et« Inventar. Sie sprach ihre Gedanken nicht laut aus. Stattdessen schielte sie wieder zum Nachbartisch hinüber. Die Mutter hatte gerade ihren Kopf auf die Schulter der Tochter gelegt und strich mit ihrer Nase fürsorglich durch deren langes Haar. Ein bisschen wie die Löwenmama bei Nala in »Der König der Löwen«.

Diese Harmonie zwischen Mutter und Tochter brachte in Clara einen Stein ins Rollen. Ein durch und durch wehmütiges Gefühl. Etwas anderes kam dafür zum Erliegen. Ihr Appetit. Auf einen Schlag empfand sie den Abstecher in die Bäckerei gar nicht mehr als willkommene Ablenkung, denn ihre eigene Mutter saß auf der anderen Straßenseite im Altersstift.

Sie schob die angenagte Butterseele beiseite. Noch nicht einmal ansatzweise hatte sie am Schaum ihres Milchkaffees genippt. »Marc, lass uns aufbrechen. Die Arbeit ruft.«

Ihr Kollege verzog die Augenbrauen zu einem großen Fragezeichen.

»Die Zeugenaussagen müssen protokolliert werden. Jede Menge Papierkram.«

Erst lotste ihn Clara in diese Bäckerei, und jetzt drängte sie so überhastet zum Aufbruch. Marc wischte sich die Krümel seines Vitalbrötchens aus den Mundwinkeln. »Also gut. Kleiner Boxenstopp. Ich habe ohnehin den canossischen Gang nach Lindau vor mir. Ich bin mit der Gattin des Abtreibungspapstes zur Befragung verabredet.«

Verdattert nahm die Gute-Laune-Fee hinter dem Tresen die halb vollen Tabletts entgegen und blickte den beiden Enteilenden irritiert hinterher. Vor der Flügeltür der Bäckerei atmete Clara tief durch. Ihr hatte dort drinnen die Luft zum Atmen gefehlt.

Eine halbe Stunde später fuhr Marc über die Autobrücke auf die Lindauer Insel. Hinter dem Spielcasino bog er in die Seitenstraße zum Wohnviertel der Hübners ein – eine Reihe unmittelbar am Bodensee gelegener bunter Altstadthäuser, die vor dem Hafen direkt an die Gerberschanze angrenzten. Eine dieser Gassen, die Lindaus verträumten Charme ausmachten. Ein besonders schöner Winkel der Insel, an dem ein Kiesstrand am seicht abfallenden Ufer zum See führte. Dort thronte auf einer Aussichtsplattform eine majestätische Linde.

Marc parkte seinen Audi in der Gasse vor dem Haus der Hübners. Auffällig und kaum zu verfehlen: Die Hübners bewohnten ein modernes Einfamilienhaus in zweiter Reihe. Dazu eine große Gartenanlage mit direktem Seezugang. Man sah diesem bernsteingrauen Prunkbau an, dass der Hausherr über eine gut gefüllte Haushaltskasse verfügen musste. Verfügt haben musste.

Marc war heilfroh, dass die Polizeiseelsorge tags zuvor bereits dieselben Stufen beschritten hatte. Wie um Himmels willen hätte er der Witwe beibringen sollen, dass ihr Ehemann qualvoll am Kreuz verendet war? Einen Nervenzusammenbruch hatte sie zumindest nicht erlitten.

Er holte noch einmal tief Luft. Dann betätigte er die Klingel. Nach einigen Augenblicken sah er durch den milchig opaken Fenstereinsatz schemenhaft eine Person.

Alexandra Hübner öffnete die Tür. Zwei Dinge sprangen Marc sofort ins Auge. Die Frau, er schätzte sie auf Mitte vierzig, war deutlich jünger als ihr ermordeter Gatte. Und das Gesicht mit dem zum Pferdeschwanz zurückgebundenen Blondschopf, das ihn so milde und freundlich begrüßte, wirkte keinesfalls dem Rande der Verzweiflung nahe. Die Augen waren nicht geschwollen, sonderlich gerötet oder gar tränengetränkt. Im Gegenteil. Sie strahlten eine unheimliche Gefasstheit aus. Das wiederum löste in Marc eine immense innere Unruhe aus. Sein kriminalistisch geschulter Spürsinn ließ die Alarmglocken in den allerhöchsten Tönen schrillen.

Alexandra Hübner bat ihn ins Haus. »Könnten Sie aber bitte Ihre Schuhe ausziehen?«

Spießer also.

Frau Hübner führte Marc in das lichtdurchflutete Wohnzimmer. Für ein kinderloses Ehepaar ewig geräumig. Stylish eingerichtet, mit viel Liebe zum Detail. Seinen Geschmack traf es allerdings nicht. Der Hochglanzboden war in klinischem Weiß gehalten. In der Wand war eine riesenhafte Heimkinoleinwand eingefasst. Gegenüber eine übergroße Couchgarnitur mit weißem Lederbezug, davor stand ein Massivholztisch. Die Tischplatte hatte die kunstvoll geschwungene Form eines Blattes. Ein solch handgefertigter Designertisch musste ein Vermögen gekostet haben. Das wusste er spätestens seit der Dornbirner Herbstmesse, die er mit seiner Ex Andrea Jahr für Jahr besucht hatte.

Marc blieb auf einem Eisbärfell stehen. Das Brummgesicht starrte ihn mit weit aufgerissener Schnauze an. An den Wänden trugen bunte, abstrakte Gemälde des Künstlers Hundertwasser ihre ganz eigene Privatfehde mit dem ansonsten zutiefst sterilen Charakter des Wohnzimmers aus. Eine raumhohe Birkenfeige, ein spiralförmig wachsender Zimmerbonsai und eine Bergpalme leisteten Schützenhilfe.

Marc kannte das mit den Pflanzen von seiner Verflossenen. Auch sie hatte immer den Drang gehabt, mit allerlei Zimmergrün ein gesundes Raumklima zu schaffen. Geholfen hatte das nicht. Streit und Zwist hatten zu häufig die Luft verpestet. Ob das Grünzeugs hier auch als biologischer Kitt für eine zerrüttete Beziehung hatte dienen sollen? Das galt es herauszufinden.

Übervorsichtig ließ Marc sich auf der nicht allzu bequemen

Ledercouch nieder. Er grub seine bestrumpften Zehen in das Bärenfell, während sein Allerwertester noch eine halbwegs passable Sitzposition auf dem Designermöbel auslotete.

Alexandra Hübner schenkte ihnen eine Tasse grünen Tee ein und nahm gegenüber auf dem Sessel Platz.

Frisch aufgebrühter Tee. Auch dieser Umstand machte Marc stutzig. Hatte eine am Boden zerstörte Witwe ernsthaft den Nerv dazu, für eine Frageplage wie ihn in aller Seelenruhe einen Tee zuzubereiten? Er nippte an dem noch heißen Getränk. Oder war das etwa ein sturer Mechanismus der Selbsterhaltung im Morast der Verzweiflung? Jetzt hieß es, Fingerspitzengefühl zu beweisen. »Frau Hübner, Ihr Mann –«

»Wurde an der Malerecke ans Kreuz geschlagen. Ich weiß. Die Polizeiseelsorge hat die Samthandschuhe bereits angehabt. Sie können die ihrigen also getrost ausziehen.«

Woher nahm sie nur dieses unerschütterliche Kalkül? Also gut. Dann ans Eingemachte. Dennoch wollte Marc die schrecklichen Morddetails zunächst einmal umschiffen. »Ihr Mann hat seine Motoryacht vor Langenargen im Hafen geankert?«

Frau Hübner nickte. »Ja. Und Sie haben das intuitiv sehr richtig erkannt. *Seine* Yacht. Die Luxusgüter hat er alle mit *seinem* Salär bezahlt. Das alles hier.«

Das typische Bild von der starken Frau hinter jedem Geschäftsmann. Bei Geld hörte die Liebe aber bekanntlich oft genug auf. Streit um die Haushaltskasse. Knatsch wegen eines zu weiten Spendierrocks. Oder einer zu engen Spendierhose. Ein mögliches Mordmotiv? Marc wollte in diesem Wespennest erst einmal nicht tiefer herumstochern. »Weshalb liegt die Motoryacht denn nicht hier in Lindau im Hafen? Vor Ihrer Haustüre?«

Alexandra Hübner strich sich eine Haarsträhne aus dem Gesicht und trank einen Schluck Tee. Fast schon amüsiert antwortete sie: »Guter Mann, selbst wenn Geld keine Rolle spielt, fallen die Liegeplätze am Bodensee leider nicht vom Himmel. Wir haben damals das große Glück gehabt, dass mein Mann einem Bekannten aus dem Golfclub einen solchen in Langenargen abkaufen konnte.«

Schon wieder sprach sie von ihrem Mann als alleinige am Geldhahn sitzende Instanz. Und sie antwortete so gefestigt, dass Marc den Kreis um das Mordgeschehen enger ziehen konnte.

»Was hatte Ihr Ehemann denn am Montagabend an der Motoryacht vorzubereiten? Wir haben zwei Sektflaschen gefunden. Für einen Törn mit Ihnen? Oder unter Freunden? Man sagt ja, ein Skipper macht auf dem Bodensee auch ohne Seegang selbst aus Fremden Kameraden.« Marc hoffte inständig, dass sie von einem möglicherweise geplanten Törn wusste. Ihr unter diesen Umständen eine Turtelei mit einer heimlichen Geliebten aufs Brot zu schmieren, das wäre kein Stochern im Wespennest. Das würde dem Zünden einer Splitterbombe gleichkommen.

Frau Hübner räusperte sich. Sie hatte sich an ihrem Grüntee verschluckt und krallte ihre Finger in das Sesselleder. »Hm-hm! Mein Mann … wollte mich wohl überraschen. Ein romantisches Wochenende, das den Anker unserer versunkenen Liebe lichtet.« Ihr Lächeln wirkte herbeigezerrt.

Gute Miene zum bösen Spiel? Marc verstand den Wink mit dem Zaunpfahl. Um der Ermittlungen willen musste er hier einsteigen. »Ich höre heraus, es gab Eheprobleme.«

»Sie sind ein wahrer Sherlock Holmes!« Nicht der leiseste Hauch von Niedergeschlagenheit. Im Gegenteil. Mit jeder Bemerkung stellte die Frau ihre Spitzzüngigkeit unter Beweis.

»Zwischen Klaus und mir herrschte schon seit Längerem Eiszeit. Er war oft bis spät am Abend in der Klinik. Selbst am Wochenende vergrub er seine Nase in Patientenakten. Ein prima Gefühl, wenn einem am Frühstückstisch kein Seelenverwandter, sondern der Pappeinband einer Patientenakte entgegenstrahlt. Zuletzt war er mehr mit der Tötungsarbeit verheiratet als mit mir. Entschuldigen Sie die Wortwahl.«

Auf einmal fühlte sich Marc peinlich berührt. Ertappt. Mitten ins Gesicht geschlagen. Ähnliche Vorwürfe hatte ihm auch seine Andrea an den Kopf geworfen, bevor sie ihm in Konstanz die Haustür vor der Nase zugeknallt hatte. Das Babytöten selbstredend nicht. »Ihr Mann scheint ein ganzes Stück älter gewesen zu sein als Sie. Spielte das eine Rolle?«

»Fünfzehn Jahre, um genau zu sein. Ja, schon. Ich hatte mir immer Kinder gewünscht. Und ich werde nicht jünger. Die biologische Uhr läuft gegen mich.« Etwas funkelte in den Augen von Alexandra Hübner auf. Betrübt blickte sie in ihre Tasse und schaukelte den restlichen Tee mit kreisenden Handbewegungen. Da war sie. Die emotionale Seite der Alexandra Hübner. Jetzt musste er dranbleiben. »Und Ihr Mann? Hatte er sich keine Kinder gewünscht?«

Melancholisch schaute Alexandra Hübner in Richtung der Terrasse und blickte durch die große Glasscheibe auf den Garten mit der akkurat gestutzten englischen Frise. Ob sie sich in diesem Moment dort Schaukel, Rutsche und herumtollende Kinder hinträumte?

»Klaus und Kinder? Nein, also nein! Nachwuchs passt wohl nicht in den Lebenslauf eines Abtreibungsarztes«, meinte sie müde schmunzelnd. Sie zog ihre Füße auf den Sessel und legte gedankenversunken ihr Kinn auf die Knie. Dann schob sie leise nach: »Zumindest mit mir wollte er keine Kinder …«

Die enttäuschten Sehnsüchte einer Frau auf der letzten Etappe hin zu den Wechseljahren. War das ein hinreichendes Motiv? Oder hatte sie eine Affäre erahnt? Zumindest das war eine starke Triebfeder, um die Saat des Hasses ins Erdreich zu streuen. Und Marc war sich sicher, dass es sich bei ihrem Mordfall um eine Beziehungstat handelte. Opfer und Täter mussten sich gekannt haben oder in irgendeiner Form in Verbindung stehen. Warum sonst hätte der Täter den Mord unter freiem Himmel unnötigerweise in die Länge ziehen sollen? Er hatte es auskosten wollen. Das Risiko, bei der Tat entdeckt zu werden, war unwahrscheinlich hoch gewesen. Erst die Folter zwischen den Bäumen, dann die langwierige Kreuzigung. Das Mordopfer war übertötet worden. Hinzu kam die aufwendige Inszenierung. Irrationale Hybris.

Der Moment war gekommen, auf die Frage aller Fragen hinzuarbeiten. »Der versagte Kinderwunsch, hat der Sie wütend gemacht?«

Alexandra Hübner klang energisch: »Na, was denn sonst? Natürlich hat mich das wütend gemacht. Rasend! Ich wollte mich von Klaus trennen!« Die Frau, die Marc um das Ausziehen seiner Schuhe gebeten hatte, vergrub ihre Finger nun so fest in den Sessellehnen, dass die Kuhlen nachhaltig sichtbar blieben.

»Welche Art der Trennung schwebte Ihnen denn vor?«

Alexandra Hübner hörte die unterschwellige Anspielung heraus. Die Vermutung, die noch unausgesprochen im Raum stand. »Eine ganz förmliche Scheidung. Mit einem gesalzenen Rosenkrieg!«, konterte sie schnippisch. »Und um es gleich vorwegzunehmen. Falls Sie mein Alibi für den Abend wissen möchten ... Als Raumdekorateurin erarbeite ich die Layouts für meine Kundschaft häufig in Heimarbeit am Rechner. So auch am Montagabend.«

Einen kurzen Moment war Marc perplex. Alexandra Hübner hatte, vermutlich unbewusst, eine Annahme zum Tatzeitpunkt geäußert. Annahme oder Täterwissen? Wer hatte gesagt, dass Klaus Hübner in den Abendstunden entführt worden war? Wer hatte gesagt, dass Klaus Hübner sofort nach der Entführung ermordet worden war? Marc musste sich sogar eingestehen, dass tatsächlich nicht einmal der Soko ein genauer Todeszeitpunkt bekannt war. Diesen musste die gerade laufende Obduktion ergeben.

Seine Überlegungen behielt er aus ermittlungstaktischen Gründen für sich. »Waren Sie allein zu Hause? Kann denn jemand Ihr Alibi bestätigen?«

Alexandra Hübner setzte den rechten Zeigefinger auf ihrer Wange auf, den Daumen schob sie unters Kinn und ihren Mittelfinger vor die Lippen. Sie musterte den Kriminalhauptkommissar durchdringend und legte dann ein sanftmütiges Lächeln auf. »Ich verfüge über keine Angestellten. Demnach war ich hier allein zugange.«

Marc notierte sich die Angaben auf seinem Spiralblock.

»Ich habe an diesem Abend allerdings noch ein Kundengespräch geführt. Die Dame wird Ihnen unseren blühenden Diskurs über Hibiskus und Azalee sicherlich gerne bestätigen.«

Marc ließ sich den Namen der Kundin buchstabieren. Dieses Alibi mussten sie unbedingt überprüfen. »Haben Sie eigentlich auch Schwertlilien in Ihren Blumenarrangements?«

»Ähm, sicherlich. Gelegentlich. Das Eriskircher Ried ist ja bekannt für sein blaues Blütenmeer. Unter Kennern herrscht die einhellige Meinung, dort sei die wohl allerherrlichste Blütenpracht dieser Gattung vorzufinden. Die Einheimischen lieben die Iris genauso wie die Touristen. Die Schwertlilie ist ein richtiger Kassenschlager. Wieso fragen Sie?«

»Ach, reine Neugierde. Ich bin einer dieser Iris-Vernarrten, müssen Sie wissen«, schwindelte Marc.

»Selbstverständlich führen wir nicht die Wildpflanze. Die steht unter Naturschutz. Im Gartenhandel haben wir eine Zuchtform der Sibirischen Schwertlilie.«

Auch diese Information notierte sich Marc unauffällig und versah sie mit einem dicken Ausrufezeichen.

Alexandra Hübner hatte sich in die Küche begeben, um die leeren Teetassen in die Spülmaschine zu räumen. Als sie in das Wohnzimmer zurückkam, erkundigte sich Marc nach möglichen Feinden ihres Ehemannes.

»Feinde hatte Klaus zuhauf. Die Abtreibungschirurgie ist nicht gerade ein Ruhmesgeschäft. Ein Verdienstkreuz angelt man sich damit nicht, wenn Sie verstehen.«

So ähnlich hatte sich Marc die Anfeindung gegen den Bregenzer Abtreibungspapst schon vorgestellt. »Aber ein echtes Kreuz … Das ist für eine nicht erst seit gestern umstrittene Praxis doch schon etwas überkandidelt. Finden Sie nicht?«

»Klaus meinte immer, dass er den Frauen ihre Freiheit zurückgibt. Er hat den Schwangerschaftsabbruch immer als Dienst am Menschen erachtet. Für die verzweifelte Mutter. Und für das ungewollte Kind. Denken Sie doch nur einmal an die armen Seelen, die von ihrem Vergewaltiger gegen ihren Willen geschwängert worden sind.«

Bei dieser Schwarz-Weiß-Malerei wurde Marc ganz anders. Was für ein Totschlagargument. Für ihn hatte die Abtreibungsdebatte schon die eine oder andere Schicht mehr zu bieten.

»Es gibt da diese Drogenabhängige aus Konstanz. Blutjunges Früchtchen. Argwöhnisch. Gott, fast selbst noch ein Kind. Sie hatte in der Klinik meines Mannes ihr Ungeborenes abtreiben lassen. Ein labiles Ding. Kurzschlussanfällig. Völlige Unbeholfenheit im Drogenchaos. Erzeuger unbekannt. Hinterher im Entzug hat es bei ihr wohl aber klick gemacht. Die abebbenden Rauscherscheinungen … Sie hat es bitterlich bereut. Jedenfalls schlug sie nach dem Jahreswechsel vor zwei Jahren in der Klinik auf und machte wegen der angeblich widerrechtlichen Kindstötung lautstark Radau. Eine Dramaqueen. Großes Theater. Sie wäre Klaus beinahe an die Gurgel gegangen.«

Marc vermerkte eifrig alle Einzelheiten auf seinem Spiralblock.

»Es gab noch einen Zwischenfall. Mit einem Jäger aus Eriskirch. Der war im vergangenen Jahr im Mai eines Abends auf unserem Rasen gestanden und hatte die Terrassentüre mit rohen Eiern beworfen. Die genauen Umstände kenne ich leider nicht. Mein Mann hat damals ziemlich gemauert. Dieser Vorfall hatte aber ganz sicher etwas mit der Frau des Jägers zu tun.«

Auch diese Angaben hielt Marc in aller Ausführlichkeit fest. Ebenso die Namen der beiden Krawallmacher.

»Aber ob wirklich einer von denen meinem Mannes nach dem Leben getrachtet hat? Ich kann es Ihnen beim besten Willen nicht sagen.« Achselzuckend hob Alexandra Hübner ihre Hände. »Am ehesten die Drogenspinnerin. Eine richtige Stachelbeere, sage ich Ihnen! Aufwieglerisch bis zum Gehtnichtmehr. Hat nach ihrer seelischen Läuterung eine Antifötentöterkampagne ins Leben gerufen.«

Marc schrieb sich die Finger wund.

»Irgendwas mit Life … Hat in Konstanz richtig Staub aufgewirbelt. Fruchtblasenmärsche auf den Münsterplatz … mit Saublodern und so ein Firlefanz. Mehr weiß ich aber wirklich nicht. Mit negativer Energie beschäftige ich mich nicht. Verdirbt das Karma. Und jetzt brauche ich einen großen Becher Eierlikör. Sind wir fertig?«

Zum jetzigen Zeitpunkt konnte Marc der Ehefrau des ermordeten Arztes wohl keine weiteren sachdienlichen Hinweise entlocken. Er war hier erst einmal fertig.

Er ließ sich von Frau Hübner durch den Flur zur Haustür komplimentieren. Auf der Anrichte stach ihm ein Terminkalender ins Auge. Ein Eintrag weckte seine Aufmerksamkeit. Das kommende Wochenende war rot umkästelt. »Klaus Golftrip, Fr. bis So.«.

Marc las sich den kurzen Eintrag in Gedanken immer wieder vor. Der Abtreibungspapst wollte wohl kaum mit der Motoryacht und zwei kalt gestellten Champagnerflaschen zum Golfplatz schippern. Auch war er kein Captain Jack Sparrow, der mit dem Schiff einfach über die Sanddünen der Bunker huckeln konnte. Und Seegolf oder gar Unterwassergolf waren noch nicht erfunden. Er musste also tatsächlich ein waschechtes Techtelmechtel gepflegt haben.

»Gibt es noch etwas, Herr Hauptkommissar?«

Marc ließ sich nichts anmerken. »Ähm, nein. Nichts.« Er schnürte sich seine Sneakers und verabschiedete sich auf der Türschwelle von Frau Hübner. Die stoisch daherkommende Dame hatte sich definitiv einen Platz im Reigen der Verdächtigen ergattert. Die drogensüchtige Antiabtreibungsaktivistin und der eierschmeißende Jäger standen ihr da aber in nichts nach.

Im Präsidium suchte Marc zunächst Rolf Stallinger und Dominik Hauk auf. Er trug den beiden auf, die Angaben der Ehefrau zu dem am Abend des Mordes geführten Kundengespräch zu überprüfen. Dann machte er sich eine Tasse Kaffee und ging in sein Büro.

Clara hatte bereits damit begonnen, die bislang ermittelten Fakten auf ihrem großen Whiteboard an der Wand zu veranschaulichen. In der Mitte der Tafel hatte sie einen Punkt mit dem Namen des Abtreibungspapstes platziert. Etwas weiter außen einen Punkt für Finky.

Marc stellte seine Kaffeetasse auf dem Bürotisch ab. »Gibst du mir mal den Whiteboardmarker?«, bat er Clara. Er setzte drei weitere Punkte und beschriftete sie. Einen für Jenny Gentner. »Eine junge Drogenabhängige. Hatte durch Klaus Hübner abtreiben lassen. Späte Reue. Hat unser Mordopfer in der Abtreibungsklinik in Bregenz angegangen. Und jetzt pass auf … Sie ist die Gründerin der YesLife-Bewegung, die in Konstanz Stimmung gegen die klinische Abtreibung macht.«

Den zweiten Punkt setzte er für Manfred Scherbaum. »Ein Jäger aus Eriskirch. Er hat die Terrassentür der Hübners mit rohen Eiern traktiert. Beweggründe im Dunkeln. Womöglich hat es mit der Frau des Jägers zu tun.« Den letzten Punkt tupfte Marc für Alexandra Hübner auf das Board.

Beide schauten sie sich nun die Punkte und Namen auf dem Whiteboard an. Das Gesamtbild hatte etwas von einem Planetensystem. Ein zentrischer Himmelskörper, der zerstört worden war. Ihr Mordopfer. Umkreist von vier Trabanten. Allesamt potenzielle Planetenzerstörer.

Marc berichtete Clara haargenau, was er bei der Befragung in Lindau in Erfahrung gebracht hatte. »Die Hübner weiß mehr, als sie zugegeben hat. Halt dich fest: Ihr Mann hatte, wenn ich die Zeichen richtig deute, womöglich eine heimliche Affäre. Sie war gefühlskalt und distanziert. Sie hat auf mich nicht den Eindruck einer trauernden Witwe gemacht. Auf sie sollten wir uns einschießen. Auf sie und die YesLife-Aktivistin.«

Clara teilte seinen Standpunkt nicht. Sie ging zum Whiteboard, nahm sich den Marker und tippte auf den Punkt für den Obdachlosen. »Finky. Auf den sollten wir uns für den Anfang konzentrieren. Er hat Hübner ja praktisch den Tod gewünscht.« Sie blickte Marc erwartungsvoll an.

Er musste ihr recht geben. Der Landstreicher hatte sich mit seinen Äußerungen in der Umlaufbahn der Verdächtigen auf die Poleposition katapultiert.

7

Monumental hob sich das Münster in der Ferne in den Himmel empor. Ein atemberaubender Anblick. Clara und Marc befanden sich gerade auf der Bundesstraße nach Ulm.

Marc wurde ein wenig wehmütig, als er den blauen Gebäudeklotz, des Heimwerkers liebsten Schwedenexport, erblickte. Hier hatte er mit seiner Verflossenen Stunden, wenn nicht gar Tage verbracht. Pauls erstes Bettchen hatten sie hier gekauft. Ein Hochbett mit einem Baldachin, mit einem Affen, Löwen und Tiger darauf. Schwedische Köttbullar im Restaurant. Dazu gratis Kaffee. Ein Hoch auf die Family Card. Die Erinnerungen setzten ihm zu. Zum Glück ließen sie das Möbelhaus schnell hinter sich.

Auf dem Eselsberg ging es über die Schleife am Berliner Ring zur Ulmer Wissenschaftsstadt. Sie waren dort mit Christina Ferber im Sektionsbereich der Rechtsmedizin verabredet, um vor Ort die Befunde der Leichenschau gemeinsam durchzugehen. Bei der Obduktion am Dienstag hatten Dettmeier und auch der Staatsanwalt Christina Ferber und ihrer Assistentin über die Schulter geschaut. Todesursache und Todeszeitpunkt hatten sich aber aufgrund zahlreicher Verletzungen und multiplen Organversagens nicht auf Anhieb klären lassen. Die Nachuntersuchungen von Organen und Proben hatten bis heute angedauert.

Es war ein schwülwarmer Vormittag. Der Sommer hatte Einzug gehalten, und es herrschten um zehn Uhr bereits dreißig Grad. Als die beiden Ermittler vom Parkplatz auf das Institut zusteuerten, kam ihnen auf halbem Weg Frau Hübner entgegen. Sie hatte soeben die Identität ihres ermordeten Gatten formal bestätigt. Das verriet ihr Gesicht. Aschfahl und kreidebleich. Freiwillig, wohlgemerkt. Sie hatten den Toten bereits über dessen Ausweis und Gewebeproben einwandfrei identifiziert.

Die Sanftheit ihrer Gesichtszüge, wie sie Marc am Vortag an der Haustür ihres Wohnhauses begegnet war, wirkte wie weggespült, ebenso ihr erhabenes, souveränes Auftreten. Alexandra Hübner schien über Nacht gealtert zu sein. Schwarzer Blazer, schwarze Anzugshose und ebenso schwarze Stöckelschuhe. Ihr Outfit spiegelte ihre unendliche Tristesse wider. Neben Clara mit ihrer quietschgrünen Caprihose und dem zitronengelben Top kam sie wie eine gesplitterte Trauerweide daher. Ihre Augenlider waren puterrot. Ihre dunkle Wimperntusche war schlierenhaft auf die Wangen geflossen. Vermutlich hatte sie den verstorbenen Gatten vor der Freigabe zur Bestattung nochmals sehen wollen. Den eigenen Ehemann so übel zugerichtet auf der Leichenbahre zu Gesicht zu bekommen, das musste starker Tobak gewesen sein.

Marc verspürte ehrliches, aufrichtiges Mitleid. Konnte diese zerbrechliche Frau eine Killerin sein? Eine schwarze Witwe? Wenn, war die Fassade hollywoodreif. Frau Hübner rang ihren zittrigen Lippen gerade einmal eine knappe Begrüßung ab.

»Frau Hübner, ich … möchte Sie nicht lange aufhalten.« Marc zog eine Bildaufnahme aus seinem Notizblock hervor. Darauf war der Inhalt des Portemonnaies des Ermordeten zu sehen. »Können Sie einen Blick darauf werfen? Können Sie feststellen, ob vielleicht etwas fehlt?«

Die Witwe stierte ihn an, als habe er sie aufgefordert, sich zu entkleiden. Ihr Nervenkostüm hing wirklich in Fetzen. »Ich … ich weiß nicht. Die Kreditkarte. Und zwei… nein … dreihundert Euro. Er war eigentlich konsequenter Kartenzahler. Aber so viel Bargeld hat er trotzdem immer zur Hand gehabt. Sein ›Unterwegsgeld‹ … so hat er es genannt.« Frau Hübner brach in Tränen aus. Wie ein Häufchen Elend schob sie sich an ihnen vorbei zum Parkplatz.

»Puh. Die Ärmste ist ja völlig durch den Wind«, murmelte Marc.

»Abwarten. Für mich ist sie eine Meisterin spontaner Mienenakrobatik und impulsiver Gefühlsausbrüche. Oscarreif. Glaub mir … weibliche Intuition.« Für Claras Begriffe ließ sich Marc offenbar viel zu einfach einlullen.

Sie betraten die Ulmer Rechtsmedizin. Nun hieß es Treppen

steigen, zumindest für Marc. Er mied Aufzüge, wo es nur ging. Clara hingegen beamte sich im Fahrstuhl in Sekundenschnelle in den fünften Stock, wo sie wartete, bis ihr gesundheitsbewusster Kollege endlich eintraf.

Hinter der großen Flügeltür lag der Sektionsbereich. Der Raum war von grellem, sterilem Neonlicht geflutet. Die beigen Bodenfliesen strahlten Petruskälte aus. Clara erinnerte diese Räumlichkeit immer an Duscheinrichtungen in Schwimmbädern. Auch wenn es hier nicht penetrant nach Chlor roch, so lag ein Geruch von scharfen Reinigungsmitteln in der Luft. Insgeheim wünschte sie sich, dass er ihre Nasenschleimhäute noch viel mehr beschäftigte, denn in der Halle hing noch ein ganz anderer Muff fest. An den weiß gekachelten Wänden. Unter der Decke. In jeder Ritze. Der Duft des Todes. Wenn der in die Nase kroch, dann roch es zunächst nach Desinfektionsmittel. Diesen Gestank konnten selbst die bissigsten Putzmittel nicht übertünchen. Ein süßlicher, moschusartiger Duft, gepaart mit dem Mief nach alterndem Fleisch. Aufdringlich und stechend. Auch ein wenig wie die kräftige, rohmilchige Aromaduftnote eines frisch geraspelten Röschens Tête de Moine.

Vom Schreibtisch gegenüber den nummerierten Kühlfächern zwitscherte ihnen eine freudige Begrüßung entgegen. Christina Ferber hatte sich gerade erhoben. Heute steckte die Gerichtsmedizinerin in einem langen weißen Kittel, darüber eine schwere grüne Plastikschürze. Ihre Hände bedeckten weiße Latexhandschuhe, und ihr Haar war unter der dunkelblauen Schutzhaube versteckt. Lediglich eine einzelne Strähne ihres seitlich langen Ponys schaute am Rand heraus. Unterhalb der Brille war ihr Gesicht mit einem Mundschutz vermummt.

Christina Ferber blickte sie durch ihre dicken Brillengläser an. Die übergroße Schürze und das Häubchen ließen sie noch mehr wie eine Schleiereule wirken. »Wenn ich bitten darf.« Sie wies mit einer einladenden Handbewegung zu dem in der Raummitte stehenden Seziertisch. Auf der stählernen Tischplatte lag der Leichnam in einem weißen Sack. Christina Ferber senkte ein wenig den Kopf und musterte sie beide über den Rand ihrer Brille hinweg.

»Der Ärmste schlummert schon seit Dienstagabend in Kühlfach Nummer vier und wartet nur noch auf die Freigabe zur Bestattung. Ich habe ihn für die Witwe aber nochmals hier aufgebahrt. Das finde ich irgendwie würdiger als Tiefkühlware ... Wenn von Würde bei einem solchen Verletzungsbild überhaupt noch die Rede sein kann. Und für Sie natürlich ... Bereit?«

Clara war auf das Öffnen des Leichensacks nicht sonderlich erpicht. Christina Ferber zog die Abdeckung beiderseits langsam vom Leichnam herunter. Das hatte etwas von einem Magier, der im Begriff war, seine geheimnisvolle Trickkiste zu enthüllen.

Der Anblick des schrecklich entstellten Körpers allerdings hatte wahrhaftig wenig Magisches. Die wulstige schwarze Naht eines Schnittes vom Hals abwärts bis in den Schambereich zeugte von der inneren Leichenschau. Die Gerichtsmedizinerin hatte dem Toten die Organe und Proben für feingewebliche Untersuchungen entnommen.

»Die äußere Leichenschau hat sich schwierig gestaltet«, erklärte Christina Ferber. »Der Regen hat einige Spuren auf dem Körper der Leiche verwaschen. Das gebe ich Ihnen gleich vorneweg zu bedenken. Auch der Kolkrabe, den der Windsurfer beschrieben hatte, hat sich leider wirklich an einigen Wunden zu schaffen gemacht und insbesondere die Wundränder verfälscht. Ich schlage vor, wir gehen die Verletzungsmerkmale jetzt einmal chronologisch durch.«

Christina Ferber beugte sich über die Leiche und bahrte sie so auf, als wolle sie sie in die stabile Seitenlage bringen. Dann drehte sie den Leichnam allerdings komplett bäuchlings.

Clara grauste es angesichts des zerfledderten Rückens.

Die Gerichtsmedizinerin nahm eine Pinzette von ihrem Werkzeugtablett. Routiniert lupfte sie einige Hautstreifen der geschundenen Rückenpartien beiseite. »Dieses Verletzungsbild muss das Resultat massivster Gewalteinwirkung sein«, drang ihre Stimme gedämpft durch ihren Mundschutz. »Ich gehe davon aus, das Mordopfer hat zahlreiche gezielte Schläge auf den Rücken erhalten. Hierbei wurden die Kapillaren und Venen in der Haut durchtrennt. In der Folge hat es auch die Arterien in den tiefer liegenden Muskeln erwischt.«

Mit der Pinzettenspitze deutete sie auf die unter den Hautfetzen befindlichen Gewebeschichten. »Ich habe die entnommenen Organe genauestens untersucht und den Leichnam auch röntgen lassen. Insbesondere der Brustkorb und die Lunge sind bei dieser Tortur bereits drastisch geschädigt worden. Reichlich Flüssigkeitsansammlung in der Lunge und mehrere gebrochene Rippenbögen.«

»Wie ist Ihre Einschätzung? Können Bleigewichte wie das am Tatort gefundene diese Verletzungen verursacht haben?«, fragte Marc.

Christina Ferber legte die Pinzette zurück auf das Tablett. »Das ist sehr wahrscheinlich. Frau Mendig hat mit ihrem Team Vergleichsstücke des gefundenen Bleigewichtes an Schnüre gebunden. Gestern haben sie eine Versuchsreihe durchgeführt und mit den Schnüren frische Schweinehälften malträtiert. Die hervorgerufenen Schädigungen des Fleischgewebes sowie die Bruchbilder der Rippenbögen entsprechen den Verletzungsspuren an unserer Leiche hier.«

Eine der Neonröhren begann zu flackern. Clara lupfte es den Magen. Ihr war speiübel. Wie damals in Japan, als sie nach dem Selbstverteidigungskurs beim gemeinsamen Abendessen in einem Pop-up-Restaurant den »tanzenden Tintenfisch« gekostet hatte, eine japanische Delikatesse in einer Sushi-Schale mit Sojasoße auf Reis und Lachseiern.

Die Ausführungen der Gerichtsmedizinerin raubten ihr jegliche Sinne. Der bittersüße Todesduft die Luft zum Atmen. Das Flackerlicht gab ihr den Rest. Ohne Vorwarnung stürzte sie zur Flügeltür hinaus. Gerade noch rechtzeitig schaffte sie es im Nebenraum in der Unisex-Toilette über die Schüssel. Malträtierte Schweinehälften. Ihr kam schwallweise die Galle hoch.

Ausgelaugt schleppte sie sich zum blechernen Waschtisch und spülte den Geschmack von Erbrochenem aus ihrem Mundraum. Sie blickte in den Spiegel. »Ruhig Blut, Clara. Du schaffst das!«, sprach sie sich selbst Mut zu. »Ich schaukle das Kind schon!«

Eine weitere ausgiebige Mundspülung unter dem Wasserhahn. Anschließend stahl sich Clara, beschämt über das deutliche Zeichen der Schwäche, zurück in den Obduktionssaal. Christina Ferber und Marc hatten auf sie gewartet.

»Geht es wieder? Alles in Ordnung?«, erkundigte sich ihr Ermittlungspartner ein wenig besorgt.

Clara nickte. Das Lichtflackern hatte ein Ende gefunden. Der kotzige Beigeschmack in ihrem Rachen nicht. Der säuerliche Reiz ging ihr noch nach.

Christina Ferber hatte die Leiche in Claras Abwesenheit wieder zurück in die Rückenlage gebracht. »Ich würde nun auf die Wundmale an Handgelenken und Fersen eingehen ...«, bemerkte sie mehr fragend.

Sie setzte sich auf einem Rollhocker neben die Leiche und ergriff das rechte Handgelenk des Toten. Sie legte es sich auf ihre linke behandschuhte Hand und deutete mit dem Zeigefinger auf das punktförmige Wundmal.

»Die Nägel haben eine Wunde mit einem Durchmesser von etwa einem Zentimeter hinterlassen.« Sie bat die beiden Ermittler, nun näher an das Handgelenk heranzutreten. »Sie wurden zwischen dem Handwurzelknochen und dem Radius in die Gelenke getrieben.« Ihr Zeigefinger umkreiste das Wundmal. »Dabei wurden sowohl der Mittelarmnerv als auch der lange Daumenbeuger durchtrennt. Verletzungen an den Hauptadern oder Frakturen der Knochen sind nicht erkennbar. Die Druckspuren auf der Haut stammen von den Nylonseilen, die den Ermordeten an das Holzkreuz fixiert haben.«

Sie legte den Arm zurück auf den Seziertisch und rollte sich auf dem Hocker zu den Beinen. An den Knien hielt sie inne. »Sehen Sie die Hautaufschürfungen? Der Tote dürfte gekniet haben, als sein Rücken malträtiert wurde, und danach über den steinigen Untergrund gerobbt sein.«

Christina Ferber rollte weiter zum Ende des Seziertisches. Sie griff nach den Beinen des Verstorbenen und drehte sie ein wenig zur Seite. »Die Nägel wurden senkrecht durch das Fersenbein getrieben. Als Medizinerin kann ich Ihnen sagen ... keine schöne Sache. Es wurden in beiden Fersenbeinen unzählige Nervenbündel beschädigt. Für das Mordopfer muss das unvorstellbare Schmerzen bedeutet haben.« Sie erhob sich nun wieder. »Widmen wir uns zu guter Letzt noch der Stichverletzung im Brustkorb.«

Marc und Clara folgten ihr um den Seziertisch herum in Richtung Kopfende.

»Sie weist eine Länge von vier Zentimetern und eine Breite von knapp einem Zentimeter auf. Was Sie hier sehen, ist die Eintrittswunde an der rechten Brust. Die Tatwaffe ist unter dem linken Schulterblatt in einem Winkel von etwa dreißig Grad wieder ausgetreten.«

Marc begutachtete die klaffende Stichwunde. »War sie tödlich?«, fragte er die Gerichtsmedizinerin.

Sie schüttelte den Kopf. »Nein. Abstriche des Wundrandes und der Hautpartien unterhalb der Einstichwunde haben Blutserum nachgewiesen. Der Blutkreislauf muss also noch eine Zeit lang intakt gewesen sein. Die Menge des aus der Stichwunde ausgetretenen Blutserums stützt allerdings die Vermutung, dass die Schläge auf den Rücken massive innere Blutungen hervorgerufen haben. Der Stich hat die Perikardhöhle, also die Herzbeutelhöhle, durchstoßen. Die äußerste Schicht des Herzbeutels wurde dabei angerissen. Extrem schmerzvoll, aber wie gesagt nicht todesursächlich.«

Christina Ferber sah Marc an, dass ihre Antworten ihn nur mäßig zufriedenstellten. Clara wurde eher wieder schwummrig.

»Kommen Sie mal hier herüber.« Sie führte die Kommissare zur Wand neben ihrem Schreibtisch. Dort waren Röntgenbilder der Extremitäten wie auch des Brustkorbes des Mordopfers an ein Lichtpaneel geheftet. Sie lenkte die Aufmerksamkeit auf das Röntgenbild des Brustkorbs.

»Aufgrund der Risse im fünften und sechsten Rippenbogen ist davon auszugehen, dass die Tatwaffe den Brustkorb zwischen diesen beiden Rippen durchdrungen hat. Das Herz wurde, wie gesagt, dabei nicht tödlich getroffen.« Sie nahm eine weitere Frage vorweg: »Bezüglich der Stichwaffe müssen Sie mit Frau Mendig sprechen. Auf Grundlage meines Autopsieberichtes müsste sie Ihnen da weiterhelfen können.«

Clara verlieh ihrem Anliegen ein wenig Nachdruck. »Bislang haben wir erfahren, wodurch das Mordopfer nicht gestorben ist. Schön und gut. Wenn nicht durch die Stichwunde, woran denn dann?«

Die Gerichtsmedizinerin blinzelte verzückt über ihre Brillenränder hinweg. Als habe sie bereits den ganzen Vormittag auf diese alles entscheidende Frage gewartet. »Zwei Wörter: Hypovolämie, Pneumothorax.«

»Hypo-was?«, versuchte sich Clara an dem Medizinerjargon.

Christina Ferber genoss es sichtlich, dass die Kommissare an ihren fachkundigen Lippen klebten. »Klaus Hübner muss durch die Schläge auf den Rücken einen hypovolämischen Schock erlitten haben. Hervorgerufen durch den starken Blutverlust. Durch die rasche Verminderung des zirkulierenden Blutes ist der Blutkreislauf wohl bereits vor der Kreuzigung drastisch zusammengebrochen. War aber immer noch intakt, wenn auch deutlich geschwächt. Letztendlich tödlich war ein sogenannter Pneumothorax.«

Christina Ferber steigerte die Dramatik durch eine lange Pause. »Durch die Stichverletzung drang bei Ihrem Mordopfer Luft in den Brustkorb ein und hinderte die Lungenflügel an der lebenswichtigen Ausdehnung. Dass Klaus Hübner ans Kreuz genagelt hing, hat die Lunge zusätzlich strapaziert. Die verbrauchte Luft konnte sie aus eigener Kraft gar nicht mehr aus dem Körper transportieren. Die inneren Verletzungen, Wundwasser und Blut in der Rippenfellhöhle um die Lungenflügel, die gestreckte Position am Kreuz. Und dann die Luft zwischen Rippenfell und Lunge. Absolut fatal. Das ließ die Lunge zusammenfallen. Totaler Kollaps. All das mündete in letzter Konsequenz in einem Herz-Kreislauf-Stillstand. Kurzum: Tod durch Ersticken.«

Lange Rede, kurzer Sinn. Doch das Wissen um Tathergang und Todesumstände brachte die Ermittler einen Schritt weiter.

»Können Sie Angaben machen, wann der Tod eingetreten ist?«, erkundigte sich Marc.

»Der Ermordete war gegen sechs Uhr morgens entdeckt worden. Ich habe die Leiche um neun Uhr das erste Mal begutachtet. Der Ausprägung der Leichenstarre zu diesem Zeitpunkt nach zu urteilen dürfte der Tod zwischen ein und drei Uhr in der Nacht von Montag auf Dienstag eingetreten sein.«

Christina Ferber richtete ihren Blick nun direkt auf Clara. »Eine Sache würde ich ungern unerwähnt lassen. Ich konnte am rechten Oberschenkel ein Haar sicherstellen und Ihnen zuordnen, Frau Meißner. Sie wissen ja, die DNA-Profile aller tatortberechtigten Personen sind in der Ermittlerdatenbank hinterlegt. Ich gehe davon aus, es ist bei der Tatortbegehung dort hingeraten. Seien Sie bitte nächstes Mal ein bisschen vorsichtiger. Solche Trugspuren am Tatort sind nicht sehr professionell. Und uns in der Rechtsmedizin machen sie jede Menge Extraarbeit.«

Stillschweigend schluckte Clara den Tadel unter einem kurzen Kopfnicken. Dann aber trapste sie wütenden Schrittes aus dem Sektionssaal. Lautes Türknallen.

Nach Claras Schwächeanfall mochte sich diese Standpauke wie ein K.-o.-Schlag anfühlen. Marc erinnerte sich, wie sie am steinernen Ufer der Malerecke vor dem Holzkreuz gestanden und das Opfer begutachtet hatte. Vermutlich hatten die Nachwehen des Föhnwindes das Haar an den Oberschenkel des Mordopfers angetragen. So leid Clara ihm in diesem Moment tat, er konnte die Gerichtsmedizinerin verstehen. Seit dem Wattestäbchen-Eklat um das Heilbronner Phantom waren Kontaminationen am Tatort eine heikle Angelegenheit.

Er gelobte in Claras Namen Besserung und dankte Christina Ferber für die Erkenntnisse. Dann nahm er den Autopsiebericht an sich und verabschiedete sich.

8

Marc lehnte sich ermattet, aber zufrieden in seinem Bürostuhl zurück. »Na, da haben wir dem Köstinger ja gleich etwas Handfestes zu berichten.«

»Hm. Name, Anschrift und Aufenthaltsort des Mörders wären ihm wohl lieber«, gab Clara zurück.

Da sprach noch immer der Miesepeter aus ihr. Sie hatte gestern die ganze Rückfahrt über geschmollt. Und mit der Scheibe der Beifahrertür gesprochen. Sie hatte der Scheibe doch tatsächlich im Murmelton erklärt, dass Schmerz nur aus dem Körper entweichende Schwäche sei. Die Leichenschau hatte ihr Nervenkostüm so richtig gewickelt. Als sie ihre Stirn gegen die Scheibe hatte titschen lassen, hatte Marc nicht gewusst, ob er sich mehr Sorgen um seine Partnerin oder um seinen Audi machen musste.

Das sanfte Surren des Ventilators erfüllte den Raum. Das Thermometer zeigte schon wieder Temperaturen jenseits der sechsundzwanzig Grad.

»Na und? Wir wissen nun, wie das Opfer gestorben ist«, sagte Marc. »Das bringt uns ein ganzes Stück weiter. Es wird uns helfen, den Täter besser zu verstehen. Und wenn ich dich so höre, gehst du mittlerweile auch von einem Einzeltäter aus.«

Marc war eben durch und durch ein Optimist. Bei ihm war das Glas immer halb voll. Wenn andere nur den Regen sahen, wie Clara, spähte er bereits nach dem Regenbogen. Und an ihm war wirklich ein Profiler verloren gegangen. Er bemühte sich stets, sich in den Täter hineinzuversetzen. Im Moment hatte Clara für ihn allerdings nur ein verächtliches Augenverdrehen übrig.

Auf Köstinger konnte Clara an diesem Tag wirklich gut und gerne verzichten. Seit Gründung der Sonderkommission »Kreuz« hatte der eine extrem dünne Pelle bekommen. Ihr reichte eigentlich gerade ihre eigene zartbesaitete Haut. Die ihres Chefs hatten auf der Pressekonferenz gleich nach der dritten Lagebesprechung der

Soko nicht nur die Regionalmedien angepikst, sondern auch die ganzen Blutsauger der Revolverblätter und Tratschsender. Die hiesigen Polizeisprecher beneidete Clara nicht. Sie hatten während der Informationsveranstaltung für die Presse alle Hände voll zu tun gehabt, Köstinger davon abzuhalten, wie ein wutschäumender Berggorilla über das Rednerpult mit den Mikrofonen zu springen und in die Menge der arroganten Berichterstatter zu preschen.

So ganz hätte es Clara ihrem Vorgesetzten nicht verdenken können. Was sollte man wenige Tage nach dem Leichenfund schon groß darauf antworten, weshalb man die Tathintergründe oder am besten gleich Täter mit Motiv noch nicht ermittelt hatte? Dass die einzelnen Steine einer zum Tode führenden Kaskade nicht mir nichts, dir nichts abgesteckt waren, das hatte ihnen Frau Ferber erst gestern eindrucksvoll bewiesen. Köstinger musste dann ganz schön aus der dünnen Haut gefahren sein.

Die Quittung für Köstingers Rundumschlag gegen die Medien lag auf Claras Schreibtisch. »Ein Horrorbild an der Malerecke – Mörderischer Expressionismus der Bestie vom Bodensee«. Die Schlagzeile des YesLife-Blogs sprang Clara in übergroßen Lettern aus ihrem Tablet entgegen. Das darunter abgedruckte Bild war zwar verpixelt, die Schreckenssilhouette des an das Kreuz genagelten Opfers aber dennoch deutlich zu erkennen.

Clara tippte auf die Schlagzeile. Der aufpoppende Artikel war in bester Käseblattmanier gehalten, getrieben von Sensationshascherei. Er ging neben der letalen Heimsuchung eines Treibers der verwerflichen Abtreibungsmaschinerie auch auf die Pressekonferenz ein. Und Köstinger kam dabei gar nicht gut weg.

»Gemessen an der scheußlichen Grausamkeit des Verbrechens zeigt die Kriminalpolizei der Bevölkerung gegenüber nicht den gebotenen absoluten Willen, die Bestie vom Bodensee schnellstmöglich dingfest zu machen«, las Clara ihrem Ermittlungspartner daraus vor. Auch wenn Köstinger schon bei der leisesten Kritik die Tobsucht packen konnte, derlei dilettantische Berichterstattung traf auch bei ihr gehörig einen Nerv. »Verdammt, Marc. Unsere Anti-Frau aus Konstanz muss einen verkappten YesLife-Blogger in die Pressekonferenz eingeschleust haben!«

War es plötzlich ein Zeichen mangelnder Kooperationsbereitschaft, wenn die Polizei aus ermittlungstaktischen Gründen mit etwaigem Täterwissen erst einmal hinter dem Berg hielt? Heutzutage wusste jeder alles besser. Hinz und Kunz setzten sich in ihre Zimmer und infizierten ungefragt die Welt als sogenannte Influencer mit zweifelhaften Ratschlägen. Unwissend. Ungeniert. Unbelehrbar.

Clara musste an ihre Kindheit denken. Die Nachmittage hatte sie zumeist in der Bibliothek verbracht, über dicke Wälzer gebeugt. Über die Pflanzenkunde. Über das Mittelalter. Über Indianistik. Ja, auch über das Alte und Neue Testament.

Sie merkte, wie ihre Gedanken immer weiter abglitten. Sie wandte sich wieder dem Blogartikel zu. An einer ganz bestimmten Zeile blieben ihre Augen hängen. Dort war von einer Irisblume die Rede. Eine Irisblume, die am Tatort gefunden worden war.

Die Presse hatten keinen Zugang zum Tatort gehabt. Dafür hatte der beherzte Einsatzleiter mit seinen Leuten doch tunlichst gesorgt. Wie also hatte dieses pikante Detail an die Öffentlichkeit geraten können? Hatten sie einen Whistleblower in den eigenen Reihen?

»Clara, wir müssen los. Die Pflicht ruft. Oder besser gesagt Köstinger. Die heilige Pflicht in Person. Die Lagebesprechung startet gleich.« Marc riss seine Kollegin aus ihrem Gedankenschwall heraus.

Beide setzten sich in Bewegung. Den Chef wollten sie nicht warten lassen. Besonders in der Annahme, dass der Blogbeitrag heute Morgen auch ihm bereits unter die Augen gekommen sein konnte. Clara griff sich ihr Tablet und berichtete Marc auf dem Weg zum Besprechungszimmer von der Erwähnung der Iris in dem Blogartikel.

»Na, hoffen wir einfach mal, dass Köstinger da heute noch nicht drüber gestolpert ist. Der geborene Digital Native ist unser Polterchef ja zum Glück nicht …«, packte Marc ihrer beider Gedanken in Worte.

Im Besprechungsraum ließ Köstingers starkbierernste Miene

dann aber jegliche Hoffnung schwinden. Clara und Marc machten sich daran, so unauffällig wie möglich zwei der noch unbesetzten Plätze im Besprechungszimmer zu ergattern.

Köstinger griff nach dem Ausdruck des Blogbeitrags und hob ihn in die Höhe. Ein Donnerwetter lag in der Luft. »Fischer hat mir heute Morgen diesen Wisch unter die Nase gerieben. Was ist das denn bitte für ein Bullshit?«, polterte es. Spuckebläschen spritzten auf die Köstinger am nächsten stehenden Tische.

Natürlich. Thomas Fischer, die fleischgewordene Quasselstrippe ... Clara war heilfroh, erst auf den letzten Drücker gekommen zu sein. So entgingen sie diesem unliebsamen Sprühregen.

»Ein Maulwurf in den eigenen Reihen! Können wir uns das leisten? Unter diesem enormen Druck der Öffentlichkeit? Ich kann Ihnen sagen, ich bin in der Pressekonferenz zerrissen worden!« Ihr Chef musterte sie alle der Reihe nach. »Dabei habe ich mich vor Sie gestellt und die Kugeln abgefangen. Warum? Damit Sie in Ruhe Ihre Arbeit machen können. Professionalität, Leute! Pro-fes-si-o-na-li-tät! Herrgott! Ist das denn zu viel verlangt?« Den letzten Satz untermauerte ein scheppernder Faustschlag auf den Tisch. Beinahe hätte Köstingers halb volle Kaffeetasse die Reise zum Fußboden angetreten.

»Mit Verlaub, Herr Köstinger«, ergriff Marc das Wort. Er wusste Clara immer wieder zu überraschen. »Ich glaube offen gestanden nicht, dass sich in unseren Reihen ein Maulwurf befindet.«

Gerade noch hatte Clara den Heldenmut ihres Partners bewundert. Jetzt bedauerte sie sein törichtes Aufbegehren. War Köstinger erst einmal zur Höchstform aufgelaufen, war Widerspruch ein Kampf gegen Windmühlen. Oder ein Sieben-Meilen-Rennen, bei dem man sich aus welcher Laune heraus auch immer entschieden hatte, in Flip-Flops an den Start zu gehen. Und in Köstinger brodelte es bereits vulkanartig, das sah man ihm an. Feuchte Aussprache. Geballte Fäuste. Die Halsschlagader wulstig. Der Vesuv konnte jeden Moment ausbrechen.

Ein wenig erinnerte ihr Vorgesetzter Clara in diesem Moment

an den cholerischen B. P. Richfield aus der Kinderserie mit der Dinofamilie. Der Styracosaurus drohte auch immer zu explodieren, wenn ihm der Dinopapa auf den Zeiger ging. Allerdings wollte er ihm auch immer den Kopf abbeißen. Das hoffte Clara um Marcs Wohlergehen willen nun wirklich nicht.

Es schäumte bereits um Köstingers Mund, da versuchte Marc, die Sache in weniger explosive Bahnen zu lenken. »Sehen Sie sich das Foto unter der Schlagzeile mal genau an!«

Es herrschte jetzt Totenstille im Raum. War dieser Mann denn völlig von Sinnen? Jetzt erteilte er Köstinger auch noch ganz ungeniert Anweisungen. Hatte überhaupt je irgendjemand dem Leiter der Mordkommission während eines seiner unzähligen Wutausbrüche Paroli geboten? Dafür verdiente Marc ihren Respekt. Auch wenn er gleich von Köstinger einen Kopf kürzer gemacht werden sollte.

Im Besprechungsraum hätte man eine Feder zu Boden sinken hören können. Zum großen Erstaunen aller Anwesenden spuckte der Vesuv aber weder Lava noch Asche. Im Gegenteil. Köstinger leistete Marcs Aufforderung anstandslos Folge. Er scannte das Bild nach Auffälligkeiten ab.

Clara studierte es derweil auf ihrem Tablet. Da war das Kreuz mit dem verpixelten Kopf des Mordopfers. Im Hintergrund der Bodensee und das in die Morgendämmerung getauchte Bergpanorama.

»Und?«, knurrte Köstinger schließlich ungeduldig. »Wollen Sie mich jetzt hier ernsthaft vor versammelter Mannschaft zum Narren halten?« Der Zorn war zurück.

»Mitnichten«, entgegnete Marc besonnen. »Fällt Ihnen denn rein gar nichts auf? Wo ist das Absperrband? Wo sind die Kollegen der Spurensicherung in ihren weißen Overalls? Weshalb dämmert es auf dem Bild noch?«

Clara dämmerte es nun ebenfalls. Es war wieder einmal das Offensichtliche, das sie so leichtfertig übersehen hatten. »Natürlich. Die Aufnahme muss vor dem Eintreffen der Polizei entstanden sein. Es gibt einen Bildverweis mit einem Dank an anonym. Wer auch immer dieser Rebellgöre das Bild für ihren

YesLife-Blog zugeschanzt hat, muss vor uns am Tatort gewesen sein. Und hat sich nicht bei der Polizei gemeldet«, pflichtete sie Marc bei.

»Wer auch immer ihr das Bild zugespielt hat, wird von Ihnen beiden unverzüglich ermittelt! Habe ich mich da klar ausgedrückt?«

Typisch Köstinger. Beifall oder Lorbeeren hätte Marc ja nicht einmal erwartet. Das wollte er mit dem Chef an dieser Stelle aber keinesfalls ausfechten. Er war froh, den Zusammenprall ohne gröbere Blessuren überstanden zu haben.

»Haben wir heute auch noch ein wenig erhellendere Erkenntnisse?«, spielte Köstinger den Ball ungeduldig in die Runde.

Marc fing ihn dieses Mal nicht auf. Er hatte den Aufstand der Unterdrückten heute bereits erprobt, und schließlich war es nur der Katze vergönnt, über sieben Leben zu verfügen.

Rolf Stallinger und Dominik Hauk machten den Anfang. Sie hatten die Kundin von Frau Hübner ausfindig gemacht, die ein längeres Telefonat am Montagabend zwischen siebzehn und neunzehn Uhr bestätigt hatte. Einem Alibi kam das aber nach den neuesten Erkenntnissen aus der Ulmer Rechtsmedizin nicht gleich. Sie konnten Alexandra Hübner nicht aus der Gleichung streichen.

»Frau Ferber konnte den Todeszeitpunkt zwischen ein und drei Uhr nachts eingrenzen. Dass Frau Hübner die Tat begangen hat, liegt also zumindest im Rahmen des Möglichen«, teilte Marc dem Rest der Soko mit.

Stallinger und Hauk hatten sich auch in der Abtreibungsklinik in Bregenz unter den Klinikangestellten umgehört. Eine heiße Spur hatte sich hieraus nicht ergeben. »Das war eine Sackgasse. Die Angestellten konnten alle miteinander schlüssige Alibis vorbringen. Auffälligkeiten hat es keine gegeben. Uns wurde aber mehrfach der fulminante Auftritt dieser YesLife-Bloggerin in der Klinik geschildert. Da muss ordentlich Zunder unterm Dach gewesen sein.«

Ihre Kollegin Sonja Versen hatte sich in Sachen Herkunft der Holzbalken erkundigt. »Wir konnten sie durch das aufgedruckte

Label zweifelsfrei der in Eriskirch an der Feuerwehr ansässigen Zimmerei zuordnen. Der Zimmermeister hatte auch zwei Tage vor dem Mord einen Einbruch gemeldet. Jemand hat das Tor des Holzbaubetriebes aufgebrochen. Er liegt direkt an der Bundesstraße. Es muss demnach für den oder die Täter ein Leichtes gewesen sein, die Holzbalken nachts in ein Fahrzeug zu laden.«

Köstinger wartete noch immer auf den *big fish*. Allzu stichhaltige Beweise hatte die Soko bislang noch nicht an Land gezogen.

Alexander Brinksmann meldete sich nun mit einem Räuspern zu Wort. »Ich habe den am Tatort gefundenen Zigarrenstumpen auf DNA-Spuren untersucht. Und wir haben tatsächlich einen Treffer in der Kartei!«, verkündete er siegessicher. Spätestens jetzt hatte er die geballte Aufmerksamkeit für sich.

»Ja, und? Raus mit der Sprache!«, raunte Köstinger.

»Michael Fink. Wir haben ihm vor drei Jahren eine Probe entnommen. Wegen eines Einbruchdeliktes.«

Finky, der Obdachlose. Clara hatte sich also nicht grundlos auf ihn eingeschossen. Er hatte sich demzufolge erst vor Kurzem unmittelbar am Tatort aufgehalten. Während der Spurensicherung war er hinter der Absperrung in einer Menschentraube gestanden. Am Montag war er wenige Stunden vor der Tat auf der Bank am Landungssteg gesehen worden. Der Zigarrenstummel brachte ihn wesentlich enger mit dem Naturstrand in Verbindung. Das war noch kein absoluter Durchbruch, aber ein Quantensprung in Sachen profunder Ermittlungsarbeit.

»Sie beide!« Köstinger blickte abwechselnd Marc und Clara an. »Sie bringen mir diesen Landstreicher ins Kommissariat. Und dann quetschen Sie ihn aus wie eine Zitrone. Den letzten Tropfen pressen Sie aus ihm heraus, verstanden?«

Beide willigten sie ein. Widerspruch zwecklos.

Nach dieser Erfolgsmeldung war Marc bereit, seine neuesten Erkenntnisse über die Witwe des Ermordeten mit den Soko-Kollegen zu teilen. »In Lindau hatte sie noch resolute Gelassenheit an den Tag gelegt. Nach der Leichenidentifizierung war sie aber ein Schatten ihrer selbst.«

Marc berichtete auch von der Kreditkarte und dem höheren

Geldbetrag, die in der Geldbörse des Ermordeten fehlten. »Ohne die Kreditkarte und sein sogenanntes ›Unterwegsgeld‹ ist er laut Frau Hübner nie aus dem Haus gegangen. Hat der Mörder die Karte und das Geld entwendet, rückt das den Mord in ein anderes Licht. Theoretisch wäre neben Rache oder einer Beziehungstat auch Raubmord in Betracht zu ziehen.«

Allerdings schenkte Marc seinen eigenen Worten kaum Glauben. Die Ausführung der Tat zeugte von einem erheblichen planerischen Aufwand. Von der dann völlig überzogenen Brutalität ganz zu schweigen. »Wir haben zudem Grund zur Annahme, dass das Opfer eine heimliche Affäre unterhalten hat. Frau Hübner rückt damit in den Kreis der Verdächtigen. Eifersucht als mögliches Motiv. Und wir haben zwei weitere Verdächtige. Jenny Gentner, eine junge Drogensüchtige aus Konstanz. Sie ist die Rebellgöre und YesLife-Blogbetreiberin. Ihr haben wir auch die Schlagzeile zu verdanken. Zudem einen Jäger aus Eriskirch. Manfred Scherbaum. Beide sollen mit Herrn Hübner eine Rechnung offen gehabt haben.«

Bislang hatte Marc nur Mutmaßungen und erste Verdachtsmomente vortragen können. Nach dem gelungenen Auftritt von Alexander Brinksmann wollte er aber auch noch etwas Gehaltvolleres liefern. Nicht dass das ein Wettstreit war, aber es hatte seinen Ehrgeiz geweckt. So sprach er nochmals den Blogeintrag an. »In dem Beitrag ist die Rede von der Irisblüte, die wir an der Feuerstelle auf dem Steinstrand gefunden haben. Außer unserem Ermittlungskreis kann nur der Täter um diese Irisblume wissen. Den Windsurfer, der die Leiche aufgefunden hat, lasse ich einmal außen vor. Den dürfte der Anblick des Ermordeten so sehr schockiert haben, dass er die Iris wohl kaum wahrgenommen hat.«

Marcs Mund war trocken. Er trank einen Schluck Wasser aus seinem Glas. »Da ich wie gesagt nicht davon ausgehe, dass ein Kollege oder eine Kollegin zur singenden Nachtigall geworden ist, dürfte das in Verbindung mit dem heiklen Foto äußerst brisant sein. Wer auch immer Jenny Gentner diese Informationen gesteckt hat, muss mit dem Mord etwas zu tun haben. Dieser

Jemand hat etwas zu verheimlichen, bei der Polizei hat er sich jedenfalls noch nicht gemeldet.«

Köstinger strich sich mit der flachen Hand über die Glatze und kratzte sich am Hinterkopf. Er bekräftigte seinen Appell, in dieser Angelegenheit schleunigst Licht ins Dunkel zu bringen.

Marc überließ es Clara, der Runde die Befunde aus der Rechtsmedizin mitzuteilen. Er sah es als Geste an seine Kollegin. Es war ihre Gelegenheit, die Scharte wieder auszuwetzen. Über ihren Schwächeanfall im Sektionsbereich und die Tatortkontamination würde er selbstredend Stillschweigen bewahren. Es war nicht Marcs Stil, seine Ermittlungspartnerin in die Pfanne zu hauen.

Clara packte die Gelegenheit beim Schopf. Sie verteilte die Autopsiebilder, die Christina Ferber ihnen mitgegeben hatte. Anschließend setzte sie die Soko über den vom Mordopfer erlittenen hypovolämischen Schock und den todesursächlichen Pneumothorax ins Bild. Dann bat sie Diana Mendig, sich zu den Folterspuren auf dem Rücken des Opfers zu äußern.

»Ich habe mit Christina Ferber bereits telefoniert und ihr meine Ergebnisse zu den Experimenten an den Schweinehälften mitgeteilt.«

Marc warf Clara einen verstohlenen Blick zu. Er meinte zu erkennen, dass es seiner Partnerin bei diesen Ausführungen schon wieder die Blässe ins Gesicht trieb.

»Die Spuren, die vergleichbare Bleigewichte an den Schweinekörpern hinterlassen haben, waren bei einem der Experimente nahezu deckungsgleich mit den Folterspuren auf dem Rücken unseres Mordopfers«, fuhr Diana Mendig fort. »Bei diesem Experiment habe ich mehrere Schnüre mit darangeknoteten Bleigewichten abwechselnd von links und rechts schwungvoll über eine Schweinehälfte geschlagen.«

Marc hakte ein: »Das heißt also, Klaus Hübner wurde vor seiner Ermordung mit einem solchen Schnur-Bleigewicht-Gebilde geschlagen?«

»Mit einem sogenannten Flagrum«, korrigierte ihn Diana Mendig. »Das ist eine besonders unmenschliche Peitsche, wie sie bei den Römern bekannt war.«

Tina Nowak unterstützte diese These. »Ich habe in der Blutspurenmusteranalyse an der Malerecke um die beiden Lindenbäume herum über Meter verstreute Blutspritzer mit annähernd linearen Verteilungen in allen erdenklichen Winkeln und Größen ermitteln können. Das würde ebenfalls für eine wüste Auspeitschung sprechen.«

»Das Blut auf dem Bleigewicht stammt übrigens von unserem Mordopfer. Ebenso die Blutschlieren im Schwanengefieder«, führte Brinksmann seine Untersuchungsergebnisse an.

Marc überlegte. Hatten sie es womöglich mit einem religiösen Fanatiker zu tun? »Der Abtreibungspapst wird an der Malerecke an das Kreuz geschlagen. Davor wird er mit so einem Flagrum gegeißelt. Im Grunde gleicht diese Ermordung der Hinrichtung Jesu. Selbst die Stichwunde ... Mir drängt sich hier ein stark religiös geprägtes Tatmotiv auf.«

»Apropos Stichverletzung. Wissen wir bereits etwas über die verwendete Waffe?«, grätschte ihm Clara in seine Ausführungen.

Marc war völlig baff. Er hatte eine richtungsweisende Hypothese geäußert. Weshalb funkte ihm seine Partnerin so dazwischen? Seine Argumentation war vertan, und die Aufmerksamkeit galt bereits Diana Mendig. Sie beantwortete die gestellte Frage.

»Ich habe mich auch hierzu mit Christina Ferber ausgetauscht. Basierend auf dem Befund, dass der Stich in einem Winkel von etwa dreißig Grad unterhalb der rechten Brust bis hoch zum linken Schulterblatt gesetzt war, dürfte dieser erst erfolgt sein, als Klaus Hübner bereits an das Holzkreuz genagelt war.« Die Waffenexpertin überlegte kurz. »Nun, ich gehe aufgrund der für einen solchen Durchstoß nötigen Stichwaffenlänge von einem Speer aus.«

»Einem Speer? Wie beim Speerwerfen?«, wollte Köstinger wissen.

»Nein, natürlich nicht. Ich denke tatsächlich an einen echten Speer.«

»Gibt es die denn heutzutage überhaupt noch? Also ... außerhalb von Museen?«, fragte Marc ungläubig.

Diana Mendig verdrehte die Augen. »Was denken Sie denn? Natürlich gibt es die noch. Survival Spears zum Beispiel, die können Sie im Onlinehandel im Handumdrehen beziehen. Ein Kinderspiel. Eine beliebte Requisite für Fantasy-Begeisterte oder ein schmucker Wandhüter für Jäger. Oder das Objekt der Begierde für einen Waidmann, der tatsächlich die primitive Jagd nachstellt.«

Jäger. Marc wurde hellhörig. Sie mussten Manfred Scherbaum auf alle Fälle einen Besuch abstatten. Das stand außer Zweifel. Er ärgerte sich noch immer, von Clara so abgewürgt worden zu sein. Und Köstinger hatte ihr das auch noch durchgehen lassen. Er beschloss, sein Glück ein zweites Mal zu versuchen. Dieses Mal mit einer Überlegung zur Begehung der Tat.

»Es stellt sich immer noch die Frage, ob es sich um einen Einzeltäter gehandelt haben kann. Gehen wir einmal davon aus. Die Balken wurden erst am Tatort mit Baumarktnägeln zu einem Kreuz zusammengezimmert. Für einen Einzeltäter gut machbar. Wie jedoch hat er es fertiggebracht, das zusammengeschusterte Holzkreuz allein in die Höhe zu stemmen? Selbst wenn er so ein Zugseil verwendet haben sollte …«

»Zu Wasser.«

Alle drehten sich zu Thomas Fischer um. Sie wunderten sich nicht nur über die Antwort, sondern umso mehr darüber, *wer* sie in den Raum geworfen hatte.

»Dafür würde der Karabinerhaken mit dem abgetrennten Bandstück sprechen. Solche gurtartigen Bänder kenne ich aus dem Motorbootbereich. Abschleppgurte. Werden für den Notfall mitgeführt.«

Und Thomas Fischer wusste für noch mehr Erstaunen zu sorgen. Vor seinem Leben als Telefonstrippenzieher bei der Friedrichshafener Kriminalpolizei hatte er an der Hochschule Ravensburg-Weingarten ein Maschinenbaustudium begonnen, die Flinte aber schon bald ins Korn geworfen. Seine Mechanik-Kenntnisse konnte er nun gebrauchen.

»Es könnte doch sein, dass das Kreuz mit Hilfe des Abschleppseils von einem Motorboot auf dem Bodensee aus aufgerichtet wurde. Frau Mendigs Bemerkung über den Zugmechanismus bei Burgtoren hat mich auf diesen Gedanken gebracht. So eine Brückenklappe wird ja um eine Drehachse hochgezogen. Das Kreuz könnte sich durch die Zugkraft gegen die Muldenkante aufgerichtet haben.«

In Thomas Fischer schlummerten unvermutete Talente. Diese Erläuterungen trieften vor Logik.

Claras Zeigefinger wischte von unten nach oben über ihr Tabletdisplay. »Diese Jenny Gentner ist mit allen Wassern gewaschen. Ich habe gerade ihren YesLife-Blog genauer durchforstet.«

Clara drehte ihr Tablet und präsentierte Köstinger das Display. »›Der Abtreibungspapst, der Oberschweinepontifex, vernichtet all das Glück, das in dir wächst.‹ … Vier Tage vor dem Mord. ›Vergreift sich jemand an Embryonen, darfst du ihm die Klöten nicht verschonen.‹ … Zwei Tage vor dem Mord. ›Killt jemand Föten, musst du ihn töten.‹ Hashtag ›Herodes‹ … Am Tag des Mordes. Und man achte auf das Logo der YesLife-Aktivisten. Eine blaue Irisblüte.«

Köstingers Miene hellte sich ein wenig auf. Er hatte heute einige vielversprechende Ermittlungsansätze vorgesetzt bekommen. »Packt diese Jenny Gentner am Schlafittchen. Und schnappt mir verdammt noch mal diese ›Bestie vom Bodensee‹!«

Mit diesen Worten rollte er den Ausdruck des Blogartikels fest auf. Er schwang seinen Arm mit dem zusammengerollten Papierstab zur Tür und gab damit die Marschroute vor. Diese führte hinaus aus dem Besprechungsraum und mit Volldampf der Aufklärung dieses Falls entgegen.

9

Nach der Lagebesprechung hätte Marc Clara liebend gern auf ihre Sabotage und ihren Alleingang angesprochen. Sein Hinweis auf einen religiösen Fanatiker war ihretwegen untergegangen. Und die Hasskommentare auf dem YesLife-Blog hätte sie ruhig erst einmal mit ihm allein durchsprechen können, anstatt sie hinterrücks aus dem Hut zu zaubern. Immerhin war *er* mit der Leitung der Ermittlungen betraut. Er wollte aber eigentlich keinen Streit vom Zaun brechen.

Gerade gautschte er mit seinem Bürostuhl beinahe in die Horizontale und überlegte, ob er die Sache ansprechen sollte, da platzte Thomas Fischer in ihr Büro.

Noch immer lächelte er spitzbübisch bis über beide Ohren. Den dämlichen Grinseigel hätte Marc ihm momentan gern aus dem Gesicht gewischt. »Hast du Strontium gefrühstückt?« Einen Nahkontakt mit einem so nerdigen Windbeutel auf Selbstüberschätzungskurs konnte er sich schenken.

»Hä? Nein. Wieso?«

»Weil dein Grinsen stronzdumm aussieht!«

»Äääähm … du weißt schon, dass das strunzdumm heißt, oder? Wieso so *pissed off*?«, gab Thomas Fischer den Oberlehrer.

Zugegeben, Marc war gerade etwas angefressen. »Auch ein blindes Huhn findet ja bekanntlich ab und an ein Korn!«, schleuderte er dem Kollegen an den Kopf.

Der steckte den Seitenhieb heiter weg. »Es hat sich eine betuchte Dame aus Langenargen bei mir gemeldet. Sie hat am Tatabend interessante Beobachtungen gemacht. Die könnten mit dem Mord in Zusammenhang stehen. Ihr solltet diese Frau unbedingt aufsuchen.«

Marcs Rückenlehne schwang aus der Horizontalen nach oben. Er fasste nach dem Notizblock auf seinem Schreibtisch. Er und Clara waren beide erfahren genug, um zu wissen, wie viel Eile bei solchen Beobachtungen geboten war. Besonders bei Zeugen mit tatsächlich akut grauen Zellen war der Faktor Zeit elementar. Jedes Detail konnte wichtig sein.

Sie waren bereits halb aus der Bürotür getreten, da rief Thomas Fischer ihnen noch mit nicht zu überhörender Selbstgefälligkeit nach: »Ach ja. Die Beobachtung steht wohl in Zusammenhang mit einem Motorboot. Jackpot, würde ich dann mal sagen!«

Marc blickte über die Schulter, rollte mit den Augen und vollzog an sich selbst einen symbolischen Schulterklopfer. »Das muss als Egostreichler fürs Erste genügen!«

Bevor sie sich auf den Weg machten, schauten sie noch bei ihren Ermittlerkollegen vorbei und luden bei ihnen die Anweisungen ab, die Köstinger ihnen aufgebrummt hatte. Rolf Stallinger und Dominik Hauk trugen sie auf, den YesLife-Blog bis ins Tausendste zu durchforsten und anschließend bei Jenny Gentner vorstellig zu werden. Sonja Versen bedachten sie mit der Aufgabe, unterdessen den Aufenthaltsort von Michael Fink ausfindig zu machen und ihn auf das Kommissariat vorzuladen.

Zwanzig Minuten später standen Marc und Clara in Langenargen vis-à-vis der Uferpromenade vor einem vierstöckigen Doppelwohnhaus mit grauen Balkonen und zwei ineinandergreifenden Satteldächern. Becker hieß die Dame mit Nachnamen. Das hatte Thomas Fischer ihnen auch noch hinterhergerufen.

Marc betätigte die Klingel. Erst viele Augenblicke später gewährte der elektronische Türöffner den beiden Hauptkommissaren Einlass. Die zur Seeseite ausgerichteten Terrassen im Erdgeschoss waren von einer dichten Zierstrauchhecke, darunter Rizinus und Gartenflieder, umwuchert. Die ältere Dame wohnte jedoch im dritten Stock. Dort mussten die Balkone besten Seeblick bieten.

Zahlreiche Treppenstufen später standen sie vor der Tür, hinter der sie die Wohnung von Frau Becker vermuteten. Zögerlich öffnete sich diese einen Spaltbreit. Genau so weit, wie es die Türkette zuließ. Durch den Spalt spähte sie eine alte, gebückte Frau mit kurzgelocktem schneeweißem Haar, Hängebacken und wassertrüben Augen an. Claras Marotte schlug sofort an. Miss Marple.

»Dia boida Polizischda? Sägad Sia, häbad Sia en Dienschdauswois?«, schwäbelte es ihnen entgegen. Es fehlte der Anwohnerin nicht an Vorsicht.

Marc und Clara kramten die Geldbörsen aus ihren Hosentaschen und zeigten ihre Dienstausweise vor. Verstohlen blinzelte die alte Dame durch den Türspalt darauf. Nachdem sie sich von der Identität der beiden Gäste überzeugt hatte, entriegelte sie die Wohnungstür und bat sie herein. »Wissad Sia, 's isch nemme des, was mr ghedd hend. 's isch äll andersch. A brenzlicha Zeid. Mr derf nemme ällas noilassa.«

Die guten alten Zeiten, dachte sich Marc. Prinzipiell verstand er aber, was die gebrechliche Frau meinte.

Vor ihnen stand eine etwa achtzigjährige Dame, die den sommerlich heißen Temperaturen trotzend einen langen schwarzen Rock und einen dicken roten Wollpullover trug. Sie ging am Gehstock und tapste gebückt vorneweg in die Wohnstube. Dort bot sie den Ermittlern ihr rot-gelb gestreiftes Sofa im englischen Landhausstil als Sitzgelegenheit an.

Marc schaute sich im Wohnzimmer um. Die gesamte Einrichtung war in diesen Landhausstil getaucht. Die cremeweiß gestrichenen Wände waren mit einem floralen Muster gesprenkelt. Die Fenster zierten eierschalenfarbene Gardinen, geschmückt mit einem roten Vichy-Muster. Und gegenüber dem Sofa ragte ein dunkelbraunes Bücherregal aus Mahagoniholz in die Höhe. Auf der Kommode daneben standen Schwarz-Weiß-Aufnahmen.

»D' Hochzeidsfodos vo mir ond meim Ma. Der isch vor fuffzeah Johr vrschdorba. Godd häb ihn säälig. So a liabr Ma ischer gwä!«

Einen Fernseher gab es in dieser Zwei-Zimmer-Wohnung nicht. Sehr puritanisch. Marc fühlte sich in der Zeit zurückversetzt. In ein Cottage nach Cornwall.

»Derf i Ihna äbbas zom Dringa offeriera?«

Beide baten um ein Glas Wasser.

Hilfe beim Tragen der Gläser lehnte die alte Dame aber vehement ab. »Selbschd isch d' Hausherrin!«

Marc und Clara verbaten es sich, sie eines Besseren zu belehren. Schließlich erhofften sie sich von ihr wichtige Informationen.

Frau Becker tapste an ihrem Gehstock in die Küche und kam nach geraumer Zeit wackeligen Schrittes mit drei Gläsern und zwei Flaschen auf einem Tablett zurück. Sie stellte das Servierbrett auf dem mit einem floralen Stickmuster besetzten Tischdeckchen auf dem ovalen Mahagonitisch ab. »Für dia Feinschmeggr hon i au a siaßa Schbrudl midbrochd. Der midm Äffla ond em Pferd. Wellad Sia au no Kägsla dordzua?«

Marc hätte ja verneint. Ihm brannte es wirklich unter den Nägeln, von der Beobachtung der alten Dame zu erfahren. Clara aber hatte das Tatterdämchen schon angelächelt und brav genickt. Die Höflichkeit gebot wohl, einer alten Lady nichts auszuschlagen.

Frau Becker erhob sich abermals schwerfällig und schlurfte noch einmal in die Küche. Zurück kam sie mit einer angebrochenen und halb verzehrten Packung Tekrum-Meisterstücke. Schwäbische Resteverwertung live und in Farbe. Marc wollte keineswegs unhöflich erscheinen. Also griff auch er zu und nahm sich zwei Stückchen des mit Zartbitterschokolade ummantelten Marzipangebäcks.

Als er auch die letzten Krümel heruntergeschluckt hatte, wagte er den Vorstoß. »Sie haben also am Abend des Tattages eine interessante Beobachtung gemacht, Frau Becker?«

Das Mütterchen leckte sich über ihre Kauleisten, um sie von den Marzipanresten zu befreien. Dann schlotzte sie ihre schokoverschmierten Finger ab. Sie blickte die Kommissare verschmitzt an. »Wissad Sia, i bin a deam Obad arg am Ordsgwusl endressierd gwä. Bei mir im Läba bassierd nemme zviel.«

Frau Becker schilderte den Beamten, wie sie am Montag bereits seit den frühen Abendstunden auf ihrem Balkon gesessen hatte. Von dort aus hatte sie das Treiben auf der Oberen Seestraße und den an der Uferpromenade gelegenen Kinderspielplatz beobachtet. Sie verstand es durchaus, ihre übergebührliche Neugierde in rosige Farben zu verpacken.

»D' Kurgäschd ausm Hodäl wisawi vo dem Schbielbladz brauchad Se idda froga. Dia Drielar warad längschd en dr Heia.«

Marc verkniff sich einen Kommentar. Schließlich spielte ihnen genau diese Neugierde in die Karten.

»'s isch dann ogfähr halb zehna gwä. Wissad Sia, i bin äba a bissla vrhoggad. Oi, zwoi Gläsla Woi mussad soi. Dia hon i mir uff'am Balkong schmegga long.«

»Und was konnten Sie dann beobachten?«, erinnerte Clara sie an Marcs eingängliche Frage.

»No id hudla. Ofanudla! Freila Hoißa Kohla. D' Uferpromenad war fadzaläär gfegd gwä. Do isch a Karra midd'am Bootshengr uff derre Eibiagung zr Uferpromenad agfahra komma. Midrer Mordsgwald. Ausgschdiega isch a Gschdald.«

»Eine Gestalt? Geht es vielleicht etwas genauer? Groß? Klein? Dick? Dünn? Mann? Frau?«, fragte Marc einen Tick zu gereizt.

Eingeschüchtert erklärte sich Frau Becker. »Ha noi, jungr Ma! A alda Kuah isch koi Kalb meh! Mei Glotzböbbela senn nimme d' jingschda. D' beschda no gloi zwoimal nedda, gell! Ond 's Hira isch fei koi Hochleischdungskombjudr meh!«

Marc errötete vor Scham und erntete von Clara einen scharfen Blick. Er entschuldigte sich höflichst bei der alten Dame. »Können Sie den Fahrzeugtyp denn zumindest ein wenig eingrenzen? War es ein kleiner oder ein großer Wagen?«

»Des isch a Esjuwie gwä. Mitsubishi Ell Zwoihundrd Pigg-abb. Dunglgrea odr schwardds.«

Marc und Clara fielen die Kinnladen herunter. Hatte Frau Becker nicht gerade noch ihre stark verminderte Sehkraft beklagt?

»Sie konnten die Person nicht weiter erkennen, haben aber Hersteller, Modell und Farbe des Autos exakt erfasst?«, wollte Marc das gerade Gehörte bestätigt wissen.

Wieder grinste das patente alte Persönchen verschmitzt. »D' Farb joa idda! Mei Bub, dr Karl, isch Jägr im Stuagardr Pfaffawald ond fährd ällaweil em gleicha Karra ommanand.« Frau Becker erhob ihren rechten Zeigefinger und fügte hinzu: »Damidd des gloi klar isch. Mei Bub isch koi Merdr! Dem soi Heiligs Blechla isch nemmlich rod.«

Nicht im Traum wären die Ermittler auf den Gedanken gekommen, einen Jäger aus Stuttgart direkt in den Kreis der Tatverdächtigen miteinzubeziehen. Marc vermerkte auf seinem Notizblock dennoch einen anderen wichtigen Hinweis: »Mitsubishi

L200 Pick-up, Fahrzeug typisch für Jäger? Fahrzeugmaße überprüfen, eventuell ursächlich für Schneise in Hainbuchenhecke.«

Mit dem Boot auf dem Anhänger hatten die Ermittler weitaus weniger Glück. Leider war der Sohn der alten Dame keine passionierte Wasserratte. Das gab der trockenliegende Stuttgarter Kessel nicht her. Den Typ konnte die alte Dame aber wenigstens beschreiben.

»Uff dr Rüggseida isch so a Stängela-Konschdruggd gwä. Ebbas fr a Dach. Modorisierd. Vrmudlich soa a Muggafürzla vo em Schpiedbood.«

Auch diese Informationen notierte sich Marc.

Sie waren mittlerweile auf den Balkon getreten. Es war bereits nach zwei Uhr nachmittags. Auf dem Spielplatz an der Uferpromenade tobten sich die Kinder auf den Wipptieren und dem hölzernen Piratenschiff mit der Rutsche aus.

Frau Becker erzählte nun, wie die Gestalt wieder in den Pick-up gestiegen war, um das Boot unter aufwendigem Rangieren rückwärts an das Ufer des Bodensees zu manövrieren. »Dr Karra hodd drbei oinen dr Fahrradschdendr gstriffa. So en Ochs. Der isch nemme ganz bacha gwä. Dia Holzladda uff dem soiner Ladeflächa hond dem Grasdaggl an soim Zaun gfehld. Isch ersch mol vo danna zoga. Schbädr isch d' Gschdald zrüggkomma. Hed 's Modorböödle z' Wassr lassa ond isch damid davogfahra. Des ällas muss soa gega Middrnachd gwä soi. Meh hon i au nemme beobachda kenna. D' Heia hodd mi gladd grufa ghed.«

Helle Musik in Marcs Ohren. Es war in der Tatnacht ein üppiger Schauer niedergegangen. Gut möglich, dass in dem regennass aufgeweichten Grünstreifen durch das mehrmalige Rangieren ein Reifenabdruck zurückgeblieben war. Und war der Pick-up tatsächlich an dem Fahrradparker entlanggestreift, mussten dort aller Wahrscheinlichkeit nach Lackpartikel zu sichern sein.

Sie bedankten sich bei dem Schwäblimütterchen für das hilfreiche Gespräch. An der Wohnungstür packten die knorrigen Finger der alten Dame Marcs Handgelenk. Mit todernster Miene blickte sie zu ihm auf. Von den wässrig trüben, altersmüden Augen konnte er die nackte Furcht ablesen.

»A Schdurm zieahd uff. A gwaldigr Schdurm. Des isch a Gschdald midrer Gugl gwä. Dr Nachdfraul treibd wiedr soi Unwäsa. Nemmad Se sich bloß in Achd!« Die weinerliche Stimme des gebeugten Persönchens bebte förmlich.

Spooky. Die Frau wirkte wie in Trance. Er spürte den festen Griff der kalten, gichtigen Reibeisenfinger um sein Handgelenk.

»Dr Nachdfraul. Lischdigr Dämon! Sondrbar. Des Wäsa. Oi Wäsa, zwoi Sääla. Dr Körbr zua schdehle. Dr Goischd zua quäla.«

Die knochendürren, langen Finger bissen sich jetzt regelrecht in sein Handgelenk. »Sondrbar. Des Wäsa. Fegendr Schdurm midrem mordlüschdernem Bäsa. Sondrbar. Des Wäsa.«

Dann endlich löste sie ihren einschnürenden Griff. So viel Kraft hätte er diesem auf den Gehstock gestützten Klappergestell gar nicht zugetraut.

»Was bitte war das denn eben?«, murmelte Marc im Gehen, während er sein Handgelenk schüttelte. »Eine Gestalt mit Google? Das trifft in der Generation Smartphone auf ungefähr jeden zu. Das nennt sich doch auf Neudeutsch so schön ›Smombie‹. Und was denn für ein Nachtfraul bitte schön?«

Clara winkte ab. »Bestimmt nichts weiter als ein albernes Ammenmärchen einer demenznahen alten Dame.«

»Für eine demenznahe Tattergreisin hat sie aber ganz schön Schmackes in den Griffeln. Und die Sprache! Ein Sturm mit mordlüsternem Besen? Von der Kehrwoche hat die Gruselschwäbin gerade jedenfalls nicht geplaudert ...«, gingen Marc die unheilvollen Worte nach.

Im Treppenhaus frotzelte er: »Stümperhaftes Rangieren, ein touchierter Fahrradparker ... Dem Fahrstil nach zu urteilen muss unser Täter eine Frau sein!«

Eigentlich hatte sein Seitenhieb als Eisbrecher dienen sollen. Um endlich Claras Sabotageaktion in der morgendlichen Lagebesprechung zur Sprache zu bringen. Immerhin hatte er über ihren Schwächeanfall und ihr Haar an der Leiche Stillschweigen bewahrt. Er fühlte sich ungerecht behandelt, ausmanövriert. Doch Claras giftiger Blick ließ ihn verstummen.

Wieder auf der Straße zückte Marc sein Mobiltelefon und rief

Jürgen Dettmeier an. Er beorderte ihn mit seinem Team nach Langenargen an den Spielplatz.

Kurze Zeit später war die Spurensicherung vor Ort. Die Polizei hatte den Kinderspielplatz bereits geräumt und den Bereich mit Absperrband umzäunt. Freunde hatten sie sich dadurch nicht gemacht. Schließlich war es nun an den Eltern, den schmollenden Nachwuchs zu besänftigen. Und das Geplärre war groß.

Marc war das in diesem Moment herzlich egal. Er hatte gerade andere Sorgen. Oder vielmehr Hoffnungen. Denn sollte hier wirklich in der Tatnacht ein Motorboot zu Wasser gelassen worden sein, dann musste sich ihr Täter dort aufgehalten haben. Ihre Ermittlungen würden richtig Fahrt aufnehmen. Und, das musste er sich zähneknirschend eingestehen, die These von Thomas Fischer würde dadurch so richtig befeuert werden.

Umso mehr wunderte sich Marc, dass Clara seine Euphorie nicht so richtig teilen wollte. Zwischen ihnen herrschte das große Schweigen. Klar, er war eher der Glas-halb-voll-Typ. Und sie? Wäre Trapattoni als Mentaltrainer geboren worden, hätte er Claras Zuversicht sicherlich als »schwach wie eine Flasche leer« gescholten. Seine Kollegin traute dem Braten erst einmal nicht so recht. Auch wenn dieser über Meilen hinweg gegen den Wind roch. Das hatte er von Tag eins an festgestellt.

Hier war die Sachlage aber doch eigentlich so klar wie Kloßbrühe. Hier ging es um einen ausgewiesenen Fußweg. Selbst Radfahrern war das Befahren verboten. Auch ein Motorboot zu Wasser zu lassen war an dieser Stelle nicht vorgesehen. Nicht umsonst suchte man eine Slipanlage hier vergebens. Das klang doch nach einer brandheißen Spur. Wie konnte ihm Clara da die kalte Schulter zeigen? Ruhte sie sich immer noch auf den im Shiraito-Katana-Fall eingeheimsten Lorbeeren aus? Marc jedenfalls brannte darauf, in diesem grausamen Fall ein bedeutendes Stück voranzukommen.

Jürgen Dettmeier kam zu den beiden herüber. »Hallo, ihr beiden Schweigsamen. *Good news!*«, verbreitete er ein wenig Optimismus. »Wir haben tatsächlich eine Reifenspur entdeckt.

Dort vor der Trauerweide neben dem Kniggeschild mit den Spielplatzregeln.« Dettmeier deutete auf den Randbereich des Grünstreifens. »Wir werden die Spur mit Gips ausgießen. Ich bin guter Dinge, dass wir damit etwas anfangen können.«

Das war aber noch nicht alles. »Die Angaben der alten Dame decken sich mit unseren Erkenntnissen. Der äußerste Metallrahmen der Fahrradparker ist beschädigt. Wir konnten Abriebspuren von dunkelgrünem Autolack feststellen. Außerdem zeigen sich gegenüber auf der Begrünung vor dem Pinkelhäuschen bogenförmige Reifenspuren. Dünnere Räder. Hier hat jemand knapp auf Kante vermutlich einen Anhänger rangiert. Die Rinde des Tulpenbaums hat am Stamm einige Macken abbekommen.«

Clara und Marc blickten zu den rahmenförmigen Fahrradparkern hinüber. Zwei Mitarbeiter der Spurensicherung waren gerade dabei, Lackbrösel abzuschaben und in einer Asservatentüte sicherzustellen.

»Übrigens haben wir am Ufer des Badestrandes deutlich sichtbare Schleifspuren entdeckt. Fischers Vermutung mit dem Boot gewinnt Kontur. Sie sehen ja den Schotter auf dem Badestrand. Der Rumpf muss einige Kratzer abgekriegt haben. Jede Wette, dass wir auf den Schottersteinen auch Abrieb der Bootsrumpflackierung finden werden.«

Dettmeier versprach hoch und heilig, dass die Spusi ihren Job gründlich erledigen würde. Marc und Clara wussten, dass sie sich auf sein Wort und sein Team verlassen konnten.

»Du, Marc, ich würde auf dem Rückweg gerne bei meiner Mutter im Altersstift vorbeischauen. Können wir dort bitte einen Zwischenstopp einlegen?«, erkundigte sich Clara, als sie in Marcs Wagen einstieg.

Seine unterkühlte Partnerin taute also allmählich wieder auf. Sie schien ihm den Seitenhieb im Treppenhaus verziehen zu haben. Marc wollte den Frieden nicht leichtfertig verspielen und willigte ein. Zwar wartete auf dem Revier noch jede Menge Arbeit auf sie. Akten mussten gewälzt, Befunde und Spuren in Zusammenhang gebracht werden. Er wusste jedoch auch, wie wichtig Clara die Besuche bei ihrer Mutter waren.

Schon kurz darauf parkte sein Audi in einer der Einbuchtungen vor dem Altersstift.

Clara schnallte sich ab. »Macht es dir etwas aus, wenn du im Wagen auf mich wartest? Es ist besser, wenn ich meine Mutter allein besuche.«

Marc fühlte sich wie das fünfte Rad am Wagen. Dessen ungeachtet kam er der Bitte nach. Um des zarten Friedens willen.

Bevor Clara durch die in den hohen Torbogen eingelassene Holztür des Altenpflegeheims entschwand, drehte sie sich nach Marc um. »Wenn es dir zu lange dauert, kannst du ja in der Bäckerei noch einen Kaffee trinken gehen.«

»Alles roger in ›Marcodscha‹. Mach dir keine Sorgen um mich. Ich komme zurecht.«

Marc hatte die angesagtesten Sommerhits im Radio eingeschaltet und war aus den Lautsprechern gerade das zweite Mal mit den aktuellsten Tagesnachrichten versorgt worden. Clara musste sich also schon länger als eine halbe Stunde im Altersstift aufhalten. Im Wagen staute sich allmählich die Hitze.

Er begann nun, mit beiden Zeigefingern zu »Mambo No. 5« von Lou Bega auf dem Lenkrad mitzutrommeln. Irgendwie musste er die Wartezeit ja totschlagen. Tatenloses Herumsitzen ließ ihn in Windeseile ganz hibbelig und fickrig werden, was in dieser finnischen Sauna aber alles andere als gut war. Und ein brühwarmer Kaffee bei dieser Gluthitze? Ebenfalls keine Option.

Ob er es wagen sollte, einen Blick in das schattige Innere des Pflegeheims zu werfen? Immerhin war es keine ›Area 51‹. Wie übel konnte es ihm Clara schon nehmen, wenn er sich die Beine vertreten und sich drinnen ein wenig umschauen würde?

Marc beantwortete sich diese Frage selbst und schnallte sich ab. Er stieg aus dem Wagen und war gottfroh, dieses stickige Dampfbad verlassen zu können. Drinnen im Gebäude würde es kühler sein. Das musste als Legitimation für seinen nicht von der Hand zu weisenden Wunderfitz genügen.

Unweit von ihm erregte ein Hutzelweibchen seine Aufmerksamkeit. Die lumpige Erscheinung hatte wenig Attraktives, dafür umso mehr Sonnenblumenkerne. Mit ihnen lockte sie eifrig die gefräßigen Tauben von den Dachzinnen des Altersstifts auf das Kopfsteinpflaster. Marc floss trotz Poloshirt der Schweiß aus allen Poren. Und sie hockte im Hochsommer eingehüllt in Lumpen da. Die immerzu unter der triefenden Nase entlangwischenden Hände steckten in durchlöcherten fingerlosen Wollhandschuhen. Es brauchte keineswegs Claras Anregung, um Marc angesichts dieser kauzig-flippigen Lumpengestalt unter dem abgetragenen lilanen Damenfilzhut an die Taubenfrau aus »Kevin allein in New York« denken zu lassen. Das schulterlange durchgraute Lockenhaar klebte an ihrem wulstigen Nacken.

»Hasch mer a mol fr en Alg ond Tabagg a baar Groschn? Des loggrd mei Goschn!«, keifte die Lumpenfrau. Zwischen den erröteten Pausbacken und dem knubbeligen Kinn zeigte sich eine geräumige Zahnlücke.

Das Mitleid trieb Marcs Finger in das Innentäschchen seiner Geldbörse. Einige Euros klimperten in die speckige Schildmütze am Boden. Die Lumpenfrau hockte im Schneidersitz vor der Bronzestatue des Büttels mit den Schlagzeilen in der erhobenen Hand. Mit ihrem weit aufgesperrten, nach oben gereckten Schnauzbartmund erinnerte die Figur Marc seit einem denkwürdigen Tanzabend mit seiner Ex Andrea im Kulturbahnhof Fischbach an einen Boogie-Woogie-Tänzer, der sich bewegt hatte wie von der Tarantel gestochen.

In ihren eigenen Händen hielt die Lumpenfrau eine To-go-Box vom Foodtruck am Noli-Platz im Hafen. Duftende Käsespätzle garniert mit drei ansehnlichen Maultaschen. Ein deftig-schwäbisches Schmankerl. Daneben zudem ein kleiner Antipasti-Teller. Lokalgenuss meets Italy. Zufrieden leckte sich die Frau die Lippen. »Vergeld's Godd, Misjö Gommissar! Doa dafr schbendier i fei a bissla a Zoda überd jonga Doda ausm Deddnangr Wald. Gwies a Dragödjä, dasses gnalld! Ebbas vonrem Walddämon, gnannd Nachdfraul. Bassierd vor a baar hundrd Joahr. A ganz a düschdra Gschichd, gell.«

Sie griff mit den Fingern in die To-go-Box, krallte sich eine ganze Maultasche und verschlang sie schmatzend in einem Happen. »Schbidsad Se bloß a mol d' Ohra! Dr Nachdfraul hodd au bei denna Mord doa soina Griffela em Schbiel. Doa däd i mei ledschda Lumbba verwedda. Selbschd mei Schbädzzla ond Mauldascha. Bloß idda mei Dabagg, gell!«

Schon wieder dieser ominöse Nachtfraul. Die Frau gab selbst einen großposaunigen Bilderbuchbüttel ab. Woher zum Geier wusste sie, dass er ein Kommissar war? Sah man ihm den Vollblutbullen etwa an?

»Sia luagad joa us wia diesa Dschillr … Also dr Schweigr. Ond denn des Bolohemad … Wia dr Borowsgi en jung. Ond ihr Gommissarios häbad doch älla a Säälamagl. Sia Uglüggsrab, Sia! Sia hend 's Deifelsmol uff dr Mella! Des geid a schlimms End mid Ihna! A schlimms End für d' Polend!«

Wie aberwitzig war das denn! Ihre Krimiaffinität und sein kidneybohnenförmiges Muttermal oberhalb der rechten Braue hatten ihn also verraten. Würde bald seine Hautarztakte seinen Dienstausweis ersetzen?

So spleenig diese dralle Vettel im Lumpenkittel ihm auch erscheinen mochte – es musste also doch mehr hinter dieser Nachtfraul-Geschichte stecken als die Ranken eines Hirngespinstes. Und er musste die Quasselstrippe unbedingt mit Clara befragen.

»Nicht weglaufen! Ich komme gleich mit meiner Kollegin wieder!«

»I kenn d' Alda. 's Määr. Hon midrer d' Schulbangg drüggd. A schlimma Gschichd. A bfui Deifl! Dr Kondagd isch abgrissa. Aber dr Baschdard isch g'herig vom räda Weg abkomma. En dr Bann vo dem schiacha, wiaschda Fraddsegsichd. Dr Spießgsell vom Fürschd dr Finschdernis! Dr Nachdfraul. Des sag i Ihna, soa woahr i Lombamensch hiar rumhogg! 's verlorne Määr isch em Baschdard soi Grab. Dem soi echds Greids. Fanadismus *äd ids beschd*. D' Wälla sind aufbauschd zo rem gwaldiga Schdurm!«

Was war das denn jetzt schon wieder für eine Geschichte? Einerlei. Marc brauchte Clara. Sie musste auch hören, was das Hutzelweib da an Geschichtsbrei auftischte. Sonst würde sie es am Ende bloß wieder als Mumpitz abstempeln.

Er betrat das Altersstift und fand sich in einem weiß verputzten, gewölbedurchzogenen Innenraum wieder. Linker Hand war bestuhlt. An den Tischen saßen einige ältere Menschen im Rollstuhl oder mit ihren Gehwägelchen in Reichweite. Vereinzelt spielten sie miteinander Schach und Backgammon oder hatten Familienangehörige zu Besuch. Clara und ihre Mutter konnte Marc unter diesen Sitzgrüppchen nicht entdecken.

»Entschuldigen Sie. Suchen Sie jemanden?« Vor ihn hüpfte eine Altenpflegerin in weißer Stoffhose und hellblauem Pflegerkittel. Die langen braunen Haare hatte die junge Frau keck zu zwei Zöpfen geflochten.

»Ich bin auf der Suche nach dem Zimmer von Frau Meißner. Ihre Tochter Clara ... also meine Kollegin ... müsste bei ihr zu Besuch sein.«

Irritiert musterte ihn die Pflegekraft mit ihren Kulleraugen. Ihr sprang der Sommer geradeheraus aus ihrem sprossengesprenkelten Gesicht. »Also eine Frau Meißner haben wir bei uns nicht. Das würde mich doch schon sehr wundern!«

Jetzt war es Marc, der einigermaßen dumm aus der Wäsche schaute. »Ich bin Kriminalhauptkommissar Marc Steingruber. Meine Kollegin Clara Meißner ist hier bei ihrer Mutter zu Besuch«, versuchte er sich zu erklären. »Ich habe Clara mit eigenen Augen hier hereinspazieren sehen ...«

»Ach, die Polizistin! Sie meinen demnach Frau Kuntz! Ihr Zimmer finden Sie im zweiten Obergeschoss.« Mit diesen Worten entließ die Pflegerin Marc und wies ihm mit einer Geste den Weg in Richtung Treppenaufstieg.

Natürlich! Darüber hatte er sich gar nie Gedanken gemacht. Clara war verheiratet gewesen. Meißner war ja nicht ihr Mädchenname.

Dynamisch und drahtig erklomm er mehrere Treppenstufen auf einmal. Die Saunasession im Wagen hatte in ihm einen unbändigen Bewegungsdrang ausgelöst. Hätte sein Laufequipment im Kofferraum gelegen, wäre er doch glatt zu einer flotten Hitzelaufeinheit entlang des Argenufers gestartet. Dann hätte er sich bei Clara noch unbeliebter gemacht, als er es gerade ohnehin schon war.

Er hatte das erste Treppenwerk bezwungen. Marc grüßte die Pfleger und Pflegerinnen im Aufenthaltsraum und begab sich dann hinauf in das zweite Stockwerk. Oben angekommen schaute er sich auf dem Flur um. Pflegepersonal konnte er hier auf den ersten Blick keines ausfindig machen. Dafür erahnte er am linken Ende des nicht gerade lichtdurchfluteten Flures eine Zimmertür. Ein fader Lichtschein drang aus der einen Spaltbreit geöffneten Tür.

Vorsichtigen Schrittes tastete er sich durch das Halbdunkel voran. Sollte es sich tatsächlich um das Zimmer von Claras Mutter handeln, so wollte er unter keinen Umständen wie der Elefant im Porzellanladen hereinplatzen. Als er näher kam, vernahm er aus dem Raum eine laute Frauenstimme.

»Herrgott, Sakrament! Des isch em Tüüfel es Ohr abgloge! Du bisch nid miin Meitli gsi! I ha ke Tochter!« Die Stimme klang, als sei sie einmal quer über ein Reibeisen gezogen worden.

Marc war ganz perplex und musste unweigerlich an ihre betuchte Zeugin, die Schwäblirunzel, denken. Oder an die Lumpenfrau dort unten vor dem Altersstift. Der Dialekt klang ähnlich stark »von der Alb ra« gezwitschert, aber nicht gleich. Schwyzerdütsch.

Ein verkrümmter kleiner Finger. Einer, der beim Teetrinken bestimmt immer abgespreizt war. Marc sah dessen Schattenriss vage durch den Türspalt hindurch an der Zimmerwand. Dann den Schattenwurf der ganzen Hand. In der Hand ein Glas. Schepperndes Klirren. Marc zuckte zusammen.

Sekundenbruchteile später schossen auch schon Glassplitter aus dem offenen Türspalt heraus. Marc konnte sich gerade noch ducken. Ganz offensichtlich flogen in diesem Raum nicht nur hitzige Worte. Das Trinkglas war am Türrahmen zerschellt und dann teils im Zimmer zersprungen, teils Marc entgegengesplittert. Glücklicherweise hatte das Geschwader seine Schläfe um Haaresbreite verfehlt. Er hatte den Windzug der vorbeisurrenden Scherben gespürt.

Im Zimmer herrschte nun die Ruhe nach dem großen Sturm. Marc trat etwas näher an die Tür heran. Nicht ohne ein gewisses Unbehagen. Er hoffte inständig, nicht noch einem weiteren Wurfgeschoss ausgesetzt zu werden. Er erhaschte einen Blick auf eine ältere Frau. Sie saß auf dem Pflegebett und trug einen zweiteiligen schwarzen Rockanzug. Ihr grau meliertes Haar war hinten mit Stäbchen zu einem Dutt zusammengesteckt, und ihren Hals schmückte eine weiße Perlenkette.

Marc schätzte sie auf Mitte fünfzig. Sie starrte durch den Türspalt direkt in seine Richtung. Wieso sagte sie nichts? Sie musste ihn trotz des spärlichen Lichtscheins auf dem Flur gesehen haben. Es lag ein Schleier in ihrem Blick. Die ihn fixierenden Augen wirkten unbeseelt, die trüben Pupillen waren vollkommen ausdruckslos. Das war es. Die Frau musste blind sein. Ihre körperliche Konstitution mutete noch nicht sonderlich altersschwach an.

Marc trat noch einen Schritt näher an die geöffnete Tür heran. Sein Herz begann in seiner Brust wie auf einer Hüpfburg auf und ab zu springen. Es fühlte sich durch und durch verboten an.

Auf einer Kommode unweit der Tür kam ihm eine in einen Rahmen gefasste gelbstichige Bildaufnahme unter die Augen. Sie zeigte ganz offensichtlich Clara und ihre Mutter Seite an Seite in früheren Jahren. Die Mutter in der für Nonnen typischen Gewandung. Ein brauner Habit. Das Ordenskleid. Das Haupt zierten eine weiße Haube und darüber ein schwarzer Velan. Clara, auf dem Bild noch deutlich jünger und gertenschlank, trug eine ähnliche Gewandung wie ihre Mutter. Einzig der Velan unterschied sich in der Farbgebung. Ihrer war weiß.

Marc war kein frommer Kirchgänger, aber er wusste, dass dieses Foto die Mutter, eine Nonne, mit ihrer Tochter als Novizin zeigte. Und, auch da war er sich sicher, es musste sich um den Orden der Kapuzinerinnen handeln. Das verriet der braune Habit. Tiefe, innige Verbundenheit sprang ihm aus dieser Aufnahme nicht entgegen. Das mochte an den enthaltsamen Gepflogenheiten innerhalb der Klostermauern liegen.

Ein Auge erschien im Türspalt. Kein leer gesaugtes. Ein ausdrucksstarkes. Marc hing gedanklich noch an Claras ganz offensichtlich gescheitertem Weg hin zur Haubenlerche. Er machte einen gewaltigen Satz nach hinten. Seine Hände konnten den beherzten Schwung gerade noch an der Wand abfedern. Ihn hatte urplötzlich ein Auge mit durchdringend blauer Iris angestarrt.

Clara war wie aus dem Nichts hinter der Tür aufgetaucht. Sie starrte Marc entgeistert an. Tränen standen ihr im Gesicht. »Was, verdammt noch mal, machst *du* denn hier? Du solltest doch im Wagen warten!« Schniefend und vorwurfsvoll funkelte sie ihren Kollegen an, ehe sie die Tür laut zuknallte.

Marc hatte kein einziges Wort hervorgebracht. Er fühlte sich beschämt. Fehl am Platz. Wie ein gegängelter Schuljunge, der eine große Dummheit begangen hat. Dabei war er es nicht, der in Rage mit einem Glas um sich geschmissen hatte.

Unangenehm berührt stieg der Kriminalhauptkommissar die Treppenstufen hinab. Seine linke Wange brannte. Er spürte einen warmen Fluss. Hatte ihn etwa doch einer der Splitter erwischt?

Im Erdgeschoss angelangt, gab ihm der entsetzte Gesichtsausdruck der jung-dynamischen Pflegerin in dieser Sache Gewissheit. »Sie haben also das Zimmer der Vogelscheuche gefunden, ja? Für das Altersstift ist sie eigentlich noch viel zu jung. Aber sie leidet an Gedächtnisverlust. Und dann hat auch noch die Erblindung eingesetzt. Seitdem ist sie pflegebedürftig. Sie sind nicht der Erste, der einem Splittergeschoss zum Opfer gefallen ist.«

Die quirlige Frau mit den Pippi-Langstrumpf-Zöpfen hob ihm ihre rechte Handfläche vor das Gesicht. An ihrem Handballen zeigte sich eine Narbe, die eindeutig von einer Schnittwunde herrühren musste.

»Streifschuss. An Ostern. Ich bin Veteranin wie Sie. Verwundet auf dem Schlachtfeld einer der vielen Wutausbrüche der Scheuche«, verkündete sie augenzwinkernd. Dann winkte sie ihn zu sich. »Kommen Sie, jetzt verarzten wir erst einmal *Ihre* Kriegswunde.«

Marc folgte ihr um die Ecke. Er nahm auf einem Hocker Platz, während die Pflegerin aus dem Wandschrank Verbandssachen nahm. Sanft tupfte sie ihm mit einem Wattepad den blutenden Cut an der Wange ab.

Er spürte die weichen, kalten Finger der Pflegekraft. Es war lange her, dass er weibliche Berührungen gespürt hatte. Sie musste wittern, wie unangenehm ihm die Lage war.

»Machen Sie sich nichts daraus. Narben sind bei Männern sexy. Auch im Gesicht. Das ist wie ein Schmiss. Das Zeugnis einer ordentlichen Mensur, aber noch winzig. Ein Hühnerschiss.«

Beide mussten kichern. Marc ließ sich von der Pflegekraft ein Pflaster auf den blutenden Schnitt kleben.

»So, das hätten wir. Sie sind wieder wie neu. Zumindest fast.«

Marc bedankte sich. Sie zog einen Kugelschreiber aus ihrer Brusttasche und kritzelte etwas auf einen Post-it. »Meine Nummer. Falls Ihnen nochmals ein Glassplitter um die Ohren fliegt.« Wieder ein Augenzwinkern.

Marc errötete. Er musste dringend frische Luft schnappen. Er nahm den Post-it an sich, zog eine seiner Visitenkarten aus seinem Portemonnaie und überreichte sie ihr im Gegenzug.

War das überhaupt angebracht? Schließlich war sie weder Zeugin noch Verdächtige in ihrem Fall. Eine zufällige, flüchtige Begegnung. Wenngleich auch eine unverschämt gut aussehende.

»Ähm ... ich sollte ... also ... danke.« Bedankt hatte er sich doch schon. Flucht nach vorn ... Marc enteilte dem Altersstift, bevor die Situation so richtig peinlich werden konnte.

Auf dem Fußgängerweg schaute er sich um. Scheibenhonig! Das Hutzelweib war weit und breit nicht mehr zu sehen. Hokuspokus, Verschwindibus. Lediglich die auf dem Kopfsteinpflaster zerstreut daliegenden Hülsen der Sonnenblumenkerne erinnerten an ihre skurrile Gegenwart. Ihre Worte klangen in ihm nach.

Es fröstelte ihn, bei dreißig Grad im Schatten. Der Bürgersteig verschwamm. Die Pflastersteine erhoben sich und flogen kreuz und quer. Sie stemmten eine klamme Schlucht aus dem Erdreich. Bleierne Tropfen plätscherten auf den Boden. Kristallene Eisluft. Wie der Geruch eines frisch geschnitzelten Glockenapfels. Die Offenbarung scharfer Reinheit. Sanftes Plätschern. Tröpfchen um Tröpfchen rieselte es von den Felskanten. Da vor ihm. Auf einem Vorsprung lag ein Kletterer am Ende seiner Kräfte. Er schien dem Verdursten nah zu sein. Unerreichbar hoch über ihm ragte ein mächtiger Eiszapfen von der Klippe herunter. Ironie des

Schicksals. Stille. Trügerische Ruhe vor dem Sturm. Gleißende Sonne. In seinem Kopf trällerte die Melodie von »Brown Girl in the Ring«. Heerscharen von Eiswasser-Sprinklern prasselten im Takt. Aus jeder Rinne und Ritze. Sie mauserten sich zu einem imposanten Rauschen. Marc drehte sich um. Ein gigantischer Gebirgsbach schoss durch die Schlucht auf ihn zu. An der Spitze der Flut eine Welle. Sie nahm Gestalt an. Fürchterliche Gestalt. Die ungebändigten Wassermengen bauschten sich zu einem Wolfskopf, und der schärfte sich zu einem Dämonenhaupt mit waldgrüner, spitz zulaufender Kapuze. Seine Augen, höllisch. In ihnen lauerte der Weltenschmerz. Flammende Iris. Ihre Lilaglut fraß Marc auf. Oder war das bloß der speckerne lila Filzhut der Lumpenfrau, den Marc neben dem entkräfteten Kletterer auf dem Felsvorsprung sah? Der reißende Gebirgsbach verschlang Hut und Kletterer. Dann brach er auch über ihn herein. Preschte ihm mit voller Breitseite gegen die Brust. Ein Hitzeschwall durchspülte ihn. Sturm in seiner Seele. Verderbenssturm.

Ein kruder Stoß gegen seinen Brustkorb riss Marc zurück auf den Bürgersteig. Clara. Sie war kreidebleich, die Tränen standen ihr noch immer im Gesicht.

Marc war an der aufgeheizten Motorhaube lehnend seinem furchteinflößenden Tagtraum verfallen. Seine Art der Selbstkasteiung. Er machte sich bereits auf das Donnerwetter seines Lebens gefasst. Doch da kam nichts. Kein Blitz, kein Hagel, nicht mal ein Donnergrollen.

Clara holte aus der Handtasche ihre Schachtel Marlboro hervor und entnahm ihr eine Zigarette. Zwischen ihre Lippen gesteckt, zündete sie den Glimmstängel an.

Marc schielte zu ihr herüber. Er hatte schon wieder sein Green-Earth-Gesicht aufgesetzt. Zur Hölle damit! In diesem Moment war Clara seine Weltansicht so egal wie nie. Sein Yin-und-Yang-Gehabe zwischen gesund und ungesund. Er hatte da drinnen eine Grenze überschritten. Und sie genoss das »Lungenschnuckli«, wie Marc es schon so unzählige Male abschätzig geschimpft hatte, mit jedem Zug.

Sie rauchte die Zigarette bis zum Filter und trat sie am Boden aus. Dann stapfte sie um das Fahrzeug herum und hauchte Marc dabei demonstrativ ihre letzte Salve Tabakrauch ins Gesicht.

Er begann wie wild zu husten. Nun, das war ihre Art, ihm seine Grenzen aufzuzeigen. *Fuck the system!*

Nichts, aber auch gar nichts lief rund. Zermürbt und gefrustet schlupfte Marc in den Audi. Die finnische Schwitzstube war trotz tropischer Temperaturen Geschichte – im Wagen herrschte eisige Funkstille. Wieder einmal. Marc fehlten die richtigen Worte. Seine Wange brannte höllisch, und seine Atemwege waren empfindlich gereizt. Clara spielte die beleidigte Leberwurst. Wieder einmal. Radikale Abkühlung des flüchtigen Friedensrauches. Unter diesem Kälteschock glich Marcs Fahrzeug nun eher einer launenhaften Schwedensauna.

Ihre berufliche Beziehung hatte einen weiteren Tiefpunkt erreicht. Der Lack war bereits ab gewesen, jetzt hatte die Vase auch einen Sprung. Wenn sie nicht aufpassten, würde das in einen Scherbenhaufen münden. Erfahrung mit Glassplittern hatte er ja nun schon.

»Amnesie.« Wie aus heiterem Himmel durchbrach Clara die Mauer des Schweigens. Ein wenig mehr Kontext hätte sich Marc schon erhofft.

»Eine dissoziative Amnesie. Mit einer besonders schweren Ausprägung. Meine Mutter hat während meiner Geburt eine posttraumatische Belastungsstörung erlitten«, sprudelte es aus Clara hervor. Sie sprach mehr zur Scheibe als zu ihm. Ihr rechter Zeigefinger strich unbeholfen auf der Armablage der Seitentür entlang. »Im Klartext bedeutet das, dass sich meine Mutter an meine Geburt und die Monate darum herum nicht im Geringsten erinnern kann. Ein wirkliches Erinnerungsvermögen besitzt sie im Grunde überhaupt nicht mehr. Seitdem … nun ja … bin ich für sie Luft. Genau genommen habe ich für sie sogar nie existiert.«

Marc hätte darauf gern geantwortet. Sein Verständnis für Clara kundgetan. Ihr Mut zugesprochen. Sie getröstet. Doch er hatte dafür keine Worte parat. Er wusste einfach nicht, wie er seine Gedanken in solche fassen sollte.

»Kannst du dir das vorstellen, Marc?«, fuhr Clara indes fort. »Bei deiner Mutter aufzuwachsen, ohne eine zu haben?«

Nein, er konnte es nicht. Wie auch? Marc war in mustergültigen Verhältnissen aufgewachsen.

»Kannst du dir vorstellen, dass bei deiner Mutter im Oberstübchen der Reset-Button gedrückt wird? Die Festplatte komplett formatiert wird?« Clara schnipste mit den Fingern. »Einfach so. Klappe zu, Affe tot.«

Auch das konnte und wollte Marc sich nicht vorstellen. Er musste an dieses Blitzdings aus »Men in Black« denken. Mit dem den Leuten bei Aliensichtungen das Gedächtnis gelöscht wurde. Der Neutralisator. Schrecklicher Gedanke. Es schüttelte Marc die Schultern.

Clara ließ die Fingerkuppen auf die Autoscheibe tippen. Sie schaute weiter aus dem Fenster und mied den direkten Blickkontakt mit Marc. »Kannst du dir vorstellen, wie es sich für ein Kind anfühlt, von der eigenen Mutter verleugnet zu werden? Ich hatte nie eine Mutter. Auch wenn sie so greifbar nah erschien. Ein Geist von Mutter. Eine Hülle mit unnahbarer Seele.« Sie schluckte. »Ich wollte nicht, dass du Szenen wie die vorhin im Altersstift mitbekommst. Mit meiner Mutter ist es … schwierig. Deshalb wollte ich, dass du im Auto wartest.«

Marc fühlte sich elendsmies. Er war es schließlich, der das Gebot missachtet und seine Kollegin erst in diese missliche Lage gedrängt hatte. Ein miserabler Verräter, dieses nagende Schuldbewusstsein.

Wo war Claras Vater? Wann hatte es ihrer Mutter die Festplatte gelöscht? Und vor allem was hatte diese dissoziative Amnesie ausgelöst? Marc hatte plötzlich so viele Fragen. Es war nicht der angemessene Zeitpunkt, um Clara damit zu löchern. So viel Taktgefühl verspürte er noch. Sie war zu aufgewühlt.

Für den Rest der Rückfahrt schwiegen sich beide aus. Wieder einmal.

10

Zwei Wochen waren seit der grausigen Ermordung von Klaus Hübner an der Malerecke in Langenargen vergangen. Die ersten Puzzlestücke hatten sie bereits beieinander. Einige hatten sie auch schon zusammenfügen können. Für einen Rahmen reichte es aber noch lange nicht, auch wenn Köstinger ein Donnerwetter nach dem anderen über ihre Häupter schleuderte. Den brauchten sie aber, um sich sukzessive von außen nach innen vorarbeiten zu können.

Clara und Marc steckten gerade in einer weiteren Lagebesprechung. Köstinger hatte gleich zu Beginn so dermaßen aufgedreht, sie hatten sich mitten in eine Schlechtwetterfront am Bermudadreieck versetzt gefühlt. Dann war der Himmel aber aufgeklart. Es war vornehmlich um ein ganz zentrales Randstück ihres speziellen Puzzles gegangen. Das Täterfahrzeug.

In diesem mussten die Holzbalken zum Tatort befördert worden sein. Auch musste in ihm das Opfer vom Langenargener Landungssteg zur Malerecke verschleppt worden sein. Und mittels dieses Fahrzeugs war auch das Boot, das mutmaßlich zum Aufrichten des Holzkreuzes verwendet worden war, geschleppt worden. Mit einer Breite von eins achtzig kam ein Mitsubishi Pick-up L200 sogar als Verursacher der Schneise in der Hainbuchenhecke an der Malerecke auf alle Fälle in Frage.

Der am Spielplatz an der Langenargener Uferpromenade sichergestellte Reifenabdruck passte ebenfalls zum gesuchten Fahrzeugtyp. Köstinger hatte angeordnet, alle Fahrzeughalter eines Mitsubishi Pick-ups vom Typ L200 aus der Region zu ermitteln. Überraschenderweise bat Clara um das Wort.

»Anscheinend habe ich in meiner näheren Wohnumgebung einen solchen Fahrzeughalter. Bei einem abgeschlagenen Häuschen am westlichsten Zipfel des Tuniswalds. Direkt am Saum, weniger als einen halben Kilometer von meinem Appartement entfernt. Dort habe ich einen solchen Wagen jedenfalls bei einem meiner Spaziergänge erst kürzlich im Carport stehen sehen. Also … beim Scherbaum zu Hause.« Es kam noch dicker: Sie hatte sich das Fahrzeug sogar von Nahem angesehen.

»Sitcoms und Geländewagen haben es mir angetan. Asche auf mein Haupt«, verteidigte sie sich. »Schlammschluckende Muckikarren sind mein Kryptonit. Ich jage auch selber gern damit durchs Freigelände. Solange kein Baum in der Nähe steht, um den es mich wickeln könnte …«

Die Farbe passte schon einmal. Dunkelgrün.

Weshalb rückte sie erst jetzt damit raus? Marc wunderte sich doch sehr. Kommst du heute nicht, kommst du morgen. Spielte sie schon wieder auf Ass im Ärmel, weil ihm der Zuschlag für die Ermittlungsleitung zugefallen war? Schließlich hätten sie möglicherweise bereits einen Durchsuchungsbefehl erwirken und das Fahrzeug beschlagnahmen können. Die Zeit war ihnen nicht wohlgesonnen. Die Sandkörner rieselten und rieselten unermüdlich gegen sie.

»Meißner! Ihr Kryptonit interessiert mich einen feuchten Kehricht! Von mir aus können Sie nach Feierabend in einem Monstertruck Bridget-Jones-mäßig einen XXL-Eimer Vanilleeis verputzen und vor so einer tragbaren Mini-Glotze einen Sitcom-Marathon veranstalten. Solange Sie nicht im Vorgarten unserer Verdächtigen herumtingeln!«

Köstingers wieder aufkochenden Groll konnte Marc nachvollziehen. Und er wollte für Clara keinen Schirm aufspannen. Sie hatte es damals nicht riechen können, aber es handelte sich ausgerechnet um den Carport des Jägers aus Eriskirch. Manfred Scherbaum, einer ihrer potenziellen Planetenzerstörer auf dem Whiteboard in ihrem Büro. Der Pick-up machte ihn jetzt sogar zu ihrem Hauptverdächtigen. Eine solch brisante Sache so lange im stillen Abstellkämmerlein zu hüten, das ging gar nicht.

Erst recht, da sie den Jäger seit Tagen nicht zu fassen bekamen. Manfred Scherbaum führte offensichtlich ein ebenso frei laufendes Leben wie sein Wildbestand. Vor allem drängte sich der Eindruck auf, dass er ihnen vehement auswich. Schließlich hatten die Kollegen Stallinger und Hauk nicht nur einmal auf seiner Matte gestanden, dann aber nur die zurückhaltende Gattin angetroffen. Weiter als zum gestrüppbewucherten Hoftor waren sie nie gekommen. Es half nichts, sie mussten ihn wohl schriftlich vorladen.

Jürgen Dettmeiers Bericht zur bisherigen Spurenlage war trüb. Sein Team hatte nirgends am Tatort Fingerabdrücke sicherstellen können. Weder am Holzkreuz noch an dem Karabinerhaken. Auch nicht an dem dort sichergestellten Bleigewicht, der getrockneten Irisblüte oder dem Zettel mit dem Haiku. Der Täter musste Handschuhe getragen haben.

Erschwerend kam hinzu, dass der Regen in der Tatnacht Spuren verwischt hatte. Deshalb war das Auffinden des Tatfahrzeuges umso wichtiger. Jeder verstrichene Tag spielte dem Täter in die Karten. Bot ihm aufs Neue eine Gelegenheit, Spuren auf ewig verschwinden zu lassen.

Zum Haareraufen. Marc ärgerte sich tierisch. Auch wenn Clara wegen der Sache mit ihrer Mutter gerade ziemlich durch den Wind war – eine Allroundentschuldigung war das nicht.

Erfreulicherweise fand die durchwachsene Lagebesprechung nach einem weiteren Koller Köstingers ein Ende. Marc musste sich nach der wutgeladenen Kost die Beine vertreten. Und er brauchte Koffein. Als Kommissar trank man seinen Kaffee schwarz. Ungeschriebenes Gesetz. Auch wenn Marc ein cremiger Cappuccino mit feiner Schokonote insgeheim lieber war. In der Kaffeeküche traf er auf Stallinger, Hauk und Versen.

»Ihr habt Michael Fink also aufgetrieben? Konntet ihr ihn schon befragen?«

Sonja Versen nickte eifrig. »Wir haben ihn nach einem seiner Märsche entlang des Argenufers schnarchend auf einer Sitzbank an der Kabelbrücke vorgefunden.« Versen zog die Schultern hoch. »Der Geist war schwach, noch schwächer die Leber. Eine Flasche Doppelkorn. Wir haben ihn über Nacht ausnüchtern lassen. Nun sitzt er im Vernehmungsraum zwei.«

Dieses Erfolgserlebnis kam gerade recht. Balsam für Marcs durchgebeutelte Seele. »Haben wir denn bei den Blogbetreibern auch offene Türen eingerannt?«

Hauk und Stallinger grinsten sich an.

»Eher verbarrikadierte. Die Jenny Gentner ist in Konstanz wohl öfters auf der Straße als in ihrer Einzimmerbude. Dafür haben wir ihren Mitbewohner Rufus vorgefunden. So ein zum Pete-Doherty-Verschnitt verkommenes Lateinerbübchen. Bis auf die roten Ron-Weasley-Haare. Vollgedröhnt und seines Zeichens Admin beim YesLife-Blog«, machte Stallinger es unnötig spannend.

Hauk ergänzte: »Das hat uns natürlich nur wenig imponiert. Wir haben unsere Geheimwaffe ausgepackt. Unseren Telefonjoker ...«

Marc zog die Luft durch die Zähne. Er wusste, was das zu bedeuten hatte.

Stallinger lachte. »Durch den Hörer hindurch haben wir Köstinger brüllen hören. Wenn der Junkiebube davon keinen Tinnitus davongetragen hat, dann weiß ich auch nicht. Köstinger hat ihm den Zahn schließlich gezogen.«

»Ja und? Spannt mich nicht auf die Folter! Wer ist der Schmutzfink? Wer hat den Tatort geleaked?«

»Der Fink ...! Michael Fink!«, überschlug sich Hauks Stimme. »Ein hübsches Sümmchen soll er für den Schnappschuss und das Zwitschern über die Irisblume kassiert haben. Das hat sich wohl gleich verflüssigt. Stichwort Doppelkorn.«

»Na, dann knöpfen wir uns den Singvogel doch mal vor!« Marc musste seinen Groll fürs Erste im Zaum halten. Clara sollte diesem Finky auf den Zahn fühlen. Bis aufs Zahnfleisch. Nach Feierabend würde er seine Wut bei einem flotten Auspowerlauf in die Waden legen.

»Das ist noch nicht alles. Wir hatten diesen koksverschnupften Rufus in Buxe und Assi-Adiletten am Briefkasten angetroffen. Er war gerade dabei, einen Bußgeldbescheid vom Landratsamt Bodenseekreis zu öffnen. Wir haben natürlich gespickelt. Er und seine Beifahrerin, vermutlich diese Jenny Gentner, hatten der Blitzerkiste hinter dem Eriskircher Wasserturm aus Fahrtrichtung Langenargen Porträt gestanden. Dreißig Stundenkilometer zu zackig. Einundzwanzig Uhr dreiundzwanzig. Am Tattag.

Wenige Stunden vor dem Mord. Da hatte es jemand eilig gehabt, davonzukommen …«

Diese nicht uninteressante Info von Stallinger musste Marc erst einmal parken. Zunächst hatten sie mit Finky ein Hühnchen zu rupfen.

»Im Übrigen soll Michael Fink für diverse Kampagnenvideos von YesLife auch das redegewandte Werbemaskottchen gegeben haben«, gab Stallinger ihm noch mit auf den Weg aus der Kaffeeküche heraus.

Vernehmungsraum Nummer zwei war mit einem grauen Teppichboden mit blauem Karomuster ausstaffiert. In der Ecke stand ein Polizeibeamter. Die Wände waren in Eierschalengelb gehalten, um den Verdächtigen ihre Zunge ein wenig zu lockern. Finky saß auf einem Stuhl an dem weißen Schreibtisch in der Raummitte. Die Ermittler nahmen gegenüber von ihm Platz.

Marc zog ein kleines Tonaufnahmegerät aus der mitgeführten Aktentasche heraus und platzierte es auf der Tischplatte. »Wir werden dieses Gespräch … zu dem wird es sich hoffentlich entwickeln … aufzeichnen.«

Der Obdachlose sah aus der Nähe betrachtet noch schäbiger aus als damals am Tatort an der Malerecke. Das verfilzte, ungewaschene Haar stand ihm immer noch wie verkorkster Wildwuchs in alle Himmelsrichtungen ab. Er trug noch immer das zerschlissene, schmutzbefleckte T-Shirt. Der viel zu lange Gürtel hing ihm zerfleddert an der zerrissenen Jeanshose herunter. Mit seinen schwarz unterlegten Fingernägeln und den gelblich braunen Zähnen wirkte er völlig animalisch. Marc traute sich gar nicht, näher an den Tisch zu rücken. Der modrige Atem schwaderte ihm auch so schon streng genug entgegen.

Trotz seiner schmächtigen Statur wirkte das ungepflegte Wurzelgesicht ein wenig aufgequollen. Die teigigen Schlotterbacken und die ädrig rote Säufernase gaben Zeugnis ab von so manchen versoffenen Jahren.

Claras abfällig abschätzender Blick war auf diese traurige Gestalt fixiert. Beharrlich begutachtete sie das verhärmte, bartüberwucherte Antlitz. Marc war fast so, als suche sie darin etwas. War es die Schuld, dann suchte seine Kollegin sie in diesem Griesgramgesicht vergebens. Oder war sie noch immer wegen der entgleisten Situation mit ihrer Mutter angespannt? Falls dem so war, konnte es ihnen zum Vorteil gereichen. Guter Cop, böser Cop. Letzteren würde sie hervorragend mimen können.

Er entschloss sich also, zunächst einmal Clara die Gesprächsführung zu überlassen. Er schlug seinen Notizblock auf und drückte am Tonaufnahmegerät die Play-Taste. Versteckte Zeichen an seine Ermittlungspartnerin, ohne dass Finky davon Wind bekam. Und Clara verstand sie zu deuten.

»Sie greifen also wieder zur Flasche, Finky? Wir dürfen doch Finky zu Ihnen sagen, oder?« Clara versuchte, sich zunächst durch dieses unverfängliche, wenngleich unangenehme Thema zu nähern. Finky machte pikierte Miene zum bösen Spiel. »Dabei haben Sie sich doch so prima die Beine vertreten, als wir uns an der Malerecke begegnet sind …«

»Was wollen Sie eigentlich von mir? He!«, giftete Finky mürrisch.

Bingo. Er hatte den Köder geschluckt. Damit hatte er den Tanz eröffnet. Das Parkett des Ballsaals durfte betreten werden, und Clara wagte ein erstes Tänzchen. »Na ja, was wollen wir? Zum Beispiel wollen wir wissen, was Sie am Tatort zu suchen hatten!«

»Genau das. Meine Beine vertreten! Das hatte ich Ihnen bereits gesagt! Und Sie haben es gerade doch noch vorgekaut.«

Durchdringend funkelte Clara ihn nun an. »Stimmt. Und Sie haben damals, ich zitiere, auch gesagt: ›Der hat es verdient.‹ Klaus Hübner hat es verdient, brutal an ein Kreuz genagelt zu werden? Erläutern Sie uns doch bitte einmal genau, wie wir das zu verstehen haben.«

Finky schüttelte ungläubig den Kopf. Die schmalzigen Strähnen seiner verfilzten Haarpracht rüttelte es wie ein pudelnass gewordenes Fell. »Meine Güte! Was gibt es daran zu verstehen? Das habe ich halt so vor mich hingesagt. Ist eine freie Meinungsäußerung strafbar?« Er fletschte bei diesen aufmüpfigen Worten seine gelblichen Beißer.

Clara schlug die Unterlagen auf, die Marc ihr aus der Aktentasche überreicht hatte. Sie blätterte auf die zweite Seite und begann aus dem Protokoll zu zitieren. »›Dieser Kerl führte hier am See die Abtreibungsmaschinerie an. Wer Leben nimmt, hat sein eigenes verwirkt.‹ Zitat Ende …« Demonstrativ tippte sie mit ihrem Zeigefinger auf die soeben wiedergegebenen Zeilen. »Das waren Ihre Worte. Eine ziemlich krasse Meinung, finden Sie nicht?«

Finky rutschte auf seinem Stuhl etwas nach hinten und erhob abwehrend seine beiden Hände. »Woah! Woah! Woah! Nun machen Sie aber mal halblang, ja? Was soll das hier eigentlich werden? Werfen Sie jetzt jedes meiner Worte auf die Goldwaage?«

Finky schien allmählich zu schnallen, in welche Richtung sich dieses Gespräch entwickelte. Er saß hier keineswegs wegen seiner Trunkenheit auf dem heißen Stuhl.

»Nun, Sie haben Dr. Hübner für seine Berufsausübung den Tod gewünscht.« Clara schaute zu Marc hinüber. »Da fragen wir uns natürlich, wer hier die Wunschfee war und gezaubert hat.«

Marc neigte den Kopf abwechselnd nach rechts und nach links. Ganz so, als wöge er diese Einschätzung ab. Seine Rolle als guter Cop verlangte dies.

»Jetzt … also … hören Sie doch mal!«

Clara betrachtete ihn zufrieden. Finky wurde fahrig. Er begann sich um Kopf und Kragen zu reden. Ersterer steckte bereits ansatzweise in der Schlinge. Bald schon würden sie ihren ersten Torpedo zünden können. Um die Nuss langsam, aber beständig zu knacken.

Finky vergrub den Kopf in seinen braun gegerbten Händen und schürfte wie wild auf seiner Kopfhaut herum. Für einen kurzen Augenblick glaubte Marc, er würde einknicken und mit einem Geständnis um die Ecke kommen. Negativ.

Finky hob sein Haupt und starrte beide Ermittler abwechselnd herausfordernd an. »Hören Sie … Ich habe seit meiner Geburt ADHS. Das Zappelphilipp-Syndrom. Und wissen Sie, weshalb, hm? Weil meine Mutter in der Schwangerschaft zur Flasche gegriffen hatte!«, presste er verächtlich zwischen seinen zitternden Lippen hervor.

Clara begegnete ihm mit Gleichgültigkeit. »Der Apfel fällt nicht weit vom Stamm. Oder von der Apfelkornflasche …«

»Dieser ganze moderne Diagnostik-Schnickschnack. Präimplantationsdiagnostik. Pränatale Untersuchungen am Fötus. Das ist Pfusch am Schöpfungsplan! Satanswerk! Ist ADHS ein Vernichtungsgrund? Wenn man das auch noch vor der Entbindung feststellen könnte, dann für einige so sicher wie das Amen in der Kirche! Gehört ein hibbeliges Gottesgeschenk etwa in die Mülltonne? Der Schweinepriester ist zu Recht verreckt! Ich weine ihm keine Träne hinterher!« Finkys flache Hand knallte so rumpelnd auf den Bürotisch, dass das Tonaufnahmegerät vornüberkippte.

Der im Raum anwesende Polizeibeamte war im Begriff einzuschreiten. Marc beschwichtigte ihn jedoch per Handzeichen.

Finky schnaufte jähzornig vor sich hin. »Ich …«

Der gute Cop war gefragt. »Ja?« Verständnisvoll schaute Marc den Wüterich an.

»Ach, vergessen Sie's!«

Marc schenkte ihm ein aufmunterndes Lächeln.

»Anfang der Sechziger … Meine Rabeneltern hatten sich von einem Hinterhofkurpfuscher eine schmutzige Abtreibung aufschwatzen lassen. Diese Säufer hatten sich nicht berufen gefühlt, ein Balg großzuziehen. Am Tag x waren aber beide so bis unter die Haube zugedudelt gewesen, sie hätten es stehenden Schrittes nicht bis in den Hinterhofkeller geschafft. Stattdessen bin ich Monate später auf dem Klo rausgeflutscht. Um mich runterzuspülen, hat ihnen nicht der Mumm in den Knochen, sondern die Nüchternheit gefehlt. Sind beide weggeschnarcht. Und ich muss meine ersten Lebensstunden in der Kloschüssel verbracht haben. So war den beiden doch das Los zugefallen, mich Kackbratze durchzufüttern. Ich war das lästige Balg. Hat mir meine Mutter oft genug vorgehalten. Nette Anekdote, nicht?«

Marc schluckte. Das war ja ein starkes Stück.

»In meiner Jugend habe ich dann eine grandios missglückte Abtreibung erlebt. Bei … einer Bekannten. Ganz ekelhafte Sache!

Satanswerk eben. ›Die Krone der Schöpfung, das Schwein, der Mensch‹.«

Jetzt überkam Marc das Schmunzeln. Gottfried Benn. Dabei wirkte Finky weder sonderlich belesen noch wie ein frommer Weihwasserhascher.

»Wie bei den Erdbeeren. Die kleinen, schrumpeligen sind die süßesten. Wir lechzen in unserem irrsinnigen Konsumwahn aber nach einer einwandfreien Optik. Kegelförmig, glänzend und knallrot.«

Wie tiefgründig. Marc dachte nach. War es bei vermeintlich makelhaften Embryonen nicht dasselbe? Wer aber konnte hier über Makel urteilen? Was waren überhaupt Makel? Und durften die einfach ausgemerzt werden?

Andererseits hatte Marc leicht reden. Er war seit der Trennung von seiner Ex kein Vorzeigevater und sprach seinen kerngesunden Sohn in letzter Zeit ausschließlich über das Telefon. Und musste die ganze Sache nicht viel differenzierter betrachtet werden? Wer spielte hier Richter und wer Kläger? Zu viele Fragen, zu wenige Antworten.

Er richtete das Diktiergerät wieder auf. Showtime für den guten Cop. »Worauf wollen Sie hinaus? Dass Ihre Mutter mit diesem modernen Schnickschnack tatsächlich eine Wahl gehabt hätte, wenn sich ADHS vor der Geburt diagnostizieren ließe? Die Wahl einer selektiven Abtreibung?«

Finky tippte mit seinem Zeigefinger auf seine Oberlippe. »Lippen-Kiefer-Gaumen-Spalte. Jede zwanzigste Frau würde auch heute noch die Hasenscharte samt Fötus durch eine Abtreibung auswetzen lassen.« Dann deutete er sich auf seine Brust. »Sehr leichte Mukoviszidose. Allein bei diesem Wort klirren den meisten Eltern die Ohren und das Abtreibungsbesteck bereits auf dem Tablett. Zumindest damals noch. Schleimige Lunge. Chronischer Husten. Hat mich meine Fußballerkarriere gekostet. Das und ein eingeklemmter Lendenwirbel. Aber dank Medikamenten habe ich den chronischen Husten heute nahezu vollständig im Griff. Mit den kümmerlichen Genen und der heutigen Pränatal-Genschnüffelei wäre ich doch das prädestinierte Abtreibungsopfer gewesen! Eine Musterung im Mutterleib. Aber schauen Sie mich an … Ich lebe! Und das nicht schlecht. Mit Hang zur Flasche, aber keineswegs mit Hang zur Lebensunwertigkeit.«

Allmählich konnte Marc Finkys persönliche Wuttirade auf die Abtreibungspraxis verstehen.

»Die *Wahl* …!« Finky schnaubte verächtlich. »Erkennen Sie den Irrsinn in Ihren Worten? Verlangt eine Wahl an einem solchen Scheideweg nicht nach gleichberechtigten Pfaden? *Homo homini lupus est.* ›Der Mensch ist dem Menschen ein Wolf.‹ Und mit diesen ganzen unnatürlichen Techniken zerfleischen wir uns gegenseitig. Diese sogenannte ›Wahl‹ legt uns Fesseln an!«

Wie überaus philosophisch. Marc war durch und durch erstaunt, wie viel reife Weltanschauung sich hinter der versoffenen Fassade seines Gegenübers verbarg. »Hm, erst Gottfried Benn. Jetzt also Thomas Hobbes? Der Naturzustand des Menschen. Der Krieg aller gegen alle, nicht wahr?«, heuchelte er Verbundenheit, wo keine war.

Der nächste Schachzug lag wieder bei Clara. »Und Ihr persönlicher Krieg gegen Klaus Hübner hat ihn wohl ans Kreuz geführt. ›Auge um Auge, Zahn um Zahn‹. Exodus, Kapitel einundzwanzig. Sie dachten sich: Wenn dieser Dreckskerl fötales Leben nimmt, dann sind Sie auch berechtigt, das seinige vom Erdball zu tilgen.«

Finky rieb sich mit dem Daumen nervös an seiner Hasenscharte. »Hören Sie doch! So war das alles gar nicht!«

Es war an der Zeit, den ersten Torpedo auf die Reise zu schicken. »Ach, wie war dann alles? Schließlich waren Sie wesentlich früher am Tatort zugegen, als Sie bislang zugegeben haben«, brachte Clara mit erhobener Stimme hervor.

»Das stimmt nicht«, murmelte Finky nun fast schon kleinlaut.

Clara richtete ihren Zeigefinger drohend auf ihn. »Versuchen Sie nicht, uns zu verkackeiern! Der Stumpen spricht da eine ganz andere Sprache. Wie hat es sich angefühlt, direkt unter dem Holzkreuz eine Zigarre zu schmauchen?«

Finky schwieg zu diesem Vorwurf und heftete seinen Blick auf den Fußboden.

»Eine Cohiba haben wir an der Malerecke gefunden. Mit Ihrer DNA. Schon eigenartig, oder?«, versuchte sie seinem Gedächtnis auf die Sprünge zu helfen.

Clara winkte den Polizisten an den Tisch und ließ sich von ihm zwei eingetütete Gegenstände überreichen. Ein silbernes Klappfeuerzeug und eine gelbe Zigarrenpackung. »Hat man Ihnen abgenommen, bevor Sie in die Ausnüchterungszelle verfrachtet wurden. Dieselbe Marke ...«

Clara trotzte nun tapfer Finkys üblem Mundgeruch aus Fäule und Kornbrand-Fahne und beugte sich über den Bürotisch. Unnachgiebig starrte sie ihn aus unmittelbarer Nähe an. Immer wieder wich er ihren Blicken aus. Es war ihm sichtlich unangenehm.

»Waren Sie aufgewühlt gewesen? Hat Sie der kubanische Tabak beruhigt? Nach so einer Wahnsinnstat kein Wunder! Erst haben Sie Ihr schreckliches Werk vollendet, dann haben Sie sich die Zigarre gegönnt. Verdammt, Finky! So sieht es doch aus!«

Der Obdachlose war angekratzt. Angezählt. Doch noch war er nicht gefallen. Noch taumelte er.

Er strich sich eine fettige Haarsträhne aus der Stirn, richtete seinen Blick gezielt auf Clara und antwortete mit einem erstaunlich überlegenen Grinsen auf den Lippen: »Das beweist überhaupt nichts. Ich streune auf meinen Fußmärschen ständig an der Malerecke herum. Dort eine Zigarre zu paffen ist sozusagen mein Ritual. Wer sagt, dass der Zigarrenstumpen am Tag des Mordes dort hingelangt ist? Beweisen Sie mir das!«

Das war in der Tat eine gute Frage. Eine berechtigte obendrein. Und eine Antwort hatten die Ermittler darauf leider nicht vorrätig.

Ins Bockshorn ließ sich Clara aber nicht so schnell jagen. Sie blätterte in der Akte und holte den Ausdruck des YesLife-Blogeintrages heraus. Schroff schob sie ihn vor Finky auf den Bürotisch.

Fragend blickte er die Kommissare an.

Es war nun wieder an Marc. »Finky, erkennen Sie das Bild unter der Schlagzeile wieder? Ein Vögelchen hat uns nämlich gezwitschert, dass *Sie* diese Aufnahme den Blogbetreibern zugeschoben haben. Der YesLife-Aktivistin Jenny Gentner und ihrem Mitbewohner Rufus. Nebst Information zu der am Tatort vorgefundenen Irisblüte.«

Finky schloss die Augen und knetete mit Daumen und Zeigefinger seine Stirn. Dann blickte er wieder auf. »Ja, ich habe das Bild geknipst und verkauft. Und ja, ich habe den beiden auch das mit der Irisblume gesteckt. Der Schnappschuss ist mir doch gelungen! So ein pervertiertes Kunstwerk wie das an der Malerecke hat man doch selten gesehen! Zufrieden?« Nervös grinsend präsentierte er wieder seine gelbe Zahnpracht.

Zufrieden war Marc in der Tat. Das war ein erstes Eingeständnis. Wenn auch kein Mordgeständnis. Da musste er nachfühlen. Als halb guter Cop.

»Nun, haben Sie in Ihren Werbevideos für die YesLife-Bewegung auch mal Benn und Hobbes zitiert? Für die Hetzkampagne gegen die Abtreibungspraxis haben Sie ja öfters mal den prophetischen Wanderprediger gegeben.« Marc hatte den zweiten Torpedo gezündet und hoffte auf einen Wirkungstreffer.

»Habe ich. Und? Strafbar? Jeder hat das Recht, seine Meinung in Wort, Schrift und eben auch Bild frei zu äußern.« Finky schaute zu Clara. »Grundgesetz, Artikel fünf. Frei zitiert. Freies Zitat Ende …«

Mit Clara gingen die Pferde durch. Dieses Schlitzohr führte sie an der Nase herum. Sie schrie Finky an: »Zufrieden sind wir erst, wenn wir Sie hinter Gittern haben! Für Sie ist das alles wohl ein mächtig heiteres Spiel! Was haben Sie mit dem Geld gemacht? Versoffen? Ein versoffener Judas! Chapeau!« Sie applaudierte.

Für Marcs Begriffe war der böse Cop nun eine Spur zu stilecht geraten. Er musste Clara einbremsen, wenn sie aus Finky weitere Zugeständnisse herauslocken wollten.

»Zurück zu den Fakten. Haben Sie diese Jenny Gentner am Tatabend auch in Langenargen getroffen? Ihr Mitbewohner und sie haben sich auf einer Blitzeraufnahme in unmittelbarer Umgebung von Langenargen verewigt.«

»Nein, habe ich nicht. So einfach ist das. Und jetzt würde ich gerne gehen. Die Lady hier ist ja wie ein bissiger Hund. Also, wenn sie meine Tochter –«

»Wir werden Sie fertigmachen! Das verspreche ich Ihnen hoch und heilig!« Clara war drauf und dran, dem Obdachlosen an die Gurgel zu gehen.

In diesem Moment ging die Musik aus, und die Kronleuchter erloschen. Der Tanz im Ballsaal war beendet. Mit dieser Entgleisung hatte Clara die Türen in dieser Befragung erst einmal zugeschlagen.

Finky lächelte nur müde. Er schlug die Hände hinter dem Kopf zusammen und nahm die Steilvorlage dankend an. »Ich fühle mich von Ihnen ziemlich eingeschüchtert. Ohne Beisein eines Anwaltes hören Sie von mir kein Sterbenswörtchen mehr.«

Da war der unheilvolle Satz gefallen. Bislang konnten sie lediglich beweisen, dass Finky nach der Tat das Bild geknipst hatte und vor Eintreffen der Polizei bereits am Tatort gewesen sein musste. Das reichte bei Weitem nicht für eine Untersuchungshaft aus. Bei keinem Staatsanwalt der Welt.

Marc nickte in Richtung der Zimmertür und bedeutete Clara, mit nach draußen zu kommen. Sie stoppte das Aufnahmegerät, und beide verließen den Vernehmungsraum.

Vor der Tür stellte Marc sie zur Rede. »Sag mal, welche Sicherungen sind da gerade bei dir durchgebrannt? Der Finky mauert jetzt natürlich! Mensch, Clara! Das hat uns allen Handlungsspielraum genommen. Wir hätten die Chance gehabt, ihn hier an Ort und Stelle festzunageln …«

Clara fuhr sich mit beiden Händen durch ihr gelocktes Haar. »Ungeschickte Wortwahl, Marc. Aber du hast ja recht. Puh, ich war da drin gerade einfach auf hundertachtzig! Seine arrogante Selbstgefälligkeit hat mich zur Weißglut gebracht. Es tut mir leid …«

Marc ließ resignierend seine Handflächen auf seine Schenkel klopfen. »Die Vernehmung ist erst einmal gegessen. Ich bezweifle stark, dass wir Köstinger, geschweige denn den Staatsanwalt, von der Notwendigkeit einer Untersuchungshaft überzeugen können. Mit der mauen Beweislage bewegen wir uns auf verdammt dünnem Eis. Was wir haben, sind bestenfalls vage Indizien.«

Clara seufzte ermattet. »Schon kapiert! Die Meißner hat's verbockt!«

Marc hatte ihr mimosenhaftes Gehabe satt. »*Mal wieder* verbockt! Dein intrigantes Verhalten letztens in der Lagebesprechung war auch kein Geniestreich!« Mit dieser Ansage ließ er Clara stehen und marschierte zurück in den Vernehmungsraum.

Im gemäßigtsten Tonfall, den er noch hervorbrachte, wandte er sich an den Obdachlosen. »Sie können gehen.«

Das ließ sich Finky nicht zweimal sagen. Er steckte sein Feuerzeug und die Zigarrenschachtel wieder zurück in seine Hosentaschen. Beim Herausgehen verbeugte er sich gekünstelt vor Marc und schlenderte dann amüsiert pfeifend aus dem Raum.

Zu allem Überfluss hatten die IT-Spezialisten heute verlauten lassen, nicht auch nur die leiseste Spur einer Affäre auf Hübners Computer gefunden zu haben. Sein Handy musste sich im Besitz des Mörders befinden. Im Golfclub war niemand mit Hübner verabredet gewesen. Noch eine Sackgasse.

11

Wie überproportionierte Zauberstäbe ragten die Dalben aus dem Bodensee. Marc legte gerade mit seinem Audi A6 auf der Autofähre im Konstanzer Fährhafen an. Die Hafenpfähle waren ebenso schwarz-weiß wie Claras diplomatisches Geschick bei Vernehmungen. Das vergeigte Verhör hatte ihnen beiden in Köstingers Büro einen Einlauf sondergleichen eingebrockt.

Clara war von Köstinger nach der Vernehmung trotz der prekären Lage für die nächsten beiden Tage beurlaubt worden. Um ihren Kopf freizubekommen. Marc war heute also auf sich allein gestellt. Ein Erfolgserlebnis, das brauchten sie jetzt.

Ein Zauberstab wäre auch nicht schlecht. Dann könnte Marc den überführten Täter in Handschellen herbeizaubern.

Eigentlich hatte er sich den Jäger in Eriskirch vorknöpfen wollen, aber weder ihn selbst noch dessen Frau angetroffen. Daher hatte er also beschlossen, die junge YesLife-Aktivistin in Konstanz aufzusuchen.

Kaum war Marc von der Fähre, steuerte er auch schon das gleich um die Ecke liegende Parkhaus in der Marktstätte der Konstanzer Altstadt an. Die Kommissare Hauk und Stallinger hatten ermittelt, dass sich die Drogenrückfällige mittags meistens auf dem Bahnhofsvorplatz herumtrieb. Dort schnorrte sie Tag für Tag bis spät in den Abend hinein. Und so wie Frau Hübner sie beschrieben hatte, war sie nur unschwer zu verfehlen. Pummelig, Nasenpiercing, eine knallrote Stachelfrisur, Fleshtunnel in beiden Ohrläppchen, Springerstiefel, Gothic-Look. Offen an den Tag gelegte Null-Bock-Attitüde, abgesehen von den YesLife-Aktivitäten. Marc brauchte erst gar nicht lange Ausschau zu halten. Sie lehnte mit angewinkeltem Fuß an der Ecke des Bahnhofsgebäudes. Er steuerte über die Straße auf die junge Frau zu. Sie musste zwischen zwanzig und fünfundzwanzig Jahre alt sein. Erfreulicherweise schien sie nicht in irgendeiner Gruppierung von Aktivisten oder zugeballerten Junkies herumzulungern.

Während Marc sie anpeilte, legte er sich bereits seine Salamitaktik zurecht. Obwohl hochsommerliche Grade vorherrschten, hatte er seinen grünen Parka aus dem Kleiderschrank entführt. Er schwitzte zwar, doch konnte er ihm bei seinem Vorhaben behilflich sein. Der hüftlange Kapuzenanorak ließ ihn nämlich nicht gleich wie einen Bullen aussehen. Ein Polohemd offenbar schon. Das wusste er seit der Begegnung mit der Lumpenfrau.

Er griff in seine rechte Jackentasche und ertastete die Plastiktüte, die er daheim noch mit zwei Schippen Mehl befüllt hatte. Dann lief er an Frau »Stachelbeere« vorbei und lehnte sich in gebührendem Abstand an die Gebäudewand.

»Hey, du da. Haste mal Feuer?«

Das war ja einfacher als Brezeln machen. Marc gesellte sich zu ihr und holte das eigens von Clara geborgte Feuerzeug aus seiner Jackentasche. Während er ihr die Kippe ansteckte, brachte er den Beutel ein wenig zum Vorschein.

»Nicht nur mit Feuer kann ich dienen …«, flüsterte er verschwörerisch und lenkte ihren Blick auf die Jackentasche.

Sie rümpfte abwägend die Nase. Es ratterte in ihrem Stachelkopf. Dann blickte sie ihn aus ihren schwarz-düster angestrichenen Augen heraus an. »Ick will mir den Stoff in Ruhe ankieken.«

Eine Berliner Icke. Eine Neigschmeckte also. Sie hatte tatsächlich angebissen. »Drüben beim Sea Life Aquarium gibt es eine öffentliche Toilette. Da wären wir ungestört.« Zum Glück kannte Marc die Gegend aus alten Tagen wie seine Westentasche.

Die Junkie-Punkerin stieg darauf ein.

Das Toilettenhäuschen war derzeit außer Betrieb, das zeigte ein großes Schild an der Tür an. Sie ließ sich trotzdem öffnen. Ideal. Es würden keine ungebetenen Gäste auf den Plan gerufen werden.

Marc musste seinen Ekel überwinden und den Drehknopf mit den Fingern anfassen. Welchen Eindruck hätte die Punkerin wohl erlangt, wenn er sich ein feuchtes Hygienetuch genommen hätte, um Hautkontakt zu vermeiden? Dabeigehabt hätte er eines.

»Dann zeig mal her. Was haste denn anzubieten?«, sprach aus ihr die reine Neugierde.

Marc setzte auf den Überraschungseffekt. Anstatt des Beutels zauberte er aus seiner Hosentasche seinen Dienstausweis hervor und hielt ihn der Punkerin ohne große Vorrede unter die Nase.

»Scheiße, ein Bulle!« Sie wollte sich verdünnisieren, aber Marc stellte sich ihr in den Weg. Verzweifelt verfiel sie in Beteuerungen. »Ey, ick hab von dir noch nichts jekauft, okay? Ich hab's noch nicht mal versucht! *Du* hast mich hierherjeschleppt!«

Nach der Peitsche war nun das Zuckerbrot angesagt. »Wir sind nicht wegen deines Drogenproblems hier, verstanden? Das interessiert mich nicht. Zumindest *noch* nicht«, beschwichtigte Marc.

»Was willst'n dann? Ick bin übrijens die Jenny.« Ein lasziver Unterton schwang jetzt in ihrer Stimme mit. Ihr Zeigefinger begann, an Marcs Gürtelschnalle herumzufingern. Sie hatte die Zeichen völlig falsch gedeutet.

Er ergriff ihr Handgelenk. »Nun, Jenny ... Auf deine oralen Fertigkeiten setze ich schon. Wir sind hier, weil ich gerne einige Auskünfte von dir hätte. Über dein Verhältnis zu einem Arzt, bei dem du einen Schwangerschaftsabbruch hast durchführen lassen.«

Die junge Frau mit den roten Stacheln auf dem Kopf fiel aus allen Wolken. »Ach so. Ick dachte schon, ick soll dir auf der Fleischflöte was vorspielen. Dr. Hübner? Was ... ist'n mit dem? Und was'n für ein Verhältnis, ey?« Ihre Stimme bebte merklich.

Marc blickte ihr eindringlich in die schwarz ummalten Augen. »Dr. Hübner wurde ermordet.« Er wartete ihre Reaktion ab.

Schockstarre. »Ja. Er ... er is tot.«

Die Mitteilung, wenn auch kalter Kaffee für sie, schien sie dennoch ehrlich zu treffen. Ein übermäßiges schauspielerisches Talent traute Marc dieser Junkiebraut mit gelebter Scheißegal-Einstellung nicht zu. »Du bist doch ein halbes Jahr nach der Abtreibung in der Klinik von Dr. Hübner aufgeschlagen. Du bist ihm dort an die Gurgel gegangen. Weshalb?«

Jenny rang nach den richtigen Worten. »Er hat mir mein Baby wegjemacht. Es war von meinem Ex, also das Baby. Hat jesagt, ick würd mich danach besser fühlen. Was 'ne Lüje, ey!« Sie schluchzte und setzte dann tränenerstickt wieder an.

»Hab mich damals unter dem janzen Drojenscheiß einfach nicht in der Laje jefühlt, mich um ein Balg zu kümmern. Hab mir damals den janz harten Scheiß reinjezojen. Ecstasy, Crack, Crystal Meth. Als ick den Scheiß hinter mir jelassen hatte, war ick wieder einijermaßen klar im Kopp. Hab mich ohne mein Baby hundsmiserabel jefühlt.«

Marc überlegte. »Das verstehe ich. Der Verlust eines Ungeborenen. Du hattest einen Hass auf ihn. So eine Feindseligkeit lässt eine Mutterbrust Berge versetzen. Oder Rache üben. Schließlich hast du nicht nur Groll gehegt, sondern den auch fleißig im Netz gestreut … ›Killt jemand Föten, musst du ihn töten.‹ Hashtag ›Herodes‹ …«

Jenny sperrte ihren Mund bis zum Anschlag auf. »Mann, Meister, hör mit dem Jeseier auf! Das war ick nich! Schweinsblasenmarsch auf dem Münsterplatz … ja. Huldijung für die Gebärmutter. Jekauft und jeschenkt. Aber doch kein Hassjespeie! Solche Hassimatenten hat die Giftnudel von Landstreicher auf'm Kasten! Ick nicht! Hab seine Hasspredijen nie jemocht. Rufus, mein Jammerlatze, hat sie hochjeladen. Aber nich die Horrorhetzkommis! Hundsjemeine Hacker müssen das jewesen sein!«

»Dann hat man euch den Blogartikel zum Mord an der Malerecke wohl auch nur untergejubelt, oder wie darf ich das verstehen? ›Mörderischer Expressionismus der Bestie vom Bodensee‹. Sehr kreativ. Und noch dazu die Iris als Emblem.«

»Nö. Der Artikel stammt aus Rufus' und meiner Feder. Aber merkste was, Bulle? Der Artikel strotzt nicht vor Hass jejen den Abtreibungsarzt. Klar, der Hübner war mein erklärter Todfeind. Aber YesLife sagt Ja zum Leben. Zum fötalen wie zu dem der Erwachsenen. Daher auch die lebensfreudije Iris im Lojo. Ejal, ob Jutmensch oder unsympathisches Scheusal. Ein Mord wäre da doch ziemlich *pretty shitty*.«

»Die Rechner kassieren wir natürlich ein. Wir überprüfen das. Die Blitzerkiste vor Langenargen wurde aber nicht gehackt. Die hat diesen Rufus am Steuer und dich nebendran ganz vorzüglich abgelichtet. Mit dreißig Sachen zu viel. Nur Stunden vor dem Mord. Was hat euch denn nach Langenargen verschlagen? Und noch wichtiger: Warum wart ihr so fluchtartig unterwegs?«

»Meine Fresse. Ihmchen, Rufus, hatte 'ne irre Plakataktion am Schloss Montfort ausjetüftelt. ›Anti-Abort-Streik! *No legal ways for killing down Down's Baby! Kick it like Norway!*‹, hat druffjestanden. Skandinavische Aktivistenpower muss man doch supporten! Nicht nur fürs Klima! Norwejen hat jerade den beschissenen Down-Paragrafen aus'm Abtreibungsjesetz jekickt.«

Mit so einer absurden Ausrede hatte Marc nicht gerechnet. »Und weshalb musste die Plakataktion ausgerechnet in Langenargen steigen?«

»Hallo-ho! Der Hellste biste ja nicht, wa? Seit der King of Norway letztes Jahr sein Sejel vor Lanjenarjen jesetzt hat, is *attenschion on se ciddy of* Klein-L.A.! So 'ne Aktion ist wie ein jut jemachter Film. Stimmije Kulisse ist das A und O! Jestiejen ist aber jar nichts. So ein Hosenträjerjohnny vom Schloss Montfort hat uns auf frischer Tat ertappt, und wir sind jetürmt. Der hat uns sojar ein janzes Stück in seinem fucking Fiat Panda verfolgt. Deshalb der Affenzahn. *Sis is si end.*«

»Aha. Und wo hast du dich am späten Montagabend, den siebzehnten Juni, nach der missglückten Plakataktion aufgehalten?«

Ihr Gesicht verströmte jetzt Verachtung. »Echt jetzt? Nachtijall, ick hör dir trapsen. Will er den Mord mir in die Latschen schieben, was? Pass mal auf, Bulle. *No way!* Wo ich mich aufjehalten hab? Auf der Intensiven. Hier in Konstanz. Seit Montagnacht, siebzehnter Juni. Hab auf der Rückfahrt nach Konstanz einen janz miesen Drojencocktail jeschlürft. Der Fail mit dem Plakat hat mich abjefuckt. Totalabsturz. Sofort in die Notaufnahme. Rufus hat mich hinjebracht. Dann Majen ausjepumpt. Hab dort übrijens noch die janze Woche im Krankenhaus jelejen. Zum Glück mit WLAN. Der jute Rufus hat mir meinen Lappi jebracht. Online sein is meine neue Sucht. Und der YesLife-Blog mein Lebenselexier. Hab sofort in die Tasten jehauen. Kannste dir alles schwarz auf weiß bestätijen lassen! Außer die Onlinesucht. Die ist nicht meldepflichtig.« Mit einem Schulterrempler quetschte sich Jenny brüsk an ihm vorbei aus dem Toilettenhäuschen hinaus.

Das war ein gehöriger Schuss in den Ofen. Marc hatte sich hier wesentlich vielversprechendere Ansatzpunkte erhofft. Stattdessen stand er mit leeren Händen in dem Toilettenhäuschen. Wenigstens konnten die jetzt das Hygienetuch benutzen.

Auf dem Rückweg würde er einen Abstecher zum Konstanzer Klinikum unternehmen müssen. Sollte sich die Aussage bewahrheiten, waren Jenny und dieser Rufus aus dem Schneider, und sie würden sie von der Liste der Verdächtigen mal sauber herunterstreichen können. Jedenfalls wusste er nun, wo er die Junkiebraut aufzusuchen hatte.

Clara hatte den Vormittag ihres freien Tages damit verbracht, ihre Mutter im Pflegeheim in Langenargen zu besuchen. Sie hatte die erblindete Fremde im mütterlichen Pelz zunächst an die Uferpromenade geführt. Ihre Mutter hatte sich von ihr die prunkvolle Schönheit des Schlosses Montfort bis in das kleinste Detail beschreiben lassen. Auch die kraftvolle Imposanz der Riesenmammutbäume im üppig erblühten Schlosspark neben dem Kavalierhaus.

Im Anschluss daran hatten sie in Tettnang das ökumenische Marktgebet besucht. Konnte ihre Mutter die zeremoniellen Gebräuche auch nicht mit eigenen Augen erfassen, so lauschte sie doch immerhin den liturgischen Gebeten und den Gesängen der versammelten Gemeindemitglieder.

Für den Nachmittag stand schweißtreibende Plackerei auf dem Programm. Clara hatte sich spontan dazu durchgerungen, ihren Vorsatz endlich in die Tat umzusetzen, und stand nun in Unterwäsche in ihrem Appartement in Moos. Die angestaubten Sportklamotten hatte sie aus dem hintersten Eck geborgen. Nun lagen sie auf dem Bett verstreut. Keine Profiausrüstung. Keine langen Kompressionsstrümpfe. Kein atmungsaktives Laufshirt. Keine Laufhose mit Po-Tasche für Energieriegel. Keine Laufuhr mit Trendanalyse. Und auch kein sündhaft teures Paar Laufschuhe.

Ihr klangen die schwärmerischen Worte von Marc in den Ohren. Über den Lauf-Guru aus Kißlegg. Mit der sagenhaft tollen Laufbandanalyse. Glaubte man Marc, fand man bei ihm nicht die Laufschuhe, sondern diese ihren Besitzer. Ein bisschen so wie die Zauberstäbe in Ollivanders Zauberladen bei »Harry Potter«.

Clara war da leidenschaftslos. Schlabbriges Baumwollshirt, Caprihose aus dem Discounter. Grau in grau. Dazu schwarze Tennissocken. Und Treter, die sie in Hamburg im Ein-Euro-Shop während einer Aktionswoche erramscht hatte. Nigelnagelneue Billigschuhschrankhüter.

Auf ihr rotes Stirnband musste sie schweren Herzens verzichten. Für Clara war es zu sehr Accessoire, als dass sie es zum schnöden Schweißband verkommen lassen wollte. Auch die Kreolen mussten runter. Unnötiger Ballast. In der Hofeinfahrt begann sie sich zu dehnen. Aus dem leidvoll in Erinnerung gebliebenen Schulsportunterricht kramte sie ungelenk ein paar Übungen aus dem Standardrepertoire hervor.

Nach etwa fünf Minuten fühlte sich Clara halbwegs startklar. Zumindest hatte sie ihre Gelenke genug getriezt. Sie hatte beschlossen, zunächst einmal durch den Tuniswald bis zum Wasserturm zu laufen und dann zu schauen, wie weit sie ihre Füße tragen würden. Vielleicht bis Oberdorf. Hin und zurück wären das immerhin gute sieben Kilometer über Stock und Stein. Dafür im schattigen Wald. Und es gab kaum Höhenmeter zu bewältigen. Das klang doch nach einem Plan für die Jungfernstrecke ihrer Discounter-Sportlatschen.

Trotzdem kam sie nur schwer in Gang. Mit angezogener Handbremse trottete sie zunächst an den Ackerfeldern entlang und dann auf den Mooser Weg. Der Waldsaum zu beiden Seiten spendete Schutz vor der sengenden Sonne.

Clara dachte an die gemeinsamen Stunden mit ihrer Mutter am Morgen. Es war einer ihrer besseren Tage gewesen. Sie hatte heute nicht ein einziges Mal in Frage gestellt, ob Clara ihre Tochter sei.

Das leidige Thema war gar nicht erst aufgekommen. Als sei ihre Verbandelung das Natürlichste auf der Welt.

Wäre doch nur jeder gemeinsame Tag mit ihrer Mutter wie dieser. Aus ihrer Kindheit konnte sie sich nur an ein einziges glückliches Erlebnis erinnern. Sie hatte sich beim Herumtollen im Klosterhof auf dem Kiesschotter das Knie aufgeschlagen. Ihre Mutter war herbeigeeilt und hatte ihr im Waschraum die pikenden Steinchen aus dem Knie entfernt. Ein vergänglicher Augenblick himmelhochjauchzender Glückseligkeit. Ein Moment für die Ewigkeit, in dem sie wirklich das Gefühl gehabt hatte, Tochter zu sein. *Ihre* Tochter zu sein.

Danach hatte die dissoziative Amnesie solche Auswüchse angenommen, dass Clara von ihrer Mutter wie ein Fremdkörper abgestoßen worden war. Selbst bei der Novizinnenweihe. Wie ein Alien war sie für das Foto neben ihrer Mutter gestanden. Keine Umarmung oder emotionale Nähe. Das Bewusstsein alter, schmerzender Tage legte sich jetzt wie eine bittere Pille in ihre Kehle und nahm ihr kurzzeitig die Luft zum Atmen. Dabei benötigte sie gerade jeden Schnaufer.

Keuchend und japsend erreichte sie am Ende des Mooser Weges die querende Landstraße. Ihre Beine fühlten sich jetzt schon ermattet und bleiern an. Ihr rann in Bächen der Schweiß hinab und ließ ihr Baumwollshirt am Rücken kleben. Jetzt bereute sie, kein atmungsaktives Laufshirt zu haben.

Sie überquerte die Straße und schleppte sich nach links weiter. Vor ihr ragte der Eriskircher Wasserturm in die Höhe. Die Außenfassade dieses in den fünfziger Jahren aus dem Boden gestampften Zylinders beherbergte mittlerweile ein ansehnliches Kunstwerk. Ein ortsansässiger Künstler hatte an dem vorher wenig beschaulichen Sichtbetonungetüm mit seinem unverwechselbaren Stil ein Stakkato aus wohlgeordneten leuchtend blauen, türkisfarbenen und auch rötlichen Farbstreifen geschaffen. Garniert mit nach unten ins Nichts auslaufenden schwarzen Wellenlinien. Ein virtuos durchtriebenes Spiel mit Licht, Farbe und der abstrahierenden Sprache der Formen. Wasser.

Der Anblick ließ Clara nur noch mehr leiden. Sie war zwar

erst einen Kilometer getrabt, fühlte sich aber so dehydriert, als habe sie die Wüste Gobi ohne Flüssigproviant durchschritten. Sie musste eine Pause einlegen.

Sie stemmte die Arme über die Hecke hinweg gegen die Betonwand des Wasserturms, um ihre Waden zu dehnen. Durchschnaufen. Die Hitze hatte sie glatt überrollt. Sie verfluchte sich innerlich. Es war keine sonderlich glorreiche Idee gewesen, in der Mittagssonne loszutigern. Ach, könnte sich doch bloß das kühle Nass des Kunstwerks über sie ergießen.

Rascheln! Hinter ihr. Da knisterte etwas. War dort ein Vogel im Gebüsch? Oder ein Reh?

Clara versuchte, für einen Moment ihr heftiges Schnaufen zu unterdrücken, und lauschte. Horchte auf die Geräusche. Doch das Rascheln war so schnell verstummt, wie es erklungen war. Wohl doch nur eine Amsel, die schattigen Unterschlupf gesucht hatte.

Sie widmete sich wieder ihren geschundenen Waden und stretchte ihre Muskulatur. Ihre Fersen brannten heftig. Was für eine Schnapsidee, in uneingelaufenen Schlappen durch die Bruthitze zu hecheln. Sie verfluchte sich ein zweites Mal. Ehe sie sich versah, warf eine Gestalt hinter ihrem Rücken einen dunklen Schatten.

Noch bevor sie sich herumdrehen konnte, spürte Clara an ihrem rechten Schulterblatt eine Hand auf dem schweißverklebten Shirt. Im Bruchteil einer Sekunde lotete sie ihre Optionen aus. Flucht oder Angriff!

Blitzschnell wirbelte Clara herum. In der Drehung ergriff sie den Arm ihres Angreifers und schüttelte ihn ab.

Finky.

Die Zeit stand still. Ihre Blicke trafen sich. Verfingen sich ineinander. Studierten sich und tasteten sich ab. Argwöhnisch, aber nicht unverwandt.

Finkys tiefblaue Augen. Diese schmalen arktisblauen Augen. Sie konnte in seine Seele blicken. Die Wahrheit. Die unumstößliche Wahrheit. Entsetzlich. In seinen Pupillen spiegelte sie sich.

Sie konnte auch in ihre Seele blicken. Der Schmerz. Das Leid. Hallendes Klingeln in Claras Ohren.

Die Zeit war eingefroren. Diese arktisblauen Augen.

Ihre innere Arktis war geschmolzen.

Das begierige Funkeln in seinen Pupillen. Wie ein dürstender Schakal, der sich an einer Quelle labte. Seine Quelle waren ihre lila schimmernden Katzenaugen. Er saugte die Seele aus ihrer regungslosen Hülle.

Der Nachtfraul hatte im Gebüsch auf seine Beute gelauert. Er hatte die Witterung aufgenommen und sich an die angeknacksten Fersen geheftet. Er hatte das Aufeinandertreffen hinterrücks ausbaldowert. Er hatte sie angelockt. Sie ließen ihn nicht mehr los. Diese Augen. Sie ließen ihm nachts keine Ruhe. Hielten ihn im Schlaf gefangen. Diese Augen. Sie waren seine Verdammnis. Ihr Vermächtnis waren seine Ketten. Sein Bannfluch.

Clara blinzelte. Die Zeit lief wieder an. Blitzschnell rammte sie Finky ihren spitzen Ellenbogen zwischen Hals und Schlüsselbein. Von der Wucht dieses Schlages ging der Mann zu Boden.

Von blanker Panik ergriffen rannte Clara nun los. Die helle Angst ließ sie den stechenden Schmerz in ihren Fersen vergessen. Sie lief schnurstracks in den Wald. Noch einmal drehte sie sich um, ehe sie der Tuniswald verschlang.

Finky lag noch immer rücklings auf dem kiesigen Boden und rieb sich seine nach Luft röchelnde Kehle. Hustend und prustend schrie seine Krächzestimme ihr hinterher. »Clara! Bleib stehen! Wir müssen …« Den Rest hörte sie nicht mehr. Wollte sie nicht mehr hören. Taub vor Furcht rannte sie, was das Zeug hielt.

Hatte er sie gerade beim Vornamen genannt? Hatte er ihr aufgelauert? Sie war mit ihrem schlurfenden Joggingtrab nicht sonderlich flott unterwegs gewesen. Gut möglich also, dass Finky sie bei ihrem Gänsemarsch beobachtet hatte.

An der nächsten Abzweigung wandte sich Clara nach rechts zu der ihrem Ferienappartement nächstgelegenen Häusersiedlung im Langenargener Ortsteil Bierkeller-Waldeck.

Hechelnd und röchelnd kam sie am Hungerberg zum Stehen. Stechender Schmerz. Sie beugte sich zu ihren Knien hinunter und presste mit hektischen Atemzügen Luft in ihre Lungen. Ausgezehrt, übersäuert und angstzerfressen drehte sie sich um. Kein Verfolger. Niemand.

Jetzt brauchte sie erst einmal eine ausgiebige warme Dusche, um sich diesen Wahnsinnsschrecken von Hals und Leib zu spülen. Über den Zwischenfall würde sie Marc gegenüber erst einmal Stillschweigen bewahren.

Finky war ihr zu nahe gekommen. Keine Frage. Sie aber hatte ihre Kampfkünste gegen ihn gerichtet. Jiu-Jitsu. In Japan in Grundzügen erlernt. Die zwei Tage Zwangsurlaub reichten ihr schon, ein Aktenvermerk wegen Polizeigewalt passte ihr da gar nicht in den Kram.

Clara stemmte ihre Hände in die Hüften und sog die Luft gierig ein. Sie hob den Kopf an und ließ ihren Blick über die abschüssige Wiese des Hungerbergs schwirren.

Diese Augen. Diese Seele.

Sie zitterte. Sie zitterte am ganzen Leib.

12

Es war Donnerstagmorgen, und mit den ersten Sonnenstrahlen erfüllte ein quickfideles Vogelgezwitscher die Gartenanlage des Ferienhauses in Moos. Clara hatte Finken ausgemacht, die in der großen Buche ihr Nest eingerichtet hatten.

Finken. Sie ließen sie an *ihn* denken. Es rüttelte sie bei dem Gedanken an ihn noch immer vom Scheitel bis zu den Zehen ordentlich durch. Da waren ihr die Amseln in dem Haselbaum und in der Linde angenehmere Zeitgenossen.

Der Kirschbaum trug bereits saftige rote Früchte. Zwei Stare hüpften darin von Ast zu Ast und pickten an den Kirschen.

Auch an einem der beiden Apfelbäume hingen schon einige faustgroße Äpfel. Sie hatte sich einen besonders reifen Apfel gepflückt und es sich auf der patinabraunen Sitzbank unter dem Lindenbaum gemütlich gemacht. Einen Klarapfel. Der Klassiker unter den frühreifen, wenn auch nicht ihr liebster. Obwohl beinahe ihr ganzer Name in der Sorte steckte. Ihr liebster war der Jonagold.

Sie biss einen großen Happen des äußerst saftigen und leicht säuerlichen Apfels ab und schaute sich im Garten um. Zu Würfeln und Kugeln zurechtgeschnittene Buchsbaumbüsche schmückten die Grünfläche. Zwischen ihnen ein Damenrad im Vintage-Look. Der schwarze Drahtesel hatte einen kunstvoll geformten Lenker, hölzerne Pedale und Sattel. Der Fahrradkorb, eine Holzkiste, war gefüllt mit einer botanischen Augenweide. Ein Arrangement aus gelben, orangenen und lachsfarbenen Gerbera. Auf das Gartentischchen mit roten und lilafarbenen Mosaiksteinen in Sternenform und Kreismustern hatte die Vermieterin Frau Petersen ein Glas eisgekühlte Limonade mit Holundersirup gestellt. Genussvoll nippte Clara an dem köstlich kühlen Nektar und ließ die Seele baumeln. So ließ es sich aushalten.

Es pfiff in das Gärtchen hinein. »Na, Frau Urlauberin. Gut erholt? Sind wir startklar?« Marc trug heute ein muskelbetontes graues Rippshirt. Darüber eine dunkelblaue, ärmellose Steppweste. Unter seiner modischen Pilotenbrille setzte er ein breites Grinsen auf.

»Einen Erfolg verbucht, oder weschhalb grinscht du wie ein Honigkuchenpferd?«, nuschelte Clara durch eine Handvoll Johannisbeeren hindurch.

Das holte Marc wieder auf den Boden der Tatsachen zurück. Er setzte Clara darüber in Kenntnis, dass sich bei seinem Ausflug in Konstanz leider nicht viele Früchte hatten ernten lassen. Gern hätte er frohere Kunde gebracht. Aber er musste es sich eingestehen: »Die Ermittlungen gestalten sich momentan zäh. Köstinger hat mir gestern nach meiner Rückkehr ordentlich Feuer unter dem Hintern gemacht. Ihm wäre es am liebsten, ich hätte ihm eine vorzeigefähige Täterin in Handschellen auf dem Silbertablett präsentiert.«

Ihr Chef war im Zielfeuer. Sein Draht lief tagtäglich heiß. Und die Presse saß ihm mit einem nicht abreißen wollenden Schwall an penetranten Fragen im Nacken. Das machte Köstinger unausstehlich.

»Jenny Gentner war nach der missglückten Plakataktion mit diesem Rufus nach Konstanz zurückgedüst und im fraglichen Zeitraum der Tat erst im Delirium und anschließend an allerlei Messgeräte angeschlossen. Das habe ich mir im Krankenhaus in Konstanz bestätigen lassen. Sie war dort gleich am nächsten Tag wieder mit ihrem Blog beschäftigt. Die Hasskommentare im Netz tut sie aber mit einem Angriff dreister Hackerschlawiner ab.«

»Natürlich … die Unschuld vom Lande. Niemand will es gewesen sein!«, ärgerte sich Clara.

»Hilft ja nichts. Sie können wir also erst einmal, vorbehaltlich der Auswertung der Rechner, von unserer Liste streichen. Bleiben noch die Gattin, Finky und der Jäger. Blasen wir doch mal beim Grünrock zum unangekündigten Halali. Vielleicht treffen wir den seltenen Gast im eigenen Haus endlich mal an.«

Clara genehmigte sich die letzten Schlucke der köstlichen Holunderlimonade. Auf den Schrecken des vorigen Tages. Dann erhob sie sich von dem Gartenbänkchen und reckte ihre Glieder. Müßiggang.

Die freien Tage hatten ihr wirklich gutgetan. Auch wenn sie um ein Haar in die unheimlichen Fänge des Obdachlosen geraten wäre und gerade eben Marc noch so ungestüm eingenordet hatte. Sie spürte jetzt neue Energie in sich aufkeimen. Sie trat aus dem Garten hinaus zu ihrem Kollegen auf die Straße.

»Wo ist deine Knutschkugel eigentlich?«, wollte der wissen.

Clara machte eine abfällige Handbewegung. »Schon wieder in der Werkstatt. Eine gerissene Schweißnaht am Abgaskrümmer. Das hat geklungen wie ein Traktor, sage ich dir. Zum Glück ist es wenigstens während meiner freien Tage passiert.«

Clara war von ihrer eigenen Leidensbereitschaft beeindruckt. Für ihr Auto ging sie über glühende Kohlen. Den Jäger konnten sie aber zum Glück zu Fuß aufsuchen. Schließlich wohnte er in direkter, schattiger Nachbarschaft.

Viel kühler fühlte sich der mächtig aufgeheizte Asphalt aber auch nicht an. Gemeinsam schlenderten sie an dem katholisch geführten Gästehaus mit der idyllischen, großen Parkanlage, der Liegewiese und dem Bolzplatz vorbei. Vorbei an den saisonal mit Äpfeln, Birnen, Sauerkirschen und Zwetschgen bestückten Bäumen der Streuobstplantagen.

Inmitten dieser Wiesen lag das Haus des Jägers direkt am westlichen Rand des Tuniswalds auf dem Verbindungsweg zwischen Moos und Gmünd, ebenfalls ein Ortsteil von Eriskirch und auch so ein Konglomerat von einem Dutzend Häuschen. Als sei es aus einer Laune der Willkür heraus zwischen die Obstplantagen geschleudert worden, war das Haus des Jägers hier das einzige auf weiter Flur.

Es ruhte der angekratzte Glanz der Siebziger im Carport neben dem Jägerhaus. Der knallrote Italotrecker der Marke Uraltschlepper drückte dem Grundstück das Prädikat »dörflich« auf. Das Haus des Jägers hatte es allemal verdient. Eine typische Jägerbehausung eben. Ausladend großer Vorgarten, dahinter die urige Jagerhütte. Das Erdgeschoss im Fachwerkstil, darüber der Oberbau in rustikaler Eichenholzverkleidung. Hier reihte sich ein prächtiges Hirschgeweih an das andere, und nicht nur dort. Auch in den Aussparungen der holzgezimmerten Latten der Balkonbrüstung. Die waren in Form von Hirschköpfen gehalten.

Also wirklich, ein Klingelschild brauchte der Jäger nicht. Das Anwesen konnte selbst ein sehschwacher Tattergreis kaum verfehlen. Zumindest dann, wenn er erst einmal auf dem Gelände war. Immerhin war das gestrüppbefallene Hoftor nicht abgesperrt.

Auch wenn es nach Aufmerksamkeit schrie, stand das Anwesen ganz und gar abweisend in der Landschaft. Dafür sorgten die hochgezogene Hecke und der Baumverwuchs, der vom Wald bis auf die andere Straßenseite zum Grundstück übergetreten war. Mit offenen Armen empfing sie das im Blattwerk untergetauchte Grundstück jedenfalls nicht.

»Also wenn du den Pick-up bei deinem Spaziergang hier *rein zufällig* entdeckt haben willst, dann musst du einen siebten Sinn für lichtscheue Offroader haben«, merkte Marc amüsiert an.

»Ohne triftigen Grund wäre ich zumindest nicht auf den Gedanken gekommen, auch nur einen Fuß auf dieses verstrüppte Grundstück zu setzen.« Verlegen legte Clara ihren Kopf zur Seite und die Beine stehenden Schrittes über Kreuz. »Hm. Naseweisheit. Frauenkrankheit.«

Sie hatten vereinbart, den Pick-up zunächst einmal aus nächster Nähe genau in Augenschein zu nehmen. Vorsichtig schauten sie sich um. Dort hinten im Carport stand der dunkelgrüne Mitsubishi L200 neben dem Ackerbezwinger. Ein Zweitürer, zugunsten einer geräumigen Ladefläche. Eines stand schon einmal fest: Gegen die Fahrerkabine gelegt, konnten die Holzbalken des Kreuzes auf der Ladefläche locker transportiert worden sein.

Vor dem Haus war niemand zu sehen. Also schlichen Clara und Marc über die pflastersteinbestückte Hofauffahrt und betraten den Carport. Von den Fenstern des Hauses waren sie ab jetzt abgeschottet und konnten sich in aller Herzensruhe ungestört umsehen.

Marc drängte sich sofort die verschrammte Stelle an der Nase des rechten Kotflügels auf. Er ging in die Hocke und leuchtete den Bereich mit der Minitaschenlampe an seinem Schlüsselbund aus. »Ein unfreiwilliger Kuss mit dem Fahrradparker am Spielplatz in Langenargen? Was meinst du?«

Clara kam zu ihm herüber. »Hm, sieht nach Schleifspuren entgegen der Fahrtrichtung aus. Sie könnten also durchaus vom Rückwärtsrangieren herrühren.« Tastend strich sie mit ihren Fingern über die Kratzer im Lack.

»Clara, nicht anfassen! War dir die Standpauke in der Gerichtsmedizin denn noch nicht genug?«, tadelte Marc sie fassungslos.

»Schon gut, schon gut!« Clara deutete mit einer Kopfbewegung auf den linken Vorderreifen. »Schau dir mal das Reifenprofil an. Siehst du die Grasnarbe in den Rillen stecken? Der Reifenabdruck im Rasen am Langenargener Uferspielplatz lässt grüßen.«

Beide erhoben sich nun wieder und wendeten sich der Ladefläche des Pick-ups zu.

Als Erstes fielen ihnen einige dünne Holzsplitter auf. Für das Fahrzeug eines Jägers an und für sich nichts Ungewöhnliches. Schließlich hatte so mancher Grünrock auch gleichzeitig den Försterhut auf. Etwas ließ sie jedoch stutzig werden. Auf der gesamten Ladefläche waren keinerlei Rindenreste oder gar Tannennadeln zu sehen. Ausschließlich Splitter von fein bearbeitetem Holz.

Im Licht der Taschenlampe offenbarten sich auf der Heckklappe zahlreiche feine Lackkratzer. Am Rand der Heckklappe waren Rückstände einer krustigen Blutlache zu erkennen. Wahrzunehmen war zudem ein leicht süßlicher, stechender Geruch. Clara und Marc tauschten vielsagende Blicke. Spiritus war ein geläufiges Hausmittel, um Blutflecken verschwinden zu lassen.

Clara drehte sich hinter der Ladefläche zur Werkbank und dem darüber an der Wand des ringsum holzverkleideten Carports angebrachten Zapfenbrett um. Sekunden später klimperte ein Autoschlüssel um ihren Zeigefinger. »Einmal einsteigen bitte! Wer lässt denn bitte schön den Schlüssel offen im Carport hängen?«

»Cla-ra! Nicht anfassen! Menschenskinder, denk doch mal nach … Fingerabdrücke!«, zischte Marc empört.

Clara zuckte auf und ließ den Autoschlüssel klirrend fallen. Nicht wegen Marcs Anpflaumerei. Mit einem Mal hatte sie etwas Hartes, Kaltes in ihrem Nacken gespürt. Etwas Metallenes, das ihr ins Genick drückte.

Vorsichtig drehte sie sich um und versteinerte augenblicklich zur Salzsäule, als blicke sie Medusa höchstpersönlich in die listigen Augen. Was sie da vor sich hatte, war im Augenblick nicht minder bedrohlich. Sie starrte in den rebellischen Lauf eines Jagdgewehres. Und der Typ hinter Kimme und Korn, dessen Finger mit Entschlossenheit den Abzugshebel entsicherten, erweckte einen mäßig diskussionsfreudigen Eindruck. Ein hochgewachsener Hüne in Sandalen, einer kurzen Jeansstoffhose und einem rot-braun karierten Holzfällerhemd.

Claras Phantasie schrillte trotz der brenzligen Lage. Eine wesentlich korpulentere Version von Christoph von der »Sendung mit der Maus«. Der korrekt gezogene Scheitel und der Schnauzbart stimmten jedenfalls.

Als noch beunruhigender als die pure Entschlossenheit in seinem hochroten Gesicht empfand sie allerdings die Geruchsnuancen, die ihr entgegenströmten. Schmauch und verbranntes Pulver aus dem Gewehrlauf. Aus diesem Jagdgewehr musste vor Kurzem ein Schuss abgefeuert worden sein. Und der Jäger musste gebechert haben. Hochprozentiger Dunst wehte Clara entgegen. Eine brandgefährliche Kombination.

»Saubande, dreckede! Wolltet ihr euch schon wieder an meinem Wagen zu schaffen machen? Auf frischer Tat ertappt!«, polterte der angestrengt durch das Visier linsende Jäger los.

Clara fragte sich, wie er sie bloß bemerkt haben könnte.

Gedankenübertragung. Der Jäger nickte mit dem Kopf in Richtung Decke zu der dort lauernden Überwachungskamera. »Die habe ich nach dem letzten Mal nachrüsten lassen. Um Ungeziefer wie euch im Auge behalten zu können! *Big brasser is wodsching ju!*«

Marc wusste, dass es nun an ihm lag, beschwichtigend auf den Jäger einzuwirken. Clara war im Angesicht einer entriegelten und frisch abgefeuerten Schusswaffe gut beraten, ihn nicht weiter zu provozieren. »Seien Sie vernünftig. Lassen Sie uns über alles sprechen«, betrat er die Kampfarena.

»Einen Teufel werden wir tun! Mit Schmutzfinken wie euch lasse ich mich gar nicht erst ein!«

Nun waberte Marc der alkoholdurchzogene Grollatem entgegen. Der Stier war blind vor Wut. Und offensichtlich hatte er sich an diesem Vormittag bereits wirklich den einen oder anderen Tropfen gegönnt. Das machte die ganze Angelegenheit um ein Vielfaches brenzliger. Alkohol konnte den Finger am Abzug ganz schnell hibbelig werden lassen.

»Herr Scher–«

»Ach, am Klingelschild habt ihr also auch schon herumgeschnüffelt! Dreistes Pack, dreistes!«

Der angetrunkene Scherbaum musste sie für Einbrecher halten. Marc überlegte kurz, ob er sich als Ermittler zu erkennen geben sollte. Er entschied sich allerdings dagegen. Um ihrer beider Unversehrtheit willen. Schließlich war er sich nicht sicher, ob das nicht eine weitere Reizschwelle des ohnehin schon aggressiven Trunkenbolds überschreiten würde.

Lautes Sirenengeheul durchschnitt seine Überlegungen. Das Flackerlicht eines Streifenwagens tauchte den dunklen Carport in eine rhythmisch gedämpfte Blaugischt. Marc war irritiert. Sie hatten doch gar keine Verstärkung angefordert. Konnten die Kollegen etwa hellsehen?

»So ist das also! Ihr Schweinehunde habt die Bullen gerufen!«

Marc sah förmlich, wie die Wut in dem schnauzbärtigen Jäger hochkochte und seinen fülligen Kopf in einem satten Tomatenrot anlaufen ließ.

»Aber diebische Schnüffelwildschweine bringe ich ohne großes Federlesen mit einem Genickschuss zur Strecke!«

Krampfhaft spannte der Jäger nun seinen auf dem Abzug ruhenden Zeigefinger an. Erneut drückte er Clara den Gewehrlauf schroff in den Nacken. »Ich lasse mich nicht einlochen! Nicht mit mir! Das schwöre ich euch!«

Marc war zum Zerreißen angespannt. Jeden Augenblick rechnete er mit einer fatalen Zuckbewegung. Unauffällig ließ er seine Hand unter seine Weste gleiten und die im Halfter steckende Dienstwaffe umgreifen. Für den Fall der Fälle.

Doch so weit sollte es nicht kommen. Alles ging pfeilschnell.

Clara war in null Komma nichts herumgewirbelt, hatte den Gewehrlauf ergriffen und ihn von ihrem Körper weggestemmt. Sie war jetzt aus der Schusslinie. Scherbaum hatte kurzzeitig seinen festen Stand verloren. Und Marc sah nur noch, wie Clara einen präzise ausgeführten Handkantenschlag rigoros gegen die Kehle des Aggressors setzte. Gefolgt von einem beherzten Tritt in die Hüfte. Er taumelte im Bogen rückwärts gegen die Werkbank und ging zu Boden. Der Hieb hatte diesen Kraftprotz geradezu aus den Angeln gehoben. Mit ihm fielen zwei Schachteln voller Schrauben klimpernd hinunter.

Noch immer hielt Clara den Gewehrlauf krampfhaft in ihrer linken Faust. Sie betätigte geschickt die Magazinverriegelung, löste das Magazin aus dem Schacht und pfefferte das schussunfähig gemachte Gewehr wutentbrannt in die Ecke. Dann trabte sie zu dem sich am Boden krümmenden Jäger und malträtierte ihn wie von Sinnen mit Tritten. »Mistkerl! Gottverfluchter Mistkerl! Dich kriegen wir so was von dran! Dein Arsch gehört uns!«

Eilenden Schrittes lief Marc zu seiner Kollegin hinüber. »Clara, genug! Es reicht!« Resolut zerrte er sie von dem außer Gefecht gesetzten Scherbaum fort.

Er konnte sie ja verstehen. Gerade eben hatte sie dem Tod ins Auge geblickt. Eine Anzeige wegen Polizeigewalt konnten sie sich aber unter keinen Umständen leisten. Es galt, einen Waldbrand verheerenden Ausmaßes zu löschen. Störfeuer wie Repressalien gegen Verdächtige waren dabei nicht sonderlich hilfreich.

»Manfred, komm jetzt endlich zur Räson! Die Polizei ist hier!« Am Carport erschien eine zierliche Frau mit mittellangem Haar, blond mit einem Stich Kaffeecreme, im Morgenmantel. Vermutlich eine Enddreißigerin. Hinter ihr tauchten zwei jüngere Polizisten auf. Noch wusste ihr tobsüchtiger Gatte nicht, dass die Polizei sogar in Doppelbesetzung vor Ort war. Und dies, so dämmerte es Marc allmählich, vermutlich sogar aus unterschiedlichen Beweggründen.

Der bulligere der beiden Polizisten ergriff nun das Wort. »Herr Scherbaum, können wir die ganze Angelegenheit bitte im Haus weiterbesprechen?«

Keuchend rappelte sich der Jäger wieder auf. Wie ein aufgestachelter Stier trabte er auf die Polizisten zu und deutete hinter sich in den Carport. »Machen Sie sich lieber nützlich und verhaften Sie gleich mal diese beiden Dreckspatzen. Die haben auf meinem Grundstück rein gar nichts zu suchen! Die Halunken sind einfach in meinen Carport eingedrungen und haben an meinem Fahrzeug herumgeschnüffelt!«

Damit hatte er sogar recht. Einen Durchsuchungsbeschluss hatten Clara und Marc in der Tat nicht vorzuweisen.

Jetzt war der Zeitpunkt gekommen, um aus der Dunkelheit ans Licht zu treten. »Gestatten, ich bin Kriminalhauptkommissar Marc Steingruber.« Marc begab sich aus dem Carport und präsentierte dem verdatterten Jäger seinen Dienstausweis gepaart mit seiner Dienstmarke. »Das hier ist meine Ermittlungspartnerin, Kriminalhauptkommissarin Clara Meißner.«

Auch den Kollegen der Streifenpolizei zeigte er die Insignien seines Kommissar-Daseins vor. Erst jetzt im grellen Sonnenlicht bemerkte Marc das tiefblauviolette Veilchen am linken Auge von Scherbaums Ehefrau.

Er suchte mit den beiden Streifenpolizisten Blickkontakt. »Ich stimme den Kollegen zu. Wir sollten ins Haus gehen. Wir haben wohl einiges zu besprechen …«

Er bat den stämmigen Polizisten, den Jäger ins Haus zu eskortieren. Clara wies er an, die Ehefrau möglichst in einen separaten Raum zu begleiten. Er selbst verweilte mit dem schlaksigeren Polizeibeamten noch auf der Hofauffahrt.

»Aus welchem Grund ist Ihre Streife denn herbeigerufen worden?«

»Hausfriedensbruch. Spaziergänger aus Gmünd haben sich bei uns gemeldet. Es soll sogar ein Schuss unter dem Dach des Jägers gefallen sein.«

Ein ungutes Gefühl durchströmte Marc. Er schickte sich an, ebenfalls das Haus zu betreten.

Direkt hinter der Türschwelle begrüßte ihn auf dem im Schachbrettmuster braun und ockerfarben gefliesten Gang ein lebensecht ausgestopfter Fuchs mit einer Ente im Fang. An den Wänden ragten stattliche Geweihe in den Flur. Marc konnte sie Rehen, einem Hirsch und einem Steinbock zuordnen.

Geradeaus drangen aus dem Wohnzimmer die mürrischen Drohgebärden des Jägers. Clara hatte sich mit dessen Ehefrau in die geräumige Küche auf der linken Seite des Flurs zurückgezogen.

Marc warf einen kurzen Blick durch den mit bunt marmorierten Mosaiksteinchen umrandeten Türrahmen und hielt es für das Beste, die Frauen zunächst unter sich zu lassen. Er bedeutete dem ihm gefolgten Schlaks, ihn in das Wohnzimmer zu begleiten.

Dort war an der Decke ein Einschussloch neben dem Leuchter unübersehbar. Der ringsherum abgeplatzte Putz vermittelte eine grobe Vorstellung von der Wucht des Geschosseinschlages. Marc war bereits auf das Schlimmste gefasst gewesen. Auch auf ein angeschossenes Opfer mit hohem Blutverlust. Jetzt fiel ihm ein richtiger Stein vom Herzen.

Clara hatte sich mit Annegret Scherbaum bei einer Tasse Pfefferminztee an den Küchentisch gesetzt. Sie nahm die Frau im Morgenmantel in Augenschein.

»Frau Scherbaum, nun erzählen Sie doch mal ganz in Ruhe. Wie haben Sie sich das eingefangen?« Clara umkreiste mit dem Zeigefinger ihr linkes Auge.

Annegret Scherbaum schlürfte aus der noch heißen Teetasse. Sie bemühte sich um ein erhabenes Lächeln. »Wissen Sie, mein Mann, der Manfred, der kann sehr … wie soll ich sagen … besitzergreifend sein.«

Clara kam die Galle hoch. Am liebsten wäre sie an die Decke gesprungen, mit derselben Durchschlagskraft wie das Projektil im Wohnzimmer. Waren manche Frauen echt so einfältig? Diese zierliche Dame war nicht nur wegen ihres dicken Veilchens blauäugig. Sie musste ihr auf der Stelle die Augen öffnen. »Besitzergreifend?« In ihrer Stimme schwang die Wut mit. »Sind Sie denn ein Zuchtvieh?«

Frau Scherbaum wusste nicht so recht, wie ihr geschah. Eingeschüchtert schlürfte sie an ihrem noch immer viel zu heißen Teegetränk.

Clara sah ein, dass sie sich einfühlsamer an die Thematik herantasten musste. Sie schenkte der zaghaften Frau einen milden Blick und legte die Hände auf ihre unruhigen Finger. »Männer, die anstatt der Worte die Fäuste sprechen lassen, sind um erstere meistens verlegen. Das ist mitnichten ein Zeichen der Stärke. Denen fehlt es charakterlich an Courage. Prügel-Hannesse sind keine Männer, sondern Schweinehunde!«

Claras gutmütiger Blick hatte sich in eine verächtliche, bühernste Miene verwandelt. Mit ihrer ungeschminkten Ansprache schien sie bei Frau Scherbaum einen Nerv getroffen zu haben. Und Clara war sich sicher: Hier lag mehr im Argen als ein einfaches Veilchen. Sie kannte den Gesichtsausdruck, den Frau Scherbaum nun an den Tag legte, nur zu gut. Die Mimik der ausgemergelten Frau im Morgenmantel spiegelte seelischen Missbrauch wider. Dasselbe Mienenspiel hatte Clara nur allzu oft bei ihrer Mutter wahrgenommen.

Vorsichtig fühlte sie sich an das Verborgene heran, das sie im Inneren dieser Frau vermutete. »Frau Scherbaum, die Spaziergänger haben die Polizei doch nicht nur wegen eines unblumigen Ehekrachs mit Veilchen gerufen. Was bringt einen Jäger so weit, dass er gleich mitsamt seinem Gewehr an die Decke geht?«

Annegret Scherbaum wendete ihren Kopf zur Spüle hinüber. Dort standen drei ausgetrunkene Bierflaschen. »Der Alkohol und eine Ehefrau, die ihm nicht das gibt, was er verlangt.«

In Clara bebte es. Eine böse Vorahnung – waren sie gerade dabei, die Büchse der Pandora zu öffnen? »Hat … hat er Sie etwa vergewaltigt?«

Frau Scherbaum lehnte sich auf ihrem Küchenstuhl verzweifelt vor und zurück. »Jein …« Sie lief zum Kühlschrank und entnahm dem Gefrierfach ein Gelpack. Dann setzte sie sich wieder und hob sich die Kaltkompresse, eingewickelt im Ärmelsaum ihres

Morgenmantels, auf das Veilchen. »Ich hatte Ihnen ja gesagt, mein Ehemann kann sehr besitzergreifend sein.«

Clara ließ ihre Zunge schnalzen. Ja, die Leier kannte sie bereits. Und sie klang auch beim zweiten Hören noch ebenso miserabel.

»Ich habe mich nicht dem Sex an sich verwehrt. Zumindest nicht, solange er noch nüchtern war ...«

Clara konnte Frau Scherbaum bei ihren verqueren Erläuterungsversuchen nicht ganz folgen. »Was war es dann, was Ihren Mann so auf die Palme gebracht hat?«

Aus ihrem unversehrten Auge heraus blickte die Gattin sie tiefgründig an. »Ich kann mich nur wiederholen. Ich habe ihm nicht das gegeben, was er wollte. Seit Jahren nicht. *Ungeschützten* Sex. Ein leerer Bauch bringt meinen Mann gewaltig auf die Palme. Bei seinem eigenen Magen, bei den Bierflaschen und ganz besonders bei mir ...«

Clara begriff. Sie nahm einen großen Schluck des mittlerweile etwas abgekühlten Pfefferminztees. »Ihr Mann wünscht sich also Kinder?«

»Mehr als alles andere auf der Welt.«

»Und Sie? Sie möchten keine Kinder?«

Frau Scherbaum blitzte Clara an. »Würden Sie sich diese Bürde aufhalsen? Gemeinsam mit einem Säufer Kinder in die Welt setzen?« Sie entfernte das Kühlpad von ihrem geschwollenen linken Auge. »Schauen Sie genau hin. Würden Sie sich *das* für Ihren Nachwuchs wünschen?«

Clara wusste mit dieser Frage nichts anzufangen. Mit der Männerwelt hatte *sie* nichts mehr am Hut. Tabula rasa.

»Diese Streitigkeiten um den versagten Kinderwunsch schwelen bei uns schon lange. Manfred ist neunundvierzig. Ich vierzig. Ich habe ein doppelt so hohes Risiko für eine Fehlgeburt wie ein zwanzigjähriger Hüpfer. Mein Mann hat richtig Torschlusspanik. Und übermäßiges Bechern traktiert ja nicht nur die Gehirnzellen, sondern dezimiert auch die Spermien.«

Nachdenklich schaute Annegret Scherbaum in ihren Pfefferminztee. »Ich bin da hartnäckig. Der Haussegen hängt schief.

Und ab und an kracht es dann im Karton. Aber dass er im Suff von einer seiner Schusswaffen Gebrauch macht, das ist ein neuer Höhepunkt in seinen Gewaltausbrüchen. Und unser gemeinsamer Tiefpunkt.«

Clara hakte nach, weshalb Frau Scherbaum diese Vorfälle noch nie zur Anzeige gebracht hatte.

»Ich bring's nicht fertig, die Reißleine zu ziehen. Ich weiß, das ist schwer vorstellbar. Das, was zwischen uns beiden existiert … Ich würde es als Hassliebe bezeichnen. Ich kann nicht mit meinem Ehemann. Aber auch nicht ohne ihn … Sie verstehen …?«

Clara verstand nicht. Gar nichts von alledem verstand sie. Solchen Schlägertypen half einzig und allein ein epochaler Tritt in die Kronjuwelen. Unmittelbar gefolgt von einem Laufpass. Wenngleich sich jede Faser ihres Körpers dagegen sträubte, mimte sie dennoch die Verständnisvolle. »Ich schätze … ganz fern kann ich es nachvollziehen.« Flunkern in Reinform.

»Mein Mann hat auf den zweiten Blick auch seine guten Seiten.«

Man hätte Clara einen Röntgenblick verleihen können, und sie hätte diese angeblich guten Seiten des Jägers selbst mit Supermans universalmächtiger Superkraft nicht ansatzweise erahnt. Für sie war er ein Mistkerl sondergleichen.

»Vor zwei Wochen hat es dann so richtig geknallt.«

Vor zwei Wochen.

»Wann genau vor zwei Wochen?«, fragte Clara aufgeregt.

Annegret Scherbaum war über diese ihr wohl recht kleinkariert vorkommende Rückfrage einigermaßen platt. »Meine Güte! Ich führe über die Gewaltausbrüche kein Logbuch … Ich glaube, am Montag vor zwei Wochen …«

»Nur so. Es ist nicht weiter von Belang. Fahren Sie fort.« Clara wollte das Mitteilungsbedürfnis der Jägersgattin nicht stoppen. Jetzt, wo die Informationen nur so aus ihr heraussprudelten. Sie fürchtete, andernfalls einen wichtigen Quell zu kappen. Und sie sprachen hier immerhin über den Tattag. »Ach, übrigens … Stört es Sie, wenn ich unser Gespräch auf Audio aufzeichne?«

Frau Scherbaum haderte kurz, stimmte dann aber einem Mitschnitt zu.

»Sie sprachen von dem Big Bang. Was ist an jenem Montag vor zwei Wochen denn genau vorgefallen?« Clara hatte das Aufzeichnungsgerät gestartet und bedeutete Frau Scherbaum, fortzufahren.

»Es war so gegen siebzehn Uhr. Manfred war schon zu Hause. Er war mit einem Bekannten von einem Unfallort mit Wildschaden zurückgekommen. Sie hatten gemeinsam eine tote Wildsau von der Bundesstraße gelesen. Ich kam auch gerade von der Arbeit. Also nicht direkt von der Arbeit … Das war das Problem.«

Clara trank großzügige Schlucke von ihrem Pfefferminztee. »Sondern? Wo waren Sie denn gewesen?«

Frau Scherbaum verschränkte die Finger und ließ ihre Daumen umeinanderkreisen. Aufgewühlt begann sie, wieder auf ihrem Stuhl zu wippen. Beinahe so, als versuche sie die richtigen Worte aus sich herauszukippen. »Ich … Also ich war es wegmachen lassen.«

»›Es‹?«

Erste Tränen kullerten aus Annegret Scherbaums hektisch blinzelnden Augen. »Ich hatte mir den Nachmittag freigenommen und war in der Abtreibungsklinik in Bregenz gewesen. Es wäre ein Junge geworden. Ich konnte ihn aber unter keinen Umständen bekommen. Es ging einfach nicht!«

Clara fischte ein Taschentuch aus ihrer Handtasche hervor und reichte es Frau Scherbaum über den Tisch. »Weil Sie gegen Ihren Willen schwanger geworden waren?«

»Er hat mich mehrfach gegen meinen Willen genommen, ja. Das war aber nicht der Auslöser.« Die schniefende Ehefrau schluchzte und schluckte, als wollte sie die eigene Angst vor den folgenden Worten hinunterschlingen.

»Ich … wollte meinen Sohn nicht in so einer aggressiven Umgebung aufwachsen sehen. Hilflos zusehen zu müssen, wie er gegen mein Kind die Hand erhebt … Das hätte ich nicht verkraftet. Und was, wenn aus meinem Sohn auch so ein Gewaltmensch geworden wäre? In einem Elternhaus muss Liebe herrschen! Für einen Frauenschläger hätte ich nie Mutterliebe aufbringen können. Nie!«

Clara wusste, dass es auch Frauenhäuser und andere Einrichtungen gegeben hätte. Die Furcht von Annegret Scherbaum konnte sie jedoch in jeder Hinsicht nachvollziehen. Ganz besonders die Angst vor fehlender Mutterliebe. Ein ganzes Stück weit fühlte sie sich ihr sogar sehr verbunden. Männer waren Schweine.

Clara zählte nun eins und eins zusammen. Frau Scherbaum war beim Abtreibungspapst gewesen. Bei ihrem Mordopfer. Am Tattag. Das war eine sehr starke Verbindung.

»Ich nehme an, Ihrem Ehemann ist das natürlich nicht verborgen geblieben. Wie hat er denn auf die Erkenntnis reagiert, dass Sie das Kind haben abtreiben lassen?«

Annegret Scherbaum wischte sich Tränen aus den Augenwinkeln. Beim Abtupfen ihres blessierten Auges zuckte sie vor Schmerz. »Ich hatte mit einer Tirade von Schlägen und Tritten gerechnet. Vor allem weil das Schwangerwerden in meinem Alter ja auch nicht selbstverständlich ist. Ich habe ihm da eine dünn gesäte Chance zunichtegemacht. Aber er hat mich nur entgeistert angesehen. Dann hat er sich seine Ration an Bierflaschen aus dem Kühlschrank genommen und war hier am Küchentisch gesessen. An die Wand hat er geglotzt. Wie eine Brezn mit Brille.«

»Was ist dann geschehen?«

»Ich habe plötzlich eine der Bierflasche an der Wand zerschellen gehört. Die blanke Wut hat ihn gepackt. Gebrüllt und geschrien hat er wie am Spieß. Ich dachte schon, jetzt poltert er gleich wie ein wütender Keiler ins Wohnzimmer und verdrischt mich. Aber er hat sich stattdessen sein Jagdgewehr geschnappt und das Haus verlassen. Ohne einen weiteren Mucks. Er sah so hasszerfressen aus … Aber auch so abgrundtief verletzt und gekränkt.«

An dieser Stelle hakte Clara ein. »Gekränkt, weil Sie ihm den Stammhalter verwehrt hatten?«

Frau Scherbaum druckste ein wenig herum. »Deshalb … ja … Und weil ich bei Dr. Hübner war. Sie müssen wissen, Dr. Hübner und Manfred waren Jugendfreunde gewesen.«

Clara traute ihren Ohren kaum. Sie musste unbedingt genauere Untersuchungen zu der Verbindung zwischen Manfred Scherbaum und Dr. Hübner anstellen. »Jugendfreunde? Frau Scherbaum … Sie wissen, dass Klaus Hübner ermordet wurde?«

Annegret Scherbaum bejahte die Nachfrage kopfnickend.

»Genau in der Nacht jenes Tages, an dem Sie die Abtreibung haben durchführen lassen und Ihr Ehemann Wind von der Sache bekommen hatte …«

Wiederum nickte Frau Scherbaum.

»Mai letzten Jahres, Mission Eierwurf gegen die Gartentür der Hübners in Lindau … Hing die Wutaktion Ihres Gatten auch in irgendeiner Form mit Ihrem Wunsch nach einer Abtreibung zusammen?«

Noch ein Nicken. »Ich hatte mich damals telefonisch in der Praxis bei Klaus Hübner nach … Möglichkeiten erkundigt. Für den Fall der Fälle. Eine ungewollte Schwangerschaft unter Alkohol und Gewalt. Als hätte ich es geahnt. Vorsehung … Manne hatte abends die Nummer in der Anrufliste unseres Haustelefons entdeckt und hat sich mit den Eiern aus unserem Kühlschrank im Anschlag zu den Hübners aufgemacht. Mich hat seine Stinkwut hinterher übler als die Gartentür erwischt. Eigelbreste sind abwaschbar, blaue Flecken nicht.«

»Frau Scherbaum, ich muss Sie das jetzt fragen. Bitte antworten Sie gewissenhaft und aufrichtig. Wann ist Ihr Mann an diesem siebzehnten Juni nach Hause gekommen?«

Annegret Scherbaum kaute aufgewühlt auf ihrer Unterlippe. Sie schaute Clara direkt in die Augen, stützte ihr Kinn auf den Knöcheln ihrer rechten Faust ab und wedelte dann in einer Geste der Unwissenheit mit der Hand. »Ich kann Ihnen die Frage schlichtweg nicht beantworten! Ich habe ihn nicht nach Hause kommen hören oder sehen. Gegen dreiundzwanzig Uhr war ich schlafen gegangen.«

»Und wann genau hatte Ihr Mann das Haus verlassen?«

»Das muss so gegen siebzehn Uhr dreißig gewesen sein.«

Clara reflektierte diese Aussagen. Manfred Scherbaum hatte für den Tatzeitraum kein Alibi. »Haben Sie ihn mit dem Pick-up wegfahren hören?«

»Nein. Wegfahren konnte er gar nicht. Er hat wegen Alkohol am Steuer im Moment den Lappen weg. Muss sich von Kalle, einem befreundeten Jäger aus Tettnang, durch die Gegend fahren lassen. An jenem Abend war mein Mann wohl zu Fuß unterwegs. Glaube ich zumindest. Aber ich hätte auch ein Auto ohnehin nicht hören können. Ich war nach oben gegangen und hatte mir ein warmes Fußbad eingelassen.«

»Und Sie haben Ihren Mann in der Nacht auch nicht heimkommen hören?«

»Auch das nicht. Dabei habe ich eigentlich ein Gehör wie ein Luchs und obendrein einen äußerst unsteten Schlaf. Manfred leidet unter einer grässlichen Schlafapnoe. Er hängt nachts eigentlich am Schlauch, und ich kriege oft lange kein Auge zu. In jener Nacht blieb der Schlauch unbenutzt. Krachendes Schnarchen war aber auch nicht zu hören. Nicht neben mir und auch nicht unten von der Couch.«

»Und was ist mit dem nächsten Morgen? Haben Sie Ihren Ehemann im Haus angetroffen?«

Frau Scherbaum schüttelte den Kopf. »Ich bin gegen sieben Uhr dreißig zu meiner Arbeitsstelle in der Volksbank aufgebrochen.«

Demzufolge war Manfred Scherbaum zumindest zwischen siebzehn Uhr dreißig des Tattages und sieben Uhr dreißig des Folgetages abgängig gewesen.

»Da wäre noch etwas …«, betonte Frau Scherbaum.

Clara horchte gespannt auf.

»Mein Mann hat so eine Vorliebe für Jagdgeräte.«

Das haute Clara jetzt nicht vom Sockel. »Haben das nicht alle Jäger?«

»Na ja … Das geht bei Manne schon über die normale Feld-Wald-und-Wiesen-Ausstattung hinaus.«

Jetzt waren Claras Lauscher gespitzt.

»Er sammelt die unterschiedlichsten Jagdwaffen. Auch diejenigen, die heutzutage eher in die Kategorie altertümlich und exotisch fallen. Armbrust, Speere, Bogenwaffen. Einen Teil dieser Sammlung hat er zur Zierde im Carport hängen.« Frau Scherbaum legte eine Pause ein. Sie schien ihre Gedanken zu sammeln. In ihren Äußerungen schwang ein übler Verdacht mit.

»Na ja … also … mir ist neulich aufgefallen, dass dort im Carport an der Wand ein Jagdbogen und ein Survival Spear fehlen.«

An dieser Stelle hatte Clara genug gehört. Sie musste mit Marc dringend noch mal den Carport inspizieren und den Jäger ordentlich in die Mangel nehmen.

Marc hatte den auf dem Sofa sitzenden Raufbold unter Beaufsichtigung der beiden anwesenden Polizisten zu seiner Version des Veilchens befragt. Clara zitierte ihn aus dem Wohnzimmer und bat den schlaksigen Polizisten, Frau Scherbaum in der Küche Gesellschaft zu leisten. Sie wollte mit Marc allein vor der Haustür sprechen.

Clara gab ihm haargenau wieder, was sie gerade eben von Annegret Scherbaum erfahren hatte. Marc konnte ihr im Gegenzug berichten, wie der Jäger seinen Wutausbruch eingeräumt hatte.

»Er hat behauptet, den Wagen seit Wochen nicht mehr bewegt zu haben. Angeblich ist ihm selbst wegen Trunkenheit am Steuer sein Führerschein flöten gegangen. Lappen weg, zudem jagdfrei. Rotwild und Fuchs haben wohl Schonzeit. Also gab's mehrere Ausflüge in den Thüringer Wald zur Hirschjagd, zusammen mit einem Jäger aus Tettnang. Ein Mufflon ist dort angeblich auch vor den Lauf gesprungen. Trotz Schonzeit. Deshalb haben Stallinger und Hauk ihn bislang nie angetroffen.«

»Komm, Marc, lass uns noch einmal den Carport in Augenschein nehmen.«

»Zu spät. Ich habe bei Herrn Scherbaum mit offenen Karten gespielt. Ich habe ihm offenbart, dass wir noch keinen Durchsuchungsbeschluss haben. Aber jetzt werden wir den ja ohne Probleme bekommen! Jedenfalls hat er der Beschlagnahmung des Pick-ups und einer forensischen Untersuchung des Fahrzeugs und des Carports zugestimmt.«

Dennoch bat Clara ihn eindringlich, den Unterstellraum vor Eintreffen der Spurensicherung nochmals unter die Lupe zu nehmen. »Schließlich ist das Fehlen der Jagdwaffen möglicherweise das elementare Puzzleteil in unserem Mordfall!«

Marc schlug ihr diese Bitte ab. »Clara, die Gefahr der Kontamination eines eventuell tatrelevanten Ortes ist einfach zu hoch. Ich bereue sogar, den Carport vorhin schon so unbedacht betreten zu haben. Lass uns von außen einen weiteren Blick wagen, okay?«

Gemeinsam beschritten sie die Einfahrt. Erst jetzt offenbarte sich ihnen an der seitlichen Carportwand neben dem Traktor der aufgehängte Kopf einer Wildsau. Unter der, wie Clara bemerkte, wenig geschmackvollen Jagdtrophäe hingen zwei an schwarz gummierten Wandhaltern befestigte Jagdarmbrüste unterschiedlicher Länge.

Links und rechts daneben befanden sich weitere solcher gummierten Wandhalter. Allerdings unbestückt. Doch der durch das einfallende Sonnenlicht schon recht ausgebleichte Grauanstrich der Holzwand wies genau dort Umrisse auf. Einen in Form einer länglichen, spitz zulaufenden Stange. Einen anderen in Form eines Jagdbogens.

Die Motorengeräusche schwerer Gefährte kündigten das Anrücken der Spurensicherung an. Ihr dunkelblauer VW Transporter lotste einen Abschleppwagen an das Haus des Jägers. Aus dem Kastenwagen stieg Jürgen Dettmeier mit zwei seiner Kollegen.

Der leitende Kriminaltechniker gesellte sich zu den beiden Kriminalhauptkommissaren. »Wir werden gleich hier vor Ort Proben aus den Reifenprofilen des Pick-ups entnehmen«, teilte er ihnen mit. »Dann«, und er deutete nun auf den Abschleppwagen, »werden wir das Fahrzeug verladen und bei uns in Friedrichshafen forensisch unter die Lupe nehmen.«

Mit diesen Worten lief Dettmeier zu seinen zwei Kollegen in den weißen Overalls. Während sie ihre silbernen Koffer aus dem Wagen hievten, warf er sich selbst in Schutzschale. So ausgestattet, machte sich das Trio daran, den Carport kriminaltechnisch zu durchleuchten.

Marc ging derweil mit Clara zurück in das Haus des Jägers. Als sie den Flur durchquerten, sahen sie, wie Frau Scherbaum am Küchentisch saß und ihr Gesicht in den Händen vergraben hatte. Ihr war im Moment wohl alles zu viel. Verständlich. Denn sie musste ahnen, was das Anrücken der Spurensicherung zu bedeuten hatte.

Ihnen war klar, was nun zu tun war. Im Wohnzimmer angelangt, schritt Marc zur Tat. »Herr Scherbaum, Sie sind vorläufig festgenommen.«

Diese Ankündigung traf den Jäger sichtlich. Dass man ihn in Gewahrsam nehmen würde, damit hatte er offenkundig nicht gerechnet.

»Wegen des Verdachtes der Ermordung von Klaus Hübner«, schob Marc hinterher.

Jetzt fiel Scherbaum tatsächlich aus allen Wolken. Er riss die Augen weit auf. Hatte er bis eben noch friedfertig auf dem Sofa verweilt, so war er nun im Begriff, fuchsteufelswild aufzuspringen.

Der Baumstamm von einem Polizisten stemmte unter sichtlicher Kraftaufbringung seinen rechten Unterarm gegen die Brust des Jägers und hielt ihn davon ab, auf Marc loszugehen.

»Ja, seid ihr jetzt eigentlich völlig verrückt geworden?«, brüllte Scherbaum an dem Polizisten vorbei. »Ihr dämischen Halbdaggl! Ich werde euch allen den Hals umdrehen!«

Das Gepolter des Jägers ließ nun auch den Schlaks aus der Küche herbeieilen. Er schnappte sich die freie Hand des sich heftig erwehrenden Jägers und drehte sie im Polizeigriff resolut auf dessen Rücken. Die Handschellen klickten.

»Wir werden Sie jetzt mit auf das Präsidium nehmen«, ließ Marc den aufgebrachten Unruhestifter in beschwichtigendem Tonfall wissen.

»Was soll das? Ich habe gar niemanden ermordet! Kruzifix, Sacklzement! Hat meine Alte mich etwa angeschwärzt, die Zuttel? Der werde ich schon die Lügengosch verhauen!«, giftete Manfred Scherbaum Marc entgegen. Dabei führte er im festen Griff der vier sich abmühenden Polizistenarme einen Veitstanz auf.

Marc hatte die Faxen dicke. »Abführen!«, raunte er den beiden Polizeibeamten zu. Er hatte schlicht keine Muße, sich auch nur eine Sekunde länger mit einem alkoholisierten Prügeltypen zu beschäftigen. Nicht bei diesem Gebrüll. Nicht unter diesen ungehobelten Drohgebärden. Auf dem Kommissariat würden sie ihn schon noch in die Mangel nehmen.

Clara und Marc blieben im Wohnzimmer zurück, während die Polizisten den widerspenstigen Scherbaum mühsam durch den Gang zerrten. Es war schon erstaunlich, mit welcher Bärenkraft dieser Mann selbst in Handschellen gegen die beiden Polizisten ankämpfen konnte. Rein von der Körpergröße überragte er sie locker nochmals um einen ganzen Kopf.

War er ihr Mann? Von der so impulsiv demonstrierten Gewaltader her traute Marc dem Jäger einen bestialischen Mord wie die Kreuzigung an der Malerecke zu. Physisch allemal.

Auf halbem Wege durch den Flur setzte Manfred Scherbaum alles daran, sich den Griffen der Polizeibeamten zu entreißen und in die Küche zu stürmen. Hätte er Erfolg, wäre es um seine völlig verängstigte Ehefrau geschehen. Auch in Handschellen würde dieser Gewaltbolzen auf sie eintreten. Allein bei dem Gedanken daran platzte Marc der Kragen.

Er eilte den Polizisten zur Hilfe und nahm den hochroten Kopf des Wüstlings in den Schwitzkasten. Mit vereinten Kräften bändigten sie den in Rage geratenen Bären und schleppten ihn endgültig aus dem Haus. Draußen steckten sie ihn ohne Umweg auf die Rückbank des Streifenwagens. Marc drehte sich um. Durch das Küchenfenster hindurch sah er, wie Clara Frau Scherbaum zu beruhigen versuchte.

Ihr Tyrann von Ehemann ließ nicht locker. An der Scheibe des Streifenwagens schlug er sich nun seine Knöchel wund. »Wenn ich zurück bin, dann rappelt's im Karton! Hörst du, du Hexe?« Er brüllte so gewaltig, seine Gattin musste ihn selbst durch das geschlossene Fenster hören. Die zierliche Frau hielt sich nämlich mit flatternden Händen die Ohren zu.

Marc hatte endgültig die Schnauze voll. »Schafft mir dieses Aas aus den Augen!«

Und wie das ihr Mörder sein konnte!

13

Eineinhalb Monate zuvor

Der Nachtfraul hatte blinden Hass in der Lunge. Sein Fühlen war stumpf. Kahl war sein Herz. Bald schon sollte er erwachen, der Hass. Wiedererwachen. Verheerender als zuvor. Sehenden Auges. In Lilaglut. Im aschgrauen Schleier der bald herannahenden Dämmerung wandelte der Nachtfraul seiner Pfade.

Es goss in Strömen. Und das war noch gar kein Ausdruck, der dem endlosen Schauer auch nur im Ansatz gerecht wurde. Es schüttete wie aus Kübeln. Ideale Bedingungen. Denn die Eriskircher Schönwettler scheuten das Regennass ebenso wie die Ratten. Das mochte wohl daran liegen, dass man hier in der Bodenseeregion bereits in den Maitagen sonnenverwöhnt war.

Es war schon nach acht Uhr, und der anfänglich noch sonnendurchflutete Tag drohte sich ohne üppiges Abendlicht dem Ende zuzuneigen. Der Nachtfraul schlurfte leicht vornübergebeugt, die Kapuze des Regenmantels gegen den steifen Regenguss tief in die Stirn gezogen.

Große, breite Lachen säumten die Schussenstraße, die vom Vorplatz der Ortskirche Mariä Himmelfahrt und dem zünftig-gutbürgerlichen Gasthaus »Anker« an der Schussen auf die abzweigende Riedstraße führte. Diese Gegend wartete mit einem dermaßen ländlichen Charme auf, dass man sich glatt um ein Jahrhundert in der Zeit zurückversetzt fühlte.

Bei heiterem Wetter wäre die Straße ins Ried vor dem nahenden Sonnenuntergang mit Radfahrern, Walkern, Joggern und Spaziergängern zuhauf gepflastert gewesen. Heute war von diesem bunten Treiben nichts zu sehen. Der Starkregen hatte den Frischlufttourismus von den Pfaden gespült. Auch, weil das frisch in die Badesaison gestartete Freibad seine Pforten bei diesem Sauwetter verschlossen ließ.

Der Nachtfraul überquerte den Bahnübergang. An dem weiß

verputzten Ziegelbau der Riedkapelle hielt er inne, um sich auf der Kniebank niederzulassen. Er faltete andächtig seine Pranken.

Das karge Kapellchen hatte nur eine kleine, rundliche Fensteraussparung. Mit seinen beiden geschwungenen Wandkerzenhaltern, dem Sims mit den Lavendeltöpfchen und den sonst ratzekahlen Wänden lud es zur inneren Andacht geradezu ein.

Wie gebannt weideten sich seine Augen an dem großen, nackten Holzkreuz vor ihm an der Wand. Er kniete dort mutterseelenallein. *Vergelt's Gott, Iris.* Der Nachtfraul hat's geflüstert. *Vergelt's Gott, Iris.* Schon bald würde *er* am Kreuz hängen. *Auge um Auge. Vergelt's Gott, Iris. Zahn um Zahn. Nagender Zahn der Vergeltung.*

Er richtete sich auf und streifte draußen die Apfelplantagen entlang. Wäre es bereits September, so wären die Bäumchen schon in Hülle und Fülle mit den faustgroßen Juwelen bestückt. Jetzt waren sie noch gänzlich fruchtlos. Aber der Nachtfraul hatte sich auch nicht wegen der grünen bis rotbäckigen Obstkugeln auf den Weg gemacht. Er begehrte ein anderes Juwel. Das Juwel des Eriskircher Riedes. Einen Bodenschatz, der bereits tüchtig aus der Erde spross.

In seiner olivgrünen Wathose und dem langen dunkelgrünen Regenmantel wandelte der Nachtfraul einsam entlang des regengewaschenen Teerwegs in Richtung des Strandbades. Dort bog er auf den Kiesweg in das Naturschutzgebiet ab.

An durchgängig sonnengefluteten Sommertagen kam das Eriskircher Ried mit seinen üppigen Schilfsteppen der Serengeti gleich. Ein Stückchen Paradies auf Erden, das sich den Zauber unangetasteter Natürlichkeit bewahrt hatte. Die grünen Laubriesen von Weiden, Pappeln, Erlen und Eichen mit ihren ausladenden, von puscheligen Mistelbällen durchzogenen Kronen umringten das Ried. Und versperrten so weitestgehend die Sicht auf den Bodensee. Und was noch wichtiger war: Sie versperrten die Sicht vom See in das Ried hinein. Das konnte dem Nachtfraul für sein heutiges Werk nur recht sein.

Er watete über den vom Regen aufgespülten Boden. Dreckklumpen, gespickt mit kleinen Kieselsteinchen, blieben an den Rändern seiner Gummistiefel haften. Das war ihm so was von egal. Alle miteinander waren sie Dreckklumpen unter seinen Stiefeln. Die ganze Saubande.

Unbeirrt steuerte er den Ort seines Begehrens an, in seiner linken Klaue einen geflochtenen Holzkorb. Darin befindlich ein Messer mit einem hölzernen, geschwungenen Griff und gegenläufiger, rasiermesserscharfer Klinge.

Der Nachtfraul hatte es schon einmal getan. Und er würde es wieder tun. Er würde die Dreckklumpen zermalmen. Die Steine knirschten unter seinen das Erdreich zertrampelnden Schritten.

Nachdem er dem matschigen Kiesweg ein gutes Stück gefolgt war, ließ er die zusammengekniffenen Augen umherschweifen. Es war niemand in der Nähe. Dann bestaunte er die noch zaghafte Blütenpracht, die sich ihm beidseits des Weges darbot.

Würde es nicht vom Himmel rieseln, als gäbe es kein Morgen, wäre der Kiespfad jetzt von Naturfotografen bepilgert gewesen. Nicht heute. Nur so konnte er ungestört das Juwel ernten. Die Sibirische Schwertlilie. Das Wahrzeichen von Eriskirch. Abgesehen von der türkisfarbenen Kirchturmspitze, auf deren goldenem Wetterhahn nur allzu gern die Tauben hockten.

Bald schon würde das Juwel die saftigen grünen Feuchtwiesen des Riedes allüberall in einen blauviolett getupften Schleier verwandeln. Drei herabgebogene, kelchförmige Hängeblätter. Sittsam weiß und von dunkelvioletter bis brauner Äderung fein durchzogen. Mit gelben Saftmalen. Darüber emporragend die dreiästigen, blütenblattförmigen Griffel. Alternierend dazu die drei innenliegenden Domblätter der Krone. Je zwei der Griffel verliehen den Blättern die edle Anmut eines Schwertes. Die klingenförmig stehenden Domblätter der Krone ließen die Blüte wahrhaft majestätisch zutage treten. Eine Augenweide. Besonders die Lilaglut in den Adern. Lila. Die Farbe der Wahrheit, der Trauer, des Schmerzes, des Leidens und des Frusts. Sie kroch auch dem Nachtfraul durch die Adern.

Er begab sich abseits des ausgewiesenen Pfads und tat eben das, was strengstens verboten war. Umsichtig stelzte und spagatierte er am linken Rand der Riedwiese an den überall hervorlugenden Pflanzenstängeln der Iris vorbei. Unablässig prasselte der Starkregen auf seine spitz zulaufende Regenkapuze ein.

Unweit einer Handvoll Knabenkräuter inmitten der Streuwiese machte er ein Trio besonders schön ausgeprägter Exemplare ausfindig. Genau das, was er suchte. An dieser Stelle machte er halt und beugte sich herab. Der lästige Iris-Rüsselkäfer hatte die Blüten noch nicht durch Lochfraß verunstaltet. Sonst hätte er diesen schädlichen Parasiten ebenso zermalmt, wie er es mit den verbleibenden Kanaillen und der verächtlich stummen Schandzeugin zu tun gedachte. Mit dem Messer schabte er die drei Irispflanzen mitsamt den Wurzelstöcken aus dem Erdreich und platzierte sie in seinem Korb.

Zufrieden trat der Nachtfraul auf dem geschlängelten Kiesweg den Rückweg an. Da! Dort hinten! Auf der Streuwiese, die sich ihm direkt vor dem Eriskircher Strandbad auftat. Das Glück war ihm heute außerordentlich gewogen. Vor der vor vielen Jahren abgestorbenen Pappel bot das Eriskircher Ried dem Nachtfraul ein weiteres wertvolles Juwel. Ein weißes Exemplar der Sibirischen Schwertlilie. Die weißen waren hier weiß Gott die seltensten. Eine Albinoform ihrer blaulilafarbenen Schwester. Ein Albino. Wie er, der Nachtfraul.

In das sonst so üppig blau gefärbte Meer waren nur einige wenige Tupfer dieser weißen Blüten eingestreut. Wenn überhaupt. Auch dieses eine Exemplar, das er gesichtet hatte, scharrte er sorgsam aus dem Erdboden und legte es in den Korb zu den anderen. Und es war bitter nötig. Die weiße Iris galt ihm selbst. Mit ihr würde alles enden.

Der Nachtfraul betrachtete den toten Baum, der einst dem großen Pappelbockkäfer zum Opfer gefallen sein mochte. Hinter ihm schielte der sich nun doch noch offenbarende Sonnenball fernab am Horizont neben der Silhouette der beiden Zwiebeltürme der Friedrichshafener Schlosskirche durch die dichte Wolkendecke hindurch. Eigenartig. Manchmal pflanzte das Leben an regenverhangenen Tagen einen verdorrten Baum mitten vor die Orangenhaut der am Horizont versinkenden Abendsonne.

Das letzte Aufbäumen des lebenspendenden Glühballs gegen den sturmdurchwalkten Tag. Vergängnis und strotzender Lebenshunger so nah beieinander. Leben gegen Tod. Zartbitter.

Die Sonne ging unter und mit ihr all die Lebenskraft. Sie tauchte den gekrümmten, knotigen Hängeast des kargen Baumes in schleierhaftes Schwarz. Die Astsilhouette glich einem Skorpionstachel. Sein Stich ging mitten ins Herz der Region.

Seltsam. So war das bei Mord. Genau so war das bei Irisblütenmord am Bodensee. Ein Stachel ins Fleisch. Satan eingeimpft. Verdorbene Seele. Vergiftetes Wesen. Der Sturm im Nacken. In den Gliedern der Hass. Der Wind in den Klauen. Hundertfünfzig Knoten. Verwüstender Hurrikan. Die tote Pappel war mutterseelenallein. Wie der Nachtfraul.

Er begutachtete jede einzelne Blüte. Tiefe Befriedigung umgarnte sein düsteres Gemüt. Nacheinander ließ er seine feuchte Pranke über die Pflanzenstängel streichen. Ein Juwel fehlte noch. Ein gelbes. Zwei davon. Zwei Sumpfschwertlilien.

Er machte sich auf den Weg hin zum vorderen Wiesenbereich auf Höhe der Obstfelder, noch vor den Gemüseäckern. Dort hatte er auf dem Hinweg gegenüber den Apfelplantagen bereits zwei prächtige Exemplare ausgemacht, im Schutz eines abgeholzten Pappelbaumes. Jetzt konnte er sie ernten.

Schon erstaunlich, welche Wunder der Natur diese Irisblüten doch waren. Zunächst reckten sie lediglich ihre spitzen Blütenknospen in die Höhe. Wer erahnte schon, welch einmalige und außergewöhnliche Blütenpracht sich hinter einem solchen Knospenstachel verbarg? Dieses herrlich diffizil anmutende Konstrukt. Drei Hängeblätter. Glaube, Hoffnung und Liebe.

Wer hätte damals erahnt, dass aus einem solch schändlichen Verbrechen so etwas wunderbar Unschuldiges, ja Gottgegebenes wie ein Menschenleben erwachsen würde? Ein halbwegs lebenstaugliches Geschöpf.

Liebe? Liebe hatte er nie erfahren! Es schmerzte. Schmerzte so elendig tief unter der Haut. Hoffnung? Längst verloren! Nein, nie wirklich gehabt! Der Glaube. Der war ihm geblieben.

Wirklich? War er das? Dieses Gefühl vorhin im Kapellchen.

Es hatte sich falsch angefühlt! Man hatte ihn belogen! Die ganze Jugend über hatten sie ihn belogen!

Liebe, Hoffnung und Glaube – abgeknickt wie diese laschen Hängeblätter. Auf ihren schwachen Schultern streckten die drei grazilen Domblätter ihre Klingen in die Höhe. Die Schwerter der unumstößlichen Wahrheit, Gerechtigkeit und Rache. Vor allem der Rache!

Der Nachtfraul schnaubte seine Wut wie Feuerglut aus der Brust. Er musste seine Geschicke selbst in die Hand nehmen, die Schwerter schwingen. Und ihre Klingen mit Blut tränken. Er würde tun, was zu tun war. Und diese Blüten würden ihm dabei ihre treuen Dienste erweisen. Jede für sich. Jede einzelne würde ein Leben für ein Leben auslöschen. Auf unterschiedliche Weise. Drei blaulilafarbene Blüten der Rache. Eine weiße Blüte für die Reinigung. Und zwei gelbe für die Erkenntnis und die Wiedergeburt.

Ein teufelsirres Lächeln legte sich auf die regennasse Fratze des Nachtfrauls. Er reckte seinen Kopf in den wolkenbehangenen Himmel, breitete die Arme aus und öffnete sein Maul. Das kalte Nass plätscherte tröpfleweise auf seine Lippen und perlte von dort in seinen Schlund und seine Nüstern.

Petrichor. Der Duft nach muffiger Erde. Das Bouquet des Regens. Der Geruch der Reinigung. Und der Geschmack der Erlösung.

»Iris, mein. Irisblau. Violetter Schimmer. Tödliche Heilung. Gelbe Male, von bräunlichen Adern durchzogen. Vergiftete Mütterlichkeit. Aus ihrer hängenden Brust hebt sich ein Schwert empor. Geschmiedet in Lilaglut. Ein Schwert, sie zu richten. Tod. Verfall. Vergänglichkeit. Seelenfraß. Transzendenz. Zweigeist. Ein Körper, zwei Seelen. Weltengang. Hinfort! Ewig. Hinfort! Irisblütenmord.«

Es wiegten sich die Halme der ausgedehnten Schilffelder im Wind. Erst sachte schunkelnd, dann ruppig schlackernd. Ein bald pfeifender, bald tosender Wind. Er peitschte den Regen umher. Ein Vorbote des herannahenden Sturms.

Ein Sturm zog auf. Ein Sturm, der durch die Lande zog. Gewaltig. Zerstörerisch. Mörderisch. *Vergelt's Gott, Iris. Vergelt's Gott, Iris. Vergelt's Gott, Iris! Vergeltung!* Der Nachtfraul hat's geflüstert.

Der Nachtfraul war mutterseelenallein. Lachte sich in den Wahnsinn. Lachte schallend in den Regen hinein. Lauthals. Manisch. Hysterisch.

14

Vier Tage waren seit der Festnahme von Manfred Scherbaum vergangen. Die Ermittler hatten über Köstinger bei der Staatsanwaltschaft Ravensburg eine Untersuchungshaft durchgefochten. Die fehlenden Jagdwaffen, der Survival Spear und der Jagdbogen, waren das Zünglein an der Waage gewesen und erhärteten einen Anfangstatverdacht. Dettmeiers Mitarbeiter hatten außerdem im Carport unterhalb der Werkbank einen Kübel mit Lumpen sichergestellt, vollgesogen mit Motoröl und Benzin. Die passten haargenau zum Knebel aus dem Mund ihres Mordopfers.

Nach fachkundiger Einschätzung durch die kriminaltechnische Waffenexpertin Diana Mendig konnten die Waffen durchaus für die Stichwunde unter der linken Brust von Klaus Hübner und die Tötung des Schwans verantwortlich sein. Und dass Herr Scherbaum seine Ehefrau tätlich angegriffen hatte, bot den Ermittlern hinsichtlich der Untersuchungshaft natürlich eine Steilvorlage.

Marc saß im Büro und hatte seine Füße auf dem Schreibtisch abgelegt. Die Soko »Kreuz« hatte gerade in einer erneuten Lagebesprechung die Köpfe zusammengesteckt. Auf seinem Kugelschreiber kauend ließ er die Besprechung Revue passieren.

Zum ersten Mal hatte Köstinger einen seichten Anflug von Zuversicht an den Tag gelegt. Er war in den vergangenen Tagen von der Öffentlichkeit wie die Sau durchs Dorf getrieben worden. Der schiefe Turm von Glimmstängeln im Aschenbecher auf seinem Schreibtisch sprach da Bände.

Im Spotlight der Lagebesprechung waren dieses Mal Jürgen Dettmeier und sein Team gewesen. Sie hatten die Ergebnisse ihrer forensischen Untersuchung des Pick-ups und des Carports vorgestellt. Und diese Ergebnisse hatten es wirklich in sich.

Die Kriminaltechniker hatten für die Untersuchung der Anhaftungen im Reifenprofil des Pick-ups Rat bei der ausgewiesenen Expertin für Bodenanalysen vom Landeskriminalamt in

Stuttgart gesucht. Eine Bodenflüsterin. Und ihr Flüstern war eindeutig: Korngröße, Form, Farbe sowie die Mineralienkonzentration im Erdreich aus den Reifenprofilen deckten sich einzig und ausschließlich mit Proben, die aus den Wiesenbereichen um die Fahrradparker und die Trauerweide am Kinderspielplatz an der Langenargener Uferpromenade gezogen worden waren.

Auch die Abriebspuren an dem in Mitleidenschaft gezogenen Fahrradständer hatten sie weitergebracht. Im Labor der Zentralen Kriminaltechnik war der sichergestellte Lackabrieb mit Proben des Pick-ups im Bereich der Schrammen am rechten Kotflügel verglichen worden.

Jürgen Dettmeier hatte ihnen erklärt, dass jede Lackierung sozusagen ein ganz eigenes DNA-Profil in sich trage. Treffer. Eine hundertprozentige Übereinstimmung in Dicke, Anzahl und Farbsequenz der Schichten. Auch die Partikelform und deren Größenverteilung passten. Maik Stork, der verkappte Chemiker, hatte den Lackkrümeln auf den Zahn gefühlt. Eine Pyrolyse-Gaschromatografie-Massenspektroskopie hatte den endgültigen Nachweis erbracht.

Marc pfiffen bereits bei der bloßen Erwähnung dieses komplizierten Wortmischmasches die Ohren.

Es handelte sich um dunkelgrünen Fahrzeuglack eines Mitsubishi L200 der Baureihe aus dem Jahr 2005. Bingo. Die Kommissare Rolf Stallinger und Dominik Hauk hatten ermittelt, dass es sich bei dem Pick-up von Manfred Scherbaum um ein Sondermodell mit der Speziallackmischung aus ebenjenem Jahr handelte.

Die Ladefläche war für die Forensiker spurentechnisch eine wahre Spielwiese gewesen. Gleich vier unterschiedliche Blutspuren hatten sie nachweisen können.

Die Blutankrustung, die Clara und Marc bereits im Carport an der Heckklappe entdeckt hatten, stammte von Rückständen großer Mengen tierischen Blutes. Eines Wildschweins, um genau zu sein. Das deckte sich mit der Aussage von Frau Scherbaum, ihr Ehemann habe sich am frühen Abend des Tattages noch um einen Wildunfall gekümmert.

Es ließen sich jedoch auch drei unterschiedliche Spuren menschlichen Blutes nachweisen. Auf der Rückenlehne des Beifahrersitzes hatten die Spurensicherer unter UV-Licht kleinere Mengen Blut des Mordopfers entdeckt. Mutmaßlich ein Übertrag von Blutspritzern auf der Kleidung des Täters. Darauf hatte Tina Nowak aufgrund des charakteristischen Blutmusters geschlossen.

Aus den Riefen und Kratzern auf der Heckklappe hatte das Forensikerteam Brösel einer Astrinde herausgearbeitet. Von einer Hainbuchenhecke. Die Bestätigung hatte ein Probenabgleich auch bereits erbracht: Scherbaums Fahrzeug hatte die Schneise in der Hecke an der Malerecke verursacht.

Marc streckte seinen Oberkörper gegen die sich senkende Lehne des Bürostuhls. Die alte Dame aus Langenargen hatte gemeint, im Pick-up eine Kapuzengestalt erkannt zu haben. Womöglich hatte der Mörder einen Regenmantel getragen und ihn beim Verlassen des Tatorts auf dem Beifahrersitz abgelegt, dachte er nach.

Eine verwischte Blutspur konnten die Forensiker Manfred Scherbaum selbst zuweisen.

Ebenfalls durch Luminol sichtbar gemacht hatte das Forensikerteam zudem eine dritte Blutspur auf der Ladefläche. Diese wäre beinahe der Annahme zum Opfer gefallen, dass es sich wohl auch um eine Tropfspur des verladenen Keilers handeln müsste. Der Abgleich mit der Datenbank der Zentralen Kriminaltechnik hatte jedoch Erstaunliches zutage gefördert. Es handelte sich um Blut von Michael Fink.

Es war versucht worden, die Blutspuren am Fahrzeug, wenn auch weder sonderlich gründlich noch erfolgreich, mit Spiritus zu entfernen. Außerdem hatte Dettmeiers Truppe an der Anhängerkupplung des Pick-ups unsachgemäße Abnutzungsspuren nachgewiesen. Hier musste jemand ziemlich laienhaft auf Biegen und Brechen einen nicht kompatiblen Anhänger angekuppelt haben.

Clara stolperte ins Büro. Und mit ihr drei Tage Regenwetter. Köstinger hatte mit ihr nach der Besprechung Tacheles geredet.

»Die Forensik hat an der Ladefläche unsere DNA aufgefunden. Von mir sogar an den Schrammen am Kotflügel und an der Fahrertüre. Und natürlich … Meißner, das Schussel, musste unbedingt den Schlüssel antatschen … Die Trugspuren haben Dettmeiers Mannschaft ganz schön auf Trab gehalten. Zum Wageninneren sind sie, von den Bluttupfern auf dem Beifahrersitz einmal abgesehen, noch gar nicht vorgedrungen«, beichtete sie Marc. »Als Nächstes möchten sie Sitze, Lenkrad und Armaturen abkleben, um DNA-Spuren zu sichern.«

»Eieiei … An der Fahrertüre auch?«

Köstinger musste Clara für ihre naseweise Carportinspektion mächtig abgewatscht haben. Marc spürte, wie es in ihr brodelte. Ihr schien es gar nicht zu schmecken, nach der unglücklichen Tatortkontamination nun schon wieder erwischt worden zu sein.

»Herrgott, die Kiste habe ich Wochen vor unseren Ermittlungen bei meinem Spaziergang aus nächster Nähe bewundert! Ist das ein Verbrechen? Tut mir leid, dass ich dich mit reingezogen habe …«, rechtfertigte sich Clara mit einer gesalzenen Prise Wut.

Marc legte die Hände im Nacken zusammen. »Mitgefangen, mitgehangen. Wir waren beide leichtsinnig.« Dann schälte er sich aus seiner Schieflage im Bürostuhl. »Wir sollten uns jetzt noch einmal Manfred Scherbaum zur Brust nehmen.«

Den Jäger hatten sie nach wenig erfolgreichen Anläufen erneut aus der Untersuchungshaft in Ravensburg nach Friedrichshafen bringen lassen. Im Vernehmungsraum wollten sie ihn nun abermals in die Zange nehmen und mit den neuesten Erkenntnissen konfrontieren.

Claras Gemüt hatte sich, ganz im Gegensatz zur Sommerhitze, schon wieder ein wenig abgekühlt. Heute würde sie wohl den guten Cop geben müssen. Marc reichte ihr auf dem Weg zum Vernehmungsraum eine Wasserflasche aus dem Getränkeautomaten. Die lauschigen dreißig Grad Außentemperatur machten sich allmählich auch im Inneren bemerkbar.

Dankbar trank sie von dem herrlich kühlen Blubberwasser. Sie hatte sich betont sommerlich gekleidet. Dennoch zeichneten sich unter ihren Armen an der hellblauen Bluse bereits die ersten Schweißflecken ab. Den körperbetonten, engen Rock mit den aufgedruckten Sonnenblumen schien Marc aufgrund ihres Hüftgoldes etwas zu gewagt zu finden, so wie er sie ansah.

Sie fächerte sich mit einem Stapel Papier frische Luft zu und besprach sich mit ihm bezüglich der bevorstehenden Befragung. Marc würde dieses Mal tatsächlich den Part des bösen Cops übernehmen. Dann betraten sie den Vernehmungsraum.

Das Holzfällerhemd hatte der einundfünfzigjährige Jäger in der U-Haft gegen ein nüchternes T-Shirt eingetauscht. Dazu eine Cordhose. Seine Frau musste ihm trotz seiner wüsten Drohungen frische Kleidung in die JVA gebracht haben. Die Handfesseln, das hatten sie nach dem Wutausbruch in den vier Wänden der Jägerhütte vorsorglich veranlasst, waren ihm nicht abgenommen worden. Auf einen weiteren Polizeibeamten im Vernehmungsraum verzichteten sie dieses Mal aber. Sie wollten Scherbaum im Tandem weichkochen.

Wie schon bei Finky nahmen Marc und Clara wieder auf den beiden gegenüberliegenden Stühlen am Tisch Platz. Marc legte das Aufzeichnungsgerät bereit und öffnete die mitgebrachte Akte. Scherbaum hatte bislang noch nicht nach einem Wahlverteidiger verlangt. Und der Pflichtverteidiger, der neben ihm saß, war ein juristisches Greenhorn. Ein Rookie. Ein halbes Hemd. Das öffnete ihnen einige Tore.

Marc warf seinen linken Arm nach hinten über die Armlehne. Mit der rechten Hand tackerte er mit dem Druckknopf seines Kugelschreibers auf der Tischplatte umher. Dabei hielt er mit Manfred Scherbaum strikt Augenkontakt. Psychospielchen. Um Scherbaum zum Einlenken zu bringen, würde er wohl härtere Bandagen anlegen müssen.

»Sie fühlen sich also stark, wenn Sie sich an Ihrer Ehefrau wie ein wild gewordenes Tier vergreifen? Erst der brunftgeile Hirsch, dann der Gehörnte, dem der Stammhalter flöten geht …«, wiegelte er den unter Mordverdacht stehenden Jäger gezielt auf.

Scherbaum zog seine zu Fäusten geballten Hände so weit auseinander, wie es die Handfesseln zuließen. Dann erhob er drohend seinen rechten Zeigefinger. »Wenn Sie mir das noch einmal ins Gesicht sagen, dann …«

Marc stieg darauf ein. »Dann was? Dann verpassen Sie mir auch frei Haus so ein formschönes Veilchen?«

Clara sah Scherbaums Gesicht dunkelrot anlaufen. Wie eine Weinflasche, die befüllt wurde. Oder eine Ketchup-Tube unter dem Einspritzhahn. So hatten sie ihn schon einmal gesehen. Als er im Carport mit dem Jagdgewehr im Anschlag hinter ihnen aufgetaucht war. Marc hatte ihn beinahe dort, wo er ihn haben wollte. Wut machte verletzlich.

Clara beobachtete die Reaktionen des Jägers. Wie seine Schläfen bei dem Vergleich mit einem wild gewordenen Tier gezuckt hatten! Da war er, der wunde Punkt. Und ein wunder Punkt war kampfentscheidend.

»Herr Scherbaum, die Demonstration der eigenen Potenz schreckt auch im Reich der Tiere ab«, griff sie nun in das Geschehen ein. »Ostafrikanische Meerkatzen beispielsweise. Die Männchen haben einen roten Penis und leuchtend blaue Hoden. Ihr Gemächt halten sie wohl für besonders abschreckend. Oder die Primaten. Bei ihnen steht der Sex für die Macht der Männchen und die Unterwerfung der Weibchen.«

Während Clara über tierisches Verhalten fachsimpelte, betrachtete sie Scherbaum mit betonter Herablassung. »Wenn es aber an Potenz und Libido mangelt, droht der Machtverlust. So ein schlappschwänziger Silberrücken neigt schon mal zu Gewaltausbrüchen, um sich weiterhin gegenüber seinem Clan behaupten zu können.«

Das war für das überreizte Gemüt des Jägers zu viel des Guten. Er schob seinen Stuhl zurück, sprang auf und machte Anstalten, wie ein solcher unbeherrschter Silberrücken über den Tisch hinweg über Clara herzufallen. »Halten Sie gefälligst Ihr Maul, Sie Zuttel!« Die Hand des Pflichtverteidigers, die sich auf seinen Arm legen wollte, schlug er weg. Der blieb eingeschüchtert sitzen und klammerte sich an dem auf seinem Schoß liegenden Aktenkoffer fest.

Marc hingegen ging dazwischen. Obwohl er einen ganzen Kopf kleiner als der hochgewachsene Grobian war, ließ er seine ausgestreckte Hand gegen die Brust des Jägers schnellen, sodass dieser rückwärts auf den Stuhl zurückstolperte.

»Sitzen geblieben!«, bläute Marc ihm mit scharfem Ton ein. Clara schenkte er derweil einen zornigen Blick. Sie hatte hinterrücks den bösen Cop gegeben. Insgeheim musste er sich aber eingestehen, dass sie es war, die den Panzer des Jägers gerade bravourös geknackt hatte.

Nichtsdestotrotz. Clara wandelte zu oft auf eigenen Pfaden. Ihre Ermittlungen waren kein Marathon. Kein Alleingang. Ihre Ermittlungen waren der Anstieg nach Alpe d'Huez mit allen einundzwanzig Serpentinen. Hier war Teamwork gefragt. Er musste ihr die Flügel stutzen. Aber nicht jetzt. Es war angerichtet.

»Häusliche Gewalt. Körperlicher und seelischer Missbrauch. Chapeau, Chapeau, Herr Scherbaum. Da wird sich Beamtenbeleidigung ganz formidabel einreihen.« Unter diesen Worten applaudierte er überspitzt theatralisch. Dann blinzelte er Manfred Scherbaum bitterernst entgegen. »Heuer ist guter Rat teuer. Also spitzen Sie jetzt mal gehörig Ihre Lauscher. Sie zeigen sich von nun an kooperativ, sonst pinkle ich Ihnen ans Bein. Und zwar überaus gewaltig! Glauben Sie mir, *das* möchten Sie nicht erleben!«

Marc gab Scherbaum Zeit, um das Ausgesprochene sacken zu lassen. »*Capice, Maestro?* Sind wir da *d'accord*?«

Manfred Scherbaum nickte wie ein gescholtener Schuljunge. Jetzt hatte Marc ihn am Wickel. »Konzentrieren wir uns doch auf den Tatabend –«

»Ich habe mit dem Mord nichts zu tun!«, fiel Manfred Scherbaum ihm abrupt ins Wort.

Interessant. Der Jäger war just in eine Abwehrhaltung verfallen. Marc blieb hartnäckig. »Ihre Frau hat Sie an diesem Abend vor vollendete Tatsachen gestellt, nicht wahr? Sie hat den unter verabscheuungswürdigen Umständen gezeugten Nachwuchs eigenmächtig aus der Welt geschafft.«

Er wartete Scherbaums Reaktion ab. Der schien sich nun im

Zaum halten zu können, auch wenn ihm die Frage nicht gefiel. Die Ansprache hatte gefruchtet.

»Mich an meiner eigenen Ehefrau zu vergehen … das ist falsch. Und der Alkohol ist gewiss keine Ausrede für mein Handeln!«

Marc konnte ihm in beiden Punkten nur eifrig zustimmen.

»Dennoch«, fuhr der Jäger fort, »war es unser *gemeinsames* Kind, das sie in sich getragen hat. Man darf kein ungeborenes Leben vernichten!«

Marc strich sich über seinen Dreitagebart. Der Ermittlungsstress hatte ihn in den vergangenen Tagen nicht zum Rasierer greifen lassen. »Und was ist mit dem geborenen?«

Sein Gegenüber verstand nicht auf Anhieb, worauf Marc hinauswollte.

»Klaus Hübner, der Abtreibungspapst. Herr über Leben und Tod innerhalb der ersten zwölf Wochen nach Empfängnis. Bei Ihrer Gattin in der elften Woche. Kurz vor der Zielgeraden. Das muss Sie doch extrem gefrustet haben, nicht wahr?«

Manfred Scherbaum starrte ihn herausfordernd an. »Hat es! Ich wollte dem Kerl am liebsten den Hals umdrehen!«

Clara und Marc schauten sich an. Sie dachten beide dasselbe. Den Hals hatte der Jäger bei seiner Festnahme auch ihnen umdrehen wollen. Konnte er tatsächlich ihr Killer sein? Abgebrüht war er, ja. Mit allen Wassern gewaschen oder gar ausgekocht, keineswegs. Er legte ganz ungeniert ein plumpes, übersteigertes Gewaltpotenzial an den Tag, nicht die Königseigenschaften eines kaltschnäuzigen Meisterkillers.

»Oder ihm Nägel durch die Glieder treiben?«, ging Clara auf seine letzte Bemerkung ein.

Jetzt schenkte Scherbaum den beiden abwechselnd befremdliche Blicke. »Schwachsinn! Hat meine *werte Gattin* Ihnen diesen Floh ins Ohr gesetzt? Ich bin kein Monster!«

»Aber Sie waren schon auf Vergeltung aus. Der Verlust Ihres noch ungeborenen Stammhalters sollte gesühnt werden, stimmt's? Ein Leben für ein Leben?« Marc schleuderte seine These herausfordernd in den Raum.

»Bullshit!«, quittierte ihm der Jäger.

»Ihre Frau hat ausgesagt, dass Sie am Tatabend gegen siebzehn Uhr dreißig das Haus verlassen haben. Wo haben Sie sich denn den Abend über aufgehalten?«

»Im Wald. Im Tettnanger Wald, wenn Sie es genau wissen wollen. Zu Fuß. Ich bin dorthin gelaufen. Erst bin ich einfach nur so umhergezogen. Ich musste unbedingt meinen Kopf frei bekommen.«

»Hat Sie dabei jemand gesehen?«, wollte Marc wissen.

Manfred Scherbaum verneinte. »Ich bin Jäger. Ich laufe immer abseits der ausgewiesenen Pfade.«

»Und was haben Sie dann im Wald getrieben?«

»Fledermäuse beobachtet. Sie können sich nicht vorstellen, wie beruhigend es ist, den Kerlchen bei ihren nächtlichen Ausflügen zuzusehen. Und es war ja eine tolle Vollmondnacht. Wenn auch regnerisch und windig.«

Das kam jetzt aber überraschend. Ein so unausgeglichener wie ausgelassener Wüterich nahm sich die Zeit, um in Ruhe diese nachtaktiven Flattertierchen zu beobachten? Und natürlich gab es auch hierfür keine Zeugen. Jedenfalls keine, die jenseits der Ultraschallbrüller kommunizieren konnten. Kein Alibi für den tatrelevanten Zeitraum. Das notierte sich Marc mit dicken Lettern und doppelt unterstrichen in seinen Notizblock.

»Weshalb haben Sie auf diese geruhsame Fledermausschau denn Ihr Jagdgewehr mitgenommen?«, fragte er.

»Na, hören Sie mal! Ich bin Jäger mit Leib und Seele. Im Wald trage ich mein Jagdgewehr stets bei mir! Außerdem sind dort in der Schonzeit immer wieder Störenfriede und Krawallbrüder unterwegs. Zückt der Jäger seine Flinte, stecken Radaubrüder in der Tinte!«

Marc musterte ihn. Einem Menschen, der sich nicht vor dem Gebrauch seines Gewehrs gegen Radaumacher im Wald scheute, war doch auch der Mord an der Malerecke zuzutrauen. »Und Sie sind dann bis zum Morgengrauen dort im Wald geblieben?«

Scherbaum schaute ihn entgeistert an. »Selbstverständlich nicht! *So* interessant sind diese Kerlchen dann auch wieder nicht.

Ich habe so um Mitternacht den Rückmarsch angetreten und war dann gegen ein Uhr zu Hause.«

Das gab nicht nur Marc zu denken.

Clara klopfte auf den Busch. »Ihre Frau sagt aus, sie habe Sie nicht nach Hause kommen hören. Dabei hat sie nach eigenem Bekunden ein äußerst sensibles Gehör und einen noch viel unruhigeren Schlaf. Auch hat sie Sie am Folgemorgen nicht zu Hause angetroffen.«

Für diesen Einwand erntete sie einen feindseligen Blick von Scherbaum. »Dann lügt die blöde Bix, dass sich die Balken biegen! Sie muss mich nachts gehört haben, wie ich das Haus betreten habe. Ich hatte mich heftig am Schuhschrank im Flur gestoßen. Und am nächsten Morgen muss sie mich auch bemerkt haben. Ich hatte auf der Couch geschlafen. Habe 'ne grauenhafte Apnoe. Und ich schnarche wie ein Sägewerk, wenn ich nicht mit dem Rüssel im Gesicht schlafe!«

»Herr Scherbaum, die Schimpfwörter habe ich jetzt zum letzten Mal überhört! Haben wir uns da verstanden?«, maßregelte Marc ihn.

Scherbaum gelobte mürrisch Besserung, nachdem sein Verteidiger ihm mit einer besonders meditativen Stimme eingängig zugeredet hatte.

Marc stöberte in der vor ihm liegenden Akte und blätterte bis zu jener Seite, auf der der Bericht zur ersten kriminaltechnischen Untersuchung des Fahrzeugs begann. »Sie haben an jenem Abend also nicht auf Ihren Pick-up zurückgegriffen?«

»Nein, Herrgott! Das sagte ich doch bereits!«

Dass sein Führerschein futsch war, hatten sie bei der Bußgeldstelle überprüft. Gesetzeswidriges Fahren ohne Fahrerlaubnis schloss das aber längst nicht aus.

»Na ja …« Marc sichtete zunächst den Bericht, dann schaute er auf. »Wir haben auf der Ladefläche Blut gefunden. Viel Blut. Und auch im Pick-up selbst.«

»Ich hatte an dem Tag hinter Oberdorf mit dem Kollegen aus Tettnang ein totgefahrenes Wildschwein von der Straße aufgekratzt und zur Tierkörperbeseitigung gebracht. Er ist meinen

Pick-up gefahren. Was erwarten Sie? Dass so etwas klinisch rein vonstattengeht?«

»Das nicht«, entgegnete Marc. »Aber sehen Sie … Was mich dann doch stutzig macht … Wir konnten auch Spuren menschlichen Blutes nachweisen. Drei unterschiedliche Spuren, um genau zu sein.«

Damit konfrontiert, wich die bisherige Überlegenheit des Jägers einem spürbaren Anflug von Nervosität.

»Haben Sie dafür eine Erklärung? Haben Sie etwa so eine Art Blutsbrüderschaft in Ihrem Pick-up geschlossen? Sie, Michael Fink und das Mordopfer? Ihnen drei können wir die Blutspuren nämlich zuordnen.«

Die Schlinge zog sich enger. Sie hatten Manfred Scherbaum an der Angel. Ihm fehlten schlicht und ergreifend die Worte.

Marc half ihm auf die Sprünge. »Die Blutspuren von Klaus Hübner haben wir auf der Rückenlehne des Beifahrersitzes sichergestellt. Können Sie sich das erklären?«

Scherbaum schwieg. Sein Blick wanderte zu dem Würstchen von Pflichtverteidiger neben ihm. Doch dadurch ließ sich Marc nicht entmutigen. Sie hatten ihn in die Enge getrieben. Jetzt mussten sie alle Register ziehen.

»Dann sprechen wir eben über die Ladefläche. Hier haben wir Blutspuren von Ihnen und von Michael Fink gefunden.« Marc wartete, ob sich Manfred Scherbaum nun zu einer Erklärung berufen fühlte. Dem war nicht so.

»Mensch, Herr Scherbaum! Sie sind nicht sehr gesprächig! Das macht Ihre Lage nicht unbedingt besser. Wenn Sie nicht endlich in die Gänge kommen, vertagen wir das Ganze eben. In der Zelle werden Sie Bedenkzeit in Hülle und Fülle haben!«

Das zeigte Wirkung.

»Ich habe diesen Finky schon des Öfteren auf der Ladefläche meines Pick-ups erwischt«, äußerte er sich.

»Was bitte schön hatte Michael Fink auf der Ladefläche Ihres Pick-ups zu suchen?«, wollte Clara wissen.

»Er schleicht sich nachts gelegentlich in den Carport und nächtigt dort. Besonders bei Sauwetter und wenn er nur noch torkelt.

Neuerdings säuft er ja wieder wie ein Loch … Ich kann mir gut vorstellen, dass der Suffkopf sich irgendwo langgelegt hat und dann mit aufgeschlagenen Armen auf die Ladefläche gestiegen ist.«

Wie heuchlerisch. Der Jäger war dem Alkohol ja selbst nicht abgeneigt.

»Das ist ja schön und gut, wenn Sie sich das so zurechtrücken. Finky hätte aber nicht Ihren Wagen aus dem Carport entwenden können. Und der Pick-up war am Tattag zweifelsfrei an einem tatrelevanten Ort. Dafür haben wir eine Zeugin. Außerdem haben wir Bodenproben aus Ihrem Reifenprofil, die wir eindeutig diesem tatrelevanten Ort zuschreiben können. Auch konnten wir auf der Ladefläche Holzsplitter derjenigen Holzbalken nachweisen, die zu dem Kreuz an der Malerecke zusammengezimmert wurden. Schon eine Anhäufung komischer Zufälle, finden Sie nicht?« Marc wollte unter keinen Umständen klein beigeben.

»Konnte Finky wohl! Theoretisch konnte und kann das jeder, der an unserem Carport vorbeikommt!«, entkräftete Scherbaum Marcs Einwand.

Der Kopf des Hansels von Pflichtverteidiger mit pflegeleichter Meckifrisur nickte eifrig.

Auf die Bodenproben und die Holzsplitter ging Scherbaum erst gar nicht ein. »Den Zweitschlüssel hat sich ja selbst Ihre Kollegin gekrallt! Meine Alte liegt mir deswegen schon lange in den Ohren. Sie findet das genauso grob fahrlässig wie die Waffensammlung, die ich dort offen zur Schau stelle. Ich bin eben kein argwöhnischer Mensch. Theoretisch kann jeder x-beliebige Spaziergänger in den Carport gelatscht sein und das Fahrzeug für einige Stunden entwendet haben!«

Manfred Scherbaum versank in Nachdenklichkeit und strich mit Daumen und Zeigefinger durch seinen Schnauzbart. »Ich sage es Ihnen ganz ehrlich. Nachdem meine Alte mich vor vollendete Tatsachen gestellt hatte, habe ich mich ganz schön begossen. So vollgetankt hätte ich an dem Abend nie und nimmer wahrgenommen, ob der Pick-up im Carport gestanden hat oder einfach weg war.«

Die Unwissenheit kaufte Marc ihm nicht ab. »Aber hinterher mussten Sie doch etwas bemerkt haben. Was ist mit den Schrammen im Kotflügel und den Kratzern an der Heckklappe?«

»Mensch, klar habe ich das bemerkt. Ich hatte Muffensausen. Da findet an der Malerecke ein grausamer Mord statt, und einen Tag später finde ich meinen Karren so vor. Mir ist ordentlich die Düse gegangen. Ich habe befürchtet, dass ich in Tatverdacht gerate. Den Schlamassel sehen wir ja jetzt!«

Marc hatte die Nase allmählich gestrichen voll. Der vor wenigen Minuten noch ach so sprachlose Jäger lief jetzt auf Hochtouren und fand für alles eine halbwegs plausible Erklärung. »Apropos Waffensammlung. Das ist nicht nur grob fahrlässig, sondern auch strafbar! Es scheinen ein Jagdbogen und ein sogenannter Survival Spear aus Ihrer skurrilen Sammlung zu fehlen. Haben Sie eine Idee, wo sich diese beiden Waffen befinden könnten?«

Scherbaum zuckte mit den Schultern. »Leider nein. Wer auch immer sich den Pick-up, sagen wir ... *geliehen* ... hat, kann genauso gut die beiden Jagdwaffen von der Wand entwendet haben. In dem Jagdbogen war sogar ein Pfeil eingelegt. Ich habe Wert darauf gelegt, die Waffen möglichst authentisch zu drapieren.«

Marc zeigte Manfred Scherbaum eine Detailablichtung des tatrelevanten Pfeils, die Diana Mendig angefertigt hatte. »Erkennen Sie diesen Pfeil wieder?«

»Carbonschaft. Truthahnfedern. Dreischneidige Spitze. Ein Jagdpfeil, wie er in meinem Bogen eingelegt war. Ob das *exakt* mein Pfeil ist, das kann ich beim besten Willen nicht einschätzen.«

Wie ein Aal wand sich Scherbaum auch aus dieser Frage heraus. Ein wenig ratlos schaute Marc zu Clara. Er war mit seinem Latein allmählich am Ende. Scherbaums Argumentation machte auch die Erwähnung des Kübels mit den Schmutzlumpen aus dem Carport beinahe schon überflüssig. Einen solchen konnte sich demnach auch jeder x-Beliebige unter den Nagel gerissen oder dort platziert haben.

Clara griff ihm unter die Arme. »Was ist denn mit Ihrem eigenen Blut? Sind Sie auch zufällig im Suff gestürzt? Oder haben Sie sich die Handfläche bei Handgreiflichkeiten an Ihrer Frau aufgerissen? So eine Zahnreihe soll ja auch ganz schön scharfkantig sein.«

Sie versuchte, Manfred Scherbaum nochmals aus der Reserve zu locken. Zu Marcs großer Enttäuschung stieg er darauf aber nicht ein. Im Gegenteil. Er belächelte Claras Bemühen.

»Nein. Falls es Sie im Detail interessiert: Ich habe mich an dem Tag nicht an meiner Frau, sondern an dem totgefahrenen Schwarzkittel vergriffen. Ich wollte mir die Wildschweinzähne sichern, bevor mein Jägerfreund Kalle das heene Vieh zum Abtransport auf seinen Karren umladen konnte. Ironie des Schicksals. Ihr böser Frauenhauer hat sich an den Hauern verletzt. Ein besonders stattlicher Keiler. Ich habe mich beim Aufschlitzen der Schnauze erst mit meinem Jagdmesser am Handballen geschnitten.«

Triumphierend hielt er den Ermittlern die in den Handschellen steckenden Hände ausgestreckt entgegen und präsentierte eine deutlich sichtbare Schnittwunde am Handballen. »Dann beim Kieferbrechen in der Daumenbeuge an den Hauern selbst. Und falls Sie die Beißerchen in natura bestaunen möchten, überzeugen Sie sich gern selbst. Sie hängen mittlerweile in unserem Schlafzimmer über dem Bett. Wunderschön drapiert auf einem Holzschild.«

Uff. Das nahm ihnen nun wirklich mächtig den Wind aus den Segeln.

»Sie haben doch aber versucht, die Blutspuren zu vertuschen. Wir haben Reste von Spiritus auf der Ladefläche und dem Boden des Carports finden können«, startete Clara einen eher leidenschaftslosen letzten Anlauf.

»Vertuschen?«, stellte sich Scherbaum dumm. »Von vertuschen kann keine Rede sein. Ich habe lediglich die Ladefläche gereinigt. Oder würden Sie gern in einem mit Wildschweinblut besudelten Wagen durch die Gegend kutschieren?«

Clara gab sich noch nicht geschlagen. »Ach, Herr Scherbaum. Machen Sie eigentlich auch Jagd auf Schwäne?«

»Ha, natürlich! Bei einer Überpopulation schon. Wo kämen wir denn bei unkontrollierter Ausbreitung hin? Freilich nur zu Zeiten, wenn keine Spaziergänger unterwegs sind. Ganz zu schweigen von Kindern. Da wäre das Geflenne aber groß!«

»Auch mal auf unkonventionelle Weise? Der natürliche Jagdinstinkt. Sagen wir … mit Pfeil und Bogen?«

Der Jäger roch den Braten. »Hören Sie, ein gut gesottenes Schwanengulasch schätze ich. Ein Mahl für Fürsten. Einen Pfeil durch den Schwanenwanst? Grobschlächtig. Angeschossene Eingeweide verderben den Geschmack des Wildbrets. Lebertreffer oder Milzschuss … pfui, pfui, pfui. Magen oder Gallenblase getroffen … ganz schlimm.«

Der Jäger zwinkerte ihnen zu. »Ich bin kein Kostverächter. Außerdem bin ich ein Ehrenmann. Ich schieße immer sauber. Kopfschuss. Blattschuss. Herzschuss. Das ist des Jägers Ehrenschild, dass er beschützt und hegt sein Wild.«

Verärgert knipste Marc seinen Kugelschreiber zu, donnerte ihn auf den Block und stellte das Aufzeichnungsgerät aus. Dieser Jäger ein Ehrenmann! Deshalb verdrosch er auch regelmäßig seine Gattin. Er erhob sich von seinem Stuhl und stiefelte gefrustet aus dem Raum. Clara folgte ihm nach draußen.

Beide wussten, dass sie wieder einmal in eine Sackgasse gerannt waren. Sie konnten bislang lediglich nachweisen, dass der Pick-up des Jägers zur Ausführung des Mordes eingesetzt worden war. *Wer* den Wagen gefahren hatte, konnten sie derzeit nicht mit hundertprozentiger Sicherheit rekonstruieren. Auch hatten sie gegen Scherbaum selbst kaum etwas in der Hand. Er hatte zu allen Anschuldigungen eine mehr oder minder schlüssige Erklärung geliefert.

Marc wollte den Gedanken nicht laut aussprechen. Die Beweislage war einfach zu dünn. Sie jonglierten mit Indizien.

Die Ehefrau von Manfred Scherbaum hatte die häusliche Gewalt und die Übergriffe nicht zur Anzeige gebracht. Den unrechtmäßigen Gebrauch der Jagdwaffe im Haus und auch das Vorhalten des geladenen Gewehres im Carport konnten sie ihm anlasten. Dafür konnten sie ihn aber nicht hierbehalten. Schließlich ging von ihm keine akute Gefahr mehr aus. Sie mussten ihn wohl oder übel vorläufig auf freien Fuß setzen.

Marc ächzte. »Uns bleibt wohl nichts anderes übrig, als die Befunde der forensischen Untersuchung vom Fahrzeuginnenraum abzuwarten.« Würden sich hierdurch neue Spuren ergeben, könnten sie Scherbaum eventuell mit den Bluttupfern des Mordopfers auf dem Beifahrersitz in Verbindung bringen. »Köstinger wird das gar nicht gefallen.«

Keiner von beiden riss sich darum, ihrem Vorgesetzten diese Hiobsbotschaft unter die Nase zu reiben.

Manfred Scherbaum wurde bereits Seite an Seite mit der Bohnenstange von Pflichtverteidiger von einem Polizeibeamten in Richtung Ausgang begleitet, da rief Marc ihm hinterher: »Herr Scherbaum! Warten Sie mal einen Moment!«

Der Jäger hielt inne und drehte sich zu ihnen herum.

»Weshalb haben Sie die Nachtgelage von Michael Fink in Ihrem Carport eigentlich nie zur Anzeige gebracht? Immerhin läuft das unter Hausfriedensbruch. Was Sie davon halten, haben Sie meiner Kollegin im Carport ja deutlich vor Augen geführt.«

Scherbaum belächelte diese Bemerkung. »Michael Fink war vor Urzeiten einmal der dickste Busenkumpel von Klaus Hübner. Ich weiß nicht, wie das bei Ihnen ist. Bei uns tritt man auf am Boden Liegende nicht ein. Besonders wenn sie ihren Kummer im Fusel ertränken. Wir sind Leidensgenossen. Meinen Hang zum Rachenputzer kennen Sie ja nun. Wenn so jemand dann noch der Freund eines Freundes ist und Haus und Hof verloren hat, jage ich den gleich gar nicht zum Teufel. Klaus Hübner war in grauer Vorzeit auch mein Kumpel. Auch wenn das schon Jahrzehnte zurückliegt. Genauso Finky. Irgendwie. Die Magie von Superman hatte uns drei zusammengebracht, besser gesagt das Schmökern in meiner Comicsammlung für lau … Und drehen Sie mir daraus jetzt wegen dem Knatsch mit meiner Alten bloß keinen Strick! Sie wissen, wie ich das mit am Boden Liegenden meine …«

Der Jäger machte erneut kehrt und ließ Clara und Marc mit offenen Mündern stehen. So war das also. Finky war der *best buddy* von ihrem Mordopfer gewesen. Das waren ja hochinteressante Neuigkeiten.

»Wenn Ihre Gattin am Boden liegt, ist das für Sie also ein anderes Paar Stiefel. Mit denen können Sie freilich zutreten, was?«, schrie Clara dem Jäger nach.

Manfred Scherbaum winkte bloß ab und überhörte ihren erzürnten Verbalangriff geflissentlich.

15

Dreiundzwanzig Uhr. Das Fahrzeug verließ den Kreisverkehr und passierte den mehr als zwanzig Meter hohen Koloss aus Douglasienholz in Form eines überdimensionalen roten Stuhls. Der Schließmechanismus der Schranke zum Gelände verweigerte momentan den Dienst. Der Nachtfraul wusste das ganz genau.

Um diese Uhrzeit war der Parkplatz vor dem Möbelhaus am Bodensee-Center in Friedrichshafen gottverlassen. Der Nachtfraul war mutterseelenallein. Das sollte ihm eigentlich gelegen kommen. Stattdessen befiel ihn die Raserei. Er war gottverlassen. Der Jähzorn ließ die Äderchen in seinem Kopf anschwellen.

Der Nachtfraul stieg in seinen abgelaufenen Turnschuhen, den verschlissenen Schmuddeljeans und dem langen dunkelgrünen Mantel aus dem Wagen. Die spitze Kapuze hatte er tief ins Gesicht gezogen. Die Glasflasche steckte er sich unter den Mantel in die Kängurutasche seines Hoodies. Dort wog sie schwer. Der verwahrloste Löcherpulli war eigentlich ein Fall für die Altkleidersammlung. Wenn er ihn doch nur nicht so bitternötig hätte. Er brauchte die darin mitgeführte Flasche heute Nacht. Rasches Handeln war geboten.

Aus dem Kofferraum entnahm er seinen Rucksack. Er lief die Ailinger Straße in Richtung Bodensee. Vorbei an der Realschule, dem Solarium und dem Pizza-Lieferservice. Vor dem Bioladen bog er dann nach links in die Magdalenenstraße ein. In der Wohnsiedlung schlich er zwischen den Häusern hindurch und betrat den üppig ausgestatteten Kinderspielplatz der Schwabstraße mit seinen Spielhäuschen, der Seilrutsche und dem Kletternetz.

Er passierte den Spielturm mit dem roten, eiffelturmförmigen Netz und erklomm die Steinbrocken der Sitzstufen, auf denen tagsüber die Mütter ihre kletterfreudigen Kinder beaufsichtigten. Vor dem Maschendrahtzaun, der den Spielplatz vom Hofgelände der Kriminalpolizeidirektion abgrenzte, ging er in die Knie und legte den Rucksack auf der Wiese ab. Dann entnahm er ihm schwarze Lederhandschuhe und eine Drahtzange. Die Maschen am Zaun zwackte er damit im Nu großzügig durch. Das Loch war breit genug, dass er hindurchkriechen konnte.

Ein Ratschen. Verflixt! Hoch genug war es nicht gewesen. Er hatte sich an einer der aufgeknipsten Zaunmaschen am Rücken einen Fetzen aus dem Kapuzenmantel gerissen.

Er durfte hier draußen keine Zeit verlieren. Nicht dass noch ein Vierbeiner liebender Wenigschläfer auf dem Spielplatz aufkreuzte, um seinen Köter das Geschäft im Sandkasten verrichten zu lassen. Den Fetzen musste er zurücklassen.

Auf dem Hof der Kriminalpolizeidirektion angelangt, wendete sich der Nachtfraul dem großen Metalltor zu, das den Zugang zur Fahrzeughalle der Zentralen Kriminaltechnik versperrte. Vorsichtig näherte er sich von der Seite und besprühte die Überwachungskamera mit dem mitgebrachten Farbspray, bevor er die Tür im Hallentor näher in Augenschein nahm. Für den Bolzenschneider keine Herausforderung. Ruckzuck war das Türschloss geknackt. Behutsam und leise schoben die lederbehandschuhten Klauen den aufgebrochenen Schieberiegel zurück.

Da stand er.

Zunächst stieg er auf den Klapptritt und schickte den Rauchmelder mit Klebeband und einer Plastiktüte aus seinem Rucksack in den Urlaub. Dann schritt er zur Tat.

Seine Pratze huschte in die Bauchtasche des Kapuzenpullovers und brachte die Flasche zum Vorschein. In seiner anderen Klaue hielt er ein Feuerzeug.

Ein Klicken. Ein kurzes Flammenzischen. Schon war der Zipfel des Öllappens im Flaschenhals entzündet. Heute Nacht spuckte er Feuer. Klirrend zerschmetterte die entzündete Flasche die Fensterscheibe der Fahrertür. Gottlob war die Karre nicht alarmgesichert.

Das Wurfgeschoss zerbarst mitsamt dem Scheibenglas und ging in einem großen Feuerball auf. Die Flammenzungen verzehrten die beiden Sitze. Das war ihm nicht genug. Die Flammen mussten den Innenraum verschlingen. Er entnahm seinem

Rucksack einen zweiten Molotowcocktail Marke Eigenbau und entzündete ihn.

Abermals ertönte ein Klirren. Dieses Mal an der Beifahrertür. Die Flammen griffen auf das Armaturenbrett und die Innenverkleidung über. Sie schwelten auf dem Kunststoff und begannen ihn peu à peu zu schmelzen.

Und nun das Finale. Er griff in den Rucksack und holte die letzte Flasche heraus. Ein Riesenoschi aus Kunststoff, der ursprünglich zwei Liter Cola beherbergt hatte. Heute aber war die Flasche randvoll gefüllt mit Brennspiritus.

Der Nachtfraul drehte die Kappe herunter, preschte mit der offenen Flasche zur Ladefläche und übergoss sie mit dem kompletten Inhalt. Schließlich nahm er aus seiner Hosentasche ein Päckchen Streichhölzer. Er zog eines über den Zunderstreifen und schnipste es in den Spiritussee auf der Ladefläche. Ein zischendes Flammenmeer.

Kalt starrte der Nachtfraul auf das lichterloh fackelnde Fahrzeug. Das Flammeninferno spiegelte sich wild zuckelnd in seinen Pupillen. Er war mutterseelenallein. Hass loderte in ihm. Hass in der Lunge. Hass im Blut.

Es war an der Zeit, sich zurückzuziehen. Zügig stopfte der Nachtfraul alle Utensilien in den Rucksack und marschierte auf das Tor zu. Schon bald würde die Feuersbrunst alle Spuren verschlungen haben.

Er schaute sich ein letztes Mal nach dem Höllenbrand um. Mit einem lauten Knall wurde die Motorhaube aus ihrer Verankerung gerissen. Mit ihr kam eine meterhohe Stichflamme aus dem Motorraum geschossen. Inferno fatale grande. Der Sturm war aufgezogen. Gewaltig und zerstörerisch. Er wütete und tobte. Die Flammen waren entfacht. Und schon bald würde auch *sie* in Flammen aufgehen. Sie mussten sich in diesem Moment garstig in seinen Pupillen spiegeln.

Ein gehässiges, furchteinflößendes Lachen. *Vergelt's Gott, Iris. Vergelte es. Vergeltung!* Der Nachtfraul hat's geflüstert. Dann enteilte die Kapuzengestalt in den Schutz der Dunkelheit.

16

Marc lief in Weingarten am gestuften Martinsbrunnen mit seiner Reiterskulptur aus Kalkmarmor vorbei den Aufgang des Münsterplatzes hinauf. Mit wieselflinken Schritten erreichte er die prunkvoll barocke Basilika.

Schlappe fünfundachtzig Stufen. Für ihn als versierten Turmläufer geradezu lachhaft. Beim Ulmer Münsterturmlauf hatte er sogar schon einmal auf dem Treppchen gestanden. Und da waren satte fünfhundertsechzig Stufen zu bewältigen.

Zum Lachen war ihm trotzdem nicht zumute. Der radikal ausgebrannte Pick-up war dafür dann doch ein zu arger Rückschlag. Brandstiftung in den eigenen vier Mauern. An einem Hort der Beweisspuren, in die sie das kümmerliche Häufchen verbliebener Hoffnung gelegt hatten. Ein herber Schlag für die Soko »Kreuz«. Und das am selben Tag, an dem sie Manfred Scherbaum in Ermangelung von Beweisen aus der Untersuchungshaft entlassen hatten.

Dieser durchtriebene Mistkerl. Wer außer ihm hatte vom Verbleib des Wagens in der Kriminaltechnik gewusst? Das konnte einfach kein Zufall sein.

Alles, was sie hatten, war eine blind gemachte Überwachungskamera, Brandbeschleuniger, ein manipulierter Rauchmelder, ein geknacktes Schloss und ein dunkelgrüner Wachstuchfetzen am aufgeschnittenen Zaun.

Marc hatte seinen Missmut fünfundachtzigmal in den Aufstieg zur Basilika gelegt. Es packte ihn die Lust. Er musste unbedingt mal wieder einen Gipfel stürmen. Seine Frustration am Berg herauslaufen. Vor lauter Ermittlungsdämpfern pfiff er schon aus allen Löchern.

Oben auf dem Vorplatz der Basilika herrschte ein buntes Treiben. Es wimmelte nur so von Studierenden. Sie tankten Sonne, Kraft und Energie. Viele von ihnen lagen mit ihren Skripten auf der Stadtmauer oberhalb der Weinreben. Einige sogar barfuß.

Oder sie texteten im Schneidersitz Nachrichten auf ihren Smartphones. Ganz schwärmerisch angehauchte Exemplare ließen ihre Blicke in die Ferne schweifen.

Wegen der bestechenden Sicht über die Dächer Weingartens war der Kriminalhauptkommissar aber nicht auf den Kirchplatz des Martinsbergs gekommen. Er lief durch den Torbogen in den kleinen Innenhof des Klosters, der an den Klostergarten angrenzte.

Links saß ein älterer Herr in blau meliertem Jackett, weinroter Hose und mit einer knallig roten Fliege um den weißen Hemdkragen auf einem Sonnenplatz des bestuhlten Außenbereichs des Martinus Klostercafés. Im Hintergrund ragten zwei bezaubernde Magnolienbäume bis an die Fenster im ersten Stock des Klostergebäudes.

Das Markanteste an der grauen Eminenz war die Haarpracht. Wäre Clara dabei gewesen, so hätte sie wohl eine Umschreibung wie »Guildo-Horn-Gedächtnisfrisur« in den Mund genommen. Aber sie hatte sich, wohlgemerkt freiwillig, an diesem herrlichen Sommertag dann doch wider Erwarten die undankbare Aufgabe eingehandelt, Köstinger über die Misere des ausgebrannten Pick-ups zu unterrichten.

Die Umschreibung wäre jedenfalls treffend gewesen. Der ältere Herr hieß Cornelius Wagner und hatte ebenso wie der Nussecken schlemmende Schlagersänger eine kahle Platte mit einem zottelig langen Haarkranz. Seiner war allerdings durch und durch gelockt und ergraut. Auch hatte er in Stirnnähe noch eine schüttere und gekräuselte Haarinsel vorzuweisen.

Wäre Clara in schlechter Stimmung gewesen, so gut kannte Marc sie mittlerweile, hätte es auch eine spitzfindigere Umschreibung sein dürfen. Oder eine gehässige. »Tingeltangel-Bob für Arme mit kreisrundem Haarausfall und erschlaffter Haarmatte«.

Gedanklich steckte Marc ihn in die sozial-freigeistig angehauchte Schublade. Das zählte aber nicht. Er hatte da ja einen Wissensvorsprung. Schließlich hatte er mit dem Professor, der an der Pädagogischen Hochschule den Lehrstuhl für Psychologie und Historik innehatte, einen Termin vereinbart. Er hoffte inständig, dass der Gelehrte ihnen in Sachen Deutung der Symbolik beim Mord an Hübner weiterhelfen konnte.

Die Kombination der Fachgebiete fand Marc noch immer recht eigentümlich. Sehr zum Leidwesen seiner linken Ohrmuschel hatte er diesen Gedanken bei ihrem ersten Telefonat auch kundgetan. Geschlagene siebenundzwanzig Minuten und einunddreißig Sekunden hatte der redegewandte Professor ihm über die Psychoanalyse historischer Geschehnisse das Ohr abgekaut. Die Psychohistorie war eine ganz dufte Sache. Das war das Ende vom episch langen Lied gewesen. Das hatte Marc jetzt verinnerlicht.

Als Professor Cornelius Wagner ihn erblickte, spülte er seinen noch halb gefüllten Cappuccino in einem Schwall herunter und sprang enthusiastisch von seinem Stuhl auf. Übereifrig schüttelte er Marc die Flosse. Derselbe Esprit, den der Professor auch bei ihrem überlangen Telefonat versprüht hatte.

Marc hoffte, dass ihm heute nicht nur dessen überschwänglicher Elan, sondern vor allem seine Expertise zweckdienlich sein konnte. Immerhin hatte er vor, dem Professor Tatortbilder vorzulegen. Das war ein gewaltiger Vertrauensvorschuss.

Marc setzte sich zu ihm an den Tisch.

»Ich habe gleich mal eine zweite Runde bestellt. Cappuccino mit einem Glas Wasser. Und ich sage Ihnen auch, warum. Ihre Stimme.«

Das war ja mal eine Begrüßung. Marc war ganz überrumpelt.

»Sie sind nicht der Kommissar, der sich den Filterkaffee am liebsten gleich literweise intravenös spritzen würde. Sie sind gesundheitsbewusst. Kaffee, ja, eine Tasse. Vielleicht zwei. Besser aber ein exquisit aufgeschäumter Cappuccino. Liege ich richtig?«

Marc war absolut von den Socken. Das war auffallend richtig. Eins zu null für die Quasselstrippe.

Er holte den Umschlag mit den Tatortbildern aus seiner Aktenmappe hervor. Ein wenig mulmig war ihm dabei schon zumute. Doch der Professor hatte explizit um diesen öffentlichen Treffpunkt gebeten. Dem Café wohnten der Geist und die Ruhe des verlassenen Klosters inne. Ein verstecktes Juwel, das die Kraft der inneren Einkehr förmlich verströme. Und der Professor brauche diese Inspiration, um in die richtige Stimmung zu kommen.

Marc blickte sich um. An den Nachbartischen saßen keine Gäste. Also gab er sich einen Ruck, öffnete den Umschlag und breitete auf dem Tisch die vier Fotografien aus.

»Darf ich?«, fragte der Professor.

Marc schob ihm die Bilder zu.

Cornelius Wagner entnahm der Innentasche seines Jacketts ein Etui und setzte seine Lesebrille weit vorne auf dem Nasenrücken auf. Durch sie wirkte der sechzigjährige Dozent noch erhabener und belesener. Eine Weile ließ er seine angestrengten Augen über die ersten beiden Fotografien schweifen. Dann hob er seinen Blick und heftete ihn auf Marc.

»Nun, ich erzähle Ihnen an dieser Stelle wahrscheinlich nichts sonderlich Neues, aber das Arrangement hat etwas Tiefreligiöses. Ja, beinahe ein sakrales Pathos. Die Brücke zur Kreuzigung Jesu muss ich Ihnen gewiss nicht schlagen. Die frappierenden Parallelen bei der Tatausführung dürften Ihnen nicht entgangen sein.«

Freudensprünge machte Marc jedenfalls keine. Man musste nun wirklich kein Sherlock Holmes sein, um auf diesen Trichter zu kommen. Verschwendete Marc hier etwa seine wertvolle Zeit? Das wollte er dem Professor besser nicht vorhalten. Womöglich würde das seinem Helfergen am Ende noch den Wind aus den Segeln pusten.

Seit Wochen stocherten sie im nebulösen Dunkel herum. Da sollte einem fast geschenkten Gaul nicht ins Maul geschaut werden. Auch wenn der Gaul noch nichts allzu Bahnbrechendes herauswieherte.

Dennoch schien der Professor ein gewisses Maß an Enttäuschung an Marcs langem Gesicht abzulesen. Er versuchte sein Glück mit dem getöteten Schwan. »In so ziemlich allen Kulturkreisen, das ist unbestritten, verkörpert der Schwan die edle Reinheit. In Japan wird beispielsweise in Grimms Märchen der Rabe immer durch den Schwan ersetzt. Um das ureigenste Wertebild zu wahren. Der Unglücksbote genügt nicht den ästhetischen Ansprüchen.«

Der Professor nahm das dritte Bild vom Tisch und führte es sich dicht vor Augen. »Hier sehen wir einen durchbohrten Schwan. Das Gefieder blutverschmiert. Die Reinheit wurde befleckt. Blut vom Mordopfer?«

Marc haderte mit sich. Den Befund aus der KTU kannten die Ermittler selbst noch nicht allzu lange. Und es handelte sich dabei um Täterwissen. Wollte er hier vorankommen, mussten die Fakten aber auf den Tisch. »Auch, ja. Wir konnten Blut des Mordopfers im Schwanengefieder nachweisen.«

Der Professor schüttelte seine gelockte Haarpracht, setzte die Lesebrille ab und kaute nachdenklich auf dem Bügel. »Dann wurde der getötete Schwan nicht zufällig an dieser Stelle unter dem Kreuz abgelegt. Ich muss hier unwillkürlich auch an die Schwanenjungfrau denken. Eine japanische Legende. Die Schwanenjungfrau steht für die Unschuld. Ihr wird das Federkleid gestohlen. Der tote Schwan unter dem Kreuz sagt mir: Die Unschuld ist gefallen. Die Unschuld Ihres Mordopfers.«

Von diesen Interpretationskünsten war Marc schon deutlich mehr angetan. Mehr davon. Er deutete auf das vierte Bild. »Was ist damit? Wie passt die Irisblüte zu Ihren Ausführungen?«

Der Professor klemmte sich die Brille wieder auf den Nasenrücken und besah sich auch diese Tatortaufnahme. »Die Schwertlilie. Bereits die alten Völker nutzten die getrockneten Wurzelstöcke für Heilmittel und Salben. Die Ägypter wie die Griechen und auch die Römer. Ebenso die Indianer. Die Iris ist außerdem das Symbol der Ritterlichkeit. Das Blatt als Versinnbildlichung des gezückten Schwertes. Die Blüte als Zeichen des reinen Herzens. Die Schwertlilie verkörpert eigentlich Lebensfreude. Im todbringenden Angesicht dieses Verbrechens aber wohl eher kaum«, gab er seine Gedanken preis. »Ich denke aber, dass es hier vordergründig nicht um den Symbolcharakter der Pflanze an sich geht.«

Jetzt war Marc aber gespannt. »Sondern?«

Der Professor nippte an seinem Cappuccino. »Um die Geste. Das Ablegen der Irisblüte am Tatort. Mehr noch um die Farbe der Blüte. Die blaue Irisblüte signalisiert Freiheit. Ich gehe davon aus, sie galt dem Mordopfer. Sozusagen als Geschenk. Schenkt man jemandem eine blaue Iris, so zeigt das die Bereitschaft, für denjenigen zu kämpfen.«

So weit war Marc noch halbwegs mitgekommen. Die letzte Interpretation brachte ihn jedoch aus der Spur. »Noch mal zum Mitschreiben … Der Täter zeigt Klaus Hübner die Bereitschaft, um ihn zu kämpfen, indem er ihn so menschenverachtend ins Jenseits katapultiert? Ist das nicht … nun ja … ein wenig widersprüchlich?«

Der Professor belehrte ihn eines Besseren. »Nicht unbedingt. Das Kämpfen bezieht sich in diesem Fall nicht zwingend auf das irdische Wandeln. Vielmehr auf die Transzendenz. Die Seele. Deren Heil. Nicht umsonst wurde die Irisblume nach der griechischen Götterbotin benannt. Nimmt man die griechische Mythologie für bare Münze, so führt die Götterbotin Iris die Seelen der Sterblichen entlang des Regenbogens in das Reich des ewigen Friedens. Versetzen Sie sich in den Täter. Denken Sie wie er. Schauen Sie durch seine Brille. Er hat dem Mordopfer durch die Kreuzigung die Freiheit geschenkt. Ihn im Hier und Jetzt befreit. Von seiner Schuld. Das Martyrium soll dagegen wohl in der Ewigkeit stattfinden. Immerwährende Hölle.« Jetzt sprach ganz der Psychologe aus ihm.

»Jetzt lichten Sie doch bitte einmal ein wenig den Nebel. Wovon befreit?«

Der Professor signalisierte mit erhobenen Händen Kapitulation. »Dies herauszufinden, mein Freund, obliegt Ihnen. Ich müsste nun in das Reich der Spekulationen abtauchen. Und das liegt mir nun wirklich fern. Meine Annahmen stützen sich auf profunde Beobachtungen.«

Marc ließ ihm diese Antwort durchgehen. Hätte der Professor tatsächlich eine befriedigende Lösung parat gehabt, so hätte er ihm gleich seine Dienstmarke aushändigen können. Nichtsdestotrotz hatte der Professor noch einen wertvollen Hinweis in petto.

»Die Wahl des Tatortes …«, setzte Cornelius Wagner an. »Meines Erachtens wurde er nicht zufällig ausgewählt. Die Malerecke. Das Alpenpanorama. Als habe der Mörder dem Gekreuzigten absichtlich in dessen letzten Atemzügen diesen … entschuldigen Sie den geschmacklosen Ausdruck … *atemberaubenden* Ausblick spendiert.« Der Professor warf nochmals einen Blick auf das Foto. »Dieser Zettel dort. Was stand darauf?«

Eigentlich wollte Marc dieses kritische Täterwissen partout nicht preisgeben. Das Abtauchen in die Symbolik hatte ihn aber gefühlt ein ganzes Stück weitergebracht. Es beleuchtete den Mordfall aus einem ganz anderen Blickwinkel.

Ganz oder gar nicht. Er sprang erneut blindlings über seinen Schatten und verriet dem Professor die Aufschrift des Zettels.

Just begab sich dieser mit überschlagenen Beinen in seine Denkerpose und zwirbelte mit seinem Zeigefinger in seiner lockigen Haarmatte. »Hmm … ›Es sehen‹. ›Ein letztes Mal‹. Was hat das zu bedeuten? Hmmm … Keine Ahnung! Nicht den blassesten Dunst. Da muss ich passen!« Er schob die drei Fotografien über den Tisch zu Marc hinüber. »Tut mir leid, da bin ich momentan überfragt.«

Marc packte die Aufnahmen wieder in den Umschlag und empfahl sich. »Haben Sie vielen Dank, Herr Professor Wagner. Ich mache mich wieder auf den Weg. Unsere Ermittlung hat noch einen langen vor sich … schätze ich.«

Ernüchterung. Falsch gepokert. Der Professor hatte hinsichtlich dieser Passage des Haiku ebenso wenig einen Schimmer wie die Ermittler.

17

Lodern soll ihr Leib.
Bersten ihre Augen bald.
Dass ihr Herz erkennt.

27. Juli 2019

Ieeeeerk. Ieeeeerk. Ieeeeerk. Ieeeeerk. Ieeeeerk. Ieeeeerk. Rhythmisch ächzend bedachte der Drahtesel von Lisa Feldner jeden ihrer Pedaltritte mit einer ohrenfeindlichen Arie schriller Quietschtöne. Ihr altes mintgrünes Damenrad mit den ledernen Satteltaschen und dem Flechtkorb hatte ihr in den vergangenen Jahren treue Dienste erwiesen. Nun aber schien die Felgenbremse verstimmt zu sein. Der Boxenstopp beim Fahrradklempner ihres Vertrauens musste allerdings warten. Dieses Wochenende bildete nämlich den perfekten Schlussakt ihres wohlverdienten Urlaubs.

Als gebürtige, eingefleischte Langenargenerin war das Festwochenende im Juli immer schon zu Jahresbeginn in ihrem Tischkalender im Büro fett und rot markiert. Das ließ sie sich auch in diesem Jahr nicht vermiesen. Nicht von dem Hundewetter, nicht von ihrem Quietschegaul. Nicht einmal von dem grausamen Mord an der Malerecke. Und von dem Jäger ließ sie sich erst recht nicht ins Bockshorn jagen. Auch wenn die Begegnung mit ihm eben echt nervenaufreibend gewesen war.

So kannte sie ihn gar nicht. Früher jedenfalls nicht. Er hatte sich aufdringlich verhalten. Als er sie vorhin an der Grillhütte wie so ein paarungsfreudiger Jagdrüde abgepasst hatte. Richtig in die Enge getrieben hatte sie sich da gefühlt. Ihm hatte sie nicht nur die kalte Schulter gezeigt. Auch ihre Krallen.

Sie hatte es lange verdrängt. Beinahe schon vergessen. Vergessen wollen. Da war »diese Sache« gewesen. Lisa Feldner schüttelte sich. Diese negativen Gedanken musste sie schleunigst loswerden. Schließlich wollte sie sich die Vorfreude auf das Uferfest nicht madig machen lassen.

Das traditionsreiche Heimatfest war ein Stück fest verankerter Kulturgeschichte. Die Friedrichshafener hatten ihr Seehasenfest. Die Ravensburger ihr Rutenfest. Die Tettnanger wie die Meckenbeurer ihr Bähnlesfest. Auch wenn man in Meckenbeuren zugunsten des Bahnhofs auf die Verniedlichung verzichtete. Und die Langenargener, die hatten eben ihr Uferfest. Lisa Feldner war es von all den Volksrummeln im Umkreis das herzallerliebste.

Es war ein Fest der Vereine. Hier hatte der Kommerz noch nicht so sehr Einzug gehalten. Bogenschießen, Kistenstapeln und Trampolinspringen waren noch nicht den flackernden, lärmenden Fahrgeschäften oder gar den unsäglichen Standschreiern mit ihrer Ramschware gewichen.

Gestern waren traditionell wie in jedem Jahr die Zweibrücker Fallschirmjäger der neunten Kompanie des Regiments 26 aus einer historienträchtigen Transall in den Bodensee gesprungen. Dieses Spektakel hatte sich Lisa Feldner trotz leichtem Nieselregen natürlich nicht entgehen lassen.

Heute galt ihre Vorfreude dem großen Klangfeuerwerk, morgen dann dem Fischerstechen. Das war seit jeher so. Das gab ihr Halt. Neben ihrem unaufgeregten Büroalltag als Sekretärin der Eriskircher Bürgermeisterin eine der wenigen Konstanten in ihrem Leben. Seit »dieser Sache«.

Auch wenn das Feuerwerk dem Wetterbericht zufolge in diesem Jahr wohl so sprichwörtlich ins Wasser fallen würde wie die Fallschirmjäger tags zuvor – Lisa Feldner konnte das kaum abschrecken. Sie hatte sich ihre magentafarbene Softshelljacke übergeworfen. Die Jacke passte zu ihrer grasgrünen Strumpfhose, dem orangenen Rock und den roten Schnürsandalen. Sie war ein farbenfroher Mensch. Sie musste das sein. Sie musste Farbe in ihr Leben bringen. Einen bunten Pinselstrich auf die dunkelgraue Leinwand ihrer zappendusteren Seele. Ansonsten hätte sie die Finsternis schon längst verspeist. Seit dieser düsteren Sache.

Sie war nun genau in der Mitte ihrer Fünfziger angekommen, und ihren grau durchzogenen Kurzhaarschnitt trug sie rosskastanienbraun gefärbt. Einen leichten Überbiss hatte sie. Ihre Stiefmutter hatte sich nie viel aus Prophylaxe gemacht. Dafür aus Zahnersatz.

Lisa Feldner hatte bereits das Eriskircher Ried mit ihrem Quietscherad hinter sich gelassen und auf der Panzerbrücke die Schussen überquert. Auf der lichten Wiese vor den Erdbeerfeldern unweit der Kläranlage wurde sie von den sieben Wasserhüterinnen begrüßt. Abstrakte, stelenartige und grob mit der Kettensäge bearbeitete Eichenskulpturen. Das mystische Kunstwerk wachte über die Mündung der Schussen. Es unterstrich das Weibliche, die Bewahrerin der Schöpfung.

Sieben Hüterinnen der Tugenden. Lisa Feldners Augen beschauten die parabelförmig arrangierten Baumstämme der Reihe nach von links nach rechts. Weisheit, Tapferkeit, Verstand, Liebe, Vernunft, Güte, Demut. »Diese Sache« holte sie ein. Holte die Region ein. Mit einem epochalen Mordssturm. Dagegen kam auch dieses tugendhafte Gebilde nicht an. Nichts und niemand war dagegen gefeit.

Ieeeeerk. Lisa Feldner bremste abrupt ab. »Diese Sache«. Damals hatte die Bewahrerin der Schöpfung nicht über ihre ehemals beste Freundin gewacht. Zumindest um ein Haar nicht.

Und sie? Lisa Feldner betrachtete den Eichenstamm mit dem erhobenen Arm. Er verkörperte die Tapferkeit. Sie hatte damals nicht die Tugend der Tapferkeit gewahrt. Sie hatte nicht den Arm erhoben. Keinen Deut Mumm hatte sie in den Knochen gehabt.

Aus gebührlicher Entfernung hatte der Nachtfraul sie fest im Blick. Er hatte sich ihr an die Fersen geheftet. Er beobachtete den mittleren der sieben Baumstämme. Der stand für die Liebe. So krummwurstig, wie dieser Eichenstamm in der Landschaft stand, so verbogen war die Liebe der armen Seele, die dieses Miststück verraten hatte. So verzerrt und verkümmert war die betuliche Herzenswärme der Rotrose für ihre Knospe.

Lisa Feldner erschrak. Was steckte der Skulptur der Tapferkeit dort zwischen dem pilzbefallenen, moosbehangenen Kopf und dem Arm? Eine Pflanze. Eine getrocknete Irisblume. Eine gelbe. Das ging doch nicht mit rechten Dingen zu. Das musste ein Zeichen sein.

Beklommenheit kroch in ihr herauf. Hinter den Holzstammskulpturen hauste *er* am Waldrand in seinem Zelt. Der Obdachlose. Er war damals ihre große Liebe gewesen. Er war ihr Verhängnis. Pest und Cholera. Er war der Ertrinkende, der sie auf den Grund des Schreckenssees gezogen hatte.

Da! Dahinten! Hinter der eichenhölzernen Wasserhüterin der Liebe schoss sein schmodderiges, haarverfilztes Gesicht hervor. Alles in ihr sträubte sich. Sie riss ihren Drahtesel herum und schwang sich auf den Sattel.

»Lisa … halt sofort an! Ich …«

Seine krächzende Stimme lähmte sie. Ihre Gedanken. Alles. Ihr Körper durchbrach die Mauer. Sie nicht. Ihr Körper musste funktionieren. Er musste sie hier fortschaffen. Er musste in die Eisen steigen, was das Zeug hielt.

Keuchend raste sie an den beiden blauen Wellenschildern vorbei, die touristische Radler ganz im Geiste der Vierländerregion neben Deutsch und Englisch auch noch in französischer und italienischer Sprache willkommen hießen. Erst als sie an der Gärtnerei vorbeigesaust war, ließ sie ausrollen und stieg ab. Ihr Puls raste. Raste höllisch.

Whitey, Browney und Blacky. Gott sei Dank! Ihre drei besonderen Freunde. Drei Alpakas. Ein weißes, ein hellbraunes und ein schwarzes. Sie besuchte sie beinahe täglich. Auch so eine überlebenswichtige Konstante in ihrem verkorksten Dasein. Blacky war ihr liebstes.

Lisa Feldner schob den drei zutraulichen Felltieren Grasbüschel durch die Zaunmaschen hindurch. Die drei Wuschelköpfe mit ihren Knopfaugen strahlten einen so wonnigen Flauschfaktor aus.

Eine Weile lang beobachtete sie die drei Huftiere. Junge, wilde Männchen. Kleine Streithammel. Die einzigen Männer, denen Lisa Feldner nach »dieser Sache« Eintritt in ihr Leben und ihr Herz gewährt hatte. Whitey biss Blacky gerade in den schwarzbefellten Allerwertesten, weil dieser ihm den lauschigen, trockenen Liegeplatz unter dem großen Kiefernbaum streitig machen wollte.

Lisas Puls war wieder abgeflaut.

Einem Alpaka sollte man nie zu tief in die Augen schauen. Ansonsten konnte man sich am Ende noch verlieben. Altes peruanisches Sprichwort aus den Anden. Aber Lisa Feldner war kein bindungsfreudiger Mensch. Nicht seit »dieser Sache«. Und das mit den Augen galt auch für den Zeltbehauser. Zumindest der Teil mit dem Reinschauen. Nicht der mit der Liebe. Eisblaue Augen. Beinahe kobaltblau. Augen waren der Spiegel zur Seele. Seine war abgrundtief böse. Jugendlicher Leichtsinn und Liebe waren nach »dieser Sache« in Windeseile von ihr gewichen. Sie war schon lange mit ihm durch. Geblieben war der Ekel. Auch der Selbstekel. Vor ihren einbetonierten Beinen. Vor ihren untätigen Händen. Vor ihren versiegelten Lippen. Vor ihren verschlossen gebliebenen Augen. Vor ihrer Feigheit. Vor all dem, was sie nicht in die Waagschale geworfen hatte, um die schwesterlichen Bande zu ihrer ehemals besten Freundin nicht zu verraten.

Sie stellte ihr Fahrrad am Zaun ab, befestigte es mit ihrem Fahrradschloss, zog die abnehmbare Frontleuchte ab und verstaute sie in ihrer Jackentasche. Die restlichen zwei Kilometer zum Ortskern würde sie zu Fuß zurücklegen. Sich ein wenig die Beine zu vertreten konnte nach diesen Turbulenzen nicht schaden. Und der Fußmarsch setzte Kindheitserinnerungen frei. Sie erinnerte sich nicht gern an ihre jungen Jahre. Aber dieser Weg des leidigen Erinnerungsrinnsals war die Bürde, die sie sich selbst auferlegte.

Dort auf den Feldern, an denen sie gerade vorbeilief, hatte damals ein sicherlich drei Meter messender Sprungturm mit Sandgrube gestanden. Die französische Besatzung hatte ihre Fallschirmspringer an ihm trainieren lassen.

Als junges Mädchen hatte sie gemeinsam mit ihrer vormals besten Freundin eine halsbrecherische Mutprobe vollbracht. Sie waren vom Franzosenturm gesprungen. Während sie sich dabei die Nase durch unliebsame Bekanntschaft mit ihrem rechten Knie mehr als nur angeknackst haben musste, hatte es ihre damalige Freundin bei der unsanften Landung nur am kleinen Finger erwischt. Nach »dieser Sache« war sie nochmals gesprungen. Sie hatte sich das Leben nehmen wollen. Dieses Mal hatte es beide Knie erwischt. Und dieses Mal hatten ihre Eckzähne leidvolle Bekanntschaft mit ihnen gemacht. Ihre beiden Goldzacken, die diese Zahnlücken schlossen, machten sie nur noch farbenfroher. Ihr Vater und ihre Stiefmutter hatten geglaubt, das würde sie »diese Sache« vielleicht vergessen lassen. Sie hatten auch geglaubt, dass sie sich die Zähne versehentlich ausgeschlagen hatte. Dabei war es ein stummer Schrei nach Hilfe gewesen. Nach »dieser Sache«.

Lisa Feldner hatte bereits das Langenargener Strandbad erreicht. Gegenüber hatte es einst hinter dem Familienferiendorf ein Zuckerrübenfeld gegeben. Als Jugendliche hatte sie eine der Zuckerrüben aus dem Feld gezogen und die Spitze abgebissen. Noch heute lag ihr der Geschmack auf der Zunge. Er versinnbildlichte ihre Jugendzeit in Langenargen, der Sonnenstube am Bodensee. Vor und nach »dieser Sache«. Anfangs verheißungsvoll, verlockend süß. Im Nachgang dann erdig bitter.

Den Großteil ihrer frühen Tage hatte sie draußen vor der Haustür verbracht. In die Platanen auf dem Strandbadparkplatz neben der Sportanlage war sie tagein, tagaus geklettert. Anfangs mit ihrer besten Freundin. Nach »dieser Sache« nur noch allein. Flucht nach oben. In den Kronen der Platanen hatte sie sich in Schweigen gehüllt. Das hatte sie bis heute nicht gebrochen.

Der Online-Wetterbericht hatte sich nicht getäuscht. Kachelmann ließ grüßen. Der Starkregen hatte sich tatsächlich mit stattlichen zwölf Litern pro Quadratmeter über die Buden und die Sitzbänke auf dem Uferfest ergossen. Doch Lisa Feldner war wetterfest. Eine belegte Martinsseele hatte sie sich am Stand des Kirchenchors trotz der Schlechtwetterlage gegönnt. Und der Regen spülte ihren Wehmut und ihre Ängste ab.

Die Zeit verging wie im Flug. Aus fünf Uhr war ratzfatz acht Uhr geworden. Lisa Feldner hatte sich auf der Promenadenwiese auf eine der überdachten Bierbänke begeben und dort die vier verrückten Hühner aus ihrem Yogakurs getroffen. Mit ihnen hatte sie den Abend über den einen oder anderen Aperol Spritz und Hugo getrunken. War vielerecks von den Einheimischen noch über den Mord an der Malerecke gemauschelt und gemunkelt worden, so war dieses Thema im Festzelt glücklicherweise dem flüssigen Gold und andererlei Getränken gewichen, die kurzzeitig vergessen ließen.

Der DJ, der dort herinnen die Platten auflegte, verstand sein Handwerk. Er heizte den Gästen mit den Greatest Hits der Achtziger ein. Sie kannte ihn. Er war vom regionalen Radiosender. Irgendein Matze. Matze Knop? Nein. Das war aber auch unwichtig.

Mit der Musik hatte sie mitfließen können. Sich treiben lassen. Für eine Weile ihre Sorgen vergessen. Und ihre Gedanken. An *ihn*. Den Abtreibungspapst. Die schreckliche Kreuzigung. Und an »diese Sache«. Die Musik hatte ihre düsteren Gedanken entführt. Und das war es, was zählte. Gerade eben hatten die Lautsprecher im Zelt verkündet, dass das Klangfeuerwerk trotz des Starkregens stattfinden würde. Wenn auch eine Dreiviertelstunde verspätet.

Sie war erleichtert. Das Feuerwerk war einfach ein so elementarer Eckpfeiler in ihrem Leben. Das nette Beisammensein mit den Frauen aus der Sportgruppe hatte das Übrige getan. Der Plausch war eine willkommene Ablenkung gewesen. Ihnen hatte sie sogar von ihrer Begegnung mit dem aufdringlichen Jäger berichtet. Hatte er sie doch tatsächlich am helllichten Tag auf offener Straße begrapschen wollen!

Den Rat, den sie ihr gegeben hatten, musste sie aber noch einmal überdenken. Sollte sie deshalb wirklich zur Polizei gehen und Anzeige erstatten? Sie hatte ihn ja in die Schranken verwiesen. Andererseits lief es ihr beim Gedanken an die schauderhafte Hinrichtung an der Malerecke eiskalt über den Rücken. Man konnte nie vorsichtig genug sein.

Verflixt, wieder diese düsteren Gedanken! Nun musste sie aber wirklich auf Feuerwerksvorfreude umschwenken.

Auf dem Weg zum Landungssteg lief ihr der alteingesessene Juniorenfunktionär vom örtlichen Fußballverein über den Weg. In Schlappen, einer kurzen Jeanshose, weißem Flanellhemd und mit einem Strohhut auf dem kahlen Kopf lächelte er dieses Mistwetter einfach beiseite. Leicht taumelnd bugsierte der gut Angeheiterte zwei große Ölflaschen durch die Besuchermengen hindurch.

Sie freute sich, ein so vertrautes Gesicht wahrzunehmen. Sein ergrauter Schnurrbart und sein Teint erinnerten sie stark an einen sonnengebräunten Seelöwen. Ein erhabener Pate. Ein Langenargener Urgestein. Die gute Seele des Uferfests. Diese Vertrautheit tat ihr gut. Eine weitere Konstante. Ein Quäntchen Sicherheit. Sie musste es ihm gleichtun und alle dunklen Gedanken beiseitelächeln.

Aber wie sicher konnte sie schon sein? Klaus. Er war tot. Gekreuzigt. Eiskalt abgemurkst. Sie hatte das noch nicht verdaut. Ach herrje, was hatte seine Ehefrau bei seiner Beisetzung geschluchzt.

Die Kirchenuhr holte Lisa Feldner zurück ins Hier und Jetzt. Schlag elf. Auf dem Landesteg wimmelte es trotz anhaltenden Regens von Pärchen, Cliquen und Familien.

Da war es wieder, dieses flaue, unbehagliche Gefühl. Hier war es also. Hier hatte es ihn erwischt. Seine Motoryacht wasserte noch immer am Landungssteg. Die Reling war deutlich sichtbar mit dem Versiegelungsband der Polizei bespannt. Ob er sich gewehrt hatte?

Lisa Feldner hatte hier einen Platz in der ersten Reihe ergattert. Im Gegensatz zu Klaus' Beerdigung in Lindau. Da hatte sie sich meilenweit im Hintergrund gehalten. Nicht aufzufallen war ein Leichtes gewesen. Bei der schieren Masse an Trauergästen. Hinter ihr drängten sich die Menschen dicht an dicht zusammen. Alle warteten sie unbeschwert auf das große Highlight. Und dachten wohl an diesem einen Abend nicht wie sie an den grausamen Sturm, der genau hier seinen Anfang genommen hatte.

Die Laternen auf dem Landungssteg gingen aus. Der Regen nieselte noch immer vom Himmel, war aber bei Weitem nicht mehr so stark wie noch am frühen Abend. Aus dem seichten dunklen Wasser erhoben sich die ersten golden funkelnden Feuerwerksfontänen in die Höhe. Begleitet wurden sie auf ihrer zischenden Reise von dem stürmischen Themensong aus »Fluch der Karibik«.

Dann donnerten atmosphärisch stimmig die ersten Feuerwerkskörper wie Kanonenschläge in den schwarzen Nachthimmel. Ein tolles Farbenspektakel. Rot und blau leuchtende Bälle, aus deren Zentren ringsherum goldene Funkelfäden nach außen schwirrten.

Lisa Feldner blickte über ihre Schulter nach hinten auf die von den Farbkugeln erleuchtete Menschenmenge. Sie riss die Augen auf und erschrak. Zutiefst erschüttert.

Da! Da stand mitten in der Menschenmenge diese Gestalt! Im Grell der Feuerwerkskörper flackerte die spitze Kapuze einer Art Regenmantel auf. Und die Gestalt starrte sie an. Im Schein der am Himmel aufleuchtenden Feuerwerksblumen erkannte sie die Hasenscharte. Ein so schrecklich vertrautes Gesicht.

Schon den ganzen Abend über war ihr, als würde sie beschattet werden. Erst am Seelenstand. Dann beim Kistenstapeln. Und schließlich bei ihrem Umtrunk im Festzelt. Da hatte sie noch gedacht, sie wäre von ihrer eigenen Paranoia hinters Licht geführt worden. Wegen diesem Mord. Sie hatte das zu nah an sich herangelassen. Oder doch nicht?

Nein! Ihre Augen hatten ihr keinen Streich gespielt! Davon war sie nun felsenfest überzeugt.

Wie ein bunter Blumenstrauß poppte das Feuerwerk laut knallend am Himmel auf. Ein Geruch von Schwefel durchzog die Luft. Da! Da war etwas! Etwas packte sie. Lisa Feldner spürte einen festen Griff an ihrem rechten Handgelenk. Sie musste hier weg!

Pfeilschnell drehte sie sich um und wand sich geduckt durch die Menschenmenge hindurch. Kein Umblicken. Bloß weg hier! Sie hatte sich das nicht eingebildet. Nie und nimmer. Sie musste hier weg. Schleunigst. Sie wollte nicht so jämmerlich enden. Wie er. Der Abtreibungspapst.

Es schüttelte und schauderte sie am ganzen Leib bei diesem grässlichen Gedanken. Die Angst saß ihr im Nacken. Sie war ihr unausweichlicher Begleiter auf dem Weg durch den Langenargener Ortskern.

Erst als Lisa Feldner ziemlich außer Puste an der von Straßenlaternen beleuchteten Kirche angelangt war, wagte sie einen Blick über ihre Schulter. Alles war ruhig. Jeder, der jetzt noch auf den Beinen war, stand an der Uferpromenade und bestaunte das turbulente, klanguntermalte Lichterspiel am Firmament.

Sie schnaufte tief durch und gönnte ihren Beinen eine kurze Auszeit. Nur für wenige Sekunden. Noch wähnte sie sich keineswegs in Sicherheit.

Sie stolperte und hastete die Untere Seestraße entlang. An jeder Straßenlaterne drehte sie sich um. Sie fühlte sich wie die Getriebene inmitten einer Hetzjagd. Doch wer war ihr Verfolger? Gab es überhaupt einen Verfolger? Sie konnte niemanden sehen.

Hatte überhaupt jemand nach ihrem Handgelenk gegriffen? Oder war sie etwa doch übersensibel? Paranoia hoch dreizehn. Möglicherweise nur ein versehentlicher Streifer?

Den Rest des Weges bis zum Ende der Unteren Seestraße hatte Lisa Feldner kaum wahrgenommen. Sie war an dem kurzen Waldstück des Schwediwalds angelangt. Vorbei an der ehemaligen französischen Garnisonskirche. Schemenhaft konnte sie schon das Gehege der Alpakas erahnen. Die Grillen zirpten im Kanon auf den noch regenbenetzten Feldern, und Mücken schwirrten surrend im Lichtkegel ihrer eingeschalteten, portablen Fahrradleuchte.

Etwas raschelte im Unterholz des kurzen Waldstreifens. Aufgeschreckt ließ sie den LED-Scheinwerfer durch das Dickicht streifen. Nichts. Dicke Schweißperlen mischten sich auf Stirn und Schläfen mit der Regenfeuchte. Ihr Fahrrad war in Sichtweite. Sie sputete sich.

Mit brennenden Füßen erreichte sie das Quietscherad. Ihre Schnürstiefeletten waren eben keine Siebenmeilenstiefel. Sie beugte sich an ihrem Fahrrad herunter. Gott, war sie ein Nervenbündel. Ihr Herz pochte sprunghaft. Das verdammte Schloss ließ sich nicht öffnen. Der Schlüssel fand in ihrer schlottrigen Hand einfach nicht seinen Weg.

Ein heller Lichtblitz erschien hinter ihr. Gefolgt von einem Donnergrollen, das lautstark durch den Nachthimmel walzte. Irgendwo auf dem Bodensee musste der Starkregen in ein Gewitter übergegangen sein. Nicht allzu weit entfernt.

Ein weiterer Blitz durchzuckte hinter ihr die Dunkelheit. Lautes Donnergrummeln. Doch nicht nur das. Sie fühlte ihn. Einen schwarzen Umriss im grellen Licht des Blitzes. Hinter ihr.

Schritte! Waren das wirklich Schritte? Ihre Hand zitterte wie ein Kuhschwanz. Sie sah sich nicht um.

Verflixt! Der Schlüsselbund landete samt ihrer LED-Leuchte klimpernd im nassen Gras. Rasch hob sie beides wieder auf. Da geschah es. Ehe sie sich versah, spürte sie einen Ruck und einen feuchten Lappen, der ihr aufs Gesicht gedrückt wurde.

Zunächst konnte sie sich noch reflexartig zur Seite ducken. Mit aller Kraft ihren Ellenbogen nach hinten rammen. Sie erwischte ihn. Den Hieb in die Rippen steckte er aber ohne Weiteres weg. Aus seiner Umklammerung konnte sich Lisa Feldner nicht befreien.

Im Handumdrehen ließ er von hinten über ihre Schulter hinweg zwei Finger hinter ihr linkes Schlüsselbein schnellen. Tief gruben sie sich hinein und durchströmten Lisa Feldners Körper mit einem lähmenden Schmerz. Sie war völlig unfähig, sich weiter zu wehren.

Seine kräftige Pranke presste ihr mit rohen Gebärden das Tuch auf Mund und Nase. Ihre Schreie verpufften dumpf in dem Baumwollfetzen. Panisch atmete sie in raschen Zügen. Da sanken ihre Augenlider. Schlaff sackte ihr Kopf zur Seite, und ihre Beine gaben wachsweich nach.

Das Letzte, was ihr schwindender Sinn ihr vor Augen führte, war die flauschige Wollkugel von Blackys wuscheligem Kopf. Das schwarze Alpaka verschmolz mit dem Nachtdunkel, ehe ihr selbst ganz düster vor Augen wurde.

Das zuvor noch friedlich zusammengekugelte Alpaka war von den Geräuschen aufgeschreckt worden. Neugierig reckte und streckte es am Gehegezaun seinen Wollkopf.

Der Schein der Leuchte durchschnitt unter den wilden Bewegungen seines Opfers in rasender Hysterie die drückende Schwärze dieser gewittrig nassen Nacht. Das Licht streifte die tiefdunklen Augen des Alpakas. In ihnen spiegelte sich der Todbringer. Schaute ein Alpaka einen mit seinen großen Augen an, schaute einen Gott an. Der Gott der Rache. Der Nachtfraul. Er hatte im Schattenschleier des Dunkels gelauert.

Der Nachtfraul war mutterseelenallein. Mit der Stimme in seinem Kopf. *Vergelt's Gott, Iris. Vergeltung.* Der Nachtfraul hat's geflüstert.

18

Clara war bereits wild mit den Händen fuchtelnd ins Gespräch mit Jürgen Dettmeier vertieft, als Marc an dem kleinen Wiesenareal am Hungerberg zwischen Eriskirch und Langenargen ankam. Auf der Herfahrt hatte es noch leicht getröpfelt. Kein Vergleich zum Vortag. Nicht einmal seine Scheibenwischer hatte er bemühen müssen.

Ein eigentümlicher Geruch lag in der noch regenverhangenen Luft. Ein Geruch, der hier nicht hingehörte. Auf eine Barbecue-Party vielleicht. Oder eines dieser türkischen Feste, wie sie am Grillplatz an der Argen oftmals abgehalten wurden. Mit einem ganzen Hammel am Spieß. Einer, der schon lange über dem offenen Feuer resch brutzelte und an einigen Stellen bereits verkohlt war.

Clara hatte ihn während der Herfahrt im Kurzbriefing am Telefon vorgewarnt. Sie hatte nicht zu viel versprochen. Es roch penetrant nach verbranntem Fleisch. Doch nicht nach Hammelfleisch, sondern nach angebranntem Menschenfleisch.

Der Leiter der Kriminaltechnik stand schon wieder in Straßenkleidung da. Die Spurensicherung hatte ihre Tatortarbeit also schon erledigt. Jürgen Dettmeier schnüffelte an seinem Sweatshirt und schüttelte angewidert den Kopf. Sein Pferdeschwänzchen veranstaltete einen wild zuckelnden Protesttanz. *Not amused.* »Verdammich! Der Schmorgeruch wird wochenlang nachhängen!«

Clara entdeckte Marc und kam zu ihm gelaufen. Der Tatort lag nur einen Katzensprung von ihrem gemieteten Appartement entfernt. In all der Hektik hatte sie schlicht und ergreifend vergessen, ihn früher herbeizutelefonieren.

Marc ließ sich von ihr auf den neuesten Stand bringen. Es gab eine Reihe sehr heikler Erkenntnisse. Der Leichenfundort, der Hungerberg, lag prekärerweise weniger als einen Kilometer vom Haus des Jägers entfernt. Zudem war diese Örtlichkeit sagenumwoben.

»Um den Hungerberg ranken sich Mythen. Es ist der Ort, zu dem im frühen 17. Jahrhundert die Anna Lohr nach dem Angelusläuten auf einem mit Zaubersalbe bestrichenen Besen geritten sein soll. Um unter Anleitung des Hexenmeisters teuflischen Tänzen und Ritualen beizuwohnen. Dunkelmagisches Treiben, das ihr den Kopf kosten sollte. Und sie auf den Scheiterhaufen führte …«, wusste Clara zu berichten.

Nun hatten sie ausgerechnet hier eine verbrannte Leiche.

Die leitende Missionsschwester des nahen katholischen Gästehauses hatte die Leiche am frühen Morgen auf der Wiese gefunden und sofort die Polizei verständigt. Das war allerdings noch nicht der Gipfel des Eisbergs.

Clara wartete mit einer ungleich besorgniserregenderen Information auf. »Dreimal darfst du raten, wem dieser Wiesenstreifen hier am Hungerberg gehört. … Ich will es einmal so ausdrücken: Erst wurde ein Kaninchen aus dem Bau geblasen. Dann das Jagdhorn. Jetzt ist das Kaninchen tot. Ein Schmorbraten …«

Eine Brandleiche auf dem Grund und Boden des Jägers. Marc bereitete es Magenschmerzen. Würde sich dieser Verdacht bewahrheiten, hätte die Soko »Kreuz« das Opfer dieses Flammenmordes mit auf dem Gewissen. Sie hatten den Jäger laufen lassen.

Und es wurde noch verzwickter. Finkys Nachtlager lag ebenfalls nur einen Kilometer vom Tatort entfernt, direkt neben dem Eriskircher Klärwerk. Zwischen dem auswüchsigen Seitenarm des Auenwaldes im Naturschutzgebiet und dem Maisfeld. Hinter den sieben grob besägten Baumstämmen des Wasserhüterinnen-Kunstprojektes. Das hatte die Kollegin Sonja Versen heute bereits bei der Befragung der Leiterin des katholischen Erholungshauses in Erfahrung gebracht.

Der Obdachlose durfte sich im Waschraum des Gästehauses regelmäßig duschen. Er erhielt dort auch warme Mahlzeiten. Im Gegenzug half der gelernte Schlosser ab und an bei anstehenden Reparaturen aus. Die Ermittler Rolf Stallinger und Dominik Hauk überprüften aktuell den Zeltplatz des Obdachlosen.

Clara führte Marc zum Absperrband.

»Wer ist das Mordopfer?«

»Wissen wir zum jetzigen Zeitpunkt noch nicht.«

»Mann oder Frau?«, fragte Marc.

»Wissen wir ebenfalls noch nicht.«

Am Absperrband angekommen, verstand Marc auch, wieso. Der intensive Geruch nach verbranntem Fleisch und Gewebe war omnipräsent. Es bot sich ihm der scheußliche Anblick einer völlig entstellten, schwarz verkohlten Leiche. Nur noch entfernt ließ sie menschliche Züge erahnen.

Jürgen Dettmeier stieß hinzu. Er führte sie über die Wiese. Sie passierten eine Baumgruppe von Ebereschen. Marc erblickte dort ein an eine Holzlatte gepinntes, einlaminiertes Stück Papier. »Hunde verboten«, las er sich selbst laut vor. Interessant. Verbrannten Menschenleichen war der Zutritt zur Wiese nicht versagt.

Schwarzer Humor war Marcs Magenbitter. Ohne ihn hätte sein Bauch jetzt schon längst Purzelbäume geschlagen.

Mitten auf dem grünen Feld stand auf einem Wellblech eine etwa eineinhalb Meter hohe silberne Sackkarre mit angeschmorten Griffen. Auf der Schaufel die verkokelten sterblichen Überreste eines Menschen. Die Arme, oder was noch davon übrig war, zeigten nach hinten und waren an den Handgelenken an das Gestänge der Griffe gebunden. Warum hatten sich die Fesseln in der Feuerflut nicht aufgelöst?

Dettmeier schien Marcs Gedanken zu lesen. »Das kann kein herkömmliches Nylonseil sein. Sonst wäre es dem Flammenfraß zum Opfer gefallen.«

Marc notierte die Erkenntnisse. Im Gegensatz zum Tatort der Kreuzigung waren die für die Fesseln verwendeten Seilstücke schwarz, nicht blau. Es konnte sich demnach wirklich nicht um dasselbe Seil handeln.

Zwischen den verbrannten Füßen der Leiche lagen auf der Schaufel der Sackkarre in zwei Reihen übereinandergestapelte Ziegelsteine. »Die sollten sie wohl beschweren und so vor einem Umkippen bewahren«, mutmaßte Clara.

Rings um die Räder und die Schaufel herum waren die Überbleibsel von Holzscheiten erkennbar. Die meisten von ihnen vollständig zu weißer Asche verbrannt. Vereinzelt zeigten sie noch eine schwarze, schuppige Oberfläche.

Marc schaute in das, was das unbarmherzige Feuer von dem Gesicht der Leiche noch übrig gelassen hatte. Die Haare waren vollständig vom rabenschwarzen Haupt gesengt. Dort, wo ursprünglich die Augen gesessen hatten, starrten ihn zwei dunkle, leere Höhlen an. Alles Menschliche war aus dem Gesicht entschwunden. Mit den Flammen erloschen. Der Mund stand offen. In der oberen Zahnreihe gab er zwei golden überkronte Eckzähne preis.

Marcs Augen streiften über den Rest des Körpers. Nirgends sonst war Metall. Etwa von einer Gürtelschnalle, einem Reißverschluss oder Nieten an den Schuhen. Allem Anschein nach war das Mordopfer entkleidet auf diesen Scheiterhaufen geführt worden.

Jürgen Dettmeier deutete auf den Holzunterstand am unteren Wiesenrand hinter der sechsstämmigen Ulme. »Wir vermuten, dass die Holzscheite daraus stammen.«

Erst der ausgebrannte Pick-up. Und nun hatte sogar ein Mensch hellauf in Flammen gestanden. Bis zur Unkenntlichkeit entstellt. Solche Zufälle gab es nicht. Der Jäger musste ein Feuerteufel sein. Ein kaltblütiger obendrein. Die Brandstiftung am Geländewagen hatte er sauber von der Hand gewiesen. Nachweisen konnten sie ihm bislang noch nichts. Jetzt würden sie ihn sich noch einmal vorknöpfen.

Clara beruhigte Marc. »Ich habe zwei Polizeibeamte in sein Haus abkommandiert.«

Ein Stückchen weiter oberhalb des Holzunterstandes erspähte Marc am Wegrand eine Sitzbank. Hatte der Täter etwa dort gesessen und in aller Herrgottsruhe verfolgt, wie sein Opfer von den Brandschwaden verzehrt wurde?

»Der Regen. Die Sitzbank wurde komplett abgespült«, machte Dettmeier ihm seine stille Hoffnung, dort tatrelevante DNA-Spuren zu finden, jäh zunichte.

»Wurde hier am Tatort eine Irisblume gefunden?«

Dettmeier schüttelte den Kopf. Sein Blick senkte sich auf den

Aschehaufen um die verkohlten Füße der Leiche herum. »Selbst wenn hier eine platziert wurde … Was ins Feuer geht, ist verloren.«

Verflixt noch eins! Es musste doch Parallelen zum ersten Mordfall geben. »Ob man den Aschehaufen wohl auf Reste einer Schwertlilie untersuchen lassen könnte …?«

Der Blick, mit dem ihn Dettmeier strafte, machte Marc die Idiotie seiner Frage deutlich. Doch er blieb hartnäckig. »Dettmeier, es ist nicht die Zeit, um die Flinte voreilig ins Korn zu schmeißen. Selbst wenn Ihre Truppe ins Nirwana des Nano-Pipapos abtauchen muss!« Auf einen Versuch kam es an.

Dettmeier erhob seinen Zeigefinger. »Auch wenn es sonst leider kaum verwertbare Spuren am Tatort gibt, haben wir dennoch etwas Interessantes entdeckt. Etwas, das euch ganz sicher nicht gefallen wird. Kommt mal mit!«

Er führte Clara und Marc unter dem Absperrband hindurch zurück auf den Asphalt. Sie folgten ihm die Straße ein Stück abwärts. Am Ende der Wiese parkte der Transporter der Spurensicherung. Dettmeier klopfte gegen die Schiebetür und bat einen seiner Mitarbeiter, ihm das Asservatentütchen mit dem sichergestellten Zettel zu reichen.

Dettmeier hielt es ihnen vor Augen.

Clara las vor: »›Lodern soll ihr Leib. Bersten ihre Augen bald. Dass ihr Herz erkennt.‹«

»Haben wir oberhalb der Wiese am Waldrand unter der Sitzbank im Gras gefunden. Das feuchte Gras hat das Papier ganz aufgeweicht. Ein Glück, dass der Text überhaupt noch lesbar ist«, klärte Dettmeier sie auf. »Ihr wisst, was dieser Fund zu bedeuten hat …«

Sie wussten es. Das war ihre Parallele. Die Verbindung zum Mord an der Malerecke. Das Undenkbare war also Realität geworden. Das, wovor sich alle so sehr gefürchtet hatten. Das laut auszusprechen niemand gewagt hatte. Seit Tag eins der Soko »Kreuz«. Der Worst Case. Die »Bestie vom Bodensee« hatte wieder zugeschlagen. Sie hatten einen zweiten Mordfall, eine Serie.

Serienmörder waren zumeist notorische Einzelgänger, keine

Herdentiere. Ihr Täter war eine tickende Zeitbombe. Der von ihm gesäte Sturm war abermals durchs Land gefegt. Mit Feuer und Todesflammen. Und schon wieder ein Haiku. Sie hatten es mit einem Psychopathen zu tun. Mit einem Hang zu antiquierten, grausamen Tötungspraktiken. Und ganz offensichtlich mit einer Affinität zu diesen japanischen Kurzgedichten.

»Die Augen sollen bersten.« Marc musste an die fehlenden Augäpfel denken. Die pechschwarzen, tiefleeren Höhlen. »›Dass ihr Herz erkennt.‹« Was sollte ihr Herz erkennen? Etwas, das ihre Augen nicht erkannt hatten? Die Augen waren der Spiegel der Seele. Ihren Spiegel hatte man brutal zerspringen lassen. Ihre Seele ausgeräuchert. Ausgelöscht. Aber wer war *sie* denn überhaupt? Sie, die Leiche? Oder tatsächlich eine Frau?

Marc überkam der große Graus, als er die Straße entlangsah. »Ein Mensch verbrennt jämmerlich. Nicht im Nirgendwo. Mitten unter uns!«

Der Wiesenstreifen war umgeben von Wohnhäusern. Das schien ihren Killer nicht im Geringsten von seinem todbringenden Pfad abgebracht zu haben. Ein unberechenbarer, kaltschnäuziger Mörder.

»Mitten unter uns und doch irgendwie ab vom Schuss«, erwiderte Clara.

Das nächstgelegene Haus war zur Straße hin mannshoch durch übereinandergestapelte Pflanzenringsteine abgeschottet. Zudem versperrte in zweiter Reihe eine dichte Gartenbepflanzung die Sicht. Auch der wild auswuchernde Blühstreifen der Wiese war eine Barriere. Hangabschüssig reihten sich ausladend große Laubbäume aneinander. Ahorn, Linde, Buche, Eiche, Haselnuss und auch Hartriegel. Mit ihren breiten Laubkronen machten sie die Wiese uneinsehbar. Am Hang versperrten außerdem eine Weißdornhecke und junge, wuchernde Eschensträucher den Blick auf die verwilderte Wiese. Trotzdem. Ihr Killer kannte keine Skrupel.

Aus der Ferne eilten die Ermittlerkollegen Stallinger und Hauk herbei. Sie wirkten ausgesprochen aufgeregt. Völlig außer Atem erreichten sie das Trio. Rolf Stallinger büßte für seinen Bauchansatz und war heftig am Schnauben.

Dominik Hauk übernahm das Sprechen und schilderte den interessanten Fund, den sie im Kuppelzelt des Obdachlosen zwischen Tüten voller Leergut gemacht hatten. »Eine große Menge Bargeld. Dreihundert Euro, versteckt in der Krempe einer schmuddeligen Wollstrickmütze. Und eine Kreditkarte …«

Er musste gar nicht weiter berichten. Das »Unterwegsgeld« und die Kreditkarte ihres ersten Mordopfers. Klaus Hübner.

Marc und Clara redeten nun gleichzeitig auf die beiden Kollegen ein und erkundigten sich nach dem Verbleib von Finky. Negativ. Er war im Zelt nicht anzutreffen gewesen, und auch die Befragungen durch Sonja Versen im katholischen Gästehaus und den umliegenden Wohnhäusern waren im Sande verlaufen. Niemand hatte Michael Fink gesehen. Seit Tagen nicht mehr. Er schien wie vom Erdboden verschluckt.

Dafür, so warf der ausgelaugte Stallinger ein, habe die Kollegin Versen eine interessante Entdeckung gemacht.

»Was denn für eine Entdeckung?«, drängte ihn Marc ungeduldig zu einer Antwort.

»Kratzspuren. An den Unterarmen des Jägers. Sie hat mich angerufen. Deshalb japst meine Lunge auch so. Rennen und Telefonieren verträgt sich nicht. Sie wollte in Scherbaums Haus nach dem Rechten sehen. Ihr sollt unbedingt dort vorbeikommen!«

Am Tatort gab es für die beiden Kriminalhauptkommissare ohnehin nichts mehr zu sehen. Das Feuer hatte über die Nacht mögliche Spuren aufgefressen. Der Regen Beweise weggespült. Auch das Technikteam war bereits dabei, den Transporter für die Abfahrt bereit zu machen. Jürgen Dettmeier orderte den Leichenwagen herbei, um das Mordopfer in die Rechtsmedizin transportieren zu lassen.

Als Marc und Clara am Haus des Jägers ankamen, führten zwei Streifenpolizisten Manfred Scherbaum gerade in Handschellen ab. Sonja Versen stand am Treppenaufgang zur Haustür.

Clara gebot den beiden Polizisten Einhalt. »Moment mal, was geht hier eigentlich vor?«, fragte sie an Sonja Versen gewandt.

»Ich habe Herrn Scherbaum festnehmen lassen.«

Marc schaltete sich ein: »Weswegen? Haben wir etwas Handfestes?« Sonja wusste doch, wie die letzte Festnahme ausgegangen war!

Die Kollegin nickte zu dem etwas entfernt stehenden Festgenommenen hinüber und dämpfte ihre Stimme. »Schaut euch seine Unterarme an.«

Auf beiden Unterarmen waren mehrere längliche gerötete Kratzer zu sehen.

»Er behauptet, seine Frau habe die Krallen ausgefahren. Im Eifer des Gefechtes. Eine Notlüge, wenn ihr mich fragt.«

Clara hegte Zweifel. »So unwahrscheinlich ist das gar nicht. Wir haben doch selbst erlebt, wie übergriffig Herr Scherbaum werden kann, wenn er einmal außer Rand und Band ist. Oder Alkohol getankt hat.«

Sonja Versen schüttelte den Kopf. »Ich habe vorhin Frau Scherbaum auf die Kratzer angesprochen. Seit der ersten Festnahme fasst er sie wohl mit Samthandschuhen an. Außerdem scheint der Typ etwas über die Identität der zweiten Leiche zu wissen ...«

Marc und Clara horchten auf. Zum jetzigen Zeitpunkt war das mehr als verwunderlich. Beide hatten sie die verkohlte Leiche ja mit eigenen Augen gesehen. Es war abgesehen von der Haikubotschaft sogar unmöglich, auszuloten, ob es sich um einen Mann oder eine Frau handelte. Der Jäger war ihnen eine triftige Erklärung schuldig.

Clara ergriff die Initiative und ging auf den Mann zu. »Herr Scherbaum, so schnell sieht man sich wieder. Sie wissen, um wen es sich bei dem Mordopfer handelt?«

Der Jäger schlug die Augen betrübt nieder. Sie wurden ganz wässrig. Ein seichtes Schluchzen war zu vernehmen. Mit seinen Hausschlappen wischte Manfred Scherbaum betreten die Kieskörner auf der gepflasterten Hofeinfahrt hin und her. Dann öffnete er sich. »Sie ist verbrannt. Ganz jämmerlich verbrannt.«

Dicke Tränen kullerten ihm über die geröteten Pausbacken. Für Sentimentalitäten hatten sie jetzt wirklich keine Zeit. Marc war nämlich nicht entgangen, dass der Jäger gerade den Modus Operandi der Ermordung erwähnt hatte. Zum derzeitigen

Zeitpunkt konnte das nebst dem Ermittlerkreis und der Missionsschwester eigentlich nur der Täter selbst wissen. Waren die Tränen eine aufgesetzte Fassade? Ein Ablenkungsmanöver?

»›Sie‹?«, entgegnete er fragend. »Woher wollen Sie wissen, dass es sich bei der Leiche um eine Frau handelt?«

Scherbaum druckste herum.

»Raus mit der Sprache!«

»Lisa Feldner. Die Sekretärin im Bürgermeisteramt. Ihr Fahrrad ... steht in meinem Carport.«

Das warf nun aber wirklich viele Fragen auf. Wie war das Fahrrad in den Carport geraten? Woher wusste Scherbaum, dass es der Sekretärin der Bürgermeisterin gehörte? Und woher hatte er die Kenntnis, dass sie verbrannt war? Fragen über Fragen.

Ein Blickwechsel zwischen Clara und Marc reichte. Ein stillschweigendes Agreement. Die Hofeinfahrt war kein Ort, um den Jäger mit diesen Fragen zu konfrontieren.

Marc schaute zu Sonja Versen hinüber und stimmte einer Festnahme kurz und bündig zu. »Abführen.«

Erstaunlicherweise leistete Manfred Scherbaum dieses Mal keinen Widerstand. Gesenkten Hauptes ließ er sich zum Streifenwagen eskortieren. Dort sackte er zu Boden wie ein plumper Sack Reis. Dieser Bär von Mann. Dieser Grizzly.

Was sollte diese Scharade? Täuschung? Kalkül? Dafür wirkte der Gefühlsausbruch mitten auf der Hofeinfahrt zu ehrlich. Und der Jäger in seinen ganzen Wesenszügen zu naiv. Ein Eingeständnis? Dass das Spiel nun aus war?

Clara sah Annegret Scherbaum hinter der weinroten Scheibengardine des Küchenfensters stehen. Sie beobachtete die Szene. Clara verspürte tiefstes Mitleid. Eine starke, selbstbewusste Frau sollte nicht bei so einem Schweinepriester verharren.

Sie lief mit Marc zum Carport. Beide wollten sie sich überzeugen, dass das Fahrrad tatsächlich dort unterstand. Und das tat es. Genau an jener Stelle, auf der vormals der Mitsubishi L200 des Jägers geparkt gewesen war. Ein mintgrünes Damenrad mit lederner Satteltasche. In dem an der Lenkstange angebrachten Flechtkorb steckte eine magentafarbene Softshelljacke.

Da war noch etwas. Etwas, das aussah wie ein Kunststoffgebinde. Bei näherer Betrachtung erkannte Marc, dass es sich um einen schwarzen Benzinkanister handelte. Sofort musste er an die Spiritusspuren auf der Ladefläche des Pick-ups denken. Und auch an die im ausgebrannten Fahrzeug nachgewiesenen Spuren von flüssigem Brandbeschleuniger.

Manfred Scherbaum hatte definitiv Dreck am Stecken. Daran gab es nichts zu rütteln.

»Mist! Der Dettmeier hat die Zelte am Tatort längst abgebrochen und ist bestimmt schon losgedüst. Sein Team muss hier unbedingt nochmals aufschlagen und die Spuren sichern!« Marc scrollte in seinem Smartphone bereits durch das Telefonbuch.

19

»›Der unheimliche Grünrock vom Bodensee – Blies er zum Halali auf unbescholtene Bürger?‹«

Es war Montagmorgen. Niemand mochte Montagmorgen. Besonders wenn das Wochenende mit intensiven Untersuchungen und zahlreichen Befragungen vollgestopft gewesen war und man sich manche Nächte mit etlichen Aktenwälzereien um die Ohren geschlagen hatte. Weil es für die Ermittler einer Soko kein Ende gab. Nicht, solange kein Land in Sicht war.

Sie waren seit Anbeginn der Mordermittlungen auf einem Wespennest gesessen. Und das ihm innewohnende Volk war geschlüpft. Wespen mit bedrohlichen Stacheln. Spitz wie diese reißerische Überschrift, die Clara Marc gerade von ihrem Tablet vorgelesen hatte. Dieses Mal entstammte sie der Klatschpresse überregionaler Natur.

Unter dieser überspannten Schlagzeile prangte ein großes Bild. Es zeigte den Jäger. Den Kopf mit einer dunkelblauen Polizeijacke verdeckt. Der Bildknipser musste von der Festnahme Wind bekommen haben. Sie waren von Scherbaums Gefühlsduselei abgelenkt gewesen. Und der war dem Käseblattpaparazzo wie ein servierfertiges Stück Fleisch auf dem Präsentierteller dargeboten gewesen. Diese Bluthunde hatten ja Augen und Ohren immerzu auf der Straße. Im exakt richtigen Moment hatte die Hyäne zugegriffen.

Ihre eigene Servierplatte war noch spärlich belegt. Ermittlungsansätze. Kränkelnde Beweisführung. Bestenfalls ein Anflug von Stichhaltigkeit. Keine solide Beweiskette. Was sie hatten, waren lose Indizien. Es war ein Sturm aufgezogen. Ein Mordssturm. Und ihre Indizien waren allenfalls Kerzenlichtlein im Auge dieses stürmischen Ungetüms.

Clara überflog den Artikel. »Erst der Mittelalterprozess um den Hexensabbat. Dann eine abstruse Ufo-Sichtung in den siebziger Jahren, die deutschlandweit für Aufsehen gesorgt hat.

Aliens sollen damals angeblich dem Wirt einer Waldgaststätte Bücher stibitzt haben. Hanebüchener Mumpitz. Und jetzt die Verbrennung auf der Hungerbergwiese. Aus allen drei Begebenheiten rührt der Schundartikel einen wirr garnierten Mythensalat an.«

Ihr zweiter Mord bei Bierkeller-Waldeck, an diesem geschichtsträchtigen Ort, erhöhte den Druck. Das Käseblatt hatte sich eine geschlagene Woche mit der Veröffentlichung des Artikels Zeit gelassen. Bestimmt, um den zweiten Mord mit dieser im Halbdunkel recherchierten Übermystifizierung anreichern zu können. »Wenn Köstinger dieses Schundblatt vor die Füße gefallen ist, dann ist die Axt am Baum!«, sprach Clara Marcs Gedanken aus.

Köstinger ging auf dem Zahnfleisch. Bei ihrem zweiten Mordopfer handelte es sich tatsächlich um die Sekretärin der Eriskircher Bürgermeisterin Nancy Blumberg. Höchstwahrscheinlich hatte exakt der Killer, dessen Verhaftung sie bislang versäumt hatten, auch ihre Sekretärin auf dem Gewissen. Ihr Chef hatte sich mit dieser Beißzange von Bürgermeisterin die Segelohren heiß telefoniert. Geschwister im Geiste. Beide führten sie in Amt und Würden ein strenges Regiment. Sie hatte Haare auf den Zähnen und machte ihm die Hölle heiß. Und der Chef war mittlerweile ein wahrer Meister im Durchreichen. So wie er gerade seinen Dampf in die Hütte blies, verwandelte er das Kommissariat in eine überhitzte Dampfmaschine, die unter mächtiger Überlast betrieben wurde.

Sie hatten Manfred Scherbaum noch nicht überführt. Auch wenn sie in den vergangenen Tagen einige Etappensiege hatten verbuchen können. Lichtlein blieben Lichtlein. Ihr gleißendes Licht wäre ein waschechter Durchbruch, ein Ermittlungserfolg, der sich sehen lassen konnte. Ein Serienkiller, den sie an ebenjenes Licht zerrten. Um ihn dann hinter schwedischen Gardinen in der Versenkung verschwinden zu lassen. Dieses Mantra hatte Köstinger ihnen oft genug und gebetsmühlenartig eingebläut. Es war in Fleisch und Blut übergegangen.

Immerhin hatte der Jäger dieses Mal gleich von Anfang an auf einen Wahlverteidiger bestanden. Ein ganz ein harter Hund aus Lindau. Der verstand wirklich etwas von seinem Handwerk.

Eigentlich sollte dieser Umstand sie verdrießlich stimmen. Das tat er aber nicht. Schließlich bellten ja bekanntlich nur die getroffenen Hunde. Und bei seiner ersten Festnahme hatte Manfred Scherbaum noch nicht nach einem von ihm auserkorenen Rechtsbeistand gebellt. Dieses Mal schon. Bellende Hunde bissen nicht. Norbert Winkler, der Wahlverteidiger, dafür umso mehr.

Die Ermittler der Soko »Kreuz« waren nach dem Leichenfund dem Verbleib der Sekretärin der Eriskircher Bürgermeisterin nachgegangen. Und tatsächlich. Ihre Kollegen auf dem Bürgermeisteramt hatten die Fünfundfünfzigjährige in der Vorwoche gleich einen Tag nach dem Auffinden des Leichnams vermisst gemeldet, nachdem sie nach ihrem Urlaub nicht bei der Arbeit erschienen war.

Heute Morgen hatte die Gerichtsmedizinerin Christina Ferber den Ermittlern dann absolute Klarheit verschafft. Lisa Feldner war ihre verkohlte Leiche. Mordopfer Nummer zwei.

Die Rechtsmedizinerin hatte sich die erst zum Jahreswechsel angefertigten Röntgenbilder vom Gebiss Lisa Feldners von ihrem Zahnarzt zumailen lassen. Unverkennbar waren die goldenen Eckzähne sowie Amalgamfüllungen an zwei Backenzähnen dokumentiert.

Und auch ein DNA-Abgleich hatte einen Treffer geliefert. Glücklicherweise war der linke Zeigefinger dem Heißhunger der Flammen nicht vollends zum Opfer gefallen. Die Fingerkuppe war weitestgehend intakt geblieben. Ein Sechser im Lotto. Das hatte Alexander Brinksmann in der morgendlichen Lagebesprechung gleich mehrfach unterstrichen. Unter dem Nagel hatte er nämlich auch Hautpartikel einer anderen Person entdeckt. Ein Abgleich mit der DNA-Datenbank der Zentralen Kriminaltechnik hatte verraten, von wem. Manfred Scherbaum.

Das legte die Vermutung nahe, dass es tatsächlich ein Handgemenge zwischen dem Jäger und ihrem zweiten Mordopfer gegeben hatte. Nicht die einzige bahnbrechende Offenbarung an diesem Vormittag.

Christina Ferber hatte in der Lagebesprechung einen rasch entstandenen Irrglauben entkräftet. Aufgrund der Auffindesituation waren die Ermittler von dem scheinbar Offensichtlichen ausgegangen. Tod durch Verbrennung. Doch weit gefehlt.

Der strömende Regen musste die Holzscheite derart durchnässt haben, dass es nach Entzünden des Scheiterhaufens eine erhebliche Rauchentwicklung gegeben hatte. Die Ermordete war vor ihrer vollständigen Verbrennung relativ rasch einer Rauchvergiftung mit anschließendem Erstickungstod erlegen. Suffikation. Nicht mehr als drei Atemzüge.

Die Obduktion hatte sich äußerst schwierig gestaltet, die toxikologische Untersuchung aber letztlich eine Verrußung der Atemwege zutage gefördert. Insbesondere in der Lunge waren große Konzentrationen von Fichtenrußpartikeln ausfindig gemacht worden. So lautete der abschließende Befund der Rechtsmedizinerin.

Zumindest hatte Lisa Felder so nicht den qualvollen Tod durch die Flammen erleiden müssen, den der Mörder offensichtlich für sie ersonnen hatte. Ihr Körper war mit Brennspiritus übergossen worden. Ein gefundenes Fressen für erbarmungslose Feuerzungen.

Maik Stork hatte an den verkohlten Gewebeproben aus den Bereichen um die Augenhöhlen Ethanol und die Vergällungsmittel 2-Butanon, 3-Methyl-2-butanon und 5-Methyl-3-heptanon in erstaunlichem Übermaß nachgewiesen. Schreckliches Chemikerdeutsch und unmöglich zu merken. Marc hatte es sich in seinem Notizblock notieren müssen. Es bestand kein Zweifel, Lisa Feldners Augen mussten vor ihrem Tod gezielt mit Brennspiritus geflutet worden sein. Das sprach sehr stark dafür, dass der Mörder ihre Augen gezielt ausradieren wollte.

»Keine Rückstände eines Knebels im Mundraum der verbrannten Leiche«, rekapitulierte Marc den weiteren Befund der Forensik. »Unser Mordopfer muss bereits bewusstlos gewesen sein, als es in Brand gesteckt wurde. Sonst hätte es geschrien wie am Spieß und sich gegen das Augenfluten wohl auch auf's Heftigste gewehrt.«

Clara pflichtete ihm bei. »Unser Täter beweist gehöriges Kalkül. Frau Ferber hat den Todeszeitpunkt zwischen vierundzwanzig Uhr und zwei Uhr morgens eingegrenzt. Zu so später Stunde kommen am Hungerberg und an dieser abgelegenen Wiese weder Radfahrer noch Autofahrer vorbei. Fußgänger gleich zweimal nicht. Ich weiß das. Ich wohne ja nur einige Steinwürfe entfernt. Außerdem gab es das Klangfeuerwerk auf dem Uferfest wetterbedingt mit einer Dreiviertelstunde Verspätung. Viele werden sich noch bis in die Morgenstunden auf dem Festgelände herumgetrieben haben. Der Regenguss ist ja zu später Stunde abgeflaut.«

Dennoch sprach die Tatortwahl angesichts des nahen Wohnviertels für erschreckende Kaltschnäuzigkeit. Marc rief sich die Umgebung in Erinnerung. Er hatte bei der Tatortbegehung sein Auto am bemalten Wasserturm abgestellt. Man erreichte die Hungerbergwiese fußläufig, wenn man von dort auf der anderen Straßenseite im südwestlichen Zipfel des Tuniswalds nicht der Abzweigung in den Eriskircher Ortsteil Moos folgte, sondern geradeaus in den bereits zu Langenargen gehörigen Ortsteil Bierkeller-Waldeck lief. Dort am Waldrand lag die Wiese.

Die Anwohner der ohnehin sehr beschaulichen Gegend hatten einen festen Schlaf. Das konnte Clara aus erster Hand attestieren. Und selbst wenn auf den Wohngrundstücken so spät noch jemand wach gewesen wäre – man wollte seine Ruhe. Das hatte die Begehung des Tatortes gezeigt.

Natürlich hatte Sonja Versen gemeinsam mit Stallinger und Hauk auch die Häuser in der näheren Umgebung abgeklappert und deren Bewohner befragt. Niemand hatte in der Tatnacht von dem Feuer Wind bekommen. Auch hatte niemand im Vorfeld der Tat verdächtige Beobachtungen gemacht. Nun ja, fast niemand.

»Was ist eigentlich mit der Walkerin? Lässt sich mit ihrer Aussage etwas anfangen?«

Clara zog aus dem Papierstapel auf ihrem Schreibtisch das entsprechende Protokoll hervor. »Sie hat angegeben, am Tattag gesehen zu haben, wie Manfred Scherbaum an der Grillhütte im Eriskircher Industriegebiet das spätere Mordopfer auf dessen Fahrrad angehalten und belästigt hat. Sie habe sich zunächst nicht viel dabei gedacht und sei weitergegangen. Aus der Ferne will sie dann aber vernommen haben, wie die Stimmen der beiden zunehmend ruppig und laut geworden seien. Als sie sich dann am Ende der Weggeraden nochmals umgesehen habe, seien die Sekretärin und der Jäger aneinandergeraten. Sie sei aber nicht umgekehrt, um einzuschreiten. Ihre Nase in fremde Angelegenheiten zu stecken, das sei wohl nicht ihr Ding.«

»Dann ist sie nicht aus deinem Holz geschnitzt«, spielte Marc auf Claras Abstecher zum Pick-up des Jägers an. Er kratzte sich an der Schläfe. »Die Frauen der Yogagruppe bestätigen diesen Vorfall ja. Lassen wir sie mal außen vor. Dann ist der Jäger der Letzte, der Lisa Feldner lebend gesehen hat. Und dabei hat er mit ihr Knatsch gehabt. In dieses Nest müssen wir in der Vernehmung gleich tief hineinstechen.«

Nach Aussage der Walkerin musste das Aufeinandertreffen alles andere als ein Kaffeekränzchen gewesen sein. Die Sekretärin hatte den aufdringlichen Jäger wohl abblitzen lassen. War sie hier bereits einige Stunden vor ihrer Ermordung auf ihren Mörder gestoßen? Wie nahe standen sich die beiden? Diese Fragen galt es in einer weiteren Vernehmung von Manfred Scherbaum zu klären. Und dieses Mal würden sie ihm einen Schritt voraus sein. Auch seinem gewieften Fuchs von Strafverteidiger.

Von ihm hatten sich Clara und Marc heute Morgen bereits einen missbilligenden Vortrag über ihren Befragungsstil anhören müssen. »Haltlos.« So hatte er die Vermutungen bezeichnet, die die beiden Kriminalhauptkommissare in den bisherigen Vernehmungen in den Raum geworfen hatten, um Scherbaum aus der Reserve zu locken.

Der hatte sich in der vergangenen Woche in den Vernehmungen wendig wie ein Aal aus allen Zwickmühlen befreit. Immer wenn sie ihn in die Enge getrieben hatten. Diese Aal-Taktik musste ihm der erfahrene Anwalt indoktriniert haben. Heute mussten sie ihn endlich an den Wickel bekommen. Bereits die dritte Vernehmung seit der neuerlichen Festnahme des Jägers. Sie durften ihn nicht wieder von der Angel lassen.

Die forensischen Befunde stärkten ihnen dabei den Rücken. Maik Stork hatte mit seiner chemischen Analyse eine weitere Punktlandung erzielt. Er hatte den Nachweis erbringen können, dass die Spiritusreste auf der Ladefläche des Pick-ups wie auch die in der Fahrzeughalle der Zentralen Kriminaltechnik vorgefundenen Rückstände aus ein und demselben Kanister stammen mussten. Dem aus dem Carport des Jägers. Ebenso die Spiritusspuren auf der verkohlten Leiche von Frau Feldner.

In allen drei Proben und dem Inhalt des Kanisters waren kleinste Rostpartikel vorgefunden worden. Vermutlich vom ursprünglichen Metallbehälter, aus dem der Brennstoff in den Kunststoffkanister umgefüllt worden war. Stork hatte den Rostpartikeln die Material-DNA entlockt. Und die war für alle Proben unverkennbar in Deckung zu bringen gewesen.

Vor der Vernehmung Scherbaums hatte Clara zunächst noch auf eigene Faust die Asservatenkammer aufgesucht und anschließend Maik Stork im forensischen Labor einen kurzen Besuch abgestattet. Als sie sich nun mit Marc zum Vernehmungsraum begab, kam ihnen der Wahlverteidiger Norbert Winkler entgegen. Zum Kotzen gut gelaunt.

Er trug einen feinen Nadelstreifenzwirn und hatte sein blondes, aufwendig onduliertes Haar schmalzig nach hinten gegelt. Das äußere Erscheinungsbild des Anwaltes bekräftigte Marc nur noch in seiner Annahme. Er musste dem Jäger die hohe Kunst der tausendundeins Ausflüchte eingeimpft haben. Wer selbst so schleimig und windig daherkam …

So aalglatt, dass sich Claras sechster Sinn gemeldet hatte. Sie hatte den Anwalt als eine Kreuzung aus dem österreichischen Bundeskanzler Sebastian Kurz und dem Trompeter Stefan Mross beschrieben.

Manfred Scherbaum wartete ihnen im Vernehmungsraum mit einer breiten Selbstgefälligkeit auf. Fast schon triumphal siegessicher. Da konnte er locker mit dem Gewinnerlächeln des arroganten Anwalts wetteifern. Seine Geknicktheit war wie weggefegt. Er war wieder ganz der angriffslustige Bär von Mann.

Wer wollte es ihm verdenken? Mit dem versierten Advokaten an seiner Seite war er für die Befragungen bestens gewappnet. Der kannte das Einmaleins der Vernehmungstaktiken der Kriminalpolizei allerbestens. Er konnte seine Mandanten darauf nach Belieben voreinstellen. Wie bei einem Schachspiel.

»Es ist nicht der aktuelle Zug des Gegners, über den man sich den Kopf zerbrechen sollte. Es ist der übernächste. Gedanklich immer einen Schritt voraus.« Das hatte der mit allen Wassern gewaschene Strafverteidiger Marc vor einiger Zeit nach einer Gerichtsverhandlung mit einem sportlichen Ellenbogencheck mit auf den Weg gegeben.

Heute mussten sie mehr als eine Nasenlänge voraus sein. Auch wenn sie noch nicht die erhoffte Beweislast beisammenhatten. Sie hatten einen vielversprechenden Blumenstrauß an Indizien und Beweisansätzen im Gepäck.

Clara kam gleich zur Sache. Ohne großes Federlesen. Sie konfrontierte Scherbaum mit der Begegnung mit Lisa Feldner wenige Stunden vor deren Flammentod.

Das taten sie nicht zum ersten Mal. Bislang hatte Manfred Scherbaum den Vorfall aber als spaßhafte Kabbelei unter alten Jugendfreunden heruntergespielt. Auch heute tischte er ihnen diese Version auf.

»Alles nur ein großer Spaß, hm? Wie Nala und Simba?«, erwiderte Clara mehr erbost als scherzhaft. Zu Scherzen war sie in keinster Weise aufgelegt. Sie hasste den Disney-Klassiker wie die Pest. Wegen der vor hingebungsvoller Verhätschelung und inniger Fürsorge triefenden Szenen mit den Löwenmamas.

Das große Fragezeichen in seinem Gesicht gab ihr zu verstehen, dass Manfred Scherbaum »König der Löwen« wohl noch nie in seinem Leben gesehen hatte. Hätte der Kinostreifen eine groß angelegte Wildsafari mit Löwenjagd zum Thema, wären die Chancen womöglich besser gestanden.

Clara legte die Fakten auf den Tisch. In Form des forensischen Berichtes. »Hat Ihnen Lisa Feldner in der Jugend auch schon bei diesen Kabbeleien, wie Sie es nennen, die Haut von den Armen gekratzt?«

Scherbaums Miene änderte sich auf diese Frage hin schlagartig. Von siegessicher zu unbeholfen und ertappt.

Bingo. Das war ein Wirkungstreffer. Und der Jäger war angezählt. Er knickte allerdings schneller ein, als sie gedacht hätten. Da musste mehr dahinterstecken.

»Kann ich eine Kippe haben?«

Clara holte ihre Schachtel aus der Hosentasche und ließ Manfred Scherbaum hineingreifen. Dann reichte sie ihm auch Feuer.

Marc schob den Aschenbecher, den sie in den Vernehmungsräumen immer griffbereit hatten, zu ihm hinüber. Man sollte ja nicht glauben, wie sehr ein Glimmstängel eingefrorene Zungen zu lockern vermochte.

Scherbaum nahm einen tiefen Zug und atmete den Rauch aus. Marcs Sportlerlunge quälte sich. Er hasste Zigarettenqualm mehr als alles andere. Da musste er nun durch. Um der Ermittlungen willen. Claras Gesichtssalve vor dem Altersstift in Langenargen hatte er ja auch überlebt.

»Also gut, die Sache mit der Lisa, das war keine alberne Rangelei«, räumte Scherbaum ein.

Aufschlussreich. Er duzte die Feldner also. Er hatte ihr noch immer nahegestanden.

Marc half der Redseligkeit des Jägers weiter auf die Sprünge. »Lassen Sie mich raten. Die Annäherung an Ihre Frau Gattin gestaltete sich nach den Gewaltexzessen und den Mordermittlungen in Ihrem Hause … ein wenig schwierig?«

Scherbaum schwieg sich zunächst aus. Das war für Marc eigentlich schon Antwort genug.

»›Ein wenig schwierig‹ ist gar kein Ausdruck. Abgewiesen hat sie mich. Verschmäht. Seit geraumer Zeit schlafe ich auf dem Sofa. Unsere Beziehung ist völlig unterkühlt. Im Eimer!«

Am liebsten wäre Clara diesem Aas über den Tisch hinweg ins Gesicht gesprungen. Was erwartete er? Da schwelgte er doch glatt noch in Selbstmitleid, weil sein Allerwertester sich aufs Sofa betten musste. Nachdem er seiner Frau unzählige Male wie ein wollüstiger Keiler auf den Pelz gerückt war. Und das nicht nur wegen der Keile. Sollte sie etwa Freudensprünge machen und ihm schmachtend in die Arme fallen? Dieser egomanen Narzisstenlogik war sie spinnefeind. Aber sie mäßigte sich. Es musste ihnen gelingen, ihn ermittlungstechnisch festzunageln.

Marc legte nach. »Und da dachten Sie, Sie suchen sich Trost bei einer alten Bekannten? Einer, die zufällig vorbeiradelte?«

Manfred Scherbaum machte eine abwehrende Handbewegung. »Ich war verzweifelt. Angespannt. Die zerstörte Hoffnung auf einen Stammhalter … Klaus Hübner war auf so schreckliche Art aus dem Leben gerissen worden … Ich wurde verdächtigt … Meine Frau hat mir die kalte Schulter gezeigt … Das war einfach zu viel! Ich war wie in einem Loch. Ich war auf der Suche nach … nach … ein wenig Zuneigung.«

»Und da hatten Sie sich die alleinstehende Lisa Feldner ausgeguckt. Die Sie aus der Jugend kannten. Für die Sie nun aber nach so vielen Jahren nicht mehr als ein flüchtiger Bekannter waren. Hat es Sie ernsthaft gewundert, dass sie bei einem so plumpdreisten Annäherungsversuch die Krallen ausfährt?«

Scherbaum suchte erneut nach einer Ausflucht, doch Marc schnitt ihm kurzerhand das Wort ab. »Wissen Sie, was mich stutzig macht? Binnen kurzer Zeit werden zwei Menschen äußerst grausam ermordet. Beide zählten in der Jugendzeit zu Ihrem Freundeskreis. Auf beide, tippe ich jetzt einfach mal ins Blaue, hegten Sie einen nicht unerheblichen Groll. Auf den Abtreibungspapst aus bekannten Gründen. Er hatte Sie übergangen und mit Ihrer Gattin teuflisch paktiert. Er war Ihnen in den Rücken gefallen.«

Scherbaum erhob Protest. »Jetzt machen Sie mal halblang! So war –«

Marc ließ keine Ausreden gelten. »Und das hat Sie rasend gemacht! Rasend vor Jähzorn! Lisa Feldner verabscheuten Sie wegen der schroffen Abfuhr! Erst Ihre Frau, dann diese Kratzbürste. Frauenhass!«

Wieder versuchte Scherbaum, stammelnd Widerspruch zu erheben. »Nein! Das stimmt doch gar –«

»Kurze Zeit später sind Hübner und Lisa Feldner mausetot! Komisch, nicht? Herr Scherbaum, meine Güte! Nun reden Sie endlich mit uns. Es steht nicht gut für Sie.«

Der Jäger funkelte Marc resigniert an. Nichts zeugte mehr von seinem anfänglichen Siegerlächeln. Der geschmeidige Anzugträger neben ihm insistierte, seinen Mandanten nicht mit haltlosen Unterstellungen zu konfrontieren. Doch der schien der Aal-Taktik plötzlich abtrünnig zu werden.

»Auf Hübner habe ich Hass geschoben. Auf die Feldner war ich nach dem Korb auch wütend. Stinksauer! Stimmt. Sie hat mich schon in der Jugend keines Blickes gewürdigt. Für sie war ich damals nur der plumpe Dicki mit den vollgeschwitzten Comics. Aber ich bin kein Mörder! Dass die beiden Toten in der Jugend mit mir befreundet waren, kann ich nicht ändern. Das ist Zufall. Ich will es auch nicht ändern. Auch wenn sie eher mit meinen Cartoonheftchen als mit mir befreundet waren. Und das zudem ewig zurückliegt. Mich schmerzt der Verlust!« Tränen standen ihm in den Augen.

Marc sah darüber hinweg. Unbeirrt brachte er weitere Fakten auf den Tisch. »Genauso ein Zufall wie Ihr ausgebrannter Pick-up, in dem haargenau am Tag Ihrer Entlassung aus der Untersuchungshaft durch Brandstiftung alle Spuren vernichtet wurden?«

»Mit dieser Sache habe ich rein gar nichts zu tun!«, begegnete Scherbaum den Anschuldigungen erzürnt.

Clara übernahm. »Die Spurenlage spricht da eine ganz andere Sprache. Wir haben Ihre Fingerabdrücke an dem Spirituskanister aus dem Fahrradkorb von Frau Feldner sichergestellt. Das darin enthaltene Gemisch ist identisch mit den Rückständen auf der Ladefläche Ihres Pick-ups wie auch mit den Spritzerflecken in der Fahrzeughalle, die beim Werfen der Brandsätze entstanden sein müssen. Und ebenfalls identisch mit dem Brandbeschleuniger, den wir an Frau Feldners entsetzlich entstelltem Leichnam sichergestellt haben! Brennspiritus.«

Darauf hatte der sichtlich mitgenommene Jäger keine Antwort parat. Stattdessen zog er nervös an seiner Zigarette.

»Es dürfte Sie interessieren, wo wir Ihre Fingerabdrücke noch entdeckt haben. An der Fahrradlenkstange der Toten«, ließ Marc ihn wissen.

Scherbaum bekam sich wieder in den Griff. »Herrgott, da standen mitten in meinem Carport ein Fahrrad und ein Kraftstoffkanister, die mir beide nicht gehörten. Wie hätten Sie an meiner Stelle reagiert? Die fremden Gegenstände einfach dort stehen gelassen? Ich habe sie natürlich in Augenschein genommen und dabei auch angefasst!«

»Eine etwas fadenscheinige Erklärung«, stellte Clara fest. »Man lernt schließlich schon als kleines Kind, dass man mit den Augen schaut, nicht mit den Händen …« Clara warf Marc einen peinlich berührten Blick zu. Schließlich hatte sie am Pick-up des Jägers selbst dagegen verstoßen. Dann schaute sie dem Jäger demonstrativ in die Augen und knipste das noch immer in ihrer Hand befindliche Feuerzeug vielsagend an. »Und dass man mit Feuer nicht spielt, lernt man auch als Kind. Woher wussten Sie eigentlich von Frau Feldners Ermordung?«

»So viel Rauch … Die Arme muss qualvoll erstickt sein.«

Jetzt hatte er sich verplappert. Dass Lisa Feldner am Rauch erstickt war, hatten sie noch gar nicht erwähnt.

»Der Krach mit meiner Alten hat mich sehr aufgewühlt. Und auf dem Sofa liegt man echt hart! Ich bin raus, um mir kurz die Füße zu vertreten. Das muss so gegen halb zwei nachts gewesen sein. Ich hatte immense Rauchschwaden gesehen. In der Nacht hat es doch auch ein Mordsgewitter gehabt! Ein Blitz hatte am Ende des Waldrands in einen Baum eingeschlagen. Ich habe gedacht, der Schmok kommt von da!«

Fadenscheinig. Mehr als fadenscheinig, diese Ausflüchte. Clara war drauf und dran, Manfred Scherbaum weiter weichzuklopfen. »Herr Scherbaum, Ihnen gehört die Wiese am Hungerberg doch! Frau Feldner wurde mit Holzscheiten aus *Ihrem* Holzbestand abgefackelt! Verstehen Sie nicht, dass uns das doch ein wenig misstrauisch macht?«

Scherbaum wirkte gestresst. Verfiel ins Stottern. »W-was wollen Sie d-denn jetzt hören?«

»Antworten! Die Wahrheit! Und ein lupenreines Geständnis!« Clara drückte mächtig auf die Tube.

»Werte Frau Kommissarin, jetzt machen Sie doch aber mal halblang. Es liegt ja wohl auf der Hand, dass genauso gut die Möglichkeit besteht, dass jemand anderer meinem Mandanten das alles in die Schuhe schieben möchte.« Scherbaums Strafverteidiger Norbert Winkler schaute nach beinahe endloser geistiger Abwesenheit von seinem Handy auf und meldete sich zu Wort. »Nichts von dem gerade Angesprochen deutet zweifelsfrei auf Herrn Scherbaum hin. Mein Mandant nimmt nun sein Recht in Anspruch, zu –«

»Ich möchte nicht schweigen! Wer schweigt, macht sich nur noch verdächtiger! Was die Morde anbelangt, habe ich mir nichts vorzuwerfen!«

Norbert Winkler schien dafür umso mehr Wurffreudigkeit zu entwickeln. Er war nämlich drauf und dran, das Handtuch zu schmeißen. Er hatte seinen Mandanten nicht mehr unter Kontrolle. Für einen Beißer seines Kalibers war das mehr als ungewöhnlich. Nun entschuldigte er sich sogar für einen Moment. Das war ihre Chance, Scherbaum außerhalb des Protokolls in die Zange zu nehmen.

Trotz des immens hohen Stressfaktors gab Herr Scherbaum nicht klein bei. »Die Wiese ist öffentlich zugänglich! Und ich bewahre meine Holzscheite nicht in Schließfächern auf! Jeder hatte Zugang! Wirklich jeder!«

Marc erinnerte sich an das unmotivierte Schildchen, das lediglich Hunden das Betreten untersagte. Feuerteufeln nicht.

Clara waren die Unschuldsbekundungen noch immer zu schwammig. »Herr Scherbaum, Sie loderten vor Wut bei Ihrer ersten Befragung. Ein Flammenmeer in Ihrem Wagen. Sie waren für die Sekretärin Feuer und Flamme. Feuer an Frau Feldners Körper. Ganz schön viel brandheiße Leidenschaft in Ihrem Leben. Finden Sie nicht?«

Scherbaum wendete seinen Blick ab und sprach in apathischem Ton gegen die Wand. »Diese leeren Augenhöhlen … Sie verfolgen mich im Schlaf. Ich habe sie gesehen … die Leiche. Am Morgen danach. Ich wollte an meiner Wiese nach dem Rechten sehen. Nachdem so halbstarke Strauchdiebe in meinen Carport eingestiegen waren, hatte ich eine Heidenangst vor herumstreunendem Gesindel. Als ich den ganzen Rauch habe aufsteigen sehen … Das konnte im Leben kein Blitzeinschlag gewesen sein. Ich war eigentlich von umherstrolchenden Zündlern ausgegangen.«

Er legte seine Handflächen auf den Tisch und stützte seine Stirn auf die Handrücken. Dann sprach er zum Boden gerichtet weiter. »Aber da waren keine zündelnden Strolche … Da war *sie* … die verkohlte Leiche … Ich habe sofort geahnt, dass das die Lisa sein musste. Schließlich stand ihr Fahrrad in meinem Carport. Ich habe kalte Füße gekriegt und deshalb auch nicht die Polizei gerufen.«

Der Jäger stand mit dem Rücken zur Wand. Sie brauchten ihm nur noch das Messer auf die Brust zu setzen, und er würde singen. Davon war Clara überzeugt. Sobald der Strafverteidiger zurück war, würden sie das Aufnahmegerät wieder in Gang setzen und den munteren Gesang protokollieren können. Sie brannte darauf, ihm aus dem Anflug von Schwäche einen Fallstrick zu drehen.

Da schneite Thomas Fischer mit einem Polizeibeamten im Schlepptau mitten in die Vernehmung. Seine gebückte Haltung und der schüchterne Dackelblick durch seine zu groß geratene, rechteckige Brille verhießen nichts Gutes.

Er teilte Clara und Marc mit, dass sie sich unverzüglich in Köstingers Büro einfinden sollten. Dort holte man sich wirklich keine Orden ab. Lediglich gepfefferte Watschen.

Sie verließen den Vernehmungsraum. Beide schwiegen sie auf dem Weg nach oben.

»Herein!«, knurrte es ihnen dumpf durch die geschlossene Bürotür entgegen, nachdem Marc zaghaft angeklopft hatte.

Köstinger paffte gerade eine Zigarette. Bei Weitem nicht die erste heute, wie das kunstvoll ausbalancierte Stummeltürmchen im Aschenbecher auf dem Tisch vermuten ließ. Unter den Achseln zeichneten sich auf Köstingers weißem Hemd zwei große, kreisrunde Schweißflecken ab. Ein verlässlicher Indikator. Köstinger transpirierte nur und ausschließlich, wenn er ein Nervenwrack war.

Derzeit stresste ihn so manches. Die Bürger. Die Presse. Der Langenargener Bürgermeister. Jüngst auch Nancy Blumberg. Die Eriskircher Bürgermeisterin mit den garstigen Haaren auf den Zähnen. Sie ganz besonders. Aber wer wollte es ihr verdenken? Schließlich handelte es sich bei der Brandleiche um ihre gute Seele.

Sogar aus dem Landesministerium für Inneres heraus hatte man Köstinger Feuer unterm Hintern gemacht. Und das nicht zu knapp. Ihr Vorgesetzter war eben nicht der Einzige, der seinen Laden sauber halten wollte. Alle wollten sie einen Schuldigen.

Nun war Köstinger nicht aus Zucker, und man musste ihn auch nicht mit Samthandschuhen anfassen. Dennoch setzte ihm der horrende Erfolgsdruck zu. Unter Druck wuchsen nicht immer Diamanten. Eher das Risiko für einen Schlaganfall oder Herzinfarkt. Und bei Köstingers Kaffeeverschleiß und Tabakkonsum war dieses nicht zu verachten.

Augenblicklich setzte ihm aber ein anderer Plagegeist zu. Der aalglatte Anwalt des Jägers.

Der stand ebenfalls in Köstingers Büro und stellte unterhalb seiner gegelten Haarplatte einen Gesichtsausdruck zur Schau, der Marc an einen Dackel denken ließ. Ein hartnäckiger Wadenbeißer. Und in diesem Moment konnte er auch Claras Gedanken lesen. Wahrscheinlich hatte hier wieder ihre Marotte ihre Finger im Spiel. Bestimmt assoziierte sie mit Köstingers Erscheinungsbild gerade eben den Dackelclubvorsitzenden aus »Hausmeister Krause«.

Der Strafverteidiger von Manfred Scherbaum stand hinter Köstingers Schreibtisch direkt neben ihm. Wie ein durchtriebener Strippenzieher, ungeduldig und überheblich. Tappenden Fußes schien er darauf zu warten, dass Köstinger das Wort ergriff. Und er ergriff es.

»Lassen Sie Manfred Scherbaum laufen.«

Sie hatten sich wohl verhört. Und wie sich der Dackel in Köstingers Wade verbissen hatte! In dessen Blick machte sich das Eingeständnis einer waschechten Niederlage breit. Von ihm, dem Feldwebel. In dessen Wortschatz diese Begrifflichkeit doch eigentlich ausradiert war.

»Wie bitte?«, entfuhr es Marc laut.

Köstinger verpasste ihm mit einer einzigen Handbewegung einen Maulkorb. »Annegret Scherbaum hat ihre Aussage revidiert. Sie hat ihren Ehemann in der Nacht des ersten Mordes doch bereits gegen dreiundzwanzig Uhr heimkehren gehört. Die schriftliche Erklärung hat mir sein Anwalt gerade vorgelegt. Kam per Fax herein.«

Köstinger war zur Marionette dieses schlangenhaften Winkeladvokats mutiert. Und Scherbaum hatte schlagartig zumindest für den ersten Mord ein Alibi.

»Frau Scherbaum ... meine Mandantin ... hat die Falschaussage getätigt, weil sie zunächst froh war, dass die Polizei ihren hitzköpfigen Gatten hinter Schloss und Riegel sperren würde. Sie hatte die Nase gestrichen voll. Dann hat sie aber doch Gewissensbisse bekommen. Ihr Mann soll schließlich nicht unschuldig für solch grausame Dinge einsitzen. Wir sind alle nicht ohne Fehler. Und in der Ehe ist Verzeihen der stärkste Akt der Liebe, nicht wahr?«, heuchelte der verschmitzt dreinblickende Anwalt ein wenig verklärte Romantik.

Sollten sie der eingeschüchterten Frau den Sinneswandel tatsächlich abkaufen? Leider war das hier kein Basar. Und diese Aussage war auch kein Kuhhandel, den sie ausschlagen konnten. Sie mussten sie schlucken. Überprüfen ließ es sich nicht. Ebenso wenig widerlegen. Im Zweifel für den Angeklagten. In diesem Fall für den Verdächtigen. Solange sie nichts Gegenteiliges beweisen konnten, mussten sie Frau Scherbaum Glauben schenken. Auch wenn Marc dem Braten nicht traute.

Sicherlich hatte dieser Schlawiner von Anwalt Frau Scherbaum manipuliert. So wie er Köstinger um den Finger gewickelt hatte. Kein Wunder, dass er vorhin bei der Vernehmung den strategischen Rückzug angetreten hatte. Still und heimlich hatte er so Köstinger bearbeitet. Bestimmt hatte er vorhin Frau Scherbaum den Ernst der Lage aus der Vernehmung heraus gesimst und sie auf die Schnelle zu einer schriftlichen Richtigstellung ihrer Aussage bewegt.

»Aber –« Marc wollte gerade den Maulkorb ablegen und die Beweislage zum zweiten Mord anführen. Die sprach nämlich ganz deutlich gegen den Jäger.

»Wir haben bislang nur Anhaltspunkte, keine wasserdichten Beweise«, fuhr ihm Clara platt über den Mund.

Sie wusste es. Köstinger wusste es. Und tief in seinem Inneren wusste Marc es auch. Der Staatsanwalt würde einer Verlängerung der bereits zweiten Untersuchungshaft unter keinen Umständen zustimmen. Nicht, solange die Beweiskette nicht schlüssig war. Bisher war es ein löchriger Flickenteppich, geknüpft aus Verdachtsmomenten und losen Versatzstücken. Sie wussten alle drei, dass ihnen die Hände gebunden waren.

Marc verließ den Raum, bevor er sich dem hörigen Köstinger gegenüber im Ton vergriff. Der Anwalt klopfte dabei mit den Knöcheln symbolisch auf Köstingers Schreibtisch. So als besiegle dies einen eben einstimmig gefassten Beschluss. »Nun denn, ich nehme an, ich darf meinen Mandanten nach Hause fahren?«

Stille. Das Schweigen bedeutete Zustimmung. Wenngleich auch zähneknirschende.

Mit Marc gingen auf dem Flur die Gäule durch. Er hatte die Tür von Köstingers Büro mit Karacho in den Rahmen gepfeffert. Doch das war nicht genug. »Fuck!« Sein Frust musste jetzt raus. Ansonsten würde er platzen. »Fuck! Fuck! Fuck!«

Wütend schlug seine Schuhspitze gegen die Heizung. Immer und immer wieder.

Er stützte sich auf dem malträtierten Heizkörper ab und reckte den Kopf in die Höhe, als suche er höheren Beistand. Dann drehte er den Kopf über seine Schulter. »Wieso hast du eigentlich nichts von der brennenden Leiche mitbekommen? Ich meine … du wohnst praktisch am Hungerberg. Luftlinie weniger als zweihundert Meter.«

Clara lachte brüskiert. »Ent-schul-di-ge! Womöglich weil ich nachts auch tief und fest schlafe? Oder machst du bei unserem

Knochenjob nach einem Sechzehnstundentag noch Purzelbäume im Bett? Stimmt … *dir* traue ich das zu! Extrem im Sport, extrem im Job! Mord ist Mord. Sport ist Mord. Mangelnder Schlaf übrigens auch. Und *twentyfourseven* beim Ermitteln ist Selbstmord auf Raten.«

Marc hob abwiegelnd die Flossen. »Mal langsam mit den jungen Pferden. Auch wenn die mit mir gerade bis nach Meppen durchgegangen sind. War nur 'ne Frage. Hättest du nicht –«

»Hätte, hätte, Fahrradkette. Ich kann eben keine vierundzwanzig Stunden am Tag auf der Matte stehen. Ich habe nichts mitbekommen. Mit zweckdienlichen Hinweisen kann ich nicht dienen, Herr Kommissar! Basta e Pasta!«

Dass Clara immer gleich alles in den falschen Hals bekommen musste. Sie waren wohl beide überreizt. Geteilter Misserfolg war eben nicht gleich halber Misserfolg. Sondern Versagen auf ganzer Linie.

20

»Happy Birthday!«, hauchte das Kätzchen eine Woche später an dem mit Nylongewebe überzogenen Fiberglasstock der zwischen ihren Zähnen klemmenden Reitgerte entlang.

Das Kätzchen war ein blutjunges Ding. Gerade einmal zwanzig. Sie hieß Laila. Ihr kurzes pink gefärbtes Haar trug sie nach rechts gekämmt. Auf den Nacken hatte sie einen Sternenschauer tätowiert. Bis auf das rechte Schulterblatt hinunter. Ganz ähnlich wie bei Rihanna, für die Clara insgeheim schwärmte. Womöglich fühlte sie sich deshalb zum Kätzchen so hingezogen.

Sie hatte sie am Wochenende auf dem Konstanzer Seenachtsfest aufgegabelt. Clara hatte ehrlich gesagt nicht damit gerechnet, dass sie Laila noch in ihrem Appartement antreffen würde, als sie an diesem Montag von der Arbeit kam.

Sie hatte nach der Trennung von ihrem Ex-Mann schon oft Frauen mit zu sich genommen und immer einen Kurs der offenen Tür propagiert. Am Wochenende ein wenig Spaß und Vergnügung. Am Montagmorgen vor der Arbeit der Abschiedskuss. Abends dann das Bettlaken wechseln. Ihre Gespielinnen hatten bislang noch immer allein hinausgefunden. Laila offensichtlich nicht.

Jetzt kniete sie erwartungsvoll auf dem Bett. Sie trug lediglich einen weinroten Stringtanga und ein schwarzes Top, unter dem sich die steifen Brustwarzen abzeichneten. Die Gertenhiebe hatte sie tapfer erduldet. Ohne großen Katzenjammer. Auf ihrem pfirsichförmigen Hinterteil prangten die Striemen in vollendeter Kirschröte. Clara hatte all ihren Frust an ihrer Gespielin ausgelassen. Ihre Verbitterung über Köstingers Standpauke.

Direkt nach dem niederschmetternd jähen Ende der Vernehmung des Jägers hatte sich ihr tobsüchtiger Chef Marc und sie noch vorgeknöpft. Fortissimo hatte er ihnen unmissverständlich eingeschärft, sich nicht zu sehr auf den Jäger einzuschießen und schleunigst Finky zur Fahndung auszuschreiben. Bisherige Suchaktionen der Polizei waren im Sande verlaufen.

Auch hatte er ihnen aus voller Kehle zu verstehen gegeben, dass sie von nun an verstärkt mit der Presse zusammenzuarbeiten hatten. Allen von Clara eingeworfenen Bedenken zum Trotz. Heikle Details wie die beim ersten Mord verwendeten Bleigewichte und Eisennägel sollten jetzt an die Öffentlichkeit gebracht werden, um deren Herkunft auf die Schliche zu kommen.

Für Clara ein unwillkommenes Wagnis. Immerhin hatten sich die Medien, von diesem weltfremden YesLife-Blog bis zu den Käseblättern, in ihren Ermittlungen bislang nicht gerade als vertrauenswürdige Sparringpartner hervorgetan.

Vor allem aber hatte sich Claras Enttäuschung über den Besuch bei ihrer Mutter im Altersstift mit energisch geführten Gertenstrichen in Lailas Sitzfleisch gebissen. Donnerlittchen! Es war heute immerhin ihr Geburtstag.

Von den Kollegen auf dem Kommissariat hatte sie kein großes Brimborium erwartet. Schließlich hatte sie dort ihren Geburtstag erst gar nicht an die große Glocke gehängt. Aber ihre Mutter. Sie hatte gehofft, dass dieser besondere Tag irgendeinen verborgenen Schalter umlegen würde.

Im Kloster hatte sie ihre Mutter an ihrem Wiegenfest nie gesehen. Von den dreihundertvierundsechzig anderen Tagen im Jahr ganz zu schweigen. Achtzehn zähe Jahre lang. Die Novizinnenweihe zählte da nicht. Sie waren ja nur für die Fotoaufnahme nebeneinandergestanden. Vom Tage ihrer Geburt an war sie von ihrer Mutter getrennt gewesen. Mit der Durchtrennung der Nabelschnur. Was sonst könnte den felsenfest sitzenden Stein ins Rollen bringen, wenn nicht dieser besondere Tag?

Dieser blasse Silberstreifen am zappendustren Horizont stieg Jahr für Jahr aufs Neue aus den Tiefen ihres Hoffnungsfriedhofs auf. Ein Schalter, der alles zum Positiven wendete. Der ihrer Mutter die Augen öffnen würde. Trotz ihrer Erblindung. Ein Geheimknopf, der sie wieder ins Bewusstsein ihrer Mutter katapultieren würde. Der ihr einsoufflieren würde: »Ich bin es! Deine Tochter! Dein eigen Fleisch und Blut!«

Doch niet, nada, niente, nichts. Dieser besondere Tag war ein Elendstag. Immer gewesen. Und er blieb es.

Claras lockender Zeigefinger rief das Kätzchen vom Bett herbei. Sie genoss die Macht. Die Kontrolle. Sie musste die Oberhand behalten. Durfte die Fäden nicht aus der Hand geben. Nicht jetzt. Gerade jetzt nicht.

»Verehre die Feige deiner Göttin!«

Das Kätzchen rutschte hastig vom Bett, krabbelte zu Clara herüber und ließ sich von ihr die Gerte aus dem Mund nehmen. Dann knöpfte sie ihr die Jeanshose auf und zog sie mitsamt dem Slip herunter.

Clara hob sich im Korbstuhl ein wenig an. Das Kätzchen kniete sich zwischen Claras gespreizte Beinen, umgriff die Schenkel mit ihren sanften, burschikosen Fingern. Clara schlang ihre Beine um den Nacken des Kätzchens. Die Gerte schob sie unter Lailas Top und streichelte ihr damit über den Rücken. Sie ließ sich in die Wogen der Lust forttreiben und konnte doch keine Ruhe finden. Noch nicht. Keine Alexa konnte ihrer Mutter auf Zuruf das Licht anknipsen. So einfach war das nicht. Kein Therapeut dieser Welt. Kein Tiefenpsychologe, der seine Patienten auf der Ledercouch in Höhenflüge versetzte. Kein Magier dieses Universums. Oder irgendeines anderen. Es konnte nur einen Schlüssel für den verborgenen Schalter geben. Sie wusste es.

Verdammt, dieser Finky! Diese Augen. Sie wusste es. Sie musste ihn schnappen. Für sie stand es mittlerweile beinahe außer Frage, dass er ihr Täter war.

Unter der Zungenakrobatik ihres Kätzchens stöhnte Clara auf und krallte ihre Finger tief in das Polster des Korbstuhls. Ein kehliger Schrei in die Ekstase, die in Wellen über sie schwappte. Wuchtig hieb sie den Gertenstab über den Rücken ihres Kätzchens. Es zog die Zunge ein und krümmte sich vor Schmerz.

Sie musste ihn schnappen. Ihn sich krallen.

21

Er saß in der hereinbrechenden Dämmerung im Fußgängertunnel unterhalb der Bundesstraße, unweit des Eriskircher Angelsportvereinsheims an der Schussen. Jenseits der Leitplanke hatte er sich auf die schlammbedeckten Steinbrocken ans Ufer gehockt. Hinter ihm war der Schriftzug »1UP« sudelig an die Betonfassade der Unterführung gesprayt.

Er wusste, dass der Schriftzug für »One United Power« stand und eigentlich von einer international agierenden Sprayer-Gruppe aus Berlin verwendet wurde. Ihren Schriftzug kleisterten die Sprayer als Throw-ups und Streichbombings über die Hauptstadt bis nach Paris, Mailand, New York und Tokio an die dortigen Gebäudefassaden und Zugwaggons. Warum um alles in der Welt aber in Eriskirch? An dieser gottverlassenen Stelle? Sicherlich das Werk von Nachahmern.

Neben dieses Geschmier hatte sich neuerdings ein weiteres Graffiti gesellt. Eine rot blühende Rose. Daneben, ebenfalls in Rot gehalten, der Schriftzug »Poetic Justice«.

Auch *er* schuf Gerechtigkeit. Der Nachtfraul. Aber alles andere als poetisch. Drastisch. Einschneidend. Und überaus tödlich. Sie hatten es verdient. Allesamt. Er hatte sie gewarnt. So oft hatte er sie gewarnt!

Verächtlich ließ er einen flachen Stein über das Schussenwasser hüpfen. »One United Power«. Gegen den gewaltigen Sturm, der entfesselt worden war, half keine vereinte Kraft. Dagegen war kein Kraut gewachsen.

Ja, er war stocksauer. Fuchsteufelswild. Die Bullerei war ihm dicht auf den Hacken. Seine tagesfüllenden Streifzüge durch das Umland hatte er auf Eis gelegt. Er trieb sich nur noch in der Dunkelheit draußen herum. Tagsüber war es für ihn einfach zu riskant geworden. Am Einkaufszentrum hatte er sich auf dem Fahndungsplakat entdeckt. Das gemauerte Untergrundgewölbe im Wald war derzeit der einzige sichere Unterschlupf für ihn.

Doch nicht nur die an seinen Fersen klebenden Polypen plagten ihn. Um ihn herum surrte es. Die ein oder andere Schnake hatte sich bereits an ihm gelabt. Und der Hunger. Der trieb ihn um.

Er brachte an der Angelschnur den wurmförmigen Kunststoffköder und das Anglergewicht an. Er ließ das kleine, konusförmige Bleigewicht durch seine Finger gleiten. So ziemlich alle Bleigewichte aus dem Bestand des Angelsportvereins stammten von ihm. Er hatte sie vor Urzeiten selbst gegossen. An der Malerecke war es nicht ins Wasser eingeschlagen, sondern in Menschenfleisch. In den Frack eines Nichtsnutzes!

Er ließ das Bleigewicht aus seiner Hand taumeln. Es baumelte an der Angelschnur. Die Schreie des Abtreibungspapstes hallten hingegen durch seine Ohren. Markerschütternd.

Er führte die Angelrute, die er zuvor aus dem ein Stückchen flussaufwärts liegenden Anglersportheim entwendet hatte, mit beiden Händen nach hinten. Dann schleuderte er sie schwungvoll an seinem Kopf vorbei nach vorn und ließ den Köder samt Bleigewicht in die Schussen platschen.

In das Vereinsheim war er schon öfters eingestiegen. Er besaß noch aus alten, besseren Zeiten einen Schlüssel. Es durfte bloß niemand dahinterkommen.

Er dachte an Klaus. Dessen alter Herr hatte es damals wegmachen wollen. Um die Schande zu vertuschen. Als sei »diese Sache« nie geschehen. Das Kreuz hatte Klaus dafür zerstört. Mit barbarisch langen Nägeln.

Und Lisa. Sie hatte damals die Augen verschlossen. Sie einfach gewähren lassen. Die räudige Drecksbande. Das Feuer hatte sie dafür vertilgt. Mit entsetzlicher Flammenbrunst.

Beide hatten sie ein jämmerliches Ende gefunden. Sie hatten es verdient. Ja, das hatten sie! Alle beide. Nicht nur sie. Alle miteinander.

Zwei waren zur Strecke gebracht. Genau genommen drei. Drei von fünf. Das war ja durch die Presse gegangen, und zwar nicht zu knapp.

Es zupfte und rüttelte an der Angelschnur. Langsam kurbelte

er an der Rolle. Es hatte einer angebissen. Er durfte bloß nicht zu schnell kurbeln. Der Fang sollte dagegen ankämpfen. Um sein Leben ringen. Das würde ihn auslaugen. Ihn seiner Kräfte berauben.

Allmählich ließ der Gegenzug an der Angelschnur nach. Der Fisch hatte sich bis zur Erschöpfung abgerackert. Er kurbelte nun bestimmter, um den Angelfaden einzuholen. An dessen Ende baumelte ein ausgewachsener Karpfen aus dem Wasser. Der Fisch wand sich nur noch zaghaft mit nahezu versiegten Leibeskräften.

Er legte ihn auf dem Steinbrocken neben sich ab. Verzweifelt fächerte der Karpfen mit seinen Kiemendeckeln. Er beobachtete ihn bei seinem Todeskampf.

Welch Laune der Natur. Die mannigfaltigen Krallen des Todes wetteiferten um ihn. Würden die hauchdünnen Membranen der Kiemenlamellen nicht vollständig austrocknen, dann würde den Karpfen nicht der Erstickungstod ereilen. Ammoniak. Der arme Tropf würde von innen heraus vergiftet. Doch diese Krallen würden sich heute nicht um diesen saftigen Karpfen legen. Gewiss nicht. Dafür würde er schon sorgen.

Er packte den zuckenden Fang festen Griffes unterhalb des Kopfes und platzierte ihn vor sich auf dem Steg. Kein Entkommen. Wie die Maus in der Falle. Seine Rechte umfasste den bereitgelegten Stock und schmetterte diesen wuchtvoll auf den Schädel des Fisches. Ein satter Schlag zertrümmerte ihn.

Er packte den regungslosen Karpfen und stopfte ihm seine Zeigefinger tief in die Kiemendeckel hinein. Ihr beklommenes Flattern hatten sie eingestellt.

So frisch. So saftig. So tot.

Mit roher Gewalt riss er dem gekeulten Fisch den Bauch auf, zog die Gallenblase ab und biss ihm Herz und Leber heraus. Der unbändige Hunger trieb ihn an. Blut und Fett schwemmten seinen Mundraum.

Er kaute auf den Organen. Beißend und salzig bitter lag ihm der Brei auf der Zunge. Er schluckte und wischte sich mit dem Handrücken über seinen verstrubbelten Bart. Kratzend kroch der Klumpen seinen Rachen hinunter.

Er richtete seinen Blick in Richtung der weiter flussabwärts liegenden Holzbrücke. Ein zweites Mal biss er in den rohen Fisch. Riss ihm ein Stück Fleisch aus der Flanke. Er sah die Brücke nicht. Dafür war die Schussen zu gewunden. Ihre Lage konnte er nur erahnen. Wohl aber sah er dahinter den Turm der Pfarrkirche in die Höhe ragen.

Der Pfaffe würde der Nächste sein. Der Vierte im Bunde. Er musste ihn aufsuchen.

Seine Hasenscharte schürzte sich. Schlonze quoll ihm aus den Mundwinkeln. Er riss sich die Verpackungsfolie des Scheibenkäses vom Rücken. Mit ihr und jeder Menge Tesastreifen hatte er mehr als stümperhaft das Loch in seinem Kapuzenmantel geflickt. Das hätte sowieso auf Dauer nicht gehalten. Jetzt zweckentfremdete er die Folie ein zweites Mal. Als Serviette. Dann zog er sich die spitze Kapuze des Regenmantels tief ins Gesicht.

Der Pfarrer. Er war der Nächste.

22

Die Schussen holt ihn.
Tränkt und schwemmet ihn, zehrt ihn auf.
Wäscht die Sünden rein.

15. August 2019

War das vielleicht ein Sauwetter. Hatte es Anfang der Woche noch sommerliche dreißig Grad gehabt, so war die Temperatur nun auf zwanzig Grad gesunken.

Pfarrer Roland Emmers stapfte schnellen Schrittes von der Kirche durch den anhaltenden Wolkenbruch zu dem dahinter an der Schussen liegenden kleinen Pfarrhäuschen. Er trug sein weißes Schultertuch aus Leinen über der Brust gekreuzt. Darüber die bodenlange weiße Albe und einen beigen Chormantel mit goldbestickten Kreuzen. Seinen Hals zierte die ebenso weiße Stola.

Der Priester hatte soeben die Totenandacht für Lisa Feldner abgehalten. Das war ihm unter dem Talar richtig an die Nieren gekrochen. Mehr als sonst. Der verbrannte Leichnam befand sich noch in der Rechtsmedizin in Konstanz, war aber bereits zur Beisetzung freigegeben. Morgen würde er eingeäschert werden. Das hatte ihre Cousine als nächste verbliebene Verwandte so verfügt. War auch besser so. Es war ein Ding der Unmöglichkeit, in Würde Abschied zu nehmen, wenn im Sarg eine entstellte Brandleiche lauerte. Tags darauf würde die Urne dann hier in Eriskirch auf dem Friedhof beigesetzt werden.

Heute hatten die Verwandten, Bekannten und Arbeitskollegen von Lisa Feldner die Gelegenheit gehabt, sich persönlich von der Ermordeten zu verabschieden und für ihr Seelenheil zu beten. Roland Emmers hatte hier zum allerersten Mal in seiner Laufbahn den deeskalierenden Streitschlichter geben müssen. Manfred Scherbaum war nämlich auch zur Totenandacht erschienen.

Das war vielen sauer aufgestoßen. Weniger den Angehörigen. Außer der Cousine gab es da nur noch Tante und Onkel, die aus dem Sauerland angereist waren. Dafür umso mehr den Arbeitskollegen der Verstorbenen.

Spätestens seit der ersten Schlagzeile über den Jäger war auch unter den Einheimischen der Argwohn gegen Manfred Scherbaum gestreut. »Der meuchelnde Menschenhäscher vom Bodensee«. So oder so ähnlich war der Jäger seit seiner neuerlichen Festnahme in der einschlägigen Presse betitelt worden.

Der hiesige Dezernent für Waffenrecht, Oliver Trudich, ein Mittvierziger, war inmitten der Trauerandacht aufgesprungen wie ein aufgescheuchter Ochse. Der äußeren Erscheinung nach mied er die Muckibude nicht. Er hatte den vier Kirchenbänke hinter ihm sitzenden Jäger angepeilt, war schnurstracks auf ihn zugegangen und hatte ihn am Kragen gepackt. Dann hatte er ihn aus der Reihe gezerrt und ihm angedroht, ihm für seine lockere bis grob fahrlässige Handhabung seiner Waffensammlung noch so richtig an den Karren zu fahren.

Da waren zwei angriffslustige Moschusochsen aufeinandergeprallt, deren Dickschädel die Karambolage nicht scheuten. Es war gekommen, wie es kommen musste. Zu einem festen Handgemenge und schon bald zu einem offenen Schlagabtausch.

An dieser Stelle hatte er einfach dazwischengehen müssen. Nicht physisch, versteht sich. Mit der Kraft weiser Worte. Er war ein Mann Gottes. Er hatte die beiden Raufbolde vom Altar aus gemaßregelt.

Sein Erscheinungsbild kam dem auf die sechzig zuschreitenden Theologen dabei zugute. Roland Emmers trug sein gewelltes altersgraues Haar schulterlang und hatte einen gleichermaßen silberweisen Rauschebart. Aus ihm sprach die geballte Weisheit. Erhaben, über den Dingen. Die großen runden Brillengläser unterstrichen diesen Eindruck.

Es oblag nicht dem Dezernenten Trudich, zu richten. Gott allein war hierzu imstande. Und das Haus Gottes stand jedem offen. Auch Sündern.

Als Roland Emmers den kurzen Kiesweg über den Friedhof durchschritten hatte und vor dem Pfarrhaus stand, war sein Chormantel bereits ganz durchnässt. Er würde sich gleich nach oben in das Umkleidezimmer begeben und die feuchten Sachen gegen seine schwarze Soutane eintauschen.

Nachdem er sich trockene Kleidung angezogen hatte, zog sich Roland Emmers nach unten in sein Arbeitszimmer zurück. Er musste noch die Grabrede zu Papier bringen. Kein leichtes Unterfangen. Nicht in diesem besonderen Fall.

Draußen war es mittlerweile richtig ungemütlich geworden. Der Himmel hatte sich zugezogen und war mit dunklen Wolken behangen. Der Regen legte nochmals eine Schippe drauf. Da bahnte sich etwas an, ein waschechtes Sommergewitter war im Anmarsch. Roland Emmers musste sogar seine Schreibtischleuchte anknipsen, so stockfinster war es vor seinem Erker geworden.

Er mochte dieses Plätzchen. Von hier aus konnte er auf die Kirche blicken. Das versetzte ihn beim Schreiben seiner Reden und Predigten in eine spirituelle Stimmung. Wenn ihm nicht gerade die Zappendusterheit alle Erleuchtung nahm. Heute sah er von der Kirche nicht allzu viel. Vielmehr konnte er die ersten Blitze beim Durchzucken des finsteren Himmels beobachten.

Er entnahm der silbernen Schatulle auf dem Schreibtisch seinen handgedrechselten Füller aus Walnussholz, der ihm seit Anbeginn seines Theologiestudiums in Freiburg treue Dienste erwies. Roland Emmers war in dieser Beziehung vom ganz alten Schlag. Und das im digitalen Zeitalter. Der neumodische Krimskrams war ihm zuwider. Nicht einmal dem Schreiben mit der Tastatur am Rechner konnte er etwas abgewinnen.

Schlimmer war für ihn nur der Wischfinger. Das haarsträubende Fuchteln über den virtuellen Tasten. Den Rest übernahm die Autokorrektur. Was für ein Graus und was für eine Geißel der Menschheit. Da verlor man doch völlig die persönliche Bindung zu dem Geschriebenen.

Das Schreiben war eine Kunst. Was sich der Mensch ersann, musste in fließenden Bewegungen von seinen Gedanken in die

Handbewegungen und dann auf das Papier übergehen. Das Füllerschreiben hatte etwas Graziles. Wie eine Ballerina, die geschwungen, geschnörkelt und geschweift über das Parkett tänzelte. Anders als das stumpfsinnige Tastengetippsel. Und auch vollkommen anders als das vogelwilde Gewische.

Allerdings konnte sich Roland Emmers heute auch nicht sonderlich rühmen. Fruchtbares oder gar Bewegendes brachte er noch nicht zu Papier. Die Ballerina war noch nicht losgetänzelt.

»Liebe Trauergemeinde, wir haben uns heute hier versammelt, um …«, las er sich die bisher mehr als kläglichen Gehversuche seiner Ballerina laut vor. Um was zu tun? Wozu versammelte sich die Trauergemeinde?

Normalerweise brachte er wie selbstverständlich die Courage auf, eine Trauerrede zu verfassen, wenn eines seiner Schäfchen das Irdische verlassen hatte. Gottes Großmut leitete seine Hand. Ließ den Füller auf dem Papier Schnörkel um Schnörkel schlagen. Heute nicht. Absolute Schreibblockade.

Normalerweise war auch er es, der den Trauergästen seiner Gemeinde Trost spendete. Sie war *sein* Schäfchen gewesen! Der Verlust *dieses* Schäfchens hatte tiefe Wunden in seine Seele gerissen. Es war *seine* Trauer! Die Trauergemeinde würde sich übermorgen auf dem Friedhof versammeln, um vornehmlich *seinen* Verlust zu beklagen!

Es hatte nicht einfach nur das Irdische verlassen. Nicht aus freien Stücken. Man hatte es auf die Schlachtbank geführt und dort kaltblütig abgemurkst.

Gott stellte seinen Glauben auf die Probe. Und er stand an einem Scheideweg. Er war kurzzeitig schon einmal anders abgebogen, denn er hatte an Gott und dessen Allmacht gezweifelt. Und in der Jugend war er sogar dem Teufel erlegen.

Weshalb hatte Gott das zugelassen? Weshalb hatte er das Feuer nicht erlöschen lassen? Warum hatte er sein Schäfchen nicht verschont? Und weshalb hatte er den Kelch tiefschwerer Trauer nicht an ihm vorbeiziehen lassen?

War es etwa wegen damals? Auge um Auge, Zahn um Zahn? Auge um Auge … War es wegen »dieser Sache«? Sie hatte damals die Augen verschlossen. Weggesehen. Sie machen lassen. Er, der Allmächtige, war doch aber Gott der Barmherzige. Nicht der Gott der Rache.

Hatte Manfred Scherbaum sich zu einem fehlgeleiteten Rachegott aufgeschwungen? Hatte er Klaus und Lisa den Gnadenschuss verpasst? Mit Nägeln und Flammen? Der Jäger war bei »dieser Sache« unbeteiligt gewesen. Kein Teil der Clique. Ein Kumpel von Klaus, ja. Später dann auch von Michi. Obwohl er wesentlich jünger als die Halbstarken gewesen war. Damals gerade einmal zwölf. Seine große Comicsammlung hatte ihm die nutznießerische Gunst von Klaus und Michi eingebracht. Nach »dieser Sache« hatte er sie alle verabscheut. Klaus. Lisa. Auch ihn. Nur für Michi hatte er so etwas wie Mitleid empfunden. Das hatten sie alle für diesen armen Teufel. Bei dem selbstquälerischen, harakirigleichen Sturzflug, den er hingelegt hatte.

Roland Emmers blickte aus dem Erkerfenster. Hinaus in das Gewitterdunkel. Ein Wetter, bei dem man keinen Schlosshund vor die Tür schicken mochte.

Wie sollte er sich auch konzentrieren können? Kugelige Blitze entluden sich flackernd vor seinem Fenster. Der Platzregen hatte sich zu golfballgroßen Hagelkörnern verklumpt. Unter tosendem Gepoltere schlugen sie gegen die Scheibe des Erkers. Das Donnergegröle war mit dem Hagelgeprassel zu einem einzigen Gewitterstakkato verschmolzen. Er fürchtete, das Glas könne jeden Moment springen.

Dieses krachende Prasselkonzert konnte er ja noch erdulden. Wie in Gottes Namen aber sollte er den Trauersermon aufs Papier bringen? Wie sollte er eine auch nur halbwegs vernünftige Grabrede für jemanden zusammenklabüstern, dem er so nahegestanden hatte? Für den er Gefühle gehegt hatte, für die die eng geschnallte Kandare des Zölibats eigentlich keinen Platz ließ?

Sein Glaube war zutiefst erschüttert. Lisa war den Flammen zum Fraß vorgeworfen worden.

Weltvergessen schaute der Priester aus dem Fenster. In der Hoffnung, die Düsterheit dort draußen würde seine quälenden Gedankenfetzen verschlingen. Da zuckte urplötzlich ein alles erhellender Blitz vom Himmel. Der Füller entglitt seiner Hand und flog scheppernd zu Boden. Dort, wo er federnd aufkam, hinterließ er einen münzgroßen Tintenklecks auf dem Holzparkett.

Roland Emmers erhob sich unvermittelt von seinem Arbeitsstuhl. Er musste sich mit zittrigen Händen am Schreibtisch abstützen, andernfalls würden seine puddingweichen Beine gewiss den Halt verlieren. Als sei er eben seinem Schöpfer von Angesicht zu Angesicht begegnet. Ihm war ganz schwummrig.

Unfähig, sich von der Stelle zu rühren, starrte der Pfarrer entgeistert hinaus. Denn die Kapuzengestalt, die er dort draußen im grellen Lichtschein des Blitzes erspäht hatte, war nicht der Allmächtige gewesen. Auch nicht der Leibhaftige. Es war der arme Teufel mit seiner unverkennbaren Hasenscharte. Der Teufelskerl, der einst bei »dieser Sache« gemeinsam mit Klaus, damals der Antichrist in Person, selbst ihn vom rechten Weg abgebracht hatte.

In einem langen dunklen Regenmantel stand er direkt vor dem Fenster. Mit einem leeren Blick unter der spitz zulaufenden Kapuze. Sein Gegenüber rührte sich nicht vom Fleck, starrte ihn bloß durch die große Glasfront an.

Der arme Teufel. War *er* etwa der niederträchtige, schändliche Mörder? Hatte er nicht nur einen harakirigleichen Sturzflug hingelegt, sondern war am Ende selbst ein Henker des Höllenfürsten? Ein Himmelfahrtskommando mit Kollateralschaden. Die Morde hatten die Region jedenfalls wie eine alles verwüstende Sturmkatastrophe getroffen.

Gebannt lief Roland Emmers zum Fenster. Er konnte den Atembeschlag seines ihm wohl feindlich gesonnenen Gegenübers auf der Kehrseite der Scheibe sehen. Sie standen Angesicht zu Angesicht und blickten sich in die Augen.

Er sah seinen wirren, von Wahnsinn geprägten Gesichtsausdruck. Er musste an diesen prominenten Aussteiger, den Waldmenschen, denken. Der Name wollte ihm partout nicht einfallen. Bloß verfolgte dieser eine klare Weltsicht. Dieser Kerl hier wirkte dahingegen verwildert. Er hatte etwas Animalisches an sich. Niedere Instinkte. Eine verrückte, verrohte Seele.

Das war zu Jugendzeiten nicht viel anders gewesen. Schon

immer war dieser Mensch ein Eigenbrötler gewesen. Ein komischer Kauz. Aufgedreht, hyperaktiv, verbittert, zynisch. Abstruse Gedankengänge im Oberstübchen.

Nach seinem Dafürhalten hätte Michi schon damals psychiatrische Behandlung benötigt. Dazu die nicht zu leugnende, wenn auch sehr milde Mukoviszidose. Seine Eltern waren mit der Situation völlig überfordert gewesen. Säufer der ersten Stunde. Weit vor der Geburtsstunde. Beim Mittagessen hatten sie die beschwipsten Köpfe schon auf dem Tisch gehabt. Abends waren sie dann so bedudelt gewesen, dass sie seine Kaugummis an der Unterseite der Tischplatte hatten bestaunen können. Ritalin als Ultima Ratio. Aber eine Pille betäubte nur. Sie flickschusterte keine gebrochene Kinderseele.

Auch der professionelle Nachwuchsfußball beim SSV Ulm war für ihn nicht mehr als ein Strohhalm gewesen. Ein schwacher Hoffnungsschimmer. An ihm hatte er sich eine ganze Zeit lang krampfhaft festgekrallt. Der tartanbahnumringte Rasen war sein Zufluchtsort gewesen. Sein Ticket raus aus dem Säuferheim.

Fußball war eins der wenigen Dinge, für die dieser hyperaktive Kauz wirklich Begeisterung aufgebracht hatte. Im Grunde so ziemlich die einzige Sache. In der A-Jugend hatte er es im Ulmer Nachwuchskader bis in die Juniorenbundesliga gebracht. Der Zahn der Hoffnung hatte auf diesem Strohhalm herumgekaut. Ihn mürbe gemacht.

Es kam das Verletzungspech. Ein eingeklemmter Lendenwirbel. Er hatte sich nie ganz erholt. Zappelig und hibbelig, wie er war, hatte er viel zu früh wieder auf dem Rasen gestanden. Die Beschwerden wurden chronisch und er letztlich aus dem Leistungskader aussortiert. Und egal, bei welchem Verein, die Mukoviszidose wäre selbst in ihrer abgeschwächten Form das Todesurteil gewesen.

Nach dem geplatzten Traum vom Profifußball hatten ihn seine Eltern zu einer Schlosserlehre gedrängt. Seiner überschüssigen Energie hatte Michi beim Metallbiegen freien Lauf lassen sollen. Doch das war zu kurz gedacht gewesen. Er hatte es in den Beinen gehabt. Nicht im Kopf. Und schon gar nicht in den Händen.

Den Sprung nach ganz oben nicht geschafft zu haben, das hatte ihn entzweigebrochen. Sein Selbstwertgefühl gleich mit. So ganz hatte er das nie überwunden und schon bald selbst zur Flasche gegriffen. Die leisen, bald lauter werdenden Selbstzweifel im Alkohol ertränkt. Bis schließlich der Fusel ihn aus der Gesellschaft gespült hatte. Wie die Eltern, so die Brut. Erst war ihm die Selbstbeherrschung entglitten. Dann die Ehe. Mit ihr das eigene Säuferheim.

War *er* der irre Killer? Aus der Clique traute der Pfarrer es ihm tatsächlich am ehesten zu. Und in ihrem dezimierten Kreis war dieser üble Verdacht eigentlich alternativlos. Was hatte er vor?

In der Regel rannte man beim Pfarrer immer offene Türen ein. Doch die Eingangstür hielt er neuerdings verschlossen. Eriskirch war an und für sich ein ruhiges Pflaster voller Eintracht – zumindest bis vor Kurzem gewesen. Würde er sich gewaltsam Eintritt durch das Fenster verschaffen?

Roland Emmers warf einen Blick auf die Hände seines unheimlichen Kontrahenten hinter der Fensterscheibe. Sie waren in die langen Ärmel des Regenmantels eingehüllt. Einen Backstein oder ähnlich schweres Geschütz schien er zumindest nicht wurfbereit zu haben.

Plötzlich schoss jedoch die Rechte seines Gegenübers aus dem Saum des Mantelärmels und brachte eine Harke zum Vorschein. Von einer Sekunde auf die nächste hämmerte diese unterlegt von einem lauten Donnergrollen vehement gegen die Fensterscheibe.

Roland Emmers ließ reflexartig den Rollladen heruntersausen. Doch das tat dem Klopfen keinen Abbruch. Es wurde nur dumpfer, als es gegen die Lamellen schepperte.

»Roland, mach die gottverdammte Tür auf!«, hörte er ihn krächzen.

Hatte er die anderen beiden auch unter Druck gesetzt? War das seine Spielwiese gewesen, um ihrer habhaft zu werden und ihnen dann den Garaus zu machen?

»Lass mich in Ruhe! Mach, dass du Land gewinnst, aber ganz plötzlich! Sonst wähle ich die Eins-eins-null!« Roland Emmers merkte selbst, dass seine Stimmlage nichts von dem schwingenden, pathetischen Tonfall der Liturgie in sich hatte. Sie war von schriller Panik durchzogen.

Stille. Er verhielt sich mucksmäuschenstill. Lauschte und horchte auf Geräusche, die verraten konnten, was der ungebetene Gast dort draußen trieb. Nun hörte er Schritte auf dem Kiesbett vor dem Erker. Schritte, die sich von dem Haus entfernten.

Roland Emmers verharrte noch einige Sekunden in seiner Lauerstellung. Dann begab er sich auf leisen Sohlen zum Fenster, zog den Rollladen vorsichtig einen Spaltbreit hoch und linste nach draußen.

Das Gewitter war abgeflaut. Der Himmel hatte wieder ein wenig aufgeklart. Der unheimliche Besucher vor seinem Fenster war nicht mehr zu sehen. Vermutlich hatte er Muffensausen gekriegt, als Roland Emmers ihm mit der Polizei gedroht hatte. Jedenfalls sah es ganz so aus, als sei er unverrichteter Dinge von dannen gezogen.

Der Nachtfraul lag mutterseelenallein hinter dem zweiteiligen, herzförmigen Grabstein aus Sandsteinstelen in seinem Hinterhalt. Er schob seine Kapuze ein wenig zurück und blickte nach oben. Am Firmament hatten die Gewitterwolken das Feld für den grellen Vollmond geräumt. Die Bühne war beleuchtet. Es war angerichtet.

Vollmond wie damals. Das war wichtig. Unheimlich wichtig. Bei Lisa Feldner war das etwas anderes gewesen. Der Mond hatte schon wieder stark abgenommen, als er ihr Leid eingesogen und ihre Seele erst freigesetzt und daraufhin gefressen hatte. Die grelle Feuerwerksnacht hatte ja schon beinahe etwas von Vollmond gehabt. Bei ihr war es die Gunst der Stunde gewesen. Aber das hier. Das konnte nur in einer echten Vollmondnacht vollzogen werden.

Etwas stimmte nicht. Motorengeräusche. Gefolgt vom Knallen einer Autotür. Dann eine Stimme, die herüberrief.

»Ich bin extra den weiten Weg aus Lindau durch diese Sturmseuche gefahren. Ich wusste, dass ich dich hier antreffen würde!« Ein blonder Pferdeschwanz wippte hinter der vordersten Grabsteinreihe. Gleich darauf ließ ein Schultertipper ihn herumwirbeln, die Hand hoch gegen sie erhoben.

Die Witwe vom Abtreibungspapst. Was musste sie von ihm denken? In dieser Aufmachung. Der lange Regenmantel mit der schauerlich spitzen Kapuze. Das klaffende Loch im Rückenfutter. Was noch viel schlimmer war: die Blutspritzer auf dem Polyester. Und die Harke im Anschlag. Bereit, jede Sekunde auf ihr Haupt niederzusausen.

Mit weit aufgerissenen Augen starrte er sie wie ein Wahnsinniger aus der Kapuze heraus an. Nur Millimeter vor ihrer Stirn kamen die Zinken zum Stillstand. Doch nicht der Hauch eines Zuckens ihres Pferdeschwanzes. Kein Zurückweichen. Stattdessen fiel sie ihm um den Hals. Schluchzend. In Tränen aufgelöst.

»Was hast du getan? Was habt *ihr* getan? Klaus … Warum musste er sterben?« Wie von Sinnen trommelten ihre Fäuste nun auf seine Brust ein. »Das ist *deine* Schuld! Sein Blut klebt an deinen Händen. Du Scheusal!«

Dann sank sie auf ihre Knie. Wieder umschlang sie den blutbespritzten Regenmantel des Obdachlosen. Sie blickte zu ihm auf. »An deinen Händen klebt sein Blut! An seinen klebte die Schuld. All die Jahre über. Wie ein unauslöschlicher Makel. An euer aller Händen! Verdient … Er hatte es verdient. Sag mir … hat er es aber auf *diese Weise* verdient? Hatte die Feldner *das* verdient?« Sie umgriff seine noch immer die Harke umklammernde Hand. »Ich habe der Polizei nicht verraten, wie du Klaus vor seinem Tod immer wieder heimgesucht hast. Dieses Morden … es muss ein Ende finden! Mach, dass es aufhört! Du allein kannst das!«

Schluchzen. Sie rappelte sich auf und wischte sich mit dem Handrücken die Nase. Dann rannte sie davon, zurück zu ihrem Wagen.

Auf den gottallmächtigen Schock hin hatte sich Roland Emmers erst einmal eine Tasse Baldriantee aufgebraut. Seine Nerven hatten blank gelegen, und er war ganz fahrig gewesen. Das beruhigende Katzenkraut war wohltuender Balsam für seine zutiefst hasenherzige Seele. So gestärkt war der Gemeindepfarrer bereit, sich zu später Abendstunde nochmals vor die Haustür zu wagen. Der Mordsschreck steckte noch immer tief in seinen Gliedern.

Das Wetter war wieder aufgefrischt, die Dunkelheit begann vollends einzubrechen. Aus dem Regenguss war ein kümmerlicher Nieselregen geworden, die Finsternis nur vom Vollmond erhellt. Das war auch gut so. Er wollte nicht am helllichten Tag an der Grabstelle gesehen werden. Roland Emmers wollte sie in Augenschein nehmen. Immerhin musste er am Samstag sein Schäfchen in ihr betten. Alles musste perfekt sein.

Zaghaft schloss er die Haustür auf und schaute sich um. Er vergewisserte sich abermals, ob ihm dieser schräge Typ nicht doch noch vor dem Erker auflauerte. Dem war wohl nicht so. Weit und breit niemand in Sicht. Die Luft war rein, er konnte sich nach draußen wagen. Doch nicht ohne sein Birett. Ohne die Priesterkappe begab er sich selten vor die Tür. Schon gar nicht bei Regen.

Roland Emmers nahm auch die batteriebetriebene Laterne von seinem Schuhschrank. Er mochte keine Taschenlampen, da war er altmodisch. In einer so dörflichen Gegend sollte man des Abends mit der guten alten Funzel durch die Gassen streifen. Allbot die herabgebrannten Kerzen herauszufriemeln, das wäre für ihn dann aber doch zu viel des Guten gewesen.

Erst musste er noch geschwind in der Kirche das Weihwasser auffüllen. Er knipste die Laterne an und begab sich an der Kirchenmauer entlang hinüber zum Gatter. Die großen Straßenlaternen auf dem Kirchenplatz leuchteten ihm den Weg. Er mochte den Vorplatz. Vor allem der alten Linde wegen. Sie schmückte seit dem Ende des Ersten Weltkrieges den Dorfplatz. Mit ihr hatten Weisheit und Gerechtigkeit ihre Wurzeln geschlagen.

Oh, saß dort unter der Linde auf der Sitzbank nicht eine finstere Kapuzengestalt? Unheimlich. Die Straßenleuchten streckten ihre Leuchtfühler nicht weit genug aus, als dass der Pfarrer den Gesellen hätte erkennen können. Dennoch war ihm so, als habe er ihn dort sitzen sehen. Ihn, mit der geflickten Hasenscharte, die seine verwilderte Visage zu einer dauerhaft geschürzten, widerwilligen Miene verzerrte. Vielleicht aber spielten ihm seine Augen bloß einen Streich. Er beschleunigte seinen Gang und schickte sich an, in die Kirche zu hasten.

Für das Befüllen des Weihwasserbeckens nahm sich Roland Emmers übergebührlich viel Zeit. Er überzeugte sich gleich auch noch von einem ausreichenden Füllstand des Weihrauchschwenkers. Dann trat er in die gewitterfrische Dämmerluft des Dorfplatzes hinaus. Niemand war mehr unter der alten Linde zu sehen. Das beruhigte ihn ein wenig, als er sich hinüber zum Friedhof begab, entlang der Kirchenmauer und vorbei an dem mit Flieder, Brombeere, Kirschlorbeer und Bergahorn besetzten Gärtchen des Pfarrhauses. Die grüne Seele nahm dem Friedhof die Kargheit und spendete ihm Leben.

Rechter Hand in der dritten Gräberreihe. Dort war die Stelle. Dort würde sein geliebtes Schäfchen ruhen. Schlicht. Ein kleines, quadratisches Feld. In Marmorsteinleisten gefasst. Dahinter die herzförmigen Grabsteinstelen. Symbolisch für das große, warme Herz, das dieser Goldschatz gehabt hatte.

Trotz des regennassen Kieses stellte Roland Emmers die Handlampe neben sich ab und kniete sich vor das Grab. Er steckte seine Finger in das Erdreich. Grub sie tief ein. Dann hob er die Hände wie Baggerschaufeln an. Er drehte sie nach innen, spreizte seine Handflächen und ließ die klumpigen Erdkrümelchen langsam durch die Finger herunterbröckeln.

Asche zu Asche. Staub zu Staub. Alles Irdische war vergänglich. Wie ihre im Verborgenen gelebte Beziehung. Von der niemand etwas gewusst oder auch nur im Entferntesten geahnt hatte.

Er musste stark bleiben. Sie war in Gottes Pforten. Er würde nun auf sie achtgeben.

Wie der Priester so gedankenvertieft vor der Grabstelle verweilte, hatte er ihn nicht bemerkt. Der Nachtfraul schlich sich hinter dem Gedenkstein hervor. Vermummt im Regenmantel mit spitzer Kapuze. Von da an ging alles so schnell.

Die Stimme. *Vergelt's Gott, Iris. Vergeltung.* Der Nachtfraul hat's geflüstert. Die Stimme leitete die Gedanken und führte die Hand. Ein scharfes Sausen, in die Luft geschnitten vom Schwingen der Harke.

Der resolut geführte Hieb traf den Pfarrer wuchtig. Erst an der Schläfe. Ein zweiter dann am Hinterkopf. Ein stumpfer, kraftvoller Schlag. Er fegte dem Priester das Birett vom Haupt. Blut schoss aus der Kopfhaut, als die drei Zinken in seinen Schädel pikten.

Erst geraume Zeit später kam Roland Emmers wieder zu sich.

Sein Kopf stach und hämmerte wie wild. Dieser wummernde Schmerz. Und er konnte nichts sehen. Nur sehr beklemmt atmen. Der Überzug, den er über seinem Gesicht spürte, kratzte und pikste.

Dieser Geruch. Er erinnerte ihn so sehr an etwas. Was war das? Es fiel ihm schwer, klare Gedanken zu fassen. Nach was roch das? Dieser muffige Duft.

Der Nikolausabend! Die mit Mandarinen und köstlichen Pfeffernüssen gefüllten Jutesäckchen, die die warmherzigen Damen aus dem Kirchenchor immer so liebevoll herrichteten. Der strenge, strohige Hauch hing ihm in der Nase. Nur zu gerne hätte er durch den Mund geatmet. Der nach Schmierfett schmeckende Lappen, der in ihn hineingestopft war, machte es ihm unmöglich.

Seine Handgelenke waren auf dem Rücken fest verschnürt. Er wurde geschleift. Rücklings an seinen Beinen. Das spürte er. Er fühlte, wie die kleinen Kieselsteinchen sich an seinem Rücken verfingen. Und hörte, wie die mitgeschleiften Steinchen dann über den Asphalt schlidderten.

Dieses knirschende Geräusch von Stein auf Stein ging bald in ein hölzernes Schaben über.

Stillstand. Das Schleifen hatte ein schlagartiges Ende genommen.

Grob ließ der Angreifer seine Beine zu Boden sacken. Dumpf schlugen ihm die Fersen auf dem hölzernen Untergrund auf. War er etwa auf die nahe gelegene Eriskircher Holzbrücke verfrachtet worden?

Jetzt wurde an ihm gezerrt. Er wurde auf die Seite gerollt. Und bäuchlings gedreht. Seine Beine wurden wieder angehoben. Er spürte den unsachten Griff an seinen Knöcheln. Noch war er zu benommen, um mit seinen Füßen herumstrampeln zu können.

War das die Brüstung der Holzbrücke auf dem Fußgängerüberweg, gegen die seine Beine gestemmt wurden? Ein Strick schlang sich stramm um seine Knöchel. Die Schnur schnitt ihm in die Haut.

Beide Arme des Angreifers umfassten ihn jetzt schroff an seinen Hüften und hievten ihn mit den Füßen voraus über das, was er als Brüstung ausgemacht hatte.

Mit der Taille lag er über das breite Geländer gebeugt. Das war definitiv die Eriskircher Holzbrücke. Und in einer weitaus beängstigenderen Sache hatte er ebenso Gewissheit. Er ahnte, wie das hier enden sollte.

Er hatte die missliche Lage bis gerade eben nicht so wirklich zu Ende gedacht. Dafür brummte ihm die Birne viel zu arg. Aber er kannte diese Holzbrücke nur zu gut. Wusste, was sich unter ihr befand. Er war im Begriff, über die Brüstung befördert zu werden. Und die Brüstung sollte sein Jordan sein. Ein Tauchgang ohne Wiederaufstieg. *One way.*

Wieder wurde an ihm gezerrt. Dieses Mal half der Angreifer an den Schultern nach. Der Unhold stemmte seinen Körper nach oben, sodass er bäuchlings unerbittlich weiter über die Brüstung rutschte. Er konnte keine Gegenwehr leisten. Seine Brust, die letzte haltgebende Bastion, glitt über die metallene Oberfläche hinweg.

Unsanft eckte erst sein in den Jutesack gesteckter Kopf an der Kante der Brüstung und dann seine Schulter an der Holzverkleidung des Brückenbogens an, ehe er in den freien Fall sackte. Gute fünf Meter. Wie er wusste. Von dieser Brücke hatte er selbst schon die Angelrute in die Schussen geworfen. Wie bei einem Köpfer vom Sprungturm sauste er nach unten. Mit dem kleinen, aber feinen Unterschied, dass er völlig blind und verschnürt wie ein Weihnachtspaket war.

Fast bis zur Taille tauchte sein Oberkörper mit einem lauten Platschen unter Wasser. Dann kam sein Körper ruckartig zum

Halten. Er musste an einem Seil hängen. Das federte null Komma null nach. Stattdessen verursachte es einen fürchterlich reißenden Schmerz in seinen überdehnten Fußgelenken.

Das kühle Nass der Schussen umspülte ihn. Und er hatte nicht den Hauch einer Chance, sich über Wasser zu halten. Er war bewegungsunfähig. Und er hatte keine stahlharte, in Zement gegossene Bauchmuskulatur, mit der er sich mit einem beherzten Sit-up aus dem Überhang nach oben an die Wasseroberfläche hätte befördern können. Das hätte ihm aber auch herzlich wenig gebracht, denn seine auf dem Rücken gefesselten Arme hätten sich nirgends festklammern können. Rambos Zähne hätten womöglich mit eisernem Biss Halt am oberen Seilstück gefunden. Seine nicht. Sein Kopf steckte mit einer fiesen Platzwunde im Jutesack fest. Er wollte es auch gar nicht.

War sein Körper nicht stählern, so war es doch sein streckenweise gespaltener Glaube. Er hatte sein Schicksal bereits am Tag seiner Priesterweihe in Gottes Hände gelegt. Und diese hatten sein Los mit Geschick und Bedacht geführt. Sollte sein irdisches Dasein hier und heute enden, so war er bereit dafür. Dann war es Gottes Wille. Er hatte sich damals zu »dieser Sache« verleiten lassen. Fehlleiten. Er hatte genauso Schuld auf sich geladen wie die anderen und sich nach »dieser Sache« damals ganz dem Glauben gewidmet. Sich in Buße und Demut in ihm wiedergefunden. Und in Selbstkasteiung. Mehr als noch zuvor. Allem Weltlichen hatte er entsagt. Bis auf Lisa. Aber Gott erlegte ihm offensichtlich eine größere Bürde auf. Er verlangte ein weitaus größeres Opfer. Dann sollte es so sein.

Das Wasser drang durch den Jutesack hindurch. Drang durch den Lappen hindurch in seine Mundhöhle. Es flutete über die Nase seine Atemwege. Für kurze Zeit hielt er aus purem Reflex heraus die Luft an. Er war nur ein Mensch. Und im Todeskampf folgte ein solcher seinen ureigensten Überlebensinstinkten.

Das einströmende Wasser quetschte seine Sauerstoffreserven aus ihm heraus wie die Saftpresse den Fruchtsaft aus einer Orange. Vor seinem geistigen Auge sah er, wie die Luftbläschen aus dem faserigen Beutel entwichen und an die Oberfläche tänzelten.

Atme! Mit aller Kraft versuchten seine Lungen, Luft zu erhaschen. Doch alles, was sie bekamen, war Wasser. Unmengen von Wasser, das über die Lungen in die Bronchien schwappte und das Zwerchfell in krampfhafte Bewegungen verfallen ließ. Zusammengeschnürt, wie er war, verlor er sich in ungehaltenem und unkontrollierbarem Zucken.

Wohnte der Angreifer seinem aussichtslosen Todeskampf dort oben an der Brüstung bei?

Schaum. Schaum, der sich über seinen Atemtrakt den Weg bahnte und ihm in Mund und Nase stieg. Das war das Letzte, was er bewusst wahrnahm.

Ein gleißendes Licht. Dort hinten. Weit hinten. Am Ende eines ansonsten stockfinsteren Röhrentunnels. Er näherte sich diesem grellen Schein. Schnell. Als säße er in einer Mine in einem dieser auf Schienen rollenden Förderwägen.

Das Licht kam näher. Zum Greifen nahe. Sog ihn auf. Seine Gedanken waren nun ganz bei Gott. Er holte ihn zu sich heim. Zwei Schattengestalten. Klaus und Lisa. Sie empfingen ihn. Eine dritte. Er also auch. Der Austauschstudent. Sie griffen nach ihm, die Schatten.

Dunkelheit. Sühne. Für damals.

23

Schnaubend und keuchend lehnte sich Marc gegen das Geländer. Schweißperlchen benetzten seine Arme bis zu den Ellenbogen. Das Laufshirt klebte ihm schweißnass an seinem überhitzten Oberkörper. Das Zwerchfell trommelte im Takt des Radetzkymarsches.

Heute war er ein Gipfelstürmer. Das hatte sein müssen. Es war Freitagnachmittag, und hinter ihm lag eine turbulente Ermittlungswoche. Ein wenig mulmig war ihm schon. Er stand auf der Kante vom Karren, der vollgläsernen Aussichtsplattform des Dornbirner Hausbergs. Als würde er schweben. Er befand sich über dem Abgrund, quasi mitten im Nichts.

In ihren Ermittlungen standen sie auch mitten im Nirwana. Immer noch. Überall und nirgendwo. Überall Leichen. Nunmehr derer drei. Nirgendwo durchschlagendes, erkenntnisreiches Land in Sicht.

Dennoch hatte diese Aussichtsplattform ihnen etwas Elementares voraus. Man konnte durch sie hindurchblicken. In ihren Mordermittlungen ließ sich das nebulöse Dickicht des Ungewissen kaum lichten. Ebenso wenig wie ihr Mörder sich in die Karten blicken ließ. Er war ihnen immer den entscheidenden Schritt voraus.

Immer wieder hatten sie vielversprechende Anhaltspunkte gehabt. Immer wieder hatten sie sich in Schall und Rauch aufgelöst oder waren durch gewiefte Schachzüge der Verdächtigen entkräftet und ausgehebelt worden. Oder durch Claras querulantes Gemüt.

Unter diesen ernüchternden Umständen konnte ihn auch die herrliche Panoramaaussicht nicht wirklich aufmuntern. Dabei herrschte klare Sicht, ein atemberaubender Ausblick. Hinweg über das Rheintal und den Bodensee zu den Schweizer Bergen und bis ins Oberland hinein.

Seit der Ermordung von Roland Emmers waren auch schon

wieder vier Wochen verstrichen. Die zeitaufwendigen forensischen Analysen hatten eine gefühlte Ewigkeit gedauert. Und die Presse hatte sie nicht zu knapp auf Trab gehalten. Der dritte grausame Mord innerhalb kürzester Zeit. Köstinger war überhaupt nicht mehr zur Ruhe gekommen. In seinem Büro waberte der Zigarettenqualm oder derjenige der rauchenden Telefonleitung. Zeitweise auch beides zur gleichen Zeit. Journalisten, Bürgermeister, Polizeipräsident, Landesministerium, der Apparat stand überhaupt nicht mehr still, und Thomas Fischer war mitnichten der Fels in der Brandung, da musste Köstinger schon selber ran. Die Öffentlichkeit wollte Fakten und einen überführten Täter abgeurteilt hinter Gitterstäben. Da sie beides noch nicht liefern konnten, bediente sich die Presse trotz ihrer nun widerwillig angestrebten Kooperationsfreudigkeit mehr und mehr der Gerüchteküche. Und die besagte, dass möglicherweise ein mysteriöser Dämon seine Krallen im todbringenden Spiel haben könnte. Der Mordssturm, der durch die Region tobte, wirbelte den Staub aus dem Volksmund auf, und die Presse hielt in Ermangelung von Fakten fleißig ihr Fähnlein in diesen Wind.

Viel zu schnell war die Zeit im Wettrennen gegen einen so kompromisslos auf Mord bedachten Gegner vergangen. Der Pfarrer, Mordopfer Nummer drei, war erst eineinhalb Tage nach seiner Ermordung aufgefunden worden. Kopfüber in der Schussen. An den Fußgelenken an der Außenfassade der Eriskircher Holzbrücke aufgeknüpft.

Wieder eine geschichtsträchtige Örtlichkeit. Die unter Denkmalschutz stehende gedeckte Holzbrücke war 1828 an jener Stelle erbaut worden, an der über fünfzig Jahre zuvor anlässlich der Durchfahrt des österreichischen Kaisers Joseph II. bereits sporadisch ein Kutschenführungssteg errichtet worden war. Und die Holzbrücke war neben der Irisblüte und dem Kirchturm wahrhaftig Eriskirchs ganzer Stolz. Ihr zu Ehren hatten die Eriskircher sogar ein Fest mit Hockete, heißen Seelen, Livemusik und allem Drum und Dran ins Leben gerufen. Auch wenn es in diesem Jahr dem Schlechtwetter zum Opfer gefallen war.

Die Sanierungsarbeiten hatte man sich schon ein Milliönchen

kosten lassen. Wer schön sein wollte, musste eben leiden. In diesem Fall der Haushaltssäckel der Gemeinde. Und schön anzusehen war die historische Brücke allemal. Wenn nicht gerade ein toter Priester an ihr in der Schussen baumelte.

Der Pfarrer war am Samstagvormittag nicht zur Beisetzung von Lisa Feldner erschienen. Mittags dann der Schreckensfund.

Zwei Kanufahrer, ein junges Pärchen, waren auf der Schussen gedümpelt und direkt unter der Leiche des Priesters hindurchgepaddelt. Er war in dem weniger als eine Elle breiten Spalt zwischen dem Fußgängerüberweg und der Holzbrücke in die Schussen gehängt worden, kopfüber bis über die Brust hinaus ins Wasser getaucht.

In diesem Spalt hatte der Ermordete im Verborgenen gehangen. Beiderseits der Brücke waren die Flussufer weit in die Schussen hinein mit Büschen bewachsen. Auch hatten sich Fußgänger nicht weiter an dem dezent angebrachten blauen Nylonseil gestört. An der Holzbrücke fanden immer mal wieder kleinere Instandhaltungsarbeiten statt. Sie hatten das Seil mit Vermessungen an der Holzbrücke in Verbindung gebracht und waren dem gar nicht erst weiter auf den Grund gegangen.

Darüber hinaus war die Stelle von der flussquerenden Autostraße aus nicht wirklich einsehbar, weil die Schussen ausgerechnet in diesem Abschnitt einen Bogen machte und die Straßenverkehrsordnung einen konzentrierten Blick nach vorn gebot. Ebenso wenig gewährte die dichte Böschung entlang des parallel zur Schussen verlaufenden Schwediweges den Radfahrern Einblick auf den Bereich unterhalb der Holzbrücke. Aber Radler durften bei dem Sauwetter ohnehin kaum unterwegs gewesen sein.

Und zu allem Überfluss hatte der an der Holzbrücke ansässige Fahrschullehrer keine Beobachtungen machen können. Betriebsferien. Er war mit seinem Motorrad nach Paderborn ausgeschwirrt, um dort wie jedes Jahr im Rolandsbad einen mutigen Sprung aus stattlichen zehn Metern ins kühle Nass zu wagen. Zumindest teilte das der Anrufbeantworter mit.

Parallelen zum ersten Mord lagen auf der Hand. Das Seil hing an einem Karabiner desselben Typs, wie sie ihn am Holzkreuz an der Malerecke vorgefunden hatten. Auch er war in einer in das Holz der Brückenfassade eingedrehten Ösenschraube eingehakt gewesen. Das blaue Nylonseil war ebenfalls identisch mit jenem, das beim Mord an der Malerecke verwendet worden war. Das hatte der von Maik Stork durchgeführte Faserabgleich belegt. Und es gab eine getrocknete Irisblüte. Wieder eine blaulilafarbene. Abgelegt auf einem der Simse in den Fensteraussparungen der Holzbrücke.

Auch wenn bislang weder am Hungerberg noch im Scheiterhaufen der verbrannten Lisa Feldner eine solche Blüte gefunden worden war, so hatten sie es eindeutig mit einer Mordserie zu tun. Unter der Blüte war nämlich wieder ein kleiner, maschinenverfasster Zettel abgelegt worden. Wieder mit einem Dreizeiler: »Die Schussen holt ihn. Tränkt und schwemmt ihn, zehrt ihn auf. Wäscht die Sünden rein.« Das war draufgestanden.

Auch glich der Lappen, der im Mund des Pfarrers gesteckt hatte, dem Knebel, der bei Klaus Hübner zum Einsatz gekommen war. Im Mund der Brandleiche von Lisa Feldner hatte man nur noch verkohlte Überbleibsel sicherstellen können. Die Faseranalysen von Maik Stork hatten aber auch hier eine Übereinstimmung offenbart. Also doch ein Knebel. Außerdem hatte der Chemiker feststellen können, dass es sich bei den schwarzen Stricken, mit denen Lisa Feldner an die Sackkarre gebunden gewesen war, um feuerfeste Aramidfasern handelte.

Christina Ferber hatte die Todesursache relativ schnell ausmachen können. Die Obduktion hatte eine otobasale Fraktur, einen Schädelbasisbruch, zutage gefördert. Nicht tödlich. Doch hatte er das Mordopfer vor dem Ertränken sicher für eine Weile schachmatt gesetzt. Denn trotz der massiven Kopfverletzungen war ihr drittes Mordopfer ertrunken. Die Rückstände des eiweißhaltigen Schaumes im Mund und in der Nase des Ermordeten waren ein eindeutiger Beleg. Todeszeitpunkt am Donnerstag vor vier Wochen zwischen einundzwanzig Uhr und Mitternacht.

Am Friedhof hatte die Trauergemeinde am Samstagmorgen

an der vorgesehenen Grabstelle die Priesterkappe sowie eine blutverschmierte Harke vorgefunden. Die Untersuchungen der Blessuren am Kopf hatten ergeben, dass die dreizinkige Harke tatsächlich eine Tatwaffe war. Sie hatte die drei punktförmigen Verletzungen auf der Schädeldecke des Mordopfers verursacht. Das hatte Diana Mendig eindeutig bestimmen können. Alexander Brinksmann hatte an dem Handrechen das Blut des Pfarrers nachgewiesen.

Marc streckte die Arme in die Höhe und dehnte seine Muskelpartien. Zweiundzwanzig Minuten und vierunddreißig Sekunden. Nicht schlecht, Herr Specht. Er hatte sich mal wieder so richtig auspowern und den Kopf gedanklich resetten können. Er reckte ihn beim Stretchen nach oben, und seine Augen streiften das über der Aussichtsplattform liegende Panoramarestaurant. Spontan beschloss er, sich vor dem Abstieg noch ein kühles Blondes einzuverleiben. Isotonisches hatte er sich jetzt redlich verdient.

Während er im Außenbereich der Gaststätte an der Schaumkrone seines alkoholfreien Hefeweizens nippte, musste Marc an sein gestriges Treffen mit Professor Cornelius Wagner denken.

Er hatte den Geisteswissenschaftler abermals in Weingarten aufgesucht. Dieses Mal allerdings nicht im Klostercafé, sondern im »Fruchtkasten«, der Bibliothek der Pädagogischen Hochschule. Der fruchtbare Boden studentischer Wissensbildung.

Hier hatte er sich mit dem Professor in eine ruhige Ecke zurückgezogen. Marc hatte ihm Bildaufnahmen des zweiten wie auch des dritten Tatortes gezeigt. Der Professor war ausgebüxt und hatte zwei Wälzer aus den Regalen des historischen Bereichs der Bibliothek angeschleppt. Im ersten ging es um die Geschichte der Gemeinde Langenargen. Er hatte das Buch auf den Seiten zum Hexenprozess gegen Anna Lohr aus Argen aufgeblättert.

Der Professor hatte dann ausgiebig über diesen anno 1625 vollzogenen Hexenprozess gefachsimpelt und jene Vermutung geteilt, die Marc bereits bei der Tatortbegehung durch den Kopf geschossen war. Man hatte der Anna Lohr vorgeworfen, am Hungerberg hexisches Treiben mit dem Teufel begangen zu haben. Es lag also nahe, dass Lisa Feldner ganz bewusst an dieser historisch bedeutsamen Stelle verbrannt worden war. Um aufzuzeigen, dass auch sie mit dem Teufel paktiert hatte.

Das zweite Buch, die bebilderte Luzerner Chronik, enthielt unterschiedliche Darstellungen von Hexenverbrennungen. Sie alle ähnelten der Auffindesituation der verkohlten Lisa Feldner.

Dann hatte der Professor in dem dicken Schinken einige Seiten weitergeblättert und ihm eine Abbildung präsentiert, auf der ein Knabe zu Luzern unter der Egg ins Wasser getunkt wurde. An den Knöcheln war er an einen Strick gebunden. Die Hände waren ihm gefesselt. Ein Stecken drückte den Oberkörper des Knaben kopfüber unter Wasser.

Bei Roland Emmers hatte es den Stecken nicht gebraucht. Er war durch das straff gespannte Seil, das brusttiefe Eintauchen und die Paketschnürung ganz von selbst unter Wasser gehalten worden.

Der Professor war durch den am Tatort aufgefundenen Zettel auf diese Abbildung gekommen. Das Schwemmen, so hatte Cornelius Wagner ausschweifend referiert, war nämlich genau jene mittelalterliche Strafe, der der arme Knabe auf der Darstellung ausgeliefert war.

Das Gespräch im »Fruchtkasten« hatte noch weitere Früchte getragen, denn der Schweizer Chronist hatte in seinem Werk auch eine Kreuzigungsszene Jesu abgebildet. Marc und Cornelius Wagner waren einer Meinung gewesen. Der Killer hatte sich auf altertümliche Tötungsarten eingeschossen. Ja, vielleicht hatte er sich sogar durch derlei Abbildungen inspirieren lassen. Vielleicht sogar durch diese Luzerner Chronik?

Marc zog drei herzhafte Schlucke aus seinem Weizenglas. Die Ermittlungen im dritten Mordfall hatten das Verdachtsmoment von Scherbaum wieder in Richtung Finky verlagert. Im Pfarrhaus hatten die Ermittler Rolf Stallinger und Dominik Hauk nämlich hochinteressante Fotografien auf der Schlafzimmerkommode des Priesters entdeckt.

Einige Bilder zeigten den Priester wohl erst in jüngster Vergangenheit in innigen Umarmungen mit der ermordeten Lisa

Feldner. Es gab sogar eine pikante Aufnahme, die intimste Nähe durch nackte Tatsachen kundtat.

Daneben befanden sich zwei Schwarz-Weiß-Fotografien auf der Kommode. Die eine zeigte Finky in sehr jugendlichem Alter, wie er den Arm um Lisa Feldner legte. Unverkennbar durch die Hasenscharte. Und bei der jugendlichen Lisa Feldner hatten sie auch nicht lange knobeln müssen. Die Fotografie war auf der Rückseite beschriftet. Beide standen warm eingepackt und eng umschlungen vor einer Berghütte im Tiefschnee. Sie küsste ihn auf die Wange. Er grinste verschmitzt in die Kamera.

Die andere Fotografie zeigte Finky, Roland Emmers, Klaus Hübner, Lisa Feldner und einen vierten, unbekannten jungen Mann asiatischen Aussehens vor derselben Hütte. Die Rückseite dieser Fotografie verriet den Spitznamen des Unbekannten. »T-Bone«. Alle vier waren sie in Skimontur gekleidet und mit einem breiten Grinsen auf dem Gesicht abgelichtet.

Das war der Beleg. Schwarz auf weiß. Sie hatten es mit einem Beziehungsgeflecht zu tun. Marc war gestern extra noch zu später Stunde ins Kommissariat gefahren und hatte es auf ihrem Whiteboard veranschaulicht. Direkt unter ihrem Planetensystem der Verdächtigen.

Finky und Klaus Hübner waren in loser Freundschaft mit dem Jäger verbandelt gewesen. Eine Nutznießerfreundschaft der Comichefte wegen. Das wussten sie ja bereits. Lisa Feldner hatte schon in Jugendjahren für den damals wie heute wohlgenährten Comicnerd nichts übriggehabt.

Finky war den Aufnahmen zufolge hingegen mit allen drei Mordopfern eng verbandelt gewesen. Er war in der Jugend mit Klaus Hübner verkumpelt. Beste Freunde. Mit Lisa Feldner war er damals dem Anschein nach sogar liiert. Und den Fotografien nach zu urteilen waren Roland Emmers, Lisa Feldner, Klaus Hübner und Finky so etwas wie eine Clique gewesen. Eventuell im Bunde mit dem unbekannten T-Bone.

Jedenfalls waren drei aus diesem Haufen tot. Ermordet. In ihrem Planetensystem waren nur zwei Trabanten übrig geblieben. Der Jäger und Finky. Einer davon ein Planetenzerstörer. Dass der

Jäger zu der Clique gehört hatte, war unwahrscheinlich. Er war jünger als die anderen. Er war auf der Fotografie vor der Hütte nicht zu sehen. Und er war aufgrund seiner Comicsammlung eher Mittel zum Zweck als geschätzter Kamerad gewesen. Dafür hatte Marc ein neues Gestirn mit einem großen Fragezeichen auf dem Whiteboard notiert. T-Bone.

Jede Wette. Finky war der Dreh- und Angelpunkt und nun auch der absolute Hauptverdächtige. Die Forensiker hatten nämlich auf der am Friedhof aufgefundenen Harke Finkys Fingerabdrücke sichergestellt. Sie mussten ihn dringlichst aufspüren. Zur Fahndung war er seit Wochen ausgeschrieben. Entsprechende Plakate waren in Eriskirch und Umgebung aufgehängt worden.

Wo steckte er bloß? Wer war der Unbekannte auf der Fotografie? Nicht die einzigen ungeklärten Fragen. Wer hatte das Foto dieser geselligen Gruppe geknipst? Nach Selbstauslöser sah diese Uraltfotografie nicht aus. Am Rand war auch der Schatten eines kleinen Fingers zu erkennen. Ein Anfängerfehler desjenigen, der das Bild geschossen hatte. Ein kleiner gekrümmter Gesellschaftsfinger. So als sei sein äußerstes Glied schon einmal angebrochen gewesen.

Der Berglauf auf den Gipfel hatte Marcs Gedankentrichter gespült. Etwas aber nagte noch immer an ihm. Der Nachtfraul. Die Presse war nun auch schon auf das Gemauschel angesprungen. Clara hatte die Nachtfraul-Erzählung als Kappes abgetan. In Köstingers faktenbasierter Welt hatte sie erst recht keinen Platz. Er wollte davon gar nichts hören. Und für Marc selbst war die Schlagzahl an Ermittlungsansätzen gerade so hoch, dass er den vagen Gedanken, ob in der Dämonenlegende nicht doch ein Funken Wahrheit stecken könnte, auch beim zweiten Treffen mit dem Professor nicht auf den Bibliothekstisch gebracht hatte.

Genug Gedankenhader. Sonst hätte der Berglauf seine Wirkung doch glatt verfehlt. Das Isotonische war hinuntergelaufen wie Honig. Es war Zeit, sich auf den Talmarsch zu begeben.

Marc startete seine Laufuhr und trabte im lockeren Tempo von der Bergstation hinab. Nach einiger Zeit steuerte er auf dem steilen Abstieg wieder auf die Weggabelung am Bildstöckle zu.

Erst jetzt stach ihm das Wegkreuz mit dem Jesusholzschnitt ins Auge. Vermutlich, weil er nun gemächlicher unterwegs war. Der Abstieg ging ganz schön in die Knie. Mindestens so deftig, wie das Bergauf in die Waden gezogen war.

Er stoppte seine Laufuhr und blieb an dem Kruzifix mit dem darunterhängenden Blumenkasten mit roten Geranien stehen. Er musste an die Gipfelkreuze denken, die ihn bei seinen zahlreichen Bergbesteigungen hier im Vorarlberger Umland schon begrüßt hatten. Nicht selten hatte er sich nach seinen in die Höhe strebenden Läufen gegen sie gestützt und die luftige Aussicht ins Tal und die Ferne genossen.

Gipfelkreuz! Aussicht! Die Worte von Professor Wagner. Es fiel Marc wie Schuppen von den Augen.

Die Kreuzigung an der Malerecke. Die Örtlichkeit war nicht nur als gegenpolig idyllische Kulisse zu einem haarsträubend schaurigen Mord ausgewählt worden. Da musste mehr dahinterstecken.

»›Es sehen, ein letztes Mal‹«. Die Textzeile des am Tatort aufgefundenen Haikus. Aber natürlich!

Es war die Kulisse selbst. Die nicht nur irgendein Hintergrund war. In der Bergwelt war ein Gipfelkreuz ganz gezielt auf eine bestimmte Aussicht ausgerichtet. Der Blick vom Kreuz an das andere Seeufer, damit musste es etwas auf sich haben. Es war exakt dieser Ausblick, den Klaus Hübner zum letzten Mal hatte sehen sollen.

Er startete seine Laufuhr wieder. Die gemächliche Gangart warf er trotz zwickender Knie und gereizter Waden über Bord. Jetzt wollte er so bald als möglich im Tal sein. Sein Geistesblitz beflügelte ihn. Er forcierte das Tempo auf der noch verbleibenden Weghälfte. Schon bald ging es am Forstweg entlang und dann auf der kleinen Flussbrücke über die Dornbirner Ache. Schließlich fand er sich auf dem Parkplatz der Talstation der Karrenseilbahn wieder. Hier fand auch sein Smartphone wieder Anschluss an die Außenwelt. Und just surrte es in seiner umgeschnallten Armtasche auch schon. Ganze drei Mal.

Noch bevor er seinen Wagen aufschloss, checkte er die Anrufliste. Drei verpasste, alle kurz hintereinander von ihrem Chemiker Maik Stork. Jetzt war er aber neugierig.

Marc drückte die Rückruftaste. Nach einem kurzen knisternden Tuten hörte er Storks piepsige Stimme am anderen Ende der Leitung.

»*Good news, possibly!*«, zwitscherte es ihm aus dem Hörer entgegen.

»Also schieß los. Ich sitze schon auf heißen Kohlen!«, trieb Marc ihn an.

»Sag mal, kannst du hellsehen? Kohlen … Der Mann hat Nerven! Eiskalt! Genau um die geht es! Ich habe nämlich für dich genau diese heißen Kohlen aus dem Feuer geholt.«

Marc verstand nur Bahnhof. War das einer von Storks belämmerten Flachwitzen? Marc unterstrich seine Ratlosigkeit durch eine Schweigepause.

Die Stille wurde dem Chemiker allmählich unangenehm. Seine fiepsige Stimme trällerte wieder los. »Kohlen, hallo-ho? Klingelt da etwas? Du hattest doch Jürgen Dettmeier gebeten, auch den Kohlehaufen der verbrannten Holzscheite analysieren zu lassen. Speziell auf Pflanzenreste hin. Schon vergessen?«

Ach ja, richtig! Das hatte Marc in der Tat.

Maik Stork babbelte munter weiter. Er mochte Schweigepausen wirklich nicht. »Na ja, ich schieße mal frisch aus der Hüfte heraus. Wir haben da etwas. Einen Pflanzenstängel. Größtenteils verkohlt.«

Verflixt und zugenäht! Das war das Letzte, was Marc jetzt hören wollte. Hiobsbotschaften und Rückschläge hatten sie in ihren Ermittlungen langsam echt im Übermaß gehabt.

Aber Moment mal, hatte die Piepsestimme nicht »größtenteils« gesagt? Größtenteils war nicht gänzlich. Im Gegenteil. Das war ein himmelweiter Unterschied.

Jetzt war Marc es, der die Stille nicht mehr aushielt. »›Größtenteils‹? Und was ist mit dem mickrigen Rest? Rede!«

»Intakt. Tatsächlich nur ein Minirest. Hatte wohl während des Feuers unter einem der Holzscheite gesteckt, die dank des Regens nicht vollständig abgebrannt sind. An seinem Ende befindet sich sogar noch ein Muggeseggele vom Rhizom, also dem Wurzelstock.«

Halleluja. Die Engelschöre ertönten.

»Wir lassen aktuell den intakten Pflanzenteil separieren und die organischen Substanzen, insbesondere die ätherischen Öle aus dem Wurzelstock, extrahieren. Und dann schauen wir mal, was für eine Gattung wir hier vorliegen haben. Ich weiß, dir brennt es unter den Fingernägeln. Aber das ist eine sehr zeitaufwendige Analyse. Und im Moment ist bei uns völlig Land unter. Die Mordserie hält die KTU gehörig auf Trab! Das Aufspüren des Überbleibsels vom Pflanzenstängel aus dem Kohlehaufen war schon die reinste Suche nach der Nadel im Heuhaufen.«

Das klang vielversprechend. Den Zauberkünsten des Analysespezialisten konnte er blind vertrauen. Manchmal erinnerte Stork ihn an einen Alchemisten.

Von dessen Fachsimpelei hingegen verstand er nur Bahnhof. Und wenn schon. Wichtig war nur, dass aus Storks Apparaturen-Brimborium ein aussagekräftiges Analyse-Ergebnis herausplumpste.

Er verabschiedete sich von Stork. Dann ein Luftsprung. Yes!

Sein Laufshirt war jetzt erst richtig durchgeschwitzt. Und das lag nicht nur an seinem Gipfelsturm. Es war die Aufregung. Der Pflanzenstängel brachte Licht ins Dunkel. Ebenso seine erhellende Erkenntnis über die Gipfelkreuz-Aussicht. Sie waren jetzt endlich mit ihren Ermittlungen wieder im Rennen.

24

Clara wartete im Büro auf Marc. Er war wohl gestern spätabends noch bei ihr daheim vorbeigefahren, um über die neuen Erkenntnisse zu sprechen, hatte aber unverrichteter Dinge wieder von dannen ziehen müssen. Sie war nämlich ausgeflogen gewesen. Ein langer Streifzug. Viele Stunden. Erst nach Langenargen und dann die Argen entlang flussaufwärts bis nach Laimnau. Abschalten. Den Kopf freischaufeln. Marc hatte ja schließlich auch den Karren beackert, um das zu tun. Aus purem Jux und Tollerei hätte sie ihre untrainierten Beine nicht auf den eine halbe Ewigkeit dauernden Fußmarsch geschleppt. Zugleich hatte sie versucht, Finkys Witterung entlang der Argen aufzunehmen. Ohne Erfolg. Der Herumtreiber war seit Wochen wie weggehext.

Dafür stand Clara nun am Samstag bei den ersten Sonnenstrahlen schon hier auf der Matte. Auch Köstinger fristete das Wochenende gerade quarzend in seinem Büro. Wieder einmal Beschwichtigung der Obrigkeiten am Telefon. Vertröstung, weil der Fall noch immer nicht gelöst war und sich die Toten mehrten. Und dazu noch die Presse.

Für später war ein Unwetter angekündigt. Ein schwacher Trost.

Clara hatte gerade einmal ihren Rechner gestartet, ihr Mail-Postfach gecheckt und kurz mit der Kriminaltechnikerin Diana Mendig über die Harke gesprochen, da schneite Marc auch schon zur Bürotür herein. Er wirkte aufgeregt. Diana Mendig räumte das Feld. Auch Marcs Stuhl, den sie vereinnahmt hatte.

Clara ließ ihren Ermittlungspartner erst einmal ankommen. Als er sich gesetzt hatte, berichtete sie ihm von der gerade mit der Waffenexpertin erneut andiskutierten Theorie einer Gelegenheitswaffe.

»Die Harke hatte auf dem Friedhof nichts zu suchen. Weder hat sie der Friedhofsgärtner vermisst, noch stammt sie aus dem Besitz der Pfarrgemeinde«, wendete Marc ein. »Auch die Gemeindearbeiter haben sie noch nie zuvor gesehen. Unser Täter muss sie also mit an den Tatort gebracht haben.«

Clara hielt das für äußerst abwegig. »Wer läuft denn schon mit einer Harke in der Gegend herum? Wer sagt denn, dass nicht ein Friedhofsbesucher das Grab eines Angehörigen auf Vordermann gebracht und dann die Harke schlicht vergessen hat?«

Marc schüttelte vehement den Kopf. »Vieles spricht für ein planerisches Vorgehen. Da gibt es einen weiteren entscheidenden Anhaltspunkt.«

»Der da wäre?«

»Das Abweichen vom bisherigen Modus Operandi.«

Clara runzelte die Stirn und zog ihr rotes Haarband ein wenig nach oben. »Spricht das nicht gerade für eine eher ungeplante Tatbegehung?«

Wieder schüttelte Marc den Kopf. »Der Täter ist von seinem Schema abgewichen. Bislang hat er seine Opfer vor den Morden mit einem Betäubungsmittel außer Gefecht gesetzt.«

Marc erinnerte Clara daran, dass die Spurensicherung auf dem Fußweg zu den Alpakas bei Langenargen auch Chloroformspuren gesichert hatte. Dort, wo das zu Lisa Feldners Fahrrad gehörige Fahrradschloss an einem Zaunpfahl vorgefunden wurde. »Chloroform zieht das Risiko einer Rangelei nach sich, wenn der Überraschungseffekt nicht sofort greift. Möglicherweise kam es bei einem der ersten beiden Morde ja zu einem unvorhergesehenen Zwischenfall? Oder es hat ihm jetzt jemand dazwischengefunkt? Er musste seines Opfers also rasch habhaft werden. Durch zwei beherzte Schläge auf die rechte Schläfe und den Hinterkopf.«

Auch wenn sie sich gerade im Reich der Spekulationen befanden, Clara konnte Marc in diesem Punkt nur zustimmen. »Ich denke auch, der Killer wusste um die Gefahr, die der Friedhof barg. Er musste damit rechnen, dass zu später Stunde jemand hereinschneien könnte. Also musste alles schnell vonstattengehen. Warum aber eine Harke mitschleppen? Auf einem Friedhof findet man immer einen schweren Stein. Ich denke, die Harke war doch eine Gelegenheitswaffe!«

Überzeugt war Marc trotz ihrer Hartnäckigkeit nicht. Vor allem, weil es reichlich unwahrscheinlich war, dass jemand bei einem solchen Hundewetter den Friedhof aufsuchen würde. Mit Ausnahme des Pfarrers. Eine Befragung in der Kirchengemeinde hatte ergeben, dass Roland Emmers für seine große Sorgfalt bekannt gewesen war. Bereits am Vorvorabend einer Beisetzung hatte er sich immer des ansehnlichen Zustandes einer Grabstelle persönlich angenommen. So konnte der Angriff auf ihn von langer Hand geplant gewesen sein, fasste Marc noch einmal zusammen. Er richtete seinen Blick hinüber zum Whiteboard.

Clara und er hatten das Planetensystem im Zentrum um zwei weitere Himmelskörper ergänzt. Neben den zentrischen Punkt für Klaus Hübner hatten sich die Punkte für die beiden weiteren Mordopfer Lisa Feldner und Roland Emmers gesellt. Hinzugekommen war auch das Fragezeichen, das für den bis dato unbekannten T-Bone stand. Dafür hatten sie zwei potenzielle Planetenzerstörer gestrichen.

Alexandra Hübner, die Ehefrau des ersten Mordopfers. Sie war mit keinem der weiteren Morde in Verbindung zu bringen. Für beide Tatzeiten hatte sie ein engmaschig gestricktes Alibi zu bieten.

Zudem waren die Sibirischen Schwertlilien aus dem Gartenhandel ihres Dekorationsgeschäftes im Labor der Zentralen Kriminaltechnik forensisch untersucht worden. Allein schon die Blütenfarbe unterschied sich deutlich von den am Tatort aufgefundenen Exemplaren. Sie hatten nicht die kräftigen dunkelblauvioletten Blätter, sondern hellblaue. Ein Gutachten des Instituts für Systematische Botanik der Universität Ulm hatte absolute Klarheit verschafft. Die Irispflanzen aus Frau Hübners Gartenhandel waren zweifelsfrei Zuchtpflanzen. Keine Wildpflanzen.

Auch den Punkt für Jenny Gentner, die drogenabhängige YesLife-Aktivistin aus Konstanz, hatten sie gestrichen. Sie hatte lediglich eine Verbindung zu Klaus Hübner gehabt, nicht aber zu den beiden anderen Mordopfern. Und die vereitelte Plakataktion am Abend von Hübners Ermordung mit anschließender Verfolgungsjagd, wie von Jenny Gentner berichtet, hatte der Barmann im Schloss Montfort bestätigt. Auch waren die Rechnerfestplatten durchforstet worden. Ihre und die von Rufus. Offensichtlich war der YesLife-Blog tatsächlich raffiniert gehackt worden.

Es blieben der Obdachlose und der Jäger. Michael Fink und Manfred Scherbaum. Von Ersterem fehlte weiterhin jegliches Lebenszeichen. Bei Letzterem hatten sie sich die Chauffeurfahrten durch den Tettnanger Jagdfreund Karl Riedlinger bestätigen lassen. Ein Alibi für die Taten war das natürlich überhaupt nicht.

Marc stand auf und ging zum Whiteboard hinüber. »Lass uns noch einmal zusammenfassen.« Er nahm sich den grünen Marker und notierte neben sein hingepinseltes Beziehungsdiagramm die Tatorte. »Malerecke, Langenargen. Hungerberg bei Bierkeller-Waldeck, zwischen Langenargen und Eriskirch. Historische Holzbrücke, Eriskirch«.

Er steckte die Kappe auf den Board-Marker und tippte damit die notierten Örtlichkeiten der Reihe nach an. »Wir haben hier ein ganz klares Bewegungsmuster. Die Tatorte bewegen sich von Langenargen nach Eriskirch. Der Täter minimiert für sich das Risiko, indem er ihm vertraute Örtlichkeiten als Orte des Geschehens auswählt. Wir haben es ganz sicher mit einem Einheimischen zu tun. Eventuell sogar mit einem Eriskircher.« Marc streckte seinen Arm und tippte auf die beiden verbleibenden Planeten auf der Umlaufbahn. »Das trifft auf Finky wie auch auf den Jäger zu.«

Clara hatte Marcs Ausführungen ruhig verfolgt. Er sah es ihr an. Seine Schlussfolgerungen widerstrebten ihr.

»Ein *local* also? Bleiben wir bei deiner Theorie. Unser Täter ist ein Eriskircher … Im Grunde müssten wir dann alle Einwohner Eriskirchs überprüfen.«

Marc drehte den Board-Marker in seiner Hand. Er wagte einen Blick hinüber zur Landkarte, die er neben dem Whiteboard an die Wand gepinnt hatte.

Dort lag die Kläranlage, unterhalb derer Finky seine Zeltbleibe aufgeschlagen hatte. Rechts davon, zwischen den Obstplantagen, lag Scherbaums Haus. Wieder ein Stückchen rechts lag unterhalb der vorigen beiden Punkte die Wiese am Hungerberg. Die drei Örtlichkeiten spannten auf der Karte ein Dreieck auf. Präziser gesagt taten dies drei Pinnnadeln und Fäden. Von Finkys Zelt bei den Wasserhüterinnen-Baumstämmen zur Hungerbergwiese waren es fünfhundert Meter. Zum Haus des Jägers gerade einmal dreihundert Meter. Von diesem zur Hungerbergwiese wiederum auch nur dieselbe Entfernung.

Doch da war noch etwas. Etwas an der schnurgeraden Verbindung zwischen Finkys Behausung und dem Tatort am Hungerberg störte das Dreieck. Claras Wohnung im Ferienappartement in Moos. Auf zwei Dritteln des Weges war sie auf der direkten Verbindungslinie gelegen.

»Ja. Theoretisch kommst selbst du mit deinem vorübergehenden Wohnsitz im Ferienappartement als Täterin in Frage«, sagte Marc mehr scherzhaft und deutete verschwörerisch auf sie. Sein Berufssarkasmus war ihm selbst im kollegialen Umfeld nicht abhandengekommen.

Clara zeigte ihm entsprechend entschieden den Vogel. »Witzbold! Was sind denn nun deine brandheißen Erkenntnisse? Du klangst gestern am Telefon ziemlich aufgeregt.«

»Der Reihe nach …«, antwortete Marc. »Lass uns zunächst noch einmal die Beziehungen der Mordopfer und der Verdächtigen durchgehen.« Er lenkte ihren Blick auf das Beziehungsdiagramm. »Wir wissen, dass Hübner und Scherbaum in der Jugend zweckbefreundet waren, korrekt? Die Comic-Schmarotzerei.«

Clara nickte.

»Mordopfer Nummer zwei und Nummer drei pflegten eine heimliche Liaison. Wenn man so will, ein Techtelmechtel. Die Sekretärin der Bürgermeisterin und der Pfarrer. Nicht gerade der Klassiker unter den *Secretary Bedtime Stories*.«

Wieder nickte Clara.

»Finky war mit dem Jäger auch die Nutznießerfreundschaft eingegangen. Noch so ein Comic-Schmarotzer. Du erinnerst dich außerdem an die Fotografie aus dem Pfarrhaus? Finky eng umschlungen mit Lisa Feldner … küssend vor der Skihütte?«

Clara nickte ein drittes Mal.

»Lisa Feldner und Finky waren in der Jugend wohl ein Paar. Es gibt ja zudem das Bild, auf dem Finky mit Klaus Hübner und Roland Emmers vor derselben Skihütte abgelichtet ist. Der Abtreibungspapst und er waren in der Jugend *bee eff effs. Best friends forever.* Bei Finky laufen alle Fäden zusammen! Wo steckt er? Wie konnte aus immerwährender Freundschaft Hass werden? Wer ist der vierte junge Mann auf der Fotografie, dieser T-Bone? Und wer hat das Gruppenfoto geknipst? Da sind wir noch nicht weitergekommen!«

Er legte den Board-Marker beiseite und seine Stirn in Falten. »Nicht nur Finky hatte Hübner auf einmal gehasst. Auch Scherbaum. Und dessen Abscheu gegenüber Lisa Feldner beruhte auf Gegenseitigkeit. Ich gehe fest davon aus, dass die Beweggründe für die Mordserie in diesen ehemals freundschaftlichen, heute feindseligen Verstrickungen vergraben liegen. So ein verflixter Mist, dass der verdammte Finky nirgends zu finden ist. Ich bin mir sicher, wir könnten das Motiv heben, wenn er uns nur Rede und Antwort stehen würde. Und bei Manfred Scherbaum brauchen wir jetzt kein drittes Mal antanzen. Dem Aalkopf von Anwalt sei Dank. Eine weitere Befragung lässt der Staatsanwalt nur mit neuen Beweisen gegen ihn zu. Und auf den Fotografien aus der Pfarrei taucht der Jäger ja gar nicht erst auf. Wir müssen Finky am Schlawickel packen!«

»Okay … können wir trotzdem für einen Moment auf deine brandheißen und aktuellen Neuigkeiten zu sprechen kommen?«, bohrte Clara ein zweites Mal nach.

Hatte sie ihm gerade nicht richtig zugehört? Er war fest entschlossen, gemeinsam mit ihr in Köstingers Büro zu marschieren und ihren Vorgesetzten um alle erdenkliche Manpower zur Aufgreifung des Obdachlosen zu bitten.

Marc gautschte die Rückenlehne seines Bürostuhls bis zum Anschlag nach hinten, legte seinen Kopf in den Nacken und schüttelte seine Verwirrung über Claras Desinteresse aus seinen Gedanken. Dann eben erst die Eingebungen, die ihn gestern bei seinem Trailrun auf den Karren ereilt hatten. »Das Bildstöckle am Karren.«

»Geht es ein wenig spezifischer?«, bat Clara ihn.

»Nun, das Wegekreuz hat mich gestern bei meinem Berglauf auf die bildgewaltige Bedeutung von Gipfelkreuzen gebracht. Die sind meist auf eine recht spektakuläre Aussicht ausgerichtet.«

Fragend schickte Clara ihre Augenbrauen eine Etage höher und spielte mit den Fingern an ihren Kreolen. »Mir fehlt noch der springende Punkt. Wie hilft uns diese Erkenntnis weiter?«

Marc trank die letzten Schlucke seines Kaffees. Heute ein Cappuccino to go, den er auf dem Herweg in der Bäckerei ergattert hatte. »Denk doch mal nach, Clara! Das Holzkreuz an der Malerecke. Unser erstes Mordopfer. Die Textzeile des Haikus. ›Es sehen, ein letztes Mal‹.«

Marc redete sich warm. »Trotz des vermeintlichen Bombenfunds vor dem Langenargener Yachthafen ist und bleibt die Malerecke ein öffentlicher und beliebter Ort. Es hätte in der Tatnacht jederzeit unbedarfte Nachtschwärmer dorthin verschlagen können. Der Täter ist mit der Wahl der Malerecke als Schauplatz ein enorm hohes Risiko eingegangen. Ein bloßes In-Szene-Setzen der Leiche hätte er auch an einer abgelegeneren Örtlichkeit bewerkstelligen können. Da muss also mehr als ein bloßes Brimborium dahinterstecken.«

Clara ging darauf ein. »Und was ist deiner Meinung nach dieses ... *Mehr*?«

»Das Schwäbische Meer. Die einmalige Aussicht hinüber. Von der Malerecke aus sieht man das Schweizer Seeufer in all seiner Pracht. Glaub mir. Auf der anderen Seeseite liegt der Schlüssel vergraben, der uns in unseren Ermittlungen das bisher verschlossene Tor entriegeln könnte.«

Clara empfand das offenbar als einen Irrweg. »Du, Marc, wir driften ganz schön in die Spekulationen ab. Ich möchte dich nicht entmutigen. Aber ... na ja ... wir sollten uns nicht in etwas verrennen, was bislang nur eine haltlose Annahme ist. Genauso gut könnte auch einfach die offen zugängliche Lage am Bodensee der Grund für die Tatortwahl gewesen sein. Das Schweizer Seeufer ist ja nicht einfach wegzuradieren. Wir sollten das nicht übermystifizieren. Wir haben bis jetzt keinerlei Bezugspunkt in der Schweiz ermittelt. Lass uns doch bitte bei den Fakten bleiben, ja? Kaffeesatzleserei bringt uns an dieser Stelle nicht weiter.«

Wumms. Bei seinem Cappuccinobecher war Marc mittlerweile beim Kaffeesatz angelangt. Ihm vorzuwerfen, aus ihm lesen zu wollen, das war eine bodenlose Frechheit. Das musste er jetzt erst einmal sacken lassen.

Bislang hatte es Clara bei Seitenhieben belassen. Das aber glich einem Tritt in die Weichteile. Es kratzte an Marcs Stolz. Er war kein Ehrenkäs. Gewiss nicht. Aber der Stachel saß tief.

Er hatte keine hoch angesehene Criminal-Profiling-Ausbildung beim FBI in den Staaten genossen. Doch auch ohne Etepetete-Zertifikat in Hochglanz fand er, dass seine Ausführungen durchaus auf mehr als nur haltlosem Hokuspokus fußten und sein Thesenhaus aus weit mehr als brüchigem Spekulatius bestand. Das machte ihn jetzt schon tierisch wütend. »Kaffeesatzleserei«! Also wirklich!

Er erinnerte sich zurück an die erste gemeinsame Tatortbegehung an der Malerecke. Als Clara sich dort untätig auf das Sightseeing beschränkt und sich auf den Lorbeeren ihres Japan-Erfolges ausgeruht hatte.

Noch ehe er seine Zunge hüten konnte, platzte seine Wut ungezügelt heraus. »Weißt du, der Horst wäre mir in so einem Moment mit Rat und Tat zur Seite gestanden. Er hätte nicht jede meiner Ausführungen heruntergebuttert und in den Wind geschossen! Wir konnten uns auch bei Meinungsverschiedenheiten respektvoll in die Augen schauen. Und wenn er meine Sichtweise nicht teilte, hat er auch mal seinen Mann gestanden und einfach die Klappe gehalten!«

Die Stimmung war aufgeheizter als die hochsommerliche Umgebungstemperatur.

Ruhig, aber mit bestimmter Tonlage suchte Clara nach den richtigen Worten. »Nimm mir das nicht übel. Den Horst kann ich nicht ersetzen. Und ich bin keine Hardcore-Feministin, aber genderbewusst genug, um nicht meinen Mann stehen zu müssen. Schon gar nicht meine Klappe halten. Die Zeiten, wo Frauchen den Rand halten und den Heldenpossen ihres Göttergatten lauschen musste, gehören zum Glück der Vergangenheit an. Ich sage ganz selbstbewusst, was ich denke. Es ist nicht an uns, spekulativen Mumpitz-Mutmaßungen nachzujagen. Wir sind nicht an der Wall Street. Ich möchte wie gesagt wirklich nicht, dass du dich da in etwas verrennst. In meinen Augen tust du das gerade!«

Das brachte das Fass endgültig zum Überlaufen. Marc war zu vielem bereit. Auch zu Kompromissen. Er war dehnbar. Bis hin zu unliebsamen Spagaten. Er war auch streitbar, solange es sachlich blieb. Wenn es aber darum ging, seine Methoden derart durch den Schlamm zu ziehen, dann widersprach dies seinen Prinzipien. An dieser Stelle war *end of democracy*.

»Clara, wie du weißt, hat Köstinger mich mit der Leitung der Ermittlungen betraut. Meine Ermittlungen, meine Methoden. Punkt! Aus!«

»... Micky Maus!«, musste Clara das letzte Wörtchen haben. Dass Marc jetzt ausgerechnet den Boss-Joker ziehen musste, das konnte sie offenbar gar nicht abhaben. Typisch männlich primi tiv ... »Du selbstgefälliger Arsch!«, knallte sie ihm an den Kopf.

Wo kam das denn bitte schön her? Es hatte schon länger unter der Erdkruste gebrodelt. Jetzt knallte es. Was sich so langsam hochgeschaukelt hatte, war spätestens jetzt zu einem handfesten Zank mutiert.

Marc war der geborene Läufer. Er liebte es, zu rennen. Im Moment zur Bürotür hinaus. Es glich jedoch mehr einem wütenden Schweinsgalopp denn einem Spurt.

Die Neuigkeiten über den in dem Kohlehaufen vom Hungerberg entdeckten Pflanzenstängel würde er Clara heute nicht unter die Nase reiben. Seine Erkenntnisse stießen bei ihr ja ohnehin auf Granit anstatt auf Gehör.

Sie schien auf seine Fallanalyse einfach keinen großen Wert zu legen. Stattdessen zog sie es vor, ihm kindische Beleidigungen an die Stirn zu schleudern. Er war ihr *partner against crime*. Gerade von ihr sollte er ein wenig mehr Courage und Rückhalt erwarten können.

Horst Haberle und er, sie waren sich in ihren Ansichten auch nicht immer grün gewesen. Beileibe nicht. Horst war ein ganz Geradliniger. Stets korrekt, stets der Linie und dem Protokoll treu. Er selbst war das, was man in alteingesessenen Ermittlerkreisen wohl einen Revoluzzer schimpfen würde. Ein Rebell, der auch gern einmal gegen den Strom anschwamm. Doch sie hatten einander immer Respekt entgegengebracht. Hitzig und laut war es schon ein ums andere Mal zugegangen. Sie hatten sich auch ab und an die Meinung so richtig ordentlich vor den Latz geknallt. Der Latz, und das war der springende Punkt, hatte bei ihnen aber stets oberhalb der Gürtellinie gesessen.

Marc ergriff die Flucht. Raus aus dem Büro, raus aus dem Gebäudekomplex. Weg von diesem ganzen Mist. Auf den Innenhof des Kommissariats. Dort pflanzte er sich auf eine Parkbank. Er musste einfach Frischluft schnappen. Das Gemüt abkühlen. *Bad vibrations.* In Claras Gegenwart packte ihn echt zusehends die Krätze.

Andere Vibrationen in seiner Hosentasche. Das Smartphone. Maik Stork. Hoffentlich *good vibrations*. Selbst dessen nervtötende Piepsestimme, die sich meist vor guter Laune selbst überschlug, war ihm jetzt eine willkommene Abwechslung zu Claras pessimistisch getrimmtem Genörgel. Ein wenig Optimismus konnte nicht schaden. Er hob ab.

»16-Hydroxyiridal!«, begrüßte ihn die aufgeregte Stimme am anderen Ende.

Auffallend kryptisch. Wie schon so viele Male zuvor. Dieser Nerd verstand es einfach, sich in einer dem Klingonisch nicht unähnlichen Fachbabbelei zu verlieren. Ob gewollt oder nicht. Das hatte dieser Mann einfach zur Perfektion getrieben. Er hatte dieses Was-auch-immer mit einer solchen Selbstverständlichkeit in das Telefon geprustet, dass Marc sich unsicher war, was für eine Antwort nun von ihm erwartet wurde. Und deshalb tat er das Einzige, was Maik Stork dazu veranlasste, sich in die Niederungen der Unwissenden zu begeben. Marc schwieg beharrlich.

»16-Hydroxyiridal. Marc, Menschenskinder, ist dir eigentlich klar, was das bedeutet?«

Zur Hölle mit diesem Maik Stork. Wie sollte einem Menschen

mit sozialverträglichen Hobbys, der abends nicht mit dem Chemiewälzer unterm Kopfkissen einschlief, klar sein, was es mit diesem Hydroxydingensbums auf sich hatte?

Marc strafte ihn einfach weiterhin mit seinem eigenen Mundtod. Und das verfehlte seine Wirkung nicht. Der Stork war wie die Maiskörner in einer Packung Mikrowellenpopcorn. Nur poppte er nicht aufgrund der Mikrowellenstrahlung auf, sondern durch das Schweigen im Walde. Und er beantwortete sich seine ohnehin verdächtig rhetorisch gestellte Frage selbst. »Na, 16-Hydroxyiridal bedeutet natürlich: nicht alpha-Irigermanal!«

Wow, ein Satz für das Phrasenschwein in ihrer Kaffeeküche.

Maik Stork war wahrlich kein Meister der Empathie. Im Allgemeinen kein Kenner menschlicher Gemütslagen aller Art und Ausprägung. Den Wink mit dem Zaunpfahl durch Marcs unterkühltes Ausschweigen wusste er allerdings durchaus einzuordnen. Er bemühte sich, im Rahmen seiner Möglichkeiten, um eine aussagekräftigere Schilderung. Dabei wirkte seine Stimmlage selbst für seine Belange wahnsinnig schrill.

»Heureka, Marc! C dreißig H fünfzig O *vier*! Und nicht C dreißig H fünfzig O *drei*! Das eine Sauerstoffatom ist das Zünglein an der Waage!«

Bahnhof. Nichts als Bahnhof. Mittlerweile fühlte Marc sich auf das Abstellgleis verfrachtet. Er beschloss, seinen Schweige-Boykott für den Moment aufzugeben. »Maik, ich bin *lost in space*. Was genau möchtest du mir denn mitteilen?«

Der hasplige Chemiker atmete deutlich hörbar in das Telefon. Dann bemühte er sich allerdings um eine verständliche Sprache. »Also … noch mal ganz von vorne. Ich habe den intakten Teil des am Hungerberg aufgefundenen Pflanzenstängels chemisch analysiert. Ich habe mit Hilfe der beschleunigten Lösemittelextraktion die ätherischen Öle extrahiert. Deren molekulare Struktur habe ich dann mittels Kernspinresonanzspektroskopie ganz genau unter die Lupe genommen.«

Kernspinresonanzspektroskopie. Ein schrecklich langes Wortgebilde. Zumindest empfand Marc es so. »*Too much detail*, Maik! Komm endlich mal auf den Punkt!«

Jetzt hatte er den diplomierten Chemiker bei der Ehre gepackt. »Der Stängelfund führt doch nicht ins Blaue. Vielmehr ins *Gelbe*. In der Sumpfschwertlilie, der Gelben Schwertlilie, lassen sich toxische Triterpene des Typs 16-Hydroxyiridal nachweisen. C dreißig H fünfzig O *vier*.«

Marc begann zu begreifen, was ihm Maik Stork so sagenhaft umständlich zu erklären versuchte. »Und diese ... *Triterpene* gibt es in der blaulilafarbenen Irisblüte nicht?« Er versuchte, dieses Triterpene-Dingens in möglichst sachkundiger Tonlage auszusprechen.

»*Diese* Triterpene nicht. Natürlich enthält die Blaue Schwertlilie, die *Iris sibirica*, ebenfalls toxische Triterpene. Aber eben diejenigen des Typs alpha-Irigermanal. C dreißig H fünfzig O *vier*.«

Marc dachte nach. Er versuchte diese Informationen zu verdauen und zu greifen. Was wollte ihm Stork da gerade durch das Telefon verklickern?

Es wurde bei ihrem zweiten Mordopfer, Lisa Feldner, also ebenfalls eine Irisblume gefunden. Aber im Gegensatz zu den Tatorten an der Malerecke in Langenargen und an der Historischen Holzbrücke in Eriskirch handelte es sich bei der Blüte vom Hungerberg nicht um eine blaulilane Iris, sondern um eine gelbe.

Marc beging einen fatalen Fehler. Er erkundigte sich bei Stork, ob die forensische Abteilung sich denn sicher sei, dass die an den Tatorten vorgefundenen Irisblüten auch wirklich aus dem Eriskircher Ried stammten. Schließlich fand man die Irisblume auch andernorts entlang des Bodenseeufers. Etwa im Wollmatinger Ried. Das wusste Marc von seinen sonntäglichen Familienspaziergängen, als er noch mit seiner Verflossenen und seinem Sohn gemeinsam in Konstanz gewohnt hatte.

»Na, hör mal! Wir haben Zeugen befragt. Winzig kleine Zeugen. Pollen! Diese stummen Zeugen sprechen für sich! Im Darm vom Ötzi hat man auch mehr als fünftausend Jahren nach dessen Ableben noch Hopfenbuchenpollen entdeckt. Und in Pompeji hat man in versteinerten Kinderschädeln Efeupollen in den Nasenhöhlen aufgespürt. Efeu-Extrakt. Antike Nasentropfen!«

»Diese ollen Pollen sind ja schön und gut … Helfen sie uns denn bei den Irisblumen?«

Jetzt kam der Chemiker in Fahrt. »Und wie! Der Pollenmix an den Sibirischen Schwertlilien ist eine einzigartige Visitenkarte für deren Wachstumsgebiet! Und die Kerlchen haben sich nicht lumpen lassen. Binsenschneide, Buxbaums Segge, Knabenkraut, Lungenenzian und das Gottesgnadenkraut. Eine Raverparty der Pollen. Das grenzt das in Frage kommende Gebiet auf die Streuwiesen des Eriskircher Rieds jenseits des Strandbades ein.«

Und es kam noch besser. »An dem intakten Stückchen Stängel der Sumpfschwertlilie habe ich geringste Mengen eines Sekretes festgestellt. Die findigen Kriminalbiologen vom Landeskriminalamt in Stuttgart haben es einer *Vertigo moulinsiana* zugeordnet. Der Bauchigen Windelschnecke. Die besiedelt kalkhaltige Moore und Sümpfe und ist in der umliegenden Gegend ausschließlich im Eriskircher Ried heimisch!«

Marcs Ohr war nach Storks in die Länge gezogenem Triumphzug ganz wattig. Dennoch bedankte er sich, ehe er auflegte.

Die Irisblume zog sich also ebenfalls wie ein roter Faden durch ihre Mordserie. Doch was hatte es mit den verschieden gefärbten Irisblumen auf sich? Welche Bedeutung kam ihnen zu? Waren sie doch nur als bloße Handschrift des Killers zu verstehen? Seine Signatur? Bei Klaus Hübner, dem Abtreibungspapst, war es eine blaulilafarbene Iris gewesen. Bei Lisa Feldner, der Sekretärin der Bürgermeisterin, dann ein gelbe. Und bei Roland Emmers, dem Pfarrer, wieder eine blaulilafarbene.

Serienkiller hinterließen nicht selten außergewöhnliche Erkennungszeichen. Mal waren es Gedichtverse, mal Spielkarten. Ein anderes Mal Puppen. Es entsprach dem soziopathisch gestörten, egozentrischen Naturell eines Serienmörders. Sein Drehbuch. Seine Regie. Sein Werk. Und Verse im 5-7-5-Silbenrhythmus hatten sie ja an allen drei Tatorten vorgefunden. Das Haiku hatte sich jeweils auf die Tötungsart bezogen. Welche Bedeutung aber war dem Farbwechsel der Irisblüten beizumessen? Hatte sich der Killer bei Lisa Feldner ganz bewusst für eine gelbe Iris entschieden? Wenn ja, warum?

Eine Mitteilung. Professor Cornelius Wagner hatte das ja auch vermutet. Der Killer wollte damit etwas mitteilen. Aber wem? Der Polizei? Den Opfern? Und was?

Die blaulilafarbene Iris stand für die geschenkte Freiheit. Das hatte der Professor so gedeutet. Und wofür stand dann die gelbe Iris?

Marc hatte das Gefühl, dass, sobald sich eine Luke der Erkenntnis aufgetan hatte, sich aus dieser immerzu ein Schwall an neuen Fragen erhob. Als würde er aufs Geratewohl vergebens gegen eine übermächtige Stromschnelle anschwimmen.

So wie damals auf dem Time Square in New York. Den hatte er mit seiner Ex bei ihrem gemeinsamen Städtetrip im Big Apple aufgesucht. Sie waren die Seventh Avenue mit all ihren flimmernden Reklametafeln entlanggeschlendert, und ihnen war eine Heerschar an Menschen entgegengeströmt. Er hatte sich damals in der Brandung gegen die heranströmende Masse wie ein loses Stück Treibgut gefühlt. Exakt so fühlte er sich nun wieder. Nur war es jetzt die schiere Masse an vagen Ermittlungsansätzen, die über ihn hereinbrach.

Marc sah, wie Clara den Innenhof durch die Seitentür betrat. Er beschloss, die ohnehin noch spärlichen Erkenntnisse über die verschiedenen Irisblumen vorerst nicht mit ihr zu teilen. Er wollte keinen weiteren Streit über seine aus ihrer Sicht zu waghalsigen Deutungen vom Zaun brechen. Stattdessen würde er später bei Professor Cornelius Wagner durchklingeln. Womöglich konnte der ihm aus dem Deutungsdunst heraushelfen. Und auch endlich Licht in die dunkeltrübe Legendensuppe um den Nachtfraul bringen.

Clara hatte die Hände in den Hosentaschen ihrer schwarzweiß gestreiften Stoffhose vergraben. Ihr Blick war auf Reumütigkeit gestellt. Sie befand sich ganz offensichtlich schon auf einer Art Versöhnungskurs, als sie in dieser Aufmachung auf Marc zuspazierte. Und tatsächlich gab sie klein bei.

»’tschuldigung, Marc. Ich habe vorhin wohl ein wenig überreagiert.«

Marc wollte es dabei belassen. Er wusste um die belastende

Situation mit Claras Mutter. Er wusste auch, dass sie an einem Strang ziehen mussten, wenn sie diesen Fall aufklären wollten. Und daran war ihm gelegen. Viel mehr als an einem rechthaberischen Wettpaddeln um Oberwasser. Er schenkte Clara ein versöhnliches Lächeln. »Schon gut. Die Nerven liegen bei uns allen blank.«

Er teilte ihr mit, dass er nun nochmals in Langenargen das Argenufer nach Finky abklappern wollte. Trotz der Fahndung hatte man Michael Fink bislang nicht aufspüren können. Marc konnte sich nicht vorstellen, dass sich ein mittelloser Landstreicher so mir nichts, dir nichts einfach in Schall und Rauch auflösen konnte. Und sie durften in dieser heißen Phase absolut nichts unversucht lassen. »Kommst du mit?«, erkundigte er sich bei Clara.

Sie lehnte ab. »Ich würde aber trotzdem gern mitfahren, wenn's recht ist. Du kannst mich in Langenargen am Altersstift absetzen. Ich würde gern meine Mutter besuchen. Sie … ist im Moment in einer nicht so tollen Verfassung.«

Köstinger hatte ihr zähneknirschend solche Kurzbesuche bei ihrer Mutter auch während der Dienstzeit zugestanden. Er wollte nicht als herzloser Vorgesetzter in Verruf geraten und sich stattdessen durch diese Sondergenehmigung in Menschlichkeit üben. Insgeheim bangte Köstinger wohl aber eher um Claras Arbeitsmoral. Dennoch war Marc überrascht. »Oh, okay. Aber was ist mit deinem Wagen? Bleibt der hier stehen?«

Clara winkte ab. »I wo! Wenn er nur hier wäre. Die Klapperkiste ist schon wieder in der Werkstatt. Ich bin heute Morgen mit dem Bus gekommen.«

Erstaunt kratzte sich Marc an der Stirn. »Uiuiui. Was hat dein Gefährt denn dieses Mal für ein Gebrechen?«

Clara fasste sich theatralisch an die Brust, als habe ihr Vehikel ihr das Herz gebrochen. Ihre Kreolen baumelten dabei wild umher. »Wenn man dem Werkstattmeister Glauben schenken darf, krankt es dieses Mal an der Zylinderkopfdichtung. Weißer Rauch aus dem Auspuff. Ein päpstlicher Brückenbauer ist meine Karre im Moment aber ganz und gar nicht. Jedenfalls hat sich die

Kiste beim Durchstarten mit einem verdächtig zwitschernden Rasseln gemeldet. Das hat mir schon wehgetan, meine Knutschkugel so stöhnen zu hören.«

Marc schmunzelte. »Es muss ja nicht gleich so eine Oberklasse-Limousine wie mein Audi sein, aber du solltest dich allmählich einmal mit dem Gedanken an einen Neuwagen befassen.«

Auf dem Weg nach Langenargen musste Marc an die geladene Atmosphäre denken, als er Clara in das Altersstift gefolgt war und den Tobsuchtsanfall ihrer Mutter miterlebt hatte. Vor allem musste er an den Glassplitter denken. Der Cut an seiner linken Wange war mittlerweile verheilt, vergessen hatte er diesen Tag aber nicht.

Er hatte Clara bislang nicht mehr auf diesen Vorfall angesprochen. Jetzt haderte er mit sich selbst. Der Frieden war noch jung wie ein frisch geschlüpftes Küken. Sollte er ein neuerliches Zerwürfnis riskieren? Andererseits brannte ihm das Thema wirklich auf der Seele. Und eine günstigere Gelegenheit, um die Sache anzuschneiden, würde sich ihm wohl kaum bieten.

Marc schob alle Bedenken beiseite. »Clara, du meintest vorhin, deine Mutter befände sich in einer nicht so tollen Verfassung?« Er entschied sich für die Kundschaftertaktik. Hagelte es auf diese Frage ein Donnergrollen, konnte er beschwichtigend den Rückzug antreten. Das ganz große Gewitter würde ausbleiben.

Clara schürzte die Lippen. »›Eine nicht so tolle Verfassung‹ … Ein Euphemismus par excellence. Sie ist in einer hundsmiserablen Verfassung. Und wenn ich ›hundsmiserable Verfassung‹ sage, meine ich: Es ist die totale Vollkatastrophe!« Claras Stimme bebte. Es lag jede Menge Gefühl in ihren Worten.

Marc meinte, vornehmlich Angst herauszuhören. Und das war ein absolutes Novum. Es war das allererste Mal, dass er Clara in einer tief emotionalen Gemütslage erlebte, wenn sie über ihre Mutter sprach. Wenn er die Wut als Emotion einmal ausklammerte. Rückblickend hatten die Erwiderungen auf jegliche Erkundigungen der Kollegen nach dem Zustand ihrer Mutter wie mechanisch abgespult geklungen. Das war Marc bislang gar nicht so richtig bewusst gewesen.

Er war zuversichtlich. Das Eis hielt dem Gewicht seiner Neugierde stand. Kurz sammelte er seine Gedanken, dann schnitt er das Thema geradeheraus an. »Dieser Wutausbruch damals …«, er schaute kurz zu Clara auf dem Beifahrersitz hinüber, »du weißt schon … das fliegende Glas. Hängen diese Wutausbrüche mit ihrer Amnesie zusammen?«

Clara druckste herum und starrte auf die Fußmatte unter ihren Beinen. Ihr schien die Antwort schwerzufallen. »Meine Mutter leidet unter einer dissoziativen Amnesie. Das weißt du ja bereits. Seit meiner Geburt. Man hatte ihr unvorstellbares Leid zugefügt. Verabscheuungswürdig.«

Marc stockte der Atem, als er das hörte. Ein traumatisches Geschehen als Auslöser für die dissoziative Amnesie lag nahe. Die kecke Pflegerin aus dem Altersstift hatte ja etwas in dieser Richtung angedeutet. Aber dass die Amnesie der Mutter aus einem grauenhaften Ereignis hervorgegangen sein musste, war ihm neu. Das erklärte so einiges. Möglicherweise eben auch ihren gewaltigen Tobsuchtsanfall. Marc entschloss sich, weiter am Ball zu bleiben. »Was genau war denn der Auslöser?«

Clara legte den Kopf in den Nacken und schloss die Augen. »Darüber möchte ich jetzt nun wirklich nicht sprechen. Ein anderes Mal vielleicht«, mauerte sie.

Doch so schnell wollte Marc seine Partnerin nicht vom Haken lassen. Jetzt war er so weit vorgedrungen. Er versuchte das Gespräch in eine andere Bahn zu lenken. »Auf der Kommode im Zimmer deiner Mutter, da stand ein Bild. Darauf wart ihr beide abgebildet, stimmt's? In Gewändern des Kapuzinerinnenordens. Deine Mutter als Nonne und du als Novizin.«

Sein Vorstoß war gewagt. Auch ein wenig dreist. Doch er musste diese Karte spielen. Koste es, was es wolle.

Und tatsächlich, Claras bekümmertes Gesicht klarte auf. »Gut erkannt, Detektiv Marc! Meine Mutter und ich. In voller Montur.«

»Das heißt, du bist im Kloster aufgewachsen?«, schlussfolgerte Marc.

»Ganz genau. Ich bin bis zu meiner Matura im Kloster in Tübach im Kanton St. Gallen gewesen.«

Jetzt war Marc wirklich völlig perplex. »Wirklich? *Du* eine Nonne?«

»Nicht ganz«, korrigierte ihn Clara. »Eben nur eine Novizin. Zum Ordensgelübde ist es dann nicht mehr gekommen.«

»Weshalb hast du dich dann gegen ein Leben hinter Klostermauern entschieden?«

Clara schnalzte mit der Zunge. »Hinter Klostermauern … Das klingt so abfällig.«

So hatte er das nicht gemeint.

»Es war keine sonderlich schlechte Zeit im Kloster. Letzten Endes wäre ich aber nicht meiner wahren Berufung gefolgt«, erklärte sich Clara.

»Stimmt. Dann würdest du heute nicht an meiner Seite ermitteln, um die schreckliche Mordserie aufzuklären. Du würdest ein enthaltsames Leben im Einklang mit der Gemeinschaft führen. *Ora et labora.* Vor allem ein friedfertiges! Wir zwei Hübschen könnten uns nämlich nicht ständig in die Wolle bekommen«, stellte er ein wenig amüsiert fest.

»Meine Berufung ist nicht, ständig in den sauren Zankapfel zu beißen. Mein inneres Gebot ist es, Verbrecher zur Strecke zu bringen«, erwiderte Clara beinahe schon trocken.

Sie hatten mittlerweile den Ortseingang von Langenargen erreicht. Sanft bugsierte Marc den Wagen über den hügeligen Bahnübergang. Eine Frage lag ihm schon die ganze Zeit auf der Zunge. »Was ist eigentlich mit deinem Vater?«

Marc hätte ein entnervtes Wutschnauben erwartet. Vielleicht eine eiskalte Abfuhr. Oder ein rigoroses In-die-Schranken-Weisen. Das alles blieb allerdings aus.

Stattdessen schüttelte Clara zunächst nur ungläubig ihren Kopf. So als sei Marc einer dieser rücksichtslosen Rucksacktouristen, die bis vor Kurzem noch achtlos auf dem geweihten Land des den Aborigines so heiligen Bergs Uluru herumgelatscht waren.

Eisesstille. Das Verhältnis zu ihrem Vater schien Claras Uluru zu sein.

Marc nahm für einen Moment seinen Blick von der Fahrbahn und neigte seinen Kopf zu ihr hinüber. Sie hatte ihre ohnehin schon schmalen Katzenaugen angriffslustig zusammengekniffen. Ihr Mund hing geschlossen, regungslos unter ihrer spitzen, schmal hervorstehenden Nase. Kein Wimpernschlag. Kein zuckendes Grübchen. Ihr Gesicht wirkte entseelt und fossil.

So einen Blick hatte Marc bei ihr noch nie zuvor gesehen. Einer, der ihm die Nackenhärchen aufrichtete. Manisch. Ein Blick des Todes. Und auf ihm lastete etwas Mystisches. Durch die Seitenscheibe tauchten die Sonnenstrahlen ihre provokant giftenden Augen in einen violetten Schimmer.

Marc heftete seine eigenen wieder auf den querenden Verkehr vor sich. Sein Wagen war durch die Dreißigerzone getuckert und stand nun vor der Abzweigung auf die Untere Seestraße. Der Wirrnis in Claras Blick hätte er ohnehin nicht lange standhalten können.

Ohne weitere Worte fuhr Marc den Wagen in den Ortskern hinein. Vor dem Altersstift manövrierte er ihn in die Parkeinbuchtung und ließ Clara aussteigen.

Ehe sie die Tür ins Schloss warf, drehte sich Clara nach ihm um. »Marc, es sind stürmische Zeiten. Du solltest im Freibad die Zelte sichern und den Grill reinholen. Was mich anbelangt: Ich bin ein Winkte, nur andersherum.« Dann verabschiedete sie sich mit einem saloppen »Danke für den Fahrdienst« und schloss die Beifahrertür.

Marc blieb noch eine Weile auf der Parkfläche stehen. Diese Frau machte ihn wahnsinnig! Nichts von alledem, was sie da gerade von sich gegeben hatte, ergab auch nur ein Fünkchen Sinn.

Er hatte noch nicht ganz verdaut, wie ihm da gerade geschehen war. Dieser finstere, irre Blick. Der konnte einem das Blut in den Adern gefrieren lassen. Fast schon gespenstisch und maliziös. War mit ihrem Vater nicht gut Kirschen essen? Ihren Augen war tiefste Verabscheuung entsprungen. Infamer Hass.

Doch da rumorte noch etwas anderes in der Teufe. Er hatte bei diesem Eklat im Altersstift erlebt, wie Claras Mutter sie als ihre Tochter verleugnet hatte. Wie schrecklich musste das sein? Zu wissen, dass man eine Mutter hatte. Aus Fleisch und Blut. Leibhaftig. Und doch keine Mutter zu haben. So greifbar nah. Aber irgendwie doch Lichtjahre entfernt. Weil diese sich schlicht und ergreifend ihrer Mutterschaft nicht bewusst war. Nicht bewusst sein konnte. Und es nie und nimmer sein würde.

Marc musste an seinen Tagtraum denken. An den Bergsteiger, der im Angesicht des übergroß über ihm hängenden Eiszapfens zu verdursten drohte. Der ironischerweise nach Wasser lechzend von den gewaltigen Massen des heranströmenden Bergbaches erdrückt worden war. Versagte lieblose Mutterbrust.

Ein Erwachsener mochte mit den Unwegsamkeiten des Lebens, auch mit jenen brutalen Ausmaßes, vielleicht fertigwerden. Was einen nicht umbrachte, das machte einen nur stärker. Die Großen konnten an den Narben reifen. Doch eine unberührte Kinderseele musste ein solches Schicksal überwältigen. Wie der bildgewaltige Gebirgsbach aus seiner traumhaften Vorstellung, der alle Hoffnung unter sich begrub und im Keim erstickte.

Als Kind neben einer Frau ohne Mutterinstinkte dahinzuvegetieren, das musste Clara tief in ihrem Innersten gebrandmarkt haben. Sie musste sich wie dieser verdurstende Kletterer gefühlt haben. Im Angesicht des Todes den verheißungsvollen Eiszapfen vor Augen. Eigentlich doch fast zum Greifen nahe. Aber auf Teufel komm raus unfähig, seiner habhaft zu werden und ihn in köstlich frisches Wasser zu verwandeln. Clara musste es fürchterlich gedürstet haben. Doch zwangsläufig war sie am langen Arm verdurstet. Eine verkümmerte Seele.

Ihn beschlich ein Gedanke. Ganz zaghaft und leise. Er musste es überprüfen. Nächster Halt: Malerecke!

Marc öffnete Google Maps und tippte die Malerecke in die Suche seines Smartphones ein. Mit Daumen und Zeigefinger zoomte er auf dem Display aus der Karte heraus, um beide Uferseiten des Bodensees sehen zu können.

Konnte es etwa sein …?

Mit angestrengtem Blick studierte er die Displayanzeige. Tatsächlich! Hitzewallungen machten sich in ihm breit. Er spürte, wie sein Herz wilder zu pochen begann. Seine Finger zitterten vor Aufregung. Er sah es deutlich auf dem leuchtenden Display stehen.

Dort gegenüber der Malerecke, auf der anderen Uferseite des Bodensees, lag in der Schweiz im Kanton St. Gallen natürlich Rorschach an der Bucht. Direkt rechts angrenzend Goldach. In das Landesinnere verlief das Appenzeller Alpenvorland, und dann erhob sich das Säntismassiv prachtvoll in die Höhe. Das alles war ihm sonnenklar. Er hatte die gigantische, ehrfurchtgebietende Aussicht ja vor sich. Bei der Tatortbegehung hatte er sie kein bisschen genießen können.

Ungleich interessanter war jedoch der noch weiter rechts liegende Bereich am Schweizer Seeufer. Neben Goldach. Dort lag, im angrenzenden Kanton Thurgau, die Gemeinde Horn. Und direkt dahinter, wieder jenseits der Kantonsgrenze in St. Gallen, die Gemeinde Tübach.

Marc tippte auf die drei parallelen Striche, rief die Menüleiste auf und wechselte zu Google Earth. Die nun sichtbare Satellitenaufnahme ließ seine anfänglich leise Vermutung mit einem Mal laut aufbrüllen.

Dort lag es! Dort thronte es auf der Spitze der nach Tübach hin auslaufenden Hügelzunge! Es stand dort geschrieben. In weißfarbenen und schwarz umrahmten Lettern. Das Kapuzinerinnenkloster zu Tübach.

Er nahm seinen Blick vom Display und ließ ihn über das in den Sonnenstrahlen glitzernde Blau des Bodensees hinweg zum Schweizer Seeufer gleiten. Er trat an jene Stelle, an der das Kreuz gestanden hatte, und richtete sich nach dessen Orientierung aus. So gut er sie in Erinnerung hatte. Jackpot! Er lokalisierte grob die Stelle. Die vielen Häuser direkt gegenüber am Schweizer Ufer. Das musste die Gemeinde Horn sein. Und dort oben auf dem Hügel, dort musste das Geviert des Klosters Sankt Emerita thronen.

Urplötzlich war Marc in Alarmbereitschaft. Er konnte die Lage noch nicht ganz sondieren. Aber er hatte das enorm starke Gefühl, auf eine ganz heiße Spur gestoßen zu sein. Auf die *eine*

Spur. Vielleicht war das der goldene Schlüssel. Das Garnknäuel zum mordenden Minotaurus in ihrem Labyrinth aus verschachtelten Spuren und Indizien.

Das Holzkreuz. War es etwa tatsächlich auf das Ordensgemäuer ausgerichtet gewesen?

Das Kloster auf der Anhöhe in Tübach war vom Bodenseeufer an der Malerecke aus bei klarer Sicht zumindest schemenhaft zu erahnen, wenn man denn um dessen Lage wusste.

Das erneute Abklappern der Uferwege an der Argen auf der Suche nach Finky musste warten. Auch die Befragung von Manfred Scherbaum zu T-Bone. Er würde von unterwegs aus im Kommissariat anrufen und Hauk und Stallinger mit der Suchaktion nach dem Obdachlosen und Versen mit der Befragung des Jägers beauftragen. Diese neue heiße Spur war weitaus bedeutsamer. Er musste nun seinem Bauchgefühl folgen. Und das führte ihn in die Schweiz.

Er hastete zu seinem Wagen zurück. Die Aufregung kitzelte seine Nerven gewaltig. Das konnte der Knackpunkt in ihrer Mordserie sein!

Auf Höhe des öffentlichen Parkplatzes am Argenweg sah Marc auf dem gegenüberliegenden Gehsteig eine ältere Dame wild herumgestikulieren. Ihre betuchte Zeugin. Sie hielt einen fieberhaften Schwäbelschwatz mit der Lumpenfrau, die ihm damals vor seinem Tagtraum und dem Kladderadatsch mit Claras Mutter vor dem Altersstift begegnet war. Die Schwabenconnection unter sich. Er verstand nur Brocken des Gesprochenen.

Die Lumpenfrau struwwelte sich aufgekratzt über ihren lilanen Filzhut. »Jesses Maria ond Josef. Hagl kommd selda ohna Schdurm. Ons bliad des Jüngschda Grichd! Dr Nachdfraul isch umenand! Dr Nachdfraul!«

Die alte Dame umkrallte den fleischigen Unterarm der Lumpenfrau mit ihren dürren Knochenfingern. Wie einst Marcs Handgelenk. »Ach dua liaba Godd ond heilig Bimbam! Dr Nachdfraul. Lischdigr Dämon! Sondrbar. Des Wäsa. Oi Wäsa, zwoi Sääla. Dr Körbr zua schdehla. Dr Goischd zua quäla. Übrall schwarddse Hoar, schwarddse Fradds. Für a güdiges Herz koi

Pladz. In dr Bruschd schlummerd feurig dia Gluad. Hasserfülld. Vergifded. Wo koi Bomb, doa Wuad.«

Schon wieder dieser Nachtfraul. Nur zu gern hätte sich Marc endlich vergewissert, was es denn mit diesem ominösen Monsterwesen auf sich hatte. Doch die Körnchen der Zeit rannen in Windeseile gegen ihn durchs Stundenglas. Marc hetzte in seinen Wagen. Die Zündung sprang an, und er drückte das Gaspedal durch. Noch konnte er sich nicht erklären, wieso, aber er fühlte sich wie in einem Marionettenspiel. Eines, in dem der Mörder inmitten eines verheerenden Rachefeldzugs alle Strippen zog. Wenn er jetzt nicht selbst zum Zug kam, war Matthäi am Letzten.

25

3. Dezember 1979

Es war der Montag nach dem ersten Dezemberwochenende. Seit Wochen hatte Magdalena diesem Ausflug entgegengefiebert. Obgleich sie auch ein wenig wehmütig war. Immerhin war es der erste Nikolausabend, den sie nicht im Kreise der Familie mit ihren Eltern Gustav und Lisbeth und ihrem kleinen Bruder Anton verbringen würde.

Zum allerersten Mal seit sie denken konnte, würde sie es verpassen, wie der Nikolaus mit seinem roten Umhang, dem weißen Rauschebart, der goldenen Mitra und dem geschwungenen Bischofsstab die Stube betrat. Magdalena und ihr Bruder liebten es, auf dem Boden herumzukrabbeln und die leckeren Nüsse und Mandarinen aufzusammeln, die der Nikolaus reichlich aus der Kiepe seines Gehilfen Knecht Ruprecht schöpfte und über den Stubentisch schüttete.

Mittlerweile war Magdalena sechzehn Jahre alt, und sie wusste, dass sich hinter dem weißen Rauschebart und dem prunkvollen Bischofskostüm ihr rüstiger Großvater verbarg. Auch wusste sie, dass der immerzu heisere Knecht Ruprecht von ihrer Tante mit verstellter Stimmlage gemimt wurde. Dennoch freute sie sich Jahr für Jahr auf den Nikolausabend, wenn es auf den Dezember zuging. Sie mochte das gemütliche familiäre Beisammensein. Das Flötenspiel der Mutter. Und das Leuchten in den Kinderaugen ihres kleinen Bruders. Er war in diesem Jahr vier geworden, und er glaubte noch fest an den Nikolaus und das Christkind. Sehr zur Freude der Eltern. Sie pflegten einen christlichen Haushalt, und Tradition wurde bei ihnen großgeschrieben.

Ganz flau war Magdalena im Magen gewesen, als ihre Eltern sie frühmorgens in Lindau am Hauptbahnhof abgesetzt hatten. Von dort aus waren sie mit der weiß-blauen Vorarlberger Regionalbahn über Bregenz und Dornbirn nach Feldkirch gefahren.

Sie. Das waren Magdalena und ihre beste Klassenkameradin Lisa sowie deren Kumpels Michael, Klaus und Roland. Lisa hatte sie gefragt, ob sie nicht Lust habe, gemeinsam mit ihr und ihren Kumpanen eine Ski-Woche auf einer Pfadfinderhütte in Laterns zu verbringen.

Eigentlich umgab sie sich nicht gern längere Zeit mit fremden Menschen. Sie kannte ja nur Lisa, nicht aber die Jungs, die auf ihrem Gymnasium in die Oberstufe gingen. Schließlich hatten ihre Eltern ihr aber so gut zugeredet, dass sie sich einen Ruck gegeben hatte. So bigott Vater und Mutter in vielerlei Hinsicht auch waren, so erpicht waren sie darauf, ihre Tochter zur Eigenständigkeit zu erziehen.

Die Weihnachtszeit war eingeläutet. Das komplette Schulhaus war noch vor den Ferien bis auf Weiteres dichtgemacht worden, nachdem in vielen Klassenzimmern der Putz, der nur so von Spritzasbest wimmelte, von den Decken gebröckelt war. Und auch ministrieren musste sie in dieser Woche nicht.

Nun standen sie dort vor der kleinen schneebehangenen Pfadfinderhütte in Laterns. Bis hierher hatten sie sich mit den hiesigen Vorarlberger Bimmelbussen durchgeschlagen. Die kalte Jahreszeit hatte im Wintersportgebiet bereits Einzug gehalten. Eine üppige Schneedecke tauchte die Gipfel rund um den kleinen Sechshundert-Seelen-Ort in eine weiße Zuckerglasur.

Laterns war eines jener urigen Schmuckstücke, deren Erscheinungsbild von den Holzhäusern der Walser geprägt war. Ihre Bleibe war eine ebensolche. Die gemütliche, mit Lärchenholzschindeln verkleidete Ferienhütte bot mit ihren drei Schlafräumen Platz für rund ein Dutzend Personen. Sie würden die Woche über lediglich zu sechst in der angemieteten Hütte übernachten.

Auch wenn Magdalena die Kumpel ihrer besten Freundin Lisa nicht ganz geheuer waren, einen Vorteil hatten sie für den gemeinsamen Trip. Michael und Klaus waren volljährig, Roland sogar schon neunzehn. Das war wohl ein ausschlaggebendes Argument, weshalb die Eltern von Magdalena und Lisa ihre Töchter überhaupt allein nach Österreich hatten reisen lassen. Lisa war wie sie selbst gerade einmal sechzehn.

Und dann war da noch »T-Bone«. Ein zwanzigjähriger japanischer Philosophiestudent. Eigentlich hieß der hagere Bursche Tagayuki. Michael, den alle nur »Finky« nannten, hatte den Namen allerdings als zu zungenbrecherisch befunden und den jungen Mann mit diesem Spitznamen bedacht. Auch wegen seiner knochigen Statur.

Die Gruppe war vorhin bei ihrem ersten Pistenabgang auf ihn gestoßen. Er verbrachte über das Goethe-Institut zwei Auslandssemester in Wien und war noch auf der Suche nach einer Übernachtungsmöglichkeit gewesen. Und sie waren froh um einen weiteren zahlungsfähigen Hüttengast.

Nachdem sie den ganzen Nachmittag über auf den zahlreichen Abfahrten der Skipiste im winterlichen Laternstal herumgetollt waren, einigten sie sich rasch auf einen geruhsamen Abend in der mollig warmen Pfadfinderhütte. Zuvor sollte es aber noch ein kleines Fotoshooting vor der Hütte geben. Zunächst ein Schnappschuss nur von Lisa und Michael. In trauter Zweisamkeit. Eng umschlungen. Michael hatte darauf bestanden.

Magdalena hielt die Gruppe mit ihrer Kodak auf sechzehn Millimeter fest. Ein Bild von den vier Jungs und Lisa. Sie selbst würde auf keinem der Bilder zu sehen sein. Das war aber in Ordnung so. Sie gehörte ja auch nicht wirklich zur Clique. T-Bone eigentlich auch nicht. Er musste aber als das exotische i-Tüpfelchen für das Gruppenfoto herhalten.

Ihr kleiner Finger war abgespreizt. Das war er immer, wenn sie konzentriert war und etwas umgriff. Ausgerechnet in dem Moment, in dem sie den Auslöser durchgedrückt hatte, war ihr krummer Zapfen nach unten gesackt. Na bravo, jetzt war er auf dem Foto mit verewigt und sie damit irgendwie auch.

Sie hatte sich den Finger im vergangenen Frühjahr bei dieser bescheuerten Mutprobe mit Lisa angebrochen. Seitdem war er am obersten Fingerglied krumm. Nochmals würde sie das Gruppenfoto jetzt aber nicht knipsen. Ihre Hände waren eiskalt. Sie waren alle ein wenig durchgefroren. Schnell rein in die warme Stube.

Klaus und Roland fütterten den Kamin mit Holzscheiten und

entfachten ein wärmendes Feuer. Magdalena bereitete derweil mit Lisa das Abendessen vor. Drei Päckchen Faden-Nestchen holte Magdalena aus ihrem Rucksack heraus. Dazu Tomatensoße mit Kräutern aus dem Glas.

Eigentlich konnte eines dieser Nudelpäckchen vier Personen satt machen. Doch Lisa und Magdalena wollten auf Nummer sicher gehen. Jungs schlugen sich den Wanst bekanntlich ordentlich voll.

Michael hatte es sich derweil mit dem zaghaft schüchtern wirkenden T-Bone auf der Couch bequem gemacht. Mit energischen Gesten und seinen mehr schlechten als rechten Englischkenntnissen versuchte er vergebens, dem Japaner die Spielregeln von Mau-Mau einzubläuen.

Nach einer gefühlten Ewigkeit – sein Gegenüber wirkte immer eingeschüchterter, je wilder gestikulierend es auf ihn einprasselte – gab Michael seine Erklärungsversuche auf. Nicht ganz grundlos. T-Bone gab ihm nämlich bescheiden zu verstehen, dass er im Grunde der deutschen Sprache ganz gut mächtig sei.

Michael linste über die Sofalehne grinsend zu den beiden Mädchen hinüber. Da war er schon wieder. Dieser verstohlene Blick. Magdalena war der festen Überzeugung, dass er ihr galt. Das hatte sie heute schon ein ums andere Mal bei ihren Abfahrten auf der Skipiste gemeint, wenn sie in der Talzone auf ihn gestoßen war.

Auch vorhin, als sie ihn mit Lisa bei ihrem innigen Kuss geknipst hatte. Ihre Freundin hatte ihn angeschmachtet. Aber er hatte durch das Objektiv hindurchschielend eher sie angegrinst. Lüstern.

Was fand Lisa an diesem Burschen? Diese hagere Spargeltarzan-Statur, die Hasenscharte an der Lippe und dieses ungestüme strohblond verstrubbelte Haar. Und dann immer wieder dieser verstohlene, aber doch penetrante und durchdringende Blick.

Magdalena schüttelte es ein wenig. Sie fand das fast schon unheimlich. Sie wagte einen Blick zu Klaus und Roland am Kamin. Wenn schon ein älterer Junge, weshalb nicht einer von den beiden?

Roland mit seinen karminroten Haaren und den vielen Sommersprossen. Er schied wohl aufgrund seiner Berufung aus. Er hatte sich bereits in seinen jungen Jahren der Theologie verschrieben. Zu Hause goss er seit geraumer Zeit in seinem Zimmer den guten Festtagswein in einen seiner Jugendpokale, die er damals im Turnen ergattert hatte. Dazu die Backoblaten aus dem Speiseschrank. Und dann probte er hinter verschlossener Zimmertür die Eucharistie.

Okay, Magdalena verstand, dass das auf Lisa wohl nur mittelprächtig anziehend wirkte. Warum dann aber nicht Klaus, der allerbeste Freund von Michael? Er war der Inbegriff eines geschniegelten Vorzeigejuniors. Arztsohn. Der Vater war einer, der die verzweifelten Frauen von ungewolltem Ballast befreien konnte. So hatte es ihr Lisa beschrieben.

Ein Umstand, weswegen sich Michael mit seinem Freund ständig in die Haare kriegte. Für ihn war die Abtreibungspraxis ein Totengräberjob.

Klaus hatte braunes Haar, einen akkurat gezogenen Seitenscheitel und ganz weiche Gesichtszüge. Vor allem die Wangenpartien. Womöglich das Ergebnis des einen oder anderen Kunstgriffs seines Vaters, hatte Lisa gescherzt. Wer chirurgisch Abtreibungen vollzog, der müsse doch bestimmt auch ein wenig von plastischer Chirurgie verstehen. Im Vergleich zu ihm wirkte Michael wirklich wild und verroht. Klaus war aber auch nicht gerade ein Charmeur erster Güte. Eher ein kalter Stein. Das machte ihn so gar nicht attraktiv.

Auf der Zugfahrt hatten sich Klaus und Michael über einen Manfred lustig gemacht. Er war kein Teil der Clique. Das musste wohl so ein comicvernarrtes Pummelchen sein. Er sollte sich insgeheim in Lisa verschaut haben, war aber satte vier Jahre jünger. Und Lisa hatte wohl für ihn wenig bis gar nichts übrig.

Dennoch, jeder von ihnen war vermutlich eine bessere Partie als dieser höchst unheimliche Sonderling Finky. Magdalena war solche Blicke eigentlich gewohnt. In der Schule trafen sie sie ständig. Starrend. Gaffend. Sie hatte langes intensiv schneeblondes Haar. Zu Zöpfen geflochten. Einen makellosen Teint, eine schmale, spitze Nase und hellbraune Rehaugen. Mit einem violetten Schimmer in der Iris, wenn Licht darauffiel.

Die Ärzte hatten sie untersucht. Ein mutiertes Gen auf einem Autosom. Albinismus. Zunächst war sie über diese Diagnose tief betrübt gewesen. Doch ihre über alles geliebte Mutter hatte ihr zu verstehen gegeben, dass das ein Geschenk Gottes sei. In ihr liege Schönheit in ihrer reinsten Form.

Mittlerweile war Magdalena auf ihre weißblonden Haare und ihren speziellen Augenschimmer sogar stolz. Und der Arzt hatte bezüglich Albinismus bei Menschen von einer Wahrscheinlichkeit von eins zu zwanzigtausend gesprochen. Das lilane Augenschimmern trat noch viel seltener in Erscheinung. Es war so ungeheuer selten wie ein weißer Rabe. Es verlieh ihren rehbraunen bis rosanen Regenbogenhäuten eine ganz besondere Klasse.

Sie hatte sich an die Blicke gewöhnt. Der von Michael war aber anders. Bohrend, durchdringend, fordernd. Magdalena konnte ihn nicht lange aushalten. Ihr war es wirklich unheimlich unangenehm. Gerade eben hatte Lisa sie sogar dreimal nach dem Kochlöffel zum Umwälzen der Nudeln in dem schon brodelnden Topf fragen müssen. So sehr geisterte Michaels Blick in ihren Gedanken herum. Er fesselte und lähmte sie.

War es wegen seiner Hasenscharte? Sah er in ihr eine Seelenverwandte? Von Freak zu Freak? Oder fand er sie wirklich attraktiv? Attraktiver als Lisa? Magdalena fühlte sich ihrer Freundin gegenüber beinahe schon schuldig. Sie wollte ihre Gedanken gar nicht zu Ende denken.

Kurz warf sie über ihre Schulter einen Blick zu Lisa, die gerade die Tomatensoße in den zweiten Kochtopf einfüllte. Sie hatte kurzes schwarz gelocktes Haar, und die Zeichen der Pubertät sprossen ihr aus der Haut. Auf ihrer Stirn wie auch auf den Wangen und dem Kinn prangten kleine rote Pusteln.

Dieser Gedanke gefiel Magdalena nicht. Sie verwünschte sich selbst wegen ihrer unschönen Mutmaßungen. Ihre beste Freundin war doch kein hässliches Entlein. Und es gab ja auch eigentlich wirklich einen naheliegenden Grund, weshalb Lisa auf Michael stand. Er war Fußballer. Kein einfacher Sonntagskicker in einer der vielen unterklassigen Ligen. Ein begnadeter Mittelfeldspieler war er.

Seine Eltern, dorfbekannte Säufer, waren seit jeher froh darum gewesen, dass er auf dem Bolzplatz umherflitzte. Sie hatten mehr für die Flasche als für ihren Sohnemann übrig. Deshalb war der Fußball seine Zuflucht. Das runde Leder und alles darum herum war zu so etwas wie seiner Ersatzfamilie geworden. Und seine Jugendtrainer hatten sein Talent am Ball erkannt.

Mittlerweile kickte er in der A-Jugend des SSV Ulm in der Juniorenfußballbundesliga. In der Vorsaison hatte er es in seinem ersten Jahr mit dem SSV sogar gleich bis ins Achtelfinale geschafft und im Rückspiel mit einem lehrbuchmäßig getretenen Freistoß eines der beiden Tore für seinen Verein erzielt. Zum Weiterkommen hatte es zwar nicht gereicht, doch für Michael konnte schon bald das große Tor zum Profifußball offen stehen. Wenn er sich in der laufenden Saison behaupten konnte, war alles möglich.

Das alles hatte ihr Lisa lang und breit auf der Hinfahrt voller Stolz berichtet.

»Happa-Happa ist fertig!«, verkündete Lisa jetzt freudig und lockte die hungrige Meute an den Stubentisch.

Magdalena schob die Bedenken wegen Finkys Blicken von sich. Der Hunger überwog.

Pappsatt waren sie nach dem Abendessen alle. Lisa und Magdalena schauten sich an und kicherten los. Sie hatten es mit den Portionen also doch zu gut gemeint. Alle hatten den Nachschlag genommen, aber die Hosen spannten ihnen nach dieser üppigen Mahlzeit dann doch.

»Ich bin so satt, ich mag kein Blatt, mäh, mäh«, frotzelte Michael und klopfte sich auf den Magen.

Lisa und Magdalena waren nun auch ein wenig schlauer, was die japanischen Essgewohnheiten anbelangte. Zwar hatte T-Bone die Nudeln mit der für ihn gewöhnungsbedürftigen Gabel förmlich in sich hineingeschlungen. Zu einer zweiten Portion hatten sie ihn durch gutes Zureden aber erst überreden müssen.

Das gemeinsame Schmausen hatte der Gesellschaft gutgetan. Selbst der bis dato brunnenstille Klaus hatte gelacht, als die anderen ihn ob seines ungeschickten Kleckerns auf seinen nigelnagelneuen Versace-Pullover aufgezogen hatten. Den hatte ihm sein Vater erst von einem Ärztekongress aus Mailand mitgebracht.

Die Distanz zu den Jungs, die Magdalena zuvor noch verspürt hatte, war ein wenig gewichen. Sie fühlte sich fast schon zugehörig. In ihr machte sich ein warmes, wohliges Gefühl breit. Das schrieb sie aber eher den zwei Gläsern Peng zu.

Klaus hatte nach seiner Kleckerei die Flasche Asbach Uralt und zwei Colaflaschen aus seiner Tasche hervorgezaubert. »Nicht kleckern, sondern klotzen!«, so seine unangefochtene Meinung.

Wobei unangefochten nicht so ganz stimmte. Roland intervenierte kurzzeitig. Letztendlich setzte Klaus aber auch ihm ein Glas seines aus Weinbrand und Cola gemixten Getränkes vor. Unter Anfeuerungsrufen und lautstarkem Trommeln auf die Tischplatte kippten sowohl Roland als auch T-Bone dann sogar zwei Gläser.

»Hat nicht schließlich auch Jesus Wasser in Wein verwandelt?« Michaels Argument hatte Rolands Kehle für den Alkohol empfänglich gemacht.

Vor dem Geschirrspülen trugen sie sich in ihrer angeheiterten Laune in das Hüttenbuch ein. Lisa konnte Michael nicht davon abbringen, diesen unsinnigen Flachs in das Gästebuch zu kritzeln. »Auf der Hüttn gibt's kei Sünd ned.« Und sie segneten diese Albernheit auch noch alle mit ihrer Unterschrift ab. Auch der sittsame Japaner. Nachdem der Abwasch mit vereinten Kräften bewältigt war, saßen sie wieder am Stubentisch. Die leere Weinbrandflasche ruhte nun in Schieflage auf der rustikalen Eichenplatte.

»Schaut doch mal her! Diese Pulle will uns etwas sagen!«, gab Michael in seiner überdrehten Art zum Besten. Er war zum Tisch gedackelt, hatte sich zu Boden gekniet und die Öffnung des Flaschenhalses an seine Ohrmuschel gehoben. Immer wieder hatte er dann spielerisch verständnisvoll genickt.

»Leute, diese Buddel ist kühn! Sie ist abenteuerlustig, ja, sie ist todesmutig! Sie hat mir gerade geflüstert, dass sie gedreht werden möchte. Lasst uns Flaschendrehen spielen! Was meint ihr?« Er sah mit erwartungsvollem Dackelblick in die Runde.

»Klausi und meine Schnecke sind sofort dabei, das weiß ich. Herr Pastor, was ist mit dir? Vereinbar mit deinem Gelübde? Und wie sieht es bei dir aus, beste Freundin von Lisa? Mitgefangen, mitgehangen? *And what about you, my dear friend T-Bone from the Far East? How about spinning the bottle a bit?*«

Alle drei hatte Michael der Reihe nach erwartungsvoll angeschaut. Er hatte dabei seine Lippe geschürzt, und seine Hasenscharte war noch mehr als sonst zur Geltung gekommen.

Michael vernahm keinen Protest und deutete dies als Zeichen der Zustimmung. »Nix gschwätzt isch gnuag globt!«, schwäbelte er ihnen breit entgegen und pfiff in den Hals der Weinbrandflasche, um die Zustimmung zu besiegeln.

Einige Runden hatten sie bereits hinter sich gebracht. Und Magdalena hatte den Eindruck, dass der geflossene Alkohol den einen oder anderen schon aus der Reserve gelockt hatte. Die Bierflaschen, mit denen die Jungs ihre Taschen großzügig gefüllt hatten, wurden von Klaus nun während des Flaschendrehens fleißig gereicht. Selbst T-Bone war dem Gruppenzwang erlegen.

Als die Weinbrandflasche das erste Mal auf ihn gezeigt hatte, war er der von ihm geforderten Aufgabe selbstbewusst nachgekommen. Er hatte jedoch nicht nur nach Finkys vollkehligem Vorträllern die Melodie von der »Fischerin vom Bodensee« durch Achselhöhlenfurze nachgeahmt, sondern noch einen draufgelegt. Er hatte sich kurzerhand die Cordhose heruntergezogen und unter tosendem und schallendem Gelächter bewiesen, dass er die Melodie auch beidseitig durch wildes Beingestrampel in den Kniekehlen nahezu in Perfektion und reinster Vollendung beherrschte.

Magdalena hatte ihre erste Aufgabe gerade eben auch bravourös gemeistert. Es war an ihr gewesen, der Gruppe etwas Schräges vorzuführen. Eine Leichtigkeit für sie. Nebst ihrem Albinismus hatte sie nämlich etwas, über das die meisten nicht verfügten. Eine prononcierte Kopfschwartenmuskulatur. Die verlieh ihr eine Gabe des Menschen aus längst vergangenen Tagen. Rudimentäre Ohrenbeweglichkeit.

Sie dachte gar nicht darüber nach, wenn sie es tat. Trotzdem hatte sie sich in diesem Moment unwohl gefühlt. Das lag wohl daran, dass sie von ihrer besten Freundin und den vier Jungs so angestarrt wurde. Sie fühlte sich wie eine abnorme Darstellerin eines Kuriositätenkabinetts.

Die Flasche drehte sich schon wieder munter. Die anderen konnten einfach nicht genug davon bekommen. Es war der Nervenkitzel. An wen würde der Kelch als Nächstes gereicht werden?

Als die Pulle in ihrer Rotation allmählich langsamer wurde, stellte sich das vertraute, pendelnde und gläserne Schaben des Flaschenbauches auf der hölzernen Tischplatte ein. Sie wurde langsamer und langsamer, trudelte aus. Sie neigte sich ein wenig zur Seite, ehe sie sich in ihrem Ruhezustand austarierte. Der Flaschenhals zeigte auf sie!

Michael ließ seine flache Hand auf den Tisch klatschen. »Ha! Schon wieder du. Du forderst das Glück heraus! Du bist wohl die Auserwählte der Flasche!«, kreischte der bereits angetrunkene junge Mann mit überspitzt verschwörerisch klingender Stimme. Er schien sich diebisch zu freuen. Schließlich war er jetzt an der Reihe, eine Aufgabe für Magdalena auszubaldowern.

Er stützte seinen Ellenbogen auf der Tischkante ab, legte seine Stirn in Runzeln und tippelte sich in schnellen Bewegungen abwechselnd mit Zeige- und Mittelfinger dagegen. Er tüftelte etwas aus. Brütete geradezu. Eine gemeine Aufgabe? Etwas Teuflisches?

Er hob seinen Blick und richtete ihn direkt auf Magdalena. Dieses Mal war es nicht dieser schüchterne, verhohlene Gesichtsausdruck. Ganz und gar nicht. Ein breites Grinsen zeichnete sich zwischen seinen Wangen ab. Boshafter Hohn.

»Ich möchte … dass du …«, formulierte er mit ausgesprochener Gemächlichkeit seine von ihm ausgeklügelte Aufgabe. Er ließ dabei seine Finger wellenartig direkt vor Magdalenas Gesicht vor- und zurückschnellen. So als sei er einer dieser großen Magier, die jeden Augenblick einen großen Fluch heraufbeschwören konnten. »… dass du … Klaus mit der Zunge küsst!«

Als er die letzten Worte schnalzend ausgesprochen hatte,

drehte er beide Handgelenke mit ausgestreckten Zeigefingern nach links und deutete mit großer Showeinlage auf den neben ihm Sitzenden. Klaus hatte wohl auch schon zu viel getankt, auf Michaels Anstachelung hin war er nämlich richtig angefixt und bekam hochrote Bäckchen. Mit einem nicht minder diebischen Grinsen, als es Michael an den Tag legte.

Magdalena schüttelte den Kopf. Zunächst so, als wolle sie sich selbst überzeugen. Doch das musste sie mitnichten. Einen Teufel würde sie tun. Immerhin war Klaus schon volljährig. Sie würde keinen Erwachsenen küssen!

Es war allerdings nicht nur das Alter. Allein der Gedanke war absurd und fühlte sich so abgrundtief falsch und unzüchtig an. Sie wollte keinen Fremden küssen. Mit Zunge schon gleich zweimal nicht. Nicht hier. Nicht anderswo. Nirgendwo! Billig wie eine Ramschware wollte sie sich nicht verkaufen.

So fühlte sie sich jedenfalls. Wie eine Ramschware, auf die das vermeintlich vom Schicksal geschwungene Damoklesschwert darniedergesaust war. Feilgeboten wie ein Stück Fleisch in der Auslagetheke. Ein Zungenkuss. Eine Intimität, von der zu träumen sie noch nicht einmal gewagt hatte. Überhaupt hatte sie noch nie die Lippen eines Jungen geküsst. Oder irgendwelche Lippen. Allenfalls Küsschen hier, Küsschen da. Auf die Wangen. Immer dann, wenn ihre Tante zu Besuch war. Oder das Gutenachtküsschen von ihrer Mutter. Der einzige Kuss, bei dem ihr warm ums Herz wurde.

Magdalena schüttelte ihren Kopf nun vehementer. Sich selbst brauchte sie nicht mehr zu überzeugen, aber die anderen!

Sie glotzten sie an. Mit großen Augen. Verzehrten sie mit ihren sensationshungrigen Blicken. Wie ein Rudel Wölfe. Sie geiferten fast. Es fehlte nur noch, dass sie die Zähne fletschten und ihnen tatsächlich der Speichel heruntertriefte. Wild gewordene Tiere. Das waren sie! Allesamt. Es sprach der Alkohol aus ihnen.

»Los, küss den Klaus! Mit Zunge! Oder bist du etwa ein verdorrtes Mauerblümchen?«, verlieh Michael seiner Forderung nun Nachdruck. Er wurde ungeduldig, hibbelig.

Jetzt, da die Stimmung so angespannt und angeheizt war, kam

seine Hasenscharte noch viel mehr zur Geltung als sonst. Oder war es lediglich der fahle Silberschein des Vollmonds, der in der Schwärze der hereingebrochenen Nacht sein Gesicht anstrahlte und die Narbe an seiner Oberlippe noch stärker hervorhob? Jedenfalls wirkte er auf Magdalena nun wirklich wie ein Wolf. Ein hungriges Raubtier, das seine Beute anvisiert hatte.

»Herrschaftszeiten noch einmal! Du bist doch keine trockengelegte Klosterfrau, oder etwa doch? Eine Braut Christi, voller Enthaltsamkeit?« Michael ließ seine Faust auf den Tisch poltern. Als wäre das dumpfe Scheppern das Aviso, die beherzte Auftaktgeste eines Dirigenten.

»KÜSSEN! KÜSSEN! KÜSSEN!« Die anderen stimmten eifrig in einen Kreischchor ein und klatschten mit ihren Handflächen wie ein trommelndes Orchester erdbebenartig auf die Tischplatte. Selbst Lisa, ihre beste Freundin, machte mit. Das sollte sie wohl dazu animieren, sich einen Ruck zu geben. Die nötige Überwindung aufzubringen, über die Klippe ins Ungewisse zu springen. Oder besser gesagt in den Mund von Klaus. Der hatte seine Kauleisten mittlerweile nämlich so weit geöffnet, da hätte sie bald tatsächlich hindurchschlüpfen können.

Magdalena schloss die Augen, grub ihre beiden Daumen fest unter die übrigen Finger und presste ihre Fäuste. Krampfhaft. Mit jeder Faser ihres Körpers sträubte sie sich.

Kurz blinzelte sie zu Klaus auf der gegenüberliegenden Seite des Tisches hinüber. In seiner Mundhöhle schlängelte sich seine Zunge bedrohlich. Ekelerregend. Widerwärtig. Schlabbernd und zappelnd ließ Klaus seinen Lappen vor- und zurückzucken.

Sollte ihr das etwa imponieren? Wenn ja, Fehlanzeige! Es widerte sie einfach nur an. Sie presste ihre Daumen noch fester. Es musste wehtun.

»KÜSSEN! KÜSSEN! KÜSSEN!«

Diese Teufelschöre wollten einfach nicht abebben. Sie wollte, dass alles aufhörte. Jetzt sofort. Die Sprechchöre dieser schaulustigen Hyänen. Das obszöne Gezüngele von Klaus. Sie wollte nichts hören und nichts sehen. Das Zugehörigkeitsgefühl war auf einen Schlag verschwunden.

Sie quetschte ihre Daumen. Es musste richtig deftig schmerzen.

Dieses hirnverbrannte Flaschendrehen, die gemeine Aufforderung von Finky und das abstoßende Gehabe von Klaus … Ein Ruck an ihren Handgelenken warf sie unsanft aus ihrem Gedankennebel. Magdalena riss die Augen auf. Klaus hatte sich langgemacht und über den Tisch gebeugt. Mit dem rechten Bein kniete er auf seinem Stuhl und versuchte nun, sie an sich heranzuziehen.

»Hab dich nicht so! Ich bin auch ein Lecklappenakrobat. Wirst schon sehen …!«, grölte er unter dem schallenden Lachen der anderen. »Oder brauchst du eher etwas Festes im Mund?«

Magdalena blickte in seine selbstgefällige Miene. Wie abartig. Ihr riss die Geduldsschnur. Wie der Glühfaden einer Birne bei Überspannung. Sie entriss ihre Handgelenke den Pranken von Klaus, holte in der Rückwärtsbewegung energisch aus und ließ eine schallende Backpfeife auf seiner Wange landen. Ihre ganze Wut stemmte sie in diese eine Watschen. Brachial krachend. Ein Wirkungstreffer.

Die wild umherschwenkende Zunge von Klaus erschlaffte schlagartig. Wie ein gebändigtes Kriechtier, das der Schlangenbeschwörer durch sein Flötenspiel zurück in den Korb beordert hatte. Magdalena sträubte sich zwar gegen den Gedanken, aber falls er auch untenrum angespitzt gewesen war, dann dürften auch dort die Lichter ausgegangen sein. Alle fünf Finger ihrer Hand zeichneten sich dunkelrot auf seiner Wange ab. Klaus selbst war über die Ohrfeige sichtlich brüskiert. Er hatte sich in seiner Verblendung wohl wirklich für einen Charmebolzen ohnegleichen gehalten.

Magdalena war sich nicht mal sicher, ob die anderen bemerkt hatten, wie abscheuerregend die Situation gewesen war. Ihre Anfeuerungsrufe waren zumindest mit der Backpfeife jäh verstummt.

Dafür meldete sich Magdalenas innere Stimme. Zutiefst beunruhigt. Wie eine bedrohlich aufspielende Geige. Es war der Blickwechsel zwischen Michael und Klaus. Mürrisch, finster.

Aber auch durchtrieben. Vor allem durchtrieben. Und da war weitaus mehr dahinter. So als würden die Zahnrädchen im Oberstübchen schon knatschen und knirschen, um einen teuflischen Racheplan auszuspucken.

Sie hatte nun jedenfalls Oberkante. Das wollte sie sich nicht länger antun, und ihre Freundin war ihr in ihrem Zustand auch keine große Hilfe. Lisa hatte emsig mitgebechert und stand ihr nicht zur Seite.

Die passende Retourkutsche wollte sie Klaus auf seinen derben, vulgären Spruch hin aber schon noch verpassen. Auch sie verstand es, unterhalb der Gürtellinie zu treffen. »Wenn ihr beiden Turteltäubchen euch schon so selbstverliebt anschaut, dann gebt ihr euch doch gegenseitig den Zungenkuss! Vielleicht kommt ihr beim Speichelaustausch ja auf den Genuss?« Dabei formte Magdalena mit Zeige- und Mittelfinger ein V, schob ihre Zunge durch und richtete sie bewusst überspitzt direkt auf Klaus und Michael.

Sie ließ ihren spitzen Kommentar sacken, rutschte auf ihrem Stuhl zurück und erhob sich vom Tisch. In der Stube herrschte Totenstille. Allen hatte es die Sprache verschlagen.

Magdalena bebte noch immer vor Erregung. Sie spürte deutlich die Aufregungsflecken auf ihrem Hals hervorsprießen. Dort musste sie gerade aussehen, als habe sie die Masern.

Zielstrebig durchschritt sie die Stube in Richtung Tür und machte Anstalten, die Treppe zu den Schlafsälen nach oben zu steigen. Auf halber Höhe hörte sie, wie Klaus ihr wutentbrannt hinterherrief: »Schlampe, elendige! Du hältst dich wohl für was Besseres!«

Er hatte nach der Ohrwatschen und dem verbalen Kahlschlag durch Magdalena seine Stimme als Erster wiedergefunden.

Magdalena hatte sich die Zähne geputzt und war in ihren Pyjama geschlüpft. Den rosafarbenen, flauschigen mit den aufgestickten Rosenblüten. Den hatte sie vergangenes Weihnachten von ihrer Mama geschenkt bekommen.

Jetzt packte sie so richtig das Heimweh. Erst recht nach diesem Affront dort unten. Sie verließ das Bad und ging in den Schlafsaal.

Jedem der vier Schlafplätze waren ein Kissen und eine dunkelbraune Hüttenwolldecke zugeteilt. Frieren würde sie die Nacht über auf keinen Fall. Sie teilte diesen Raum nur mit Lisa. Ruhigen Gewissens konnte sie sich also an einer zweiten Wolldecke von einer der benachbarten Matratzen bedienen.

Als Magdalena nun daran dachte, wie sie im vergangenen Jahr unter dem mit weinroten und dunkelblauen Kugeln geschmückten Christbaum gekniet war und den kuscheligen Pyjama freudig aus dem dunkelgrünen Karton ausgepackt hatte, verspürte sie den dringenden Wunsch, daheim bei ihren Eltern und ihrem kleinen Bruder zu sein. Den Nikolausabend gemeinsam mit ihnen zu verbringen.

Die Wehmut überfiel sie. Ihre heiß geliebte Mutter vermisste sie am meisten. Ihren Gutenachtkuss. Ihr wurde schwer ums Herz. Weit weg wünschte sie sich in diesem Moment. Weit weg von diesen Aasgeiern. In die schutzbringenden Arme ihrer Mama. In ihrem Gedächtnis fanden nun ausschließlich schöne Erinnerungen Platz. Den Krach mit Klaus hatte sie beinahe schon wieder in weite Ferne verdrängt, auch wenn sie lange Zeit nicht vergessen würde, wie er sie vorhin erniedrigt und wüst beschimpft hatte.

Sie war keine Schlampe, und sie hielt sich ganz sicher nicht für etwas Besseres. Klaus aber hatte den Bogen, gelinde gesagt, mehr als überspannt und eine Grenze des guten Geschmacks überschritten. Und diese Grenze hatte sie ihm mit allem Recht der Welt mit Nachdruck auf die Wange geklebt. Als Denkzettel.

In der Stube hatte der Zwischenfall der angeheiterten Stimmung derweil keinen allzu großen Abbruch getan. Lisa hatte für einen kurzen Augenblick überlegt, ob sie nach oben gehen und bei Magdalena nach dem Rechten schauen sollte. Sie war aber zu besäuselt. Und mit ihrem Finky wollte sie es sich nicht verscherzen. Irgendwie, sie konnte sich das selbst nicht erklären, wirkte seine forsche, ungezügelte Art auf sie besonders anziehend.

Das Flaschendrehen war nach dem Handgemenge zwischen Magdalena und Klaus aber nicht mehr dasselbe wie zuvor. Es hatte deutlich an Reiz und Nervenkitzel eingebüßt.

Die vier Jungs, auch T-Bone, übertünchten das, indem sie sich hemmungslos das flüssige Gold hinter die Binde kippten. Jeder von ihnen hatte mindestens fünf Flaschen des süffigen Tettnanger Kronen-Biers intus. Der Alkohol stieg ihnen spürbar zu Kopf. Lisa wurde das feuchtfröhliche Treiben langsam, aber sicher selbst unangenehm.

Sie stand vom Tisch auf und setzte sich auf einen der Stühle, die ein wenig abseits in Richtung der Küche standen. Dort nahm sie die illustrierte Informationsbroschüre des Walserdorfs von der Anrichte und stöberte in dem Prospekt.

Aus der anderen Hälfte der Stube vernahm sie die lallenden Stimmen der Trunkenbolde. Das teils abstrus klingende Geplapper schien in eine hitzige Diskussion zu münden. Über das sprudelnde Geschnattere erhob sich die zunehmend krächzende Reibeisenstimme von Klaus. Das erregte ihre Aufmerksamkeit. Sie lauschte den hitzigen Tiraden. Bislang hatte sie nur einzelne Wortfetzen aufgeschnappt.

Sie legte den Prospekt beiseite. Klaus klang, wie er da so vor sich hingackerte, wie ein in seiner Ehre und all seinem Stolz gekränkter Gockel. Nein, das traf es noch nicht ganz. Wie ein kastrierter Hahn, dessen Gurgel mit einer megafiesen Angina belegt war. Es war die geballte Aggressivität, die aus seiner belegten Stimme sprach.

»Was denkt dieses Miststück, wer sie eigentlich ist? Die Kaiserin von China, oder was?« Die Faust von Klaus schmetterte so impulsiv und wutgeladen auf die Eichenplatte, dass die Weinbrandflasche klirrend und rumpelnd zu Boden rollte. Er war wie von der Tarantel gestochen. »Ganz ehrlich … Die sollte froh sein, wenn überhaupt jemand an sie ranwill! Wahrscheinlich setzen bei ihr unten schon Spinnweben und Milbenfäden an! Diese olle, verdorrte Jungfer!«

Lisa gefiel das ganz und gar nicht. Nicht nur, *was* Klaus da über ihre Freundin verlautbaren ließ und *wie* er sie durch den Dreck zog. Was ihr noch viel mehr Sorge bereitete, war die Art, wie scharf er es betonte.

Es lag so viel erschütternde Missbilligung in seiner hassgetränkten Stimme. Er war außer sich vor Wut. Wie ein von Rachsucht genährter Berserker, dem nicht nur der Kragen platzte, sondern der sich gerade eben aus seinen schweren Eisenketten herausgesprengt hatte. »Wenn die verklemmte graue Maus meint, sie kommt ungeschoren davon, dann hat sie sich aber gewaltig geschnitten! Wir werden ihr schon zeigen, wo der Bartel den Most holt!«

Das war nicht gut. Das war gar nicht gut!

Es tat einen lauten Schlag. Klaus, die Hassfuchtel, hatte sich so wuchtig aufgerafft, dass sein Stuhl mit Karacho nach hinten weggekippt war. Er tippte mit seinem Zeigefinger mehrfach auf die Tischplatte. Dann ließ er ihn reihum über Finky, Roland und T-Bone hinwegwandern. »Nicht mit uns! Jungs, wir werden jetzt unseren Spaß mit der Kleinen haben! Die Maulschelle war eine Beleidigung für jeden hier am Tisch! Ein Faustschlag in das Gesicht von einem jeden von euch! Das lassen wir uns doch nicht bieten! Wir holen uns, was uns zusteht!«

Die Jungs steckten ihre Köpfe zusammen. Verschwörerisch. Dann richteten sich die anderen drei ebenfalls zu allem entschlossen auf.

Einen Moment lang überlegte Lisa, ob sie Finky ins Gewissen reden sollte. Doch die vier Halbstarken machten ihr Angst. Allen voran Klaus. Der Arztsohn. Seine Brunnenstille war wie weggeblasen. Aber auch Finky. Lisa erkannte ihn nicht wieder. Er war ihr plötzlich unendlich fremd. Und auch der vormals so verdruckste T-Bone. Sie alle wirkten wie Bluthunde. Wild entschlossen zu Schrecklichem. Klaus war ihr Alpharüde.

Sie fürchtete, sie könnten sich in ihr verbeißen, wenn sie die Aufmerksamkeit auf sich lenken würde. Auch sie hatte, wonach sie in ihrem Suff gierten. So schwieg sie wie ein verschüchtertes Kirchenmäuschen, das sich unter der hinterletzten Bank verkrochen hatte.

Klaus griff nach der auf dem Boden liegenden Weinbrandflasche. »Mal sehen, wie ihr die mundet!« Er ließ seine Finger geschmeidig über den dicklichen Flaschenhals wandern. »Der wird ihr den Rest geben, wenn wir mit ihr durch sind!«

Lisa musste sich an ihrer Stuhllehne festhalten, als diese entsetzlichen Drohgebärden an ihr Ohr drangen. Zwischen ihren Beinen zog sich dabei alles zusammen.

Dann trampelten sie los. Aus der Stube hinaus torkelte der sturzbetrunkene Tross die hölzerne Treppe hoch zu den Schlafräumen. Jeder Schritt hämmernd. Donnerschläge des bevorstehenden Unheils.

Magdalena war wach im Bett gelegen. Der Tumult aus der Stube war nur gedämpft nach oben gedrungen. Sie hatte die ganze Zeit über an ihre Mutter gedacht. Sie hätte ihr jetzt die Zöpfe neu geflochten und sie dann mit einem zarten Kuss in den Schlaf entlassen.

Jetzt hörte sie die stampfenden Schritte, die sich bedrohlich näherten. Wie der Marsch einer außer Rand und Band geratenen Elefantenhorde. Sie krallte sich an ihren beiden Wolldecken fest. Zog sie höher. Irgendwie ahnte sie, dass gleich etwas Schreckliches über sie hereinbrechen würde.

Sekunden später schnellte die Tür des Schlafraumes mit einem lauten Wumms auf. Klaus vorneweg als Speerspitze des auf Krawall gebürsteten Trupps. Er hatte das Licht angeknipst und hielt die Weinbrandflasche in der Hand. Finky, Roland und der japanische Austauschstudent taumelten ihm hinterher in das Zimmer.

Schlingernd näherten sich die verschwitzten Kerle der Matratze, auf der Magdalena mit nach oben gezogenen Decken zusammengekauert dalag. Das Bettlaken klebte ihr in ihrem Angstschweiß an Waden und Schenkeln. Finky, der als Letzter den Raum betreten hatte, lehnte die Tür an.

Nach dem ohrenbetäubenden Stapfen herrschte nun eine drückende Stille. Man hätte eine Nadel zu Boden fallen hören können. Die Ruhe vor dem Sturm.

Klaus stand den anderen dreien vor. Er erhob seine Hand mit der leeren Weinbrandflasche. So als wolle er Magdalena zuprosten. Mit einer süffisanten Miene. Dann rollte er gespielt langsam seinen Zeigefinger aus und deutete direkt auf sie. »Du bist fällig! Oh ja, du kleines Flittchen, so was von fällig!«

Magdalena vergrub ihre Hände noch tiefer in den Wolldecken, während die vier unheimlichen Typen unaufhaltsam auf sie zukamen. Aussichtslos. Die Decken wurden ihr im Handumdrehen weggezogen. Gegen vier verdorbene Halbstarke im Rausch der Rache und Gelüste konnte sie sich nicht wehren. Schon gar nicht als so zierliches Mädchen, das sie nun einmal war.

Ihr war nach Schreien zumute. Schrillem Kreischen. Doch die Laute blieben ihr im Halse stecken. Schockstarre. Ihr Blick fiel auf das Augenpaar, das durch den offen gebliebenen Türspalt schielte. Dort stand Lisa. Mit schreckverzerrtem Gesicht und weit aufgerissenen Augen.

Sie stand da nur! Weshalb? Wieso stand sie sich dort die Füße wund? Gelähmt. Als lägen schwere Eisenketten mit fußballgroßen Kugeln um ihre Fußgelenke. Unfähig, ihren Körper in Bewegung zu setzen und ihr zu Hilfe zu eilen. Doch dem war nicht so! Und gelähmt waren ihre Beine auch nicht! Wieso um Himmels willen kam sie ihr also nicht zu Hilfe?

Schmerzliche Erkenntnis traf Magdalena wuchtig wie ein dumpfer Schlag in die Magengrube. Sie würde schrecklich leiden.

Sie wusste es, als die acht gierigen Pranken nach ihr griffen und an ihr zerrten. Sie wusste es, als ihre angsterfüllten Augen den klobigen Hals der Flasche erspähten. Sie wusste es, als Klaus sich über sie beugte und sie seinen schweißigen Atem roch. Der Tomatenklecks auf seinem Pullover würde in dieser Nacht nicht der einzige bleiben. Ihre Unschuld würde aufs Schrecklichste befleckt werden.

Schlimmere Gewissheit noch. Schlimmer als alles bevorstehende Leiden. Ihre Mutter konnte ihr nicht helfen. Nicht ihre Umarmungen. Nicht ihre Gutenachtküsse. Nicht ihre schützende Liebe.

26

Marc tuckerte mit seinem schwarzmatten Audi A6 gerade an der Rorschacher Bucht am südlichen Teil des Obersees entlang. Zumindest für ihn fühlte es sich wie Tuckern an.

Zu seinem Gaspedal pflegte Marc eine ebenso innige Beziehung wie ein Geigenvirtuose zu seiner Stradivari. Mal filigran und sanftmütig tippelnd, mal feurig temperamentvoll. Fast wie in einem knisternden Liebesspiel. Dieser kernige, dröhnende Motorsound beim Beschleunigen war für Marcs Ohren wie das Stöhnen bei gutem Sex.

Womöglich kamen ihm die hundertzwanzig Sachen auf seinem Tacho heute aufgrund seiner übersteigerten Ungeduld besonders schleichend vor. Eigentlich mochte er auch die grandiose Aussicht von der Schweizer Seeseite auf die lichtblaue Weite des Bodensees mit dem goldenen Glitzern der in den Wellen reflektierten Sonnenstrahlen. Auskosten konnte er sie heute nicht.

Schweizer Netz. Das würde wohl eine gesalzene Monatsrechnung für sein Diensthandy geben. Er würde nicht nur bei der Abrechnungsstelle vorstellig werden, sondern auch bei Köstinger antanzen müssen. Den Papierkram und die Maulschelte würde es aber allemal wert sein.

Über die Freisprechanlage hatte er gerade Professor Cornelius Wagner angeklingelt. Der Mann entpuppte sich wahrhaft als ein Glücksgriff. Er füllte die Deutungsleere, die der Kriminalhauptkommissar bei der gelben Irisblume verspürt hatte.

»Die Sumpfschwertlilie? Nun, die steht für Weisheit und Erkenntnis.«

Marc rief sich die schaudererregenden Bilder der verkohlten Leiche von Lisa Feldner ins Gedächtnis. Und die Zeilen des am Tatort aufgefundenen Haikus. Besonders die letzten beiden.

»›Bersten ihre Augen bald.‹« Marc hatte das schwarz verbrannte Gesicht von Frau Feldner vor dem geistigen Auge. Die ausdruckslosen schwarzen Augenhöhlen. »›Dass ihr Herz erkennt.‹« Das war die letzte Zeile des Haikus gewesen. Der Feuertod hatte ganz gezielt ihre Augen ausgelöscht.

Er dachte nach. Ihr waren die Augen genommen worden, damit ihr Herz erkennen konnte. Aber was erkennen? Etwas, das ihre Augen nicht gesehen hatten? Oder leibhaftig gesehen hatten, aber nicht hatten sehen wollen? War die Gelbe Schwertlilie gewählt worden, um ihr die Erkenntnis darüber zu schenken?

Marc war so in seine Überlegungen vertieft, dass der Segelhafen Rorschach und auch der Seepark mit seinen bunt geschmückten Zierpflanzenbeeten und Blumeninseln, seiner einladenden Gartenwirtschaft und dem Seepavillon unbeachtet an ihm vorbeizogen.

»Hallo-ho … sind Sie noch dran, Herr Steingruber?«

Marc lag etwas auf der Zunge, das ihn schon lange beschäftigte. Es nagte in seinem Hinterkopf. Die alte Dame aus Langenargen hatte es erwähnt. Mehrfach. Die Presse hatte es aufgeschnappt. »Herr Professor Wagner, sagt Ihnen der ›Nachtfraul‹ etwas? Irgendein Wesen … irgendwas mit Google oder so …«

Herzhaftes Gelächter purzelte aus der Freisprechanlage. »Sie meinen sicherlich eine ›Gugel‹. Eine spitze Kapuze. Der Nachtfraul soll ein Walddämon mit eben einer solchen Kopfbedeckung gewesen sein. Im frühen 17. Jahrhundert hat er die Wälder unserer Region terrorisiert. Letztlich aber hat sich der Dämon als blutrünstiger Mensch entpuppt. Ein Kindsmörder, der durch die Wirren des Glaubenskrieges sein erfahrenes Leid an unschuldigen Kinderseelen abarbeitete.«

Das klang ja furchtbar. Und nach weitaus mehr als dem von Clara als Firlefanz abgetanen Märchen.

Sollte er …? Sollte er es wagen? Sollte er das auch noch fragen? Lächerlich wollte er sich kein zweites Mal machen. Marc haderte mit sich selbst. »Meine Kollegin hat gemeint, sie hätte gewunken, nur andersherum … Oder sie sei ein Winken … nur andersherum … Genau, das war es!«

Der Professor am anderen Ende der Leitung brauchte einen Moment. »Ahhh, einen *Winkte* meinen Sie … Das war bei den

Lakota Sioux ein männlicher Indianer, dem eine weibliche Seele innewohnte. Ein Wesen mit zwei Seelen.«

Clara war also ein solches Zwei-Seelen-Wesen, bloß andersherum? Ihr wohnte eine männliche Seele inne. Marc rauchte der Kopf. Das brachte er jetzt beim besten Willen nicht unter einen Hut.

Er verabschiedete sich von Professor Wagner. Kaum hatte er aufgelegt, lenkte zu allem Überfluss jetzt auch noch der Song »The Final Countdown« seiner Lieblingsrockband Europe seine auf Hochtouren laufende Gedankenmaschine ab. Sein Klingelton.

Auf dem Display der Freisprechanlage erschien eine Nummer, bei der es bei Marc dunkel dämmerte. Er hatte sie schon einmal irgendwo notiert gesehen. Er drückte den grünen Hörer, um den Anruf entgegenzunehmen.

»Hallöchen, Alicia hier!«, säuselte es zuckersüß aus seiner Freisprecheinrichtung.

Bei Marc klingelte nichts.

Seine Gesprächspartnerin am anderen Ende der Leitung musste über eine ausgeprägte Menschenkenntnis verfügen. Sie schob nämlich sofort hinterher: »Deine Retterin in Nöten … Ich darf dich doch duzen? Erstversorgerin deiner Kriegsverwundung. Die Altenpflegerin!«

Jetzt zündete es bei Marc. Sie hatte sich damals in Langenargen nach dem Tohuwabohu mit Claras Mutter gar nicht namentlich bei ihm vorgestellt. Und er hatte schlichtweg vergessen, sie danach zu fragen.

Er freute sich ausgesprochen, die Stimme der kecken Schönheit zu hören. Und sie durfte ihn duzen. Liebend gern sogar. Gleichzeitig ärgerte er sich aber über sich selbst. Empfand er es doch als äußerst unmännlich, dass nicht er es war, der nach ihrem ersten Aufeinandertreffen die Initiative ergriff. Etwas sagte ihm aber auch, dass Alicia gar nicht wegen eines Dates anrief. Ihre Stimme klang zu hoch, vor Aufregung geradezu zu Höhenflügen angestachelt.

»Dieser Kerl auf euren Fahndungsplakaten …«, hauchte sie mit gepresster Stimme durch das Telefon.

Auf einen Streich waren alle seine Überlegungen zum Nachtfraul und dem Zwei-Seelen-Wesen vom Tisch gefegt. Die Gedanken um die Eventualitäten eines sich anbahnenden Flirts gleich zweimal.

»Dieser Typ, *believe it or not*, hat gerade im Zimmer von Magdalena Kuntz gestanden, als ich bei ihr zur Stippvisite hereingeschneit bin. Deine Ermittlungspartnerin hatte das Zimmer ihrer Mutter erst gut eine halbe Stunde zuvor verlassen.«

Finky! Die Altenpflegerin war auf Finky gestoßen.

»Wahrscheinlich hat er durch die Geburtstagsanzeigen im Langenargener Amtsblatt spitzgekriegt, dass Frau Kuntz mittlerweile im Altersstift untergebracht ist.«

Marcs verkrampfte Denkereien lähmten seine Zunge. Dies tat dem Mitteilungsbedarf der quirligen Altenpflegerin jedoch überhaupt keinen Abbruch.

»Er hat ihr einen Strauß prächtige blaulilane Irisblumen in die Vase gestellt. Ihre Lieblinge. Die feinädrige Wildform, nicht die Gartenpflanze. So viel Floralverständnis bringe selbst ich als Botaniklaiin mit. Als ich reinkam, hat er die Hand von Frau Kuntz getätschelt und etwas von Buße und Vergeltung gefaselt.«

»Und dann? Was ist dann passiert?«, wollte Marc wissen.

»Nichts, er ist gegangen.«

Mit dieser Antwort wollte sich Marc keinesfalls abspeisen lassen. Sie mussten ihn schnappen. Das war ihr Täter! »Hat er in irgendeiner Form erwähnt, wo er hinwollte? Alicia, jeder noch so kleine oder belanglos erscheinende Hinweis kann Gold wert sein!«

Sendepause am anderen Ende der Leitung. Alicia überlegte. »Hm, er hat da schon etwas erwähnt, als er das Zimmer von Frau Kuntz verlassen hat. Lass mich mal versuchen, ob ich das noch recht zusammenbringe. Dass er jetzt zu seinem Untergrundbunker müsse … oder so etwas in der Art. Schräg, nicht?«

Bunker … Bunker … Bunker! Der Eriskircher Waldbunker! Das geheimnisvolle gemauerte Gewölbe unmittelbar vor dem katholischen Gästehaus. Es lag am Waldrand an der Querstraße zwischen den Ortsteilen Moos und Gmünd. Die Kollegen Hauk und Stallinger hatten dieses Gewölbe bei der Suche nach Finky zwar schon einmal abgeklopft. Jedoch nur ein einziges Mal an jenem Tag, an dem die Fahndung herausgegeben worden war. Gut möglich, dass Finky es erst kurz danach als Unterschlupf ersonnen hatte.

Marc kannte das in den Waldboden eingelassene Gemäuer von den Spaziergängen mit seinen Eltern in seiner Kindheit. Acht moosbewachsene Stufen waren es hinunter zur ominösen Holztür des mit Efeu bewucherten Gewölbes. Es hatte auf ihn als Sprössling eine unheimliche Anziehungskraft ausgeübt.

Damals hatten noch ein großes »Betreten-verboten«-Schild sowie ein Vorhängeschloss an der hölzernen Tür gehangen. Heutzutage verwehrten behelfsweise zwei genagelte Holzlatten sowie eine geschraubte Eisenstange den Zutritt. Für einen gelernten Schlosser wie Finky war das Aufbrechen aber kein Hexenwerk. Eher ein ruckzuck vollzogenes Kinderspiel.

Mittlerweile war das sagenumwobene Waldgewölbe für Marc entmystifiziert, seit er wusste, dass es ehemals zum katholischen Gästehaus gehört und zuletzt zur Kultivierung von Speisepilzen gedient hatte. Pilze also. Keine Schreckensgespenster.

»Danke, dafür hast du bei mir etwas gut!«

Alicia fackelte nicht lange. »Nun, vielleicht ein gemeinsames Abendessen bei einem feinen Glas Spätburgunder? In Wasserburg gibt es diese sagenhaft tolle Weinbar mit erlesenen Bodenseeweinen. Ich meine … vielleicht könnten wir die Küche bei dem einen oder andern Gläschen … gemeinsam auskosten? Dann kannst du auch wiedergutmachen, dass du ganz offensichtlich meine Nummer nicht gespeichert hast! Wenn ihr euren Fall abgeschlossen habt?«

Nägel mit Köpfen also. Alicia bat ihn um so etwas wie ein Date. Und irgendwie imponierte ihm auch ihre burschikose Art. Sie belebte ihn. Mit Gefühlen, die er in seiner Arbeitswut lange im Keim erstickt hatte.

Ehe er der Schmetterlinge in seinem Bauch Herr werden konnte, hörte er sich die Verabredung mit einer überschwänglich freudigen Zusage quittieren.

Die Liebesfalter mussten ihren entzückten Flügelschlag allerdings noch drosseln. Nachdem Marc über die Freisprechanlage aufgelegt hatte, schnappte er sich sofort sein Smartphone aus der Ablage. Er musste sich beeilen.

Sechshundertfünfzig Franken, eine Anzeige und der Entzug des Lappens konnten die drakonischen Folgen seines Herumhantierens am Handy sein. Eine gesalzene Abrechnung war eine Sache. Ein solch saftiges Schweizer Knöllchen ein ganz anderes Kaliber. Das sollte er Köstinger besser nicht zumuten. Doch Marc hatte keine Zeit zu verlieren. Er musste Clara unbedingt den Aufenthaltsort von Finky simsen. Sie sollte sich eine Polizeistreife ordern, ihn dingfest machen und auf das Kommissariat bringen.

Telefonieren wollte er mit ihr aber nicht. Ihm gefror noch immer das Blut in den Adern, wenn er sich ihren unsympathisch feindseligen Blick in Erinnerung rief. Auch wollte er mitnichten eine hitzige Diskussion darüber heraufbeschwören, wohin er sich gerade im Alleingang begab. Weshalb er sich auf dem Weg zum Kloster Sankt Emerita befand, dafür hatte er ja noch nicht einmal selbst eine vollends schlüssige Erklärung. Es war und blieb ein reines Bauchgefühl. Nicht mehr. Aber auch nicht weniger. Das aber sagte ihm, dass ein akuter Zusammenhang zwischen der Klosterzeit von Clara und ihrer Mutter in Tübach einerseits und dem Aufschlagen von Finky mit der Irisblume bei Claras Mutter auf der anderen Seite bestehen musste. Finky war in den Fall involviert. Und irgendetwas musste das Ganze mit Claras Mutter zu tun haben. Was wusste Clara darüber?

Die Ausrichtung des Kreuzes an ihrem ersten Tatort. Der Blick über den Bodensee auf das Schweizer Seeufer. Auf die Gemeinde Tübach und das Kloster. Da lag etwas begraben auf dieser Hügelzunge. Marc roch die Lunte. Sie führte schnurstracks zu einem hochexplosiven Pulverfass.

Er summte die Melodie von »The Final Countdown«. Auch in ihrem Fall stand der finale Countdown bevor. Marc fühlte es. Ihm juckte die Kidneybohne über der Braue.

27

10. November 1641

Zwei Jahre waren nun vergangen, seit man ihr die Tochter genommen hatte. Zwei Jahre ohne ihre geliebte »Iris«. Zwei Jahre, in denen ihr Mutterherz gelitten hatte wie nie zuvor.

Dicke Tränen kullerten aus Annas Augen. Liefen ihr über die Wangen. Ihr Gesicht war in den vergangenen Monaten, durch Kummer und Leid geplagt, stark gealtert. Ihr sonst so strohblondes Haar war nahezu ergraut.

Es waren sieben Monde zwischen dem Verschwinden der zwölfjährigen Melchin-Tochter und der unsagbar traurigen Gewissheit vergangen. Sieben lange, quälende Monde. Eine Zeit des Haderns. Eine Zeit der Kränkung und der Demütigung.

Nach ihrem Verschwinden waren die ketzerischen Stimmen der Unmenschen nur noch lauter geworden. »Nun hat die Anna Melchin mit dem Nachtfraul paktiert und ihr einzig verbleibendes Balg auch noch verschwinden lassen.« Das hatten selbst die Bauern in Eriskirch ganz unverfroren in ihrer Gegenwart gemauschelt. Dabei sollten gerade sie nach dem Einfall der Schweden am besten wissen, wie sich echtes Leid anfühlte.

Lange hatte man wegen des Verschwindens ihrer Tochter nichts unternommen. Erst als der Spross des Schwagers des Montfortgrafen im Tettnanger Wald auf einem Jagdausflug unweit der Klosterzelle Argenhardt ebenfalls verschwunden war, hatte die Grafschaft zu Montfort einen berittenen Trupp Büttel entsandt, um der Sache auf den Grund zu gehen.

Schon bald hatten sie in der Nähe der Klosterzelle einen völlig verwilderten Mann in einem brachliegenden Holzverschlag aufgegriffen. Vergebens hatte der Feigling versucht, sich an einem Baum aufzuknüpfen. Der in Gewahrsam genommene Kerl hatte die Büttel nach einer peinlichen Befragung zu einem stillgelegten Brunnen in der Nähe geführt. In dessen Tiefe hatte der Tod in seiner grausigsten Erscheinung gelauert. Die sterblichen Überreste von nicht weniger als sechzehn Kindern. Unter ihnen auch des Grafen Schwagers Sohn. Und Clara. Ihre »Iris«.

Das Untier hatte ihre Tochter vor ihrem Ableben malträtiert. Geschändet hatte er sie nicht. Doch die Augen hatte er ihr herausgeschnitten und verspeist. Ihre wunderschönen lila schimmernden Augen. Er hatte ihr den Bauch aufgeschlitzt und auch die Kehle durchgeschnitten.

Der verrohte Kerl, den die Bürger vielerorts als den Walddämon Nachtfraul gefürchtet hatten, war Franz Hofer gewesen. Ein stämmiger Vorarlberger Bauernbursche. Als Söldner hatte er die kaiserlichen Truppen der Katholischen Liga bei der Eroberung der Reichsstadt Kempten unterstützt. Das unbarmherzige Gemetzel an Frauen und Kindern beim Einfall in die Stadt hatte ihn gebrochen. Er war fortan durch die Wälder gezogen und hatte die erlebten Kriegswirren auf seine blutrünstige Art und Weise bewältigt.

Als sich in den Wäldereien um Kempten und Wangen die Fälle verschwundener Kinder gemehrt hatten, war unter der durch den Krieg ausgelaugten Bevölkerung das Gerücht über den Nachtfraul aufgekommen. Genährt durch Furcht und Aberglauben. Mit Feuer und Lanze hatten die aufbegehrenden Bürger den Nachtfraul stellen wollen. Doch Franz Hofer hatte sein Jagdgebiet nach Süden in den Tettnanger Wald verlagert.

Für seine Schandtaten hatte der Hofer letztendlich auf dem Galgenberg zu Tettnang gebrannt. Ihre geliebte Iris machte dieser Umstand nicht wieder lebendig. Man hatte sie ihr mit so grausamer Endgültigkeit aus dem Mutterherzen gerissen.

Das mit Stichen und Blutspritzern übersäte Bündel Kleidung, das man in dem Holzverschlag im Tettnanger Wald gefunden hatte, war das Einzige, was Anna von ihrer Tochter geblieben war. In der Schürzentasche hatte sie das Holztäfelchen mit der getrockneten Irisblüte gefunden. Es hatte ihre Tochter nicht beschützen können. Das schmerzte sie so bitterlich.

Anna stand am schilfbewucherten Ufer der Schussenmündung. Gemeinsam mit dem Luzifer habe sie sich an den Eingeweiden ihrer Tochter satt gelabt. Aus den Augäpfeln habe sie die Zukunft gedeutet und einen giftigen Trunk gebraut, um die Aussaat der Bauern zu verderben. Das hatte der lästernde Volksmund gesprochen. All das hätte Anna ertragen können. Um nichts in der Welt würde sie es aber aushalten, auch nur einen Tag länger ohne ihre geliebte Iris auf Erden zu verweilen.

Hier würde es also enden. Sie kniete sich zu Boden und ließ den Weidenkorb von ihren Schultern gleiten. Eine schwere Last lag in ihm. Schwer wie die Bürde der Selbstvorwürfe, die sich Anna Tag für Tag auferlegte. Mit denen sie sich selbst kasteite.

Weshalb hatte sie ihre Tochter nicht beschützen können? Das einzige Kind, das ihr geblieben war. Sie hatte ihr mütterliches Versprechen gebrochen!

Dicke Tränen. Sie beugte sich über den Korb und hievte den großen Gesteinsbrocken heraus. Dann entnahm sie auch das Hanfseil, das sie geflochten und geknüpft hatte. Sie band es um den Stein und verknotete es. Das andere Ende befestigte sie stramm um ihren Leib.

Anna griff in ihre Beuteltasche und holte eine Irisblüte hervor. Nicht die Blaue Schwertlilie. Die hatte sie vorhin am Grab ihrer Tochter abgelegt. Hatte sie ihre geliebte Iris nicht vor den Qualen ihres Schänders behüten können, so vermochte sie ihre Tochter doch im Jenseits mit dem ewig währenden Band der Muttertreue zu bedenken. Sie schenkte ihrer kleinen Clara die Freiheit. Sie selbst hielt ein weißes Irisgewächs in ihrer Hand. Ihre Augen sahen sich an der Reinheit und Unschuld der Blüte satt.

Anna heftete sich die Blume an die Kragenschnur ihrer Bluse. Rein und unschuldig. So wollte sie aus dem Diesseits scheiden.

Sie streifte sich ihre Holzschuhe von den Füßen. Ihre nackten Fußsohlen ertasteten das kalte Erdreich. Sie atmete tief durch und sog die frische und reinigende Novemberluft in ihre Lungen. Dann bückte sie sich zu dem schweren Steinbrocken hinunter und hob ihn mit beiden Händen in die Höhe. Schleppenden Schrittes steuerte Anna an der Flussmündung auf den Bodensee zu.

Das kalte Seewasser schwappte knöchelhoch über ihre entblößten Füße. Annas Augen verloren sich in den blauen Weiten des Bodensees. In der Ferne bäumten sich schemenhaft die Umrisse der Schweizer Alpengipfel auf. Schweren Ganges watete sie im frostigen Seewasser den Riesen am Horizont entgegen.

Eiseskälte umspülte Annas Körper. Ihre Atmung wurde flacher und flacher, als das kalte Wasser ihre Leinenkleidung tränkte. Sie zitterte am ganzen Leib, und ihre Lippen wurden blau.

Als nur noch die nackten Zehenspitzen sie auf dem glitschigen Untergrund über Wasser hielten, verharrte Anna. Sie atmete noch einmal tief durch. Ein allerletztes Mal durchströmte die klirrend kalte Seeluft ihre Lungenflügel. Sie schloss ihre Augen und spreizte ihre Finger.

Anna spürte den Ruck durch ihren Leib fahren, als der wuchtige Steinbrocken sie in die Tiefe zog. Die See kam sie holen. *Meine Iris, mein Schatz, ich komme.*

Sie verschränkte ihre Finger. Anna wollte unter keinen Umständen dagegen ankämpfen. Dem See wollte sie sich nicht verwehren. Erst als ihr die Luft ausging, siegte ihr Körper über ihre Willenskraft. Unter Panik begannen ihre Gliedmaßen wild zu strampeln. Ihr Leib zappelte und wand sich. Er zerrte an dem Hanfseil, doch der Koloss auf dem Seegrund bewegte sich nicht im Geringsten.

Anna spürte den anwachsenden Druck auf ihre Lunge. Ihre Schläfen pochten, hämmerten geradezu. Wie wild raste ihr Herz. Sie riss ihren Mund weit auf. Ihr Körper lechzte nach dem wertvollen Lebenselixier.

Gierig saugte ihre Gurgel das Wasser ein. Dieser Schwall eiskaltes Wasser, der ihre Lunge flutete, war eine Armee bitterer Tropfen. Und sie hatten nur einen einzigen Auftrag zu erfüllen. Ihre Lunge vollständig zu zementieren, auf dass ihr auch der letzte Lebensatem ausgewrungen würde. Es fühlte sich an, als lasse die Wucht des Wassers Anna innerlich explodieren.

Sie spürte, wie es mit ihr zu Ende ging. Die Lebensgeister schickten sich an, aus ihrem nur noch schwächlich strampelnden Körper zu entweichen.

Das Letzte, was Anna vor ihrem geistigen Auge sah, war ein marmorierter Torbogen. Ein greller Lichtkegel stach aus ihm hervor. Durch die blendende Helle angestrahlt, erblickte sie eine engelsgleiche Gestalt in einem weißen Gewand. Sie streckte Anna aus der Entfernung ihre zusammengekniffene Hand entgegen. Die kleinen Fingerlein öffneten sich und gaben den Blick auf die in der Handfläche liegende blaulilafarbene Irisblüte frei.

Vergelt's Gott, Iris. Ich komme zu dir, meine Iris. Vergelt's Gott. Das war das Letzte, was Annas Gedankenkraft preisgab, bevor die ewige Schwärze sie gänzlich vereinnahmte.

28

Die Kapuzengestalt steckte ihr Handy zurück in die Hosentasche. Sie stand im schattendusteren Innenraum der Scheune. Es war ein denkwürdiger Tag. Ein Tag voller Offenbarungen. Ein Tag der Klarheit. Klar wie Kloßbrühe. Auch wenn der noch auszulöffelnde Klumpen nur schwer magengängig war. Klarheit über alles. Auch über den größten aller Irrtümer. Die leise Vorahnung war früh im Raum geschwebt. Und immer lauter geworden. Die Augen … diese Augen. Die SMS hatte sie nur bestätigt.

Er war nicht der Erzeuger gewesen! Das wäre für einen Mann, der im Volksmund abschätzig nur »Abtreibungspapst« genannt worden war, aber auch eine aberwitzige Laune des geschehenen Unrechts gewesen.

Die Vermutung hatte sich aufgedrängt. Aus den Fallakten war eindeutig hervorgegangen, dass er in Lisa Feldners ursprünglicher Aussage damals als Anstifter, Rädelsführer und treibende Kraft beschuldigt worden war. Die Vergewaltigung in jener verhängnisvollen Nacht war auf seinem Mist gewachsen. Das hatte ihn, den Nachtfraul, auf den Holzweg geleitet.

Der Nachtfraul hatte jemanden gebraucht, auf den er seinen geballten Hass richten konnte. Diesen Jemand hatte er in Klaus Hübner gefunden. Doch er war es nicht. Hundertprozentige Sicherheit seit heute.

Er war es. Und der Jagdinstinkt des Nachtfrauls hatte ihn aufgespürt. Genug gemäuselt. Schluss mit dem Versteckspiel. Der Fuchs war entlarvt. Der Bau enttarnt. Jetzt war es an der Zeit, ihn auszuräuchern. Es war wahrhaftig der Tag der Klarheit.

Der Nachtfraul betrachtete das an die Holzwand gepinnte Bild. Die Fratze mit ihren wassertrüben, wenn auch durchdringend blauen Augen, wie sie ihm von dem ausgedruckten Blatt Papier entgegenstarrte. Er musterte den Ausdruck. Angewidert. Voller Hass. Jeder Menge tief verwurzeltem Hass. Und reichlich Verachtung. Das war alles, was er für diese Made übrighatte. Er erkannte keinerlei Ähnlichkeit. Bis auf die Augenfarbe. Schändliches Kobalt. Das einzige Brandzeichen, das zeigte, dass *sein* dreckiges Koboldblut auch durch seine eigenen Adern kroch.

Er. Dieser Hurenbock hatte wider das Natürliche gezeugt! Deshalb gab es keinerlei Ähnlichkeit. Eine solche Abart konnte ja vor Entfremdung nur so strotzen. Die gottgeschaffene Natur wehrte sich, einen solchen Frevel wider sie selbst zu dulden. Die gefechtsbereite Lilaglut des Nachtfrauls hatte bestimmt schon alle verseuchten Blutkörperchen zerplatzen lassen. Sein Lebenssaft musste rein sein. Frei von diesem Frevler.

Der Nachtfraul stellte sich vor den Spiegel neben das ausgedruckte Blatt Papier. Abwechselnd musterte er das Gesicht auf dem Ausdruck und sein eigenes Ebenbild im Spiegel.

Diese Fratze. Diese entstellte Oberlippenspalte. Das Teufelsmal im Gesicht. Er war der leibhaftige Teufel! Und er war ein Dieb! Er hatte *sie* gestohlen! Er hatte *sie* ihm gestohlen!

Der Nachtfraul stierte den Spiegel an. Gestohlen! So wie er selbst diesen Körper. Besitz hatte er davon ergriffen. Langsam. Ganz allmählich und schleichend. Die Sinne vernebelt mit der Gischt der unbändigen Wut. Und den Verstand vergiftet mit dem Äther des abgründigsten aller Gefühle. Dem Hass. Bis er selbst sich wie ein Parasit eingenistet hatte. Zum neuen, messerscharfen, tödlichen Verstand geworden war. Tödlich. Vor allem tödlich.

Der Körper war sein richtender, ja sein mörderischer Scherge. Aus ihm hatte er all das Leid aufgesogen. So viel Leid. Mannigfaltiges Leid. Ein voller See davon. Und jetzt war die Zeit gekommen, alle Register zu ziehen. Die Zeit des Jüngsten Gerichts. *Ihn* sollte all das Leid treffen. In einer allessühnenden Sintflut sollte es ihn vom Erdenrund fegen.

Den Nachtfraul packte die blanke Raserei. Er nahm das blutverschmierte Schlaginstrument von der Werkbank. Dieser Hurenbock hatte ihr den Atem des Vergessens eingehaucht! Er hatte sie ihm genommen! Holzsplitter flogen durch den Raum, als die Bleigewichte am Ende der Lederschnüre sich in einem wuchtigen Hieb durch das aufgedruckte Gesicht fraßen und sich in der Holzwand vergruben.

Der Nachtfraul betrachtete das zerfledderte Gesicht auf dem Papier. Er würde leiden. Mindestens so sehr wie der Abtreibungspapst. Nein! Um ganze Welten mehr! Grausam leiden. Das war der Nachtfraul ihr schuldig. Auch wenn sie sich dessen nicht bewusst sein konnte. Er war es ihnen beiden schuldig. Ihr. Und der Tochter.

Er war mutterseelenallein. Aber der Nachtfraul wusste es genau. Die Tochter war aus ihrem Holz geschnitzt. Aus dem reinen Fleisch der Mutter. Bis auf die Augen. Dieselben Gene. Dieselbe Nase. Dieselbe Mundpartie. Auch die eigentlich blasse Haut. Und der Saft der vergangenen Rotrose floss auch durch die neue Knospe. Ganz bestimmt auch die gleichen Wesenszüge. Ja, gewiss. Aller Wissenslosigkeit zum Trotz. Diese besondere Verbundenheit bestand weit über die DNA hinaus. Ein Leben lang und sogar darüber hinaus. Es war ihr Kampf. Ihr gemeinsamer Kampf um Vergeltung. Er senkte den Kopf und wippte auf der Stelle vor und zurück. Er verfiel in ein rauschartiges Gemurmel und sprach zu sich selbst: »Vergelt's Gott, Iris. Vergelt's Gott, Iris. Vergelt's Gott, Iris. Vergeltung!«

Keuchend und bebend vor überirdischer Wut hielt der Nachtfraul inne. Geräusche. Dort heraußen vor der Scheune.

29

Manfred Scherbaum bog gerade in Moos in seiner brandneuen X-Klasse am katholischen Gästehaus um die Ecke. Seinen fabrikneuen Schlitten hatte er mit der Versicherungssumme seines abgefackelten Mitsubishi L200 bezuschusst und zum ansehnlichen Gefährt in Jagdgrün aufmotzen lassen. Sein ganzer Stolz. Eines der letzten Exemplare, das noch vom Band gerollt war.

Ein wenig großspurig fühlte er sich ja schon dabei. Als Jäger einen Stern zu fahren. Aber: »En echter Schwob isch, wer en Daimler umenand fährt.«

Eigentlich ein ganz schöner Widerspruch. Der Schwabe, der sich das Eigenheim vom Munde absparte, sollte eine Protzkarre fahren? Manfred Scherbaum hatte das schwäbische Mantra im Erbgut verankert. »Schaffa, schaffa, Häusle baua. Em Läba nedd en Protzkarra kaufa! Vorher laufa!« Das hatte ihm sein alter Herr eingeschärft. Es war ihm in Fleisch und Blut übergegangen. Das Häusle war schon lang gebaut. Jetzt hatte er eben auch die Protzkarre.

Unbehaglich zumute war ihm aber vor allem wegen der ganzen Vorkommnisse. Er war des mehrfachen Mordes beschuldigt worden. Sein Pick-up, der als Tatfahrzeug beschlagnahmt worden war, war ausgebrannt. Und nun kam er mit einem solch luxuriösen fahrbaren Untersatz daher. Aber er fuhr sich erste Sahne. Das musste der Jäger sich eingestehen.

Er bremste ruckartig ab, als er Finky dort vor dem Scheunentor erblickte. Verblasst war die Schwärmerei um sein übergebührlich komfortables Jagdvehikel. Noch hatte der meuchelnde Geselle den Jäger und das kernige Schnattern seines Sechszylinders nicht bemerkt. Er war zu vertieft. Bestimmt hatte er in der Scheune etwas zu verbergen, so hektisch, wie er an dem Torschloss herumfuhrwerkte.

Manfred Scherbaum griff nach seinem Jagdgewehr auf der Rückbank und stieg aus. Leisen Schrittes näherte er sich der gebückten, verwahrlosten Gestalt. Das Anpirschen beherrschte er selbstredend aus dem Effeff.

Schon fasste er Finky an der knöchrigen Schulter. »Hab ich dich, du Strolch!« Scherbaum wirbelte den Streuner ruppig herum. Ehe der sich versehen konnte, hatte er ihm das Korn seines Jagdgewehrs auf die im schmutzigen T-Shirt steckende Brust gerichtet und ihn gegen das Scheunentor gedrängt.

Finky hob unbeholfen seine Hände.

»Mordshalunke! Du hast sie alle umgebracht! Alle! Eine Bestie bist du! Eine grausame, blutrünstige Bestie!«

Finky fletschte seine gelbbraunen Raucherzähne zu einem düsteren Lächeln und schürzte seine Lippen. Seine Hasenscharte vermittelte Angriffslust. »Manne, begreifst du es nicht? Zu Recht! Verdient hatten sie es alle miteinander! Ich habe sie gewarnt. So oft habe ich sie gewarnt. Ein Rudel sünderischer Wölfe waren wir! Alle zusammen!«

Gift in den Ohren des Jägers. Dieser Unmensch nahm tatsächlich seinen Spitznamen in den Mund! »Schla dr a paar and Gosch na, du!« Manfred Scherbaum hatte heute schon einige Kurze gebechert. Er grub den Lauf seines Gewehres tiefer in Finkys Schlüsselbein. Abgrundtiefe Abscheu leitete seine Hand. Und blinde Bitternis ließ seinen Zeigefinger am Abzug vor Anspannung schlottern.

Finky senkte seine Flossen und griff unbeirrt nach dem Gewehrlauf. Er führte ihn direkt auf seine Herzgegend. Wild entschlossen funkelte er den Jäger an. »Na los! Drück ab! Ich habe es verdient! Mach schon! *In peccatum vixi, in peccatum moriar.*«

Scherbaum bedachte ihn mit einem angewiderten Blick. »Du und dein freigeistiges Geschwafel! Hatte Klaus es verdient, so würdelos ans Kreuz gezimmert zu werden? Hatte Lisa es verdient, so skrupellos bis zur Unkenntlichkeit verbrannt zu werden? Und hatte Roland es verdient, so fürchterlich zu ersaufen?«

Finky hielt seinem Blick stand, ohne auch nur mit der Wimper zu zucken. »Tu es! Drück ab! Bring es zu Ende! Hier und jetzt! In Sünde habe ich gelebt, in Sünde werde ich sterben. Richte mich und schließe dieses düstere Kapitel!«

Manfred Scherbaums angespannter Zeigefinger verkrampfte fast. Seine schweißbenetzte Fingerkuppe schlitterte über den Abzugsbügel. Doch es ertönte kein Schuss. Stattdessen ein ohrenbetäubend greller Schrei. Er brüllte sich die Seele aus dem Leib. Spuckefäden wirbelten aus seinen Mundwinkeln. Die Adern traten an seinem Hals hervor, als kröchen ihm mächtige Schlangen die Gurgel hinauf. So sehr schrie er seine Verzweiflung in die Welt. Tränen perlten über seine geröteten Wangen auf die Pflastersteine vor der Scheune.

Der gerissene Finky nutzte diesen Augenblick der Gebrochenheit zu seinem Vorteil. Schroff stieß er den Gewehrlauf von seiner Brust, schlug einen Haken um Scherbaum und suchte trotz seiner lädierten Hüfte hurtig das Weite.

Scherbaum fehlte der Mumm, um Finky hinterherzueilen. Er legte sein Gewehr halblebig an, um dem Landstreicher auf dessen Flucht eine Kugel in den Rücken zu jagen. Doch seine tränengefluteten Augen waren zum Anvisieren nicht mehr zu gebrauchen.

Was hatte all das noch für einen Sinn? Nach diesem mörderischen Himmelfahrtskommando. Der Sturm hatte gewütet. Getobt. Und er hatte seine Opfer gefordert. Er hatte auch ihn mächtig durchgerüttelt. Ihn in seinen Grundfesten erschüttert. Er war saft- und kraftlos. Am Ende. Finito. Er hatte keinen Lebensmut mehr.

30

Schwester Hildegard machte Marc bereits im Torbogen zum Klostervorplatz ihre Aufwartung, als er am Bauerngehöft vorbei entlang der mit Ziegeln gedeckten Klausurmauer auf den Parkplatz auffuhr. An der schmalen geteerten Abzweigung von der Durchgangsstraße hinauf zum Kloster hatte ihn ein Kruzifix begrüßt. Wenn das nicht ein vielversprechendes Omen war! Er war mit der Aussicht vom Kreuz auf der richtigen Fährte. Das verriet ihm sein kommissarischer Spürsinn.

Marc hatte auf der Hinfahrt bei Schwester Hildegard seinen spontanen Besuch telefonisch angekündigt. Glücklicherweise empfing ihn die Klostervorsteherin so kurzfristig. Mit offenen Armen, ganz im Sinne eines warmherzigen Gotteshauses.

Davon zeugte auch der von zwei ineinander übergehenden Rebstöcken umrahmte, rot lackierte Torbogen, dessen Tor weit offen stand. Es war halb zwölf. Strahlender Sonnenschein tauchte die Anhöhe in eine angenehme Wärme.

»Grüezi Gott. Si müese dä Kummissär us Düütschland si. Sindsisoguet, tschumpled Si hinde mir her. Vor dä Mure müese Si nid huure.« Die krummbucklige Klostervorsteherin – sie musste die achtzig Jahre bereits überschritten haben – machte auf der Türschwelle kehrt und schritt mit hinter dem Rücken überkreuzten Armen durch den Torbogen hindurch.

Marc fiel die Kinnlade herunter. War da etwa gerade unter den Rebstöcken tatsächlich ein »Hure« über die Lippen der Ordensschwester gekommen? Rebstöcke. Hinter dieser Pforte lag doch ein Haus des Segens und des Friedens.

Schwester Hildegard drehte sich nach ihm um. Sein entgeisterter Gesichtsausdruck blieb ihr nicht verborgen. Die pergamentartige, faltenzerfurchte Haut in ihrem Gesicht formte sich zu bedächtigen, gütigen Zügen. »Ach, du lieber Herrgott! Ich bin freilich auch des sortenreinen Hochdeutschs mächtig. Entschuldigen Sie bitte vielmals, guter Mann! Die Macht der Gewohnheit.«

Jetzt klang die gütige Stimme der Ordensdame so klar und verständlich wie bereits heute Vormittag während ihres kurzen Telefonats. Er hörte bei ihr allerdings dieselbe leicht giftige, spitze Einfärbung wie bei Clara heraus. Auch sie hatte diesen seichten Akzent, wenn sie sich bemühte, dem Schwyzerdütsch das abtrünnige hochdeutsche Korsett überzustülpen.

»Guten Tag. Sie müssen der Kommissar aus Deutschland sein. Folgen Sie mir bitte. Vor den Mauern müssen Sie nicht kauern«, begann Schwester Hildegard von Neuem.

Auf »kauern« wäre er beim besten Willen von selbst nicht gekommen.

Die Kapuzinernonne führte Marc über den sonnengefluteten Schotter des Vorplatzes. Vor ihm erhob sich der neuromantische Prachtbau des dreigeschossigen Klostergevierts. Das Obergeschoss unter dem darauf thronenden Satteldach mit Schleppgauben war mit seinem roten Sichtfachwerk im neugotischen Baustil gehalten. Ebenso die Giebelfronten. Das Satteldach des Eingangsflügels krönte ein länglich-spitz zulaufender Dachreiter. Er verlieh der Klosteranlage eine erhabene Imposanz.

Schwester Hildegard geleitete Marc durch den Eingangsflügel hindurch gleich wieder nach draußen ins Freie. Auf den Innenhof des Klostergevierts. Den, so vermutete Marc, hatte die Klostervorsteherin als geeigneten Ort für ein inniges Gespräch auserkoren.

Der rechteckige Innenhof hatte einen akkurat geschnittenen Rasen zu bieten. In jede der Ecken war ein Feigenstrauch gepflanzt. Durchzogen wurde er von vier schmalen Kiespfaden, die in der Mitte in einem Kreis zusammenführten und gesamthaft ein Kreuz bildeten. Den bekiesten Kreis umgaben ringsherum Blumenbeete mit roten Edelnelken. Deren üppige, großzügige Blüten mit ihren wellenförmigen, weich konturierten Blättern verströmten weithin einen intensiven, markant süßlichen Duft. Aus dem Zentrum des Kieskreises heraus erhob sich ein überdachter Brunnen.

Schwester Hildegard lief mit Marc die Treppenstufen hinunter und geleitete ihn über den vor ihnen liegenden Kiespfad zu ebenjenem Brunnen hinüber. Für ihr hohes Alter verfügte die

Ordensschwester trotz ihres krummen Ganges noch über einen respektabel strammen Schritt.

Sie hielt mit Marc im Schlepptau vor dem Brunnen inne. Für einige Momente herrschte beinahe vollkommene Stille.

Zeitweilen war das melodiöse Zwitschern zweier Amseln und ihrer Jungen zu vernehmen. Sie hausten in einem Nistkasten im Birnbaum. Dem einzigen Obstbaum, der neben den Feigensträuchern aus dem grünen Rasen des Innenhofes herausstach. Das geschäftige Summen der Bienen erfüllte die Stille. Sie schwirrten, durch den angenehm süßen Duft angelockt, um die Nelken herum und sammelten eifrig deren Blütenstaub ein.

Marc tat es Schwester Hildegard gleich. Er verschränkte die Finger, lehnte die Arme gegen seine Oberschenkel und betrachtete in stiller Einkehr den Brunnen. Dessen rundes, bauchiges Granitbecken war in der Mitte durch einen Steg unterteilt. Auf diesem fußten zwei Rundsäulen, die die Bedachung des Brunnens trugen. Zwischen den beiden Marmorsäulen befand sich ein Sockel. Und auf diesem die Statue einer jungen Frau mit barmherzigen Gesichtszügen. Sie war in ein rotes Gewand mit einem blauen Umhang gehüllt, das Haupt von einer weißen Haube mit Schleier bedeckt.

Andächtig musterte Marc die kunstvolle Brunnenstatue aus buntem Marmor. Vor ihr befand sich eine zweite, halb so große Figur. Ein Mädchen mit braunem, schulterlangem Haar in einem rosafarbenen Gewand. Die Frau hatte ihre Hände behutsam und schützend auf den kleinen Schultern des Mädchens abgelegt.

Marc war beirrt. Augenscheinlich stellten die beiden Marmorstatuen auf dem Brunnen Mutter und Tochter dar. Aber Maria, die jungfräuliche Mutter Jesu, hatte doch gar keine Tochter. Er war kein Kirchgänger. Nie gewesen. So viel wusste er aber. Und er meinte sich auch zu erinnern, dass es doch Maria war, die als Marienstatue häufig in rotem Gewand mit blauem Umhang und weißer Schleierhaube dargestellt wurde.

»Diese Heiligenfigur …«, fühlte er zögerlich vor. »Ist das eine Marienstatue?« Auch auf die Gefahr hin, in ein religiöses Fettnäpfchen zu tappen.

»Das ist nicht ganz richtig. Aber auch nicht völlig falsch«, antwortete Schwester Hildegard mit besonnener Diplomatie. So waren die Kirchlichen. Nie um ein salomonisches Urteil verlegen. Sie verübelte Marc dessen Unwissenheit nicht. »Das ist die heilige Anna im Matronengewand. Die Großmutter Jesu. Mit ihrer Tochter, der allerseligsten Jungfrau Maria. Die hochgebenedeite Anna ist die Schutzpatronin der Mütter.«

Die hageren, knöchernen Finger von Schwester Hildegard ergriffen Marcs Hände und umschlossen sie. Die Klostervorsteherin schaute Marc eindringlich an. Ihre altersmüden Augen standen hinter den runden Brillengläsern weit in den Augenhöhlen zurück. Aus ihrem faltigen, runzeligen Gesicht sprach nun nicht mehr die Weisheit, sondern ein sorgenvoller, mitleidiger Blick. So als wolle sie dem Ermittler ihr Herz ausschütten.

»Herr Kommissar, als Magdalena damals mit ihrer neugeborenen Tochter zu uns ins Kloster gekommen war … Das hat von Anfang an unter keinem guten Stern gestanden.« Schwester Hildegard kam also gleich auf den eigentlichen Grund von Marcs Besuch zu sprechen.

»Ein Kind, in Unzucht gezeugt. Das ist nicht im Sinne unseres Herrgotts, des Allmächtigen. Dennoch sind alle Kinder ein Geschenk Gottes. Die unschuldige Frucht schändlichster Unzucht wie Unkraut aus der mütterlichen Erde jäten zu wollen, das ist ein niederträchtiges Vergehen am Werk des Herrn! Magdalena stand doch auch unter dem Schutz unserer heiligen Anna.« Die Nonne bekreuzigte sich.

Marc wurde hellhörig. »Clara wurde in ›schändlichster Unzucht‹ gezeugt? Eine Vergewaltigung? Und man wollte sie ›wie Unkraut jäten‹, also abtreiben?«, fragte er konsterniert. Das bestätigte seine schlimmste Befürchtung. Clara hatte ihm gegenüber ja nie den Auslöser für die dissoziative Amnesie ihrer Mutter preisgegeben.

Marc musste nach Luft schnappen. Er konnte keinen klaren Gedanken fassen, so drimselig war ihm. Er musste sich auf den Beckenrand des Brunnens setzen, sonst wären ihm die Beine weggesackt. Ganz schwammige Knie hatte er. Und Schweißperlen rannen ihm in hehren Mengen die Stirn hinunter. Mühselig versuchten sich seine schwitzigen, zittrigen Hände auf dem Brunnenbecken abzustützen.

Fast eine Stunde lang hatte ihm Schwester Hildegard nun alles genauestens geschildert. Einfach alles. Wie die vier jungen Männer sich im Dezember 1979 in der Skihütte in Laterns der Reihe nach an Magdalena vergangen hatten. Wie das gepeinigte und vergewaltigte Mädchen völlig verstört in das Landeskrankenhaus nach Bludenz gekommen war, um dort die durch die Flasche hervorgerufenen inneren Verletzungen behandeln zu lassen. Wie dort später die Schwangerschaft festgestellt worden war.

»Wurden die vier Schweinepriester, entschuldigen Sie den Ausdruck, zur Rechenschaft gezogen?«, erkundigte sich Marc.

»Leider nein. Die jungen Herren hatten gute Anwälte. Der Prozess wurde verschleppt, wo es nur ging. Auch wollte die damals beste Freundin von Magdalena nicht mehr aussagen. Sie hatte die Vergewaltigung mit eigenen Augen gesehen, wollte sich aber nach einer zaghaften Erstaussage an nichts mehr erinnern.«

Wie von Sinnen fasste sich Marc an die schweißbenetzte Stirn. »Das gibt es doch nicht! Das ist doch eine absolute Farce!«

Die Ordensschwester setzte sich neben ihn. »Es kam noch schlimmer.« Sie schluckte, atmete tief ein und gewährte Marc auch in diesen düsteren Abschnitt der Vergangenheit Einblick. »Der Vater von einem dieser Unholde hat damals eine Abtreibungsklinik in Bregenz geleitet.«

Demnach der Vater von Klaus Hübner. Er hatte die Abtreibungsklinik von seinem alten Herrn übernommen, als dieser sich in den Ruhestand begeben hatte. Längst weilte der Senior auch nicht mehr unter den Lebenden. Im Gegensatz zu seinem Sohn war er aber eines natürlichen Todes gestorben. Das hatten ihre Ermittlungen ergeben.

»Dort hatte man versucht, Magdalenas Ungeborenes abzutöten. Auch auf Drängen ihrer Eltern hin. Und der Arzt selbst war natürlich übereifrig. Er hat das Beweismittel schnellstmöglich aus Magdalenas Leib entfernen wollen. Um seinen Sohn zu schützen. Er hat Magdalenas Eltern so lange beackert, bis sie einverstanden waren.«

Schwester Hildegard senkte betrübt ihr Haupt. Sie brauchte nichts zu sagen. Marc wusste ihren Blick zu deuten. Magdalenas Eltern waren die Unbescholtenheit und der Ruf ihrer über und über sterilen Familienwelt wohl wichtiger gewesen als das Wohl ihrer Tochter.

»Auch die Mutter hat eingewilligt. An der die kleine Magdalena so sehr gehangen hatte. Bei ihr ist damals die Kürettage zum Einsatz gekommen. Stellen Sie sich das einmal vor, Herr Kommissar! Einfach nur entsetzlich! Ich meine, nachdem sie mit der Flasche …«

Marc konnte auf weitere Ausführungen getrost verzichten. Beim bloßen Gedanken schüttelte es ihn am ganzen Leib. Die Curette. Ein langes, stumpfes Schabeisen. Der Fötus ausgekratzt wie menschlicher Abfall.

»Bei Magdalena kam es zu Komplikationen«, berichtete Schwester Hildegard weiter. »Der Embryo war ganz außen an die Gebärmutterwand geschmiegt gewesen. Ein Wunder. Ein Zeichen Gottes. Er wurde nicht ausgeschabt. Die heilige Anna hatte ihren Schutzmantel über das ungeborene Leben gelegt.«

Marc war angewidert. Diese verwerfliche Schandtat war einfach wie ein Häufchen Kehrwochenüberbleibsel unter den Teppich gekehrt worden. Was mochte eine missglückte Abtreibung in einem sechzehnjährigen Mädchen ausgelöst haben? Was machte das wohl mit einem so verletzlichen Rehkitz, das erst kurz zuvor Opfer einer Gruppenvergewaltigung geworden war? Eine Überlebende mit Kollateralschaden auf der gebrannten Seele.

Die Klostervorsteherin legte eine Pause ein. Sie wollte Marc durchatmen und das Gehörte verdauen lassen. Wenn es bei diesen schweren Happen überhaupt möglich war zu schlucken.

Claras Mutter war vergewaltigt worden. Und Klaus Hübner musste damals auf der Skihütte dabei gewesen sein. Er war einer der vier Vergewaltiger, die sich an Claras Mutter vergangen hatten.

»E Früehgeburt. Si hät 's Chind en Monat z' früeh gebore. 's Baabi hät mit em Tod grunga. Und de Herrgott hätt's um ei Haar fascht scho wieder zu sich gno.« Schwester Hildegard verfiel wieder ins Schwyzerdütsch. Großer Kummer lag in ihrer Stimme. Sie ging in sich und erzählte weiter.

»Am 13. August 1980 gebar Magdalena ihre Tochter. Mit fatalen Folgen. Noch am Tage der Geburt ist sie in eine schwere dissoziative Amnesie verfallen. Das Trauma der Vergewaltigung … die psychische Belastung … Und dann die Frucht der Schande in den Händen zu halten. Das alles war wohl zu viel für sie.«

»Sie kam dann mit sechzehn Jahren gemeinsam mit ihrem Baby hierher in das Kloster Sankt Emerita, richtig?«, fragte Marc.

»Ja. Wir mussten Mutter und Tochter aber gleich voneinander trennen. Durch die dissoziative Amnesie war sich Magdalena ihrer Mutterschaft ja gar nicht bewusst. Sie wollte mit ihrem Baby nichts zu tun haben. Sie hat es regelrecht von sich gewiesen. Wie einen Fremdkörper abgestoßen.«

Entsetzlich. Marc konnte nur erahnen, was Magdalena damals an Strapazen durchgemacht haben musste.

»D' Mueterliebe isch scho immer so kostbar und eifach unersetzlich gsi. A Meitli ohne Mueter isch a erdenfremde Seel. 's Baabi mueterseeleallei. En armi Tropf, der vo däm Himu abe gheit isch. En gottverlassnig Tropf. Ke Tümpu nid uf de chalte Häärd hät en ufneh wolle. Mir händ 's Chind und 's Meitli, also d' Mueter, bi uns wilchume gheiße.«

Schwester Hildegard fiel offensichtlich immer dann in ihren Schwall von Schwyzerdütsch zurück, wenn der Kummer ihr die Zunge anschwellen ließ. Sie ertappte sich jedoch rasch bei ihrem Rückfall und schnaufte ihren Dialekt hinaus.

»Die Anklage wurde vollends fallen gelassen. Das Missbrauchsopfer konnte sich ja nun nicht mehr zu den Geschehnissen jener Nacht äußern. Dabei hatte der Fall ganz schön hohe Wellen geschlagen, das können Sie mir getrost glauben. Wenn ich mich recht entsinne, war unter den vier Missetätern sogar ein japanischer Austauschstudent gewesen.«

Marc beschlich eine sehr starke Ahnung. Er notierte sich das Gehörte in seinen Notizblock.

Schwester Hildegard zog ein weißes Taschentuch aus ihrem

Ärmel hervor und tupfte sich einige Tränen aus den Augen. Sie war zu jener Zeit selbst noch eine einfache Nonne der Gemeinschaft gewesen. Sie erzählte, Schwester Agnes habe damals das Neugeborene in ihre Obhut genommen.

»Wir haben die Tochter auf den Namen Clara getauft. In Anlehnung an einen historischen Fall. Die kleine Melchin-Tochter. Eine Kindstötung aus dem 17. Jahrhundert. Sie war in einer Vollmondnacht im Tettnanger Wald grausam ermordet worden. Der Priester, der dem Kinderfänger vor dem Gang zur Hinrichtungsstätte die Beichte abnahm, hatte sich auch als Geschichtsschreiber verstanden. Er hat sich seinerzeit auf Pilgerschaft um den Bodensee herum begeben und ein halbes Jahr hier in diesem Kloster in Askese verbracht. So ist die Dokumentation dieses historischen Kriminalfalls in unser Klosterarchiv gelangt.«

»Der Nachtfraul!«, platzte es aus Marc zur großen Verwunderung der Klostervorsteherin heraus. Hier schloss sich also der Kreis.

»Ja ... genau der!«

Das war also das Puzzlestück. Die Verbindung zu diesem Walddämon. Marc wunderte sich doch stark. Warum um alles in der Welt taufte man ein Neugeborenes nach einem getöteten Kind?

Schwester Hildegard schaute ihn nachdenklich an. »Nun, die Mutter hatte ihre geliebte Tochter verloren. Sie blieb ohne ihr kleines Töchterlein auf Erden und hat zwei Jahre später Selbstmord begangen. Und auf gewisse Weise hatte man dem getöteten Kind damals auch die Mutterliebe entzogen.«

Marc verstand, worauf Schwester Hildegard hinauswollte. Als der Kinderfänger einst das Mädchen im Tettnanger Wald verschleppt hatte, musste es sich ihrer Mutter entrissen gefühlt haben. Dabei war es die Tochter selbst gewesen, die getötet worden war. Die Gruppenvergewaltigung und die daraus hervorgegangene dissoziative Amnesie hatten Clara auch ihrer Mutter beraubt. Doch sie war nicht getötet worden. Und ihre Mutter war auch noch am Leben.

Schwester Hildegard deutete mit ihrem Zeigefinger auf eine

der roten Edelnelken in den um das kreisförmige Kiesbett angeordneten Blumenbeeten. Die Blume ließ die roten Blütenblätter ganz welk und schlaff zusammengekringelt nach unten hängen. Sie strotzte nicht wie die übrigen vor Eleganz. »Die Nelke gilt uns als Mariensymbol. Sie steht für die Liebe. Die Mutterliebe«, sagte sie. »Dieses Exemplar hier ist vergangen und verwelkt. Es bricht mir das Herz, eine Blume in diesem kläglichen Zustand zu sehen. Der kleinen Melchin-Tochter wie auch unserer Clara muss es ähnlich ergangen sein. Eine welke Blüte versprüht keinen Frohmut.«

Marc kam wieder der verdurstende Kletterer unter dem Eiszapfen in den Sinn. Claras Mutter war nicht getötet worden. Sie auch nicht. In ihrer Mutter war jedoch das Mutterbewusstsein ausgemerzt worden. War auch in Clara etwas getötet worden?

Hatte dieser Finky etwa bei dieser Gräueltat von damals seine Finger im Spiel gehabt? Oder noch schlimmer ... auch einen anderen Körperteil? Sollte das stimmen, hatte ihn womöglich der Rappel gepackt, und seine späte Sühne war seinen damaligen Spießgesellen zum Verhängnis geworden. Wie und warum aber war er auf diesen Nachtfraul-Zug aufgesprungen?

»Den Brunnen, den hat die Iris gemocht. Viele Stunden, unzählige Tage ist sie vor ihm gestanden und hat sich die Heiligenstatue angeschaut. Aber mit der Mutterliebe ist es leider nicht wie mit dem verwunschenen Frosch aus dem Märchen. Die springt nicht einfach so aus dem Brunnen hervor, wenn wir sie nicht in uns tragen«, holte Schwester Hildegard Marc aus seinen Gedanken.

Überrascht erkundigte er sich: »Iris?«

Schwester Hildegard schmunzelte. »Oh, Pardon. So haben wir Schwestern die kleine Clara genannt. Wie der kleinen Melchin-Tochter hat der liebe Herrgott auch unserer Clara eine besondere Gabe in die Wiege gelegt. Eine ganz besonders ausgeprägte Form des Albinismus. Sie wissen schon, die violett schimmernden Augen.«

Marc nickte. Er hatte das violette Schimmern erst kürzlich in Claras Augen gesehen. Als sie ihn mit diesem teufelsirren Blick bedacht hatte. Jetzt erschloss sich ihm auch, weshalb sie ihre Haare färbte. Albinos hatten ja diese weißblonden.

»In ihrer Jugend«, fuhr Schwester Hildegard fort, »war Clara sehr auf Krawall gebürstet. Sie hat ihr schönes langes Haar kurz geschnitten und lila gefärbt. Da war der Spitzname ›Iris‹ natürlich nicht mehr von der Hand zu weisen.«

»Wuchs Clara denn hier im Kloster wirklich durchgehend isoliert von ihrer Mutter auf?«

Schwester Hildegard stand auf und richtete ihren gichtigen Zeigefinger auf ein Zimmer im zweiten Obergeschoss des Ostflügels. Sie erklärte Marc, dass Clara weder im Schwesternhaus noch im Gemeinschaftsraum mit den anderen Novizinnen untergebracht gewesen war. Obwohl Clara später selbst eine Novizin gewesen war.

»Zunächst ist sie in der Obhut von Schwester Agnes außerhalb des Klostergevierts im Haus neben dem Klostergarten aufgewachsen. Als sie in ihre Jugendjahre kam, haben wir ihr dann eine Kammer im Klostergebäude zugeteilt. Clara war als einzige Novizin in einem separaten Zimmer untergebracht. Kommen Sie, Herr Kommissar. Ich zeige es Ihnen. Wir haben es weitestgehend unverändert gelassen.«

Marc folgte der gebückt gehenden Klostervorsteherin ins Innere. Es war mit prächtigen Fresken im Beuroner Stil bemalt. Schwester Hildegard führte ihn durch die Treppenanlage aus massivem Eichenholz bis ins zweite Obergeschoss hinauf. Dort begaben sie sich in den Ostflügel vor eine kleine Kammer.

»Allmorgendlich Sonnenlicht in das düstere Leben des Mädchens zu bringen, das hielten wir bei aller Enthaltsamkeit für durchaus angebracht. Deshalb der Ostflügel.«

Claras Mutter Magdalena war bis zu ihrer Erblindung Schwester im Kapuzinerorden gewesen. Clara selbst war dem Orden jedoch nicht als Schwester beigetreten, sondern hatte sich nach der Matura entschieden, nach Deutschland überzusiedeln, um an der Polizeihochschule in Villingen-Schwenningen zu studieren. Nicht ganz ohne Zutun der Ordensschwestern, wie ihm Schwester Hildegard gestand.

»Es gab mit fortschreitender Pubertät zunehmend Probleme ... Wir hätten sie im Kloster nicht länger dulden können. Aber überzeugen Sie sich gleich selbst. Nach Ihnen, bitte. Treten Sie ein.«

Marc war gespannt wie ein Flitzebogen. Er ging in die kleine Kammer hinein. Ein mit Bravo-Starschnitten und Teenie-Idol-Postern volltapeziertes Zimmer eines pubertierenden Zahnspangen-Girlies hatte er nicht gerade erwartet. Was er vorfand, war für seine Begriffe dann aber doch sehr asketisch.

Unterhalb des Fensters stand ein schlichtes Holzbett mit Bettkasten. Nebst diesem gab es lediglich zwei weitere Möbelstücke in der Kammer. Einen Stuhl, der Marcs Mutmaßungen zufolge wohl neben dem bloßen Sitzen auch dem Ablegen der Gewandung gedient haben musste. Zudem eine Kniebank aus Nussholz.

Schwester Hildegard lächelte. »Mehr bedarf es nicht, um Gott nahe zu sein.« Sie erläuterte ihm, Clara habe auf der Kniebank gebetet und gelesen. Nicht nur in der Bibel. »Meistens hat sie sich in unserer Klosterbibliothek aufgehalten. Besonders die Schriften zu den Pflanzen, der Indianerkunde und zum Mittelalter haben es ihr angetan. Ganz besonders die zum Mittelalter.«

Ein ganz dicker Wälzer lag sogar noch auf der Ablage der Kniebank. »Darf ich?«, erkundigte sich Marc.

Schwester Hildegard wies in Richtung der Kniebank. »Nur zu. Bittschön.«

Marc begutachtete den Schmöker. Er musste gar nicht erst den Titel lesen. Der bemalte Einband, die allzu detailreiche Darstellung des Räderns eines armen Sünders, verriet ihm bereits, dass es um mittelalterliche Hinrichtungsarten ging. Und er kannte den Wälzer. Er hatte ihn schon einmal gesehen. Bei seinem Besuch bei Professor Cornelius Wagner in der Pädagogischen Hochschule in Weingarten. Die Luzerner Chronik. Marc lauschte den Anmerkungen von Schwester Hildegard.

»In ihrer Jugend war die Clara ganz vernarrt in diese schaurig blutige Seite des Mittelalters gewesen. Solcherlei Bücher hat sie förmlich verschlungen und in sich aufgesaugt. Ich würde das fast schon als besessen bezeichnen. Ja, sie war davon besessen.« Die Ordensschwester seufzte.

Kleine Fresszettelchen steckten in dem Buch. Marc klappte den Wälzer auf den entsprechenden Seiten auf. Zunächst grausige Darstellungen von Ertränkungen und Hexenverbrennungen. Er blätterte weiter. Eine Abbildung eines Gemäldes des Malers Tizian, einem der Hauptmeister der italienischen Hochrenaissance. Das Werk stellte die Kreuzigung Jesu dar. Marc blätterte bis zum letzten Fresszettel. Noch eine Abbildung eines Tizian-Gemäldes. Die Marter des heiligen Laurentius, der auf einem Rost über einem lodernden Feuer qualvoll verendet.

Es schüttelte Marc durch.

Zwischen den beiden aufgeschlagenen Seiten steckte ein zusammengefaltetes Blatt Papier. Er entnahm den Zettel, faltete ihn auf und bekam handschriftlich verfasste Zeilen zu Gesicht.

Vergelt's Gott, Iris. Ein Sturm zieht auf. Gewaltig. Zerstörerisch. Ein Sturm, der durch die Lande zieht. Er wütet. Er tobt. Ein Sturm, der durch die Gassen fegt. Er reinigt. Er richtet. Ein Sturm, der die lodernde Glut schürt. Wunden. Nimmerheil. Ein Sturm, der brandend durch die Felder streift. Kreuzzug. Blutsühne. Ein Sturm, der elende Unseelen birst. Entschlossen. Ungeheuerlich. Ein Sturm, der Rache sät. Gierig. Tödlich. Tilgt die unauslöschliche Schande. Wirbelnd, peitschend, tosend. Er verzehrt Dich innerlich. Seelenfraß. Du, trewe Mutter. Alsdann, dein ganzes Sein gedenke mir. Auf ewig. Muttertreu. Behüte. Vergelt's Gott, Iris. Vergeltung.

Darunter, ebenfalls in derselben adretten Handschrift, ein Zitat aus dem Alten Testament.

Doch meine Burg ist der Herr, mein Gott ist der Fels meiner Zuflucht. Er wird ihnen ihr Unrecht vergelten und sie wegen ihrer Bosheit vernichten; vernichten wird sie der Herr, unser Gott.
Psalm 94,22-23

Marc hielt Schwester Hildegard den Zettel hin. Sie versicherte ihm mit Brief und Siegel, dass es sich um Claras Handschrift handelte.

»›Vergelt's Gott, Iris‹«, las sie vom Zettel ab. »Ja, richtig. Die seltenen Male, die Magdalena und die heranwachsende Clara sich auf dem Klosterhof begegnet sind … Magdalena hat dann immer ihre Hände um das Gesicht von Clara gelegt und diesen einen Satz vor sich hingewispert. Nur diesen einen Satz. Vergelt's Gott, Iris.«

»Weshalb der Psalm?«, fragte Marc. »So wie sich dieser Zettel liest, hat Clara das für bare Münze genommen. Eine Aufforderung zur Vergeltung!«

Schwester Hildegard erhob den Zeigefinger. »Ein Irrglaube! Clara hörte nur, was sie hören wollte. Sie hatte sich große Hoffnungen gemacht, dass ihre Mutter allmählich beginnen würde, sich wieder an sie zu erinnern. Als sich das nicht einstellen wollte, kam großer Frust in ihr auf. Er ließ Hass und Zorn in ihr wuchern wie ein Geschwür.«

Bedächtig strich sie mit ihren Fingern über die Zeilen. »Vergelt's Gott, Iris … Auch wenn sich Magdalena ihrer Mutterrolle nicht bewusst sein konnte, so ist das ein starkes Zeugnis. Ein Band, wenn nicht gar ein unterbewusster Schwur ihrer Muttertreue. Dankbarkeit, keine Rachegelüste!«

»Und was ist dann mit diesem Bibelspruch, den Clara auf dem Zettel notiert hat?«, fragte Marc.

»Nun, Clara hat sich so tief in einen Irrgarten der Besessenheit verkrochen, dass sie fehlgeleitet war. Es ist nicht an uns Menschen, uns auf den Richterstuhl zu erheben. Gott allein ist es überlassen, zu vergelten. Und das ist nicht unabdingbar an Rache geknüpft. Der Allmächtige ist gütig und gerecht. Aber er vergilt das Gute wie auch das Böse. Wenn er uns heimholt, wird er über unser Leben urteilen. Dann müssen wir uns vor ihm verantworten. Unrecht wird nicht vergessen. Auch nicht mit der Zeit. Es ist ganz sicher nicht an uns Menschen, die Vergeltung in die eigenen Hände zu nehmen.«

Schwester Hildegard trat ganz dicht an Marc heran. Durch ihren krummen Buckel reichte sie ihm gerade einmal bis zur

Brust. Erneut umschlossen ihre kalten, knöchernen Finger seine Hände. »Herr Kommissar, glauben Sie, unsere Iris hat sich zum Rachegott aufgeschwungen und die Vergeltung in die eigenen Hände genommen?«

Nach dem, was Marc in den vergangenen zwei Stunden hier im Kloster Sankt Emerita erfahren hatte, musste er davon ausgehen.

Nicht Finky war auf den Nachtfraul-Zug aufgesprungen, sondern Clara. Sie musste in dieser dämonischen Schimäre Trost gesucht haben. In ihr war mit ihrer Geburt und der einsetzenden dissoziativen Amnesie ihrer Mutter etwas ruiniert worden. Etwas, das Clara in ihrer Brust durch puren, nüchternen und zerstörerischen Hass ersetzt hatte. Meinte sie nicht, sie sei ein Winkte? Ein Zwei-Seelen-Wesen? Hatte sie tatsächlich die Leere mangelnder Mutterliebe durch den mörderischen Nachtfraul beseelt? Hatte sie seinen Rachekuss gekostet? War er ihr in die Glieder gefahren? War er ihr Rachegott?

Er wollte das Gedachte nicht aussprechen. Er fürchtete sich zu sehr vor seinen eigenen Gedankengängen. Er brachte keinen Ton hervor, nickte stattdessen nur betreten.

Doch eine Nachfrage brannte ihm wie ein glühend heißes Eisen auf seiner Zunge. Auch vor deren Beantwortung fürchtete er sich. »Schwester Hildegard … darf … darf ich Sie noch etwas fragen?«

»Froge darf me, wenn me d' Antwort nid schüet.«

Wieder das Schwyzerdütsch. Seine Frage stand schon unter keinem guten Stern. Er scheute die Antwort wie die Pest. »Hat sich dieser Fanatismus denn auch in Claras Wesenszügen bemerkbar gemacht?«

»Ha, natüürlich! Bhüetis trüüli! Allewil hät 's Clara numä no vo däm Nachtfraul gaxä wolle. Besesse isch 's Meitli gsi vo däm Dämon. D' alte Clara isch Gschicht gsi. Vo däm Nachtfraul befalle. Verbittert und rachsüchtig isch se vo da an gsi.«

Sie hatte die Vergeltung also nicht nur in die eigenen Hände genommen. Sie hatte sie tatsächlich in die Klauen des Nachtfrauls gelegt!

»De Nachtfraul. Lischtiger Dämon. Sonderbar. 's Wese. En Wese, zwü Seele. De Körper z'schtehle. De Geist z'quäle. Zäntume schwarze Haar, schwarze Fratz. Für en gütiges Härz kein Platz. In dr Bruscht schlummert feurig d' Glut. Hasserfüllt. Vergiftet. Wo kein Härz, da d' Wut. Düschter wie vo dr Nacht 's Chleid. Nährt sich's vo dem Opfer sin Leid. Isch vom Tod dr Vasall. Tödlich sine Chrall. Sonderbar. 's Wese. Fegender Schturm mit emenen mordlüschternen Bese. Sonderbar. 's Wese.« Aus Schwester Hildegard sprudelte der Kummer nur so heraus. »So isches sid alters her im Märli verzellet und überliefert worre.«

Und Marc hatte Teile dieser bekümmerten Worte schon einmal vernommen. Sogar schon zweimal. In Langenargen. Aus den schwäbelnden Schnäbeln der alten Dame und der Lumpenfrau.

»Ach, Herr Jesus! Großes Unheil chummt über eus älle herin!« Schwester Hildegard bekreuzigte sich. »De Herrgott, de Allmächtige, sei eus gnädig!«

Marc empfand Mitleid. Das alles musste dieser gebrechlichen Frau das Herz brechen.

Ihm war ja selbst das Herz in die Tiefen des Schmerzensozeans gesunken. Wie damals in der ersten Klasse. Als ihm auf dem Pausenhof dieser kahl geschorene Bully über den Weg gelaufen war. Bestimmt drei Köpfe größer und einige Kragenweiten breiter. Er hatte auf den Rufnamen »Dschuljän« gehört. Einer dieser neumodischen Ami-Namen aus der Kevinismus-Schublade. Er hatte ihm die Milchschnitte mit bloßer Hand zerquetscht. Clara war jetzt sein Bully. Sie hatte auch seine Milchschnitte zerquetscht. Nur dass diese Milchschnitte alles war, woran er als Kommissar glaubte.

Dieser todbringende, blutdürstige Sturm, der in den vergangenen Wochen durch Langenargen und Eriskirch gefegt war. Das Leid. Das tödliche Grauen. Die Mordlüsternheit. All das war eine abgrundtiefe Todsünde und verstieß gegen das Werk Gottes. Zu wissen, dass die mörderische Handschrift diejenige einer ihrer ehemaligen Novizinnen war, musste der alten Frau wirklich das Herz zerspringen lassen. Ebenso, wie es Marc das Herz zerbarst, dass es sich um seine Ermittlungspartnerin handelte.

Jetzt erst realisierte er, was das eigentlich bedeutete. Clara war die kaltblütige, eiskalte Killerin. Schockschwerenot. Die »Bestie vom Bodensee«!

Die Erkenntnis blies ihm schonungslos mit Eiseskälte ums Gesicht. Sie kannte keinerlei Erbarmen. Sie sank kriechend seinen Hals hinab. Schoss ihm mitten ins Herz und lähmte ihn. Wie das Sekret eines Giftpfeils. Sie ließ das Adrenalin in seinem Körper aufkochen und seinen Puls in die Höhe schnellen.

Marc musste unverzüglich aufbrechen. So schnell wie möglich. Ihn beschlich eine weitere erschreckende Mutmaßung. War Finky etwa ...? Lag er mit dieser Vermutung richtig, so ergab es gewissermaßen Sinn, dass der Landstreicher Claras Mutter im Altersstift aufgesucht und ihr Blumen gebracht hatte. Stimmte seine Theorie, so war Finky aber auch in allerhöchster Gefahr. In Lebensgefahr.

Es blieb keine Zeit für ausschweifende Erklärungen. »Danke schön! Sie haben mir die Augen geöffnet! Und ... die Zeit heilt alle Wunden.« Letzteres konnte er nicht ernst meinen.

Marc entschwand über die Treppenanlage nach unten, hinaus auf den Vorplatz in Richtung Parkplatz. Im Laufen holte er sein Smartphone hervor und durchsuchte sein Telefonbuch nach der Nummer von Thomas Fischer. Es klingelte, und kurze Zeit später hatte er den Telefonkoordinator an der Strippe.

Schnaufend gab Marc ihm in kurzen Takten die nötigen Anweisungen: »Hallo, Thomas ... Keine Zeit für Erklärungen! Schnapp dir Stift und Papier.« Marc wartete einige Sekunden. »Du musst zwei Dinge für mich tun. Erstens: Hol dir den damaligen leitendenden japanischen Ermittler des Shiraito-Katana-Falls ans Telefon.«

Am anderen Ende der Leitung ließ Thomas Fischer bereits erste Einwände verlauten.

»Ja, ich weiß, dass es in Japan bereits nach zweiundzwanzig Uhr ist! Und es ist mir scheißegal! Es ist Gefahr im Verzug! Zur Not klingelst du ihn aus dem Bett, verstanden? Bring in Erfahrung, ob damals am Tatort ebenfalls eine Schwertlilie aufgefunden worden ist! Bei der Gelegenheit bringst du auch das Datum der

Ermordung in Erfahrung. Mich interessiert vornehmlich, ob es eine Vollmondnacht gewesen ist.« Marc legte eine weitere kurze Pause ein.

»Zweitens: Telefoniere bitte mit dem Pfadfinderverein Laterns! Lass dir die Gästeliste der Skihütte aus dem Dezember 79 durchgeben. Erstes Dezemberwochenende. Thomas … es ist wirklich keine Zeit für ein Warum! In der gesuchten Gruppe müsste eine Frau Magdalena Kuntz dabei gewesen sein. Keine Zeit für weitere Erläuterungen! Ich bin so schnell wie möglich im Kommissariat. Ach ja, ist Clara dort aufgekreuzt?«

Marc wartete noch die Antwort von Thomas Fischer ab, dann legte er auf. Natürlich war Clara nicht im Kommissariat aufgeschlagen. Sie musste Finky also bereits in ihrer Gewalt haben!

Jetzt war ihm auch das Schweizer Netz egal. Er wählte Claras Nummer. Eine monotone Frauenstimme raubte ihm aber gleich wieder seinen naiven Hoffnungsschimmer. Claras Handy war ausgeschaltet. Er hechtete jetzt regelrecht zu seinem Wagen. Marc spürte, wie sein königsblaues Poloshirt an den Achseln und seine Jeans in den Kniekehlen klebten. Die Schweißflecken mussten deutlich zu sehen sein. Aber mit eitler Sonnenscheinoptik war jetzt ohnehin kein Blumentopf zu gewinnen. Es lief der »Final Countdown«. Nicht ihr *gemeinsamer*, nein, *sein* »Final Countdown«. Denn ihr Fall war zu *seinem* Fall geworden; seine Ermittlungspartnerin hatte sich als skrupellose Killerin entpuppt.

Marc verharrte für einen Moment an der offenen Fahrzeugtür, ehe er einstieg. Er richtete seinen Blick zum Firmament, das schon bald seine Schleusen öffnen würde. Tiefdunkle Wolken bauschten sich zusammen. Gewittergraue Schwaden durchzogen dort oben das vormals sommerblaue und wolkenlose Himmelszelt. Da braute sich etwas Gewaltiges zusammen. Und das vor einer Vollmondnacht.

Vollmond. Claras abschätzige Meinung über seine mangelnde Raffinesse in der Fallanalyse zählte nicht mehr. Marc pfiff darauf. Der Abtreibungspapst und der Pfarrer waren in Vollmondnächten getötet worden. Lisa Feldner nicht. Finky sollte noch dran glauben. Und heute stand eine Vollmondnacht bevor …

Clara tötete die einstigen Vergewaltiger bei Vollmond! Genau wie der Nachtfraul einst die Melchin-Tochter im Tettnanger Wald.

Und noch etwas hatten die Morde gemeinsam. Dieses Mal auch der an Lisa Feldner miteingeschlossen. Immer hatte Clara bei Schlechtwetter gemordet. Regenschauer. Gift für die Spurenlage! Und es kündigte sich wieder eine Schlechtwetterfront an …

Oh, Clara … was für eine durchtriebene Mörderin. Mit dem Kalkül einer erfahrenen Ermittlerin!

Jetzt hieß es, den Schalter umzulegen, von »Fallanalyse« auf »Fall lösen«. Mit allem Drum und Dran, damit endlich die Handschellen klicken konnten. Marc gab seinem Gaspedal grob die Sporen. Das hatte nun nichts mehr von der Feinfühligkeit eines Geigenvirtuosen. Eher von dem furiosen Malträtieren einer E-Gitarre, die das Solo nicht zwingend ohne Schmetterbruch überstand. Marc hätte das Pedal auch liebend gern durch den Fußraum in den Asphalt geschmettert.

31

Kurz nach fünfzehn Uhr schlitterte der Audi A6 mit quietschenden Reifen um die Ecke. Die Rückfahrt von Tübach nach Friedrichshafen hatte Marc in einer Rekordzeit von unter einer Stunde gemeistert. Um etwaige Knöllchen hatte er sich dabei herzlich wenig geschert. Es war Gefahr im Verzug. Deshalb hatte er sich auch vorsorglich das portable Blaulicht auf das Wagendach gesteckt.

Ein Zuckerschlecken war die Rückfahrt trotzdem nicht gewesen. Das sich anbahnende Unwetter hatte sich nämlich als ein leibhaftiger Mordssturm entpuppt. Spätestens ab der Bregenzer Bucht.

Orkanartige Windböen hatten das Wasser des Bodensees in hohen Wellen gegen die Bucht gepeitscht und so manches Segelboot in bedrohliche Schieflage versetzt. Blitz und Donner hatte es vom rabenschwarzen Himmel geschleudert. Und der rasch aufgezogene Wolkenbruch hatte Hagelschlag und Sturzregen gebracht. Zeitweilen war es nahezu ein Ding der Unmöglichkeit gewesen, durch die Windschutzscheibe die Fahrbahnmarkierungen auch nur erahnen zu können. Als habe sich der Himmel gegen ihn verschworen. So wie Clara sich in ihrem stürmischen Blutrausch gegen ihn gewendet hatte.

Marc hatte das aber nicht einschüchtern können. Dafür stand einfach zu viel auf dem Spiel. Ein weiteres Menschenleben. Mindestens eins.

Die elektrische Toranlage zum Parkplatz des Kommissariats öffnete sich sehr zu seinem Leidwesen in epischer Zeitlupengeschwindigkeit. Dem Scheibenwischer konnte er eine Verschnaufpause gönnen, denn der Starkregen war abgeflaut. Lediglich die ruppigen Windböen hielten an.

Fickerig tippelte Marc mit seinen Fingern gegen den Kranz seines Lenkrades. Kurz spielte er sogar mit dem Gedanken, auszusteigen und beim Öffnen des Tors ein wenig nachzuhelfen. Doch er wartete, bis er endlich auf den Parkplatz preschen konnte.

Er brauste bis kurz vor den Seiteneingang, stellte den Audi quer über zwei Parkflächen und stürmte in das Kommissariat. Ganz außer Puste kam er im zweiten Stock an. Immerhin hatte er auch je drei Treppenstufen auf einmal genommen und sich durch einen Verstolperer beinahe noch hingelegt.

Marc betrat das Großraumbüro und lief schnurstracks in die hintere Ecke zum Schreibtisch von Thomas Fischer. Der war gerade dabei, ein Telefonat zu beenden, und kritzelte mit schwungvollen Handbewegungen irgendwelche Notizen auf seinen Block. Marc hoffte, dass es sich dabei um die von ihm angeforderten Informationen handelte. Besser wäre es für den Telefonkoordinator allemal!

Er hätte Thomas Fischer zu gern gefragt, was er denn mit seinen Haaren gemacht hatte. Dessen wuschelige schwarze Haarpracht stand am Stirnansatz vogelwild nach oben. So als habe er in eine Steckdose gefasst und die elektrisierende Wirkung des Stroms zu spüren bekommen. Marc vermutete, dass er sich während seiner Telefonate nervös mit der Hand durch den nerdigen Wuchs auf seinem Haupt gefahren war. Hoffentlich ein Zeichen aufopferungsvollen Einsatzes und nicht der Resignation.

Zu seiner eigenen Beruhigung tendierte Marc eher zu Ersterem. Thomas Fischer schaute ihn nämlich nun durch seine klobig schwarz gerahmten Brillengläser erwartungsvoll an. Ganz so, als erwarte er ein Leckerli zur Belohnung.

Marc ertrug die Spannung kaum. »Hast du mit dem Inspektor aus Japan telefoniert, und hast du die Gästeliste der Skihütte bekommen?«, holte er ganz ungehalten zum Doppelschlag aus.

»*Hai, mochiron!* Und ja!«, bekam er zu hören.

Marcs karge Japanischkenntnisse waren so weit gediehen, dass er den ersten Teil der Antwort zu übersetzen vermochte. »Ja, natürlich.« Das gefiel ihm. Er trat an den Schreibtisch und machte sich mit verschränkten Armen auf selbigem breit. »Mach hinne! Raus mit der Sprache!«

Die Lippen des nerdigen Brillenträgers, die neuerdings von einem stylishen Flaumbärtchen bewuchert waren, formten sich zu einem zufriedenen Lächeln. »Inspektor Mayoto-san aus Tokio war natürlich alles andere als erfreut, dass ich nach zehn Uhr abends noch bei ihm durchgefunkt habe. Er hat in seinem hauseigenen Sento noch ein heißes Bad genommen. Weißt du eigentlich, wie verpönt es ist, die Ruhe dieser Badekultur zu stören? Und ist dir eigentlich bewusst, wer das lang und breit zu hören bekam?« Vielsagend tippte sich Thomas Fischer mit seinem Daumen gegen die eigene Brust und setzte einen überzogen vorwurfsvollen Blick auf.

Im Moment war das Marc aber herzlich egal. Er hatte ganz andere Sorgen. »Zum Teufel mit dem ruhevollen Bad! Wir haben die Ruhe in einer morderschütterten Region wiederherzustellen! Sonst steht die Reinigung eher am nächsten Tatort an! Thomas, dafür hast du einen Kaffee bei mir gut. Jetzt aber raus mit der Sprache!«

Für eine Millisekunde dachte Marc an das in Aussicht gestellte Date mit Alicia. Zum Glück hatte er Thomas Fischer gerade nur den Kaffee angeboten. Eine Weinverkostung à trois, was für ein abstruser Gedanke. Gegen jegliche romantischen Spielregeln. Eine Millisekunde. Dann galt Marcs ungeteilte Aufmerksamkeit wieder dem Showdown dieser Mordermittlungen.

»Ja, die japanischen Ermittler hatten tatsächlich eine Schwertlilie am Tatort gefunden. Direkt neben dem Leichnam von Professor Tagayuki Shusaki. Aber sag mal, Marc, woher wusstest du das bloß?«

Marc kratzte sich an seiner Kinngrube. Seine schlimmste Befürchtung hatte sich also bewahrheitet. Sie hatten in ihrer Mordserie nicht nur drei Todesopfer. Es waren bereits vier. Und wenn er sich nicht beeilte, würden es bald fünf sein. »Unwichtig. Welche Gattung? Welche Farbe?«

Thomas Fischer brüskierte sich kleinlaut über Marcs forschen Umgangston. Solche Patzigkeit hatte er auch erst selten erlebt. Er fing sich aber wieder und scannte mit der Bleistiftspitze über seinen Block, um die entsprechende Notiz zu finden.

»*Iris ensata.* Die Japanische Sumpf-Schwertlilie. Violett. Ebenfalls die gesamte Pflanze mitsamt dem Wurzelstock. Ebenfalls getrocknet.«

Marc war außer sich vor Wut. »Verflixt und zugenäht! Weshalb erfahren wir das jetzt erst?« Er blitzte Thomas Fischer gnatzig an, merkte jedoch rasch, dass er seinen Missmut auf den Falschen projizierte.

Der Telefonkoordinator hob abwehrend die Hände. »Nun, bis du heute um die Ecke kamst, stand der Shiraito-Katana-Mordfall in keinerlei Zusammenhang mit unserer Mordserie. Außerdem hat mir Inspektor Mayoto-san am Telefon die Bedeutung der Irisblüte in der japanischen Kultur erläutert. Die Iris reinigt dort Geist und Körper von bösen Energien. Wer die Irisblüte trägt, ist geschützt. Der Doktorand, der in diesem Mordfall als dringend tatverdächtig festgenommen worden war, hatte den Ermittlern zu Protokoll gegeben, er sei der festen Überzeugung, dass sein Doktorvater vom Bösen befallen war. Den Mord und das Ablegen der Schwertlilie interpretierten die japanischen Ermittlerkollegen als Versuch des geistig Verwirrten, Professor Tagayuki Shusaki rituell zu reinigen.«

Marc wusste es besser. Die schreckliche Wahrheit. Professor Tagayuki Shusaki war Mordopfer Nummer eins. Nicht Klaus Hübner. Und in Tokio saß ein Unschuldiger im Gefängnis.

»Zum Datum der Ermordung. Der 25. September im vergangenen Jahr. Und tatsächlich eine Vollmondnacht.«

Marc schlug die Hände über dem Kopf zusammen. »Was ist mit der Gästeliste der Skihütte in Laterns? Lass hören!«

Thomas Fischer durchsuchte erneut seine Notizen. »Vorneweg. Wir hatten richtiges Ermittlerglück. Die Gästelisten werden vierzig Jahre lang aufgehoben. Nächstes Jahr wäre die gesuchte im Aktenvernichter der Pfadfindergruppe verschwunden. Also … Am ersten Dezemberwochenende im Jahr 1979 waren auf der Skihütte zu Gast: Roland Emmers, Lisa Feldner, Michael Fink, Klaus Hübner, Magdalena Kuntz.«

Sie alle. Sie alle waren gemeinsam auf der Skihütte gewesen. Der goldene Schlüssel. Die ausschlaggebende Verbindung.

»Es kommt noch besser. Die Gruppe hatte sich damals auch im Hüttenbuch verewigt. Der alte Schinken landet nächstes Jahr übrigens auch im Schredder. Alle Genannten hatten darin unterzeichnet. Unter einem plump hingekritzelten Hüttenspruch. ›Auf der Hüttn gibt's kei Sünd ned.‹ Doch nicht nur das, auch ein zusätzlicher Hüttengast, den die fünf vermutlich unterwegs oder auf der Skipiste aufgegabelt hatten. Ein gewisser –«

Marc war sich sicher, den Namen zu kennen, und unterbrach Thomas Fischer. »Tagayuki Shusaki. Alias ›T-Bone‹.« Auf der Hütte hatte sich sehr wohl eine überaus große Sünde zugetragen, und sie alle waren daran beteiligt gewesen.

Verblüfft schaute Thomas Fischer zu ihm auf. »Auffällig richtig!«

Ohne ein weiteres Wort sprang Marc vom Schreibtisch und ließ Thomas Fischer verdutzt zurück. Er hatte einen nächsten Mord zu verhindern und eilte aus dem Großraumbüro.

Marc hatte raschen Schrittes bereits eine Etage hinter sich gelassen, da kam ihm Alexander Brinksmann entgegen. »Ach Marc, gut, dass ich dich hier antreffe!«

Marc stiefelte an ihm vorbei. »Keine Zeit!« Er hatte schon wieder sechs Treppenstufen genommen.

»Marc, es ist aber wichtig! Etwas echt Komisches. Und irgendwie auch fallrelevant. Es geht um Clara … und unseren Top-Tatverdächtigen, Finky. Ich denke, das wird dich brennend interessieren!«

Marc zog nun doch die Handbremse, blieb unterhalb des DNA-Spezialisten stehen und schenkte ihm sein Gehör.

»Clara kam vor einiger Zeit bei mir drüben im forensischen Labor vorbei. Sie hatte zwei Haarproben im Gepäck. Sie hat mich unter dem Mantel der Verschwiegenheit um einen DNA-Abgleich in privater Sache gebeten. Ich hatte mir gleich gedacht, dass es sich um einen verkappten Vaterschaftstest handeln muss.«

Marc ahnte bereits, worauf Brinksmann hinauswollte.

»Die eine Haarprobe Clara selbst zuzuordnen war ein Leichtes. Ihre DNA ist ja in der Ermittlerdatenbank hinterlegt. Die aus der zweiten Haarprobe gewonnene DNA kam mir irgendwie bekannt vor. Vielleicht liegt's an meinem eidetischen Gedächtnis. Jedenfalls habe ich sie heute durch die Datenbank gejagt. Und siehe da! Treffer, versenkt! Ich hatte exakt diese DNA damals von dem Speichelabstrich des an der Malerecke aufgefundenen Zigarrenstumpens extrahiert. Die DNA von Finky!«

Das war es. Das letzte Puzzlestück! Es gab demzufolge keinen Zweifel, dass Finky Claras Vater war. Marc hatte es geahnt. Der Besuch des Landstreichers im Altersstift bei Claras Mutter. Ein Besuch mit ihren Lieblingsblumen. Ein Gang der späten Reue.

Clara wusste nun, dass Finky ihr Erzeuger in großer Schande war. Das war sein sicheres Todesurteil, wenn Marc sich nicht sputete. Seine Ermittlungspartnerin befand sich in einer mörderischen Spirale. Im rasenden Freiflug nach unten.

Marc ließ Brinksmann ebenso begossen stehen wie zuvor schon Thomas Fischer.

»Ach ja! Maik Stork hat die Harke analysiert. Isotropen-Analyse. Der Griff ist aus Weißeiche gefertigt. Herkunft aus Japan!« Brinksmanns Stimme hallte durch das Treppenhaus.

Clara musste die Harke also von ihrem Japaneinsatz mitgebracht haben. Bestimmt hatte sie den Handrechen extra auf dem Friedhof platziert, in dem Wissen, dass der Landstreicher Finky gern herrenlose Gegenstände anfasste. Marc fegte die verbleibenden Treppenstufen hinunter und verließ das Gebäude durch die Seitentür. Nächste Station: das Waldgewölbe bei Moos in Eriskirch.

Auf dem Parkplatz fand er seine Kollegen Sonja Versen, Rolf Stallinger und Dominik Hauk vor.

Stallinger ergriff das Wort. »Hallo, Marc! Der Kassenwart des Eriskircher Angelsportvereins hat zwei Einbrüche gemeldet. Der erste liegt eine Weile zurück. Vor der Kreuzigung an der Malerecke. Es wurden eine Handvoll Bleigewichte gestohlen. Das hatten die Vereinsmitglieder noch für einen belanglosen Jugendstreich gehalten und nicht bei der Polizei gemeldet. Der zweite erst jüngst. Dabei wurde eine Angelrute entwendet. Verwunderlich ist, dass bei diesem Einbruch ein Schlüssel benutzt wurde. Beim ersten hatte sich der Einbrecher gewaltsam Zutritt durchs Fenster verschafft. Womöglich nicht derselbe Übeltäter.«

Marc war in Eile. Er hörte nur mit einem Ohr zu.

»Das ist aber nicht die brisanteste Neuigkeit. Mitarbeiter der freiwilligen Feuerwehr haben Herrn Scherbaum heute in der Grillhütte im Eriskircher Gewerbegebiet tot aufgefunden. Kopfschuss. Glatter Durchtritt am Kinn. Vermutlich hat sich der Jäger selbst ins Jenseits befördert. Dettmeier ist mit seinem Team schon vor Ort und sichtet die Spurenlage. Wir rücken jetzt auch aus.«

Das wiederum drang durch beide Ohren zu Marc durch. Suizid? Hatte der Jäger sich selbst gerichtet, weil die Gewaltexzesse gegenüber seiner Frau an seinem Gewissen nagten? Oder war er ein weiteres Opfer, das Claras blutigen Pfad pflasterte?

Er hatte trotzdem keine Zeit, dem nachzugehen. Er musste jetzt aber alle Kräfte mobilisieren.

»Sonja, du schaust dir die Sache mit dem Jäger an der Grillhütte an. Rolf, Dominik, Planänderung für euch. Ihr schaut, dass ihr schnellstmöglich zum Waldgewölbe vor dem katholischen Gästehaus bei Moos in Eriskirch nachfolgt. Setzt mir aber erst einmal alle nötigen Hebel und alle verfügbaren Einsatzkräfte in Bewegung. Es gibt Anlass zur Annahme, dass Finky sich dort aufhält. Und wo er ist, wird Clara leider nicht weit sein! Sie … ist unsere neue Tatverdächtige Nummer eins!«

Marc ließ fragende Gesichter zurück. Es war nicht die Zeit für große Erklärungen.

32

Mehr als zwei Monate zuvor am Eriskircher Wasserturm

Der Nachtfraul lauerte im Gebüsch. Lauerte auf seine Beute. Er hatte Witterung aufgenommen. Sich an die Fersen geheftet. Er hatte sie angelockt. Sie ließen ihn nicht mehr los. Diese Augen. Sie ließen ihm nachts keine Ruhe. Hielten ihn im Schlaf gefangen. Diese Augen. Sie waren seine Verdammnis. Diese Augen. Seine Ketten. Sein Bann. Er hatte sie angelockt. Die Augen dieses Narren.

Der Nachtfraul wartete in der Hecke. Gegen den Wasserturm gestützt. Und der Narr näherte sich ihm. Still und heimlich. Dachte dieser Tölpel zumindest! Glaubte er wirklich, der Nachtfraul sei jetzt schon außer Atem? Bloß weil es die körperliche Hülle seines Wirts bereits war. Sein Atem brannte! Hass schürte die Glut. Er sollte ruhig kommen.

Diese Augen. Auge um Auge. Er brauchte Gewissheit. Um ihrer willen. Später dann Zahn um Zahn.

Er lenkte sie. Und er lenkte sie mit Geschick. Seit ihrer Jugend. Seit er in dieser Klosterbibliothek zwischen den angestaubten Schinken in sie gefahren war. Sie hatte ihn damals nächtelang studiert. Alles über ihn gelesen und sein Wesen inhaliert. Und er hatte ihr Inneres wie einen Almanach ihrer schmerzerfüllten Odyssee gelesen. Saul. Böser Geist von Gott. *Vergelt's Gott, Iris.* Melancholie tief in das Gemüt gefräst. Seelenfraß. Er richtete nachts. Nacht. Fraß. Saul. Nachtfraul. Der Todeshass war sein Hammer und die Arglist sein Meißel. Beides hatte er ihr damals in der Bibliothek an die Hand gegeben. Und er führte ihre Fäden mit tödlicher Präzision.

Er hatte für sie in Japan T-Bone aufgespürt. Und ihm gemeinsam mit ihr am seidenen Wasserfall in Karuizawa, etwas mehr als eine Stunde Fahrt mit dem Shinkansen von Tokio entfernt, in einer Vollmondnacht den Garaus gemacht.

Er hatte mit dem Abtreibungspapst per E-Mail die Verheißung einer Affäre eingefädelt. Verborgene, verschlüsselte Mailkonten. Und ganz offensichtlich hatte der seitensprungfreudige Hübner an seiner Mörderbrauthülle einen Narren gefressen. Er war eben immer lustgeil gewesen. Er war auf das vermeintlich vollbusige Weib »LakeEssi666« mit südöstlichem Touch reingefallen. Ein Hoch auf das rote Haarband und die Bräunungscreme. Ein laszives Selfie. Erst so war dieser Lüstling ihm am Landungssteg an seiner Motoryacht auf den Leim gegangen. Und ein Lob für seine Verschleierungskünste. Selbstzerstörende Bilddatei. Nach Abruf sofort unwiederbringlich vom Server gelöscht. Gesimst auf Hübners Seitensprung-Handy, das sich nun in seinem Besitz befand. Mitsamt dem Mailverkehr. Ein leichtes Unterfangen für ein Zwei-Seelen-Wesen.

Wie der falsche Bombenalarm. Auch über eines der raffinierten Mailkonten. Ein genialer Schachzug. Einer, der ihm an der Malerecke das Feld frei geräumt hatte. Für eine ganz besonders tödliche Vollmondsonate. Oh ja! Der Abtreibungspapst konnte ein Lied davon singen! In der Hölle!

Und er war mit seinem Latein noch lange nicht am Ende. Oh, noch lange nicht! *Ut sementem feceris, ita metes!* Wie man aussät, so wird man ernten. Und sie ernteten einen Mordssturm! Sie alle! Er hatte sie alle beschattet. Studiert. Ihr Jüngstes Gericht stand ihnen allen bevor. Bei Vollmond sollte es über sie kommen. Das war wichtig. Wie damals bei der kleinen Melchin-Tochter im Tettnanger Wald.

Der Nachtfraul hatte dereinst selbst ein Band zwischen Mutter und Tochter zerschnitten. Die stärkste aller Verbindungen ausgelöscht. Nun rächte er eine solche Freveltat. Seine Verdammnis. Ein Pakt zweier verlorener Seelen, im Herzen seines menschlichen Wirts vereint.

Den Abtreibungspapst hatte er wie schon zuvor den Professor in Japan bei Vollmond zur Strecke gebracht. Bei der Sekretärin ging das nicht. Aber der Zweck heiligte die Mittel. Ihr war das Langenargener Uferfest heilig. Er hatte sie ausgiebig studiert. Dort sollte es geschehen.

Erst die Sekretärin, dann der Pfarrer wieder bei Vollmond. Den Obdachlosen würde sie noch als Spielball brauchen. Der Regenmantel vor dessen Zelt. Der Nachtfraul ersann und spann den Netzfang. Sein Genius. Sein perfide gestrickter Plan. Und Clara tötete die Beute.

Der Narr näherte sich. Der dachte wohl, er habe die Kontrolle. Dieser Dummkopf. Er sollte nur kommen! Er ließ ihn sich anschleichen. Nah. Ganz nah.

Er brauchte Gewissheit. Clara musste handeln. Er brauchte absolute Gewissheit über diesen Teufelskerl.

Nur noch wenige Schritte war der Obdachlose entfernt. Seine Nervosität war ihm anzumerken. Der Nachtfraul konnte sie bereits in seinem Nacken fühlen. Er spürte das Leid und den Kummer der verlorenen Seelen.

Jetzt! Der Nachtfraul fegte herum.

Diese Augen. Ein Blick genügte. Ein Blick durch die Augen dieses Esels. In dessen Seele. Die Blutschande. Es konnte sein!

Beim Jäger hatte der Nachtfraul in den Gewehrlauf und dabei in die Augen des drohenden Todes geschaut. Das hier war schlimmer. Er hatte gerade in die Augen des Allesvernichters geblickt. Der hatte ihm alles genommen. *Ihr* alles genommen.

Der Nachtfraul. Listiger Dämon. Sonderbar. Das Wesen. Ein Wesen, zwei Seelen. Den Körper zu stehlen. Den Geist zu quälen. Überall schwarze Haar', schwarze Fratz'. Für ein gütiges Herz keinen Platz. In der Brust schlummert feurig die Glut. Hasserfüllt. Vergiftet. Wo kein Herz, da Wut. Düster wie des Nachtes Kleid. Nährt sich's von des Opfers Leid. Ist des Todes Vasalle. Tödlich seine Kralle. Sonderbar. Das Wesen. Fegender Sturm mit mordlüsternem Besen. Sonderbar. Das Wesen.

33

Marc riss die Wagentür auf und spurtete zu dem unterirdischen Gewölbe am Rand des Tuniswalds beim Eriskircher Ortsteil Moos hinüber. Mit einem Satz ließ er alle acht Stufen auf einmal hinter sich. Auf seine Haxen konnte er jetzt keine Rücksicht nehmen. Er kämpfte gegen die Zeit an. Und gegen Claras Mordlust. Der große Riegel der verbarrikadierten Gewölbetür war aufgebrochen. Marc tippte die Tür mit seiner Schuhspitze an und stieß sie auf. Modrige, feuchte Luft schwallte ihm entgegen.

»Hallo! Ist dort wer? Clara?«

Er knipste seine Taschenlampe an und leuchtete das Gewölbe aus. Schlichte Metallregale. Nichts als leere Metallregale. In ihnen hatten sich einst Edelpilze getürmt. Der an feuchte Walderde erinnernde Dunst der brachliegenden Pilzzucht hing noch in diesem Gemäuer.

Da! An einem dieser Regale hing ein Regenmantel an seiner spitzen Kapuze. Marc leuchtete ihn an. Dunkelgrün. Und am Rücken fehlte ein Fetzen. Marc erinnerte sich an den Stoffstreifen, den sie am Zaun der Kriminaldirektion in Friedrichshafen vorgefunden hatten, nachdem das Auto des Jägers in Brand gesteckt worden war.

Er trat ganz nahe an den Regenumhang heran. Er gab ein schauerliches Bild ab. Erst bei genauerem Betrachten fielen Marc die winzigen Spritzer auf. So als habe jemand einen kleinen Pinsel in einen roten Farbtopf getunkt und ihn dann schwungvoll vor dem Regenmantel hin- und hergeschleudert. Marc befürchtete allerdings, dass es sich hier nicht um Farbe handelte. Diese vielen und abervielen kleinen roten Spritzer, das war Blut. Menschliches Blut. Das von Klaus Hübner. Das forensische Labor würde darüber Klarheit verschaffen.

Natürlich, Clara hatte den Mantel nach dem ersten Mord loswerden müssen. Sie musste ihn Finky zugeschanzt und sich selbst einen neuen beschafft haben, damit der Verdacht erst einmal weiter auf ihn fallen würde. Finky dürfte sich den Mantel gleich für lau gekrallt haben. Trotz Loch, und die Blutspritzer sah man ja erst auf den zweiten oder dritten Blick.

Von Finky und Clara keine Spur. Lediglich in der Ecke ein Berg Konservendosen und Orangensaft im Tetra Pak. Überbleibsel von Finkys heimlichem Lager.

Aber dort. Dort am Rand der ausgelöffelten Raviolidose. Doch eine Spur. Eine unscheinbare. Marc beugte sich herab. Ein getrocknetes Blatt hing in der anhaftenden Pampe der Tomatensoße. Das Blatt einer Irisblüte. Einer blaulilafarbenen. Eine sehr beunruhigende Spur.

Marc kam auf die Beine und hastete die Treppenstufen hinauf zurück zum Wagen. Ein weiteres getrocknetes Irisblatt entdeckte er dabei zwischen Ästen auf dem stillgelegten, ramponierten Förderband. Hier war er zu spät gekommen. Und wenn er Clara nicht pronto aufspürte, kam auch für Finky jede Hilfe zu spät.

Marc drückte auf die Tube und legte den Audi an der katholischen Tagesstätte schwungvoll in die Kurve. Nächster Halt war Claras Appartement. Auch wenn er sie dort nicht vermutete. Dann doch wenigstens Spuren. Irgendwas. Irgendetwas, das ihm auf die Sprünge half.

Ein unverschämt junges Ding öffnete ihm auf sein Sturmklingeln hin die Haustür. Er war ganz verdattert, die püppchenhafte Gestalt mit den halbseitig raspelkurzen pink gefärbten Haaren und dem frivolen Sidecut, einem Nasenpiercing und einem Sternenschauertattoo im Nacken am Treppenaufgang zu Claras Appartement anzutreffen. Marc hielt ihr seinen Dienstausweis hin und drückte sich dann ohne weiteres Aufsehen an ihr vorbei. Schon war er die Treppe zum Appartement hinaufgestürmt.

»Kriminalhauptkommissar Marc Steingruber«, erklärte er noch, während er schon begann, das Appartement auf den Kopf zu stellen. »Mit einem Durchsuchungsbefehl kann ich nicht dienen. Die Zeit drängt! Gefahr ist im Verzug. Clara … Clara ist wahrscheinlich …«

»… lesbisch? Da erzählen Sie mir nichts Neues!« Der junge Hüpfer stand im Türrahmen und winkte keck ab.

Gerade fischte Marc eine Reitgerte unter dem Bettkasten hervor. Die junge Frau war wohl Claras Gespielin. »Sie ist wahrscheinlich … Sie ist eine Mörderin!«

Jetzt war es heraus. Zum ersten Mal war es ihm über die Lippen gekommen. Und es klang befremdlich. Für die junge Frau nicht minder. Sie schien um Worte zu ringen.

Das Sexutensil, das er unter dem Bettkasten hervorgefischt hatte, war auch schon das Pikanteste, was Marc im Appartement ausfindig machen konnte. Keinerlei Hinweise oder Gegenstände, die auf die Mordserie hindeuteten. Wie konnte das denn sein? Wie konnte seine Ermittlungspartnerin über Wochen hinweg mordend durch die Gegend streifen, ohne irgendeinen Anhaltspunkt in den eigenen vier Wänden zu hinterlassen?

Die junge Frau hatte ihre Worte wiedergefunden. »Clara … eine Mörderin? Ich bin übrigens Laila … Ähm, Herr Steingruber, suchen Sie eigentlich etwas Bestimmtes? Falls ja … nun ja … die Clara hat nicht nur dieses Appartement, sondern auch das Scheunengebäude neben dem Haus angemietet.«

Marc horchte auf. »Wo ist der Schlüssel?«

Laila öffnete die noch zu einem Viertel volle Sangriaflasche auf der Spüle und exte sie weg. »Auf den Schock hin … Den Schlüssel bewahrt sie draußen im Garten unter dem umgedrehten Blumentopf neben dem Lindenbaum auf. Ich habe einmal beobachtet, wie sie ihn dort hingelegt hat.«

Marc fegte umgehend die Treppe herunter und aus dem Haus hinaus in den Garten. Bingo. Der Backfisch hatte recht. Der Schlüssel blinkte Marc unter dem angelupften Blumentopf entgegen.

Etwas im Gärtchen war anders. Das Körbchen am Fahrrad beherbergte nun gelbe Chrysanthemen. Das war es aber nicht. Die Gartenbank fehlte. Darauf hatte Clara gesessen und einen Apfel verspeist, als er sie damals vor dem ersten Besuch beim Jäger abgeholt hatte. Die Bank stand nicht mehr an ihrer Stelle. Die Abdrücke, die deren Beine im Gras hinterlassen hatten, waren allerdings noch deutlich sichtbar.

Mit dem Schlüssel in der Hand lief Marc zu dem großen Scheunentor des Nachbargebäudes. Bislang hatte er angenommen, dass darin landwirtschaftliche Geräte untergebracht waren. Trecker, Mähdrescher, Anhänger, Erntemaschinen und dergleichen. In solch bäuerlichen Anlagen in dieser Apfel- und Hopfenregion erschien ihm das absolut plausibel. Jetzt, da er wusste, dass die Scheune von Clara angemietet worden war, schwante ihm jedoch weitaus Düstereres.

Marc steckte den Schlüssel in das ausladend große Vorhängeschloss, öffnete es und zog die massive Gliederkette aus den Ösen der Eisenbeschläge. Schließlich klappte er die Holzflügel des Scheunentors nach außen hin auf.

Unter den einfallenden Strahlen der nachmittäglichen Sonne fiel Marc als Erstes das Speedboot mit dem robusten, schlauchumrahmten Festrumpfunterboden ins Auge. Am Dachgestänge des Hecks fehlte das aufsetzbare Sonnenverdeck. Stattdessen war um die Querstrebe ein grünes Abschleppseil geschlauft.

Das Nylonband schlängelte sich auf dem Boden der Scheune. Das Ende war ebenso ausgefranst und am Saum mit Blutankrustungen versehen wie der Bandfetzen aus identischem Material, den sie an der Öse am oberen Ende des Kreuzbalkens an der Malerecke entdeckt hatten. Es war das Gegenstück.

Marc umkreiste den Bootsanhänger, auf dem das Speedboot verladen war, und beugte sich zu der Deichsel hinunter. Die Kupplungsklaue an dessen Ende wies Abnutzungsspuren von einer unsachgemäßen Anbringung auf. Wie die Anhängerkupplung am abgefackelten Pick-up des Jägers.

Jetzt sah Marc auch die vielen Schrammen am schlauchigen Rumpf des Speedboots. Es war also dem Anschein nach tatsächlich über den Kiesstrand neben dem Langenargener Spielplatz geschliffen worden.

Als Nächstes nahm Marc die Scheunenwand zur Linken des untergestellten Speedboots in Augenschein. Dort hing ein Reißbrett an der Holzwand, darauf eine Landkarte mit den hiesigen Örtlichkeiten. Rote Punkte waren auf die Karte aufgeklebt worden. Einer an der Malerecke in Langenargen. Einer am Hungerberg bei Bierkeller-Waldeck zwischen Langenargen und Eriskirch. Und noch einer an der historischen Holzbrücke an der Eriskircher Pfarrkirche. Clara hatte ganz ohne Zweifel hier ihre Tatorte ausgewählt.

Marc studierte die Landkarte auf weitere Hinweise. Andeutungen zu einem nächsten Tatort. Wo sollte Finky sterben? Zu seiner großen Ernüchterung entdeckte er keine andere Markierung.

Die Sandkörner. Sie rieselten. Sie rieselten so unerbittlich gegen ihn.

Um die Landkarte herum waren auf dem Reißbrett Bilder der Ermordeten angebracht. Klaus Hübner, Lisa Feldner und Roland Emmers. Bilder, die vor den Taten entstanden waren. Sie zeugten noch von der körperlichen Unversehrtheit der so grausam Getöteten. Sie zeugten aber auch davon, dass Clara ihre Opfer vor den Morden beschattet haben musste. Diesen Schluss legten die in privater Umgebung entstandenen Schnappschüsse nahe.

Es fehlte das Bild von Professor Tagayuki Shusaki. Marc mutmaßte, dass Clara mit dessen Ermordung mit ihrem Rückflug aus Japan nach Deutschland damals abgeschlossen hatte. Dieses Kapitel war abgehakt. Und ein nicht minder niederträchtiges war eröffnet worden.

Womöglich war der japanische Professor sogar der Auslöser für ihre mörderischen Pläne gewesen. Mit ihm hatte sie vermutlich den ersten der vier Vergewaltiger ihrer Mutter aufgespürt. Die Nummer eins. Vielleicht hatte genau diese schicksalhafte Begegnung sie dazu ermutigt, auch die anderen zu suchen. Anstatt hinter Schloss und Riegel hatte Clara sich fatalerweise dafür entschieden, sie um die Ecke zu bringen.

Und was war mit Scherbaum? Marc überlegte. An einen Selbstmord konnte er nicht glauben. Dieser bärige Kerl war doch gar nicht der Typ für einen Suizid. Zumindest nicht aus freien Stücken.

Er hatte jedenfalls nicht zum Trupp der Vergewaltiger gehört. Vermutlich hatte Clara spontan entschieden, ihn über den Jordan zu befördern. Um dessen Frau aus der Tyrannei zu befreien? Das würde erklären, weshalb sein Bild nicht auf das Reißbrett gepinnt war.

In der rechten unteren Ecke wies das Brett einen Freiraum auf. Dort hatte wohl vormals ein Bild gehangen. Höchstwahrscheinlich das von Finky. Marc hatte das, was davon übrig war, nämlich gerade links vom Reißbrett an der Scheunenwand ausfindig gemacht. So als wäre es vor Kurzem umgehängt worden. Um es in den Fokus zu rücken.

Das bereitete Marc enorme Bauchschmerzen. Denn die Unversehrtheit des Bildes hatte überaus stark gelitten. Gänzlich zerfleddert war es. Er hatte es überhaupt nur dadurch erkannt, dass auf einem der zerfetzten Bildstückchen Finkys Hasenscharte zu sehen war.

Hoffentlich war es um dessen körperliche Unversehrtheit noch besser bestellt. Marc musste jetzt auf Teufel komm raus Clara und ihr nächstes Opfer aufspüren. Doch wo steckte der Teufel nur?

Beim weiteren Durchschreiten des hinteren Scheunenbereichs stieß Marc mit den Füßen einen Metalleimer um. Dessen Inhalt, gut ein Dutzend alter Öllumpen, verteilte sich unter dem Scheppern des Eimers auf dem hölzernen Scheunenboden.

Er begutachtete die Tücher. Es schien sich auf den ersten Blick, was Stoffmaserung und Größe anbelangte, um solche Lappen zu handeln, die auch als Knebel bei den Mordopfern zum Einsatz gekommen waren. Clara musste sie mitgenommen haben, als sie sich auch den Pick-up des Jägers unter den Nagel gerissen hatte.

Zwischen den am Boden verstreuten Lumpen lagen zwei zerknüllte Stückchen Papier. Er hob sie auf. Ein Kassenbeleg aus dem Baumarkt in Friedrichshafen. Marc studierte ihn.

Brennspiritus, ein Abschleppseil, drei Nylonseile, eine Aramidfaserschnur, ein Fäustel, zwei Karabiner, zwei Ösenschrauben und eine Sackkarre. Und handelsübliche Holznägel. Damit war dann wohl das Holzkreuz zusammengezimmert worden. Der Einkaufsbon dokumentierte die bei den Morden verwendeten Utensilien schwarz auf weiß.

Das andere Papierstückchen war ein Zeitungsausschnitt. Eine Reportage über einen im Bodensee entschärften Blindgänger aus dem Zweiten Weltkrieg. Dieser Artikel hatte Clara wohl als

Nährboden für ihre Falschmeldung über eine vermeintlich vor dem Langenargener Yachthafen schlummernde Fliegerbombe gedient.

Marc zuckte zusammen. Ja hol's der Teufel! Da stand doch wer! Dort herüben in der Ecke!

Er meinte, aus dem Augenwinkel eine Kapuzengestalt wahrzunehmen. Er ließ den Einkaufszettel fallen, zog seine Dienstwaffe aus dem Holster und richtete sich auf. Nachdem er seine Pistole durchgeladen hatte, schritt er behutsam in Richtung der Scheunenecke.

Er ließ den Arm mitsamt der Waffe sinken. Das war keine Kapuzengestalt. Weit gefehlt. Dort in der Ecke hing an einem Nagel ein langer dunkelgrüner Regenmantel mit spitzer Kapuze. Fast brandneu. Er hatte also recht. Ihren alten Mantel musste sie tatsächlich Finky zugeschanzt haben, um den Verdacht auf ihn zu lenken.

Unterhalb des Regencapes sah er eine dazugehörige Wathose hängen. Und neben dem Regenmantel war auf einem weiteren in die Holzwand eingelassenen Eisennagel ein Paar Lederhandschuhe aufgesteckt.

Und dann wurde es erst richtig grauenhaft und abgründig. An einem dritten Eisennagel war etwas aufgehängt, das Marc in die Kategorie Folterinstrumente einordnete. Ein Bündel zusammengeknoteter Lederriemen. An deren Enden waren blutverkrustete Eisengewichte eingeknotet. An einem Riemen fehlte eines.

Marc fühlte sich wie in einer dieser von der Außenwelt abgeschotteten Waldhütten in einem amerikanischen Horrorstreifen. Jeden Moment konnte das Monster zur Tür hereinplatzen.

Nicht hier. Dieses Drehbuch war anders geschrieben. Diese Bestie war ausgeflogen. Ausgeflogen, um neuerlich ihren Blutdurst zu stillen.

Unterhalb der Handschuhe und dieses Schnurgebildes war an der Scheunenwand ein Bretterverschlag angebracht, der massivste Absplitterungen aufwies. Es schüttelte Marc durch. Ganz gewiss. Hier musste Clara den Umgang mit diesem Folterinstrument erprobt haben.

Ihm fiel auf, dass neben den drei in einer Reihe befindlichen Eisennägeln vier Löcher prangten. Er war sich ziemlich sicher, dass es sich hierbei um die Aussparungen der vier bei der Kreuzigung eingesetzten Nägel handelte. In ihrem Aussehen und der Vierkantform ähnelten die in der Scheune verbliebenen Nägel diesen jedenfalls recht stark.

Ein Stückchen weiter lehnten zwei weitere Waffen an der Scheunenwand. Ein edler Jagdbogen und eine speerartige Waffe mit blutverschmierter Spitze. Vom Erscheinungsbild her schloss Marc auf den Bogen aus Palisanderholz, dessen Anschaffung laut wehmütiger Bekundung des Jägers weit im vierstelligen Bereich gelegen hatte, und auf den Survival Spear. Beide Waffen waren in Scherbaums Carport vermisst worden.

Er hatte in dieser Schreckenskammer genug gesehen. In ihr geisterte eine Aura von Mord und Tod. Sie würde aber ein gefundenes Fressen für Dettmeier und sein Team sein.

Marc rief sich die Bebilderung aus der Luzerner Chronik in sein Gedächtnis. Die Kreuzigung, die Verbrennung und das Ertränken hatten sie bereits gehabt. Was war noch mal das vierte Bild gewesen? Das Tizian-Gemälde. Der heilige Laurentius … Finky sollte geröstet werden!

Er musste auf der Stelle los. Doch wohin? Er musste Clara zur Strecke bringen, bevor sie Finky durchgebraten hatte. Denn das wäre alles andere als *well done*. Doch wo konnte sie stecken? Wo konnte sie Finky genau in diesem Moment nach dem Leben trachten?

Was hatte Schwester Hildegard noch zum Fall der Kindstötung aus dem 17. Jahrhundert gesagt? War nicht die Mutter der damals getöteten Melchin-Tochter in Eriskirch an der Schussenmündung in den Bodensee gestiegen, um sich selbst zu ertränken?

Marc spann den Gedanken weiter. Clara war auf einer Abwärtsspirale unterwegs. Eine mit blutigen, leichengepflasterten Windungen. Natürlich! Sie musste im Wasser enden. Die Reinwaschung.

Clara hatte Zugang zum Klosterarchiv gehabt. Sie musste die Dokumente zu der altertümlichen Kindstötung gelesen haben.

Die Schussenmündung in Eriskirch war aber ein zu großes Wagnis. Jede öffentlich zugängliche Stelle am Bodensee barg die Gefahr, unliebsame Spaziergänger auf den Plan zu rufen.

Marc lief zurück zum Reißbrett und durchkämmte die Landkarte mit seinen Augen. Wo gab es einen nicht öffentlich zu erreichenden Seezugang in der näheren Umgebung? Was hatte denn Clara nochmals zu ihm gesagt? Er sollte im Freibad die Zelte vor dem Sturm sichern und den Grill reinholen.

Seine Augen blieben in Langenargen hängen. Na sicher! Das Strandbad! Es war in dieser Woche komplett geschlossen. Reparaturarbeiten an der defekten Wasserpumpe der Rutsche inklusive geflutetem Pumpenraum. Die Lokalzeitungen hatten darüber berichtet.

Die Zelte vor dem Sturm sichern ... Finky hauste in einem Zelt. Es war im Grunde genommen sein Leben. Den Grill reinholen ... Die Gartenbank! Sie sollte zu Finkys Rost werden.

Marc rannte aus der Scheune. Er kannte nun sein Ziel. Und Claras grässlichen Plan. Er tickte. Sein finaler Countdown.

34

Der Jäger hatte es ihr leicht gemacht. Ihre Wege hatten sich vorhin rein zufällig gekreuzt. Er war ihr vor der Scheune so mir nichts, dir nichts in die Hände gelaufen, Jagdgewehr noch über der Schulter.

Eine Nichtigkeit hatte ausgereicht, um ihn in die Falle zu locken. Wie leicht das Vorgaukeln eines an der Grillhütte vorgefundenen verletzten Hundes diesen Naivling bei der Pflicht gepackt hatte. Lachhaft! Der Jäger sollte ihm den Gnadenschuss geben. Dabei war es der Jäger selbst gewesen, der ihn dort erhalten hatte! Welch schicksalhafte Fügung, dass er seinen Führerschein wiederhatte.

Sie hatte nicht einmal ihre Dienstwaffe einsetzen müssen. Das messerscharfe Wort war ihre Waffe gewesen. Sie hatte auf den Jäger eingeredet. Es hatte nicht allzu viel Überzeugungskunst gebraucht, denn der Alkohol hatte ihn schon labil gemacht. Gebetsmühlenartig hatte sie ihm zugeredet. Dass nur er selbst es richten konnte. Sich richten konnte. Gezielt und mit Bedacht hatte sie ihre Stiche gesetzt. Immer und immer wieder. Bis der Jäger, auf der Holzbank in der Grillhütte sitzend, sein Kinn auf dem Lauf seines Jagdgewehres abgelegt und den Abzug betätigt hatte.

Der Saufbold hatte sich immer und immer wieder an seiner Gattin vergriffen, bis die Umstände sie dazu genötigt hatten, die Schwangerschaft frühzeitig mit einer Abtreibung zu beenden. Er hatte sie um so vieles gebracht. Um ihre Mutterschaft. Schlimmer. Das Ungeborene um die Mutterliebe. Dafür hatte er den Tod verdient.

Dieser Mistkröte hier würde sie es nicht so einfach machen. Oh nein! Er, der Nachtfraul, würde das nicht zulassen.

Finky stolperte auf allen vieren zwischen den Bäumen hindurch die Liegewiese hinunter. Wie ein räudiger Straßenköter. Immer wieder traktierte sie ihn von hinten mit Tritten in sein

Kreuz. Das ließ ihn jedes Mal zusammensacken. Für ihn hatte sie extra die spitzen Stiefel aus dem Schuhschrank geholt.

»Clara, bitte, wir können doch über alles … argh!« Finky hatte sich umgedreht und versucht, seiner Peinigerin erneut ins Gewissen zu reden. Das hatte ihm einen weiteren Tritt mit ihrem halbhohen Buffalostiefel eingebrockt. Dieses Mal in die Rippen. Finky krümmte sich vor Schmerzen.

»Weiterkriechen, bis zur Bank!«, herrschte ihn Clara mit vorgehaltener Dienstwaffe an.

Finky sah die metallene Gartenbank mit den geschwungenen Zierelementen und fehlender Rückenlehne. Sie stand am Rand des großen Schwimmbeckens auf dem Betonpflaster. Zwischen den großen hölzernen Liegeflächen, auf denen sich die Badegäste so gern sonnten.

Mühsam schleppte er sich mit stechenden Schmerzen in der Brust zu der Bank hinüber.

»Stopp! Zieh dich aus! Bis auf die Unterhose!«, verlangte Clara in harschem Befehlston. Sie ließ Finky keine Sekunde lang aus den Augen und zielte weiterhin mit ihrer Pistole auf ihn. Der Dreckskerl sollte sich entkleiden. Sein dreckiges Gemächt, das er damals in ihre Mutter geschoben hatte und über das sie mit diesem Abschaum auf so ekelhafte Art und Weise verbunden war, wollte sie aber unter keinen Umständen zu Gesicht bekommen. Blutschande!

Clara hatte mit dem Gedanken gespielt, eine Gartenschere mitzunehmen und ihn hier an Ort und Stelle zu entmannen. Sie hätte ihm erst die Zunge herausgeschnitten. Damit sie sein armseliges Winseln und Betteln nicht mehr hören müsste. Und dann hätte sie ihm den lüsternen Stachel abgetrennt. Entmannt. Aber in ihren Augen war dieser Haufen Dreck, der sich gerade vor ihr am Boden krümmte und sich aus seinen schmuddeligen Kleidungsstücken schälte, keinesfalls ein Mann. Nur ehrlose Halunken würden einer Frau so etwas antun! Und genau das war Finky. Ein Schmutzfink.

Die Gartenschere war gar nicht nötig. Für ihn hatte der Nachtfraul etwas ganz Spezielles erdacht. Schon damals im Kloster. Im

Ostflügel, im zweiten Obergeschoss. In der stillen Kammer. Ein glühendes Inferno. Ein Freifahrtschein direkt in die Hölle.

Clara wedelte mit ihrer Pistole und bedeutete ihm, sich mit dem Rücken auf die Bank zu legen.

Finky, nur noch mit einer abgetragenen Unterhose bekleidet, tat wie geheißen. Er zweifelte nicht eine Sekunde daran, dass Clara von der Schusswaffe Gebrauch machen würde. Nicht, seitdem er sie damals des Nachts an der Malerecke beobachtet hatte. Wie sie in zügelloser Tobsucht das teuflische Folterwerkzeug geschwungen hatte.

Als er sich rücklings auf die kalten Metallstäbe der Gartenbank legte, bemerkte Finky die Holzscheite, die darunter fein säuberlich und akkurat in drei Lagen aufgeschichtet waren. Sie versprühten nicht das markante Aroma von frischem Holz. Vielmehr einen stechend scharfen, chemischen Geruch. Einer, der in der Nase biss. Die Holzscheite waren mit Brennspiritus getränkt. Da begriff Finky, was Clara mit ihm vorhatte.

Sie hielt ihre Dienstwaffe in der rechten Hand und hob mit ihrer linken eine zuvor auf der hölzernen Liegefläche neben ihr abgelegte Stofftasche auf. Mit der Tasche in der Hand kniete sie sich vor ihn hin. Es klirrte und klimperte darin.

»Arme nach unten hängen lassen!«, befahl ihm Clara.

Kaltes Metall wurde um sein rechtes Handgelenk gelegt. Finky hörte ein Klacken. Dann ein zweites Klacken. Clara hatte seinen rechten Arm mit Handschellen an das Bein der Gartenbank gekettet. Selbiges tat sie auch mit seinem linken Handgelenk. Dann trat sie an das andere Ende der Bank. Dort standen Finkys Beine so weit über, dass er sie angewinkelt auf den Steinplatten am Boden abgestellt hatte. Kalte Metallschellen wurden ihm erst um den rechten Knöchel, dann um den linken gelegt. Schließlich waren auch seine Fußgelenke an die Gartenbank gekettet.

Clara erhob sich und blickte auf ihr Opfer herab. Zufrieden. Ein mörderisches Lächeln zeichnete sich auf ihren Lippen ab.

Finky wusste, dass er noch einmal versuchen musste, einen Zugang zu ihr zu finden. Das hatte er getan, seit er nach der Flucht vor dem aufgebrachten Jäger von ihr in seinem Unterschlupf im Waldgewölbe aufgegriffen worden war.

Bislang hatte er reumütig gebettelt. Er hatte ihr hoch und heilig versprochen, sich zu stellen und die ganze Wahrheit zu erzählen. Dass er Claras Mutter späte Gerechtigkeit widerfahren lassen würde. Und das hatte er ehrlich vor!

Das alles hatte sie nicht im Geringsten interessiert. Es hatte sie kaltgelassen. Es kam ihm vor, als wohne ihr ein düsteres Wesen inne. Ein hundsgemeiner Unhold. Er musste diesen kahlen Felsbrocken über eine andere Seite erklimmen. Er musste eine andere Seite von ihr treffen. Ihre verletzliche.

Clara holte aus der Stofftasche eine Kunststoffflasche mit farblosem Inhalt hervor. Sie wollte bereits den Deckel abschrauben, da startete Finky seinen Versuch, sie über diese andere Klippenseite zu erreichen.

»Ich habe dich damals in der Nacht an der Malerecke gesehen. Ich meine … ich habe damals nur eine vage Gestalt gesehen. Ich war auf meiner Streiftour entlang der Argen, um die Mülleimer nach Essbarem und Pfandflaschen zu durchstöbern. Ich saß im Gestrüpp, gegenüber dem Steinstrand, auf der anderen Seite des Wegs. Ich habe geahnt, dass du das warst! Nein, innerlich habe ich es sogar gewusst.«

Clara hielt inne.

»Ich habe gesehen, wie du … wie du Klaus ans Kreuz genagelt hast. Tief in meinem Inneren habe ich gewusst, dass du es warst. *Wer* du bist. Ich habe dich nicht verpfiffen. Ich kann doch mein eigenes Fleisch und Blut nicht ans Messer liefern.«

Claras Finger begannen zu zittern. Sie musste sich bemühen, die Flasche mit dem Brennspiritus nicht zu Boden fallen zu lassen.

»Deine Bewegungen. Diese unendlich inbrünstige Wut. Clara, ich habe gesehen, wie sich deine Rachegelüste an der Malerecke entladen haben. An diesem Abend habe ich deine Mutter in dir gesehen! Magdalena kann genauso impulsiv sein.«

Clara ließ die Flasche fallen. Sie sank zu Boden. *Reiß dich zusammen! Konzentriere dich! Wir müssen diese verkümmerte Sünderseele läutern und befreien.* Der Nachtfraul hat's geflüstert.

Clara schlug sich mit dem Handballen fest gegen die Stirn. Wieder und wieder. »Sei still! Raus aus meinem Kopf! Er gehört mir! *Ich* kümmere mich um ihn! Führe meine Hand! Ein letztes Mal. Nicht aber meinen Verstand! Dieses Mal nicht!«

Sie grub ihre linke Hand fest in die angrenzende Liegewiese und schaufelte Erdklumpen aus dem Boden. Die presste sie Finky mit viehischer Gewalt in den Mund. Er sollte ins Gras beißen. Jetzt sofort. Sie wollte das nicht hören. Er durfte das nicht! Den Namen ihrer Mutter auch nur in sein fauliges Schandmaul nehmen. Zu was sich dieser Sauhund erdreistete!

Finky prustete und spuckte die Erdkrümel aus. Als er wieder Luft geschnappt hatte, versuchte er es abermals. »Clara, du bist ihr wie aus dem Gesicht geschnitten. Ihr Ebenbild. Die spitze Nase. Der Lilaschimmer in der Iris. Als wir uns damals am Tatort das erste Mal begegnet sind … Ich wusste sofort, dass du Magdalenas Kind sein musst. Ich habe es gefühlt. Und diese eisstählernen kobaltblauen Augen. Die hast du von mir!«

Mit voller Wucht hämmerte Clara ihm ihren Pistolengriff ins Gesicht und brach dabei sein Nasenbein. »Halt endlich deine gottverdammte Dreckschleuder!«

Blut rann ihm aus beiden Nasenlöchern und verfing sich in seinem zotteligen, ungepflegten Barthaar. Finky spuckte einen Blutklumpen aus.

»Ich kann nicht ungeschehen machen, was damals passiert ist. Ja, ich schäme mich dafür! Und ich habe unzählige Male versucht, die anderen zu überreden, uns gemeinschaftlich zu stellen. Gott weiß, wie oft ich das versucht habe! Immer und immer wieder. Bis zuletzt. Alle hatte ich noch einmal aufgesucht! Alle! Bevor du sie gerichtet hast. Selbst bei T-Bone in Japan war ich auf dem Anrufbeantworter Dauergast. Allein war ich wohl all die Jahre zu feige, um mich der Verantwortung zu stellen …«

Clara hob die Flasche mit dem Brennspiritus vom Boden auf und entnahm dem Beutel einen alten Öllappen.

Finky beobachtete sie, und er ahnte wohl, dass er längst auf verlorenem Posten kämpfte, denn seine Stimme wurde schrill.

»Ich habe Magdalena besucht. Im Altersstift. Sie um Vergebung gebeten. Und weißt du, was sie gemacht hat? Sie hat meine Hand getätschelt und mir zugenickt! Weißt du, was sie geflüstert hat, hä? ›Vergelt's Gott, Iris.‹ Das hat sie mir zugeflüstert!«

Clara drehte den Schraubverschluss von der Flasche.

»Bei unserem Aufeinandertreffen am Wasserturm in Eriskirch habe ich es in deinen Augen gesehen. Ich bin dein Vater. Ich habe dich mit Magdalena gezeugt. Ich habe dir das Leben geschenkt! Ich habe das immer geahnt! Über all die Jahre. Mein eigen Fleisch und Blut. Wir sind aus demselben Holz. Du und ich. Stimmt doch, oder? Du weißt es! Du bist meine Toch–!«

Das Schlusswort seines brennenden Plädoyers versackte in seinem eigenen Röcheln und Glucksen. Clara hatte ihm die Reste des Brennspiritus in den Rachen gekippt und den Öllappen hinterhergestopft. Auf dass dieser Schweinepriester endlich verstummte!

Dennoch hatte sie das Schandwort gehört. *Tochter!* Er hatte sie *seine* Tochter genannt! Der Giftpfeil traf sie wie eine Heerschar an Messerstichen mitten ins Herz. Oh ja! Sie konnte es kaum erwarten, ihn dafür leiden zu sehen.

Die Stimme. Diese Stimme in ihrem Kopf. Nicht die des Nachtfrauls. Dieses Mal nicht. Die Stimme ihrer Mutter. *Vergelt's Gott, Iris.*

Clara kramte aus ihrer Jeanshose eine Schachtel hervor. Sie entnahm ein Streichholz, zog es über den braunen Zündstreifen und schnipste das entflammte Stäbchen in den Holzscheitstapel.

Sie beobachtete genussvoll, wie der spiritusgetränkte Holzhaufen Feuer fing und schon nach kurzer Zeit die Flammenzungen unter Finkys Rücken loderten. Zu weit unterhalb, um Finky in Brand zu setzen. Aber nahe genug, um ihn langsam und grausam zu rösten.

Und schon griff die züngelnde Feuersbrunst nach Finkys Rücken. Die seeseitige Absperrbande am Beckenrand schützte ihre aufgebaute Hinrichtungsstätte vor dem noch immer schroff über den Bodensee fegenden Sturmwind.

Finky begann mit seinen Hand- und Fußgelenken an den Handschellen zu zerren. Ein gänzlich aussichtsloses Unterfangen. Diese Dreckstöle entwischte den Flammenzungen nicht. Nur keine Eile. Das Kobesteak damals in Tokio war auch nicht von jetzt auf gleich durch gewesen. Auch wenn es tausendmal mehr wert gewesen war als dieser lebensunwürdige Kobold. Das Rösten würde ihm schon das Lebenslicht ausknipsen. Schrecklich schön langsam.

Clara holte die lilablaue getrocknete Iris aus ihrem Stoffbeutel hervor und drapierte sie auf der Finky am nächsten stehenden Holzliege. Darunter schob sie das Haiku, das diesem miesen Drecksschwein gewidmet war.

Sie schenkte ihm die Freiheit. Seiner armseligen Seele und seinem gequälten Geist. Doch dieser Freibrief würde ihn keineswegs in die ewige Ruhe entlassen. Nein, sie befreite ihn von seiner anderen Seite, seinem unbescholtenen Dasein. Direkt in den Höllenschlund würde er hinabfahren! Dort sollte er für immer und ewig schmoren. Auf Verderb! Denn ewiges Leid war sein Elysium.

Die bislang verdeckte Sonne schielte verstohlen durch das Wolkennetz hindurch. Clara blinzelte ihr entgegen. Lilaschimmer mischte sich in ihre wutentbrannten Augen. Sie hatte die Augen dieses Aasgeiers. Das stimmte. Und das schmerzte sie unendlich. Aber in ihren Augen lag die Lilaglut, und darin trug sie etwas Besonderes. Die Liebe ihrer Mutter. Mit einem Mal spürte sie diese so leibhaftig. So greifbar nahe.

»Vergelt's Gott, Iris! Vergelt's Gott, Iris! Vergelt's Gott, Iris! Vergeltung!«, murmelte Clara vor sich hin.

35

Glühende Stangen.
Entziehen den Lebenssaft.
Ihm. Erzeuger. Tot.

14. September 2019

Mit quietschenden Reifen legte Marc nach seiner rasanten Fahrt durch die Untere Seestraße vor dem Langenargener Strandbad eine satte Vollbremsung hin. Ordentlich Gummi ließ er dabei auf dem Asphalt liegen. Zwei rabenschwarze Streifen.

Es war allerhöchste Eile geboten. Das Vorhängeschloss, das sich während der Reparaturarbeiten im Strandbad behelfsweise an einer Gliederkette an den Gitterstäben des ebenfalls defekten Eingangstores befinden sollte, lag aufgebrochen am Boden.

Hektisch stürmte Marc aus seinem Wagen. Beinahe hätte er dabei eine bedächtige Radlerin höheren Alters im Eifer des Gefechts mit der Fahrertür schwungvoll vom Fahrrad gefegt. Das war gerade noch mal gut gegangen.

Die Verstärkung würde auch in wenigen Minuten vor Ort sein. Unterwegs hatte Marc zwei Streifen angefordert. Vorsorglich auch Notarzt und Krankenwagen. Warten konnte er auf deren Eintreffen ganz sicher nicht.

Er zog seine Pistole aus dem Holster und hoffte inständig, nicht davon Gebrauch machen zu müssen. Schon am Eingangstor ereilte Marc ein Déjà-vu. Wobei es sich vielmehr um ein Déjà-*senti* handelte. Es war sein Geruchssinn, der in diesem Moment stimuliert wurde.

Derselbe üble Ruch. Er hing ihm genauso fürchterlich beißend in der Nase wie schon vor einigen Wochen. Es war einer dieser Gerüche, die man nie mehr loswurde. Ähnlich wie die Gaumenaromen, die sich auf den Geschmacksknospen der Zunge unwiderruflich verewigten.

Dieser Gestank nach verbranntem Menschenfleisch war seiner Riechschleimhaut im oberen Nasenbereich fest eingeimpft. Leicht süßlich. Ekelerregend. Auch wenn er vor einigen Wochen weitaus intensiver in der Luft gehangen hatte.

Marc gab sich selbst die Sporen. Als er die Liegewiese erreichte, sah er schon aus der Ferne das lodernde Feuer am Beckenrand. Er hastete über den Rasen. Ein brausender Wind rauschte durch die Bäume und walkte ihre Äste halsbrecherisch durch. Marc rannte, so schnell er nur konnte. Vielleicht konnte er Leben retten.

Seine Augen erspähten die patinafarbene Sitzbank mit den geschnörkelten Zierelementen. Sie stand dort am Beckenrand. Auf deren Sitzfläche Finky. Entblößt. Festgekettet. Die Flammen reckten und streckten sich nach ihm.

Als Marc sich eilig vor die Bank kniete, sah er auf Finkys Rückseite lange, von den Schultern bis zum Ansatz seiner Unterhose parallel verlaufende schwarze Streifen. Ihm kam sofort die saftige Rindfleischscheibe in den Sinn, die er letztens in Friedrichshafen am Zeppelin-Hangar gekostet hatte. Der Grillrost hatte auf dem tellergroßen Rumpsteak dieselben schwarzen Streifen hinterlassen.

Die aus den brennenden Holzscheiten wallende Hitze war schwach genug, um Finky nicht sofort zu Tode zu verbrennen. Jedoch stark genug, um die Metallstreben der Sitzbank glühen zu lassen. Genau dort, wo sich diese in Finkys Haut gruben, zeichneten sich die verschwelten Röstriefen ab. Sie brieten sein Fleisch quälend langsam. Bei lebendigem Leibe. Wie diabolisch. Wie überaus menschenverachtend.

Ihn packte der Würgereiz. Er musste sich anstrengen, dass es ihm nicht hochkam. Das durfte nicht sein. Nicht jetzt.

Finky schrie wie am Spieß. Hören konnte Marc aber nur sein gedämpftes Jaulen durch den Öllappen hindurch. Er zuckte auf dem Rost. Ein gutes Zeichen. Er lebte noch.

Marc fackelte nicht lange. Am Boden lag Finkys Kleidung. Er griff nach dem schmutzigen grauen T-Shirt und wickelte es sich um beide Hände. Dann steckte er sie bis zur Hälfte in die Hosenbeine der zerschlissenen Jeanshose. Das musste reichen.

Marcs so umhüllte Hände griffen am Fußende nach den glimmenden Beinen der Bank. Durch den Stoff hindurch spürte er die Hitze. Die Behelfsfäustlinge isolierten aber zumindest so gut, dass Marc das glühende Metall einige Sekunden lang anfassen konnte.

Lange genug, um die Bank samt Finky von den brennenden Holzscheiten herunter in Richtung Schwimmbecken zu zerren. Nach wenigen Metern hatte er den Beckeneinstieg erreicht. Er wieselte rückwärts die Stufen hinunter und zog die Gartenbank mit einem Ruck mit sich.

Eisig kühles Nass umgab ihn. Für einen Moment schüttelte sich sein Körper. So kalt hatte er sich das Bad beileibe nicht vorgestellt. Es war außer Betrieb. Man hatte solange wohl der Beckenheizung den Stecker gezogen.

Marc war heilfroh, dass der Pool überhaupt mit Wasser gefüllt war. Und für Finkys Befindlichkeit war das frostige Wasser die Rettung. Es würde die Metallstreben herunterkühlen.

Marc schleifte die Bank die Treppenstufen hinunter so weit in das Schwimmerbecken hinein, dass sie vollständig unter Wasser getaucht war. Finkys Kopf blieb über Wasser. Dann zog er ihm den Öllappen aus dem Mund.

Der Obdachlose prustete, japste nach Luft und winselte vor Schmerzen auf. Nur schwer konnte sich Marc vorstellen, wie sich die gerösteten Hautpartien auf Finkys Rücken anfühlen mochten. Eigentlich überhaupt nicht. Das waren mit Sicherheit Verbrennungen dritten, wenn nicht gar vierten Grades.

Die Handschellen konnte er ihm nicht abnehmen. Daher hielt er es für das Beste, Finky bis zum Eintreffen der Rettungskräfte in seiner misslichen Lage im kalten Wasser zurückzulassen. Mehr konnte er im Moment nicht für ihn tun.

Triefend nass stieg Marc aus dem Becken heraus. Sein Kaschmirpullover hing ihm klamm und schwer am Leib. Die ebenso pitschnasse Jeanshose erschwerte ihm deutlich seinen Spurt zum Badesteg. Die durchnässte Kleidung abzulegen, dafür blieb keine Zeit. Jede Sekunde konnte wertvoll sein.

Marc rieb sich im Rennen das Wasser aus den Augen. Der

steinerne Steg lag vor ihm. Er kitzelte all sein Sprintvermögen aus seinen Oberschenkeln. All seine Reserven, die noch in seinen Waden steckten.

Er war nicht der geborene Sprinter. Die Wahrheit lag für ihn auf der langen Distanz. Was er da gerade auf dem Badesteg ablieferte, war vermutlich der schnellste Hundert-Meter-Lauf, den er jemals abspulen würde.

Endlich erreichte er das Plateau des Stegs. Er sah am Rand die weiße Irisblume liegen. Dieses Mal brauchte er nicht die Schützenhilfe des Professors, um die Blume zu deuten. Weiß. Die Farbe der Unschuld. Das Zeichen der Reinheit. Es sollte also wirklich im Bodensee enden. Clara wollte ihre Sünden reinwaschen.

Diese Gedanken schossen Marc durch den Kopf, noch während er Anlauf nahm. Um dem blaugrünen Seenass beherzt mit einem Köpfer entgegenzuhechten, dafür war das Wasser an dieser Stelle nicht tief genug. Gerade einmal eineinhalb Meter. Noch immer peitschte ein straffer Wind den Bodensee tosend umeinander. Er rannte auf die Absperrung zu und übersprang sie wie beim Hürdenlauf.

Marc platschte in den Bodensee hinein. Dessen Wasser war nicht so kalt wie das des Schwimmbeckens. Die Sonnenstrahlen wärmten es, und Marc war ja ohnehin schon pudelnass.

Er tauchte unter und blinzelte mit Müh und Not durch das grüntrübe Nichts. Von Clara nicht die geringste Spur.

Er hatte nicht mehr allzu viele Schüsse, das wusste er. Daher entschied er sich, zurück auf den Steg zu steigen. Er wollte von dort aus schauen, ob ihm entlang des Plateaus etwas im Wasser auffiel. Marc erklomm die Leiter.

Zunächst schaute er auf der rechten Seite nach. Nichts.

Er eilte nach links und beugte sich über die Brüstung. Wieder nichts. Oder … Doch, dort! Weit hinten. Schimmerte da nicht etwas Rotes durch den Steckenteppich des Treibguts hindurch? Claras Haarband!

Er kletterte über die Brüstung. Er haderte. Haderte mit sich selbst. Einen Moment zu lange, um es als Wahnwitz abzutun. Es war mehr als das. Ein Gedankenspiel. Eine Abwägung. Er schmiss Clara in die Waagschale. Wie viel einfacher wäre es, sie einfach dort unten zu lassen? Es einfach dort unten auf dem Grund enden zu lassen. Einfach alles. Ihr mörderisches Treiben. Und mit ihm die schockierende Wahrheit. Die ganze schmutzige Schlammschlacht, die es nach sich ziehen würde. Wäre das nicht für alle viel einfacher? Für Clara. Die Hinterbliebenen. Die Bevölkerung. Und letztlich auch für ihn.

Doch es gab auch die zweite Waagschale. In die hatte Marc am Tag seiner Vereidigung seinen Gerechtigkeitssinn gelegt. Und er überwog bei Weitem. Er vereinte alles, wofür er im Namen der Ehrenhaftigkeit einstand. Alles, was Clara wie die Milchschnitte auf dem Pausenhof zermalmt hatte.

Abermals sprang er mit den Füßen voraus in die blaugrüne Trübe. Mehr als hundert Meter kraulte er nun in den Bodensee hinein. Der See musste an dieser Stelle bereits mannstief sein. Seine Zehenspitzen konnten gerade noch so den Grund ertasten. Marc tauchte in die Tiefe ab.

Clara schwebte unter Wasser. Ihre Augen waren geschlossen und die Lippen ganz blau angelaufen. Die Ursache für ihr Verweilen am Grund des Bodensees entdeckte Marc sofort. Sie hatte sich um die Hüfte mit einem Reststück des blauen Nylonseils stramm an einem Schirmständer festgebunden. Einen dieser Sonnenschirmhalter des Strandbads mit massivem Betonfuß hatte sie von der Plattform des Badestegs mit ins Wasser geschleppt. Der wog bestimmt an die dreißig Kilogramm.

Marc zerrte mit Schmackes an dem Knoten an Claras Hüfte. Er rüttelte und zog mit allem, was in ihm steckte. Keine Chance. Ihm blieb nichts anderes übrig. Er griff von hinten unter Claras Achseln.

Kräftig stieß er sich vom Grund ab und wuchtete Clara samt Betonständer ruckartig nach oben. Dann begann er an der Wasseroberfläche, sie im Schleppgriff in Richtung Land zu zerren. Kein leichtes Unterfangen mit einem zentnerschweren Betonanker um ihre Hüfte. Erst jetzt sah er in der Ferne die verwaiste schwarze Badematratze treiben. Bestimmt hatte sie damit den gewichtigen Schirmständer ins Wasser geschippert.

Unter derbem Einsatz seiner ohnehin schon übersäuerten Oberschenkelmuskulatur und unter unermüdlichem Beinschlag hielt er Clara über Wasser. Eine schiere Plackerei. Seine Muskeln brannten. Und seine Kraft schwand allmählich. Und mit ihr sein Wille.

Er war gerade im Begriff, einer Serienmörderin ihr liederliches Fell zu retten. Und dennoch. Genau das war seine Pflicht. Schlappmachen war nicht drin. Nicht sein Ding.

Sicherlich ... Vieles wäre einfacher, wenn das Schrecknis der vergangenen Wochen und Monate hier und jetzt mit Clara im Bodensee begraben werden würde. Aber nicht alles.

Er musste Clara hinter Schloss und Riegel bringen. Auch wenn das für ihn bedeutete, dass sich da ein jenseitsmäßiger Abgrund auftat. Auch für ihn. Gerade für ihn. Eine Kluft, deren Ausmaße zu überblicken er bei Gott noch nicht imstande war.

Die rund zweihundertfünfzig Meter bis zum Kiesufer kosteten Marc beinahe acht Minuten. Seine Arme schmerzten, und seine von den Strapazen geplagten Muskeln waren kurz vor dem Komplettstreik, als er wieder den kiesigen Strand unter seinen Füßen ertastete. An Verschnaufen oder gar Ausruhen war aber nicht zu denken.

Marc legte Clara auf dem Steinschotter ab. Den Betonständer neben ihr. Sie rührte sich nicht und hatte noch immer die Augen geschlossen.

Sofort kniete Marc sich neben sie. Mit seiner rechten Hand hielt er ihr die Nase zu. Mit der linken überstreckte er ihren Kopf am Kinn. Dann senkte er sich zu ihr hinab und spendete ihr seinen Atem.

Sein Mund berührte die unterkühlten Lippen einer eiskalten Killerin. Er hauchte dem Nachtfraul *seinen* Atem ein. Schluss mit dem Quatsch! Er hauchte der »Bestie vom Bodensee« seinen Atem ein.

Marc holte Luft und pustete Clara ein zweites Mal den Sauerstoff aus seiner Lunge ein. Er schob ihre dunkelblaue Bluse hoch und legte beide Hände übereinander auf der Mitte ihrer Brust ab. Mit den Handballen drückte er nun fest darauf. Dreißigmal im Takt zu »Stayin' Alive«. Weitere zweimal wiederholte er das Prozedere.

Gerade war er beim letzten der dreißig Drücker, seine Handwurzelknochen stachen schon allmählich, da gab Clara erste Lebenszeichen von sich. Ihr Atmen setzte wieder ein, und sie prustete heftig. Wasser und Spucke trieften aus ihren Mundwinkeln.

Sie riss ihre Augen bis zum Anschlag auf und starrte den auf ihr hockenden Marc eine Weile entgeistert an. »Mistkerl! Du gottverfluchter, elender Mistkerl!«, brüllte sie ihm dann mit Leibeskräften mit den ersten Körnern ihrer schleichend wiederkehrenden Besinnung entgegen. Ihr Speichel spritzte ihm dabei ins Gesicht. Völlig außer Rand und Band hämmerte sie in Rage mit den Fäusten auf seine Brust ein.

Überleben hatte nicht in Claras Drehbuch gestanden. Sie hatte sich ein ganz anderes Ende ausgemalt. Da glich es wohl einer Sabotage, dass Marc ihr das Leben gerettet hatte. Er reagierte weder auf ihre Beleidigungen noch auf ihre Handgreiflichkeit. Er saß einfach nur auf ihr und starrte sie unverwandt an. Ihm fehlte die Kraft. Und es fehlte ihm an Worten.

Er hatte ihr das Leben gerettet. *Ihr. Ihr*, der Killerin. Aus deren Feder die grausamste Mordserie seiner bisherigen Laufbahn stammte. *Ihr*, der kaltblütigsten und schrecklichsten Mörderin, die ihm bislang untergekommen war.

Marc konnte nicht so recht einordnen, was diese Gefühle in ihm auslösten. Sie schwelten jedenfalls in seiner Brust. Schürten einen Funken des Hasses. Verachtung für Clara. Für ihre schrecklichen Taten. Aber auch Selbsthass. Scham und Ekel stiegen in ihm hoch. Ekel gegen sich selbst. Der ließ ihm die Galle hochblubbern.

Marc erbrach sich auf dem Kiesufer. Er spuckte die gelbgrünlichen Stückchen aus und schmeckte in seinem Mundraum das sauerbittre Gemisch aus Magensäure und Gallenflüssigkeit.

Die Bergung von Clara hatte ihn zu ihrem Handlanger gemacht. Der Gehilfe des Teufels. Der Kompagnon der »Bestie vom Bodensee«. So war ihm zumute. So merklich bitter fühlte sie sich im Augenblick an, die Wahrheit. Mit all ihren schrecklichen Facetten.

Kurze Zeit später hörte Marc die Sirenen vor dem Strandbad ertönen, und dann rückten auch schon die Sanitäter und der Notarzt an. Er instruierte sie, sich für Finkys Erstversorgung zum Schwimmbecken zu begeben.

Aufgrund der heftigen Hautverbrennungen entschied sich der Notarzt dazu, einen Rettungshubschrauber anzufordern. Mit diesem sollte Finky umgehend in das auf Schwerbrandverletzungen spezialisierte Marienhospital nach Stuttgart geflogen werden.

Auch die Polizisten der herbeigefunkten Streifen fanden sich im Strandbad ein. Mit ihnen auch die Kommissare Stallinger, Hauk und Versen. Nachdem Claras Vitalfunktionen wieder einigermaßen hergestellt waren und ihr eine Rettungsdecke umgelegt worden war, mussten sie sie erst einmal von dem Betonständer befreien. Nur um anstelle des durchtrennten Nylonseils die Handschellen klicken zu lassen. Dann führten sie Clara ab.

Sie drehte sich noch einmal nach Marc um und bedachte ihn mit einem vernichtenden, allessagenden Blick. Untergang. Ihrer. Seiner. Dann aber verzogen sich die starren blau unterlaufenen Lippen ihres überbreiten Mundes zu einem Clownslächeln. Ein gedehntes, gefälliges Lächeln. Sie strahlte plötzlich nüchterne Zufriedenheit aus. Ihre Kobaltaugen schimmerten in der Abendsonne lila. Wenn Schmerz eine Farbe hätte, dann in diesem Augenblick lila. Weltenschmerz.

Trotz der triefend nassen Kleidung verweilte Marc nach seiner Rettungsaktion noch eine ganze Weile auf dem Badesteg. Die Sanitäter hatten auch ihn in eine Wärmefolie gepackt, um ihn zumindest vor weiterem Auskühlen zu schützen.

Sein sonst so schnittig gegeltes dunkelblondes Haar, das normalerweise eine leichte, strukturierte Haartolle zierte, hing ihm klitschnass auf dem Haupt. Wassertropfen krochen ihm an den Haarspitzen herunter und bahnten sich ihren Weg entlang seiner

Wangen zu seinem Kinn. Dort sogen sie sich voll, ehe die Schwerkraft sie auf das steinerne Plateau herunterplätschern ließ. Einige verirrten sich über die Stirn in die Augenbrauen und verfingen sich dann in Marcs Wimpern.

Er blinzelte durch die Tröpfchen hindurch. Sein Blick schweifte über den unendlich weiten Wasserteppich. Er erschien ihm plötzlich so seltsam ruhig. Der Wind hatte nachgelassen. Kein Lüftchen erschütterte die blaugrüne Seedecke mehr. Lediglich in einiger Ferne versetzten die paddelnden Patschefüßchen zweier Enten das Wasser in kreisförmige Wellenbewegungen.

Es war Stille eingekehrt. Die Ruhe nach dem Sturm. Der Sturm, der in den vergangenen Wochen durch die Region gefegt war. Der getobt, gewütet und seine Opfer gefordert hatte.

Gerade eben hatte sich ein Mitarbeiter aus dem Dettmeier'schen Tross in seinem weißen Overall zu ihm auf den Steg begeben. Er hatte sich neben ihm zu Boden gebeugt und das auf dem Plateau abgelegte zusammengefaltete Schriftstück mit seinen eingummierten Fingern behutsam in einem Asservatenbeutel verstaut.

Ein, wie sich schnell herausstellte, umfassendes Geständnis samt Haiku. War die Scheune beim Appartement bis unters Dach mit Indizien gefüllt, so war das handgeschriebene Dokument der ultimative Beweis.

In einen weiteren Asservatenbeutel steckte er die auf dem Schriftstück platzierte weiße Iris.

Die Irisblüten. Clara hatte all ihren männlichen Opfern eine blaulilafarbene Schwertlilie vermacht. Sie sühnten die Vergewaltigung ihrer Mutter mit ihrem eigenen Tod. Sie hatten ihr die Mutterliebe entrissen, noch im mütterlichen Schoß. Früher. Noch bevor sie überhaupt zu existieren begonnen hatte. Clara entzog ihnen im Gegenzug ihre Daseinsberechtigung, indem sie sie vom Erdboden tilgte. *Quid pro quo.* Ein Leben für ein Leben.

Mit den blaulilafarbenen Irisblüten hatte sie ihnen aus ihrer absonderlich verqueren Sicht durch die Hinrichtung die Freiheit und Erlösung von ihrer Schuld im irdischen Dasein geschenkt. Das war ihre Selbstlegitimation, um mit ihrem mörderischen

Treiben und ihrer rachsüchtigen Auslegung der Vergeltung im Reinen zu sein. Um die Ermordeten nach ihrer vermeintlichen Erlösung, einem unvorstellbaren Inferno voller entsetzlicher Qualen, getrost im Jenseits in der Hölle schmoren lassen zu können.

Lisa Feldner hatte Clara mit der gelben Irisblüte die Erkenntnis über ihr Fehlverhalten vermacht. Die ehemals beste Freundin ihrer Mutter hatte sie getötet, weil sie über die unaussprechliche Tat all die Jahre den eisernen Mantel des Schweigens gebreitet hatte.

Die weiße Irisblüte hatte sie für sich selbst auserwählt. Mit ihr wollte sie aus dem Leben treten. In unverdorbener Vollkommenheit wollte sie es enden lassen. Ihr Leben und ihren blutigen Pfad. Das Wasser des Bodensees sollte sie reinwaschen, und ihr eigener Tod sollte die Schuld von ihr weichen lassen.

Er hatte ihren Plan doppelt durchkreuzt. Denn eigentlich hätte auch Finky elendig dabei draufgehen sollen. Ihr schändlicher Erzeuger.

Es war bereits nach neunzehn Uhr. Der orangene Ball am Horizont senkte sich schon über das Schweizer Seeufer. Er tauchte den Abendhimmel in eine seichte Röte und schlug einen feurigen Goldstreifen wie eine Brücke über die sanften Wogen des Bodensees. Nicht mehr allzu lange, und die Sonne würde untergehen, um die Bühne der einbrechenden Dämmerung und schließlich der Nacht zu überlassen.

Marc dachte nach. Über die Anzeichen für Claras untergehende Sonne. Für ihre Entpuppung aus dem Kokon der Tugend zu einem schwarzen Falter. Dem Nachtfraul. Dessen Todeskuss sie selbst und alles und jeden um sie herum in allesverschlingende Dunkelheit hüllte. Einschließlich ihm selbst. Sie waren in den vergangenen Wochen und Monaten schon da gewesen, diese Anzeichen. Der pfeildurchbohrte weiß gefiederte Langhals an der Malerecke. Die japanische Sage von der Schwanenjungfrau. Die Haikus an den Tatorten, eine Gedichtform ebenfalls aus Japan. Und dann die Harke. Bestimmt Claras Mitbringsel von der Nipponinsel. *Ihre* Sonne war bereits im Land der eigentlich aufgehenden Sonne untergegangen.

Ganz unwillkürlich rief er sich die Fahrt zum ersten Tatort an der Malerecke ins Gedächtnis. Neben ihm die schweigsame Clara. Die sperrige Blitzerkiste. Oft war es das Offensichtliche, das man übersah.

Er hatte es schon damals gedacht! Das Haar von Clara am Oberschenkel von Klaus Hübner. Das musste dort hingekommen sein, als Clara ihn ans Kreuz genagelt hatte. Und die Fingerabdrücke an der Fahrertür am Pick-up des Jägers. Die hatte Clara wohl hinterlassen, als sie die Karre für den Mord an der Malerecke benutzt hatte. Bestimmt hatte sie die Kreuzigung so aufgewühlt, dass sie beim Verlassen des Tatorts keine Handschuhe getragen hatte. Demnach hatte sie den Wagen abgefackelt, um Spuren zu vernichten. Und den blutbespritzten Regenmantel hatte sie auf dem Beifahrersitz abgelegt. Das erklärte die Spurenlage.

Marc leuchtete es nun auch ein, weshalb sich Clara in der Rechtsmedizin in Ulm übergeben hatte, als Christina Ferber ausführlich über die Experimentreihe mit den Schweinehälften referiert hatte. Das musste ihr die Bilder von Klaus Hübners Tortur zurück ins Gedächtnis gerufen haben. Schreckensszenen, die sich ihr eingebrannt hatten. Sie war eine kaltschnäuzige Killerin. Aber an niemandem konnte so etwas Grauenvolles einfach spurlos vorübergehen.

Marc konnte sich jetzt auch zusammenreimen, weshalb Clara immer wieder auf ihren knallroten Toyota verzichtet hatte und zeitweise sogar mit dem Bus gefahren war.

Jürgen Dettmeier hatte sich vorhin kurz zu ihm auf den Badesteg gesellt und ihn zur Aufklärung der Mordserie beglückwünscht. Auch wenn Marc sich im Moment nicht wie der gefeierte Held fühlen wollte. Der Forensikleiter hatte ihm mitgeteilt, dass bei der Durchsuchung des Wagens von Clara im Kofferraum diverse Kleidungsstücke von Klaus Hübner und Lisa Feldner gefunden worden waren.

Das Fahrzeug war gegenüber dem Strandbad auf dem Parkplatz mit den Platanenbäumen abgestellt worden. Bestimmt war

Claras Knutschkugel gar nie in Reparatur gewesen. Sie hatte bloß verhindern wollen, dass Marc oder andere Kollegen zufällig in ihrem Toyota auf die Kleidungsstücke oder gar auf andere Mordutensilien stießen.

Marc ließ einen flachen Stein entlang des Goldstreifens der untergehenden Sonne über die Wasseroberfläche hüpfen. Dass Finky ihr leiblicher Vater war, davon hatte Clara erst heute definitiv erfahren. Das Haar des Obdachlosen musste sie damals in der Asservatenkammer der Wollstrickmütze entnommen haben.

Dass sie den Abtreibungspapst an der Malerecke so schrecklich grausam ermordet hatte, das ließ nur einen Schluss zu. Zunächst musste sie ihn für ihren Erzeuger gehalten haben. Der japanische Professor hatte das ja unmöglich gewesen sein können, ohne bei Clara asiatische Wurzeln zu hinterlassen.

Vermutlich hatten sich bei der Ermordung von Klaus Hübner zusätzlich ihre tief wurzelnde Abscheu gegen Abtreibungen und vor allem ihr abgrundtiefer Hass auf dessen längst verstorbenen Vater entladen. Der hatte immerhin einst versucht, ihre Geburt zu verhindern, um so das furchtbare Vergehen seines Sohns und von dessen Mittätern zu vertuschen. Und sein Sohn hatte das Werk unbeirrt fortgesetzt.

Finky war von den Polizeibeamten nur kurz während seiner Verfrachtung in den Rettungshubschrauber befragt worden. Er hatte ihnen gegenüber geäußert, dass er alle Ermordeten vor deren Ableben aufgesucht habe. Den japanischen Professor nur auf dessen Anrufbeantworter. Er habe ihnen, wie schon zuvor über Jahre hinweg, ins Gewissen reden wollen. Anscheinend hatte einzig bei ihm die Vergewaltigung noch immer schwer am Gewissen gekiefelt. Er habe sich mit seinen Mittätern stellen und Lisa Feldner dazu bringen wollen, doch noch auszusagen. Gebracht hätte all dies wohl kaum etwas. Die Vergewaltigung war ja längst verjährt.

Claras Sabotagen während der Befragungen erklärten sich jetzt auch. Wäre Finky hinter Gittern gelandet, so hätte sie keinen Zugriff mehr auf ihn gehabt. Selbiges galt wohl auch für den Jäger. Ein Katz-und-Maus-Spiel ohnegleichen.

Die Bleigewichte musste Clara aus dem Vereinsheim des Eriskircher Angelsportvereins entwendet haben. Das zerbrochene Fenster hatte ja für einen waschechten Einbruch gesprochen. Die gemopste Angelrute ging auf Finkys Konto. Das hatte er vor dem Abtransport auch noch eingeräumt. Er war ehemaliges Mitglied im Angelsportverein und hatte sich kurz nach seinem Rauswurf mit seinen Schlosserfertigkeiten einen Schlüssel nachgemacht.

Und die handfesten Auseinandersetzungen, die Clara mit ihm selbst gehabt hatte? Tatsächlich hatte sie das Gezänk wohl vom Zaun gebrochen, um Marcs Theorien erst einmal im Wind zu zerstreuen. Überhaupt war ihr ganzes Vorgehen eine Wette auf Zeit gewesen. Deshalb hatte sie sich sicherlich auch in ein kleines Ferienappartement und nicht in eine größere Wohnung eingemietet. Marc hatte ihr auf keinen Fall auf die Schliche kommen dürfen, bevor sie ihr blutiges Werk vollendet hatte.

Genau das hatte er aber nun auf den letzten Drücker noch geschafft. Und er war froh darum. Er hatte die Wahrheit ans Licht gezerrt. Die ganze düstere Wahrheit. Ihre scheußliche Fratze. Sie gefiel Marc nicht. Ganz und gar nicht. Sie setzte ihm erheblich zu. Aber besser ein Ende mit Schrecken als ein Schrecken ohne solches.

Marc erhob sich. Er musste die Kleidung wechseln. Schließlich wollte er sich keine Lungenentzündung einfangen. Er verspürte den unbedingten Drang, sich nach diesem strapazenreichen Schlamassel zu Hause ein warmes Bad einzulassen.

Morgen würde ihm ein längeres Gespräch mit Köstinger bevorstehen. Er würde auf alle Einzelheiten eingehen müssen. Sein Vorgesetzter würde ihn ausquetschen wie eine Senftube. Und er würde Antworten verlangen. Nicht nur er. Die Kollegen. Der Staatsanwalt. Die Presse. Die Bürger. Die Menschen verlangten nach Antworten. Und er kannte die ganze schonungslose Wahrheit. Davor musste er sich erst einmal ausruhen.

Aber war es nur das? Kannte er sie wirklich? Lief er nicht davon? Vor der ungemütlichen *ganzen* Wahrheit? Vor der wahr gewordenen Schrecklichkeit. Seiner erschreckend neuen Realität.

Er hatte Clara als die kaltblütige »Bestie vom Bodensee« entlarvt. Seine eigene Partnerin. Mit der er Seite an Seite ermittelt hatte. Er hatte sie zur Strecke gebracht. Doch das war nur der Anfang.

Ihr hatte er das teuflische Handwerk gelegt. Ihr und ihrem Unhold Nachtfraul. Aber was war mit seinen eigenen Dämonen? Sie keimten gerade erst in ihm auf. Und sie begannen ihn bereits zu quälen. Hätte er ihr nicht früher auf die Schliche kommen müssen? Hätte er nicht der Sekretärin der Bürgermeisterin oder zumindest dem Pfarrer das Leben retten können? Stattdessen aber war er schlussendlich zum Schutzengel der Killerin selbst geworden.

Es pochte wie wild in Marcs Brummschädel. So viele Fragen ballerten ihm durch den Kopf. Wann genau hatte sich Clara dazu entschlossen, zu morden? Bereits im Kloster, als sie sich eingehend mit diesem Nachtfraul-Gespinst beschäftigt hatte? Hatte sie diese Mordlust mit sich herumgetragen, bis der rachsüchtige Orkan ausgebrochen war? Oder hatten sie erst ihre Ermittlungen in Japan dazu getrieben, ihre finsteren Pläne wirklich in schreckliche Taten umzusetzen? Als sie erkannt hatte, dass der Auftraggeber aus ihrem Kunstschmuggel-Fall einer der damaligen Vergewaltiger war. Eine Kurzschlussreaktion? Oder eben doch das angeborene Böse im Leib? Verhängnisvoll befeuert durch den todsäenden Nachtfraul.

Jedenfalls hatte sie ihren ersten Mord in Japan auch bis ins Kleinste ausgetüftelt. Thomas Fischer hatte Marc vorhin telefonisch informiert. Er hatte in den schneller als gedacht aus Japan durchgeschickten Fallakten ein wenig weiterrecherchiert. In einer Randnotiz war vermerkt, dass die arrivierte Kommissarin aus Deutschland bei dem tatverdächtigen Promotionsstudenten einen Selbstverteidigungskurs in Jiu-Jitsu besucht hatte. Das erklärte, wieso sie mit Leichtigkeit auch ihre männlichen Opfer hatte überwältigen können. Gleichzeitig legte es nahe, dass sie sich so in aller Ruhe den geistig verwirrten Doktoranden als Bauernopfer hatte aussuchen und zurechtbiegen können.

Marc hatte so unendlich viele Fragen an die Killerin. Fest

stand, dass Clara der Sinn für Gerechtigkeit mächtig entgleist war. Sie hatte gegen den Kodex der Ermittler verstoßen.

Marc musste an die Novelle über den vom rechtschaffenen Bürger zum Mordbrenner werdenden Michael Kohlhaas denken. Als er noch die Schulbank gedrückt hatte, hatte er sich durch die langen, verschachtelten Sätze von Heinrich von Kleist ackern müssen.

Das Rechtsgefühl des Rosshändlers hatte anfänglich einer Goldwaage geglichen. Schmerzlicher Verlust hatte das geändert. Eine einzige in die Waagschale geworfene Träne Claras hatte in ihrer Jugend wahrscheinlich schon genügt, um ihr eigenes ausbalanciertes Ethos zu erschüttern und nachhaltig aus dem Gleichgewicht zu bringen.

Jetzt hatte er sich aber genug verkopft. Marc musste sich hinlegen. Das Erlebte zu verarbeiten würde sicherlich lange Zeit benötigen. Die Zeit würde kommen. Aber würde sie auch die tiefen Wunden auf seiner Seele heilen?

Epilog

Drei Wochen später

Die Wunden verheilten nicht. Würden sie nie mehr. Sie klafften auf Marcs Seele. Die kratertiefen Schnitte, die ihm Clara mit ihren Schandtaten so leidvoll zugefügt hatte. In sein vormals weitaus sorgenfreieres Leben gerissen hatte. Wie die Tatze eines Löwen, die mit ihren spitzen Krallen über seine Brust schwang und ihm das Fleisch von den Knochen fetzte.

Die Dämonen waren in ihm gekeimt. Sie waren erwacht und bestürmten ihn. Verfolgten ihn bis in den Schlaf. Auch wenn er seit Claras Festnahme eigentlich gar keinen mehr fand. Immer wenn er im Bett lag, spukten ihm diese fürchterlich schrecklichen Bilder im Kopf herum.

Klaus Hübner, wie er dort als gebrochener Mann mit zerschundenem Rücken an der Malerecke am Holzkreuz hing. Das Kloster hoch oben auf der Felsenzunge am Schweizer Seeufer im letzten Blick. Der Lebensquell versiegt.

Lisa Feldner, wie sie am Hungerberg verbrannt an die Sackkarre gefesselt war. Ihre verkohlten Überbleibsel. Die zutiefst leeren schwarzen Augenhöhlen. Sie holten ihn nachts im Bett ein und verschlangen ihn. Dieser intensive Gestank des verbrannten Menschenfleisches.

Roland Emmers, wie er kopfüber in der Schussen baumelte. Eines Geistlichen unwürdig. Unfähig, seinem schrecklichen Ertrinkungstod zu entrinnen.

Finky, wie er auf der Sitzbank gebraten und geröstet wurde. Marc hatte seitdem kein Kotelett mehr angerührt. Auch künftig würde er um Steakhäuser einen weiten Bogen machen.

Claras Bluttaten waren sein Pfeilgift. Curare mitten in sein Herz.

Er stand auf der Großdorfer Brücke zwischen Lingenau und Egg-Großdorf. In Vorarlberg. Nahe Dornbirn. Vorhin war er wieder den Karren hochgerannt. In persönlicher Bestzeit. Zweiundzwanzig Minuten und zweiundzwanzig Sekunden. Die Engelszahl, Inbegriff eines Neuanfangs. Er hatte gehofft, er könnte seine Dämonen herausschwitzen. Doch weit gefehlt. Clara der Mordserie überführt zu haben, das war kein Schrecken mit Ende. Oben an der gläsernen Panoramaterrasse angekommen, hatte er sich beschissen wie eh und je gefühlt. Und vor allem schuldig.

Nun stand er auf der Hochbrücke und war gerade auf deren hüfthohes Geländer gestiegen. Schwankend balancierte er sich auf dem schuhbreiten Holm aus und wagte einen Blick in die Tiefe. Gute hundert Meter unter dem Stahlbetonriesen schlängelte sich die Subersach zwischen den Tannen durch ihr Flussbett.

Marc schossen die Tränen in die Augen. Ihm schwirrte all das durch den Kopf, was er vorhatte. Er hatte sich fest vorgenommen, Alicia anzurufen. Er wollte sie unbedingt wiedersehen. Ihre sanfte Stimme hören. Ihr aufgewecktes Lächeln sehen und im Quell ihrer sprudelnden Lebhaftigkeit neu aufblühen. Von ihrer Leichtigkeit wollte er sich nur zu gern anstecken lassen. Ihre Lebenslust tanken. Vor allem aber wollte er mit ihr diesen mondänen, schniekfeinen Holzstadel in Wasserburg aufsuchen.

Er wollte sich mit Andrea aussöhnen und die Scheidung sauber über die Bühne bringen. Eine Trennung im Guten. Es war Zeit, den Tomahawk zu begraben. Paul zuliebe. Viel wichtiger war es, eine Lösung um das gemeinsame Sorgerecht zu finden.

Und er wollte endlich in die Pötte kommen und gemeinsame Zeit mit seinem Sohn verbringen. Jedes zweite Wochenende. Die Festtage gleich verteilt, jedes Jahr im Wechsel. Das war der Vorschlag, den er Andrea unterbreiten wollte.

Für Paul hatte das neue Schuljahr begonnen. Er kam in die vierte Klasse. Marc wollte mit ihm pauken. Vor allem Mathe. Damit sein Spross die Zahlenwelt besser verstehen lernte.

Zuallererst wollte *er* aber einmal lernen, seinen Sohn zu verstehen. Der hatte kürzlich den Hip-Hop für sich entdeckt. Auch das Verfassen eigener Rap-Texte. Erst gestern hatte er ihm einen

Songabschnitt gesimst. Über das Handy, das ihm Torben, der Neue an Andreas Seite, gekauft hatte.

Marc versuchte, die Textzeilen, die Paul ihm durchgesimst hatte, zu rekapitulieren. »Und im Ansturm der Gefühle mache ich die Schotten dichter als die Iren am St. Patrick's Day.«

Sein Junior hatte ihn erwartungsvoll nach seiner Meinung gefragt. Er hatte zunächst gar nicht so recht gewusst, was er darauf antworten sollte. Kreativ war es ja. Zugegeben. Es waren halt andere Zeiten. Als er in Pauls Alter gewesen war, hatte er seine Fußballidole in Form von Panini-Karten gesammelt.

Marc rückte mit wackeligen Beinen näher an den äußeren Rand des Geländerholms. Zu guter Letzt richtete er seine Gedanken auf Clara. Man hatte sie in die Justizvollzugsanstalt für Frauen nach Schwäbisch Gmünd verfrachtet. Dort wartete sie auf ihren Prozess. Die Frauenabteilung in der JVA Ravensburg gab es ja nicht mehr.

Die Presse hatte sie zerrissen. Zu der Betitelung als »Bestie vom Bodensee« hatten sich Formulierungen wie »Bluthexe«, »Mordlüsterne Teufelsnonne« und »Männermeuchelnde Dämonenlesbe« hinzugesellt. Die Presse hatte sich natürlich auf den Fall gestürzt wie die ausgehungerten Hyänen auf die Reste einer vom Löwenrudel erlegten Antilope.

Claras Liebesleben und ihre sexuellen Präferenzen waren an die Öffentlichkeit durchgesickert. Dabei war letztere Betitelung faktisch nicht einmal ganz korrekt. Schließlich zählte mit Lisa Feldner auch eine Frau zu Claras vier Opfern. Fünf, wenn man Finkys Beinahe-Tod mitzählte.

Oder sechs? Ob und wie sie den Tod des Jägers verschuldet hatte, das galt es noch zu klären. Sicher war nur, dass der Jäger selbst den Abzug betätigt hatte. Das hatten die Schmauchspuren an seiner rechten Hand belegt. Marc war aber fest davon überzeugt, dass Clara dabei ihre manipulativen Finger im Spiel gehabt hatte.

Er hatte das Gefühl, dass die Öffentlichkeit in Clara zwanghaft ein Monster suchte. Das abgrundtief Böse. Wer solch bestialische Morde zu verüben vermochte, der musste zwangsläufig ein unmenschliches Monstrum sein. Was die Leute nicht kannten, das fürchteten sie. Und schließlich war es einfacher, eine Bestie zu fürchten als einen Mitmenschen. Das hatte die Mär um den Nachtfraul ja eindrucksvoll bewiesen.

War es aber so einfach? War das nicht viel zu kurz gedacht? Viel zu trivial?

Marc hatte im Freibad die Zelte sichern sollen. Das hatte Clara ihm zuvor gesagt. Damit hatte sie ihn erst auf den entscheidenden Gedanken gebracht. Dann das zufriedene Clownsgrinsen. Hatte sie es etwa bewusst darauf angelegt, von ihm entlarvt zu werden? Vor Finkys Ableben?

Lisa Feldner war tot. Browney, Blacky und Whitey. Die putzigen Alpakas waren jetzt ohne Patin. Konnte nicht er die Patenschaft für diese drei knuffigen Wollträger übernehmen? Wärme und Zuneigung. Das würde auch ihm guttun.

Gebannt starrte Marc in die sautiefe Schlucht hinab. Blickte man zu lange in einen Abgrund, blickte der irgendwann mit vorgehaltenem Spiegel auch in einen selbst hinein. Genug! Es war nun genug! Er war doch kein fucking Nietzsche. Das triefte ja geradezu vor tiefgründiger Sentimentalität! Marc musste dieser Gefühlsduselei entfliehen. Vor drei Wochen, auf dem Badesteg, war ihm das nicht gelungen. Ebenso wenig vorhin bei seinem übereifrigen Gipfelsturm. So musste er sich eben nun von dieser Brücke stürzen. Und das tat er.

Marc hob sein Haupt und atmete noch einmal tief ein. Das letzte Mal diese wunderbar frische Bergluft inhalieren. Dann breitete er seine Arme aus. Wie ein Adler seine Schwingen. Frei wie der König der Lüfte. Er flog allerdings nicht der Sonne entgegen, sondern schloss die Augen und kippte nach vorn.

Die Zeit verging wie in Zeitlupe. Marcs Sneakers hoben sich vom Brückengeländer ab. Ein kurzer Augenblick der Unbeschwertheit. Dann spürte er den freien Fall. Er fühlte den Fallwind, der ihm um die Ohren pfiff.

Seine Augen konnte er nicht aufmachen. Er wollte sie nicht öffnen. Er wollte den sich nähernden Boden nicht sehen. Immerhin sauste er mit etwa hundert Sachen darauf zu. Er gab sich dem Sturz hin. Sich einfach fallen lassen.

Schließlich aber riss er seine Augen auf. Wenigstens für den Moment wollte er seiner Gedankentrübsal entfliehen. Und es klappte! Adrenalin schoss ihm durch die Adern. Direkt in seinen Kopf. Spülte dort die Sorgen heraus.

Marc schoss dem Fluss entgegen. Etwa auf halber Fallhöhe spürte er dann den Ruck. Das um seine Knöchel befestigte Bungeeseil katapultierte ihn wieder in die Höhe, ehe er erneut im freien Fall in die Tiefe stürzte. Im Wasser der Subersach taten sich im Abgrund unter ihm die riesigen Augen des Nachtfrauls auf. Er schoss ihrer Lilaglut entgegen. Augen des Sturms. Sie hatten ihm in der Todeszone die Luft zum Atmen geraubt und ihn um Haaresbreite erstickt. Jetzt zogen diese Augen in den strudeligen Flusswirbeln sein tiefes Leid an. Seelenfraß. Noch war er nicht aus dem Schneider. Noch lange nicht.

Er würde sich seinen Dämonen stellen. Nicht jetzt. Aber er war bereit dazu. Bereit, diesen Weg zu gehen. Und er war auch bereit, sich dem Nachtfraul zu stellen. Vielleicht war er dann sogar bereit dazu, hinter Claras monströse Fassade zu schauen. Sie zu entmonstern.

Er konnte ihr weder vergeben, noch würde er jemals ihre Schreckenstaten vergessen. Nie im Leben würde er das können. Ums Verrecken nicht! Aber er wollte die Kraft aufbringen, Clara zu verstehen.

Marc schloss seine Augen wieder. »Angst frisst Seele auf«. Altes Sprichwort. Der Nachtfraul, die Angst vor verwelkter Mutterliebe, hatte sich Claras Seele einverleibt. »Vergelt's Gott, Iris!«

***

Zur gleichen Zeit in Langenargen

Magdalena Kuntz saß einsam und allein auf einem der Gartenstühle an der Hecke des Parks beim Altersstift. Der Herbst hatte Einzug gehalten. Die Zeit, loszulassen.

Die Ahornbäume in der Grünanlage hatten das bereits getan. Sie hatten ihre laubigen Sommerkleider abgestreift und schwankten flüsternd in der kalten Brise, die der Bodensee in das Örtchen blies. Der sattgrüne Rasen war von welkbraunen Blättern bedeckt.

Magdalena Kuntz konnte sie freilich nicht sehen. Sie kuschelte sich enger in ihren Anorak. Eine graue Haarsträhne wehte ihr über die Stirn. Der Herbst. Die Zeit, loszulassen. Auch für sie.

Alicia trat durch die halb geöffnete Terrassentür des Altenheims zu ihr hinaus. Mit Bedacht ging sie auf die blinde Dame im Gartenstuhl zu. Schonungsvoll schmiegte sie ihr sommersprossenübersätes Gesicht an ihr Ohr und verkündete mit samtweicher Stimme: »Frau Kuntz, Sie sind ja ein wetterfestes Käferle! Ich habe ein Päckchen für Sie.«

Behutsam legte sie der alten Frau die längliche Schachtel in braunem Packpapier auf den Schoß. Sie wies keinen Absender auf. Eine zeitversetzte Wunschtaglieferung, hatte ihr der Paketbote erläutert.

»Soll ich es für Sie öffnen?«

Magdalena Kuntz nickte.

Die Altenpflegerin trennte das Papier an der geklebten Stelle sorgfältig auf und hob den Kartondeckel an. »Ach herrje!«, entfuhr es ihr. »Das … das ist … eine Iris! Eine gelbe Iris!«

Nach allem, was passiert war, fürchtete Alicia das Schlimmste. Die todesengelhafte Tochter von Magdalena Kuntz hatte einen Mordssturm gesät. Und es war Erntezeit. Sie fürchtete, diese unselige Blume würde der alten Frau einen unvergleichlichen Herzenskummer bescheren.

Aber dem war gar nicht so. Die spindeldürren Finger der Erblindeten umgriffen Alicias Hand mit der gelben Irisblume. Die alte Frau zog sie zu sich heran.

Ihr Goldener Herbst. Die Zeit, den Schrecken alter Tage loszulassen. Ihre Blütezeit. Erkenntnis. Ihr wurden die Augen geöffnet. Die Neugeburt der Magdalena Kuntz. Gestern hatte die Nation Wiedervereinigung gefeiert. Aber heute war sie es, die himmelhoch jauchzen und die Welt umarmen mochte. Sie war endlich wieder mit ihrer Iris vereint.

Die Lilaglut war vor langer Zeit aus ihren mittlerweile weißtrüben Augen entwichen. Sie hatte sie aber schon bei der Geburt an ihre Tochter übergeben. Und sie hatte es ihr schleichend eingeflößt. »Soll d' elende Tröpfli doch de Nachtfraul hole!« In den wenigen Momenten ihrer Weisheit hatte sie ihr das eingebläut. Ihr. Ihrer Tochter. Ja! Ihre Tochter! »'s isch miin Meitli gsi! Vergelt's Gott, Iris! Vergelt's Gott, *meine* Iris! Clara. Vergeltung.«

Danksagung

Höchster Dank gebührt dem Lektorat im Hause Emons um Christel Steinmetz und Stefanie Rahnfeld. Ihr habt auf Anhieb an meinen Erstling geglaubt und meinen Debüt-Bodensee-Krimi erst zu dem gemacht, was er nun ist. Ganz besonders möchte ich mich auch beim gesamten Emons-Team bedanken. Allen voran bei Jana Budde, Sophie Olk und Lynn Rossler. Ich habe mich in der Vorveröffentlichungsphase in den besten Händen gewusst. Auch ein riesengroßer Dank an Nina Schäfer und Hannah Naumann. Das tolle Cover und der Buchtitel könnten trefflicher nicht gestaltet sein. Mein Dank gilt auch herzlichst meiner Lektorin Hilla Czinczoll für eine großartige Zusammenarbeit, die im wahrsten Sinne des Wortes einen Mordsspaß gemacht hat. Ihr Feinschliff und ihr Auge für das Salz und Pfeffer haben dem Krimi nochmals einen ganz außergewöhnlichen Glanz verliehen.

Meiner Familie, allen voran meinen Eltern Thomas und Andrea Martina sowie meiner Schwester Diana und meinem Schwager Alexander, danke ich für die Unterstützung während der Buchentstehung und das offene Ohr für meine Ideen. Außerdem danke ich meinen Eltern ganz besonders für das Beisteuern ihres geschätzten Wissensfundus um und über die Region und den einen oder anderen Schwank aus vergangenen Tagen.

Ich bedanke mich bei Andreas Fuchs, Hans Bertele und Dr. Florian Schneider für die tiefgehenden Einblicke in die Geschichte der Gemeinden Langenargen, Eriskirch und Tettnang. Bei Gerhard Kersting bedanke ich mich für die fundierten Erklärungen zu Fauna und Flora im Eriskircher Ried. Beate Falk habe ich die äußerst spannenden wie lebendigen Erläuterungen zu meiner Recherche über die Ravensburger Papiermacher im 17. Jahrhundert zu verdanken.

Ein ganz besonderer Dank gebührt zudem Dr. Silke Brodbeck für die aufschlussreichen Darlegungen zu den Vorgehensweisen und Besonderheiten auf dem Gebiet der Blutspurenmusteranalyse.

Nicht zuletzt danke ich voller Begeisterung German Nobile für die faszinierenden Illustrationen meiner Hauptcharaktere. Das hat die Ausarbeitung der Wesenszüge meiner Kommissare unendlich reifen lassen.